I0745154

Duchessa d'Autunno

LIBRI DI LUCINDA BRANT

— La saga della famiglia Roxton —
NOBILE SATIRO
MATRIMONIO DI MEZZANOTTE
DUCHESSA D'AUTUNNO
DIABOLICO DAIR
LADY MARY
IL FIGLIO DEL SATIRO
ETERNAMENTE VOSTRO
CON ETERNO AFFETTO

— I gialli di Alec Halsey —
FIDANZAMENTO MORTALE
RELAZIONE MORTALE
PERICOLO MORTALE
CONGIUNTI MORTALI

— Serie Salt Hendon —
LA SPOSA DI SALT HENDON
IL RITORNO DI SALT HENDON

LUCINDA BRANT SCRIVE romanzi e mistery ambientati nell'era georgiana, famosi per la loro arguzia, l'atmosfera drammatica e il lieto fine. Ha una laurea in storia e scienze politiche ottenuta all'Australian National Universiry e una specializzazione post-laurea in scienza dell'educazione della Bond University, che le ha anche assegnato la medaglia Frank Surman.

Nobile Satiro, il suo primo romanzo, ha ottenuto il premio Random House/Woman's Day Romantic Fiction di 10.000 $ ed è stato per due volte finalista del Romance Writers' of Australia Romantic Book of the Year.

Tutti i suoi libri hanno ottenuto riconoscimenti e premi e sono diventati bestseller mondiali.

Lucinda vive in quella che chiama 'la sua tana di scrittrice' le cui pareti sono ricoperte da libri che coprono tutti gli aspetti del diciottesimo secolo, collezionati in oltre 40 anni... il suo paradiso. È felice quando i lettori la contattano (e risponderà!).

lucindabrant@gmail.com		lucindabrant.com
pinterest.com/lucindabrant		twitter.com/lucindabrant
facebook.com/lucindabrantbooks		youtube.com/lucindabrantauthor

MIRELLA BANFI

Quando non sto leggendo, passo il tempo libero traducendo i libri che mi sono piaciuti, per dare anche ad altri la possibilità di leggerli in italiano. I vostri commenti sono importanti, mandatemi un messaggio a:

mirella.banfi@gmail.com

Duchessa d'Autunno

UN ROMANZO STORICO GEORGIANO

SECONDO VOLUME DELLA SAGA DELLA FAMIGLIA ROXTON

Lucinda Brant

TRADUZIONE DI MIRELLA BANFI

A Sprigleaf Book
Pubblicata da Sprigleaf Pty Ltd

Duchessa d'Autunno
Copyright © 2012, 2020 Lucinda Brant
Originale inglese: Autumn Duchess
Traduzione italiana di Mirella Banfi
Revisione a cura di Marina Calcagni
Progettazione artistica e formattazione: Sprigleaf e GM Studio
Modelli di copertina: Alissa Bourne e Todd Trofimuk
Gioielli personalizzati: Kimberly Walters, Sign of the Gray Horse
reproduction and historically inspired jewelry
Tutti i diritti riservati

Il disegno della foglia trilobata è un marchio di fabbrica appartenente a Sprigleaf Pty Ltd. La silhouette della coppia georgiana è un marchio di fabbrica appartenente a Lucinda Brant

Disponibile come e-book, audiolibri e nelle edizioni in lingua straniera.

ISBN 978-1-925614-58-9

10 9 8 7 6 5 4 3 2 1   (i) I

per

Melissa & Amaya

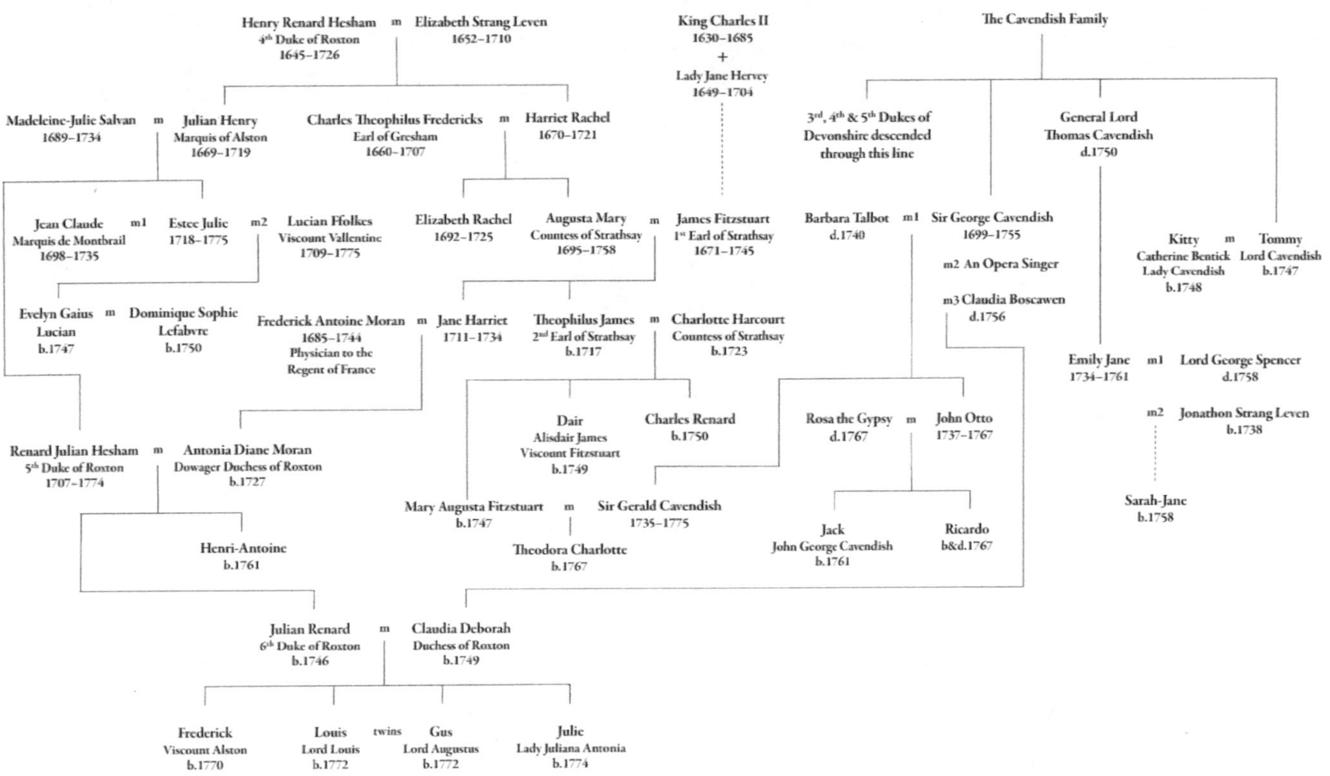

Henry Renard Hesham m Elizabeth Strang Leven
4th Duke of Roxton   1652–1710
1645–1726

King Charles II
1630–1685
+
Lady Jane Hervey
1649–1704

The Cavendish Family

Madeleine-Julie Salvan m Julian Henry
1689–1734   Marquis of Alston
                                       1669–1719

Charles Theophilus Fredericks m Harriet Rachel
Earl of Gresham   1670–1721
1660–1707

3rd, 4th & 5th Dukes of
Devonshire descended
through this line

General Lord
Thomas Cavendish
d.1750

Jean Claude m1 Estee Julie m2 Lucian Ffolkes
Marquis de Montbrail 1718–1775   Viscount Vallentine
1698–1735   1709–1775

Elizabeth Rachel   Augusta Mary m James Fitzstuart
1692–1725   Countess of Strathsay   1st Earl of Strathsay
                             1695–1758   1671–1745

Barbara Talbot m1 Sir George Cavendish
d.1740   1699–1755

m2 An Opera Singer

m3 Claudia Boscawen
d.1756

Kitty m Tommy
Catherine Bentick Lord Cavendish
Lady Cavendish   b.1747
b.1748

Evelyn Gaius m Dominique Sophie
Lucian   Lefabvre
b.1747   b.1750

Frederick Antoine Moran m Jane Harriet
1685–1744   1711–1734
Physician to the
Regent of France

Theophilus James m Charlotte Harcourt
2nd Earl of Strathsay   Countess of Strathsay
b.1717   b.1723

Emily Jane m1 Lord George Spencer
1734–1761   d.1758

m2 Jonathon Strang Leven
b.1738

Dair   Charles Renard
Alisdair James   b.1750
Viscount Fitzstuart
b.1749

Rosa the Gypsy m John Otto
d.1767   1737–1767

Renard Julian Hesham m Antonia Diane Moran
5th Duke of Roxton   Dowager Duchess of Roxton
1707–1774   b.1727

Mary Augusta Fitzstuart m Sir Gerald Cavendish
b.1747   1735–1775

Jack   Ricardo
John George Cavendish   b&d.1767
b.1761

Sarah-Jane
b.1758

Henri-Antoine
b.1761

Theodora Charlotte
b.1767

Julian Renard m Claudia Deborah
6th Duke of Roxton   Duchess of Roxton
b.1746   b.1749

Frederick   Louis   twins Gus   Julie
Viscount Alston   Lord Louis   Lord Augustus   Lady Juliana Antonia
b.1770   b.1772   b.1772   b.1774

UNO

TREAT, CASA ANCESTRALE DEI DUCHI DI ROXTON, PRIMAVERA 1777

La vide dall'altra parte del salone da ballo.

Una bellezza mozzafiato che stava fissando proprio lui.

Jonathon si fermò di colpo e la fissò anche lui.

Non riusciva a farne a meno.

Avrebbe potuto contare sulle dita di una mano le occasioni in cui aveva trovato sul suo cammino una bellezza femminile tanto squisita da fargli mancare il fiato: due volte nel sub-continente indiano, una volta nelle Indie Orientali e ora lì, in quel preciso momento, in quel salone da ballo, in quell'umida verde isola. Quindi fu solo naturale che si prendesse tutto il tempo per ammirarla. Il suo sguardo incantato passò dai capelli biondo miele che le ricadevano in pesanti riccioli su una spalla nuda, alla pelle di porcellana del suo décolleté, luminoso contro il nero assoluto dell'abito. Non sarebbe stato un uomo se il suo sguardo non si fosse attardato sul seno sontuoso, appena contenuto dal corpetto dalla scollatura quadrata. Cercò di trovare un difetto nel volto a forma di cuore, con il piccolo naso diritto, il mento deciso e gli occhi inconsuetamente obliqui, ma che cosa c'era da criticare?

Sorrise tra sé, gli piaceva quello che vedeva, ed era sicuro che quello che non poteva vedere era altrettanto seducente.

Si chiese che età avesse. Non che importasse. Era un gioco che faceva per passare il tempo durante gli eventi sociali come quello. Vestita tutta di nero e senza gioielli intorno al collo sottile o ai polsi, immaginò che fosse vedova e quindi non nel primo fiore della gioventù.

Che ci faceva lì una vedova?

La sua attrazione per lei crebbe ancora di più.

Nonostante la sua limitata esperienza della scena sociale londinese, Jonathon sapeva bene che le vedove non partecipavano alle riunioni sociali di quel tipo, in particolare non a un evento così rinomato e al culmine della Stagione. Forse il suo lutto era quasi alla fine e lei stava facendo da chaperon a una delle cosine giovani che c'erano quella sera? Certamente non era abbastanza vecchia da avere una figlia in età da marito? Jonathon fece una smorfia. Per qualche insondabile ragione non gli piaceva l'idea che fosse stata una sposa-bambina.

Perché lo stava fissando?

Era così immobile, con le mani unite davanti a lei, come se fosse una statua scolpita nell'alabastro, drappeggiata nel tessuto nero; un arredo del salone da ballo, come un candeliere fiammeggiante o l'enorme arazzo di fili preziosi appeso alle sue spalle. E così sembrò, quando i ballerini si appaiarono e le passarono davanti, come se, in effetti, lei non fosse niente più di un mobile. Perché? Forse era talmente conosciuta in società che la sua incredibile bellezza era data per scontata? In un salone pieno di cosine giovani e belle, rivestite di sete dai colori tenui, avorio, rosa e celeste, lei faceva veramente girare la testa.

Jonathon trovò impossibile non fissarla.

Osservò che alcuni degli ospiti arrivavano al punto di cambiare strada per non guardarla, girandole alla larga, con gli occhi fissi in avanti oppure chini sul pavimento lucido. Una o due delle giovani che lanciarono un'occhiata curiosa e furtiva in direzione della bellezza furono immediatamente e irosamente rimproverate sottovoce da genitori e tutori, e distolsero in fretta lo sguardo, con la testa bassa, come vergognandosi di aver commesso un atto così imperdonabile.

Perché la evitavano così deliberatamente?

Perché fingevano tutti che non ci fosse?

Perché nessuno si fermava a parlare con lei?

Perché la trascuravano?

Gli bruciava vederla sola e dimenticata.

Non era verosimile che la bellezza avesse un passato sordido o vivesse apertamente come amante di qualche fortunato aristocratico perché non sarebbe stata invitata in mezzo a quell'augusta compagnia. Il duca di Roxton era un puritano incorruttibile e un devoto uomo di famiglia, un esemplare raro tra i suoi pari, usi a vantarsi delle loro conquiste. Il Re non avrebbe potuto lodare di più l'esempio del duca: un complimento talmente ridicolizzato nei salotti della buona società che perfino Jonathon, che era nella capitale da soli sei mesi, l'aveva sentito ripetere abbastanza spesso. Qualunque fosse il motivo del suo ostracismo sociale, a lui non importava assolutamente. Era deciso a conoscere quella donna, spinto dalla curiosità e dal suo fascino.

Uno scoppio di risa accanto a lui lo risvegliò dalla fantasticheria. Tommy sicuramente conosceva l'identità della bellezza e la sua storia. Era sempre informato su tutti gli ultimi pettegolezzi. Collezionare le minuzie sociali che le famiglie tentavano disperatamente di nascondere era il passatempo preferito di Tommy Cavendish, secondo solo al cibo. E quindi, senza riguardo per le due vedove inturbantate che stavano alimentando l'insaziabile appetito di Lord Cavendish per gli scandali con le ultime maliziose briciole, Jonathon afferrò le falde rigide della redingote del nobiluomo e lo tirò poco cerimoniosamente accanto a sé.

"Tommy! Tommy, ascolta!" Disse senza distogliere lo sguardo dalla bellezza. "È in gramaglie e la ignorano. Perché? Che cosa ci fa qui?"

"Buon Dio, non dirmi che un membro del sesso debole ha finalmente attirato il tuo interesse? Bravo! Chi, mio caro?" Chiese sua signoria, sventolando il fazzoletto di pizzo alle vedove, che se ne andavano indignate e disgustate per essere state interrotte così rudemente da un colosso abbronzato di rilevanza sociale indeterminata. Si affrettò a portare l'occhialino a un occhio acquoso e ispezionò ansioso il salone, dov'era in corso il primo minuetto della serata, prima di far scorrere lo sguardo dai lunghi piedi di Jonathon su fino alla testa dai folti capelli lunghi fino alle spalle.

"Sei veramente alto un metro e novantacinque?"

Jonathon strappò l'occhialino dalle dita grassocce di Lord Cavendish e lo lasciò cadere dal nastro.

"Piantala con questa stupida affettazione, Tommy, e quell'orribile cerotto nero, se è quello che è, è decisamente esagerato. Una verruca, si direbbe!"

"Bruto", rispose Lord Cavendish senza offendersi, toccandosi l'angolo della bocca con il mignolo per assicurarsi che il neo finto a forma di cuore fosse ancora al suo posto. "Quelli di noi che non possono essere Sansone devono trovare altri modi per attirare Dalila."

"Cerotti e vernice non fanno per te, Tommy, fidati. Che ne direbbe Kitty?"

Lord Cavendish scrollò le spalle e si batté il ventre sporgente, stretto nell'attillato panciotto di seta ricamato alla cinese.

"Mia moglie? Mi ha suggerito di portare una mezzaluna invece di un cuore, e alla tempia, non accanto alla bocca. Ma che cosa vuoi che ne sappia la carissima Kitty di cerotti e vernice? E non sono io quello che ha bisogno di una moglie..."

"Tommy, non ricominciare."

Lord Cavendish finse di non capire e indicò con un ampio gesto del braccio la folla che si era raccolta ai bordi della pista da ballo.

"Ricominciare? Mio caro amico, la campagna matrimoniale è cominciata sul serio mesi fa, se non l'hai notato. E quale posto migliore per trovare una bella mogliettina di questa stimata riunione? Roba di prima scelta. Nessuna con un genitore al di sotto del rango di visconte, e non è che tu debba sposarti per soldi. Ci sono alcuni piattini graziosi con un pedigree lungo come il *tuo* braccio, senza fondi adeguati. Kitty pensa..."

"No, Tommy! *No.*"

"... che ci siano almeno cinque deliziosi pudding tra cui scegliere, tutte sui vent'anni e alla loro seconda Stagione. Anche se non scarterei quel pasticcino della Porter-Lewisham, anche se ha diciotto anni."

"*Diciotto?*" Jonathon era disgustato. Sua figlia aveva giusto diciannove anni. Girò la spalla del suo corpulento amico verso la pista da ballo. "Presta attenzione, Tommy! La bellezza laggiù. Chi è?"

Lord Cavendish armeggiò per prendere l'occhialino.

"Dov'è questa visione di leggiadria, questo delizioso éclair che ha stuzzicato il tuo appetito virile?"

"Non *laggiù*, da *questa* parte." Disse impaziente Jonathon. "Alla mia sinistra. L'arazzo. Sta guardando direttamente verso di me."

Lord Cavendish fece nuovamente il giro della sala con l'occhio ingrandito dall'occhialino, attento a non soffermarsi in particolare su nessun volto carino per più di qualche secondo ma, se c'era una bellezza matrimoniabile tra la folla di abiti di seta e ventagli fluttuanti, non riuscì a scoprirla; carine, sì, ma nessuna donna tanto eccezionale da far venire i bollori al suo alto amico, a meno che... No! Il suo sorriso restò fisso ma aggrottò la fronte. Diede un'occhiata a Jonathon e seguì il suo sguardo fisso... *Oh Dio. No.* Deglutì mentalmente e lasciò cadere l'occhialino, con la bocca semiaperta e brontolò qualcosa di inintelligibile.

Ci volle qualche momento prima che ritrovasse la voce, abbastanza a lungo perché Jonathon vedesse due creature dalla faccia arcigna, entrambe vestite di seta grigio tortora e con tutto il carisma di carcerieri dalle maniere forti, avvicinarsi alle spalle della bellezza per fermarsi due passi dietro di lei a ciascun lato. Gli ricordarono una coppia di gargoyle. Il modo quasi impercettibile in cui la bellezza raddrizzò le spalle nivee gli disse che si era accorta della loro presenza e che rappresentavano un'intrusione indesiderata. Ma non parlò, né le guardò.

La sua valutazione di queste donne fu giustificata quando un gentiluomo che aveva in mano due bicchieri di champagne barcollò fuori dalla sala dei rinfreschi, costeggiò la pista da ballo con tutti gli spettatori attorno e si diresse deciso verso la bellezza. Alzò entrambi i bicchieri mentre piroettava qua e là per evitare di versare una preziosa goccia dello spumante e si trovò a faccia a faccia con una delle due serissime gargoyle, che avanzò e lo intercettò prima che arrivasse a tre metri dalla loro padrona. Fu preso in consegna in silenzio da due servitori in livrea, che apparvero dalla folla come dal nulla, e fu accompagnato via, con lo champagne che gli inzuppava la redingote giallo canarino.

"Beh?" Chiese Jonathon a Lord Cavendish mentre la contessa di Strathsay faceva una profonda riverenza davanti alla bellezza e poi si rialzava per dire qualche parola. "Chi è, perché una bigotta pedante, attenta al pedigree e al rango, come Lady Strathsay le faccia una riverenza talmente profonda da strusciare il suo lungo naso sul pavimento?"

Tommy Cavendish aveva ancora la bocca aperta e stava cercando di formulare le parole, poi decise per un sorrisino e batté sul braccio di Jonathon con lo spigolo dell'occhialino.

"Strang! Tu astuto pasticcio di carne e rognone. Per un attimo ti ho creduto. Non puoi turlupinarmi così facilmente."

"Non ti sto turlupinando. Non l'ho mai vista prima di stasera e voglio sapere chi è, per non rendermi ridicolo quando ci presenteranno. Il tuo contributo sarebbe estremamente gradito, ma farò da solo, se devo."

La consueta bonomia di Lord Cavendish svanì. Desiderò che ci fosse Kitty con lui. Sua moglie avrebbe saputo spiegare le cose molto meglio di lui.

"Ah… Sì… Avrei dovuto capire. Lei non va più in società. Proprio un peccato, se posso dire la mia. Un dannato spreco di bella carne femminile."

"Beh?" Ripeté bruscamente Jonathon. Osservò Lady Strathsay prendere congedo, camminando all'indietro per qualche passo prima di girarsi e abbandonare la bellezza agli occhi attenti delle due gargoyle. "Forza, Tommy. Se è una reclusa, potrebbe decidere di andarsene da questa claustrofobica riunione sociale da un momento all'altro. Quindi sbrigati con il nome, prima che perda la pazienza e decida di farmi avanti e chiederle di ballare senza il beneficio della tua assistenza."

Lord Cavendish scosse la testa incipriata.

"No, Strang. Non è il caso che tu ci vada. Sarebbe veramente dannoso per te se lo facessi. Credimi, andandoci ti renderesti sicuramente ridicolo. Sarai montone bollito per il brodo prima di poter essere tritato per fare una tartara." Quando Jonathon sbuffò incredulo, sua signoria sospirò e lasciò cadere l'occhialino per dire, senza smancerie: "Strang. Fidati di me. Deb Roxton ha fatto un grosso favore alla tua cara Sarah-Jane, sponsorizzandola. La duchessa non concede lo stesso favore a tutti i suoi parenti Cavendish. Non si può disprezzare un tale gesto di benevolenza. Se tua figlia vuole accaparrarsi almeno un baronetto, non devi assolutamente incorrere nel dispiacere del duca. Credimi, tu, come tutti i maschi dal sangue caldo, dovrai ammirare quella divina bellezza da lontano."

Jonathon non si lasciò impressionare. Continuò a guardare attraverso il mare di nobili teste imparruccate e incipriate che si raccoglievano nel vasto salone da ballo e intravide proprio il nobiluomo di cui stavano discutendo. Guardò il duca farsi strada attraverso la folla e mettersi accanto alla bellezza. Lei arrivava appena alla spalla di Sua Grazia, e con i tacchi, sospettava Jonathon. Il duca inclinò la testa, prese la tabacchiera e disse poche parole alle quali la bellezza non rispose. Dopo un po' si voltò, alzò il mento verso di lui, gli diede una risposta e aprì il ventaglio di piume nere con un secco movimento nervoso. Dopo uno scambio che durò qualche minuto, osò voltare la schiena nuda al duca per guardare dall'altra parte. Sua Grazia rimase al suo fianco, a guardare i ballerini con un sorriso enigmatico e, dall'inclinazione della sua testa, sembrava continuasse a parlarle sottovoce, nonostante lei lo ignorasse deliberatamente. Era opinione di Jonathon che si dovesse essere ciechi per non vedere l'impenetrabile muro di ghiaccio che separava quei due.

"Se l'uomo che chiede la mano di Sarah-Jane è tanto smidollato da mettere l'opinione che ha di lui Sua Grazia di Roxton davanti all'amore per mia figlia, allora preferisco che Sarah-Jane non abbia quell'onore."

Lord Cavendish alzò di scatto una mano coperta dai pizzi in segno di sconfitta.

"Sei sempre stato spudoratamente romantico." Sospirò. "E la famiglia si chiedeva perché Emily fosse scappata con il secondo figlio di un secondo figlio, senza un soldo e che lavorava per la Compagnia delle Indie. Ah!"

"Il nome della bellezza al fianco di Roxton, Tommy."

"Che cosa mi dici della tua richiesta di riavere l'eredità Strang-Leven? Contraria il duca e potrai dire addio all'antico mucchio di pietre ancestrali e a ogni prospettiva di matrimonio di Sarah-Jane nella buona società!"

Jonathon emise un grugnito, irritato. Non aveva passato vent'anni a sudare nel subcontinente, ammassando una fortuna, perché i suoi piani gli scivolassero di mano adesso, prima di avere l'opportunità di persuadere completamente il duca del suo obbligo morale di restituire quello che giustamente apparteneva agli Strang-Leven. E quindi non aveva nessuna intenzione di andare con i piedi di piombo, nella remota possibilità di offendere il duca e così rovinare le possibilità di sua figlia di sposare un nobile.

"Sarah-Jane può trovarsi un marito titolato a Edimburgo con la stessa facilità con cui può consumare le sue scarpine da ballo su questi nobili pavimenti."

Lord Cavendish rimase sconvolto. "Strang! Un Lord *scozzese*? Tanto varrebbe dire Macbeth a un attore!"

"Smettila con queste pose da cuoco francese, Tommy, e dimmi il nome della bellezza."

Lord Cavendish evitò la domanda.

"Kitty è una donna notevole," disse, battendosi l'occhialino sul naso in modo eloquente. "È in confidenza con la duchessa. Ma questo resti tra te, me e la padella, vecchio amico."

Jonathon inarcò un sopracciglio. "Bene, *vecchio amico*, la padella ne sa più di me, quindi sputa!"

"Dovrebbe farti piacere sapere che Roxton è piuttosto indeciso riguardo alla tua eredità perduta da tempo, in particolare la residenza di Hanover Square. Ha comprato una casa più grande e sfarzosa ai margini di Hyde Park, più adatta alla sua crescente nidiata e che, così dicono i cinici, allontana un po' il suo ducato dal passato nefando dei precedenti detentori del titolo. Per quanto riguarda Crecy Hall... Si dice che sia in un bel dilemma riguardo a quel turrito terrore elisabettiano, parole sue non mie. Come sai, la casa era stata lasciata andare in rovina e non era più abitabile fino a cinque anni fa, quando il vecchio duca, che stava esalando gli ultimi respiri, decise di riportare Crecy al suo originale splendore."

Jonathon fu abbastanza sorpreso da distogliere lo sguardo dalla bellezza per abbassarlo su Tommy Cavendish. "Per l'amor del cielo, *perché*?"

"Attento alla crema nel tuo éclair," ordinò Lord Cavendish e continuò sotto voce. "Questo duca di Roxton si vede come un nobiluomo moralmente retto e quindi, una volta che i tuoi avvocati gli hanno presentato la vera natura dell'acquisizione dell'eredità Strang-Leven, tenersi strette Hanover Square e la magione elisabettiana non è molto in sintonia con i suoi alti principi morali."

"Davvero? Le nuvole si dividono e il sole splende di nuovo. E? C'è di più. Le tue labbra dipinte stanno tremando."

Lord Cavendish ondeggiò sui talloni. "Ma quello che il duca sente e pensa non è importante per la tua causa, temo. È la mamma francese del duca che sarà la tua rovina, perché è per lei che il vecchio duca ha restaurato Crecy, per farne la sua residenza vedovile. Ed è lì che lei si è trasferita dopo la sua morte, tre anni fa. E quindi è *Antonia*, duchessa di Roxton, che non solo devi persuadere che Crecy deve ritornare agli Strang-Leven, ma che devi anche *sfrattare*."

"La *madre* di Roxton?" Jonathon alzò gli occhi al soffitto decorato, brontolando. "Una vecchia vedova bisbetica, e francese per giunta! *Fabuleux. Un malheur n'arrive jamais seul!* Il tempo è sempre freddo in questo paese e ora è diventato gelido." Sospirò e raddrizzò le spalle, dando una gomitata a Tommy Cavendish mentre riportava lo sguardo sulla bellezza che, senza voltarsi, stava dicendo al duca qualcosa che gli fece stringere tra le dita la tabacchiera e serrare le mascelle. Che stessero litigando non poteva essere più ovvio che se si fossero gridati insulti da un capo all'altro del salone.

"Allora, Tommy, chi è quella donna che riesce a far perdere il controllo in pubblico a Roxton?"

Lord Cavendish fece un rumore con la gola che sembrò il verso di un fagiano spaventato. Tossì educatamente nella mano chiusa per ritrovare la voce.

"La... ehm... bellezza che ha destato la tua concupiscenza è... Dio! Non riesco a *credere* che la prima donna che ti scalda il sangue da quando sei tornato in Inghilterra sia proprio..."

"... una cugina, sorella, lontana terza cugina, parente povera del duca?"

"Antonia, duchessa di Roxton, la vecchia vedova bisbetica, come l'hai umoristicamente definita tu."

Jonathon deglutì rumorosamente.

"Che io sia dannato," mormorò incredulo.

"E lo sarai, se oserai avvicinarti a lei."

Jonathon si schiarì la gola secca.

"Non è abbastanza vecchia, Tommy. Roxton deve avere la mia età, almeno."

"Eravamo a Eton insieme. Ha appena compiuto trent'anni. Le tempie brizzolate e il fatto che sua madre abbia la disgrazia di essere assurdamente giovanile per i suoi anni non aiutano."

Jonathon fece una smorfia di disgusto. "Sposa-bambina?"

"Ne dubiti? Strappata dai banchi di scuola. Il quinto duca era un noto libertino che si è ravveduto per lei. Sono stati devoti l'uno all'altra fino alla sua morte. E ho detto tutto." Lord Cavendish salutò un gentiluomo dall'altra parte della stanza che stava facendo dei movimenti esagerati con la testa indicando la sala dei rinfreschi. "Ora di muoversi, Strang. Le carte, la conversazione e la frutta candita ci aspettano oltre quegli archi e io, per primo, voglio gustare quello che c'è in offerta."

Jonathon lo fermò, con lo sguardo ancora fisso sulla duchessa. "Dimmi che mi stai prendendo in giro, Tommy. Dimmi la verità. Dimmi che una donna tanto straordinariamente bella non ha legami di sangue con Roxton. Dimmelo, Tommy."

Lord Cavendish emise un sospiro pesante. "Vorrei poterlo fare ma non posso."

"Allora dimmi quello che sai."

"Vuoi smetterla di fissarla così apertamente!" Sibilò Lord Cavendish tirando il paramano di velluto di Jonathon. "Roxton ci ha già guardato due volte e non mi meraviglia, con i tuoi occhi incollati con cupidigia a sua madre. È dannatamente protettivo nei suoi confronti e chi può biasimarlo? La morte del vecchio duca ha aperto la stagione di caccia alla sua giovane vedova. La sua incredibile bellezza è pari solo alla sua ricchezza personale, un'eredità lasciatale dal vecchio duca per farne quello che vuole; tra cui l'eredità Strang-Leven, mio caro. Le mani di Roxton sono legate, finché lei vive. Quindi, capisci perché la tiene in una gabbia dorata. Beh, questa è la storia..."

"E la versione non autorizzata?" Quando Lord Cavendish rimase in silenzio, Jonathon si obbligò a distogliere gli occhi dalla duchessa, per guardare l'espressione preoccupata di Lord Cavendish. "Oh, forza, Tommy, parla e poi sarai libero di andare a ingozzarti quanto vuoi al buffet."

Sua signoria sospirò. "Sei dannatamente insistente."

Alzò di nuovo l'occhialino per fingere di essere interessato alle danze, perché non solo il duca li guardava con la fronte aggrottata ma anche quelli che circolavano ai bordi della pista da ballo cominciavano a voltare la testa nella loro direzione e a sussurrare dietro ai ventagli e ai fazzoletti di pizzo profumati.

"Il vecchio duca è morto quasi tre anni fa. Aveva sessantasette anni ed era malato da un po' di anni, quindi la sua morte non è stata inaspettata. Eccetto, cioè, che per la duchessa, che porta ancora il lutto per la sua scomparsa come se fosse successa ieri. È una creatura divinamente bella e dolce, da compiangere. Dicono che il dolore le abbia sconvolto la mente. Sir Titus Foley, un medico damerino che si è fatto un nome per lo studio e il trattamento della *melancholia* femminile, è stato convocato a Treat dal duca, ed è la seconda volta in due anni. C'è da chiedersi quanto sia equilibrata la mente di Sua Grazia, no? E non l'hai sentito dire da me, vecchio mio, perché Kitty mi legherebbe come un pollo e mi farebbe arrosto."

Jonathon fece una faccia disgustata.

"Quella povera donna ha perso il marito, che era l'amore della sua vita, la sua casa e la sua elevata posizione nella società, e suo figlio la tiene sotto chiave? Non mi meraviglia che soffra di *melancholia*. Non ha più una vita, è tiranneggiata, tormentata e completamente incompresa, ecco quello che penso. Non ha bisogno delle attenzioni particolari di un ciarlatano altezzoso. Ciò di cui ha bisogno è qualcuno con cui parlare e una spalla amica su cui piangere."

La risata acuta e incredula di Lord Cavendish si sentì per tutto il salone.

"*P-P-parlare*? Oh, *S-S-Strang*! Sei la mia tazza di brodo di pollo, così necessaria al mio benessere. Il tuo rimedio? Così poco complicato e affascinante che quasi mi hai convinto. Deduco che agirai da uomo e offrirai ad Antonia Roxton la tua ampia spalla su cui piangere?" Si asciugò gli occhi che lacrimavano nei volant di pizzo che gli coprivano la mano tremante. "E per i tuoi sforzi lei ti sarà eternamente grata e non solo ti consegnerà l'eredità Strang-Leven, ma sgombrerà Crecy Hall immediatamente, perché tu ne faccia quello che vuoi?" Scosse incredulo la testa incipriata. "Vorrei vivere per vedere quel giorno!"

Jonathon sorrise. "Aspetta e vedrai!"

DUE

IL DUCA RIMASE IN PIEDI ACCANTO AD ANTONIA, DUCHESSA DI Roxton, e prese la tabacchiera d'oro dalla tasca. Tamburellò sul coperchio smaltato ma non la aprì. Era un gesto deliberato che aveva lo scopo di dargli un momento per controllare la frustrazione e l'irritazione. Riuscì a mantenere rilassato il bel volto e a sorridere, come se si stesse godendo la serata. I suoi ospiti non potevano sospettare che quando sua madre era arrivata tutta vestita di nero, avrebbe voluto che il ballo finisse prima ancora di cominciare; perfino il ventaglio e le scarpe dal tacco alto erano neri. I capelli erano acconciati senza alcun ornamento, nemmeno un nastro, non aveva usato cosmetici e ai polsi e al collo non portava gioielli. Il suo aspetto severo non solo la rendeva la donna più interessante in tutta la sala ma proclamava la sua volontaria indifferenza al tentativo di suo figlio e di sua nuora di ospitare a Treat un evento sociale che non generasse pettegolezzi indesiderati.

Non avrebbe dovuto sperare che questa volta lei avrebbe accettato il suo consiglio, abbandonando il lutto. Avrebbe voluto sapere come comportarsi con lei. Con gli altri membri della sua famiglia, vicini e lontani, servitori, mezzadri, domestici, la sua parola era legge e raramente messa in discussione. Gli piaceva credere di essere un capofamiglia benevolo e raramente dittatoriale. Eppure si sentiva dannatamente maldestro quando si trattava di sua madre. Non riusciva proprio a capire che cos'altro avrebbe potuto fare o dire, che non avesse già tentato, per tirarla fuori da quel pozzo di dolore e autocommiserazione in cui stava lentamente annegando.

Che cosa era accaduto alla creatura animata e felice di un tempo, che attraversava la vita come una trottola dai colori vivaci; una bella piccola trottola in magnifici abiti di seta e dolce profumo, con braccialetti d'oro e di diamanti che le adornavano i polsi, e abbastanza pietre preziose regalatele da suo padre da dover solo raramente indossare due volte lo stesso gioiello? Era stata l'elemento vitale che aveva reso la famiglia felice, piena di calore e amorevole. Nemmeno la malattia di suo padre aveva spento il suo spirito. Era stata brava e coraggiosa e così forte che lui si era convinto che fosse scesa a patti con l'inevitabilità della morte di suo padre. Avrebbe portato il lutto per un po' ma poi, essendo tanto più giovane di suo marito, avrebbe continuato a vivere, accettando il fatto che il vecchio duca aveva avuto una vita lunga e movimentata e che era arrivato il suo momento.

Ma quando era morto suo padre sembrava che fosse morta anche lei.

Era stato come perdere entrambi i genitori nello stesso giorno e lo rattristava oltremisura. Il conseguente fragile stato della salute mentale di sua madre era una preoccupazione costante. Avrebbe voluto renderla felice. Avrebbe voluto farle capire che la vita valeva ancora la pena di essere vissuta. Tre anni di gentile persuasione avevano fallito. Quindi era arrivato il momento di tentare un approccio diverso, uno cui detestava dover ricorrere ma che l'eminente specialista, Sir Titus Foley, gli aveva assicurato essere l'unico modo per scuotere sua madre e farla tornare in sé.

Fece un respiro profondo, fingendo di interessarsi alle coppie che si stavano allineando per la prima contraddanza.

"Pensavo fossimo d'accordo che per Pasqua avreste rinunciato al nero?"

Parlava in francese, la lingua natia di sua madre.

"No. Era quello che volevate *voi*, Julian."

"Sono passati tre anni, *ma mère*. Non è ora?"

Antonia scrollò le spalle nude con lo sguardo fisso sulla porta d'ingresso. "Ora? Ora di cosa? Senza *Monseigneur* il tempo non è importante."

Il duca strinse le labbra e contò mentalmente fino a cinque.

"Rinunciare al nero non diminuirà il vostro dolore ma…"

"… renderà più facili le cose per mio figlio e sua moglie non avere una *maman* che si affligge in pubblico, *hein*?"

"Sapete che non è quello che intendevo!" Disse a denti stretti, con la tabacchiera stretta nel pugno.

"Ma è quello che provate, no? Preferireste che la vostra *maman* tenesse per sé la sua afflizione. Sarebbe più… *decoroso*, no?"

"Io preferirei che non vi affliggeste del tutto!"

Antonia alzò gli occhi verso il duca, con un lampo di rabbia negli occhi verde smeraldo.

"*Comment osez-vous suggérer une telle chose*! Forse mio figlio preferirebbe che *Monseigneur* e io non fossimo mai stati innamorati? Preferireste che vostra madre si strappasse il cuore dal petto in modo che voi non dobbiate sopportare l'indegnità del suo dolore?"

A quel punto il duca si voltò e la guardò con un misto di furioso imbarazzo e indignazione. Per un attimo dimenticò che, alla luce di migliaia di candele, duecento paia di occhi osservavano e aspettavano, dietro ventagli fluttuanti e occhialini o sopra l'orlo delle coppe di champagne per vedere il risultato di questa frigida conversazione tra madre e figlio.

"Mi offende, signora, che osiate suggerire una cosa tanto assurda," proferì gelidamente il duca. "In particolar modo quando sapete perfettamente che Deborah e io cerchiamo in tutti i modi di emulare la vita matrimoniale che avete condiviso voi e mio padre. Questi commenti deliranti sono un'ulteriore prova che non siete in condizioni di prendere decisioni razionali." Allungò il collo, come se la cravatta di pizzo bianchissimo, dal nodo elaborato, si fosse di colpo stretta intorno alla gola e tornò a guardare nel salone. "Ho deciso di richiamare Sir Titus..."

"*Cosa?*" Gli rispose Antonia, aprendo il ventaglio con un movimento agitato del polso sottile. Soppresse un brivido di ripugnanza. "Volete obbligarmi a subire le cure di un-un disgustoso, untuoso ciarlatano? *Incroyable.*"

"Allora avete smesso di passare interminabili ore sulla collina a parlare da sola?"

"Non parlo da sola," disse sinceramente Antonia, anche se le guance di porcellana si colorirono per essere stata colta sul fatto. "Parlo con vostro padre."

Il duca alzò gli occhi verdi al soffitto dorato e poi li abbassò sulla fibbia di diamanti della sua scarpa sinistra.

"Vedo... Credete sia un comportamento accettabile per una duchessa passare le ore libere nel mausoleo di famiglia..."

"Accettabile quanto un duca che permette ai suoi servitori di spiare sua madre!"

"... in conversazione con una statua di marmo?" Finì il duca in tono deciso.

Antonia lo guardò con i grandi occhi innocenti.

"Julian è assurdo che crediate che vostra madre parli con le statue."

Il duca contò di nuovo mentalmente fino a cinque ma si sentì il suo sospiro impaziente. Cercò per l'ultima volta di essere ragionevole.

"Signora, se accetterete di rinunciare al nero e accetterete la vita com'è ora e non come vorreste che tornasse a essere, io farò volentieri a meno dei servigi di Sir Titus Foley, nonostante mi assicuri che può curarvi dalla vostra eccessiva e irragionevole malinconia."

Le parole del duca diedero i brividi ad Antonia che si irrigidì visibilmente. *Curarla?* Di che cosa stava parlando Julian? Come se il dolore per aver perso l'amore di una vita fosse un attacco di influenza che richiedeva molto riposo a letto e l'amara pozione di un medico. Fissò dall'altra parte della sala, il movimento, i colori, le risate e la luce, tutto un turbinio indistinto, senza significato. Non riusciva più a sopportare di restare un altro minuto in questa casa che era stata la sua.

"Fate venire la mia carrozza, Julian. *Immédiatement!*"

"Rinunciate al nero, *maman*, e i bambini potranno continuare a farvi visita a Crecy."

Antonia restò senza fiato. "Impedireste ai bambini di farmi visita?"

"Frederick sta facendo troppe domande sul-sullo strano comportamento della sua *grandmère*."

Quando Antonia lo fissò con muta incredulità, il duca si schiarì la gola, imbarazzato e a disagio sotto il suo sguardo fisso. Questo colloquio *impromptu* minacciava di diventare una scenata pubblica, una circostanza che voleva evitare a tutti i costi. Allungò di nuovo il collo, la cravatta stringeva sempre di più.

"Sapete bene quanto me che i servitori spettegolano davanti ai bambini, pensando che non abbiano un'età tale da capire. Ma Frederick ha quasi sette anni… Ha una testa adulta sulle spalle… Ha preso a cuore i pettegolezzi. Si preoccupa per voi. Si agita. Ha fatto domande a sua madre. Grazie al cielo i gemelli sono troppo piccoli, come Juliana, ma non ci vorrà molto prima che… In breve, *maman*, se continuerete a indossare il lutto, se continuerete le vostre quotidiane visite alla cripta di famiglia, non mi lascerete altra scelta che limitare i vostri contatti con i bambini alle occasioni pubbliche."

Lentamente, Antonia chiuse le bacchette del ventaglio e sollevò leggermente le diafane sottane. Facendo appello all'oltre quarto di secolo da duchessa sotto lo sguardo pubblico, tese meccanicamente la mano al figlio per salutarlo. Un'occhiata sopra la spalla alle sue dame di compagnia fu tutto quello che servì per farle avvicinare.

"La mia carrozza, Julian."

"È troppo chiedere," cercò di persuaderla, portandosi la sua mano alle labbra, "di smettere di vestirsi di nero e conformarsi?"

Il volto di Antonia restava fisso in una maschera impassibile. Dentro, stava cadendo a pezzi.

Conformarsi? La parola non rientrava nel suo vocabolario. Quando mai le era stato chiesto di adeguarsi? Era sempre stata solo se stessa. Da quando era diventata la duchessa di Roxton, due mesi dopo il suo diciottesimo compleanno, non era mai stata obbligata, né aveva mai sentito il bisogno di conformarsi ai dettami della società. Suo marito non se l'era mai aspettato da lei. La sua spontaneità e la sua esuberanza erano le cose che *Monseigneur* aveva adorato in lei. Perché suo figlio si aspettava che ora lei, da vedova, si conformasse? Era inconcepibile. Curarla e conformarsi. Assurdità che la facevano sentire persa.

Ritirò la mano.

"È questo che vuole anche Deborah?"

Il duca non la guardò negli occhi. Guardò sopra la sua testa bionda.

"Deb è incinta di quattro mesi e non ho intenzione di causarle agitazione."

Antonia sentì le lacrime in fondo agli occhi. Eppure non doveva versarle qui.

Suo figlio non si rendeva conto che i suoi nipotini erano tutto per lei? Le loro visite bisettimanali alla sua casa vedovile sul lago erano l'unico raggio di sole nelle sue giornate altrimenti grigie e solitarie. Senza di loro, si sarebbe sicuramente spenta. Ma forse era per il meglio; forse avrebbe risolto tutto. Sapeva di essere un grande peso per suo figlio e sua moglie, e che Julian stava solo facendo quello che riteneva giusto; quello che pensava che suo padre avrebbe voluto che facesse come duca. Antonia non poteva biasimarlo. Sapeva bene che, in quanto duca di Roxton, suo figlio aveva ereditato un grosso carico di responsabilità e che prendeva molto seriamente la sua posizione di capofamiglia; troppo seriamente, secondo lei. Ma non toccava a lei discuterne. Era un marito e un padre amorevole e un padrone benevolo, ed era quello che importava veramente.

"Non glielo avete detto."

Il duca non rispose. Fece segno alle dame di compagnia di sua madre di venire avanti.

"Sua Grazia torna a Crecy."

Antonia si voltò per andarsene, con gli occhi bassi. Aveva il cuore pesante, la mente e il corpo così apatici che era come se stesse camminando nella melassa. Eppure, qualcosa, non sapeva esattamente che cosa, forse il crescendo delle conversazioni accanto a lei o il lampo di colore e di movimento mentre i ballerini si sparpagliavano e il loro pubblico si divideva, la fece fermare e alzare lo sguardo dal pavimento. I suoi occhi si spalancarono per la sorpresa perché un gigante abbronzato e snello veniva a grandi passi proprio verso di lei.

Era vestito con una redingote di velluto scuro senza ornamenti, con stretti paramani, scarpe con il tacco basso e semplici fibbie d'argento, con i folti capelli naturali ondulati che ondeggiavano sulle spalle e gli ricadevano sugli occhi scomposti. Antonia si chiese se fosse un ecclesiastico, anche se un ecclesiastico particolarmente alto e attraente. Ma la sua unica concessione alla moda, un panciotto ricamato a colori vivaci, di satin blu pavone intenso, con bottoni ricoperti in tinta, le fece scartare quella supposizione. Gli ecclesiastici non indossavano tessuti così ben tagliati e raffinati. Eppure, il panciotto era talmente in contrasto con la severità del resto del suo abbigliamento che sbatté gli occhi, come per assicurarsi che non fosse un'apparizione.

Forse era ubriaco? Un consumo eccessivo di alcool avrebbe spiegato l'aria di sicurezza rilassata di questo flessuoso sconosciuto in mezzo all'élite della società. Solo un ubriaco avrebbe osato fissarla così apertamente. Non guardava né a sinistra né a destra mentre passava di lato alla pista da ballo, obbligando il contingente di spettatori a farsi indietro al suo passaggio. Non che sembrasse importargli che il disturbo risultante avesse obbligato l'orchestra a smettere di suonare. Nel silenzio improvviso, sia i ballerini che gli spettatori si avvicinarono, tutti con gli occhi fissi sullo sconosciuto dalla pelle ramata che osava avvicinarsi sfacciatamente alla duchessa vedova di Roxton.

Come per assicurarsi della destinazione del gentiluomo, Antonia voltò la testa per guardare a destra e a sinistra. A parte suo figlio e le sue dame di compagnia che le respiravano sul collo come il solito, non c'era nessuno abbastanza vicino da poter essere nel campo visivo dello sconosciuto.

Antonia continuò a fissare il gentiluomo che si avvicinava attraverso la folla, con i cinque centimetri di tacco incollati al pavimento e il ventaglio di piume lasciato ricadere dal cordoncino intorno alla vita, chiedendosi che cosa mai potesse volere. Poi suo figlio si mise davanti a lei, bloccandole la visuale.

"Sua Grazia non balla," dichiarò il duca, lento e pacato.

Jonathon non si lasciò turbare dall'accoglienza gelida del suo ospite. Guardò fisso negli occhi il duca e sorrise.

"Davvero, duca?" Disse tranquillamente e fece un passo a sinistra in modo da vedere ancora Antonia. Fu felice di scoprire che i suoi occhi leggermente obliqui erano del colore degli smeraldi più brillanti. Che fosse ancora più squisitamente bella da vicino rinforzò la sua decisione di farla ballare con lui. "Perché non permettete a vostra madre di dirmelo da sola?" Chiese con una familiarità schietta e amichevole che sbalordì il duca più che se lo avesse schiaffeggiato.

Quelli, tra la folla che li circondava, abbastanza vicini da sentire questa dichiarazione rude furono talmente sbalorditi che un membro preminente del loro ordine fosse apostrofato in quel modo così sorprendentemente informale, e da qualcuno che consideravano un *parvenu* (un mercante delle indie orientali, addirittura), che si sentì un sibilo di incredulità quando tutti trattennero simultaneamente il fiato.

E continuarono a trattenerlo aspettando la risposta del duca.

"Forse non mi avete sentito," articolò gelidamente Roxton, talmente non uso ad essere interpellato in quel modo che sulle guance ben rasate si diffuse un cupo rossore, come se avesse ricevuto davvero uno schiaffo. "La duchessa non balla. Sta tornando a casa, ora, se volete scusarla."

Nessuno dei due uomini cedette. Si fissarono in silenzio, occhi negli occhi. La folla respirò e trattenne di nuovo il fiato. Le buone maniere e le convenzioni sociali richiedevano che l'ospite cedesse all'educata richiesta del padrone di casa. Ma Jonathon non era un uomo che cedesse facilmente, non senza un buon motivo. Certamente non aveva intenzione di cedere solo perché una qualche regola non scritta lo richiedeva. Non c'era nessun motivo per farsi indietro, salvo che lo desiderasse *lei*.

Quindi non fece quello che si aspettava la società. Non si scusò. Non era un penitente. Non si profuse in inchini per poi arretrare ed essere ingoiato dalla folla. Al contrario, commise un imperdonabile peccato sociale, uno da cui le matrone della società concordarono che non si sarebbe mai ripreso. Poteva anche imballare i suoi *portmanteau* e partire nel bel mezzo della notte per tornare a qualunque fosse il posto sperduto da cui si era materializzato.

Jonathon ignorò il duca.

Fece un passo avanti, strusciando contro la spalla del duca, come se il suo illustre ospite fosse un domestico non degno della sua attenzione, e si rivolse direttamente ad Antonia.

"Vostra Grazia mi concederebbe l'onore di danzare con un uomo che ha due piedi sinistri e l'eleganza di un insetto stecco che cerchi di camminare sull'acqua?"

Tutti aspettarono la risposta della duchessa a questo piccolo dramma recitato sopra la sua testa tra due uomini belli, alti e ai lati opposti dell'ordine sociale. Tutti si aspettavano che declinasse. C'era l'affronto fatto a suo figlio, oltre al fatto che nessuno l'aveva vista ballare da quando il vecchio duca di Roxton aveva avuto la malattia al polmoni che alla fine l'aveva portato alla morte.

L'impulso di Antonia fu di rifiutare, con la patetica scusa di avere un'emicrania e uscire alla svelta per risparmiare ulteriore imbarazzo a suo figlio. Ma non aveva mai usato una scusa patetica in vita sua, né aveva mai sofferto di emicranie. E certamente non voleva vedere questo gentiluomo, che le sorrideva con la sicurezza di essere accettato, umiliato dal suo rifiuto. Era già incorso nell'ira silenziosa di suo figlio, che lei sapeva detestare le scenate in pubblico. Avrebbe indubbiamente punito questo sconosciuto per le sue cattive maniere, snobbandolo ad ogni successiva riunione sociale. E come un gregge di pecore, il resto della società lo avrebbe seguito, e quello sconosciuto si sarebbe trovato socialmente ostracizzato.

Non sarebbe stata lei la responsabile per l'esilio sociale di questo gentiluomo.

Fissò apertamente il volto sorridente dell'attraente sconosciuto e, nonostante le rughe profonde che si irradiavano dai suoi occhi marrone scuro e che gli segnavano le guance, e il fatto che avesse una carnagione scura, senza dubbio il risultato di anni passati a solcare i mari o a vivere in assolati climi coloniali, stimò che non dovesse avere più di una mezza dozzina di anni più di suo figlio. Che pericolo poteva esserci a fare un ballo con lui, se significava evitargli di essere immediatamente evitato dai suoi pari?

Decisa, passò di fianco al duca e tese la piccola mano in un saluto.

"Se potete sopportare la mia mancanza di pratica, *M'sieur*, io sopporterò i vostri due piedi sinistri."

Il sorriso candido di Jonathon si allargò, ma non, come supposero gli spettatori, in segno di trionfo perché Antonia aveva accettato il suo audace invito nonostante l'opposizione del duca. Era rimasto piacevolmente sorpreso che lei avesse risposto sommessamente in francese, senza considerare la possibilità che lui potesse non conoscere quella lingua. Che lui avesse un buon orecchio e parlasse fluentemente parecchie lingue era un'informazione che poteva aspettare un altro giorno. Per il momento, era solo lietissimo di averla al suo braccio.

Senza dare una seconda occhiata al duca, la condusse in mezzo al salone, sotto lo sfavillio di tre candelieri, come se il fatto che lei avesse accettato fosse una cosa scontata.

Ci fu un momento di indecisione generale, non si riusciva a decidere se altre coppie dovevano unirsi a loro per raggiungere il numero richiesto per un cotillon, ma poi Deborah Roxton si avvicinò maestosa a suo marito e disse a voce alta che lui le aveva promesso quel ballo. Il duca non fece obiezioni, anche se guardò sua moglie con diffidenza, e diverse altre coppie si formarono in fretta e seguirono l'esempio dei loro ospiti. In pochi minuti, la voce circolò nella sala dei rinfreschi e ai tavoli da gioco, e tutti li disertarono per osservare Antonia, duchessa di Roxton, danzare per la prima volta da sette anni.

Lord Cavendish guardava da lontano, pieno di ammirazione per l'impudenza di Jonathon. E dagli sguardi di desiderio lanciati a Strang da almeno una mezza dozzina di bellezze in età da marito mentre guidava Antonia in un cotillon, era ferma opinione di sua signoria che, lungi dal compromettere la sua idoneità come eventuale compagno, questo episodio aveva aumentato a dismisura le prospettive di quel suo cognato dalla parlata schietta di accaparrarsi un'ereditiera titolata. Sua signoria non vedeva l'ora di conferire con sua moglie.

🐘🐘🐘

Jonathon mantenne viva una conversazione scherzosa e leggera, tutto per distrarre Antonia dal fatto che erano osservati da ogni invitato al Ballo di aprile dei Roxton. Più tardi cercò di ricordare di cosa aveva cianciato ma non aveva idea della natura precisa dei suoi discorsi sconclusionati, solo che era acutamente conscio di volere che lei si sentisse a suo agio.

Che, in effetti, fosse un ottimo ballerino fu evidente nell'attimo in cui la musica iniziò e guidò Antonia nei passi del cotillon con tutta la destrezza di un maestro di ballo. Quando lei alzò gli occhi per guardarlo, aggrottando sospettosa le sopracciglia, lui ammiccò e le sorrise con un'espressione cospiratoria, che le fece distogliere in fretta gli occhi. Inesplicabilmente, si sentiva la gola calda. Quando si toccarono nuovamente le mani, Antonia si sentì più tranquilla, cioè finché lui ebbe la sfrontatezza di stringerle le dita e dire, scuotendo tristemente la testa: "Vorrei veramente che vi concentraste, *Madame la Duchesse*. È già abbastanza difficile tenere i miei due piedi sinistri puntati nella stessa direzione senza che i pensieri della mia partner vaghino lontano da quello che stiamo facendo."

Antonia lo guardò a bocca aperta. "Chiedo scusa, *M'sieur*…"

"Mi chiamo Strang, Jonathon Strang."

"Chiedo scusa, *M'sieur* Strang…"

"Ma quando ci conosceremo meglio, mi chiamerete Strang."

Antonia si raddrizzò in tutto il suo metro e mezzo di altezza.

"*M'sieur* Strang. Non credo…"

La frase rimase in sospeso mentre lui seguiva i gentiluomini verso il centro prima di tornare di nuovo fermo accanto a lei. Lui chinò la testa, vicino al suo orecchio e disse, in tono confidenziale: "Ma aspetto solo il giorno in cui mi chiamerete Jonathon."

Ora Antonia non era solo infastidita, era oltraggiata.

"*M'sieur*! Vi trovo infinitamente *grossier* e non vi chiamerò mai in altro modo che *M'sieur* Strang."

L'uomo rise, mettendo in mostra i denti bianchi.

"Bene, è un inizio," disse lui bonariamente.

Per il resto del ballo rimase in silenzio, con enorme sollievo di Antonia, anche se il suo sguardo restava fisso su di lei, cosa che la sconcertava. Non era una donna vanitosa, ma nemmeno stupida. Era perfettamente conscia che gli uomini ammiravano la sua bellezza, ma sempre da una rispettosa distanza, mai da così vicino e mai tanto apertamente da farla arrossire. Si chiese di nuovo se per caso lo sconosciuto fosse ubriaco ma quando si era abbassato per parlarle all'orecchio non era stata sopraffatta dall'odore di alcool. Forse, quindi, soffriva di un disturbo nervoso che lo faceva apparire eccessivamente amichevole?

Qualunque fosse il suo disturbo, Antonia desiderava solo che il ballo finisse. Non le piaceva l'attenzione che stava attirando ballando con questo sconosciuto e che il suo partner fosse contento della sua recente notorietà. Eppure, quando rischiò e gli diede un'occhiata, lui ammiccò di nuovo, non in modo lascivo, ma in un modo che dava a intendere che fosse assolutamente padrone delle sue facoltà. In effetti, ebbe l'impressione, dallo sguardo intenso dei suoi occhi castani e dalla fermezza della sua bocca quando non stava sorridendo, che sotto l'atteggiamento amichevole ci fosse una determinazione d'acciaio; che una volta fissato un traguardo lui avesse la capacità di perseguirlo caparbiamente fino a raggiungerlo, a qualunque costo.

I suoi sospetti furono confermati quando, cessata la musica e i ballerini cominciarono a disperdersi, lui la non riportò dove le sue dame di compagnia la aspettavano rispettosamente. Le prese la mano e la infilò fermamente sotto il proprio gomito ricoperto di velluto e la portò via, verso la sala dei rinfreschi. Prima che Antonia potesse dire una parola di protesta, le mise in mano una coppa di champagne e manovrò per portarla in un angolo tranquillo accanto ad un'alta finestra che guardava sul giardino ornamentale illuminato dalle lanterne. Con la larga schiena rivolta verso la folla riunita, si installò in tutta la sua altezza tra una colonna di marmo e la finestra, bloccando efficacemente la vista di Antonia agli spettatori curiosi.

Bevve il suo champagne con evidente piacere.

"Non vi stupisce come andiamo splendidamente d'accordo,

Madame la Duchesse? Voi che parlate il francese di Luigi e io che rispondo nell'inglese del Re. Bene, adesso si può dire perché questo Giorgio parla inglese. I precedenti due Giorgio tedeschi non ne sapevano granché, no? Dovevano conversare in francese con i loro ministri inglesi perché la loro padronanza, o dovrei dire la loro mancanza di padronanza, della lingua inglese era agghiacciante." Le sorrise guardandola. "Quei due Giorgio avrebbero potuto chiacchierare con voi molto bene. Oserei dire anzi che al secondo Giorgio niente piacesse di più che conversare con voi in francese?!"

"Sì, sì, Sua Maestà era un gran chiacchierone, *M'sieur*," gli rispose distrattamente Antonia, cercando di vedere, oltre la sua figura, la folla che si avvicinava ai tavoli carichi di cibo e vino, cercando un segno di suo figlio, ma il suo compagno di ballo le bloccava la vista tanto efficacemente che l'unico posto dove poteva guardare senza essere scortese era diritto in faccia a lui. "*Monseigneur* dice che è un bene che i Giorgio tedeschi parlassero una lingua civilizzata e non la loro favella gutturale, altrimenti sarebbe stato costretto a sostenere la pretesa al trono del giovane pretendente."

"Davvero?" Rispose Jonathon con interesse. "Scommetto che Bonnie Prince Charlie conversava anche lui meglio in francese che in inglese."

"È proprio vero," concordò Antonia, e all'improvviso sorrise con una fossetta al ricordo. Sorseggiò distrattamente lo champagne nella sua coppa. "*Monseigneur* approvava le maniere impeccabili di Carlo Stuart e il fatto che sapesse annodare perfettamente una cravatta, ma non tollerava la sua politica."

"Le priorità di *Monseigneur* sono giuste, questo è certo," disse Jonathon, nel modo più indifferente che riuscì a trovare perché quella fossetta gli aveva accelerato i battiti.

L'aveva fatta sorridere, sorridere al ricordo del suo prezioso *Monseigneur*, ma comunque sorridere. Deciso a ottenere il massimo da quella piccola fossetta, continuò sorpreso e imbarazzato per come riusciva a dire stupidaggini come un ragazzetto maldestro.

"L'aspetto di un gentiluomo la dice lunga su di lui e quello che pensa del mondo. C'è un'enorme differenza tra un uomo vestito con nonchalance e un uomo che si veste con nonchalance. Arriverei a dire che *Monseigneur* dichiarerebbe che anche il sarto migliore non può compensare le cattive maniere."

Gli occhi verdi di Antonia si illuminarono.

"Anche questo è verissimo, *M'sieur*," rispose, approvando. "*Monsei-*

gneur può perdonare a un nobiluomo una balza un po' lisa ma non ci sono scuse per la mancanza di educazione, *hein*?"

"Esattamente! Un gentiluomo potrebbe star passando tempi difficili e non avere i mezzi per avvalersi dei servigi di un sarto, ma se è ricco di buone maniere sarà il benvenuto ovunque."

"*Exactement*," confermò Antonia. "È preferibile, vero *M'sieur*, intrattenere il vicario del paese con il suo tricorno sciupato ma che non sparge il tabacco su tutto il bavero, piuttosto che il cardinale con il suo mantello nuovo che però ha le maniere di un maiale e sputa nel *pot de chambre* collettivo. Voi ridete, ma ve lo dico io, *M'sieur*, *Monseigneur* non sopporta i cardinali."

"Bene, sono lieto che *Monseigneur* e io siamo d'accordo," rispose soddisfatto, prendendo il suo bicchiere vuoto senza distogliere gli occhi dal suo volto rivolto verso di lui e mettendolo sul vassoio tenuto da un cameriere che aleggiava lì accanto. "Neanche io sopporto i predicatori dal naso all'aria, in particolare la varietà che sputa. Non ho dubbi che ci sia una quantità di argomenti su cui *Monseigneur* e io siamo d'accordo. Che peccato che non avrò mai la possibilità di incontrare quel grand'uomo…"

Appena pronunciate quelle parole, capì di aver fatto un errore tattico. Si sarebbe preso a calci per essere stato così sconsiderato. Il suo innocuo commento spazzò via il sorriso dalla sua bella bocca e fece ricadere le ciglia sugli occhi verdi, con le dita che stringevano convulsamente lo stelo del suo ventaglio di piume.

Avrebbe dovuto essere più attento. Avrebbe dovuto badare al fatto che *M'sieur le Duc de Roxton*, il suo *Monseigneur*, per lei restava molto vivo. Antonia si riferiva continuamente al suo caro estinto al presente; ma Jonathon era stato così preso dal suo piccolo trionfo, per aver fatto sorridere questa bellissima donna, così piacevolmente franca, che una perdita momentanea di concentrazione l'aveva portato a parlare senza pensare. Chi poteva biasimarlo?

Essere così vicino a lei confermava tutto quello che aveva ammirato a distanza, e oltre. Certamente non sembrava abbastanza vecchia da essere la madre di Roxton. Ma era sicuramente la creatura più bella su cui avesse mai posato gli occhi. Dalla pelle splendente al solco profondo tra i suoi seni bianchi, al sottile, piacevole profumo, al suo dolce francese, ogni centimetro della duchessa vedova di Roxton era deliziosamente e seducentemente femminile.

Dio, era un somaro sventato. Aveva permesso alla presunzione di averla vinta sul giudizio. Dopo tutto, il suo sorriso con la fossetta non era per lui. Era stato per *Monseigneur*.

"Avete bisogno di un altro bicchiere di champagne." Dichiarò Jonathon.

Nessuno dei due si mosse.

Antonia fissò con lo sguardo assente il suo panciotto fiorito con i bottoni ricoperti. Era un capo di abbigliamento splendido, delicatamente ricamato con fiori e frutti esotici e tralci di rampicanti del subcontinente indiano su uno sfondo di satin blu zaffiro di una ricchezza intensa. Era sicura che parecchie signore non erano state capaci di trattenersi dal passare la mano sulla sua superficie per soddisfare la curiosità di sapere se era setoso al tocco come lo era per gli occhi. Si chiese se possedesse altri panciotti altrettanto splendidi e quanti. Forse uno per ogni giorno della settimana? I nativi del subcontinente indiano erano dei tessitori così eccellenti e i loro ricami intricati erano dei capolavori. Lei aveva almeno due dozzine di sottogonne di fine cotone indiano nei suoi armadi. Si chiese dove fossero ora e se Michelle si stesse prendendo buona cura delle sottane e dei corpetti che aveva indossato prima...

Era il suo modo di affrontare la situazione, di chiudere fuori il mondo del presente, di concentrarsi su qualcosa, qualunque cosa riuscisse a distogliere la mente dal vuoto insopportabile nel suo cuore. Non doveva lasciarsi andare in pubblico. Julian ne sarebbe stato mortificato. Non l'avrebbe mai perdonata, se avesse causato una scenata qui, a casa sua, circondato dai suoi pari. Non sopportava le dimostrazioni pubbliche di emozioni. Ma non era un uomo freddo. In effetti era penosamente timido. Aveva fatto questa sorprendente scoperta sul suo primogenito quando si era sposato con Deborah. Perché non se n'era accorta prima?

Lei era sempre stata apertamente dimostrativa con suo padre.

Strano...

Grazie al cielo Julian aveva Deborah: bella, brava, ragionevole e amorevole. Ecco com'era sua nuora. Era una splendida duchessa di Roxton e proprio il tipo di moglie e madre dei suoi figli di cui aveva bisogno Julian. Erano una coppia perfetta e così felici...

Perché aveva deciso di partecipare al ballo, quella sera? Perché non era rimasta a casa con i suoi ricordi, circondata dai *loro* libri e dalle *loro* cose, così necessarie e confortanti per la sua salute mentale? Pregava che suo figlio arrivasse subito e la scortasse alla carrozza per il tragitto che girava intorno al lago fino al santuario della sua casa vedovile.

Dov'erano i suoi cani da guardia?

Doveva andare a casa, *subito*.

Con un supremo sforzo di volontà riportò l'attenzione al presente e si sforzò di concentrarsi ancora una volta sul panciotto ricamato del suo compagno di ballo. Il blu zaffiro era veramente tranquillizzante. Un mare di zaffiro… Fu una distrazione sufficiente e qualche momento dopo riuscì a respirare profondamente, sapendo che non sarebbe andata in pezzi, non qui, non apertamente, non quella sera.

"Ricamo indiano", dichiarò Jonathon a bassa voce, e sorrise tra sé quando lei sobbalzò e lo guardò sbattendo gli occhi. Ma i suoi occhi verdi erano brillanti, come coperti da un velo di lacrime e le guance delicatamente rosate, tanto che il sorriso di Jonathon si trasformò in un'espressione di preoccupazione. Eppure, non riuscì a reprimere il commento sfacciato che sperava sarebbe riuscito a farla uscire dal suo stato di triste astrazione.

"Potete toccarlo, se vi va," offrì, con un sorrisetto.

"*M'sieur*, siete assurdo!" Disse Antonia sprezzante ma il suo commento malizioso aveva raggiunto l'effetto desiderato.

Immediatamente stizzita, afferrò le sottogonne, alzandole leggermente, segno che Jonathon avrebbe dovuto farsi da parte per permetterle di passare. Eppure, quando lui restò fermo, bloccandole la strada, lei esitò, non sapendo che cosa fare; dopo tutto, l'etichetta gli imponeva di cedere e quando lui non lo fece, lei lo guardò irritata, senza capire i suoi motivi.

Jonathon la illuminò.

"So perfettamente che sarebbe maleducato da parte mia venire a trovarvi a Crecy Hall senza un invito," commentò tranquillamente. "Ma sarebbe altrettanto maleducato da parte vostra rifiutarvi di ricevermi una volta che fossi alla vostra porta. Intendo arrivare senza invito domani pomeriggio per il tè, quindi se non desiderate essere maleducata vi suggerisco di non essere *fisicamente* a casa. Non accetterò un rifiuto tipo *"Madame la Duchesse non c'è per nessuno"* dal vostro altezzoso maggiordomo." Fece un passo indietro per permetterle di passare e si inchinò. "A domani."

Antonia fu talmente sbalordita da una simile arroganza che fu lei a restare immobile, inchiodata sul posto, con un'incredulità furiosa che le teneva lo sguardo fisso sul sorriso candido di Jonathon. Si accorse appena che le sue dame di compagnia l'avevano finalmente trovata.

Con una riverenza, la più bassa delle due la informò che la carrozza la aspettava sotto il portico.

Una coppia di nobili imparruccati in piedi lì vicino a bere champagne, ingollare ostriche e scambiarsi scherzi lascivi, fu indotta al silenzio da due dei loro compari con le mogli al seguito e diventarono avidi spettatori di quel piccolo dramma; e non erano gli unici a mostrare interesse per il gentiluomo alto, dalla pelle scura, che aveva avuto la sfacciataggine di danzare con la duchessa vedova di Roxton.

Se Jonathon non si sbagliava di grosso, era sceso un silenzio generale nella sala dei rinfreschi e con le due gargoyle che erano apparse dal nulla, non era il caso di restare lì in giro per diventare oggetto delle chiacchiere degli spettatori. Così, prima che Antonia potesse muoversi o reagire all'invito oltraggioso di Jonathon per il tè, lui girò sui tacchi e se ne andò in fretta, raggiungendo sua figlia e le sue due biondissime amiche, le gemelle Aubrey in mezzo all'affollata sala dei rinfreschi. Un'occhiata alle sue spalle e il sorriso divenne compiaciuto, sapeva di essere ancora osservato.

Per qualche secondo almeno era riuscito a distogliere i pensieri della duchessa dal caro defunto duca. Era fiducioso di riuscire ad allungare quei pochi secondi di distrazione fino a farli diventare minuti e poi un'ora. Ma catturare la sua completa attenzione per un giorno interno, ecco, quella sarebbe stata una sfida. Ma era più che desideroso di darsi da fare. Era deciso a prestare ogni attenzione ad Antonia, per aiutarla a uscire dalla sua malinconia e fornirle quella distrazione che le serviva per superare la sua ossessione per il morto. E quando avesse ottenuto la sua fiducia, l'avrebbe persuasa a riconoscere che restituirgli l'eredità rubata al suo avo, Edmund Strang-Leven, oltre un secolo prima, era meritevole e moralmente corretto.

Avrebbe passato ogni minuto di ogni giornata del suo soggiorno a Treat a perseguire quello scopo.

Ovviamente, se questo sforzo richiedeva di godere della compagnia di una donna eccezionalmente bella, che non aveva intenzioni matrimoniali nei suoi confronti né figlie da fargli sposare, beh, era una conseguenza che era più che disposto ad accettare. Fare la corte alla duchessa vedova di Roxton, escludendo ogni altra femmina che gli si offriva, avrebbe dimostrato a Kitty e Sarah-Jane e alle mamme intriganti della società che era serissimo quando diceva di non essere assolutamente interessato al matrimonio.

Di colpo, il ballo in casa Roxton non fu più un noioso evento sociale da sopportare per il bene delle aspirazioni matrimoniali di sua figlia; Antonia Roxton gli aveva dato uno scopo e un significato.

TRE

ANTONIA ERA USA A UNA DEFERENZA AI LIMITI DELL'OSSEQUIOSITÀ da parte di tutti, eccetto che da suo marito e dai familiari più stretti. Incontrare un gentiluomo senza peli sulla lingua che non fosse intimorito dalla sua bellezza o dalla sua nobiltà (quale sconosciuto parlava a una duchessa in quel modo così spontaneo?) la sconcertava completamente. Jonathon sarebbe stato gratificato ed enormemente sorpreso se avesse saputo di aver occupato i pensieri della duchessa vedova di Roxton durante il viaggio in carrozza intorno al lago fino a Crecy Hall.

Fissando la tappezzeria imbottita di velluto tra le spalle delle sue dame di compagnia, decise che solo un folle o una serpe velenosa poteva aver avuto il coraggio di chiederle di ballare e sfidare il tacito rifiuto di suo figlio. Nei tre anni in cui il duca era stato malato e nei tre anni successivi alla sua morte, nessun gentiluomo aveva osato tanto. E poi un lunatico abbronzato e pieno di sé aveva avuto l'insolenza di autoinvitarsi a prendere il tè! La sua pelle non era l'unica cosa ad aver preso troppo sole. Aveva sentito dire che non era inconsueto diventare pazzi se si passavano troppi anni nei climi coloniali, dove il sole scottava tanto da bruciare la pelle.

Che avesse avuto l'audacia di autoinvitarsi a casa sua già dimostrava presunzione e arroganza, ma andarsene in quel modo e lasciarsi catturare dalle tre giovani donne più carine presenti al ballo per poi girarsi e sorridere compiaciuto a *lei*, come se le potesse importare qualcosa che le donne lo trovassero attraente, beh, quello voleva dire che Jonathon Strang non solo era folle, ma un folle arrogante. Si chiese se per caso avesse ballato con lei per vincere una scommessa. Proprio il tipo di idea ridicola che poteva venire a uomini arroganti che si credevano chissà chi. Probabilmente erano le tre giovani bellezze che l'avevano sfidato a farlo.

Si congratulò con se stessa per aver avuto la presenza di spirito di passargli davanti a testa alta e senza dargli una seconda occhiata. Con la coda dell'occhio fu lieta di notare che le tre bellezze ridacchianti che si aggrappavano possessivamente al braccio del folle avevano avuto la presenza di spirito di fare una rispettosa riverenza con il resto delle signore e dei gentiluomini che si inchinavano mentre passava con le sue dame di compagnia al seguito. Anche Jonathon le aveva fatto un inchino formale.

Scese dalla carrozza senza vedere il cameriere in livrea che aveva abbassato i gradini, o il maggiordomo o il portiere che teneva in alto un flambeau per illuminarle la strada verso il calore del foyer rivestito di legno della sua magione elisabettiana.

Avrebbe dovuto esserle grato per aver ballato con lui. Lo aveva salvato dalla rovina sociale e lui l'aveva ripagata con un sorriso compiaciuto. Meglio tenere al loro posto gli uomini del suo stampo, si disse fermamente mentre la sua cameriera personale la aiutava a togliersi le sottogonne, il bustino e la chemise per poi metterle una camicia da notte di cotone fine. L'indomani pomeriggio sarebbe andata a fare una lunghissima passeggiata. Se lui avesse osato farsi vedere alla sua porta per poi aspettare per ore, da solo e non gradito, avrebbe capito l'antifona e non sarebbe ritornato. Alla fine delle due settimane, il suo sorriso bianco e i suoi occhi castano scuro sarebbero tornati a Londra, o in qualunque altro avamposto imperiale da cui era venuto, e lei non avrebbe più dovuto rivederlo.

Avrebbe dovuto immaginare che non sarebbe andata così.

Era testardo quanto arrogante.

Il giorno dopo, quando Antonia tornò da una lunghissima passeggiata con i suoi due fedeli cani che trotterellavano accanto all'orlo delle sottogonne sovrapposte, c'era il folle abbronzato, seduto sull'ultimo gradino del suo padiglione estivo in riva al lago. Era comodamente appoggiato a una grossa colonna palladiana, con le lunghe gambe stese davanti a sé e incrociate alle caviglie. Era in maniche di camicia, con un panciotto senza maniche, era senza redingote e sembrava molto a suo agio mentre ammirava il panorama del vasto prato che arrivava fino al pontile e alle immobili acque blu del lago. Stava fumando un sigaro e mandando anelli di fumo verso il cielo azzurro senza nuvole.

. . .

"Pessima abitudine," commentò Jonathon, togliendosi il sigaro dai denti regolari quando Antonia si avvicinò, fermandosi in fondo ai gradini di lucido marmo del padiglione e lo fissò irritata.

Jonathon appoggiò il sigaro in equilibrio sul coperchio decorato del piccolo astuccio dell'acciarino portatile e si alzò in piedi, distendendo languidamente le lunghe gambe snelle, come se fosse rimasto seduto sul largo gradino per un bel po' di tempo.

Le rivolse un breve inchino.

"Ho scoperto le meraviglie delle foglie arrotolate mentre lavoravo con la compagnia a Hyderabad. Tiene lontano gli insetti volanti. A casa uso una hookah, molto più rilassante, ma quando sono in giro preferisco fumare il tabacco in foglie invece di fiutarlo, che mi fa sternutire; masticare questa roba, poi, guasta i denti. Sarebbe un peccato rovinare un sorriso così smagliante. Non sono in molti qui a fumare, tendono a fiutare tabacco, invece. Comunque, ho fatto qualche investimento nelle piantagioni di tabacco nelle Americhe, sperando che l'abitudine di fumare prenda piede."

Quando Antonia non si mosse, scese con passo leggero gli ampi gradini e le offrì il braccio.

"Non sono un'invalida, *M'sieur*!"

Ignorò l'incavo del gomito teso verso di lei e salì i gradini del padiglione, dove si tolse il cappello di paglia a larga tesa e lo scialle con le frange, al fresco sotto l'alto soffitto a cupola dipinto. Si sistemò i capelli con le mani, diverse ciocche dorate erano sfuggite alle forcine e le ricadevano sulle guance arrossate dalla camminata, e poi restò lì, ferma, senza sapere che cosa dire.

Desiderava disperatamente togliersi gli stivali di capretto e versarsi un bicchiere di acqua al limone dalla caraffa di cristallo che era sempre pronta per lei su un vassoio d'argento sul tavolino basso. Poi avrebbe fatto riposare i piedi sui cuscini a righe della chaise longue sotto l'arco ornamentale con la vista sul pontile, che godeva della fresca brezza gentile che arrivava dal lago, e avrebbe letto per un'ora o due prima di cena. Stava rileggendo il suo storico romano preferito, Tacito, e aveva anche cominciato ad approfondire un pamphlet intitolato *Buonsenso* di un inglese che sosteneva la causa della rivoluzione americana, regalatole dal cugino Charles. Entrambi i libri la aspettavano sul tavolino basso, insieme a diverse lettere ancora chiuse.

Prima di tutto doveva liberarsi di questo folle intruso.

Aveva camminato più a lungo del solito, fermandosi solo per visitare il mausoleo di famiglia, in cima alla collina più alta della tenuta, da dove si godeva la vista migliore della contea. La terra, fin dove arrivava l'occhio, apparteneva a suo figlio quindi, ovunque camminasse, per quanto arrivasse lontano, non lasciava mai casa sua e poteva sempre vedere il magnifico mausoleo di marmo, un faro che proclamava al mondo l'antica nobiltà della famiglia: l'ultimo luogo di riposo dei duchi di Roxton e dei loro parenti più prossimi.

Ma raramente si fermava ad ammirare la vista delle dolci colline verdi, dei terreni coltivati, dell'antica foresta e, più vicino a casa, del panorama, modificato dall'uomo, del lago, dei giardini ornamentali e degli alberi strategicamente piantati, secondo il progetto di architetti paesaggisti. Passava il tempo all'interno del vasto edificio del mausoleo, nella calma frescura della luce attenuata che penetrava dall'enorme oculus in alto sulla cupola sopra la sua testa; sedeva circondata dagli antenati da tempo defunti dei Roxton e dalla famiglia che le era stata strappata: *Monseigneur* suo marito, la sorella di lui, Lady Estée e suo marito, il miglior amico di *Monseigneur*, Lucian Lord Vallentine. Nello spazio di dodici mesi tre fra le persone che amava di più le erano state tolte.

Quel ciarlatano di Sir Titus Foley, con le sue grasse dita che cercavano di palparla e, peggio ancora, suo figlio ritenevano che le sue visite al mausoleo dei Roxton fossero la prova che aveva un'ossessione morbosa per la morte. Ma non era la morte che la consumava quando era all'interno di quelle mura, era la vita. Aveva vissuto una vita talmente felice e appagante quando suo marito e i cognati erano in vita. Era così difficile capire il semplice fatto che, perdendoli, aveva perso qualcosa di se stessa? Voleva solo essere lasciata in pace per abbandonarsi ai ricordi.

Dov'era Michelle, per slacciarle gli stivali?

"Lo spegnerò, se preferite," disse Jonathon per mettere fine aipensieri fissi di lei, con il sigaro a un angolo della bocca. Versò un bicchiere di acqua al limone e glielo porse. "Bevete. Fra un attimo arriverà il tè e..."

"*M'sieur, à moi*, non interessa se fumate o no, ma non resterete qui! Non è... non è..."

"I piatti di pasticcini e pane imburrato sono stati portati via con la teiera," continuò Jonathon , conversando tranquillamente e osservandola attentamente quando lo sguardo di Antonia si spostò verso il fondo del padiglione dove un basso e lungo tavolo di mogano con le gambe massicce, circondato da cuscini ricoperti di tappezzeria era stato preparato per il tè. "Immagino siano diventati raffermi..."

Ma Antonia non stava ascoltando, fissava il grazioso servizio in porcellana per sei e le posate da bambino in argento coordinate. Aveva commissionato le porcellane di Sèvres apposta per adattarsi ai suoi nipoti, una versione in miniatura dei piatti Roxton su, alla casa grande. Due volte la settimana i bambini passavano qualche ora della tarda mattinata con lei nel padiglione. Faceva sempre preparare il tavolo con coppe di cristallo piene di fiori e frutta, alcune con dei dolcetti, e c'erano piccoli bicchieri da bibita pieni di sciroppo di frutta. Il tavolo era esattamente come l'aveva lasciato prima di andare a fare la sua passeggiata.

Aveva aspettato per oltre un'ora. E quando i bambini non erano arrivati, aveva mandato un cameriere a scoprire che cosa li aveva trattenuti. Prima ancora che il cameriere si fosse messo in moto, era arrivato un servitore in livrea dalla casa grande con un biglietto del duca. La missiva ducale rinforzava il suo decreto della sera precedente: le visite dei suoi figli sarebbero riprese quando lei avesse accantonato il nero a lutto e non prima. Aveva portato con sé il biglietto al mausoleo e lo aveva rabbiosamente mostrato ai suoi beneamati e si era sentita meglio. Ma ritornare al padiglione e al tavolo intatto aveva riportato il doloroso senso di perdita del presente.

Inconsciamente prese il bicchiere di acqua al limone che le porgeva Jonathon. Era molto assetata, eppure non bevve.

"Mi sono perso la festa?" Aggiunse Jonathon in tono leggero, anche se era lampante che la festicciola non era mai avvenuta. "Peccato. Io preferisco sdraiarmi su un paio di cuscini quando prendo il tè. Ci si sente più a proprio agio che non restando seduti impassibili su una sedia dallo schienale rigido con le gambe tanto sottili da faticare a reggere una pavoncella, men che meno una matrona inturbantata.

"Ricordo una volta, nella casa del Residente, a Hyderabad, una grassa vedova di nome signora Mastive era venuta per il tè. Mentre tutti noi eravamo seduti sui cuscini, lei aveva insistito perché le portassero una sedia. *Noi inglesi siamo civilizzati,*" piagnucolò con una voce acuta, imitando la cadenza della matrona inturbantata. "*Noi non ci accucciamo come i nativi.* Beh!" Continuò con la sua voce profonda: "Noi la chiamavamo signora *Massiva*, per ovvie ragioni. Non in faccia, naturalmente. Ma lei *era* massiccia. Posteriore delle dimensioni di un elefante e tre doppi menti! Potete immaginare che cosa successe alla sedia. I lacchè usarono le schegge come legna da ardere. Non preoccupatevi, la signora Massiva non sentì niente quando colpì le piastrelle. Ma finì per accucciarsi, in un modo o nell'altro."

"Parlate sempre a vanvera?" Si lamentò Antonia, con il volto scuro, indifferente alla sua mimica, ma il suo chiacchierare l'aveva obbligata ad abbandonare il suo rimuginio.

Jonathon rise e scosse la testa.

"No, è un malanno molto recente, ve lo assicuro, ed è tutta colpa vostra, *Madame la Duchesse*."

"Mia?" Si stupì Antonia. "Non vedo proprio perché sia colpa mia."

Alla fine bevve il bicchiere di acqua al limone, aveva troppa sete per aspettare ancora e inoltre sperava che le calmasse i nervi. Il modo in cui Jonathon la guardava fisso mentre fumava in silenzio il suo sigaro era snervante. Non era rimasta da sola con gente sconosciuta, e certamente mai con un uomo, da talmente tanto tempo che si sentiva imbarazzata e a disagio, ed era ridicolo alla sua età, specialmente con un gentiluomo che doveva avere una decina di anni meno di lei.

Antonia si sedette dall'altro capo della chaise longue, con la schiena diritta, le sottane si seta nera e gli strati di sottogonne bianche che si allargavano intorno a lei e le mani unite leggermente in grembo. Alzò il mento, sollevò un sopracciglio aggraziato in segno di sdegnosa disapprovazione, che sperava avrebbe coperto il suo nervosismo.

"Non capisco assolutamente perché siate qui e non su alla casa grande, al vostro posto con tutti gli altri ospiti."

"Preferisco restare qui con voi."

Antonia non sapeva dove guardare.

"Siete di nuovo assurdo, *M'sieur*."

"Anche questa è colpa vostra," disse francamente Jonathon e, senza essere invitato, si sedette sotto l'arcata, vicinissimo alla chaise longue. "Pensavo che il comportamento asinino dei maschi di fronte a una grande bellezza fosse ristretto ai giovanetti imberbi; qualcosa da cui si guarisce con l'età. Come mi sbagliavo!"

"Non dovreste dirmi cose del genere," dichiarò Antonia, con il nervosismo che si trasformava in disagio. La sua solita risposta ai complimenti sulla sua bellezza era un ringraziamento scherzoso, ma questo succedeva quando suo marito era vivo. Ora, e con questo gentiluomo, era stranamente incapace di essere brusca. Che lui fosse rudemente sincero non la aiutava. La dichiarazione seguente le fece colorire ancora di più le guance.

"Perché no? Non vi piacciono i complimenti?"

"Io... Io... Non è... Non è..." Alzò le mani, sconfitta e si arrabbiò quando lui rise. "Non vedo che cosa ci sia di divertente, solo perché non perdo la testa perché ammirate la mia bellezza. Ovviamente so di essere sopra la media. Non sono cieca da non vederlo quando Michelle mi spazzola i capelli davanti allo specchio ogni sera. Credete che sia stupida?" Raddrizzò la schiena. "Ma voglio dirvi, *M'sieur*, che sarete deluso se pensate che io sia una di quelle donne che sbattono le ciglia e fingono di essere timide, tutto perché uno sconosciuto attraente ha dichiarato l'ovvio. Ora che cosa vi fa sogghignare come un idiota?"

"Avete detto che sono attraente. Sono tutto un rossore."

Antonia rimase a bocca aperta e poi suo malgrado si mise a ridere. "Nemmeno voi siete cieco, *M'sieur*."

"No, non cieco," ripeté pensando che aveva una risata piacevole. "Allora, che cosa ha fatto tardare la nidiata dei Roxton?" Aggiunse in tono indifferente, con la schiena contro una colonna.

Allungò le lunghe dita scure verso i due whippet di Antonia, che poco prima erano arrivati saltellando sulle scale, con la disidratazione dovuta alla lunga passeggiata e l'acqua fresca nelle loro ciotole di porcellana che li rendevano completamente ignari dello sconosciuto in mezzo a loro. Ora diedero un'annusatina alle bianche unghie lucide. Una leccatina di benvenuto alla sua mano e ricevettero una grattatina dietro le orecchie in premio per il loro buon comportamento, prima di trotterellare ciascuno al suo rispettivo cuscino accanto alla chaise e sdraiarsi, felici e contenti.

"Presumo che fossero per loro i pasticcini con la glassa? Non si sono ammalati, spero?" Aggiunse quando Antonia continuò a non rispondere.

Antonia scosse la testa, con la gola chiusa, senza riuscire a parlare e, con una mossa che più tardi l'avrebbe meravigliata, tolse il biglietto del Duca dalla tasca e glielo gettò.

Jonathon aprì l'unico foglio di pergamena con una mano, scorse il breve paragrafo, lo ripiegò e glielo restituì senza nemmeno alzare un sopracciglio. Eppure il suo tono indifferente copriva il fatto che il cuore battesse più forte, all'idea che Antonia si fosse fidata di lui così presto. Tuttavia, era abbastanza intelligente da rendersi conto che le sue azioni erano un sintomo chiaro del deterioramento dei suoi rapporti con il figlio più che del suo desiderio di confidarsi con lui. Riguardo poi alle azioni del duca, le trovava spregevoli.

"Allora che cosa farete, *Madame la Duchesse*? Avete intenzione di capitolare davanti al ricatto di Roxton? Anche se, se posso aggiungere la mia modesta opinione in merito, la pelle candida risalta al meglio rivestita di seta nera."

"Non indosso il nero per far risaltare la mia pelle!" Rispose indignata Antonia, irritata dal suo tono indifferente e dal sorriso che aveva accompagnato la battuta, e anche per essere stata talmente debole da confidare a un perfetto sconosciuto i suoi problemi famigliari. Che cosa le era venuto in mente? "Non capisco veramente perché siate qui!"

Aggiunse, in un soprassalto di imbarazzo quando lui continuò a fumare il sigaro con un sorrisetto sulle labbra.

"Ve l'ho detto. Preferisco restare qui con voi. Avete visto quelle tre irrefrenabili ragazzette piombare su di me ieri sera, vero?" Le chiese. "Se foste rimasta un po' più a lungo le avreste viste trascinarmi sulla pista da ballo. Dove sono stato obbligato a ballare con ognuna di quelle cosine graziose nel salone, a scanso di ricevere una severa sgridata da mia figlia per la mia acuta mancanza di buone maniere." Esalò un sospiro e sorrise a mezza bozza. "Il pensiero di un'altra giornata a chiacchierare del nulla con ragazze più giovani di Sarah-Jane è stato sufficiente per farmi dirigere verso il lago, prendere la prima tinozza e mettermi a remare."

Antonia sbatté gli occhi: "Avete *remato* fin qua?"

"C'è qualche altro modo per arrivare? Una cavalcata mattutina intorno al parco con il duca e i suoi compagni mi ha dato un'idea della disposizione dei terreni. Questa bella piccola casetta di mattoni rossi è circondata da barriere su tre lati, per tener dentro, o fuori, le pecore, così mi dicono. E la strada non solo ha un cancello ma anche due sentinelle dagli occhi pronti, che sembrano appena uscite da un inferno pugilistico, dove si sono pure divertite. L'unica opzione che mi restava era un'invasione in barca."

Antonia rilassò le spalle e si chinò in avanti. "Chi è Sarah-Jane?"

"Mia figlia: la ragazza carina con i capelli biondo fragola che mi ha afferrato il braccio. Le altre due sono le gemelle Aubrey. Stupide ochette, tutte e due."

"La ragazza biondo fragola è vostra *figlia*?" Per qualche inesplicabile motivo Antonia si sentì sollevata. "È molto carina."

"Sì, ha diciannove anni ed è decisa a sposare almeno un baronetto."

"Ma... Voi... Non sembrate abbastanza vecchio da essere suo padre. Non potete essere molto più vecchio di mio figlio, no?"

"Ho otto anni più di lui," le rivelò. "Prenderò il vostro stupore come un complimento. Come voi, sono diventato padre prima dei vent'anni. Il caldo torrido del subcontinente indiano ha dato alla mia pelle un sano splendore marrone tanto da farmi diventare quello che in genere definiscono *rudemente bello*."

Antonia ignorò l'impertinenza. "E vostra figlia, lei, vuole sposare un baronetto? Per favore, volete spiegarmelo?"

"Un baronetto, *come minimo*," la corresse Jonathon. Mise da parte il sigaro, rimettendolo in bilico sul coperchio dell'astuccio dell'acciarino, riflettendo sulla risposta da dare. "I suoi parenti Cavendish hanno instillato in lei l'importanza di sposarsi per le ragioni giuste: parentela, titolo *e* ricchezza."

Antonia era sorpresa. "Non capisco assolutamente perché siano queste le ragioni giuste."

Jonathon scoppiò a ridere. Le sue reazioni dirette, anche se ingenue, erano deliziosamente rinfrescanti.

"È facile per voi dirlo, *Madame la Duchesse*. Voi siete una duchessa. Eravate sposata a uno degli aristocratici più ricchi e potenti del regno."

"Ma non era quello l'importante," disse sdegnosa Antonia. "Io non ho sposato *Monseigneur* per nessun altro motivo che l'amore. Il nostro matrimonio era destino."

Jonathon la fissò alzando un sopracciglio.

"Destino? Ammettetelo: la nobiltà e la ricchezza di *Monseigneur* vi hanno aiutato a innamorarvi."

Antonia ne fu oltraggiata.

"Non ammetterò niente del genere! Voi siete offensivo e cinico. C'erano molti ricchi nobiluomini sia in Francia sia qui che volevano sposarmi, ma io volevo solo *Monseigneur*."

"Sì, sono anche sicuro che fossero tutti in fila davanti alla porta del vostro boudoir," mormorò, dimenticando momentaneamente le buone maniere e permettendo al suo sguardo ammirato di scendere dal suo volto arrossato al seno pieno, a malapena nascosto sotto il fichu di seta sottile come una garza. "*Monseigneur* deve essere stato proprio un grand'uomo per aver catturato il vostro cuore..."

Quando le dita di Antonia salirono verso le pieghe del fichu, Jonathon distolse in fretta lo sguardo, rendendosi conto della sua avventatezza, e fissò il grande prato curato che scendeva verso il pontile. Vide apparire un cigno che scivolava sull'acqua uscendo dagli alti giunchi che circondavano un isolotto, e nuotare nell'acqua ferma del lago per andare incontro alla sua compagna.

"Sarah-Jane non crede nel destino," disse, riprendendo la conversazione. "Per essere così giovane è molto pratica riguardo al suo futuro. Non ha bisogno di sposarsi per soldi. Io ho fatto fortuna con il commercio. Ma le difficoltà iniziali in India e un padre con una propensione per gli affari le hanno insegnato il valore dei soldi e del duro lavoro... Il sempliciotto che ha proclamato che il denaro ottenuto dal commercio non avrebbe mai potuto aprire le porte delle case nobili aveva un melone al posto del cervello! Sarah-Jane avrà il suo marito titolato. Ci sono troppi Lord in miseria là fuori che hanno bisogno del mio malloppo per puntellare le loro tenute per trascurarla."

Guardò gli occhi verdi di Antonia con un mezzo sorriso.

"Eppure sono abbastanza fiducioso che, quando arriverà il momento, Sarah-Jane si lascerà guidare dalla mia opinione sul giovane uomo che deciderà di accettare come marito, senza tener conto del titolo e delle tenute."

"E vostra moglie? Che ne dice dei programmi di vostra figlia di sposare *almeno* un baronetto?"

Jonathon allungò le gambe sopra alla balaustra ornamentale e la fissò deciso, con i gomiti sulle ginocchia, senza spostare lo sguardo dai suoi adorabili occhi.

"Mia moglie Emily è morta di parto, cercando di darmi un figlio maschio. Il bambino è morto con lei. Sarah-Jane non ricorda per niente sua madre, ed è un grande peccato ed è molto difficile per me perché le assomiglia molto... Non aveva ancora tre anni quando sua madre è morta."

"Eravate molto giovane per trovarvi a prendervi cura di una bambina senza madre."

"Sì, non avevo ancora ventidue anni."

"Parlatemi di vostra moglie."

"Emily aveva ventitré anni ed era sposata quando ci siamo incontrati. Studiavo i classici a Oxford e lei era venuta a trovare un cugino che stava al Magdalene. Mi sono letteralmente scontrato con lei per strada. Avevo appena compiuto diciotto anni ed ero al nono anno di infelicità..."

"Infelicità?"

"Non ero più stato a casa a Hyderabad da quando ero un ragazzino. Alla morte di mio fratello maggiore James, i parenti qui in Inghilterra persuasero mio padre che visto che ero l'unico erede maschio vivente, dovevo essere allevato come un gentiluomo inglese. Quindi sei orribili anni a Harrow..."

"*Pourquoi?* Orribili dite, perché?"

Jonathon distolse lo sguardo per raccogliere i suoi pensieri e Antonia aspettò.

"Quando si è giovani, tutto quello che si vuole è essere uguali agli altri," spiegò, tornando a fissarla negli occhi. "E quando si scopre che non è così, che si è diversi dai propri compagni, ci si sente mortificati perché ci si sente in colpa. E loro, i compagni in mezzo ai quali si viene gettati a scuola e che sono tutti uguali, sono senza pietà nell'evidenziare quella differenza alla minima opportunità."

"Perché la vostra pelle è del colore caldo del caramello?"

La descrizione lo fece ridere.

"Caramello? Mi piace! Ma no," disse, scuotendo la testa. "Non ero color caramello, allora. Quello è venuto dopo, quando sono tornato in India."

"Allora non capisco perché quei ragazzi vi maltrattassero," disse sdegnosamente. "Da ragazzo non eravate diverso da loro, *hein?*"

"Sì, lo ero e lo sono," dichiarò tranquillamente. "Un giorno saprete perché. Ma non oggi…"

"Ed Emily?" Antonia lo invitò a continuare quando lui fece una pausa, con la mente che sembrava lontana molte miglia, senza dubbio ripensando a quegli anni solitari separato dalla sua famiglia. "Avete detto che Emily era *sposata?*"

"Sì! Era sposata." Fece una smorfia. "Sposata a diciassette anni a un uomo molto più vecchio di lei che, fortunatamente, morì sette anni dopo…"

"*Fortunatamente?* Perché dite fortunatamente? Solo perché suo marito era molto più vecchio non significa che…"

"*Excusez-moi, Madame la Duchesse*, ma quando dico fortunatamente dovete credere che non sto usando questa parola con leggerezza. Non era un buon marito. Non aveva sposato Emily perché l'amava, l'aveva sposata perché era una Cavendish e un'ereditiera. In soli sei anni di matrimonio era riuscito a dissipare il suo patrimonio e a rovinare il buon nome di Emily morendo tra le braccia di una prostituta. Se aveste avuto la possibilità di conoscerla sareste d'accordo con me che Emily era una creatura timida e gentile che non meritava un simile trattamento. La sua età non c'entrava nulla."

Antonia fu giustamente contrita.

"Per favore, scusatemi, *M'sieur*. Ho sbagliato a presumere…"

Jonathon inclinò la testa, si tolse i capelli dagli occhi e continuò. "Per essere breve, siamo fuggiti insieme. Le conseguenze di questo gesto così romantico? Suo padre, gli amici e i parenti la rinnegarono immediatamente. Ma chi può biasimare il generale per quello? Il marito di Emily poteva essere un bruto con un titolo e un giocatore senza speranza, ma era uno Spencer. Io ero ritenuto una nullità senza niente da offrire."

"Ma lei vi amava."

Jonathon sorrise.

"Sì, mi amava, e io amavo lei. Abbiamo preso la prima nave per l'India e ci siamo finalmente sposati a Hyderabad, nella casa di mio padre…"

Lasciò uscire il fiato e spense il sigaro.

"È sopravvissuta a quelle settimane sulla nave, al mare grosso, al cattivo tempo, alla nascita di Sarah-Jane in un porto africano dimenticato da Dio, al calore tropicale e agli insetti terribili, senza mai lamentarsi. E in meno di tre anni mi è stata portata via, prima che facessi fortuna e prima... prima che avesse idea di chi ero destinato a diventare..."

Il suo sorriso era sparito e il volto magro era teso. Guardò all'improvviso Antonia, aggiungendo in francese: "*Madame la Duchesse*, io sono un uomo d'onore. Non farò o dirò mai niente intenzionalmente per ingannarvi o-o farvi del male. Vi do la mia parola."

Antonia sostenne il suo sguardo. Gli credeva. La sincerità nella sua voce profonda le diceva che aveva amato molto sua moglie. Che avesse pronunciato le ultime due frasi in un francese impeccabile non avrebbe dovuto sorprenderla ma lo fece. Perché non si era resa conto che sapeva parlare la sua lingua natia quando non solo era in grado di capire tutto quello che lei gli diceva, ma rispondeva in inglese con una tale prontezza che era ovvio che traducesse simultaneamente da una lingua all'altra?

Notò solo allora che non indossava una redingote, solo un panciotto senza maniche sopra la camicia bianca. Era un panciotto diverso da quello della sera prima, ma altrettanto splendido. Questo era verde mare profondo, ricamato allo stesso modo ma con figure di elefanti. Le maniche ampie della camicia erano rimboccate fino ai gomiti, senza dubbio come conseguenza di aver remato attraverso il lago fino alla sua casa vedovile.

La distanza attraverso il lago artificiale, dal monolite di pietra che era il palazzo di famiglia fino alla pittoresca casa elisabettiana con i suoi motivi di gargoyle sui comignoli rossi era ingannevole. Non sembravano tanto lontane, in particolare dalla parte ovest del lago da dove, dalla cima della collina che ospitava il mausoleo di famiglia, si vedevano chiaramente entrambe le case. Ma il lago era ingannevolmente grande e serpeggiante, con molti isolotti e ponti che si dovevano superare se si voleva andare dalla casa grande a Crecy Hall, con il suo padiglione estivo e il piccolo giardino formale nascosti in un'ampia ansa; nessuna delle due case era visibile dall'altra.

Crecy Hall era rimasta a sgretolarsi, negletta, per un centinaio di anni finché il quinto duca, *Monseigneur*, l'aveva restaurata e ristrutturata, con l'incombente vedovanza di sua moglie in mente. Per Antonia queste scrupolose preoccupazioni erano sembrate così distanti che non si era mai permessa di riflettere sull'inevitabilità di sopravvivere a suo marito per molti anni. E ora era lì, vedova, a vivere nella casa elisabettiana con i suoi giardini profumati, un padiglione simile a quelli che decoravano le torte, sulle rive del lago con la vista sulle tranquille acque azzurre piene di pesci, dove scivolavano tranquille famiglie di cigni e anatre. Eppure, per lei, era più una prigione che una casa.

Lui doveva avere sete dopo tutto quel remare.

Antonia fece per versare un secondo bicchiere di acqua al limone dalla caraffa di cristallo ma lui fu più svelto, e la versò per lei. Quando le tese il bicchiere pieno, lei glielo offrì e lui lo prese accennando un sorriso, e bevve grato il liquido fresco e acidulo.

"Mi dispiace molto per la mamma di Sarah-Jane," gli disse a bassa voce, alzando gli occhi su di lui. "Vi manca ancora molto."

"Grazie. Sì."

Rimise il bicchiere vuoto sul vassoio d'argento ma rimase in piedi perché Antonia non si era ancora riseduta.

"Non sparisce, sapete, la tristezza. Anche dopo tutti questi anni. Si impara solo a conviverci e a continuare con la vita. Sospetto che sia lo stesso per voi... Ma perdere *Monseigneur*, anche se sono passati tre anni, sembra ieri. Non riuscite ancora a crederlo, vero? L'ho capito ieri sera, osservandovi," aggiunse, scuotendo leggermente la testa. "Pensavo che steste guardando me. Che colpo per la mia autostima quando più tardi mi sono reso conto che non stavate affatto guardando me, ma l'entrata alle mie spalle. Stavate ricordando..."

Antonia impallidì, deglutendo. "Basta!"

"... ricordando tutte le volte in cui *Monseigneur* era arrivato entrando da quella porta," continuò Jonathon con la sua voce profonda e tranquilla. "Stavate cercando con tutta voi stessa di credere che forse sarebbe successo ancora. Lo so. Lo facevo anch'io con la mia Emily. Sperare che apparisse magicamente sulla soglia a qualche festa, oppure in una qualunque delle stanze della nostra casa, e che mi sarei reso conto che era solo un brutto sogno. Ma non arrivava mai. Sapevo che non sarebbe successo ma non riuscivo a smettere di pensare che se l'avessi desiderato abbastanza..."

"*Ça suffit!* Basta, ho detto! Basta! Basta!" Implorò Antonia.

Si premette le mani sulle guance bollenti prima di far scorrere le dita tremanti nei capelli mentre andava verso l'angolo più lontano del pittoresco padiglione in un fruscio di sottane.

"Come-come *osate* venire qua e-e *disturbare* la mia-mia *pace*."

Se solo avesse potuto togliersi quei maledetti stivali...

Se avesse sciolto le stringhe e scalciato via gli stivali e messo i piedi sopra la chaise longue, si sarebbe sentita molto meglio. Le facevano male i piedi ma non era nulla in confronto al peso che sentiva sulle spalle e che le premeva sul cuore.

Dov'era Michelle? Dove poteva essere andata la sua cameriera personale? Che cosa la stava trattenendo? Avrebbe dovuto essere lì con lei, così non sarebbe rimasta da sola con questo sconosciuto che stava turbando la sua pace mentale.

Non voleva parlar di *Monseigneur* con questo gentiluomo. Non poteva. Non era giusto, non era corretto. Ma quello che aveva detto lui, tutto quanto, era la verità. Nessuno, non i suoi figli, non sua nuora, nessuno della sua famiglia estesa, nessuno sapeva come pregasse disperatamente perché la vita solitaria che stava conducendo, la vita senza *Monseigneur*, fosse solo un brutto sogno. Si sarebbe svegliata presto e lui sarebbe veramente entrato da una porta, sarebbe venuto diritto da lei, le avrebbe baciato la fronte e avrebbe pronunciato il suo nome con la sua caratteristica voce languida e con il sorriso che riservava esclusivamente a lei. Ma come poteva saperlo questo gentiluomo alto e scuro? Come poteva conoscere il suo desiderio più profondo? Una vocina interiore, una vocina di calma e ragione le diede la risposta: *Anche lui ha perso l'amore della sua vita. Ovvio che lo sappia.* Aveva vissuto l'incubo. Aveva sperato e pregato esattamente come sperava e pregava lei, ma niente e nessuno poteva cambiare l'inalterabile verità della morte.

Ma lei aveva perso molto più di quello che lui poteva immaginare...
No! Questo non era giusto.

Lui aveva amato sua moglie. Lei era morta di parto, la sua giovane vita e il loro matrimonio interrotti tragicamente. *Monseigneur* aveva vissuto una vita lunga e molto piena. Lei avrebbe dovuto essere grata per i ventisette anni che avevano passato insieme. Così le ripetevano tutti, all'infinito. Lei era grata, ma niente l'aveva preparata, niente poteva cambiare il suo profondo senso di perdita, la solitudine dolorosa e la disperazione di essere la sua vedova. Nessuno poteva rimpiazzare *Monseigneur*. Nessuno poteva amarla come l'aveva amata lui. Nessuno poteva volerla nel modo in cui l'aveva voluta lui... e nessuno poteva dirle che cosa doveva fare lei con la sua vita, ora, senza di lui.

Inconsciamente, tornò alla chaise longue e fissò Jonathon, rimproverandosi mentalmente per i sentimenti di autocompatimento provati a sue spese. Alto, con un'aria sana che serviva a rendere molto più intensi i suoi occhi castani e i denti più bianchi del bianco, si chiese come mai a trentotto anni restasse vedovo. Ballava molto bene, era aggraziato e agile nei movimenti, per essere un uomo tanto alto. Capiva perché fosse tanto ricercato ai balli e ai ricevimenti. Forse non aveva trovato la donna giusta? Forse l'avrebbe trovata qui a Treat?

Deborah sembrava aver invitato al ricevimento tutte le donne carine in età da marito. Era troppo virilmente attraente per non volersi risposare e dare inizio a una seconda famiglia. E gli uomini potevano sposarsi a ogni età. *Monseigneur* era più vecchio di questo gentiluomo quando lei era diventata la sua duchessa. Sperava trovasse una donna carina da sposare. Una donna giovane, fresca, viva...

Avrebbe fatto da sola! Non le serviva la cameriera per una cosa così semplice. Probabilmente stava diventando pigra, continuando a rimuginare. Avrebbe sciolto da sola i lacci degli stivali. Senza stivali si sarebbe sentita molto meglio. Le facevano male i piedi. Doveva essere per quello che si sentiva più tristemente egocentrica del solito.

Certamente il tè sarebbe arrivato presto?

Antonia non aveva idea che le lacrime le stessero rigando il volto.

QUATTRO

Jonathon osservava pazientemente e aspettava mentre Antonia camminava su e giù per il padiglione.

Sapeva che si stava rimproverando. Sembrava infelice. Quando si coprì il volto con le mani, le offrì il suo fazzoletto bianco e lei lo prese senza nemmeno accorgersene. Avrebbe voluto dire o fare qualcosa per confortarla ma aveva detto più che abbastanza per un giorno. Sospettava che la sua famiglia non sapesse nulla della sua segreta speranza e qui c'era lui, un perfetto sconosciuto, che gliela gettava in faccia. Ma era una cosa che andava detta. Conosceva bene la futilità di continuare a sperare quando la speranza non esisteva più. Dopo la morte di Emily, aveva vissuto in quel modo per parecchi anni.

Quando finalmente smise di camminare e tornò alla chaise longue, Antonia appoggiò lo stivale sul cuscino a strisce blu e si chinò in avanti per afferrare i lacci, Jonathon colse l'opportunità di esserle d'aiuto. Le offrì di toglierle gli stivali. Antonia respinse l'offerta, dicendo di essere perfettamente in grado di fare da sé.

Jonathon si fece indietro e la guardò lottare con il nodo delle stringhe, afferrando per due volte il fiocco e poi rimettendo il piede sul pavimento di pietra prima di rimetterlo sul cuscino e tirare invano le sottili stringhe di cuoio.

Quando abbassò il piede a terra per la terza volta, imprecando contro la sua debolezza, Jonathon non lo sopportò più. La afferrò in vita, senza cerimonie, la sollevò, la voltò e la lasciò cadere tra i cuscini sulla chaise longue come se fosse una marionetta e pesasse meno della cartapesta.

Antonia rimase tanto sbalordita da quel trattamento brusco che le ci volle qualche secondo per reagire e, prima che potesse protestare per la sua prepotenza, il suo stivale destro era già sul ginocchio piegato di lui che stava sciogliendo il primo nodo delle stringhe. Cercò di tirare indietro il piede ma Jonathon la afferrò per la caviglia e glielo tenne fermo.

"State ferma!" La rimproverò.

"Non ho chiesto il vostro aiuto!" Replicò rabbiosamente Antonia, cercando di riprendere il contegno e la sua dignità lisciando le sottane in disordine in modo che almeno le coprissero le gambe inguainate nelle calze al di sotto delle ginocchia. "Ho una cameriera per questi compiti servili e lei..."

"... non è qui. Quindi non siate sciocca."

Solo quando restò ferma Jonathon le lasciò andare la caviglia e quando Antonia non si mosse, lui tornò al compito di slacciarle lo stivale. Sciolse facilmente il nodo e allargò delicatamente l'allacciatura.

"Come se fosse possibile piegarsi per slacciare queste stringhe ridicolmente lunghe con un corsetto! Scommetterei che non ci avete mai provato prima di oggi."

"Pensate che sia incapace di fare da sola?" Gli disse seccamente, in tono altezzoso, con la rabbia che faceva svanire l'autocommiserazione.

Jonathon si fermò, guardandola con scetticismo.

"Sono sicuro che i vostri bisogni materiali siano del tutto soddisfatti da un esercito di servitori, *Madame la Duchesse*. Anche se... Sono sorpreso di trovarvi qui da sola. Dove sono le gargoyle?"

Antonia, che si stava asciugando il viso con un fazzoletto bianco che era stupita di trovarsi stropicciato in mano, fece una pausa. Era disorientata.

"Gargoyle, *M'sieur*?"

Jonathon estrasse con attenzione il piede di Antonia dallo stivaletto di morbida pelle di capretto e mise da parte la calzatura.

"Il duo dalla faccia tetra che vi segue dovunque."

"Oh!" Antonia sorrise, agitando le dita dei piedi e sentendosi notevolmente meglio. Apparve la fossetta. Le piaceva moltissimo la sua descrizione. "Spencer e Willis assomigliano davvero a due gargoyle. Molto adatte alla mia casa, no?"

"Molto adatte," confermò Jonathon, massaggiando delicatamente la pianta e il collo del piedino. "Perché non le rimandate indietro, al loro posto, sui comignoli?"

"Se solo fosse possibile," disse con un sospiro Antonia, che di colpo si sentiva molto più riposata, senza assolutamente sapere il perché. "Io non le *voglio*. Io non ne ho *bisogno* ma Julian, lui pensa di fare a me e a loro un grande favore. Sono con me da appena prima che *Mon...* oltre tre anni, così io non me la sento di congedarle. E se lo facessi, dove andrebbero? Non hanno una casa dove tornare. Treat è casa loro adesso."

"Lontane parenti povere?"

Antonia annuì.

"Sorelle. Willis è nubile e Spencer... suo marito era un terribile perdigiorno. Ha perso al gioco il loro piccolo capitale e poi si è sparato. È molto triste per loro. E così Julian le ha accolte e le ha assegnate a me. *Parbleu*! Che cosa ho a che fare io con due sorelle che non conosco? E che cosa hanno a che fare loro con me? Mi chiedo a volte come funzioni il cervello di mio figlio. Per uno che è sposato a una donna con un'intelligenza acuta, lui, Julian, può essere veramente uno zuccone quando si tratta di sua madre. Crede che perché siamo tre donne dovremmo automaticamente andare d'accordo alla grande? Come se essere femmine fosse tutto quello che serve per avere interessi in comune!

"Willis parla solo un francese scolastico e Spencer finge di non capire alcune delle cose che dico, così da non essere obbligata a ripeterle a Willis. Credo che quello che dico io la sconcerti. Non chiedetemi che cosa in particolare perché non lo ricordo! E solo perché non so dare un punto, quindi non valgo niente come ricamatrice, ritengono che sia una ben scarsa rappresentante del genere femminile! Né mi interessa sentir parlare delle buone azioni del signor Wesley oppure dell'ultimo sermone del nostro reverendo Beak, che è tutto quello di cui parlano bevendo innumerevoli tazze di tè, che è una bevanda che aborro."

Quando Jonathon ridacchiò e scosse la testa, Antonia raddrizzò le spalle e rabbrividì.

"Vedete com'è impossibile la situazione in cui mi ha messo mio figlio?"

"Sì, certo! Ma sono sicuro che abbiate trovato una soluzione soddisfacente."

Antonia non riuscì a nascondere la fossetta.

"*Naturellement*," rispose e, ignorando la vocina interiore che si chiedeva perché stesse condividendo affari confidenziali di famiglia con un perfetto sconosciuto, aggiunse fiera: "Siamo arrivate a un accordo che va bene per tutte e che Julian non deve necessariamente conoscere. Spencer e Willis ora vivono nella Gatehouse Lodge..."

"La portineria vicino al ponte che conduce a questa parte del lago?"

"Sì. *Monseigneur* l'aveva fatta costruire per completare Crecy Hall, quindi anche quella casa è un pezzo di architettura estrosa, con torrette e contrafforti, come Strawberry Hill. Comunque è una casa funzionale ed è perfetta per le sorelle. E quindi loro vivono comodamente là e io vivo qui e non ci diamo minimamente fastidio, eccetto…"

"… quando visitate la casa grande e allora vi accompagnano ed è così che si guadagnano vitto e alloggio, recitando la parte della vostra ombra?"

"*Exactement*! Sono bravissime come ombre, credo. A volte troppo e mi dà fastidio e vorrei arrabbiarmi con loro ma non posso perché sarebbe sgarbato. Seguirmi alle cene e ai balli e cose del genere è l'unico modo che hanno per ripagare Julian per la sua enorme gentilezza nel prendersi cura di loro. Dà loro la possibilità di abbigliarsi con le loro sete migliori e sentirsi importanti, e guardare dall'alto in basso con disapprovazione il comportamento di quelli più fortunati di loro. Queste occasioni alimentano per settimane i loro discorsi! Sarebbe troppo crudele togliere loro quel minimo di eccitazione che hanno nella vita."

"Sono sorpreso che non le abbiate presentate a Lady Strathsay," rispose con impertinenza e quando Antonia sbatté gli occhi, aggiunse con un sorriso malizioso: "La contessa non si attiene agli stessi principi puritani delle sorelle gargoyle? Quelle tre potrebbero sdilinquirsi per ore sugli eccessi, veri o immaginari, dei loro nobili cugini. Le loro opinioni, inoltre, aumenterebbero notevolmente il senso di importanza di sua signoria, non che ne abbia bisogno, intendiamoci. Ma Willis e Spencer certamente non sembrerebbero fuori posto in quell'austera compagnia." Quando Antonia si portò le mani alle guance, come inorridita, aggiunse in fretta: "La contessa è vostra zia, quindi se vi ho offeso…"

"No! No! È uno stratagemma perfetto, *M'sieur*! Perfetto! Non so perché non ci abbia mai pensato," lo rassicurò Antonia. I suoi occhi verdi brillavano di malizia. "Charlotte le prenderebbe certamente, se non altro perché appartengono a me. Forse potrebbe perfino chiedere che la vadano a trovare, e allora potrei andare e venire da qua come voglio, senza ombre! E Julian non potrebbe dire di no perché Charlotte gli darebbe la caccia fino a sfinirlo e fargli accettare di permettere loro di visitarla nello Buckinghamshire. È diventata molto orgogliosa e insop-portabile con l'età e poche persone hanno voglia di dedicarle un po' di tempo, quindi mi fa un po' pena.

"Suo marito è mio zio e vive apertamente con la sua amante e i loro due figli nelle Indie Occidentali. È una situazione che fa infuriare incre-dibilmente Charlotte. Ma chi potrebbe negare a mio zio la sua felicità? In ogni modo, la sua amante lo soddisfa in tutti i sensi. Non Charlotte.

È un tipo incapace di amare fisicamente qualcuno; il suo temperamento è molto freddo." Fece una smorfia. "Lei ha condiviso, no, *condiviso* non è la parola giusta... Lei ha *sopportato* il letto di suo marito solo lo stretto necessario per dargli un erede e un eventuale ricambio e poi..." Antonia schioccò le dita. "Basta."

Si chinò in avanti, come per non farsi sentire da altri, con il volto vicino a quello di Jonathon, che era ancora piegato su un ginocchio accanto alla chaise longue, e aggiunse confidenzialmente, con gli occhi verdi spalancati, increduli: "Riuscite a immaginarvi qualcuno che non apprezzi fare l'amore? È *incroyable*, no? Ma vi assicuro che Charlotte è così."

Jonathon cercò di non sorridere alle sue innocenti e franche rivelazioni, pensando che era la creatura più divertente che avesse mai incontrato. Nessuna meraviglia che le sorelle gargoyle, con la loro mente puritana, quasi svenissero alle sue dichiarazioni. E quando lei si chinò così vicina che avrebbe potuto contare le lunghe ciglia nere che le incorniciavano gli occhi adorabili, senza volere gli presentò il magnifico spettacolo del seno sontuoso che fuoriusciva dallo stretto corpino e dal finissimo fichu i cui lembi si erano scostati. Jonathon non osò distogliere gli occhi dal suo volto.

"Perché andate in giro a piedi e non a cavallo per la campagna?" Le chiese bruscamente, per mascherare un fremito di desiderio. Le fece segno di mettergli sul ginocchio il piede sinistro, ancora con lo stivale e lei obbedì senza protestare, mentre Jonathon concentrava tutta la sua attenzione sui lacci. "Pensavo che solo le ragazze di campagna e le figlie dei signorotti poveri andassero a piedi. Sarah-Jane mi dice che le donne di nobile nascita se ne vanno in giro per la campagna solamente su un nobile destriero e con uno stalliere o due al seguito."

"Ma a me piace camminare," rispose testardamente Antonia. "Cammino in giro per la campagna, come dite, fin da quando *Monseigneur* ha lasciato..." Ancora una volta non riuscì a completare la frase, anche se era quanto più vicina fosse arrivata a menzionare la morte del suo amatissimo marito da quando Jonathon era entrato nel padiglione, e aggiunse in fretta: "Non deve importare a nessuno se io cammino o cavalco!"

"Sono d'accordo. Ma se c'è qualcosa che ho imparato sulla buona società, da quando sono ritornato in Inghilterra," disse, continuando a parlare tranquillamente, ignorando il suo scivolone e alzando gli occhi mentre le slacciava lo stivale, "è che alla società interessa molto se uno dei suoi, addirittura una duchessa, non si conforma ai suoi standard.

Sospetto che non sia una cosa accettabile andare su e giù per valli e colline nei vostri eleganti stivaletti."

Antonia schioccò le dita. "Ecco cosa mi importa dei dettami della società. Conformarmi? Pfui! *Monseigneur* era ben al di sopra di tutte queste stupidaggini."

Jonathon scoppiò a ridere. "Buon per lui!" Pensando che *Monseigneur* doveva essere stato un nobile demonio arrogante, e trovando che gli piaceva. "E brava a voi. Non dovreste mai smettere di essere voi stessa, *Madame la Duchesse*," disse ammirando lo spirito di Antonia e pensando che quando si animava aveva la pelle più luminosa e gli occhi più brillanti.

"Solo perché sono una duchessa non significa che io non abbia due buone gambe per camminare come una qualunque ragazza di campagna, no, *M'sieur*? L'ho ripetuto centinaia di volte a Julian, ma lui, mio figlio, non mi ascolta."

"Oh, sono sicuro che le vostre gambe farebbero vergognare la maggior parte delle ragazze di campagna," mormorò, abbassando la testa per toglierle lo stivaletto dal piede ancora appoggiato al suo ginocchio. "Dovete dire alla vostra cameriera di non allacciarvi gli stivaletti così stretti, in futuro," le raccomandò. "Ha senza dubbio fatto la stessa cosa con il vostro corsetto. Se i segni sul collo del piede sono un'indicazione, mi meraviglia che riusciate a respirare."

"E che cosa vi rende un esperto di corsetteria femminile, *M'sieur*" Chiese Antonia sdegnosa, mentre si appoggiava all'indietro e inconsciamente agitava le dita prima di alzare il piede destro e infilarlo sotto le gonne. Il piede sinistro restò nella mano calda di Jonathon. "No, non rispondetemi!" Aggiunse in fretta quando Jonathon sogghignò, e distolse lo sguardo, aggiungendo con una franchezza sincera: "Non mi piace indossare i corsetti rigidi e *Monseigneur* era d'accordo che evitassi di indossarli quando eravamo in casa. Le stecche di balena e la tela rigida stringono troppo. A casa, indosso *jumps*, sempre."

"*Jumps*? Jumps, *Madame la Duchesse*? Non ho mai sentito parlare di un tale articolo di biancheria femminile. Ma devo dire che la moda femminile ci mette un po' a raggiungere il subcontinente indiano dall'occidente. Per favore, illuminatemi."

"Non so se le donne qui in Inghilterra indossano *jumps* ma in Francia sono all'ultimo grido come indumento da *déshabillé*. I miei sono fatti a Parigi da una bustaia esperta. Esteticamente sono simili ai corsetti ma la costruzione è molto diversa. Non ci sono parti rigide, solo strati su strati di imbottitura di finissimo cotone e quindi sono molto comodi. È come se non indossassi niente. Sono aperti qui, davanti.

Guardate ve lo mostro," disse tranquillamente, come se stesse discutendo un qualunque oggetto e non qualcosa intimamente legato alla sua persona.

Quando Jonathon alzò gli occhi, Antonia aveva lasciato cadere il fichu dalle spalle nude e aveva abbassato il mento per esaminarsi il petto.

"Vedete i nastri allacciati come fiocchi, sono quello che lo chiudono davanti," gli raccontò, indicando una fila di piccoli fiocchi di satin che correvano lungo un corpetto di morbida seta ricamata che le copriva il seno. "E dato che i nastri sono qui davanti e non dietro come nei corsetti, io posso facilmente slacciarli da sola per togliere il corpino. Osservate," gli disse nello stesso tono serio, mentre tirava il nastro del fiocco di satin più vicino alla scollatura, ignara dell'effetto che avrebbe avuto questa dimostrazione sul suo unico spettatore maschio.

Il nodo si sciolse e i lembi del corpetto si aprirono mostrando ancor meglio il profondo solco tra i seni a malapena contenuti nella sottile chemise bianca con un bel bordo di pizzo. Antonia alzò gli occhi con un piccolo sorriso di soddisfazione. "Quindi vedete che non ho sempre bisogno di Michelle per aiutarmi a svestirmi? Il corpetto è molto comodo, no?"

Jonathon annuì muto. Comodo? Buon Dio, nessuna meraviglia che *Monseigneur* l'avesse preferita con quel tipo di corpetto. Quale uomo non avrebbe voluto dare uno strattone a quei fiocchi? Avrebbe scommesso tutto quello che aveva che il duca era stato un esperto nell'estrarla da quei corpetti in un tempo da record. Aveva le vertigini come un ragazzino e gli venne la bocca secca solo a pensarci, stupito che lei non stesse usando nessuna astuzia femminile e fosse genuinamente ignara dal suo potere di attrazione. Non lo sorprendeva che il duca attuale le avesse assegnato le due gargoyle come ombre!

Riuscì finalmente a distogliere lo sguardo dalla visione ipnotica quando Antonia rifece il fiocco con i nastri di satin e poi raccolse il fichu sistemandolo sulle spalle e intorno al seno. Schiarendosi la gola, disse con una voce che sperava non tradisse il desiderio che provava:

"E io che pensavo, a quanto pare non correttamente, che avreste avuto bisogno di indossare un corsetto di tessuto rigido o stecche di balena per tenere tutto al posto giusto."

"Scusate, *M'sieur*? Che cos'è il posto giusto?"

"Beh, ehm, non è forse vero che le donne ben dotate usano le stecche di balena per tenere sollevato il seno?"

Antonia lo guardò a bocca aperta, con gli occhi verdi spalancati, increduli che avesse la temerarietà di suggerire una cosa simile.

"Voi pensate che *io* abbia bisogno di stecche di balena per tener *su* il seno?"

Jonathon sorrise imbarazzato ma si rese conto che Antonia era più sorpresa per il suggerimento che per la domanda in sé. Allora il dolore non le aveva tolto la vanità. Bene.

"Secondo la mia esperienza, *Madame la Duchesse*, il seno pieno cede se..."

"*Pourquoi?* Cede? *Cede?* Che cosa vuol dire che *cede?*"

Antonia era inorridita. L'orgoglio e l'ira la spinsero a reagire in modo oltraggiosamente franco e quindi indiscreto. Ma aveva sempre detto quello che pensava, era un istinto naturale.

"*Monseigneur* dice che io ho il seno più perfetto che si possa immaginare perché è *saldo* e *pieno* e *sospeso* come un frutto maturo ancora sull'albero. Non c'è niente che cede."

Jonathon tenne la bocca chiusa e la testa china sul compito di massaggiarle delicatamente il collo del piede. Non riusciva a immaginare la sua Emily, o una qualunque altra donna inglese di buona famiglia, essere così franca e apertamente vanitosa, certamente non su un argomento così intimo come il seno femminile, il proprio o quello di un'altra. La duchessa vedova era così piacevolmente franca. Eppure gli venne di pensare che poteva essere una questione di interpretazione, perché lei parlava esclusivamente in francese: forse non sarebbe stata così diretta parlando in inglese. In qualche modo, sospettava però che avesse poco a che fare con la traduzione e molto con la persona che era. Gli piaceva. Gli piaceva molto.

"Frutto maturo, *Madame la Duchesse*," riuscì a dire con la voce ferma, dopo essersi nuovamente schiarito la gola. "*Monseigneur* certamente ha un bel modo di esprimersi. Gli crederò sulla parola."

"Sì, è così. Ora per favore lasciatemi andare il piede perché è arrivato il nostro tè."

Attraverso uno degli archi ornamentali, Antonia aveva intravisto il suo maggiordomo che arrivava dal sentiero serpeggiante che collegava il padiglione alla casa vedovile, portando la pesante teiera d'argento con un piccolo esercito di camerieri in livrea che lo seguiva con il resto delle cose.

Il nostro tè. A Jonathon piaceva anche quello.

"Grazie," aggiunse Antonia con una voce flebile, facendogli alzare lo sguardo dal piede verso il volto.

Jonathon si chiese perché lei esitasse a guardarlo negli occhi.

"I miei piedi si sentono molto meglio dopo le vostre attenzioni."

"È stato un piacere, *Madame la Duchesse*."

Stava per alzarsi quando una voce giovane di sesso indeterminato parlò alle sue spalle, chiedendo ansiosamente in francese:

"Mema? Mema! Non vi siete slogata la caviglia? Non vi siete fatta male, vero, Mema?"

E poi un'altra voce, più profonda, decisamente maschile, aggiunse con la stessa preoccupazione: "Devo chiedere al cameriere di andare a chiamare la vostra cameriera, *Madame la Duchesse?*"

Jonathon si alzò in tutto il suo metro e novantacinque e si voltò a guardare un fuscello di ragazzino con una testa di riccioli neri e occhi castani curiosi che lo guardava con la fronte aggrottata. Gli sembrava familiare. Alle sue spalle c'era un giovane uomo robusto con una massa di capelli rossi e che aveva gli occhi dello stesso colore di quelli della duchessa e di suo figlio Julian.

"Mi sta bene qualunque occupazione mi vogliate assegnare, giovanotto," rispose placidamente Jonathon al testarossa, "ma non sono proprio un *cameriere*." Sorridendo, tese la mano per salutare il ragazzino. "Jonathon Strang, Esq. E no, Mema non si è slogata la caviglia."

CINQUE

"Sono Frederick, *M'sieur*," rispose educatamente il ragazzino, studiando l'uomo alto mentre si stringevano la mano. "Frederick, Lord Alston, ma tutti mi chiamano Frederick. Potete farlo anche voi. Siete un amico di Mema?"

"Sì, io…"

Prima che Jonathon potesse dire altro, Antonia si alzò di colpo dalla chaise longue, senza stivali, e cadde in ginocchio per abbracciare il maggiore dei suoi nipoti, prima di lasciarlo andare e baciargli le guance arrossate. Parlò in francese veloce.

"Sei appena in tempo per il tè del pomeriggio, *mon petit chou*. Vieni a sederti e dimmi tutto dei preparativi per la gara in barca. È per domani, vero? Chi sarà il tuo vogatore? Louis e Gus avranno la loro barca quest'anno, come ha promesso il tuo papà? E la mamma che ne dice?"

Con il braccio intorno alle spalle del ragazzino, Antonia sorrise calorosamente al giovanotto robusto con i capelli rossi e gli tese la mano per farsi baciare le dita.

"*Merci*, Charles, per avermi portato Frederick," gli disse gentilmente.

Con sorpresa di Jonathon, il giovanotto arrossì e sembrò impacciato. Fece solo un cenno prima di voltarsi verso Jonathon e fargli un breve inchino.

"Mi scuso per il commento sul cameriere, signore. Avrei dovuto essere più attento e notare il vostro panciotto indiano. Sono Charles," aggiunse. "Charles Fitzstuart. Il figlio minore di Lady Strathsay."

"Ma noi non te ne facciamo una colpa", disse maliziosa Antonia, mentre portava il nipote verso la chaise longue.

Una volta seduti comodi insieme, procedette a chiedergli tutto sulla gara in barca mentre Jonathon e Charles Fitzstuart si allontanavano verso l'arcata, Jonathon per riporre il suo acciarino in una tasca della redingote che si era tolto e Charles per slacciare la sua redingote da equitazione. Era una giornata calda e la cavalcata aveva richiesto una lunga deviazione per evitare di attraversare il ponte, perché avrebbe messo in allerta le signore nella Gatehouse Lodge che a loro volta avrebbero riferito al duca la trasgressione del figlio.

Entrambi gli uomini si tennero alla larga dal maggiordomo e dai servitori, che continuarono a preparare tutto per il tè sul tavolino basso circondato da cuscini. Le delicate tazze di porcellana con i piattini, i piccoli piatti decorativi da dolce e le posate d'argento che non servivano più furono tolti. I restanti quattro coperti furono spostati a un'estremità del tavolino basso. Posate, zuccheriera, lattiera, un vassoio con una torta e una coppa di dolcetti furono sistemati tra le ciotole di fiori e frutta, finché il maggiordomo ne fu soddisfatto. Poi congedò tutti eccetto un cameriere, rimandandoli in casa. Il maggiordomo prese posizione dietro la teiera sul suo supporto d'argento, con il cameriere pronto ad aiutare nel caso servisse, e aspettò il segnale della duchessa per cominciare a versare.

Ma Antonia non voleva essere distratta mentre chiacchierava con il nipote. Jonathon apprezzò la sua abilità nell'estrarre le informazioni dal ragazzo, così che non ci volle molto prima che Frederick, che mostrava una reticenza naturale in un ragazzino così giovane, perdesse tutta la sua timidezza in compagnia di uno sconosciuto e le raccontasse tutta la pianificazione che c'era voluta per allestire la sua piccola barca per l'annuale gara di primavera intorno all'isola più grande del lago. Nessun dettaglio, per quanto minuscolo, mancò di suscitare l'interesse di Antonia che mostrava un tale entusiasmo per i programmi del nipote che Jonathon si meravigliò per il cambiamento in una donna che non più di mezz'ora prima stava piangendo nel suo fazzoletto. Gli occhi brillavano, rideva graziosamente dietro il ventaglio ed era così animata che capì che era così che doveva essere stata prima della morte di *Monseigneur*, e come avrebbe dovuto tornare a essere.

Era quasi contento di restare uno spettatore ma quando Frederick espresse il desiderio di avere un bicchiere di acqua al limone e una fetta di torta, Antonia ricordò i suoi doveri di padrona di casa e segnalò al maggiordomo di versare, dicendo a Jonathon, mentre accompagnava Frederick al tavolino:

"Dovete scusare la mia teiera. È piena di caffè. Io non bevo tè, vero, Charles? È insipido. Ma ho del tè in casa se lo preferite."

"Il caffè va bene, allora. Anche se berreste il tè se ve lo preparassi io, *Madame la Duchesse*."

"Lo credete davvero? E perché *M'sieur*?"

"Perché lo preparo come dovrebbe essere bevuto, miscelato a spezie indiane, mescolato con latte caldo spumoso e poi assaporato. Un giorno dovrete assaggiare il mio migliore tè Chai. Ma oggi il caffè andrà benissimo," rispose, seguendola al tavolino, con le guance rosate perché si era reso conto che era stato talmente intento a osservarla mentre conversava con suo nipote da arrivare al punto di essere maleducato e ignorare l'esistenza di Charles Fitzstuart, che ora lo guardava trattenendo un sorriso. Per mascherare l'imbarazzo di essere scrutato in quel modo, Jonathon raccolse dal tavolino accanto alla chaise longue il libro e il pamphlet, dicendo in tono leggero, mentre voltava le pagine segnate ed evidentemente lette molte volte di una copia degli 'Annales' di Tacito: "Voi bevete il tè, Fitzstuart?"

"Chiamatemi Charles, signore. Il duca e la duchessa preferiscono che i loro parenti più giovani usino il loro nome proprio, specialmente in presenza dei loro figli. Niente titoli e decisamente niente salamelecchi o cerimonie. Fa parte della filosofia di Rousseau sull'educazione," gli spiegò con calma, come se la filosofia del francese sull'educazione dei bambini fosse di dominio pubblico, aggiungendo, con un'occhiata ad Antonia: "Bevo sempre caffè quando vengo a trovare *Madame la Duchesse*."

"Presumo quindi che se bevete *sempre* caffè con *Madame la Duchesse* voi parliate il francese come fosse la vostra lingua madre?"

"Tollerabilmente bene, signore. Mi sono laureato in lingue a Cambridge, con il massimo dei voti."

"Davvero?" Rifletté Jonathon, con uno sguardo attento al giovanotto, in particolare ai suoi occhi verdi, dando poi un'occhiata ad Antonia. "Allora gli occhi verdi non sono il solo attributo condiviso dai membri di quest'illustre famiglia. Le vostre abilità linguistiche si estendono anche all'apprezzamento degli storici romani?"

"Sì, signore. È stata *Madame la Duchesse* che mi ha iniziato per prima a Svetonio, Tacito e Cicerone quando non ero molto più grande di Frederick. Io preferisco la prosa di Cicerone, anche se *Madame la Duchesse* ritiene che sia un po' pomposo."

"Charles, lo sapete che è vero!" Lo rimproverò scherzosamente Antonia, dando un colpetto ai cuscini con le frange alla sua sinistra. "Venite a sedervi prima che il caffè sia freddo. La vanità di Marco Tullio e la sua pomposità brillano nei suoi scritti e quindi, *moi*, non riesco ad apprezzarlo, anche se i suoi scritti sono ben costruiti. Ma Tacito, lui è più leggero nei suoi commentari. Le sue osservazioni riguardo la vita domestica degli imperatori Giulio-Claudii sono molto più divertenti, in particolare perché è prevenuto, specialmente riguardo la moglie di Augusto. Detesta Livia tanto da avere una fissazione, delizioso da leggere ma vergognoso dal punto di vista storiografico." Sorrise a Jonathon sopra il bordo della sua tazza di porcellana, guardandolo cercare di sedersi a un tavolo progettato per accogliere bambini. "Ma forse dovremmo parlare di argomenti più generali, Charles, e non annoiare *M'sieur* Strang con le nostre discussioni scherzose sugli storici romani."

"*Saccheggiare, trucidare e rapinare: questo, secondo taluni, significa governare un impero. Di fatto, dove fanno un deserto...*"

"*... dicono di aver portato la pace,*" disse Antonia, finendo la frase all'unisono con Jonathon, con il volto che si illuminava di approvazione. "*Voilà*! Quindi anche voi conoscete Tacito, *M'sieur*."

"Non ho sprecato il mio tempo quando ero a Oxford," rispose argutamente Jonathon, con il polso che accelerava vedendo il sorriso di Antonia, e tese la mano verso la tazza di caffè che lei gli offriva.

"Questa è una delle vostre citazioni preferite di Tacito, vero Charles? L'avete ripetuta proprio l'altro giorno quando mi avete chiesto se avevo letto il pamphlet di quell'inglese. Mi dispiace, Charles, ma non l'ho ancora letto. Ma come vedete l'ho qui nel mio padiglione e ho intenzione di farlo."

"Io ho letto il pamphlet diverse volte, *Madame la Duchesse*, quindi non ho fretta che me lo restituiate," rispose Charles e cercò di cambiare argomento. "La signorina Strang mi dice che voi siete nato nel subcontinente indiano, signore?"

Jonathon lasciò cadere un cucchiaio di zucchero nella sua tazza e mescolò lentamente, con lo sguardo fisso sul giovane uomo. Guardò il pamphlet accanto al suo piatto e disse con gentilezza: "Posso solo immaginare che offrendo a *Madame la Duchesse* gli scritti sovversivi di questo inglese sconosciuto voi speriate di farne una repubblicana?"

"Avete letto *Buonsenso*, signore?" Chiese schiettamente Charles, la cui reticenza era svanita, sostituita dall'ammirazione per le scelte di Jonathon in materia di lettura. "Che ne pensate dei sentimenti *sovversivi* espressi, se posso essere così ardito?"

Jonathon non ebbe l'opportunità di offrire la sua opinione, qualunque fosse, perché Frederick, che aveva finalmente finito la seconda fetta di pan di spezie e aveva bevuto tutta l'acqua al limone del suo bicchiere, interruppe la conversazione esclamando: "Mema! Mema!

Stanno parlando inglese alla vostra tavola e non è permesso, diteglielo, Mema!"

Antonia spalancò gli occhi guardando suo nipote e si voltò con un'espressione meravigliata verso i due ospiti.

"Proprio così, *mon petit chou*. Grazie per avermi fatto notare questo lapsus sociale. Come sono sgarbati. Mi stavo chiedendo che cosa stessero farfugliando, ma *moi*, ero troppo educata per chiederlo."

Charles Fitzstuart arrossì fino alle orecchie, si tirò indietro e cominciò a balbettare una risposta prima che Jonathon, che aveva alzato un sopracciglio al tono teatrale di Antonia, mentre sorseggiava il caffè, intervenisse in francese.

"*Excusez-moi, Madame la Duchesse*, un lapsus linguistico momentaneo da parte nostra. Promettiamo che non succederà più."

"Ora dovete correre fino al pontile e ritorno! È la regola," annunciò Frederick, sorridendo sfacciatamente. Tutta la sua timidezza era svanita, pensando che era stato molto furbo a pizzicare sul fatto due uomini adulti ed eccitato alla prospettiva di vederli correre verso il lago. "Mema! Dite a Charles e a *M'sieur* che hanno infranto le vostre regole, Mema! Dite loro che devono correre fino al pontile e ritorno!"

"Ma chi conoscerebbe le regole se non fossero infrante ogni tanto, *mon chou*? Non sarebbe giusto, visto che è la prima visita di *M'sieur* Strang a Crecy Hall. Quindi non conosce le mie regole. E Charles, lui si stava solo comportando cortesemente con il nostro ospite. Forse dovremmo essere caritatevoli e lasciar correre per questa volta? Ma non una seconda volta, vero, Frederick?"

Ci fu un lungo momento di silenzio mentre il ragazzino rifletteva sulla questione, prima di annuire.

"Solo questa volta," disse, scambiando un sorriso con Antonia. Guardò Jonathon, che era comodamente sdraiato su parecchi cuscini in fondo al tavolo e stava dando pezzetti di pan di spezie ai due whippet, e disse molto seriamente, tanto da costringere i suoi ascoltatori a reprimere un sorriso: "Mema viene dalla Francia, quindi capisce solo il francese. Così noi parliamo solo francese in casa sua, *sempre*. A volte, se Louis e Gus litigano, dimenticano il francese e allora gli tocca correre fino al pontile. Mema dice che se corrono fino a là, quando tornano al padiglione hanno dimenticato perché stavano accapigliandosi sul prato. Ma Julie non corre mai perché ha appena compiuto tre anni. Il suo nome completo è Lady Juliana Antonia ed è un *assoluto* fastidio."

"Frederick, questo non è molto generoso."

"Ma... Mema, è vero! Julie dà *sempre* fastidio. Papà, lui perde la pazienza con lei perché continua a chiacchierare in francese per *tutto* il tempo, quando ci hanno *espressamente* detto di parlare in inglese quando non siamo in classe, dato che i servitori sono ignoranti. Mamma dice che è maleducato non farlo." Prese il bicchiere di acqua al limone che gli offrivano, aggiungendo, borbottando, rivolto a Jonathon: "Mamma dice che Julie potrebbe cavarsela con un *omi-omicidio* perché sarà la bellezza della famiglia. Qualunque cosa sia un omicidio."

"Deve assomigliare alla tua Mema," dichiarò Jonathon, tendendo un lungo braccio fino al tavolo per prendere una seconda fetta di torta di mandorle, senza guardare Antonia.

"Sì, sì, è vero, ora che ci penso," confermò placidamente Charles Fitzstuart.

Frederick sbuffò. "È quello che dicono tutti!"

"Chi sarà il tuo vogatore, *mon chou*?" Chiese Antonia, cambiando argomento perché si sentiva irragionevolmente irritata dal velato complimento di Jonathon, eppure assolutamente indifferente alla franca dichiarazione del cugino e questo la preoccupava più di quanto le piacesse. "Sarete voi, Charles?"

Frederick lanciò un'occhiataccia a Charles. "Avrebbe dovuto, ma Charles remerà per il nemico!"

"Nemico?"

"Le colonie americane, *Madame la Duchesse*," spiegò pacatamente Charles.

"È quello che ho detto! *Il nemico*."

"Non tutti i coloni americani sono in guerra con noi, Frederick." Disse Antonia a bassa voce.

"Dair dice che *tutti* gli americani sono cani traditori e i francesi intendono schierarsi con loro e allora dobbiamo odiare anche i francesi! Ma io non voglio odiare i francesi!" Gli occhi castani di Frederick si riempirono di colpo di lacrime e gli tremarono le labbra. "Mema," sussurrò, "io non voglio odiare i francesi. No!"

Antonia sorrise e chiamò a sé Frederick, che si affrettò a lasciare il suo cuscino per sedersi in grembo alla nonna. Antonia gli baciò i riccioli e lo tenne abbracciato, dicendo dolcemente: "Non si arriverà a tanto, *mon beau petit-fils*. Il tuo papà non permetterà mai che succeda. *Accepté?*"

Quando Frederick annuì, contento di rimanere accoccolato tra le braccia di Antonia, lei disse a Jonathon, a mo' di spiegazione: "Alisdair, Dair, è il fratello maggiore di Charles."

"L'eroe tornato dalla campagna di Long Island?" Commentò Jonathon, sorpreso, pensando che i due fratelli non potevano essere più diversi, di aspetto e temperamento.

Aveva sentito Sarah-Jane parlare all'infinito delle avventure durante la guerra coloniale americana del maggiore che era appena tornato in patria, un po' troppo, per i suoi gusti. Secondo lui l'uomo era un borioso egoista ma a quanto pare sua signoria era considerato bello da svenire dalle ragazze dell'età di sua figlia e un ottimo partito come erede al titolo di conte e cugino di una casa ducale. Senza dubbio il suo blasone e il bell'aspetto cancellavano il fatto che l'uomo fosse un rozzo donnaiolo, ma che cosa poteva saperne lui?Sarah-Jane aveva fatto il broncio quando le aveva riferito la sua opinione. Non molto, a quanto sembrava...

"Charles, per favore, diteci per chi remerete domani."

"Dair si era offerto di remare per la signorina Strang," spiegò Charles, con le guance lentigginose che si colorivano fino a intonarsi con i suoi riccioli rossi. "Ma poi ha dovuto ritirare la sua offerta perché aveva precedentemente promesso a Sua Grazia la duchessa che avrebbe remato per gli Stuart, con Juliana a portare i suoi colori, e così non ha potuto rispettare il suo impegno verso la signorina Strang."

"Charles quindi remerà per mia figlia Sarah-Jane," dichiarò tranquillamente Jonathon ad Antonia. Inarcò un sopracciglio e morse una tortina alla fragola. "Per i coloni americani."

"Sì. Sì. Mi sono offerto volontario, signore. Era la cosa giusta da fare."

"Per Sarah-Jane o per gli americani? Non importa! Non importa!" Disse in fretta Jonathon, senza la minima simpatia per il rossore che stava invadendo le guance del giovanotto. "Sono sicuro che Sarah-Jane non starà nella pelle al pensiero che remerete sulla sua barca, senza tener conto del vostro sostegno per i sovversivi americani."

Charles strinse i denti.

"Pensate che la causa dei patrioti americani sia sovversiva, signore? Allora anch'io sono un sovversivo perché credo nelle libere elezioni; che gli uomini dovrebbero essere giudicati per quello che fanno e non per quello che sono."

Jonathon lo fissò come se fosse assolutamente ovvio.

"Sovversivo? Non ha niente a che fare con le vostre inclinazioni politiche, in un senso o nell'altro. Sapete remare?"

"Beh, sì, so remare."

"Allora vincerete e questo le farà piacere. A mia figlia piace vincere, Charles."

"Davvero signore?"

Quando Charles deglutì penosamente, Antonia fissò dura Jonathon come per dirgli, *smettetela di prendere in giro il ragazzo!* La sua reazione fu di farle l'occhiolino. Antonia decise di ignorarlo e chiese al suo nipotino, con innocenza ben studiata: "Allora chi remerà sulla tua barca, *mon chou*? *Ton père*?"

"Tocca a papà remare per Gus e Louis, per gli Hanover."

"Che ne dici di Gregory o suo fratello?"

Frederick scese dalle ginocchia di Antonia per riprendere il suo posto accanto a lei e prese un'altra fetta di torta.

"Mema?!" Frederick reagì con repulsione all'idea. "*Gregory*? A Gregory non piacciono le barche. E la sua testa è sempre ficcata in qualche cespuglio!"

"Già, è vero." Ridacchiò Antonia. "Povero Gregory. È il figlio maggiore del nostro capo giardiniere e sogna di diventare un botanico." Disse Antonia a Jonathon. "È portato a distrarsi. E suo fratello? Ha remato per Louis e Gus nella gara dell'anno scorso. Ha quasi battuto te e tuo padre, no? Come si chiama, Frederick?"

Il volto di Frederick si illuminò.

"Volete dire Lawrence, Mema! Sì, lo volevo anch'io. Ma non ricordate? È caduto da cavallo e si è rotto il braccio. L'osso sporgeva da…"

"Sì, grazie, Frederick," lo interruppe Antonia. "Ora ricordo."

"Non è stata una bella frattura netta, allora?" Chiese Jonathon, con un'occhiata di incoraggiamento; si poteva giocare in due al gioco della duchessa.

"No, signore, è stata una frattura *feroce*," rispose Frederick con evidente piacere. "Lawrence è stato sbalzato da cavallo e non credevamo fosse successo niente perché Lawrence è un asso a saltare le staccionate. Ma non indovinereste mai che cosa gli è successo. Il braccio era tutto girato dietro la schiena e si è spezzato in *due* punti. E quando il segaossa ha sistemato la frattura, ha lanciato un ululato talmente forte che papà ha detto che avrebbe certamente risvegliato i morti. L'abbiamo sentito *dalla nursery*."

"Il braccio rotto del povero Lawrence non risolve il tuo problema, Frederick," dichiarò Antonia, senza riuscire a evitare di dare un'occhiata furba a Jonathon. Le era venuta un'idea maliziosa e sorridendo dentro di sé disse seriamente a suo nipote: "*Mon chou*, sapevi che *M'sieur* Strang ha remato fin qua per vedermi, oggi? Sì, da casa vostra… Da solo. *Incroyable*, no? Una tale distanza! È un ottimo vogatore, credo. Non è vero, *M'sieur*?"

"Davvero, signore? *Veramente*?" Chiese Frederick entusiasta prima che Jonathon avesse la possibilità di rispondere. "Papà dice che è due volte più lontano da quel pontile a qui che fare due volte il giro dell'isola del Cigno. La gara di domani è una volta intorno all'isola del

Cigno, dato che Louis e Gus hanno solo cinque anni. Papà dice che l'anno prossimo potremo fare tutto il percorso." Guardò Antonia, che gli sorrideva incoraggiante, e poi Jonathon. "Potreste... Vorreste essere voi il mio vogatore, signore? Ve ne sarei grato *per sempre*. Non voglio Gregory. Non sa nuotare. Voi sapete nuotare, signore? Sì?"

"Sì, nuoto molto bene. E sarei onorato di essere il tuo vogatore, Frederick," rispose Jonathon, guardando Antonia con un sorrisino e un'alzata di sopracciglia che diceva che avrebbe fatto i conti con lei più tardi. "Ma lo farò solo a condizione che, se vinciamo la gara, *Madame la Duchesse* inviti i capitani e i rematori a cena da lei qui a Crecy Hall."

Frederick guardò ansioso Antonia.

"Lo farete, Mema? Ci inviterete?"

"Come potrei rifiutartelo?"

Ma quando Antonia guardò Jonathon fu con un'alzata imperiosa delle sopracciglia arcuate. "Vi ho dato il tè e ora volete che vi inviti a cena. Forse, *M'sieur* vorreste anche che vi invitassi a colazione così avrete coperto tutti i pasti principali della giornata?"

Jonathon scoppiò a ridere.

"Oh, ho grandi speranze che quando arriverà *quel* giorno, non avrò bisogno di un invito!"

Le labbra di Antonia si aprirono per lo stupore. Era sbalordita da una tale insolente sicurezza di sé. Non sapeva se essere furiosa, imbarazzata o lusingata perché non era possibile sbagliarsi su quello che intendeva. Non sapeva dove posare lo sguardo e si affaccendò inutilmente con il servizio da tè. Avrebbe ignorato un simile oltraggioso suggerimento. Il sole del subcontinente indiano doveva aveva avergli arrostito il cervello.

Eppure il suggerimento sottinteso fu rimarcato quando Charles, che stava sorseggiando la sua seconda tazza di caffè, reagì al commento oltraggioso di Jonathon inspirando e deglutendo contemporaneamente, finendo con un accesso di tosse e sputacchiando. Si alzò in fretta dal tavolo, lottando per respirare, con Jonathon che lo seguì immediatamente, battendogli la schiena e il maggiordomo che accorse subito con un bicchiere d'acqua e limone. Quando tornò al tavolo, Charles respirava normalmente e Antonia aveva ripreso la calma. Non riusciva a guardare Jonathon e chiese a suo nipote, in tono tranquillo:

"Hai dato un nome alla tua barca, *mon chou*?"

Frederick annuì, ma con una smorfia sul volto.

"Si chiama *Duchessa di smeraldo*, per voi, Mema."

"Che onore mi fai, Frederick! Mi rende molto felice. Ma... Qualcosa ti turba, sì?"

"Io volevo chiamarla *Duchessa nera*, ma papà non me l'ha permesso. Dice che è tradizione che tutte la barche in gara portino le bandierine colorate ma che il nero non è un colore. Niente e nessuno riesce a fargli cambiare idea. Vero, Charles?"

"Mi dispiace, ma credo che sia vero, *Madame la Duchesse*, Sua Grazia è irremovibile."

"E il vostro colore, Charles?"

"Azzurro."

"Che fortuna, è il colore preferito di Sarah-Jane. Lei ne sarà *felice*."

Charles squadrò l'uomo più anziano, con il sospetto che stesse ridendo di lui.

"Sì, signore, era contenta."

Quando suo nipote continuò a sembrare depresso, Antonia gli accarezzò la guancia, dicendo piano: "*Duchessa di smeraldo* è un gran bel nome per la tua barca. Vedi, i miei occhi sono del colore degli smeraldi. *Monseigneur* lo ha sempre detto."

"Ma se si chiama *Duchessa di smeraldo*, allora devo avere le bandierine verdi, e voi non indossate abiti colorati, così io non voglio sventolare il verde. Voglio sventolare il nero. Ho *cercato* di dire a Papà che se la mia barca si fosse chiamata *Duchessa Nera* avrei potuto sventolare le bandierine nere perché voi vi vestite *sempre* di nero. Ma *lui* ha detto che non ero *io* a dover scegliere, ma *voi*."

"Frederick, devi scusarmi ma mi sento un po' stupida oggi. Non capisco proprio perché il tuo papà dice che devo essere io a scegliere."

Frederick abbassò la testa di riccioli neri e si passò in fretta la mano sugli occhi umidi.

"Voi potete vestirvi di nero. A *me* non dà fastidio. Non dovrebbe dare fastidio nemmeno a papà. Non è giusto!" Aggiunse, con uno scoppio animato di voce. "Papà non si sta comportando correttamente. È terribilmente irascibile e…"

"Frederick! Ora basta, *mon petit*," insistette Antonia, a voce bassa ma ferma. "Non devi parlare del tuo papà in quel modo. Lui sta solo facendo quello che ritiene sia giusto…"

"Ma *non è* giusto," insistette Frederick. "Voi vi vestite *sempre* di nero. *A me* piacete vestita di nero. Papà non dovrebbe obbligarvi a scegliere."

Dentro di sé, Antonia era d'accordo con lui ed era furibonda con suo figlio. Ma avrebbe tenuto per sé la sua opinione sui modi subdoli di persuasione del duca, il fatto di maltrattare in quel modo il figlio di sei anni, proibire ai suoi figli di farle visita per costringerla a piegarsi ai suoi desideri, finché non avesse potuto affrontarlo direttamente. Aveva deciso di non partecipare alla cena e al recital quella sera alla casa grande ma il disagio del nipote e il fatto che suo figlio avesse proibito ai figli di farle visita le avevano fatto cambiare idea.

"Non c'è bisogno di scegliere, *mon chou*," riuscì a dire in tono allegro. "Dato che hai dato alla barca un nome in mio onore, il meno che io possa fare è indossare il colore delle tue bandierine. Ovviamente mi vestirò in qualunque colore tu decida, che sia verde smeraldo, blu zaffiro o rosso rubino. Ma sono molto contenta che tu abbia scelto il verde smeraldo perché è la pietra preziosa preferita da *Monseigneur*. Lo smeraldo che portava sempre al dito apparteneva a suo nonno e un giorno... un giorno apparterrà a te perché... perché..."

"Perché, Mema?" Chiese Frederick.

Nel lungo silenzio imbarazzato che seguì Charles abbassò lo sguardo, perché la duchessa era sull'orlo delle lacrime, e mise un pacchetto di lettere legate da un nastro accanto alla sua tazza vuota; Jonathon rivolse un sorriso di incoraggiamento al piccolo, così Frederick ripetè la domanda.

"*Mema*, perché? *Perché*?"

Antonia si diede mentalmente una scossa e sorrise a suo nipote, sbattendo in fretta gli occhi umidi. Stava ricordando quando *M'sieur le Duc* le aveva dato l'anello con lo smeraldo perché lo conservasse. Erano soli, nella cavernosa stanza da letto, una circostanza rara nelle sue ultime settimane di vita. Era seduto, appoggiato ai cuscini, per respirare con meno fatica, con lei seduta sopra le coperte davanti a lui, con una banyan di seta gettata sopra la camicia da notte. Era mattino presto e la nebbia insisteva sulle cime degli alberi fuori dalle finestre della stanza con la sua magnifica vista sui giardini ornamentali. I medici, gli assistenti e l'esercito di servitori necessari per offrire al duca ogni comodità nei suoi ultimi giorni erano stati tutti congedati con un gesto languido della sottile, bianca mano ducale: quella con l'anello con lo smeraldo.

Non parlavano e si accontentavano di tenersi per mano e guardarsi. Non parlavano dell'inevitabile. Non serviva parlarne a voce alta.

Alla fine il duca si era sfilato dal dito il grande anello con lo smeraldo quadrato, lo aveva messo sul palmo della mano di Antonia e le aveva chiuso le dita sul gioiello di famiglia, baciandole dolcemente il polso. Aveva portato lo smeraldo Roxton ogni giorno da quando era diventato il quinto duca di Roxton, all'età di diciannove anni, quando suo nonno gliel'aveva dato, qualche ora prima della sua morte. E ora si era tolto l'anello ducale e l'aveva consegnato a lei perché lo conservasse. Le teneva la mano e le fece ripetere la promessa a voce alta. Antonia si sentì ripetere le parole chiaramente e in tono rassicurante; dentro di sé stava andando in pezzi perché voleva dire che era solo questione di ore prima di essere separati per sempre in terra. Era quasi svenuta per il dolore...

"Perché? Oh, perché *Monseigneur* mi ha fatto promettere che ti avrei dato il suo anello con lo smeraldo il giorno del tuo ventunesimo compleanno," disse gentilmente al nipote con allegria forzata. "Fino ad allora devo conservarlo io. Ma è tuo, *mon chou.* Se vuoi vederlo prima di allora, perché manca veramente tanto prima che arrivi quel giorno, devi solo chiedermelo. Quindi, per favore, non ti devi più preoccupare, sì? Per te, smetterò il nero per la regata." Quando Frederick si alzò di colpo dai cuscini e le gettò le braccia al collo, aggiunse, dandogli un bacio sulla guancia: "E non devi essere arrabbiato con il papà. Lui fa quello che ritiene meglio per te perché ti vuole molto bene. Ha tante preoccupazioni e noi non vogliamo dargliene altre, vero?"

Frederick scosse la testa.

"Mamma dice che voi siete la più grande preoccupazione di papà."

"*Pourquoi?*"

"Mamma l'ha detto alla cugina Charlotte. Vero, Charles?"

"Un commento buttato lì, senza significato, *Madame la Duchesse.*"

"Non è da voi cercare di gettarmi fumo negli occhi, Charles. Mia nuora non è il tipo da fare commenti a caso."

"Certamente no, *Madame la Duchesse*, perdonatemi. Stavo solo cercando..."

"Perché papà si preoccupa per voi, Mema?" Insistette Frederick. "Non dovreste essere voi a preoccuparvi per lui, perché siete la sua *maman?*"

"Dalla bocca degli innocenti," mormorò Antonia. "Non ti devi preoccupare per la tua Mema," aggiunse con allegria forzata. "Il tuo papà si preoccupa abbastanza per tutti."

E tese una mano per il pacchetto di lettere accanto alla tazza del cugino, che gliele consegnò in fretta.

"Sono da mandare all'Hôtel Roxton con la mia posta, vero?" Chiese, facendo uno sforzo per cambiare argomento.

Relegò in fondo alla mente l'osservazione di sua nuora, che la pungeva sul vivo; a essere onesta perché c'era del vero. Ma non la rendeva meno dolorosa. Diede un'occhiata dall'altra parte del tavolo e trovò Jonathon, che la osservava con un'espressione che le diceva che non si era fatto ingannare dalla sua recita e che sapeva benissimo che stava indossando una maschera per suo cugino Charles e suo nipote. E anche quello la preoccupava. Perché? Non ne aveva idea. Antonia distolse lo sguardo e stava per suggerire di fare una passeggiata fino al pontile per dar da mangiare ai cigni le briciole dei dolci che erano restate sui piatti quando Charles disse, nel suo modo tranquillo:

"Dato che stiamo parlando francamente, *Madame la Duchesse*, vorrei dirvi che Sua Grazia sta aspettando l'arrivo di Sir Titus Foley per domani."

"Ma quando papà vedrà che Mema non è vestita di nero, rimanderà indietro Sir Titus, vero Charles?"

"Non credo che lo farà, Frederick," disse sobriamente Charles e Jonathon avrebbe potuto prenderlo a calci per non aver *gettato fumo negli occhi*, come la duchessa aveva tanto graziosamente chiamato l'essere falsi, del ragazzino, dato che chiunque avesse orecchi avrebbe potuto sentire l'ansia nella voce di Frederick.

"Chi è questo tizio, Titus, Frederick?" Chiese Jonathon in un tono bonario, lanciando un'occhiata ad Antonia, che non lo guardò negli occhi. "Non il segaossa che ha rattoppato il braccio del povero Lawrence, vero?"

Frederick scosse la testa facendo il broncio.

"Sir Titus Foley è un medico vestito come un damerino che cura i membri della nobiltà," disse Charles, che nascondeva a fatica il disprezzo. "Si è fatto un nome curando la *melancholia* della giovane baronessa Hartfield e della recentemente sposata Lady Fife."

"*Melancholia?*" Sbuffò Jonathon incredulo. "Quest'uomo sembra un ciarlatano vestito da damerino."

Frederick non riuscì più a trattenersi e sbottò: "Lui è un-un grosso, grasso *faccia da furetto*."

Antonia ridacchiò suo malgrado.

"È proprio vero, *mon chou*, ma non è educato dirlo a voce alta."

"È così che lo chiama Porter, Mema. Porter è il mio tutore," chiarì Frederick a Jonathon. "E lui è infactuato di..."

"Infa*tua*to," lo corresse gentilmente Antonia.

"Infatuato di Mema. Qualunque cosa significhi quella parola."

"Frederick!" Esclamò Antonia, senza fiato. "Non puoi dire una cosa del genere di Porter! Lui non è qui per difendersi e, se lo fosse, sarebbe d'accordo che è una menzogna pensare che lui..."

"Ma, Mema, non è una menzogna. Io non so nemmeno che cosa significa infactuato... mm, infatuato."

Jonathon scoppiò a ridere e anche Charles non riuscì a nascondere un sorrisino.

"Porter diventa tutto rosso in faccia quando voi gli parlate, Mema," spiegò Frederick, facendo una smorfia di disgusto. "Sembra tutto agitato e nauseato e non riesce a parlare..."

"Sì, Frederick, adesso basta. Grazie."

"Povero Porter!" Disse Jonathon, senza simpatia e scuotendo tristemente la testa mentre seguiva l'esempio della sua ospite e si alzava da
tavola. "Agitazione, rossore e balbettio. Con quei sintomi direi che il
povero cristo l'ha presa proprio in pieno. Non lo pensate anche voi,
Charles?"

"Sì, signore, direi di sì," confermò Charles e sorrise imbarazzato
quando la duchessa lo fissò torva. "*Excusez-moi, Madame la Duchesse,*
ma siete stata voi a chiedermi di non *gettare fumo negli occhi.*"

"Bravo ragazzo!" Dichiarò Jonathon con una pacca sulla schiena.

Antonia aprì la bocca per dire a entrambi quello che pensava
quando la sua cameriera personale scelse proprio quel momento per
arrivare di corsa nel padiglione, con un paio di pantofole di marocchino
rosso in mano, mormorando scuse per il ritardo mentre faceva una riverenza e si lisciava le sottane.

"Michelle! Non mi interessa assolutamente sentire le tue scuse
riguardo al fumo dal camino e tappeti rovinati. Sono irritanti," la inter-
rupe Antonia imperiosamente, e tese un piedino inguainato nella calza
di seta perché la ragazza si inginocchiasse e le mettesse le pantofole.
"Ora tornerai in casa e mi preparerai il bagno. Ho deciso di partecipare
alla cena di Roxton, dopo tutto. Sì, ho effettivamente cambiato idea. E
non tocca a te chiedermi perché. L'abito di seta nera con le sottogonne di
tessuto d'argento andrà bene."

"Sì, *Madame la Duchesse,*" rispose Michelle docilmente, in piedi per
esibirsi in un'altra riverenza.

Non osò dare una seconda occhiata alle tre figure in piedi accanto al
tavolino basso con i resti del tè. Ma guardò Matthews, il maggiordomo
dal volto di pietra. Più tardi le avrebbe detto tutto. Quando si trattava
di lei non poteva farne a meno, non erano forse segretamente fidanzati?

"Devo mandare un messaggio alle signore Willis e Spencer perché si
preparino, *Madame la Duchesse?*"

"Naturalmente, voglio che siano nella loro forma migliore stasera."
Quando Jonathon alzò un sopracciglio, Antonia non poté evitare di
rivolgergli un sorrisino d'intesa. "Stasera non devono vestirsi di grigio
ma di nero."

"Nero. Sì, *Madame la Duchesse.*"

Antonia le tese il pacchetto di lettere.

"E prendi le lettere di *M'sieur* Fitzstuart. Scriverò dopo l'indirizzo e
poi potrai metterle sul tavolo della hall insieme alle lettere che ho scritto
ieri. Non quelle per Londra, quelle per Parigi, per la *Comtesse de
Charmond.*"

"All'*Hôtel Roxton, Madame la Duchesse?*"

"Dove altro ho una casa a Parigi, Michelle? No, non rispondermi!"

Michelle fu lieta di non dover rispondere perché non era mai stata all'*Hôtel Roxton* e la sua padrona non vi era mai stata nei cinque anni da quando Michelle era la sua cameriera personale, non da quando il vecchio duca era diventato troppo sofferente per viaggiare. Ma una cosa sapeva, ed era che la *Comtesse de Charmond* non risiedeva all'*Hôtel Roxton* da almeno sei mesi. Matthews aveva ricevuto istruzioni di consegnare le lettere che la duchessa scriveva alla *Comtesse* allo steward del duca. La *Comtesse* era una corrispondente regolare e Michelle si chiedeva come mai la duchessa non avesse idea che la sua anziana cugina non aveva più un appartamento nel suo enorme palazzo parigino.

"E mentre sono a cena, cercherai l'abito di seta verde con il ricamo di tralci di vite e le sottogonne di tessuto dorato. Penso che ci siano anche un corpetto e le scarpe abbinate, e un ventaglio. Indosserò quello domani alla regata. Non guardarmi come se fossi ubriaca! Mi hai sentito la prima volta. Oh, e il collier di smeraldi con il braccialetto coordinato. E i nastri verdi che non serviranno per i capelli, mettili nella reticella, così potrò darli a mio nipote stasera." Sorrise a Frederick. "Sono per il suo gilet da nautica."

"*Merci*, Mema."

Antonia tese la mano a Charles per salutarlo, aspettandosi che la sua cameriera obbedisse senza commenti, ma quando la ragazza rimase ferma a bocca aperta, Antonia inarcò le sopracciglia.

"Ti ricordi dove sono i miei vestiti e i gioielli, vero?"

"Sì, *Madame la Duchesse*. Certamente. È solo che voi…"

"Bene, ora devi andare. E, Michelle, farai finta di essere cieca, vero? Lord Alston e i *Messieurs* Fitzstuart e Strang non sono mai stati nel mio padiglione: Willis e Spencer non devono scoprirlo." Fissò il suo maggiordomo impassibile e il cameriere e poi la ragazza. "Mi avete capito, *hein?*"

Michelle fece un'altra riverenza. Il maggiordomo chinò la testa e il cameriere non osò nemmeno sbattere gli occhi. La trasgressione del figlio ed erede del duca, il cugino lentigginoso dai capelli rossi della sua padrona e l'alto, attraente gentiluomo dalla pelle scura non erano niente a paragone della rivelazione che la duchessa vedova di Roxton avrebbe finalmente smesso il nero. Ecco una notizia che Michelle non vedeva l'ora di gettare in faccia a quelle due cocciute matrone, Spencer e Willis. Senza un'altra parola si mise in moto, con il maggiordomo e il camerie-re al seguito con il servizio da tè, anche loro ansiosi di arrivare in cucina per diffondere la notizia tra il contingente dei servitori della duchessa.

Antonia abbracciò Frederick, gli baciò la guancia e gli scostò dolcemente la massa di riccioli neri dalla fronte.

"Ora devi tornare a casa con Charles prima che il tuo papà ti scopra e il povero Porter sia licenziato per averti permesso di venire a trovarmi. Sarò alla cena stasera e ti darò i nastri nella galleria, va bene? E basta preoccuparti, me lo prometti?"

Frederick era raggiante. "Lo prometto, Mema." Fece un passo indietro, le rivolse un inchino rispettoso e poi guardò ansiosamente Jonathon. "E grazie a voi, signore, per aver accettato di essere il mio vogatore." Chiese alla nonna: "Avete abbastanza nastri anche per *M'sieur* Strang?"

"Sì, sì, certamente," rispose Antonia, come se non ci avesse pensato.

Guardarono Frederick correre verso casa sul sentiero davanti a Charles Fitzstuart, con gli whippet che saltellavano ai suoi piedi. Svoltò la prima curva del sentiero e aspettò che Charles lo raggiungesse e salutò la nonna con la mano.

Antonia e Jonathon agitarono anche loro la mano.

"È un ragazzino molto sveglio."

"Sì."

"Ma, secondo me, pensa troppo per uno così giovane."

"Sì, è il degno figlio di suo padre."

"È molto affezionato a voi."

"E io a lui…"

Antonia si voltò con un piccolo sospiro, quando suo nipote e il cugino non furono più in vista. Quel piccolo sospiro fece accigliare Jonathon che la guardò preoccupato.

"Non dovete abbandonare il nero solo perché Roxton lo desidera."

"Non lo faccio per far piacere a mio figlio ma per Frederick perché è un ragazzino molto preoccupato," rispose Antonia, chiedendosi perché Jonathon fosse di colpo così burbero. "Non dovrebbe preoccuparsi. Dovrebbe godersi la vita. Ci sono ancora molti anni prima che debba preoccuparsi per qualcosa. *Monseigneur* sarebbe d'accordo con me. E vorrebbe che facessi quello che è meglio per Frederick e per tutti i nostri nipoti."

"Roxton proibisce regolarmente ai suoi figli di farvi visita per ottenere quello che vuole?"

Antonia scosse la testa. "No… Questa è la prima volta…"

"E Sir Titus Foley? Roxton ha minacciato di consegnarvi alle cure di quel ciarlatano?"

"Minacciato?" Sconcertata dalla parola, Antonia distolse lo sguardo, sentendo improvvisamente il cuore pesante. "Lui, mio figlio… Quello che fa è per il meglio."

Jonathon inarcò le sopracciglia, scettico e arrabbiato.

"Meglio… Meglio per chi? Usare suo figlio per manipolarvi e farvi fare quello che vuole, proibire ai suoi figli di farvi visita, minacciarvi con medici ciarlatani e le loro scempiaggini, questo è nel *vostro* interesse?"

Antonia si rannuvolò. "Julian non causerebbe mai volontariamente angoscia ai suoi figli."

"No, non intenzionalmente."

"Lui ama moltissimo sua moglie e i suoi figli, ed è un buon marito e un buon padre…"

"… ma potrebbe essere un figlio più comprensivo."

Era un'affermazione che Antonia avrebbe voluto poter respingere. Ma non voleva mentire. Né voleva discutere della sua famiglia con un uomo che aveva conosciuto solo la sera prima. Non importava che fosse un ascoltatore attento e comprensivo e sembrasse genuinamente preoccupato per il suo benessere, o che lei avesse un disperato bisogno di un confidente. Riversare tutti i suoi problemi su un estraneo non era solo disdicevole, era anche sleale nei confronti della sua famiglia. Aveva già dimostrato una notevole mancanza di discrezione facendo vedere il biglietto di Roxton a questo gentiluomo. Non doveva mostrare ancora più debolezza. Come sempre, doveva essere forte e non tenere conto dei suoi desideri e dei suoi bisogni. Suo figlio e la sua famiglia, Frederick in particolare, e quello che era meglio per il ducato di Roxton, avevano la precedenza. Lo doveva a *Monseigneur*.

"Perché siete qui?" Gli chiese alzando il mento, mascherando la tristezza e il profondo senso di solitudine con un'aria di sufficienza e una facciata di nobile superiorità. "Che cosa volete da me?"

Il giorno precedente, prima di conoscerla, Jonathon avrebbe risposto con facilità. Voleva che l'attuale duca di Roxton riconoscesse l'indebita appropriazione dell'eredità Strang-Leven da parte dei suoi avi e voleva che fosse restituita a lui, il loro legittimo erede, e aveva bisogno che la madre vedova di Roxton gliene trasferisse la proprietà. Oggi doveva aggiungere la complicazione che la duchessa vedova di Roxton era in verità la donna più seducente che avesse mai incontrato. Guardandola con suo nipote aveva colto qualche lampo della creatura vibrante e sensuale che fremeva appena sotto la superficie del dolore per il suo amatissimo duca e, con sua meraviglia e irritazione, voleva essere proprio lui a risvegliarla alle gioie della vita. Ma come poteva, in piena coscienza, prenderla tra le braccia, baciarla e farla ridere quando reclamare la sua eredità avrebbe sicuramente significato toglierle la casa e la terra che il suo *Monseigneur* aveva restaurato con tanta cura per lei?

Abbassò gli occhi sul bel volto rivolto verso il suo, inebetito e muto, furioso con se stesso per essersi fatto irretire così facilmente ma sapendo che era entrato nella rete di sua volontà, che lei non lo aveva irretito in nessun modo. Avrebbe voluto fare un commento frivolo ma si rese conto che sotto lo sguardo fermo di quei luminosi occhi verdi non ci riusciva. Le aveva dato la sua parola che non le avrebbe mentito, così si chiese come rispondere al meglio senza sembrare insincero e trito.

Antonia prese il suo silenzio come sprezzante insolenza e raddrizzò la schiena, una duchessa in ogni centimetro della sua sottile figura.

"*M'sieur*, non so come si comportano le persone della buona società in India, ma qui non tocca a voi fare commenti su argomenti che non vi riguardano, e certamente non avete il diritto di criticare mio figlio, *M'sieur le Duc de Roxton*. Non ho intenzione di discutere della mia famiglia, dei nostri affari, specialmente con un ospite di *M'sieur le Duc*. Di quello che succede a me non tocca a voi preoccuparvi. Non desidero la vostra opinione, né la vostra preoccupazione. Né ho chiesto la vostra compagnia. Ora mi lascerete in pace e tornerete alla casa grande, al vostro posto e non verrete mai più qua! Questo è tutto quello che ho da dire. Buona giornata. Ora potete andare."

Si aspettava che Jonathon avrebbe obbedito immediatamente, si sarebbe fatto da parte con un rispettoso inchino e le avrebbe permesso di passare. Dopo tutto, era abituata all'obbedienza incondizionata. Dal giorno del suo matrimonio, la sua posizione tra servitori, affittuari, famiglia, amici e pari non era mai stata messa in questione. Quindi, quando Jonathon rimase lì, fermo e in silenzio, Antonia sospirò di irritazione, brontolò qualcosa sottovoce, sul fatto che era sordo oltre che testardo e maleducato, alzò leggermente le sottogonne e gli passò davanti senza una seconda occhiata.

Quello che fece lui dopo non aveva precedenti.

La afferrò sopra il gomito, con le dita strette intorno alla manica di seta, la fece piroettare e la tirò forte contro di sé. Una mano intorno alla vita e Antonia non riuscì più a muoversi, con il seno premuto contro il torace dell'uomo, le sottogonne stropicciate e schiacciate contro le sue gambe.

Lo guardò sbattendo gli occhi, con lo stupore che l'aveva resa muta, arrossendo furiosamente, oltraggiata che osasse toccarla senza permesso, e per la seconda volta. L'amichevole estraneo appena conosciuto era sparito. C'era un'intensità insondabile nei suoi occhi castani e la linea sottile della bocca era inquietante, ma quello che la fece restare senza fiato in gola e fece salire il colore sulle sue guance fu l'improvviso rapido battere del proprio cuore e la sensazione, come il formicolio di un arto addormentato nel quale riprenda a circolare il sangue, che la invase dalla testa ai piedi. Da qualche parte nel profondo, qualcosa fece una scintilla e si accese. Era talmente inaspettato che la sbalordì oltre misura.

"Se volete, sono pronto a prostrarmi a vostri piedi," disse Jonathon sopprimendo le sensazioni che provava, "ma quando lo farò non sarà perché siete Sua Grazia la nobilissima duchessa vedova di Roxton, ma perché ho deciso che è dove voglio stare. Voi siete innanzitutto incredibilmente interessante e questo, da solo, vi rende meritevole della mia attenzione. Ma non sono cieco. Siete senza dubbio la donna più bella su cui abbia mai posato gli occhi. E non ne sono immune. Vi trovo assolutamente desiderabile, quindi prima mi vedrete come un maschio a sangue caldo degno della vostra attenzione e considerazione, e non come uno stupido burocrate castrato, meglio sarà per entrambi."

Poi la lasciò andare e con un piccolo inchino e un cenno di saluto uscì sul prato verso il pontile.

Non guardò indietro.

Antonia lo osservò sparire oltre un dosso del prato ondulato.

SEI

Era insopportabilmente arrogante. Prepotente. *Pericoloso*.

Doveva mantenere le distanze. Essere sostenuta. Dimenticare che fosse mai stato nel padiglione. Ancora meglio, lo avrebbe ignorato; avrebbe finto che lui non si fosse mai presentato.

Eppure, la dichiarazione stupefacente di Jonathon le occupava ancora i pensieri parecchie ore dopo, mentre si univa agli oltre novanta ospiti che cenavano nella splendida magnificenza della sala formale dei banchetti di Treat. Le file di tavoli di lucido mogano scricchiolavano sotto il peso degli argenti, delle porcellane, delle grandi composizioni di fiori e coppe di frutta, dei centrotavola elaborati d'argento e oro. Le stoviglie erano di Sèvres, le posate di argento lucidissimo. Dietro a ogni sedia Chippendale di mogano c'era un impassibile cameriere in livrea. Tre portate, ciascuna di venti-venticinque piatti, venivano consumate di gusto e con molte risate e conversazione, in sottofondo un'orchestra d'archi che suonava dalla galleria superiore, per aiutare la digestione. E quando le signore finalmente si ritirarono nella Long Gallery per il caffè e i pasticcini, i gentiluomini restarono a tavola, per slacciarsi i panciotti di seta, stare comodi, sorseggiare liquori e parlare di politica e cavalli per un'ora o due prima di raggiungere le signore per un whist e qualche chiacchiera.

Antonia conosceva tutto perfettamente, dalle stoviglie all'argenteria, all'ordine in cui venivano presentati i piatti. La prima portata di zuppe, stufati, un assortimento di verdure in salsa, pesce bollito e tutti i tipi di carne, sistemati sui tavoli in un ordine preciso che permetteva agli ospiti di servirsi da soli. Poi c'erano *les entremets*, per permettere la rimozione dei piatti, in fondo a ogni tavolo, quella sera cinghiale selvatico condito e ripieno, che forniva un argomento di conversazione mentre arrivava la seconda portata. Ancora verdure, con salse diverse, altra carne e pesce e una pletora di pasticci esotici con una pasta deliziosa e ripieni di tutti i tipi di uccelli da selvaggina, pollo o un misto. E alla fine, una scelta ancora più elaborata e stuzzicante di torte, gelatine, pasticcini, frutta candita, gelati e creme, che costituivano i venticinque piatti del dessert. Con un pasticcere e confettiere francese, gli ospiti venivano deliziati con sculture di zucchero e dolciumi delicati di tale dolcezza e burrosa leggerezza che i Roxton erano l'invidia dei loro nobili amici.

Poi c'era il rituale congedo delle signore, con la loro ospite, la duchessa, che le guidava verso la galleria, dove caffè e dolciumi attendevano le signore che sedevano sventolando languidamente i ventagli mentre mangiucchiavano altri pasticcini e si scambiavano gli ultimi pettegolezzi.

La vasta casa e il suo mobilio dorato, l'esercito di camerieri dal passo felpato, le abitudini ritualizzate della casa, la routine quotidiana di ogni membro della famiglia, ospite, servitore di basso o alto rango sia all'interno sia all'esterno, stalliere, giardiniere, agricoltore, commerciante e apprendista, abitanti del villaggio, parroco, negoziante e mercante di questa vasta tenuta di campagna, dall'alba a quando venivano spenti i fuochi, fino al buio di un cielo di mezzanotte risplendente di stelle, quando le candele venivano spente con un soffio nelle camere, tutto era rimasto esattamente come l'aveva gestito Antonia fin dal suo matrimonio con il quinto duca di Roxton, due mesi dopo il suo diciottesimo compleanno.

Antonia avrebbe dovuto essere lusingata che sua nuora, che si era adattata al suo ruolo di sesta duchessa con tutta la sicurezza di una donna nata per quella posizione e quel titolo, non avesse ritenuto necessario cambiare le procedure che lei aveva con tanta attenzione messo in atto per assicurarsi che tutto si svolgesse senza problemi in una tenuta tanto complessa. Ma Antonia si chiedeva se Deborah avesse mantenuto la routine non perché era il modo in cui desiderava vivere ma perché lei e il duca ritenevano che era così che doveva andare mentre sua suocera restava a vivere nella tenuta e che ogni cambiamento, anche se piccolo e insignificante, avrebbe sconvolto la duchessa vedova di Roxton.

Aveva detto che era insolitamente interessante. Monseigneur diceva che era incomparabile.

Quando era arrivata per la cena, Spencer e Willis al seguito, era stato evidente che la sua presenza era stata una sorpresa imbarazzante. Dall'altra parte dell'affollato salotto, sua nuora aveva scambiato un'occhiata con il duca che diceva *non mi avevate informato che vostra madre avrebbe partecipato*. E lui aveva risposto alzando le sopracciglia e con un sorriso che riservava solo a lei che diceva *capisco la vostra frustrazione, amore mio, ma sono sicuro che ve la caverete mirabilmente anche in questa situazione*.

Antonia era molto affezionata a sua nuora. La giovane donna aveva un cuore grande e amava incondizionatamente il duca e i suoi figli. Deborah tirava fuori il meglio da suo marito e svolgeva i suoi compiti di duchessa con un perfetto aplomb. Ed era sveglia. Era diretta, diceva la sua e, quando era necessario, era brutalmente onesta. Ma Antonia capiva benissimo che Deborah provava per lei un timore reverenziale e questo rendeva difficile alle due donne essere vicine come sarebbe piaciuto ad Antonia. Anche ora che era la sesta duchessa, e dopo aver generato quattro bambini sani, di cui tre maschi, quindi eredi in abbondanza per la continuazione del ducato di Roxton, Deborah non riusciva a scrollarsi di dosso la diffidenza e l'apprensione quando era alla presenza di Antonia.

... non sono cieco. Voi siete indiscutibilmente la donna più bella su cui abbia mai posato gli occhi.

Ma molti uomini glielo avevano detto negli anni e lei aveva accolto quei complimenti esagerati con il grano di sale che meritavano. Sapeva di essere bella, non era vana presunzione, era un fatto. Allora, perché la circostanza che glielo avesse detto *lui* la turbava? Si diede uno scrollone mentale e decise di non pensarci più.

Con le signore comodamente ritirate nella Long Gallery, Antonia sorseggiò il caffè e fissò fuori attraverso le portefinestre, verso la terrazza lastricata e i vasti prati più avanti. Si avvicinò un pavone, con la coda dai colori brillanti aperta per farsi apprezzare dalla sua compagna. La pavoncella non alzò nemmeno la testa, anche quando il pavone paupulò forte e a lungo.

Diverse signore sobbalzarono impaurite al rauco richiamo del pavone.

Antonia sentì i loro gridolini e le risate che seguirono ma non vide le loro espressioni spaventate perché sedeva sempre lontana dalla teiera e quindi il più lontano possibile da sua nuora, con lo schienale della poltrona leggermente voltato verso le altre. Usava la scusa di voler guardare il panorama all'esterno. La verità era più complicata. Sedendosi nella poltrona più lontana e quindi non facendosi coinvolgere, Antonia sperava che sua nuora si sentisse più a suo agio mentre svolgeva i suoi doveri di duchessa. Dopo tutto, non poteva essere facile per Deborah comportarsi da padrona di casa con sua suocera, che aveva gestito la stessa casa per oltre un quarto di secolo, testimone di ogni sua mossa.

Ma Antonia non era una di quelle donne che, avendo perso la loro posizione in società e in una casa che una volta era la loro, cercavano di trovare difetti nella donna che le era succeduta, come mezzo per mantenere viva la propria importanza. L'attaccamento di Antonia ai segni esteriori del suo nobile stato, i rituali e le responsabilità di essere una duchessa, e le comodità materiali connesse che derivavano dal suo matrimonio con il più ricco duca d'Inghilterra, avevano poca importanza se non poteva condividerli con l'uomo che aveva amato con ogni fibra del suo essere.

E quindi restava seduta, da sola e in silenzio, pubblico solitario dello spettacolo impettito offerto dal pavone.

Vi trovo assolutamente desiderabile... Monseigneur diceva che lei era completamente inebriante...

Le si fermò il respiro in gola. Mise la fine tazza di porcellana sul suo piattino e sbatté gli occhi rendendosi lentamente conto del vero significato delle sue parole. Era attratto da lei. Ovviamente era quello che aveva detto ma solo in quel momento lei era riuscita a capire completamente quello che aveva inteso. Ma doveva avere dieci anni meno di lei. Non importava che lei apparisse più giovane della sua reale età e che fosse fisicamente molto più attiva di molte donne con la metà dei suoi anni. Ma gli uomini si interessavano solo a donne più giovani di loro. In effetti, *Monseigneur* era stato più vecchio di Jonathon Strang quando si erano sposati. Nessuno si era stupito per la loro differenza di età. Ma un uomo più giovane che corteggiava una donna più vecchia non solo era guardato con sospetto ma alimentava la fabbrica degli scandali.

Antonia sorrise beffardamente tra sé e sé. Lui non è interessato a corteggiarti, stupida! Lui vuole portarti a letto. Quell'uomo non era solo un cascamorto oltraggioso, era anche presuntuoso.

Certamente non ci sarebbe voluto molto perché i bambini fossero fatti sfilare dalle cameriere della nursery per augurare la buona notte ai loro genitori e ai loro ospiti? Si chiedeva che spiegazione avessero ricevuto, se mai ne avevano ricevuta una, per non aver fatto la loro solita visita al suo padiglione e se la marachella di Frederick era stata scoperta. Aveva in tasca i nastri verdi da consegnargli.

Senza bisogno di girarsi o alzare gli occhi, tese la tazza di porcellana vuota sul suo piattino, sapendo che le sue dame di compagnia, che osservavano ogni sua mossa, sarebbero state lì per prenderla e riempirla nuovamente. Spencer chiese se volesse ancora caffè. Antonia scosse la testa e continuò ad agitare il ventaglio, con la mente che sembrava miglia lontana.

Eppure non era così concentrata su se stessa da aver dimenticato che Spencer si era fatta venire le vesciche ai piedi indossando un paio di stivali da passeggio nuovi che Antonia aveva regalato a ciascuna delle due sorelle per Pasqua, motivo per cui era saltellata in carrozza come un'invalida. Antonia le aveva addirittura suggerito di restare a casa per curare e fasciare le vesciche. Ma Spencer non ne aveva voluto sapere e quando anche Willis si era detta d'accordo con la sorella, che era loro dovere occuparsi di lei, quantunque arrecasse loro disturbo, Antonia aveva rinunciato a qualunque tentativo di farle ragionare.

"Portate lontano i vostri poveri piedi, Sally, e cercate un posto dove sedervi. Non *incombetemi* addosso."

"Ma, *Madame la Duchesse*, vi assicuro che i miei..."

Antonia voltò leggermente la testa, alzò il mento e la guardò di traverso. Fu sufficiente per zittire Spencer e quando Willis tornò per mettersi dall'altro lato della poltrona di Antonia, una parola e uno sguardo da Spencer furono sufficienti perché le due sorelle si ritirassero in fondo alla Long Gallery.

Antonia sorrise tra sé e sé. Le sue gargoyle. Il nomignolo di Jonathon le piaceva molto. Per tutta la lunga e tediosa cena aveva avuto ampia opportunità di mettere in moto l'idea da lui suggerita di concedere ai suoi arcigni cani da guardia un breve periodo di vacanza con la contessa di Strathsay.

Per fortuna (anche se Antonia sospettava che l'azione di suo figlio fosse stata deliberata) a cena era seduta accanto alla contessa di Strathsay, il che le dava l'occasione perfetta per piantare un seme nell'orecchio di sua zia: che lei aveva assolutamente bisogno di una compagna o due per il viaggio di ritorno nel Buckinghamshire; poi aveva chiesto con nonchalance il parere di Charlotte su una possibile destinazione per Willis e Spencer; le sorelle avevano bisogno di qualche settimana lontane da Treat, idealmente con qualche donna che ne condividesse le idee.

Willis le aveva prestato un antichissimo e interessante trattatello sul pietismo, un'eredità di famiglia. Era di un tedesco, un certo Spener e si intitolava *Pia desideria*. Charlotte ne aveva sentito parlare? No? Forse Willis gliel'avrebbe prestato, o ancor meglio, le sorelle avevano una traduzione in inglese del trattatello che il loro avo tedesco aveva zelantemente tradotto per i suoi parenti inglesi. A quanto sembrava, gli scritti di Spener avevano grandemente influenzato i Moraviani.

E così Antonia aveva passato un'ora ad ascoltare Charlotte blaterare della sua opera filantropica preferita, il sostegno delle missioni moraviane, e seppe di non aver sprecato il suo tempo quando la contessa chiese diffidente come avrebbe fatto Antonia a fare a meno dei servigi delle due sorelle? Al che Antonia finse una sconsolata rassegnazione e disse che avrebbe fatto del suo meglio con la sua cameriera personale e altre tre domestiche perché era solo per qualche settimana, non mesi che le sorelle sarebbero state lontane.

Prima mi vedrete come un maschio a sangue caldo degno della vostra attenzione e considerazione e non come uno stupido burocrate castrato, meglio sarà per entrambi.

Stupido? Castrato? Burocrate? Certamente no! Pensava forse che *lei* fosse una vecchia rimbambita? Era stato furioso per essere stato congedato in modo così altezzoso e Antonia riusciva a scusarlo un po' per questo. Ovviamente, era abituato alle attenzioni di donne ossequiose, dalle ciglia palpitanti che svenivano alla vista di cotanta virilità cotta dal sole. Anche nella sua miserevole auto compassione, mentre desiderava l'impossibile comparsa di *Monseigneur* al ballo, era stata sufficientemente distratta da chiedersi perché lo sconosciuto attraente la stesse fissando. E quando lui le aveva fiduciosamente chiesto di ballare, cinque minuti in sua compagnia le avevano detto che era sicuro di sé e uso a ottenere quello che voleva.

Ma non c'erano scuse per averla strapazzata. Non avrebbe mai dovuto toccarla, per quanta fosse la sua rabbia per il suo congedo arrogante, era sicura che vi fossero dei lividi sul braccio dove l'aveva afferrata. Che fosse andato oltre e avesse osato stringerla contro di sé in quel modo così intimo...

C'era da meravigliarsi se era arrossita, che il suo cuore avesse battuto così in fretta? Entrambe erano reazioni molto naturali a una situazione sconvolgente. Eppure non spiegava la terza sensazione, inaspettata e sorprendente, quel pulsare nel suo profondo che ancora adesso, solo pensando alla sua vicinanza, di essere tra le sue braccia, le portava una sensazione di calore al viso e un formicolio fin sulla punta delle dita. Si alzò di colpo dalla poltrona, con il volto arrossato dalla mortificazione, proprio mentre due delle ospiti passavano davanti a lei con un fruscio di sete.

Con Antonia in piedi, le signore si fermarono per fare una riverenza, poi arretrarono per mettersi vicine sul sofà di crine, fuori dalla portata d'orecchio del gruppo principale di signore che chiacchieravano comodamente sui sofà, comunque abbastanza vicine da non essere considerate maleducate. Che la duchessa vedova avrebbe potuto ascoltare ogni parola del loro *tête à tête* era irrilevante.

Senza dubbio come matriarca della famiglia Roxton, essere sorda, cieca e un po' senile era parte della posizione, pensò Antonia quando affondò nuovamente nella poltrona, con la schiena diritta, e ricominciò a sventolarsi, fingendo di aver perso l'udito. Oppure, per essere caritatevoli, forse queste due non avevano idea che lei capisse e parlasse inglese, dato che parlava esclusivamente in francese con la sua famiglia. Era un pregiudizio comune, che lei non si era mai data la pena di correggere.

⁂

"DIO NO! MA CHI TE L'HA MESSO IN TESTA? STRANG HA DEGLI *interessi* passeggeri, mai *affetti*, carissima Hettie," stava dicendo Kitty Cavendish. "È piuttosto *riservato* quando si tratta di donne. Non è un monaco ma nessuno potrebbe definirlo un libertino. La parola che mi viene in mente è *discernimento*. Non andrebbe bene una donna qualunque. Ma perché te lo sto dicendo? Lo sai benissimo anche tu."

"Lo sapevo, Kitty, *lo sapevo*." Il sospiro di rimpianto di Lady Hibbert-Baker si sentì a qualche metro. "Avevo sperato... Con il suo ritorno in Inghilterra... Kitty, perché è tornato?"

"Affari e per trovare un marito a Sarah-Jane, sono solo due dei motivi che mi vengono in mente," rispose con leggerezza Kitty Cavendish. "Perché non avrebbe dovuto voler tornare a casa dopo anni nel subcontinente, in mezzo ai pagani?"

"Ma l'Inghilterra non è mai stata casa sua. È nato all'estero, il secondo figlio di un secondo figlio. Kenny dice che Strang è praticamente un pagano lui stesso. Kenny dice che Strang che si sistema in Inghilterra è come mettere un rinoceronte in mezzo a un branco di cervi, tanto poco ha in comune con noi. Kenny dice che ci deve essere di più che non vedere sposata sua figlia."

"Stupidaggini, Hettie! Ha frequentato Harrow e Oxford, e sua moglie era una Cavendish. Che cosa potrebbe renderlo più uno di noi? E una volta che si sarà risposato *sarà* uno di noi. In effetti, è di questo che volevo parlarti. Tommy e io abbiamo deciso che dobbiamo trovare una sposa a Strang. Poteva andar bene che restasse vedovo tra i nativi, ma con la sua eredità..."

"Eredità?"

"Non c'è bisogno che sia un'ereditiera, Strang ha una montagna di soldi che basta per tutti, ma deve essere giovane, adattabile e..."

"... stupida? Che eredità, Kitty? Hai detto eredità. È per quello che è tornato al nido, vero?

"No, non stupida ma *persuasibile*."

"Sì, sì, sì. Una sposa giovane e stupida. Va tutto bene ma ora parlami dell'*eredità* di Strang, Kitty!"

"Ho accennato a un'eredità? Idiota da parte mia. Perdonami ma non te ne posso parlare. E anche se potessi non posso, perché non lo so. Tommy me ne ha solo accennato senza entrare nei particolari, cosa veramente irritante da parte sua."

"Non hai intenzione di confidarti con me eppure ti aspetti che ti aiuti a trovare una moglie a Strang?" Si lamentò la sua compagna. "Dovrai fare meglio di così, Kitty carissima, se vuoi il mio aiuto. Inoltre, perché dovrei aiutarti quando una sposa per Strang interferirebbe sicuramente con i miei piani di riaccendere il suo interesse?"

Kitty Cavendish cercò di distrarre la sua amica dicendo leggermente: "Hettie, devi sapere come funziona con i mariti. Se Tommy dice di non potermene parlare, non può, per ragioni che sa solo lui. Certamente Kenny ha dei segreti che non può condividere con te? È il vice nel dipartimento delle spie inglesi, dopo tutto."

"Si chiamano Servizi segreti," rispose alteramente Hettie Hibbert-Baker. "E Kenny non ne è solo il vice ma da quando siamo tornati da New York è a capo di qualcosa che si chiama *Comitato per la guerra coloniale americana*."

"Oh, impressionante che tu riesca a ricordare il nome di un comitato tanto importante quanto inutile."

"Non c'è da meravigliarsi, visto che Kenny ne parla finché divento blu! Cerco di sembrare interessata perché lui dice che è un comitato molto importante, che tratta con quegli orribili coloniali, che non fanno quello che gli si dice e che vogliono una cosa chiamata *indipendenza*. Kenny è talmente scortese da portare nel mio letto le sue lamentele riguardo al comitato. E ho scoperto che se non lo esalto ascoltando come se fossi *enormemente* interessata a chi sta spiando per *noi* e chi è un traditore e sta spiando per *loro* e chi sta dando informazioni sia a *noi* sia *a loro*, allora nient'altro si *esalta* per quanti sforzi faccia, in ginocchio o in altro modo, e resto così insoddisfatta che vorrei scoppiare!"

Entrambe le signore scoppiarono a ridere.

Quando riuscì di nuovo a parlare, Hettie Hibbert-Baker si sistemò la pettinatura elaborata, con festoni di nastri e giri di perle, che la sua parrucchiera le aveva assicurato essere l'ultima moda di Parigi, dicendo: "È forse strano, mia carissima Kitty, che io preferisca che siano maschi a sangue caldo come Strang a venire nel mio boudoir con niente di più noioso in mente che le mie preferenze in fatto di monta?"

Seguirono altre risatine, e tanto sventolio di ventagli sopra petti ansanti e un tamponarsi di occhi umidi e poi Kitty Cavendish disse, con un piccolo colpo di tosse: "Sai, Hettie, trovo lo spionaggio deliziosamente intrigante. Non sapere chi è uno di *noi* e chiedersi se il tuo partner al whist potrebbe essere uno di *loro* o se l'affascinante gentiluomo con gli occhi scuri nel palco vicino al tuo all'opera, che ha l'occhialino puntato sul mio seno, potrebbe essere uno di loro *e* uno di noi! Mi piacerebbe incontrare uno di quei personaggi da cappa e spada che si muovono furtivamente per le scale di servizio e si nascondono nell'ombra! Non pensi che Kenny potrebbe farmi questo favore?"

Sobbalzò, come se un pensiero improvviso le avesse attraversato la mente e picchiettò la balza di pizzo dell'amica con il ventaglio, dicendo, con un tono di studiata sorpresa: "Tu! Hettie! *Tu* mi puoi dire se abbiamo una spia tra di noi! Kenny deve avertene parlato!"

"No, Kitty! Esattamente come tu non mi puoi parlare dell'eredità di Strang perché Tommy non te lo vuole dire, anch'io non posso dirti quello che non so che Kenny mi ha detto che non so!"

Kitty Cavendish fece il broncio e fissò pensierosa le stecche del suo ventaglio di pizzo dipinto dicendo, con un'occhiata all'amica: "Che peccato che dobbiamo comportarci come brave mogli obbedienti e non dirci l'un l'altra gli stupidi piccoli segreti che ci rivelano i nostri mariti, specialmente quando questi segreti non significano un'acca per noi. Ovviamente noi siamo *talmente* amiche che io so che potremmo avere una conversazione che dimenticheremmo di aver mai avuto appena lasciato questo divano..."

Hettie Hibbert-Baker mormorò i suoi *mmm* e i suoi *ahh* e disse, con una scrollata di spalle: "Io sono veramente smemorata e in effetti non capisco proprio niente di quello che mi dice Kenny a volte, tanto che anche se mi capitasse di dirti qualcosa, non vorrebbe comunque dire che ti abbia detto qualcosa di importante."

"Esattamente!" Disse Kitty Cavendish con soddisfazione. "E io potrei dire semplicemente, *en passant*, quello che Tommy mi ha riferito *en passant* su Strang, così sarebbe solo un commento *en passant*, che non è la stessa cosa che dirtelo direttamente."

"Questo mi sembra proprio giusto!"

"Sì, vero?"

"E per niente sleale."

"Per niente."

"Parlo io per prima?"

"Molto gentile da parte tua, Hettie carissima. Vai pure."

"Molto bene. La ragione per cui ci sono tanti ministri del governo a Treat con le loro mogli è perché ci sarà un incontro qui con il *Comitato per la guerra coloniale americana* per parlare della questione francese: i francesi sosterranno apertamente i ribelli americani in guerra o no? Se i francesi lo fanno, allora è logico che l'Inghilterra dovrà dichiarare guerra alla Francia per essersi schierata con i ribelli traditori. Ma i francesi vogliono evitare la guerra con noi a tutti i costi; ricordi il loro fallimento nella guerra a fianco degli indiani e i territori che hanno perso come risultato di quel disastro? Questo non vuol dire che i francesi non stiano già sostenendo i ribelli, ma in segreto. Noi, cioè il *Comitato per la guerra coloniale americana*, lo sa con certezza perché le nostre spie sono dappertutto, specialmente a Parigi."

"Spie! Che meraviglia!" Tubò Kitty Cavendish.

"Molti nel comitato vorrebbero mandare una delegazione a Versailles, segreta o no, ai ministri francesi e a Re Luigi per scoprire da soli, a faccia a faccia, la posizione dei francesi. Kenny dice che qualunque proposta ai francesi dovrebbe avvenire nella segretezza più assoluta, ed è a favore di una delegazione segreta, tutto per salvarci la faccia nel caso che i francesi facciano il doppio gioco e scelgano di schierarsi con i coloni ribelli, nonostante le loro sincere proteste che non è così e le rassicurazioni sulla loro neutralità, una prospettiva che Kenny dice essere molto reale, dato che i francesi ci odiano con tanta passione, ed è comprensibile visto che li abbiamo sempre sconfitti. Ma c'è un intoppo ed è per questo che siamo tutti qui, su invito del duca."

Seguì un lungo silenzio, durante il quale Antonia ebbe la fortissima tentazione di voltarsi a fissare le due donne, perché era sicura che Kitty Cavendish era rimasta a bocca aperta, come lei, come reazione al lucido resoconto fornito da Hettie Hibbert-Baker, una donna il cui penchant per le ultime follie in fatto di torreggianti pettinature era considerato dalla buona società inversamente proporzionale alle infime dimensioni del suo intelletto.

Kitty Cavendish era rimasta effettivamente sbalordita, guardò nuovamente l'amica, chiudendo la bocca e dirigendo lo sguardo verso la terrazza di marmo oltre le portefinestre, dove alcune delle signore stavano passeggiando a braccetto, avendo finito il loro tè e i pettegolezzi accanto al camino.

"Un-un intoppo, carissima Hettie?" Chiese Kitty Cavendish, cercando di sembrare tranquilla e indifferente.

"Roxton. È lui l'intoppo. Sua Grazia non intende accettare l'idea di una delegazione segreta. Il duca vuole un dialogo aperto con i francesi. Kenny dice che è proprio il tipo di atteggiamento testardo che ci si aspetta dal duca. E chi può fidarsi completamente delle ragioni di Roxton quando suo padre, il quinto duca, si faceva chiamare *M'sieur le Duc*, alla francese e la sua mamma è francese fino al midollo? Non importa che Sua Grazia abbia fatto grandi progressi, da quando ha ereditato il ducato, per essere considerato un inglese, distanziandosi dai parenti francesi con un *Grand Geste* straordinario. Che cosa sia questo *Grand Geste* non lo so proprio perché Kenny non me l'ha detto, ma mi ha assicurato che era *straordinario*. E mi dispiace veramente deluderti, Kitty. Non posso veramente dirti il nome della spia in mezzo a noi. Kenny non me l'ha proprio detto. Ma, forse, potrebbe non saperlo nemmeno lui, *per ora*. E, naturalmente, *il va sans dire* che non mi ha detto assolutamente niente, come abbiamo concordato tu e io. Quindi io adesso ho dimenticato tutto!"

"Ma ce n'è una? Una spia, qui? A Treat?"

Hettie Hibbert-Baker annuì.

"Ora tocca a te dirmi quello che Tommy non ti ha detto su Strang. E devi sbrigarti perché stanno sistemando i tavoli da whist e ho promesso di giocare con Charlotte Strathsay. Oh, guarda, ecco che arrivano le delizie dei nostri cuori!"

"Tutto quello che so," confidò Kitty Cavendish, "è che l'eredità di Strang ha a che fare con un lontano ma titolato parente che sta morendo e che possiede una vasta tenuta in un angolo dimenticato da Dio a nord della frontiera, ma che sta esalando gli ultimi respiri da un anno. Quindi torniamo al problema in questione. Trovare una moglie a Strang. Che ne dici delle gemelle Aubrey? Non credo che l'uno o l'altra si aspetterebbero fedeltà."

"*Tutto qui*? Stai veramente dicendomi che è tutto quello che sai?" Hettie Hibbert-Baker era così incredula che la sua voce divenne uno squittio e attirò l'attenzione di alcune delle signore che rientravano dalla terrazza per unirsi ai giocatori di whist. "Dopo tutto quello che non ti ho detto *io*?"

"Sì. Strang ha bisogno di una moglie abbastanza giovane da dargli dei figli. Martha e Maria Aubrey hanno l'età giusta e sarebbero la scelta perfetta, non da ultimo perché sono mie nipoti. E sono anche povere. Una nipote bisognosa e ignorante, eternamente grata alla zia Kitty per averle procurato un marito ricco, è esattamente quello che serve a Tommy e a me per assicurarci la vecchiaia... Hettie? Hettie! Per favore, ascoltami! Dimmi che cosa pensi del mio piano."

Ma Hettie Hibbert-Baker stava ancora riprendendosi dalla delusione per lo scambio sbilanciato di informazioni e rispose, stizzita: "Dato che Tommy non è servizievole come Kenny, presumo che ti tu aspetti che ci pensi io con le mie lusinghe a farmi dire da Strang tutto quello che c'è da sapere sul suo misterioso parente sul letto di morte e sulla sua ugualmente misteriosa eredità?"

"Davvero? È proprio quello che speravo, carissima Hettie. Chi meglio di te può scoprire tutto quello che c'è da scoprire? Tu saresti una spia eccellente e se Kenny avesse la minima idea che sotto tutta l'imbottitura e la chincaglieria che hai sulla tua bella testolina c'è un cervello che funziona, ti assumerebbe immediatamente."

Un po' rabbonita, Hettie Hibbert-Baker sorrise e disse sdegnosa: "Mi stai forse chiedendo di rotolarmi in un letto con Strang? E le tue nipoti?"

"Oh, io conto su di te per distrarre Strang abbastanza a lungo da assicurarmi che quando questa festa sarà finita le mie nipoti siano le sole bellezze matrimoniabili che resteranno degne della considerazione di Strang. Inoltre, con me e Tommy a perorare la loro causa da una parte e tu a fare sottili allusioni dall'altra tra le lenzuola, Strang alla fine capitolerà. Si deve risposare. Essere convocato a casa significa che non può più ignorare il suo destino. È inevitabile."

"Capitolare. Convocato. Destino. Queste non sono parole che di norma si associano a Jonathon Strang. Un anticonformista, un libero pensatore anticonvenzionale, questo è il Jonathon Strang che ho conosciuto a Hyderabad. Kenny mi aveva messo in guardia nei suoi confronti ma..." Hettie Hibbert-Baker sospirò a un ricordo e diresse il ventaglio sul seno quasi nudo. "Tu mi conosci, Kitty. Non riesco mai a resistere a un pezzo di manzo di prima qualità. Ho quasi spezzato il cuoricino di Kenny. Ma ho proprio *dovuto* conoscerlo, Kitty. Non capita tutti i giorni di avere l'opportunità di saggiare qualcuno di così divinamente esotico. Certamente non l'avrei mai fatto qui, ma in India..." Scrollò le spalle. "Deve avere a che fare con il caldo."

"Divinamente esotico? Carissima Hettie, che cosa vuoi mai dire?"

Ci fu un lungo silenzio e Antonia inconsciamente si chinò verso il sofà, dato che le due pettegole avevano abbassato la voce dietro i ventagli immobili. Uno scoppio di risa, rauco, che coincise con il paupulare del pavone e Antonia si alzò di colpo dalla poltrona, allarmata, lisciandosi le gonne, mortificata per aver origliato una conversazione privata e castigandosi mentalmente per un comportamento così banale. Doveva veramente star invecchiando. Ascoltare il resto della conversazione, punteggiata da risatine e gridolini, era inevitabile.

"Hettie. No! *Davvero?*"

"Tu arrossisci in modo tanto grazioso, carissima. Sì! Veramente."

"Sapevo che il padre di Strang era un eccentrico," disse Kitty meravigliata. "In effetti, ha passato tutta la sua vita nel subcontinente, ma non ho mai immaginato che avrebbe obbligato i suoi giovani figli a sottoporsi a quella pratica pagana. È una barbarie!"

"Perché no, quando tutti, padre e figli, si aspettavano che sarebbero rimasti in India? Le donne del luogo non accetterebbero mai l'idea di fornicare con un uomo a meno che usi loro quella cortesia."

"Straordinario! Ma... Perché avere una donna del posto come amante? Ci sono donne inglesi nel subcontinente."

Hettie Hibbert-Baker si lasciò scappare una risatina.

"Oh, Kitty! Sei deliziosamente ingenua. *Firangi* come Strang non hanno un'amante, hanno un *harem* di donne native. È quello che si fa laggiù. E credimi, Kitty, Jonathon Strang non aveva scarsità di donne native in fila sulla sua veranda per avere l'opportunità di cavalcare in lungo e in largo lo stallone, e non sto parlando di Newmarket!"

"Bene, mia tortina dolceamara, voi e Hettie siete pronte a condividere la vostra puntata sicura per Newmarket?"

"Tom-my!" Esclamò Kitty Cavendish, ansimando per riprendere fiato e asciugandosi gli occhi con il fazzoletto. Si alzò, diede un'occhiata oltre la spalla rivestita di seta di suo marito per accertarsi che i gentiluomini avessero finalmente lasciato il loro porto per unirsi alle signore. "Com'è scorretto arrivarci alle spalle in questo modo!"

"Allora non stavate parlando proprio di cavalli," disse Lord Cavendish, con voce sdolcinata, l'occhialino puntato su Lady Hibbert-Baker, i cui occhi grigi danzavano dietro il fluttuante ventaglio dipinto a gouache. "Avete aggiunto un cucchiaino di *eredità* e *convocato a casa* nella tazza della vostra conversazione, mia coppetta di crema?" Chiese sottovoce alla moglie.

"Senza nemmeno impappinarmi."

"Eccellente."

"Eccellente?" Kitty Cavendish fece il broncio contro la cravatta di suo marito, fingendo di spazzolare un po' di lanugine dalla sua spalla rivestita di seta. "Non avete detto nemmeno a me, la vostra carissima moglie, l'identità del parente scozzese che ha *convocato a casa* Strang, eppure vi aspettate che io cosparga la mia conversazione con lo zucchero del vostro pettegolezzo."

"Ho dato la mia parola a Strang, mio dolce candito," si scusò Lord Cavendish sussurrando. "Ma se farete quello che vi chiedo, vedrete il mio soufflé gonfiarsi alla perfezione. Strang allora sarà obbligato a rinunciare alla sua arrogante umiltà e tutti quanti ne saranno lieti, non da ultima la nostra cara nipote."

Kitty Cavendish non aveva idea di dove portassero le metafore culinarie di suo marito, ma si aggrappò alle sue ultime parole, dicendo incuriosita: "Sarah-Jane non sa nemmeno lei quello che sapete voi di suo padre?"

"Non un cristallo di sale. Dice che la sua immensa ricchezza è abbastanza dolce per i fuchi che cercano di sposare quell'ape mellifera di sua figlia." Lord Cavendish diede una seconda occhiata a Hettie Hibbert-Baker. "E lei? È uscito qualcosa da quella costruzione di zucchero filato che ha tra le orecchie?"

Il sorrisino compiaciuto di Kitty fece alzare le sopracciglia al marito. "Non sottovalutatela mai più, Tommy. Vi ho avvertito."

"Davvero? Interessante. Grazie per l'avvertimento, amore mio. E il mio postulato sui ricevimenti coloniali per il tè e i cannocchiali?"

"I nostri stimati amici si sono effettivamente riuniti per il tè, per parlare francese. E per quanto riguarda il proprietario del cannocchiale, non si sa ancora."

Lord Cavendish si allontanò da sua moglie e tossì, come se avesse bisogno di schiarirsi la voce, e sollevò l'occhialino, dicendo a Jonathon che si era appena avvicinato alle sue spalle:

"Io credo di aver trovato la mia tortina dolceamara e la qui presente Hettie Panna Montata, con le mani nella pasta choux del cuoco. E non ho dubbi che tu sia la portata principale." Quando non ci fu risposta, batté scherzosamente sul braccio del mercante con il bordo dell'occhialino. "Oh, almeno assecondami sul mio spirito culinario, Strang! Strang?"

Ma Jonathon non stava ascoltando. Passò davanti a Lord Cavendish senza commenti, ignorò Kitty Cavendish e Lady Hibbert-Baker, che gli sorrideva incoraggiante, e andò a grandi passi verso la portafinestra per raccogliere un ventaglio

dal lucido pavimento.

SETTE

ANTONIA AVEVA SENTITO PIÙ DI QUELLO CHE AVREBBE VOLUTO E
non abbastanza da convincerla a liquidarlo senza prendere in considerazione quello che aveva sentito per caso. Nonostante fosse stata una moglie e una madre devota, non era mai stata cieca, né aveva mai giudicato le libertà e le immoralità che la circondavano in quanto duchessa di Roxton. Così la non sorprese che Jonathon Strang avesse, con tutta probabilità, mantenuto un harem nel subcontinente, o che lui e Henrietta Hibbert-Baker fossero stati amanti. Che Lady Hibbert-Baker avesse una gran voglia di riaccendere una relazione finita, non la sorprendeva. Il suo amante era alto e molto attraente, in quel suo modo elegante, muscoloso e, da quello che aveva sentito, molto ricercato come stallone. Inoltre, la donna non faceva mistero del suo stile di vita dissoluto e il suo matrimonio combinato non era stato un'unione di cuori come il suo con *Monseigneur*. Ma la turbava che Jonathon avesse potuto prendere come amante una creatura così rapace.

E quanto alle volgari confidenze di Henrietta Hibbert-Baker riguardo agli attributi divinamente esotici e considerevolmente oltre la media dell'uomo, le guance di Antonia erano andate in fiamme per l'imbarazzo, come una vecchia zitella non abituata alla conversazione licenziosa. Si era immediatamente chiesta se la sua vedovanza non la stesse trasformando in una di quelle patetiche, frigide creature che soffocavano la realtà di un'esistenza solitaria adottando in pubblico alti standard morali in materia sessuale, ma con un debole per l'origliare in privato le conversazioni indecenti per soddisfare una vita amorosa inesistente. Qualcosa che Charlotte Strathsay faceva con stancante regolarità.

Il pensiero di trasformarsi nella frigidamente retta e assolutamente pedante Charlotte spaventò Antonia, le tolse il colore dalle guance calde e trasformò tutte le dita in pollici mentre cercava di chiudere le stecche delicate del suo ventaglio di avorio scolpito.

Il ventaglio cadde con un fracasso sul pavimento e inavvertitamente la punta della sua scarpina di damasco lo spinse in avanti così che scivolò sul parquet lucido per fermarsi davanti a una portafinestra senza tende. Le dame di compagnia di Antonia, che vedendo in piedi la loro padrona si erano avvicinate ed erano in piedi dietro la sua poltrona, si precipitarono a raccoglierlo, correndogli dietro come un gatto a un topo. Il gentiluomo che aveva occupato i pensieri di Antonia arrivò al ventaglio prima di loro.

RENDENDOSI CONTO CHE LA DUCHESSA VEDOVA DI ROXTON ERA in piedi e le fissava con muta disapprovazione, Lady Hibbert-Baker perse il suo stupido sorriso e lei e Kitty Cavendish sprofondarono in una riverenza rispettosa, con lo sguardo fisso sul pavimento. Lord Cavendish si inchinò profondamente, mostrando ad Antonia la cima della sua parrucca incipriata mentre lei passava davanti a loro senza una seconda occhiata, portandoli a chiedersi se, dopo tutti gli anni passati in Inghilterra, la duchessa vedova di Roxton capisse abbastanza della loro lingua natale da origliare.

"Ah, vedo che non mi avete perdonato, *Madame la Duchesse*," disse Jonathon in francese, bloccando l'uscita ad Antonia.

Le tese il ventaglio.

Lei non lo prese subito.

Antonia tenne gli occhi all'altezza dei bottoni ricoperti del suo panciotto di seta rossa ricamata e fili d'oro.

"*M'sieur*, avete preso l'abitudine di bloccarmi la strada. Dovete smetterla."

"Capisco che siate arrabbiata con me e vi chiedo perdono," disse in tono leggero, con la sua alta figura che schermava Antonia dagli sguardi curiosi dei suoi parenti Cavendish, che si erano avvicinati per sentire che cosa stessero dicendo. "Non avrei mai dovuto toccarvi senza il vostro permesso e mai nel modo in cui l'ho fatto. Il mio comportamento poco signorile mi rode fin da quando vi ho lasciato." Le sorrise suo malgrado. "Se vi è di conso-lazione ho mangiato pochissimo a cena, per la vergogna. E non mi avete guardato una sola volta, durante tutte le settantotto portate."

Antonia alzò lo sguardo verde smeraldo verso i suoi occhi scuri.

"Lo stupore nei vostri occhi mi dice che non avevate idea che fossi seduto davanti a voi a tavola. Un'altra fetta della mia autostima che se ne va! Quello che però non farò," aggiunse seriamente, "è ritirare quello che ho detto nel padiglione..."

"*M'sieur*! No! Basta! Non ho intenzione di ascoltare..."

"Dopo tutto, i buoni amici dovrebbero poter dire la loro senza cerimonie. Vi ho detto che non vi avrei mentito e non lo farò. Gli amici si dicono la verità."

"Amici?" Chiese curiosa, prendendo inconsciamente il ventaglio per il fiocchetto di fili d'oro dalle sue lunghe dita scure e infilandosi il cordoncino d'oro sul polso.

"Buoni amici, *Madame la Duchesse*," rispose Jonathon con un sorriso, lieto che la sua tattica avesse avuto l'effetto desiderato di sbilanciarla. Le offrì l'incavo del gomito. "Questo, cioè, se *Madame la Duchesse* di Roxton permetterà a un mercante abbronzato delle Indie orientali che non ha un grammo di buone maniere e pochissimo di cui andare fiero, di essere suo amico...?"

"Continuate a essere assurdo, *M'sieur*," rispose prontamente Antonia, eppure sentì un enorme sollievo al pensiero che tutto quello che le chiedeva era amicizia. Tuttavia diffidava delle sue ragioni. "Perché volete fare amicizia con me?"

Jonathon sorrise alla piccola nota di esitazione nella voce di Antonia. Era un cambiamento talmente gradito rispetto alle donne troppo sicure di sé, tipiche della sua elevata posizione sociale.

"Niente mi piacerebbe di più che discutere le mie ragioni con voi mentre facciamo una passeggiata lungo questa grande galleria," le rispose continuando a porgerle il gomito. "Ma preferirei farlo senza un pubblico..."

Antonia capì immediatamente che si stava riferendo a Spencer e Willis, che incombevano alle sue spalle. Mezzo giro della testa e due parole da sopra la spalla e furono relegate ad aspettare accanto alla poltrona. Spencer aprì la bocca per protestare ma un'occhiata dura di Antonia e le sorelle fecero una riverenza e si ritirarono.

"Sono lieto di riferire che Frederick e io ora siamo amiconi," annunciò Jonathon. "Il ragazzo mi ha mostrato il suo skiff. Ne è molto orgoglioso. Ed è giusto. Mi dice che una volta apparteneva a suo zio Henri... È il vostro figlio più giovane, che è a Oxford...?"

"Sì, la barca era di Henri-Antoine quando era un ragazzo," rispose

Antonia, appoggiando alla fine leggermente le dita nell'incavo del gomito di Jonathon. "Julian aveva anche lui la sua barca ma quando suo fratello minore è stato abbastanza grande da partecipare alle gare, era troppo malmessa per essere considerata sicura."

"Sapevate che Frederick ha fatto dipingere anche i remi di verde in vostro onore?"

"Oh! *Superbe!* Desidero tanto che Frederick vinca perché ci ha messo il cuore," rispose Antonia radiosa, passeggiando lungo la galleria che conosceva così bene, con le pareti ricoperte della collezione di enormi quadri degli avi dei Roxton attraverso i secoli, dipinti da maestri. "Ma non so che possibilità avrà, con suo padre che voga contro di lui con i suoi fratelli. Julian è un ottimo rematore, vedete, e non si tirerà indietro solo per far vincere Frederick. Mio figlio crede che tutti, incluso il suo erede, debbano vincere solo per merito e duro lavoro."

"Applaudo ai sentimenti del duca. Rispecchiano i miei. Ma non ha tenuto conto del mio grande desiderio di vedere la *Duchessa di Smeraldo* attraversare il traguardo per prima. Frederick e io abbiamo una cena e il piacere della vostra compagnia che ci aspettano a Crecy Hall, se vinciamo. Incentivo sufficiente perché il duca sia battuto quest'anno e l'ho annunciato a tutti mentre bevevamo il porto."

Antonia restò senza fiato ma gli occhi brillavano. Gli strinse il braccio.

"Non avrete fatto una cosa del genere!"

"Certo che l'ho fatto. Tra uomini, non guasta dare uno scrollone alla concorrenza, *Madame la Duchesse.*"

"Ma mio figlio, che cosa ha detto della vostra sfida?"

Jonathon sogghignò. "Quale uomo degno di questo nome non accetterebbe una sfida?"

"Potrà essere imparziale, ma non per questo vuol dire che gli piaccia perdere."

"Ben detto. Naturalmente ha accettato la sfida nello spirito in cui era stata lanciata. Oh, e sono partite diverse scommesse. Mi spiace dire che la mia quota non è buona quanto quella di Roxton."

"Certo che no," dichiarò Antonia, realista, "Julian è un ottimo vogatore."

"Beh, questo è parlar chiaro," disse Jonathon bonariamente. "Come fate a sapere che io non sono un vogatore bravo quanto Roxton, se non migliore?"

"*Moi*, io non lo so," ammise sinceramente Antonia con un sorriso. "Ma conosco mio figlio e potete credermi quando vi dico, *M'sieur*, che dovrete veramente essere un buon vogatore se volete avere la speranza di batterlo."

"Bene, allora lo batterò perché ho un incentivo molto più grande di lui per vincere."

Diede per caso un'occhiata alla parete rivestita di legno, a un enorme quadro con una cornice molto decorata, e il ritratto di famiglia depresse considerevolmente il suo umore.

Il dipinto era stato eseguito per celebrare il quarantesimo anno da quando il duca aveva ereditato il titolo. La sua bella duchessa era ancora assurdamente giovane e aveva un ragazzino dalle guance colorite di non più di cinque anni in grembo, sopra le sottane di pesante damasco, il figlio maggiore ed erede era un giovanotto alto, bello, vestito di seta moiré azzurra. Ma fu il gentiluomo splendidamente vestito su cui si concentrò Jonathon. Il duca era seduto su una sedia dorata con le insegne e la corona ducale, una redingote di seta nera con i calzoni in tinta e le calze bianche che mostravano i polpacci muscolosi. Aveva una massa di capelli bianchi tirati severamente indietro dal volto invecchiato, di una bellezza aspra, un naso forte, labbra sottili, beffarde e occhi neri che guardavano il mondo arrogantemente, come se ogni acro gli appartenesse.

"Un uomo come quello può avere tutte le donne che vuole e senza dubbio l'ha fatto... finché non siete arrivata voi," rifletté Jonathon, prima di staccare lo sguardo dal quadro per guardare Antonia con un mezzo sorriso. "Scommetto che vi ha rapito mentre eravate ancora a scuola per paura che qualche altro furfante vi portasse via al vostro debutto in società."

"Non ha fatto niente del genere!" Protestò Antonia con veemenza e aggiunse alteramente, come spiegazione quando Jonathon mise le braccia conserte sul petto e la guardò scettico. "Non sono mai stata a scuola. Mio padre era un medico di corte eccentrico e non avendo figli maschi, mi ha allevato come se lo fossi, con un'educazione molto tollerante, abituandomi a esprimere le mie opinioni. Ed è stato questo che ha attratto *Monseigneur*."

"Stavo proprio per dirlo," la rimproverò Jonathon, anche se i suoi occhi scuri erano pieni di allegria. "*Monseigneur* amava il fatto che gli parlavate francamente. Non molti uomini, o donne, scommetto, erano abbastanza coraggiosi da parlare chiaro con lui, vero?" Squadrò di nuovo il ritratto. "Riconosco abbastanza bene il tipo. Non poteva soffrire gli idioti, non sopportava i parassiti ed era orgoglioso come pochi."

Antonia sbatté gli occhi e sembrò contrita. "Oh, pensavo..."

"Pensavate che stessi per dare l'archetipo delle risposte maschili e menzionare la vostra incomparabile bellezza, i vostri piedini e il seno magnifico."

"*M'sieur!*"

"Non sarebbe stato un maschio se non vi avesse desiderato, ma non è stato quello il fattore decisivo nella capitolazione di *Monseigneur*."

"*M'sieur*, non dovreste fare dei commenti così oltraggiosi," rispose brusca Antonia, ma questa volta senza calore.

"Non siete offesa dal mio parlare franco, quindi non fingete, non con me," rispose schiettamente Jonathon. "Mi piace il fatto che non abbiate un grammo di artificio, che possiamo parlare onestamente tra di noi." Le sorrise guardandola negli occhi. "Che possiamo essere amici."

Antonia chiuse il ventaglio con uno scatto.

"*M'sieur*, ora tocca a me scommettere con voi. Cinquanta ghinee che dite la stessa cosa a tutte le belle donne che conoscete."

"Ecco che lo fate di nuovo, mi fate sorridere come un internato di Bedlam." Alzò tre lunghe dita. "*Madame la Duchesse*, ci sono solo tre donne in questo palazzo che chiamate casa che non hanno un secondo scopo per offrirmi la loro amicizia."

Antonia inarcò le sopracciglia ma non riuscì a nascondere la fossetta nella guancia sinistra.

"Queste tre donne, chi potranno mai essere?"

"Mia figlia, vostra nuora, la cara duchessa, e poi ci siete voi. Mia figlia è giovane e ha i suoi amici e certamente non vuole il suo vecchio burbero papà al seguito. La duchessa di Roxton è affascinante quanto bella ma, ragionevolmente, il duca avrebbe a che ridire se cominciassi a cercarla per fare conversazione. È innamorato di sua moglie, è talmente ovvio. Quindi restate solo voi, *Madame la Duchesse*. Sono certo che potrò semplicemente godere il piacere della vostra compagnia e della vostra amicizia senza paura di essere sedotto a fini matrimoniali."

"Questo ve lo posso promettere, *M'sieur*, non c'è il minimo pericolo," e si voltò con un fruscio delle sottane al suono delle grandi porte in fondo alla galleria che venivano spalancate da due camerieri in livrea per permettere l'ingresso dei quattro figli dei Roxton e del loro assortimento di bambinaie e tutori.

✾✾✾

SE IL DUCA NON FOSSE STATO DISTRATTO DALLA CONTESSA DI Strathsay, mentre appoggiava la sua tazza di caffè sul carrello, sarebbe stata sua intenzione affrontare sua madre e chiederle di tornare a unirsi alla duchessa accanto al carrello del tè; il fatto che voltasse lo schienale della poltrona verso il panorama e dando la schiena a Deborah in qualità di ospite non cessava mai di irritarlo. Nonostante le rassicurazioni di Deborah che l'abitudine della suocera di ignorarla mentre serviva il tè non la turbava minimamente e che era meglio lasciare in pace sua madre, Roxton sapeva che l'offesa fatta a sua moglie urtava veramente i sentimenti di Deborah.

Non era stata una transizione facile per Deborah, ereditare il ruolo di duchessa di Roxton dalla suocera, che era stata una duchessa per tutta la sua vita da adulta e che aveva quindi lasciato un marchio indelebile in quella nobile posizione e su tutto quello che vi era collegato. Secondo Roxton, sua madre avrebbe potuto fare molto per aiutare sua nuora a entrare nel ruolo, se non si fosse perennemente crogiolata in uno stato di auto compatimento; auto compatimento che aveva il potenziale di andare fuori controllo, come era successo un anno prima.

L'indomani sarebbe stato il terzo anniversario della morte di suo padre e non aveva intenzione di rivivere la lugubre scenata di sua madre dell'anno precedente. Il duca riteneva che la sua duchessa avesse abortito il loro quinto figlio nel secondo anniversario della morte di suo padre come diretto risultato della penosa e certamente non necessaria drammatica dimostrazione di dolore da parte di sua madre in quell'occasione. Con Deborah all'inizio del secondo trimestre della gravidanza, Roxton era convinto che per proteggere sua moglie e il loro bambino non ancora nato fosse necessaria la presenza di Sir Titus Foley, per far superare a sua madre un altro anniversario. L'eminente medico era atteso a Treat da un momento all'altro e non vedeva l'ora che arrivasse.

Che sua madre non avesse rinunciato al nero come le aveva chiesto e che stesse fornendo materia di intrattenimento ai suoi ospiti conversando fittamente con un uomo che si presentava in società come un mercante delle Indie orientali quando non era altro che qualcuno senza un blasone, servì solo a irritare ulteriormente il duca. Perché lei si accorgeva appena della famiglia e degli amici ma sceglieva di essere amichevole con uno sconosciuto? Quell'uomo aveva avuto l'audacia di invitarla a ballare e poi si era dimostrato estremamente insolente verso il suo ospite, visitando Crecy Hall senza invito, quando era stato reso universalmente noto ai servitori e agli ospiti che l'accesso alla casa vedovile era interdetto a chiunque, perfino ai membri della famiglia del duca, senza il suo esplicito permesso.

Con un occhio su sua madre e la mente che ripensava a quello che intendeva dire al signor Jonathon Strang, sentiva una parola su cinque delle chiacchiere di Lady Strathsay. Qualcosa circa il fatto che la duchessa vedova non aveva bisogno di qualcosa che invece sarebbe servito a Lady Strathsay per qualche settimana, forse un mese, e se il duca voleva gentilmente lasciarle libere, lei ne avrebbe avuto buona cura e si sarebbe assicurata che godessero di una piccola meravigliosa vacanze, a spese della contessa, ovviamente, così che quando fossero tornate al servizio di *Madame la Duchesse*, sarebbero state in grado di svolgere meglio i loro compiti. E dopo tutto, sicuramente Sua Grazia capiva che non erano proprio necessarie al comfort di *Madame la Duchesse*. Se Sua Grazia avesse solo dato il suo consenso...

"Se *Madame la Duchesse* è d'accordo, allora non sarò io a cavillare, milady," rispose brusco Roxton, irritato che sua madre gli avesse indirizzato la loro cugina, come se lui non avesse cose più importanti di cui preoccuparsi che non lasciar andare due giumente! Come se lei avesse bisogno del suo permesso. "Charlotte, prego, certo che avete il mio permesso," aggiunse, e si scusò prima che Lady Strathsay potesse trattenerlo ancora.

Era quasi arrivato al fianco di Antonia quando le porte della galleria si aprirono per far entrare i suoi quattro figli. I loro piccoli volti non cessavano mai di farlo sorridere e di farlo sentire più in pace con il mondo. Li guardò camminare o essere portati lungo la galleria, tutti comportandosi al meglio con la stanza piena di ospiti. Cioè, finché non videro la loro nonna.

CON LA SUA ABITUALE SPONTANEITÀ, ANTONIA SI PRECIPITÒ incontro ai bambini con le braccia tese. I tre ragazzi scivolarono sul pavimento lucido per arrivare per primi, enormi sorrisi sui piccoli volti e l'allegria negli occhi, e quando Antonia si lasciò cadere sul pavimento in una spuma di sottane ondeggianti per essere alla loro altezza, le gettarono le braccia al collo per ricevere i suoi abbracci e i suoi baci. Prese Julie dalle braccia della bambinaia e se la mise in grembo, ascoltando i gemelli che chiacchieravano eccitati del loro papà che avrebbe remato per loro nella gara del giorno dopo.

In un attimo, tutti e quattro i figli del duca stavano calpestando la distesa di preziosa seta nera di Antonia e le sottogonne di tessuto d'argento, per sedersi più vicino a lei e far sentire le loro giovani voci. Ridevano e sorridevano e parlavano in francese, tutti insieme. Le ore passate nella nursery a istillare in loro la necessità di comportasi benissimo davanti agli ospiti dei loro genitori svanirono in un istante. Gus alzò un dito bendato perché sua nonna lo ispezionasse seriamente, squadrando il suo gemello. Louis disse che non era colpa sua se il dito del fratello era finito sotto il martello e Antonia credette a entrambi. Frederick aveva un'espressione da cospiratore e si infilò in fretta in fondo alla tasca la matassa di nastri verdi che Antonia gli aveva passato, per essere estratti più tardi e trasformati da una delle cameriere in una coccarda per il suo cappello da marinaio.

Antonia poi guardò e applaudì il balletto improvvisato di Julie come se la bambina fosse l'unico essere nella stanza e confermò che era veramente la più bella fatina che avesse mai visto. E quando poi la bambina si arrampicò in braccio a lei e cominciò a giocherellare con i piccoli fiocchi di seta del suo corpetto, ad Antonia non importò niente, né si preoccupò quando i gemelli di cinque anni tirarono forte i pizzi che scendevano a cascata dai suoi gomiti per distogliere la sua attenzione da quella irritante civetta della loro sorellina.

Le bambinaie e i tutori si tennero a rispettosa distanza, come se fosse normale che la duchessa vedova di Roxton giocasse con i nobili bambini di cui si occupavano, seduta sul pavimento di legno. Anche gli ospiti del duca si tennero a distanza e osservarono senza un mormorio, la maggior parte di loro con un sorriso indulgente, perché si doveva avere un cuore di pietra o non avere un cuore per non essere toccati dall'amore incondizionato che la duchessa vedova rovesciava su questa nidiata di bambini felici, e vice versa.

Eppure, c'erano quelli più prevenuti la cui attenzione era rivolta al duca, e aspettavano la sua reazione nel vedere sua madre che si sedeva nella polvere, con le preziose sottane rovinate dai giochi dei bambini. Ma se Roxton era turbato perché il comportamento spontaneo di Antonia stava facendo inarcare parecchie sopracciglia, non lo dimostrò. Guardava i suoi figli con un sorriso indulgente e, quando la duchessa gli prese la mano, disse qualcosa a sua moglie che la fece sorridere e annuire.

Ma non tutti restarono in silenzio. Lady Strathsay disse a voce alta a Kitty Cavendish quello che i membri più anziani e più rigidi della nobiltà pensavano in privato.

"Ovvio che siano oltremodo viziati," enunciò la contessa freddamente, con le narici che fremevano d'invidia vedendo Antonia seduta sul pavimento con i quattro più bei bambini su cui avesse mai posato gli occhi. "*Madame la Duchesse* ha sempre incoraggiato la loro testardaggine e Roxton non fa niente per frenare il comportamento oltraggioso di sua madre perché teme che cosa farebbe al suo fragile stato mentale. Nessuno di noi desidera una replica del suo collasso emotivo davanti a tutti come l'anno scorso. Così imbarazzante per il resto della famiglia. Naturalmente io biasimo *Monseigneur* per i mali passati e presenti di Antonia. L'ha viziata terribilmente, come solo un marito più vecchio e infatuato può fare con una moglie molto più giovane e bella." Arricciò le labbra per il disgusto. "Vi meraviglia che lei vizi i suoi nipoti allo stesso modo?"

Kitty Cavendish fece per rispondere ma si rese conto che era una domanda retorica quando Lady Strathsay tirò a mala pena il fiato prima di continuare a sputare veleno.

"Come Roxton pensi di riuscire a istillare le buone maniere nei suoi figli quando sua madre manda all'aria i suoi editti con una visita alla nursery, proprio non lo capisco. E ovviamente la buona duchessa... Si può solo essere comprensivi per la sua difficile situazione. Deborah fa del suo meglio, lo so, ma che speranze ha di dare il buon esempio ai suoi figli quando Roxton la tiene costantemente incinta, un parto dopo l'altro? Ringrazio il cielo che *Monseigneur* fosse troppo vecchio per mettere incinta Antonia più di due volte. Il suo figlio minore è un giovanotto viziato e presuntuoso, e quando Roxton era giovane era un ragazzo viziato e testardo; tutta colpa di sua madre. Eppure, ci ha sorpreso tutti crescendo e diventando un uomo stoico e flemmatico, forse perché è stato mandato a fare il Grand Tour quando era piuttosto giovane. Così ha tagliato completamente il cordone ombelicale con sua madre e si deve essere grati a *Monseigneur* per aver almeno avuto il buonsenso di farlo, quando si è trattato del suo erede. Sì, Kitty, credo che abbiate ragione, si deve guardare al futuro. C'è speranza per il ducato di Roxton con Frederick. Cioè, se l'influenza senza freni di Antonia non lo rovina senza rimedio. Ma suppongo che ora che lui e i suoi fratelli e la sorella non hanno più il permesso di farle visita a Crecy Hall, finalmente si adatteranno a diventare dei bravi ragazzi obbedienti."

Kitty aprì nuovamente la bocca, volendo esprimere il suo unico pensiero: che per ammissione della sua buona amica Deborah Roxton, sua suocera era la creatura più dolce al mondo e la migliore nonna che i suoi figli potessero mai sperare di avere. Ma le parole le si gelarono sulla lingua quando si rese conto che il gentiluomo che incombeva alle loro spalle era il duca e che il suo volto era teso per la rabbia repressa.

"Il vostro sostegno alla mia famiglia è estremamente gratificante, milady," disse caustico a Lady Strathsay, con uno sguardo di disapprovazione a Kitty, come se il suo silenzio avesse significato che era d'accordo con i sentimenti velenosi della vipera vestita di velluto. "Così gratificante, in effetti, che penso di poter fare a meno delle vostre perle di distorta e, oserei dire, maligna saggezza per il prossimo futuro."

Quando Lady Strathsay aprì la bocca per protestare, il silenzio di

Roxton la sfidò a disobbedirgli. Quando gli fece una rispettosa riverenza di assenso, Roxton fece un brusco cenno a Kitty, poi voltò la schiena per salutare i suoi figli con un sorriso di benvenuto.

"Oh, caro," disse Kitty quando Jonathon arrivò senza fretta per mettersi al suo fianco. "Temo che dovrò passare tutta la giornata domani a spiegarmi con la cara duchessa."

"Davvero?" Chiese Jonathon, senza sentire una parola, con lo sguardo fisso sulla riunione di famiglia dei Roxton.

Vide il duca mettere un braccio intorno alla vita della sua duchessa mentre lei dava ai figli il bacio della buonanotte, mentre la piccola Lady Juliana, il tormento della vita di Frederick, tirava il pizzo della manica di Antonia per assicurarsi che la nonna la stesse veramente guardando mentre svolazzava intorno a lei come una fatina.

"Somiglianza notevole, vero, Kitty, quella bambina e la duchessa vedova?"

Kitty chiuse il ventaglio con uno scatto e lo lasciò pendere dal cordoncino di seta intorno al polso.

"Strang! Tommy mi ha riferito quello che intendete fare con la duchessa e non credo..."

Jonathon distolse a fatica lo sguardo da Antonia.

"Vi chiedo scusa, Kitty, ma non avete idea delle mie intenzioni."

"Ci sono altri modi per ottenere la proprietà della zolla di terra di famiglia persa da tanto tempo, senza il bisogno di corteggiare la mamma di Roxton."

"Sì, avete ragione, ma mi piace tanto corteggiare una bella donna."

"Allora corteggiate una qualunque della dozzina o più di belle e molto più giovani donne che ci sono qui questa settimana. Martha e Maria Aubrey sono due tra le ragazze più carine che si potrebbe sperare di incontrare..."

"Sono solo bambine."

"Non sono niente del genere e se solo passaste un po' di tempo in loro compagnia, vi rendereste conto che hanno una perfetta conoscenza della realtà dei matrimoni moderni. Come vostra moglie, nessuna delle due cercherebbe di interferire nella vostra vita."

Le labbra di Jonathon si contrassero. "Carissima Kitty, un orbo con mezzo cervello capirebbe il vostro gioco. Vi ho visto vicina a Hettie. Cercava di ottenere il vostro aiuto, vero?"

Kitty si schiarì la voce e sperò di apparire vaga. "Non so che cosa intendiate dire. Hettie è una cara amica e..."

"... in una calda notte d'estate a Hyderabad ho stupidamente abbassato la guardia e mi sono infilato sotto una zanzariera con lei," la interruppe decisamente, e l'espressione opaca dei suoi occhi castani normalmente amichevoli fece immediatamente capire a Kitty che la sua amica non aveva una possibilità al mondo di riaccendere l'interesse di Jonathon. "Senza offesa per Lady Hibbert-Baker, ma è un incontro che non mi interessa ripetere nella verde frescura dell'Inghilterra."

"A parte Hettie, se siete preoccupato che il matrimonio con Martha o Maria potrebbe interferire con i vostri interessi femminili, posso assicurarvi che sono ragazze assolutamente moderne."

"Ma che bello!"

"Oh, Strang, non potreste almeno cominciare a pensare di risposarvi?"

Jonathon scosse la testa alla sua insistenza. "Quando smetterete di cercare di trovarmi una moglie, Kitty?"

"Quando vi risposerete."

"Allora continueremo ad avere questa conversazione quando saremo curvi e senza denti. Intendo restare libero dai ceppi fino alla tomba."

Kitty vide il suo sguardo tornare alla duchessa vedova di Roxton, che stava camminando con i bambini verso il fondo della galleria, dopo aver augurato la buonanotte per quella sera, e strinse le labbra disapprovando. Flirtare con Antonia Roxton non faceva parte dei piani di Kitty per suo cognato. Una cosa era darsi da fare con Henrietta Hibbert-Baker, non avrebbe sollevato nessun tipo di scandalo in società, ma corteggiare la madre vedova del duca di Roxton, di dieci anni più vecchia di lui, non avrebbe solo fatto inarcare le sopracciglia, avrebbe lasciato tutti a bocca aperta e compromesso seriamente le speranze di Sarah-Jane di sposare Dair Fitzstuart, erede del titolo di conte di Strathsay.

Dair Fitzstuart teneva in alta considerazione l'opinione di sua madre e Charlotte Strathsay a sua volta teneva in alta considerazione l'opinione della società. Le speranze e i sogni della povera Sarah-Jane di avere un marito titolato sarebbero crollate come un castello di carte se mai un'ombra di scandalo si fosse attaccata al suo nome o a quello del padre. Prima di riuscire a fermarsi, Kitty disse, con una risata poco sentita:

"Non starete seriamente corteggiando Antonia Roxton. È una cosa ridicola. Avete praticamente la stessa età di suo figlio, per l'amor del cielo!" Quando Jonathon rimase muto, con lo sguardo fisso sulla duchessa, Kitty gli sibilò, da dietro il ventaglio: "Non rendetevi ridicolo, Strang! Non con Antonia Roxton. C'è un vero battaglione di donne carine qui, questa settimana che..."

"Così avete detto. Se solo fossero desiderabili almeno la metà di lei."

"Non è alla vostra portata!"

"Ma io ho le braccia tanto lunghe, Kitty."

"Siate serio! Era assolutamente devota al vecchio duca, perfino quando era malato e morente. È ancora in lutto per lui. Non avrete mai il suo cuore."

"Non è al suo cuore che punto, Kitty."

Kitty restò a bocca aperta. "Strang!"

"Solo lei può firmare i certificati di proprietà per quello che è stato tolto al mio antenato e punto a farle capire la validità di restituirlo alla mia famiglia." Quando Kitty nascose in fretta il suo stupore dietro il suo ventaglio di carta dorata, Jonathon sorrise. "Oh, non vi sbagliate. Voglio anche quello. *E molto.*"

Kitty lo guardò severa.

"Andiamo nel regno delle fate per un momento e crediamo che possiate sedurre Antonia Roxton… Una volta che ne avrete avuto abbastanza, che farete? Vi aspettate che lei si sciolga come la cera di una candela e firmi i documenti, così?"

"Quello che mi aspetto, Kitty, è di continuare a darmi da fare. Ma lei firmerà… prima o poi."

Fu il turno di Kitty di guardarlo con gli occhi spenti.

"Perché non fate a meno della seduzione e non mettete le carte in tavola con lei. Una creatura tanto dolce vedrà certamente la validità del vostro caso e vi restituirà l'eredità Strang-Leven senza discutere."

"E rovinare tutto il divertimento? Non sono un completo mascalzone, mia cara. Desidero che si diverta quanto me. E poi, una volta che si sarà sciolta, firmerà." Jonathon si inchinò e prese congedo. "Ora dovete scusarmi. Come una falena con una fiamma, la mia candela mi aspetta."

Ma prima che Jonathon potesse fare più di due passi verso Antonia, un cameriere lo intercettò con una convocazione. Era richiesto altrove. Era il duca e voleva scambiare due parole in privato con lui sulla terrazza.

OTTO

Gli ospiti che ancora si attardavano nella galleria, giocando a carte o poltrendo sui sofà e sulle poltrone, discutendo della gara in barca del giorno dopo e delle attività in programma sui prati, osservarono con velato interesse il duca e il suo ospite mercante conversare sulla terrazza. Due camerieri davanti alle portefinestre intercettavano chiunque desiderasse prendere un po' d'aria, così che la conversazione restasse ininterrotta e senza ascoltatori.

Antonia si chiedeva di che cosa potesse mai discutere suo figlio con Jonathon Strang. Sua nuora era tornata al carrello del tè, dove il maggiordomo e un pugno di camerieri stavano riempiendo la teiera, la caffettiera e i vassoi di dolci, e la chiamò perché si sedesse per un po' con le poche signore che non si erano ritirate per un sonnellino prima del recital serale. Antonia si sedette diligentemente ma non sulla poltrona con lo schienale rivolto alle finestre che la duchessa aveva scelto per lei. Andò verso il sofà di crine che guardava verso la terrazza, con le onnipresenti dame di compagnia alle sue spalle.

La duchessa chiese alla suocera se gradiva una tazza di caffè. Antonia scosse la testa ma non disse nulla. Salutò doverosamente le signore intorno con un sorriso e un cenno ma quello fu tutto. Tutte guardarono di sottecchi la duchessa, che non ripeté l'offerta. Parlava con Kitty Cavendish di un incidente di poco conto capitato a Drury Lane quando lei e il duca erano andati a teatro l'ultima volta. Kitty riprese il filo del discorso e le signore chiacchierarono degli ultimi spettacoli. Eppure erano tutte acutamente coscienti che la duchessa vedova di Roxton sedeva in mezzo a loro sventolando meccanicamente il ventaglio, ma i suoi pensieri erano altrove. Nessuno si sentiva a suo agio, tanto meno Deborah, anche se continuava a sorridere e a fingere che non ci fosse nulla d'inconsueto nel comportamento distratto di sua suocera.

Ma Antonia era troppo occupata con suoi pensieri per unirsi a una conversazione su uno spettacolo che non aveva visto, con persone che erano intime di suo figlio e di sua moglie, ma che lei conosceva a malapena. Avrebbe voluto parlare con suo figlio ma appena le porte si erano chiuse alle spalle dei suoi nipoti, il duca era riuscito a sfuggirle e ora era sulla terrazza con Jonathon Strang.

Perché, si chiedeva, Roxton voleva parlare in privato con Jonathon Strang in un posto tanto in vista come la terrazza? Perché non condurre la conversazione nell'intimità del suo studio, dove nessuno li avrebbe visti né si sarebbe chiesto qual era il contenuto della loro discussione?

Aveva visto il cameriere scortare Jonathon Strang attraverso la galleria e aveva sorriso quando, invece di seguire il servitore sulla terrazza, Jonathon si era avvicinato al secondo camino dove gli ospiti più giovani stavano giocando alle sciarade, guidati da Dair Fitzstuart. Suo fratello Charles e un gruppetto di giovani stavano facendo del loro meglio per indovinare la scena recitata davanti a loro. Antonia capì quasi immediatamente. Dair era un buon attore, abilmente assistito da una delle gemelle Aubrey. Fu sorpresa che avessero scelto un'opera teatrale tanto vecchia, ma forse era stata nuovamente rappresentata a teatro, come succedeva spesso alle opere di Fielding, non importava quanto fossero vecchie. La scena era tratta da *Il Finto Medico*, con Dair che recitava la parte di Gregory e Martha Aubrey quella di Charlotte, la ragazza muta che muta non era per niente.

Ad Antonia piaceva giocare alle sciarade. Aveva spesso preso in giro senza pietà suo cognato Vallentine e aveva riso con sua moglie Estée e *Monseigneur* quando Vallentine sorrideva raggiante, pensando di aver indovinato correttamente la sciarada, solo per scoprire di essersi sbagliato completamente. Un quartetto così felice... Aveva perso tutti e tre i suoi migliori amici nel giro di dodici mesi. Prima *Monseigneur*; otto mesi dopo l'influenza aveva portato via la sorella Estée e poi qualche settimana dopo la morte di Estée, suo marito Vallentine si era semplicemente spento. La perdita di *Monseigneur* l'aveva intorpidita a un punto tale che le morti di Estée e Vallentine così presto dopo la sua erano state oltre la sua capacità di comprensione. Ora, ripensandoci, si rese conto che il suo dolore schiacciante per la perdita dell'amore della sua vita aveva messo in ombra tutto il resto. Forse il suo dolore era stato troppo da sopportare, per loro...

Ci fu uno scoppio di risa e di applausi quando indovinarono la sciarada, indovinata correttamente non dai giovani, ma da Jonathon Strang, che fece un inchino esagerato alla compagnia, ringraziandoli per l'applauso, e strappando un altro applauso; poi Jonathon alzò le mani come per dire che no, non si sarebbe unito a loro. La sua bella figliola biondo fragola gli diede un veloce bacio sulla guancia e poi Charles Fitzstuart le fece segno di avvicinarsi e parlare con lui prima di affrontare il gruppo rumoroso: toccava a loro recitare. La sciarada cominciò e Jonathon li osservò dal camino, dove mise un sigaro tra denti, rimise in tasca il sottile astuccio d'argento e, prendendo un tizzone dal fuoco, si abbassò per accendere la punta. Applaudì gli sforzi di sua figlia battendo le mani sopra la testa e, con il sigaro acceso come voleva, se ne andò, con un gesto appena accennato al cameriere in attesa per condurlo sulla terrazza.

Il duca era in piedi con la larga schiena verso la galleria, con le mani appoggiate alla balaustra, ad aspettare. Quando Jonathon arrivò, si voltò, con la tabacchiera pronta. Jonathon rifiutò la presa, mostrando il sigaro che aveva tra le dita e, quando il duca indicò la terrazza, i due gentiluomini si misero lentamente a passeggiare. Quanto tornarono verso le portefinestre, Antonia si raddrizzò un po'. Suo figlio stava sorridendo.

Quando Roxton sorrideva, non mostrava quasi mai i suoi denti bianchi, eccetto se era veramente contento o furiosamente imbarazzato. Antonia lo conosceva troppo bene. Dubitava che stesse scambiando pettegolezzi con Jonathon Strang. Ma che cosa poteva aver detto Jonathon Strang perché suo figlio fosse così a disagio? Dentro di sé Antonia si accigliò, anche se il suo volto rimase inespressivo.

Ora era il turno di Jonathon Strang di fare anche lui un ampio sorriso, con il sigaro in un angolo della bocca, mentre scuoteva la testa, con un'espressione di finto stupore sul bel volto. Si tolse il sigaro di bocca, soffiò il fumo in aria e rise di cuore, come se gli avessero raccontato una bella storiella.

Il sorriso del duca si fece più ampio e voltò la schiena alle portefinestre, mostrando il bel profilo a Jonathon Strang che si era appollaiato sulla balaustra, con le lunghe gambe tese davanti a sé e incrociate alle caviglie, rivolto verso la galleria, mentre continuava a guardare il duca. Ora era lui quello che stava parlando.

Antonia fissò le mani del figlio appoggiate alla balaustra. Erano strette a pugno. Sapeva che suo figlio detestava essere al centro dell'attenzione, che era timido e imbarazzato quando si sentiva scrutato da una folla. Eppure era lì, in piena vista degli occupanti della galleria; e sicuramente sapeva che lo stavano guardando intenti, anche se furtivamente, mentre discuteva accalorandosi, sia pure in maniera signorile, con il suo ospite mercante.

C'era una sola spiegazione possibile, Roxton voleva che questa discussione fosse pubblica, che i suoi ospiti fossero testimoni di quella che non era altro che una lavata di capo molto pubblica a Jonathon Strang. Stava apertamente rimproverando l'uomo, assicurandosi che la società conoscesse i suoi sentimenti, che lo considerava con sfavore e lo faceva senza aver mai dovuto dire una parola contro di lui.

L'istinto di Antonia era di uscire sulla terrazza e affrontarli. Dopo tutto, la loro discussione al calor bianco in qualche modo la riguardava, glielo diceva l'intuito. Un'occhiata a sua nuora e i suoi sospetti furono confermati quando Deborah le restituì l'occhiata interrogativa con un sorrisino imbarazzato, distogliendo l'attenzione dalla conversazione con Kitty Cavendish, senza riuscire a sostenere il suo sguardo.

"Ho bisogno di aria fresca," annunciò Antonia, mettendosi in piedi.

"Certamente, *Maman-Duchesse*. Ma permettete a Willis di prendere uno dei miei scialli, prima, c'è una brezza fresca."

"*Merci, ma belle-fille*, ma non mi serve uno scialle."

"Sì, invece, *Maman-Duchesse*," disse fermamente la duchessa, accompagnando la frase con un sorriso gradevole. Guardò il gruppo di donne e aggiunse in inglese: "Forse potremmo fare un giro in terrazza appena avranno portato lo scialle a *Madame la Duchesse*?" Suggerì, con un cenno quasi impercettibile alle dame di compagnia di Antonia.

Willis fece una riverenza e andò a prendere lo scialle.

Antonia esitò. Sua nuora le stava dicendo quello che doveva fare? Quasi non credeva alle sue orecchie. Certamente non se ne sarebbe restata lì a farsi umiliare in casa sua da una ragazza che era duchessa da cinque minuti. Sollevò le sottane per andarsene quando Deborah si alzò in piedi di scatto.

Le donne sedute sui sofà si alzarono tutte all'unisono e trattennero collettivamente il fiato. Allo stesso modo i gentiluomini, che si raddrizzarono dalla loro posizione allungata sulle poltrone e tirarono le punte dei loro panciotti per occupare quel momento imbarazzante.

"Quando tornerà Willis, *Maman-Duchesse*," dichiarò la duchessa.

Antonia alzò il mento. "Willis può portarmi lo scialle in terrazza."

"No, aspetteremo."

"No?" Antonia sbatté gli occhi e il calore le invase la gola. "Deborah, non mi serve uno scialle, ve lo assicuro."

"Non voglio che prendiate freddo, *Maman-Duchesse*."

Non volete che vada in terrazza a parlare con mio figlio, ecco quello che state realmente dicendo, si disse Antonia, aggiungendo, a voce alta: "Non fa freddo e io non sono un'invalida, *n'est-ce-pas?*"

"Non ho intenzione di dissentire, *Maman-Duchesse*, ma verrei meno ai miei doveri se non insistessi che aspettiate lo scialle."

La semplice dichiarazione della duchessa, detta con la sua suadente franchezza, fu accompagnata da uno sguardo fermo che sfidava Antonia a mettere in dubbio la sua autorità.

Il calore salì fino alle guance di Antonia; stava quasi per ricordare a sua nuora che, anche se era in effetti l'attuale duchessa di Roxton non toccava a lei dire alla quinta duchessa di Roxton dove poteva o non poteva andare in quella casa che era stata la sua e di cui era stata la padrona per quasi trent'anni. Ma quando guardò i caldi occhi castani della nuora, l'indignazione di Antonia svanì, in fretta come era arrivata. La giovane donna si stava mordendo il labbro inferiore, segno certo di nervosismo.

Ci è voluto tutto il suo coraggio per sfidarmi, pensò Antonia con un sorriso triste. *Dentro di sé probabilmente sta tremando.*

Povera Deborah. Era stata messa in una situazione veramente imbarazzante, che serviva solo a rinforzare il senso di inutilità di Antonia come duchessa vedova. Treat ora era la casa di Deborah e lei era la padrona. Aveva tutti i diritti di insistere. Qualunque altro ospite non avrebbe esitato a fare quanto richiesto. Certamente non avrebbero messo in dubbio il suo diritto di ospite di fare quella richiesta.

Non avrebbe dovuto partecipare alla cena. La sua presenza aveva solo messo a disagio suo figlio e sua moglie. Non sapevano che cosa fare con lei, né come comportarsi. Lei non li biasimava; dopo tutto, anche lei non riusciva a trovare risposte, esattamente come loro.

Ovviamente era suo figlio che aveva dato a Deborah il compito di tenerla all'interno mentre parlava con Jonathon Strang. Per quale altro motivo non le avrebbero permesso di andare sulla terrazza? Tutto questo le faceva sospettare ancora di più che la discussione che aveva luogo oltre le portefinestre riguardasse lei.

Lentamente, Antonia si sedette di nuovo sul sofà di crine e riprese a sventolarsi.

"Aspetteremo lo scialle," disse a bassa voce, con un'occhiata oltre la portafinestra, al duca e a Jonathon Strang, desiderando di essere un'ape sul caprifoglio in fiore che pendeva dalla balaustra della terrazza.

PER CHIUNQUE STESSE OSSERVANDO I DUE UOMINI ALTI, IL DUCA di Roxton e Jonathon Strang stavano godendosi una lenta passeggiata lungo l'ampia terrazza piastrellata a riquadri bianchi e neri, conversando di argomenti impersonali, come potevano fare due gentiluomini, specialmente un ospite e il padrone di casa, dopo una lunga cena soddisfacente: cavalli, caccia, cani, agricoltura, niente di politico, certamente niente di religioso e sicuramente niente che potesse avere a che fare con il denaro. Sorridevano e chiacchieravano, il duca fiutò una presa di tabacco mentre Jonathon fumava il sigaro, entrambi ammirando il maestoso paesaggio accuratamente progettato, il grande lago artificiale con i suoi isolotti e, oltre a quello, la fertile terra coltivata: ogni filo d'erba, zolla di terra, animale, pianta, albero, edificio, strada e persona apparteneva al duca fin dove arrivava l'occhio.

Ma quando si voltarono, restando in piedi di fronte alle portefinestre, vicino al caprifoglio, la conversazione prese un tono decisamente più serio e passò all'argomento che dominava i pensieri di entrambi i gentiluomini. Roxton aveva la schiena rivolta verso la galleria e guardava verso tutto quello che possedeva, con il palmo delle mani appoggiato alla balaustra.

"Il mio sovraintendente mi dice che dopo una ricerca attenta degli archivi ha scoperto quattro mappe di rilevamento topografico della proprietà. La prima fu fatta quando la Buona Regina Bess concesse la terra al primo duca; due mappature risalgono ai tempi del quarto duca, una poco prima del suo matrimonio con Lady Elisabeth Strang-Leven, la vostra ava, e l'altra fatta cinque anni prima della sua morte. La quarta mappatura è stata commissionata da mio padre più o meno alla mia nascita e quindi non conta. Da un controllo preliminare delle linee di confine sulle mappe completate ai tempi del mio bisnonno si potrebbe dire che ci sono degli argomenti a vostro favore." Roxton guardò Jonathon. "Ovviamente io non sono un topografo né sono un avvocato e ci vogliono le perizie di entrambi prima che io sia pronto a fare una dichiarazione formale."

"E che tipo di dichiarazione avete in mente, Vostra Grazia?"

"Che al suo matrimonio con Elisabeth Strang-Leven, il quarto duca di Roxton incluse nella dote l'eredità del fratello minore di Lady Elisabeth e pupillo del duca, Edmund Strang-Leven."

"Illegalmente incluso, Vostra Grazia."

"Negligentemente."

"Erroneamente, non posso accettare niente di meno."

Roxton si voltò e appoggiò il sedere alla balaustra, fiutò una presa di tabacco, inarcando un sopracciglio.

"Chiedo scusa," disse con gelida cortesia, "ma non potete essere certo che il duca si appropriò intenzionalmente della tenuta di Edmund Strang-Leven. Alle apparenze, fu un errore di rilevamento che causò l'inondazione della terra degli Strang-Leven per far posto al lago del duca. Quello che su un documento sembrava solo una linea di confine di pochi millimetri, in effetti era la maggior parte di una tenuta confinante e una volta che le terre furono inondate, non c'era modo di tornare indietro. Non è stato un atto illegale, solo un errore di calcolo."

Jonathon esalò il fumo nell'aria e scoppiò a ridere.

"Semplice errore di calcolo? Non c'è niente di semplice in questa storia. Vi concedo che avreste potuto farmi bere questa storiella se quella fosse l'unica parte della sua eredità che il vostro illustre avo ha sottratto a Edmund. Non ho dubbi che, per una persona della vostra correttezza, sia preferibile pensare che sia stato un tratto di penna sbagliato da parte dell'apprendista negligente del topografo a porre i confini a ovest piuttosto che a est delle coordinate scritte nel libriccino del suo maestro, che il duca sia ritornato dalla città un giorno, senza sapere nulla dell'errore, per scoprire che il lago ornamentale che aveva commissionato era grande il doppio. E..."

Il duca sbatté gli occhi, meravigliato di sentirsi apostrofare in modo così diretto. E poi quando Jonathon Strang lo interruppe a metà della frase, fu così offeso che per un momento perse l'uso della parola.

"Signor Strang, se volete permettermi di..."

"Solo un momento, Vostra Grazia," disse deciso Jonathon. "Dovete permettermi di mostrare tutto il mio apprezzamento per la favola del vostro antenato. Quindi, il duca ritorna alla sua tenuta e, con sua somma sorpresa e orrore, il capo topografo gli si presenta davanti con il cappello in mano e si profonde in scuse perché, a causa di un errore di rilevamento, sono stati scavati e inondati non solo i terreni designati ma anche tre quarti della terra arabile della tenuta vicina. E a causa di questo *errore di calcolo* la casa padronale del vicino, risalente al periodo elisabettiano, ora si trova perfettamente piazzata sulle rive del nuovo lago, in un'ansa che permette di isolarla e schermarla da questo gran mucchio di pietre e con l'affascinante aspetto di un'isola boschiva; beh, è affascinante *adesso*. La piscina e i templi sono deliziosi, e gli arazzi baccanali appesi in quel tempio provocherebbero un'erezione a un eunuco. *Errore di calcolo*? Sì, quando nevicherà in agosto!"

"Osate darmi del bugiardo, signore?"

"Bugiardo? Se pensassi che mi state mentendo, Vostra Grazia, ve lo direi in faccia," disse ragionevolmente Jonathon e sorrise tra sé quando il duca rilassò la mascella. "Quello che penso è che vi siate convinto che il quarto duca fosse una persona migliore di quello che effettivamente era. E questo è solo un pio desiderio ragionevole. Ogni uomo, eccetto un criminale dichiarato, vuole credere che il sangue che gli scorre nelle vene venga da un ceppo decente."

Squadrò il nobiluomo e poi fissò lo sguardo sui suoi occhi verdi, così simili a quelli della madre che dovette reprimere un sorriso.

"Le mie fonti dicono che siete un individuo molto perbene, un po' flemmatico forse, ma io ritengo che non sopportiate gli idioti e che siate giustamente reticente in presenza di chiunque non faccia parte della vostra ristretta cerchia di amici; cosa giusta per un giovane che porta una corona ducale. Io non sopporto i leccapiedi, uomini indegni del contenuto di una sputacchiera. E proprio come voi, non sopporto gli idioti e le favolette. Quindi non tentate di imbambolarmi con la storia che vi ha raccontato qualche ossequioso lacchè, che il vostro avo ha inondato per caso le terre di Edmund Strang-Leven, perché sono un mucchio di stronzate!"

"Siete sempre così logorroico?"

Per un attimo Jonathon rimase sconcertato e poi scoppiò a ridere talmente forte che non solo fece fare un passo indietro al duca, ma attirò anche l'attenzione di tutti quelli che erano seduti intorno alla duchessa accanto al carrello del tè.

"È proprio quello che mi ha detto vostra madre! E con lo stesso lampo d'ira negli occhi, anche!"

"Lasciamo la duchessa vedova fuori da questa storia!" Sibilò Roxton, con il colore che gli macchiava le guance ben rasate, per irritarsi poi immediatamente per aver abbassato la guardia.

Il riso lasciò gli occhi scuri di Jonathon. Fece cadere la cenere dal sigaro oltre la balaustra.

"Non c'è niente che mi piacerebbe di più che lasciarla fuori, ma voi e io sappiamo che non è possibile."

Roxton alzò il mento, un gesto che a Jonathon ricordò Antonia, e fece un respiro profondo prima di dire senza mezzi termini:

"Non potete avere la casa vedovile; non mi interessa quanto siano valide le vostre rivendicazioni, quanti avvocati impiegherete e se abbiate o no ragione." Gli sguardi si incrociarono implacabili. "Mio padre le ha lasciato la casa ed è sua, giusto o sbagliato che sia."

"Può averla... Per tutta la sua vita. Ma la proprietà deve essere girata adesso. Sapete che è la cosa giusta da fare."

Il duca strinse i pugni sulla balaustra. Un gesto che non passò inosservato al suo ospite. "Questo non succederà."

"È un'offerta molto generosa. La vostra famiglia ha avuto in uso la proprietà della mia famiglia per cent'anni e quello che riavrò è solo un terzo della tenuta. Vi concedo che vostro padre ha ricostruito quanto stava crollando di Crecy Hall e che il padiglione è un'aggiunta gradevole, quindi accetterò il restauro come compensazione e tireremo una riga sul resto, senza chiedere altri rimborsi monetari. Volete che ci stringiamo la mano come gentiluomini oppure preferite gli avvocati, l'inchiostro e sorseggiare un bicchiere di chiaretto per chiudere l'affare?"

"Quello che *io chiedo* è che *voi capiate* che Crecy Hall *non è* negoziabile."

Jonathon aspirò lentamente il fumo dal sigaro, mentre studiava il duca. Vent'anni a fare affari nel subcontinente gli avevano insegnato parecchio sulla natura umana e su come leggere la gente. E sapeva che per fare buoni affari erano necessari un cuore freddo e una mente razionale, e che se si permetteva alle emozioni di prendere il sopravvento non c'era ragionamento, acuto o meno, che avrebbe portato al successo della transazione. Ci volevano pazienza e tempo; Jonathon ne aveva in abbondanza. Inoltre, per quanto riguardava Crecy Hall, non era necessario coinvolgere il duca. Per ottenere la proprietà serviva la firma della madre, non del figlio. Quindi lasciò cadere la questione della casa padronale elisabettiana e, inarcando le sopracciglia, disse:

"E per quanto riguarda Hanover Square, Vostra Grazia? Non potete trovare scuse per la vendita da parte del vostro avo di una tale proprietà immobiliare di prima scelta a Londra, terreno che non apparteneva a lui ma a Edmund Strang-Leven, dandone la colpa a un errore di calcolo di un topografo."

Il duca sbuffò imbarazzato.

"Non avevo intenzione di fare niente del genere. Né proverò a difendere l'indifendibile. Quello che il mio bisnonno ha fatto a quel riguardo è imperdonabile."

Una tale franca ammissione sorprese Jonathon. Ammirava l'onestà del nobiluomo, se non la sua ostinazione, capendo bene che quest'ultima e la sua propensione per la prima nascevano dalla stessa fonte: la duchessa vedova di Roxton. Era un cambiamento gradito rispetto ai suoi soliti contatti con i membri dell'aristocrazia, che in gran parte erano talmente pieni della propria importanza e dell'illusione che il loro posto in cima alla massa di umanità fremente fosse un atto di Dio che Jonathon era sicuro che se li avesse pungolati con un dito sarebbero scoppiati.

"Perché siete qui, Strang?" Chiese il duca, chiudendo di scatto il coperchio smaltato della sua tabacchiera d'oro. "E non insultate la mia intelligenza dicendo che siete venuto di corsa dal subcontinente per riavere un'eredità perduta. I miei avvocati mi dicono che c'è una pila di corrispondenza tra vostro nonno e il mio bisnonno che risale alla prima decade di questo secolo, eppure nessun membro della vostra famiglia, fino a voi, si era mai preso la briga di reclamare il legato di Edmund Strang-Leven. E non avete bisogno di fondi. Siete ritornato con una ricchezza sufficiente a costruirvi il vostro palazzo di marmo, se lo desiderate, senza contare gli introiti delle piantagioni di zucchero e vaste proprietà immobiliari negli stati di New York e nella Carolina del Sud. E lasciamo fuori dall'equazione il bisogno di vostra figlia di trovare un compagno titolato. Questo è solo uno stratagemma buono per le matrone credulone e figli minori speranzosi."

"Eppure voi volete insultare la mia intelligenza dichiarando che non lo sapete? Andiamo, Vostra Grazia! Carte in tavola!" Disse Jonathon scuotendo i capelli lunghi fino alle spalle. "Se sapete quanto valgo, allora le vostre fonti hanno certamente scoperto che cosa mi ha obbligato a lasciare il paese dove sono nato e dove speravo di vivere il resto dei miei giorni, perfettamente appagato. Reclamare l'eredità Strang-Leven mentre aspetto che un parente, che per me è uno sconosciuto, abbandoni le sue spoglie mortali e mi lasci quello che non desidero assolutamente, mi permette di mettere in ordine un affare di famiglia lasciato in sospeso. Non chiedo niente di più di quanto mi è dovuto, ma sono pronto ad accettare di meno, se la transazione è passabile." Si permise un sorriso. "Ed è in quello spirito, e non perché sia un buon affare, che vi propongo di trasferirmi la proprietà del palazzo di Hanover Square. Mi serve una residenza in città e il palazzo è situato in un luogo perfetto per i miei futuri bisogni. Ma per il resto," aggiunse con un gesto della mano, come se stesse scacciando una vespa, "non mi serve il conquibus né la seccatura degli avvocati che mi infastidiscono per ogni inezia. A quanto ammonterebbe, poi? Dieci, venti, forse trentamila sterline?" Scrollò le spalle. "Tenetele." Poi aggiunse con una risata: "Ne avrete bisogno, per la vostra nursery in espansione, che presto raggiungerà il numero giusto per una squadra di cricket!"

Il duca non trovava divertente l'umorismo un po' troppo presuntuoso di Jonathon. Si scostò dalla balaustra, ignorò la generosità dell'offerta del mercante e disse sdegnosamente: "La residenza di Hanover Square è stata lasciata alla duchessa vedova per la durata della sua vita: non posso trasferirvi la proprietà."

Anche Jonathon si alzò, mettendosi di fronte all'aristocratico infuriato. Fece una smorfia. "Davvero? E io che vi stavo facendo un'offerta perfettamente ragionevole, che molti avrebbero considerato molto generosa, un'offerta per chiudere questa transazione il più rapidamente possibile."

"Transazione? Questa non è una *transazione*. Questo è uno *sfratto*. Sfrattare una vedova dalla sua stessa casa è generoso e ragionevole per voi?"

"E per voi?"

Roxton tentennò. "Scusate?"

"Diversamente da Crecy Hall, che richiede la sua firma per il trasferimento del titolo, non avete bisogno della sua firma o del suo permesso per trasferire il titolo di proprietà del palazzo di Hanover Square a me. Non avete assolutamente bisogno di coinvolgerla. Quindi qual è l'intoppo?"

"Non agirò alle sue spalle per toglierle da sotto i piedi la residenza in città che ha diviso con mio padre per tutta la sua vita coniugale. Se lo scoprisse sarebbe... sarebbe..." Roxton alzò una mano in segno di sconfitta. "Non so che cosa le farebbe!"

"Ma avete già fatto una cosa del genere," replicò Jonathon, senza esitare, voltando la testa per soffiare il fumo in aria. "Allora qual è la differenza questa volta?" Chiese. "Parigi o Londra, francese o inglese. Entrambi gli edifici erano casa sua. L'*Hôtel* nella Rue Saint-Honoré deve essere pieno di ricordi come la casa di Hanover Square. Se posso azzardare, l'*Hôtel* significa molto di più per lei perché è francese fino al midollo e *inoltre* era la casa dove vostro padre e sua sorella hanno trascorso la gioventù. Eppure l'avete venduto, e a gente che sicuramente lei considererà molto al di sotto della nobiltà francese di *Monseigneur*." Scrollò le spalle. "La vostra scusa per tenere la casa di Hanover Square è piuttosto debole quindi, non è così, Vostra Grazia? Forse vi ho giudicato male. Siete ostinato per principio e avete venduto la casa di Parigi senza tener conto dei sentimenti di vostra madre?"

"Bastardo senza cuore," sibilò il duca tra i denti.

Jonathon rise.

"Non merito proprio questo appellativo quando sto facendo di tutto per raddrizzare un torto nel modo meno penoso possibile per voi, e per lei."

"Non so quali lerci mezzi abbiate usato per conoscere gli affari della mia famiglia, ma vi sfiderò a duello prima di permettervi di turbarla!"

Jonathon inarcò di colpo le sopracciglia.

"Un duello, Vostra Grazia?" Fece un sorrisino e scosse la testa. "Non è il modo in cui io conduco i miei affari. Fatti, documenti e avvocati sono il mio forte, non alba, secondi e spade. Il mercante che c'è in me ha troppo buonsenso per indulgere in gesti così insensati e accesi. Penso che il gentiluomo che c'è in voi sia d'accordo."

Spense il sigaro sulla suola di cuoio della scarpa e lasciò cadere la metà restante del *cigarillo* arrotolato a mano nella sottile scatola d'argento che portava in una tasca della redingote.

"A proposito, se è lerciume che state cercando, dovete guardare ai vostri parenti. Una tazza di caffè dopo cena e ho saputo tutto senza nemmeno bisogno di chiedere. Non so come abbia scoperto quello che state cercando in tutti i modi di nascondere a vostra madre, ma Charlotte Strathsay sta mordendo il freno per riferirle la notizia. Quella donna si merita il suo soprannome, *la vipera vestita di velluto*."

A quella rivelazione, il duca arrossì, genuinamente contrito.

"Ah, allora mi scuso per le mie accuse frettolose."

"Non deve essere facile essere a capo di una casa ducale," disse Jonathon con vera simpatia. "Tutti quei parenti e servitori e scrocconi da gestire all'interno della famiglia. Almeno, negli affari, se un dipendente è sleale, si può licenziarlo senza pensarci due volte o la minaccia di ripercussioni per aver sconvolto un altro dipendente con quel gesto."

"Non lo augurerei a nessuno," dichiarò francamente Roxton, con un sorriso che diceva che non si sentiva all'altezza di quel compito, che non solo sorprese Jonathon ma gli rese il nobiluomo più simpatico, come il calore genuino che assunse la sua voce profonda quando parlò dei suoi figli. "Frederick è molto eccitato di avervi come vogatore per la gara di domani."

"Davvero? Spero di essere all'altezza del suo entusiasmo! Non vi dà fastidio?"

"Che siate il suo vogatore? Per nulla. È stato molto gentile offrirvi da parte vostra."

"In effetti direi che sono stato spinto. Non posso prendermene il merito."

"Frederick dice che è stata sua nonna a obbligarvi. Questo mi dà fastidio."

"Perché dovrebbe? È stata una splendida idea."

"Mi dà fastidio che abbiate visitato Crecy Hall senza permesso e che vi siate imposto, senza invito e senza chaperon, sulla duchessa vedova."

"Imposto? Non direi che prendere una tazza di caffè nel suo bel padiglione sia stata un'imposizione. Penso invece che abbia gradito la compagnia."

"Oppure era troppo educata per mandarvi via?"

"Oh, no. Ha cercato di farlo. Ma avevo remato tanto a lungo per vederla che alla fine le sue buone maniere hanno vinto e ci siamo seduti a prendere una buona tazza di caffè e qualche pasticcino con Fred... con i cigni," disse Jonathon, cercando di rimediare al lapsus.

Il sorriso del duca era teso.

"Non agitatevi. Non avete svelato la marachella di mio figlio. Niente, e ripeto, *niente*, può succedere in questa tenuta senza che io venga a saperlo, sia che lo voglia o no, un'altra prerogativa indesiderata di essere a capo di una casa ducale. Ascoltate, Strang," disse con un tono di voce diverso, e un'occhiata preoccupata alla tabacchiera che aveva in mano, "è difficile per me dirvelo e vi faccio partecipe di questa confidenza solo perché vedo che siete un uomo che non è facile dissuadere una volta che sia deciso a fare qualcosa, e che non accetterebbe un semplice no senza spiegazioni..."

Dopo un momento di lotta interiore il duca continuò, dicendo decisamente: "La duchessa vedova non sta bene. Potrebbe essere una sorpresa per voi, un perfetto sconosciuto, dopo averla vista con i suoi nipoti o a chiacchierare con i suoi vicini per tutta la cena, in effetti ha addirittura ballato con voi ieri sera. Ma quelli che la conoscono bene, e ve lo dico nel più stretto riserbo, nutrono grandi paure per la sua-la sua... sicurezza. Voglio che capiate come stanno le cose ed è per questo che desidero, no, vi *ordino* di restare lontano da lei."

Le sopracciglia di Jonathon si inarcarono sopra il suo naso sottile. Guardò attraverso la portafinestra e intravide l'oggetto della loro discussione che li osservava e, dal modo in cui distolse in fretta la testa, si capiva che era lì da un po'.

"Ha cercato di togliersi la vita? Non riesco a crederlo!"

"I miei genitori erano eccessivamente attaccati. Nonostante la grande differenza di età, erano devoti l'uno all'altra. Non credo che mia madre abbia mai realmente compreso la gravità della malattia di mio padre, che stesse veramente morendo. E così, quando è successo... La sua sofferenza è esagerata e morbosa e l'ha resa... *fragile*. Al secondo anniversario della sua morte, il suo stato mentale era tale che Sir Titus Foley ritiene che se lui non fosse stato presente, ci sarebbe riuscita." Il duca aggrottò la fronte. "Perché dite che non ci credete?"

"Non fraintendetemi, vostra grazia. Vi credo. Solo non credo che si lascerebbe andare a un gesto così drastico ed egoistico. C'è troppo spirito in lei, troppa *luce*, per spegnere facilmente una vita simile." Non aggiunse che la promessa fatta a *Monseigneur* di consegnare l'anello ducale con lo smeraldo a Frederick il giorno del suo ventunesimo compleanno era, secondo lui, una promessa che avrebbe onorato con il suo ultimo respiro.

La convinzione di Jonathon sorprese Roxton. Il mercante conosceva sua madre da un giorno eppure ne parlava come se la conoscesse da una vita e avesse il diritto di farlo. Mise inesplicabilmente a disagio il duca, eppure doveva a malincuore ammettere che il mercante poteva aver ragione. Desiderava con tutto il cuore che avesse ragione.

"Mi auguro che teniate questa confidenza per voi."

"Non avete bisogno di chiederlo, Vostra Grazia."

Il duca annuì, si mise in tasca la tabacchiera e fece cenno ai camerieri di aprire le portefinestre.

"E starete lontano dalla duchessa vedova?"

"E Hanover Square?"

"Un contratto di affitto fittizio, per il momento. Prendetelo per quello che è. Un gesto di buona volontà per un'intenzione futura. I cavilli legali prenderanno un po' di tempo e il resto di questa settimana deve essere dedicato ad altre faccende di stato, più pressanti. Un'altra prerogativa di cui farei volentieri a meno."

Quando Jonathon tese la mano, il duca la prese e l'accordo fu raggiunto.

"E la duchessa vedova, vi terrete a distanza?"

Jonathon entrò nella galleria prima del duca, dicendo, voltando la testa: "Quanto a quello, Vostra Grazia, come vi ho detto ieri sera, vostra madre può dirmelo lei stessa."

NOVE

IL GIORNO DELL'ANNUALE REGATA DI TREAT FACEVA eccezionalmente caldo per la metà di aprile, con il sole che splendeva in un cielo azzurro pallido, senza nuvole. Una brezza moderata agitava la superficie vetrosa del lago, con i salici che ondeggiavano pigri e intingevano dita filiformi nell'acqua gelida, mentre le foglioline nuove si aprivano al sole sulle grandi querce e sui faggi che punteggiavano il curatissimo parco.

La gente aveva cominciato a sciamare nei vasti prati ondulati che scendevano a terrazza fino al lago davanti al massiccio colonnato frontale del palazzo. I mezzadri e i braccianti con le loro famiglie avevano cominciato il viaggio ore prima, arrivando su carri normalmente usati per trasportare il fieno e portando con loro gli abitanti di due villaggi che non potevano fare la strada a piedi. L'esercito di servitori del duca, gli stallieri, i giardinieri e le loro famiglie, tutti quelli non assolutamente necessari per il servizio, indossavano i loro abiti della festa e si mescolavano tra la folla, liberi di unirsi ai festeggiamenti.

Bambini tenuti strettamente per mano dai loro fratelli o sorelle maggiori correvano avanti per godersi lo spettacolo di Punch e Judy, guardavano a bocca aperta le favolose marionette francesi raffiguranti il vecchio Re Luigi di Francia e i suoi cortigiani, tentavano di improvvisarsi giocolieri o di camminare sui trampoli, assistiti da sdentati artisti di circo. Soprattutto, però, facevano la fila per fare una passeggiata intorno al parco nella carrozza *Oudry* tirata da quattro pony bianchi, con i pannelli esterni dorati, decorati con stravaganti scene pastorali dall'artista francese Jean-Baptiste Oudry, e l'interno di velluto blu scuro e foglia d'oro con i cuscini imbottiti e infiocchettati, e finestrini di vetro a ghigliottina. Si diceva che la carrozza fosse una replica di quella che *Madame la Duchesse* aveva a Parigi.

E quando gli stomaci, grandi e piccoli, brontolavano per la fame, c'era sovrabbondanza di cibo da mangiare e godere, tutto offerto dal duca, nei chioschi che servivano tutti i tipi di carne, dal roast beef al cervo, e poi vassoi di formaggi, frutta e pane, frutta candita, dolcetti, torte e pasticcini, con sciroppi di tutti i gusti e latte fresco per i bambini, e sidro e punch per gli adulti.

Tutti, dal titolato allo spazzacamino, dovevano servirsi dai chioschi, spalla a spalla, e la maggior parte lo faceva semplicemente e di buon grado, eppure c'era chi, tra i nobili ospiti del duca, semplicemente si rifiutava di prendere in considerazione l'idea di dividere il cibo con la gente comune. Quei pochi restavano sulla terrazza in alto, seduti sotto una serie di tende colorate che offrivano riparo dal sole ed erano in posizione strategica per osservare da lontano le attività della festa e la gara di barche. Sparpagliate sopra folti tappeti per evitare l'erba umida, sedie Chippendale e poggiapiedi di velluto imbottiti assicuravano comodità alle stanche vedove e ai gentiluomini corpulenti che soffrivano di gotta mentre camerieri in livrea soddisfacevano ogni loro bisogno e osservavano invidiosi i loro colleghi, che non avevano estratto la pagliuzza più corta nel sorteggio organizzato dal maggiordomo, che si godevano una giornata libera dai capricci degli altri.

Giù, sul bordo dell'acqua, l'evento più importante della giornata stava per cominciare. I sei skiff che prendevano parte alla gara ondeggiavano agli ormeggi, con i remi dipinti sollevati e appoggiati alle traverse, file di bandierine di seta colorate legate a metà di ogni remo a dichiarare la tendenza politica del vogatore e dell'occupante dello skiff: degli Hannover per l'attuale monarchia, degli Stuart per la precedente, dei coloni americani perché l'Inghilterra era in guerra con i ribelli, francese perché il ducato di Roxton aveva le sue origini e metà del suo sangue discendenti dai Borboni, spagnola, in rappresentanza del regno cattolico che gli inglesi avevano battuto in passato e la bandiera dello stato italiano di Firenze perché *Madame la Duchesse* parlava italiano bene quasi quanto il suo natio francese.

L'ambasciatore fiorentino non solo sponsorizzava uno skiff tutti gli anni in suo onore ma forniva anche un fiorentino dell'ambasciata per vogare nella regata. L'ambasciatore spagnolo, venendolo a sapere, non aveva voluto essere superato da un piccolo stato italiano, quindi aveva offerto anche lui un membro del personale dell'ambasciata per vogare sullo skiff spagnolo e aveva fatto meglio della sua controparte fiorentina offrendo una borsa di oro spagnolo, a complemento della coppa Roxton d'argento assegnata tutti gli anni al vincitore della gara.

I servitori correvano lungo le tavole di legno del pontile e sulle barche per gli ultimi controlli sugli skiff dei loro rispettivi padroni, mentre i gentiluomini vogatori giravano per il prato, con gli attenti valletti che li aiutavano a togliersi giacche e panciotti per restare in maniche di camicia, per poi fargli indossare gilet senza maniche colorati, intonati al colore delle loro bandierine, e renderli così riconoscibili a distanza, una volta fuori sulle acque aperte del lago.

I concorrenti discutevano il percorso della gara: sotto il ponte, una volta intorno all'isola Nido d'uccello, oltre l'alzaia per poi tornare al pontile seguendo la curva del lago che passava tra la dimora vedovile elisabettiana Crecy Hall e l'isola del Cigno con la sua piscina nascosta e i templi: una distanza di più di un miglio. Erano state appostate delle vedette lungo il percorso, su piccole barche e sulle isole, per assicurarsi che si seguisse il percorso giusto e nel caso i vogatori avessero avuto qualche difficoltà. Questi ultimi cominciarono una serie di bonarie vanterie e commenti denigratori sugli attributi maschili e le capacità dei loro colleghi vogatori, contemporaneamente millantando la propria atleticità nella speranza di minare la sicurezza dei loro rivali e impressionare il gruppetto di bellezze che erano venute ad augurare buona fortuna ai gentiluomini.

Vestite con i loro migliori abiti *Anglaise à la Polonaise* in seta a righe, cappellini di paglia piumati e pieni di nastri sopra i capelli gonfi e arricciati, con graziosi parasoli in mano per schermare le loro carnagioni lattee dai raggi del sole, le bellezze si unirono ai gentiluomini che rivaleggiavano bonariamente, con gli uomini attenti a non superare l'osceno con i loro commenti ora che c'erano delle signore presenti. Le dame che avevano l'onore di un vogatore come campione, Sarah-Jane Strang e Martha Aubrey, tra le poche prescelte, indossavano nastri intonati nei loro capelli e intorno ai polsi torniti.

Tommy Cavendish, come custode del registro della regata, svolazzava tra i vogatori, le dame e gli spettatori, accettando scommesse dell'ultimo minuto, seguito da un cameriere che portava l'importantissimo registro mentre un altro seguiva il collega con penna e calamaio. Il duca era il gran favorito per vincere la gara per il secondo anno consecutivo, l'attraente e vigoroso Dair Fitzstuart era dato tre a uno e il mercante abbronzato Jonathon Strang a un credibile cinque a uno per la vittoria.

I figli gemelli di cinque anni del duca correvano su e giù per il pontile con un gruppo di ragazzi del villaggio ugualmente chiassosi, infastidendo tutti perché nessuno riusciva a fermarli. Era uno dei pochi giorni all'anno in cui anche i tutori avevano la giornata libera e potevano circolare liberamente tra la folla e, se lo desideravano, il più lontano possibile dalle giovani menti affidate alle loro cure. Questo andava benissimo per i ragazzi e le ragazze, ma sconcertava alcuni dei nobili ospiti, non abituati alla presenza di bambini che, se mai si vedevano, sicuramente non si sentivano mai. Lord Augustus e Lord Louis si stavano assicurando che tutti li vedessero e li sentissero!

Eppure, Lord Alston, l'erede del duca, restava tranquillo accanto al padre e a Jonathon Strang, con il gilet di seta verde e il cappello da marinaio con la coccarda di nastro verde, con il mento alzato verso gli uomini alti mentre ascoltava attentamente il botta e risposta dei vogatori. Il suo comportamento serio e da adulto gli aveva assicurato l'approvazione di nobili, mezzadri e abitanti del villaggio ma sua madre, che lo osservava attentamente da qualche minuto, non riteneva che fosse il comportamento normalmente associato a un ragazzo che non aveva ancora sette anni. Avrebbe dovuto essere con i suoi fratelli sovreccitati e i ragazzi del villaggio, a fare danni; in effetti, essendo il maggiore, normalmente era considerato suo diritto essere il capo dell'allegra banda di furfanti.

La duchessa era preoccupata per Frederick. Non si preoccupava per Gus e Louis, che erano due energici ragazzini di cinque anni che si mettevano in un guaio dopo l'altro, si sbucciavano le ginocchia, rompevano i giocattoli e spesso rovinavano calzoni e calze con macchie d'erba e di fango cinque minuti dopo essere usciti da casa. Avendo allevato sin da quando aveva cinque anni suo nipote Jack, che ora era un giovanotto di quasi sedici anni, Deborah era abituata ai modi indisciplinati e chiassosi dei ragazzi. Ma Frederick non era mai stato chiassoso. Era serio e preciso come uno spillo nell'aspetto e molto più avanti dei suoi anni per intelligenza, così avevano detto i suoi tutori a lei e al duca. Pur essendo felice che non fosse un somaro, perché gli sarebbe servita una testa di primordine per usare con giudizio la vasta eredità che sarebbe stata solo sua quando avrebbe ereditato il ducato dal padre, un'intelligenza superiore comportava almeno uno svantaggio per i giovanissimi come suo figlio, quello di interessarsi alla conversazione degli adulti prima di essere completamente in grado di capire il sottile significato dietro a molto di quello che si diceva. Anche se non afferrava tutte le sfumature nei dialoghi degli adulti, Frederick intuiva l'argomento ed era abbastanza sveglio da capire, fin troppo bene, la differenza tra derisione e rispetto.

E c'era una persona cara al cuore di Frederick che era costantemente oggetto di speculazioni e pettegolezzi in famiglia, tra i servitori e la buona società, che Deborah sapeva suscitare l'inquietudine di suo figlio. Come in quel momento. Vedeva l'ansia sul faccino sotto l'elegante cappello da marinaio, i riccioli neri che gli ricadevano sulla fronte proprio come quelli del padre; i grandi occhi castani, come i suoi, che si fissavano di tanto in tanto sul prato in alto, ispezionando la fila di tende. Il padre non notò la sua preoccupazione, era occupato a canzonare i suoi compagni vogatori e a essere a sua volta punzecchiato su chi avrebbe passato per primo l'isola del Cigno senza capovolgere il proprio skiff, ma lei sì.

La duchessa, con la sua dama di compagnia con Lady Juliana in braccio che la seguiva, raggiunse i gentiluomini vogatori per augurare loro buona fortuna e per vedere i suoi figli sistemati al sicuro nei rispettivi skiff prima di prendere posto a metà del terzo arco del ponte di pietra che attraversava il lago, per dare il segnale di partenza sventolando e poi lasciando cadere in acqua un fazzoletto di seta rosso vivo legato ad un peso.

"C'è ancora parecchio tempo, tesoro," sussurrò Deborah Roxton all'orecchio di Frederick, fingendo di raddrizzargli il cappello in modo da non attirare l'attenzione sul suo commento. Sorrise ai grandi occhi castani che la guardavano. "La gara non comincerà ancora per un po'. Mema arriverà."

Frederick guardò gli occhi gentili di sua madre e il suo sorriso comprensivo alleviò in parte la sua ansia. Annuì e sorrise. "Si vestirà di verde, oggi, *Maman*, per me."

"Certo, che bello," rispose pacatamente la duchessa, cercando di non far sentire lo stupore. Scostò dolcemente i riccioli neri dal volto di Frederick, sperando con tutto il cuore che avesse ragione. Gli sorrise e si rialzò, non prima di avergli baciato la guancia. "Buona fortuna. Ma forse non avrai bisogno di fortuna, Frederick," disse con voce chiara, in modo che i gentiluomini sentissero, "dato che vostra figlia, signor Strang, mi informa che siete un ottimo vogatore e che batterete sonoramente il duca."

Si voltò inarcando le sopracciglia arcuate per guardare Sarah-Jane, in piedi lì vicino con un gruppo di signore che erano venute a vedere i signori che si preparavano alla gara.

"Sono le parole che avete usato, vero, Sarah-Jane? *Batterà sonoramente?*" Ma prima che Sarah-Jane, che stava arrossendo, potesse rispondere, Deborah si voltò con un fruscio di seta e mussolina e un sorriso impertinente per il duca, mettendogli la mano sull'avambraccio nudo. "Allora, Roxton, avrete concorrenza quest'anno e dovrete vogare *come un diavolo*. Tante scuse a Dair e Charles, che sono vogatori eccellenti, ma visto che Roxton *li ha sonoramente battuti* lo scorso anno, so quanto valgono. Ma voi, signor Strang, siete un'incognita... Comunque ho scommesso e ora dovete dimostrare il vostro valore."

Baciò in fretta la guancia del marito.

"Chiedo perdono, Vostra Grazia, ma ho una confessione da fare. Ho scommesso che vincerà il signor Strang."

Grida di indignazione arrivarono dai vogatori, che si misero a ridere forte a spese del duca, alcuni arrivando a dargli delle pacche affettuose sulla schiena in segno di simpatia per la slealtà di sua moglie. Jonathon si unì alle bonarie canzonature, facendo un profondo inchino alla duchessa per ringraziarla prima di baciarle la mano e voltarsi verso il gruppo di signore per avere il loro sostegno, e a loro volta quelle lo applaudirono tutte, con molto rumore e riverenze improvvisate.

Il duca finse di offendersi, lanciando un'occhiata solenne al suo avversario ridente e poi alzando un sopracciglio in segno di disapprovazione verso le signore che avevano osato preferire un altro, ma era tale l'allegria nei suoi occhi verdi che non riuscì a reprimere un sorriso e tutti si fecero una bella risata a sue spese. Attirò a sé la moglie.

"Che il diavolo vi porti, birichina sleale!" Mormorò, rubandole un bacio. "Dovrò solo fare uno sforzo maggiore e remare più forte e più velocemente per riguadagnarmi la vostra devozione."

"Per favore, non fatelo," gli chiese sottovoce, guardandolo negli occhi con un sorriso tremante, prima di fissare intenzionalmente loro figlio, che stava tenendole la mano ma la cui attenzione era ancora concentrata sulla fila di tende. "Indossa il verde, per lei. Gli ha fatto una promessa."

Il duca seguì il suo sguardo verso il basso e il sorriso scomparve. "Dannazione."

La lasciò andare e finse di essere occupato a srotolare e arrotolare la manica, dicendo sottovoce: "Sarà meglio tenerlo occupato. Avrà troppo da pensare una volta che la gara sarà cominciata." Cercando con gli occhi Tommy Cavendish dichiarò a voce alta: "Signori? Dovrebbe essere ora."

Mentre i concorrenti scambiavano gli ultimi saluti con i loro gruppetti di adoratrici e si stringevano la mano, si abbassò per parlare con suo figlio.

"Frederick? È ora di mettere i tuoi terribili fratelli nella mia barca e che tu salga sulla tua. Mi fai il favore di radunarli? Gus e Louis ti ascolteranno. Io devo scambiare due parole con *Maman* e poi arriverò subito. Porta il signor Strang con te."

Quando Frederick annuì, suo padre gli sorrise e gli diede amorevolmente un buffetto sulla guancia.

Poi si raddrizzò e guardò suo figlio che si allontanava verso Jonathon Strang e, con un gesto che quasi gli fece venire le lacrime agli occhi, prendeva la grande mano abbronzata dell'uomo e gli sorrideva. Il mercante, che stava scambiando le ultime parole con Charles Fitzstuart, guardò in basso, vide chi era e istantaneamente si occupò del ragazzino. Qualche secondo dopo, rematore e occupante camminavano mano nella mano verso il pontile con Charles Fitzstuart, mentre Frederick parlava senza sosta con il suo vogatore.

"Dovete ammettere che ci sa fare con i bambini," disse la duchessa voltando la testa verso il marito. "Specialmente Frederick, e anche solo per quello mi piace e ho scommesso dieci sterline che vi batterà."

Il duca si voltò, sorrise e prese la sua bambina da una riconoscente dama di compagnia che stava lottando per tenere in braccio la piccola. Sollevò in alto Juliana e se la mise sulle spalle, con la bambina che squittiva felice, e la coppia ducale percorse tutto il pontile per arrivare allo skiff di Roxton che ora aveva due eccitatissimi occupanti che facevano del loro meglio per comportarsi bene, anche se Gus non voleva sedersi ed era in piedi con le gambe larghe, a metà della barca, fingendo di essere un pirata sanguinario, con il nastro di seta rossa che una bambinaia gli aveva attentamente legato al braccio ora stropicciato e avvolto sui riccioli rossi e tirato giù a coprire l'occhio sinistro.

"Papà! Papà! Gus è un pirata! Guardate papà!" Gridò Louis a sostegno del gemello. "Ha perso l'occhio combattendo contro gli sporchi mangiarane!"

"Sarà carne da macello se non si siede," lo ammonì suo padre con una risata che ottenne solo il risultato di incoraggiare Gus a sporgere il petto con orgoglio e sventolare la mano a sua sorella, che agitava eccitata le braccia dall'enorme altezza delle spalle del padre.

Gli altri skiff stavano allontanandosi lentamente dal pontile per prendere posizione. Solo lo skiff del duca era ancora ormeggiato.

Roxton si tolse Juliana dalle spalle con un grosso bacio, e la paziente dama di compagnia si allontanò con il suo prezioso carico perché le risatine della signorina erano state sostituite da lacrime di indignazione quando non aveva potuto raggiungere i fratelli nello skiff, e lei che si era vestita per l'occasione!

"Buona fortuna, tesoro," Deborah si alzò in punta di piedi per sussurrare provocatoriamente all'orecchio del marito, "vi ricompenserò comunque stanotte, anche se vincerà il mercante tanto virilmente attraente."

Julian la attirò a sé. "Attraente? *Lui* è attraente?"

Deborah rise alla sua smorfia contrariata e lo baciò sulla bocca. Si mosse dentro il cerchio delle sue braccia e il duca la lasciò andare, conscio che la stavano aspettando sul ponte per dare il via alla gara.

"Da svenire, questa è l'opinione generale delle signore."

"Non me ne importa un accidenti di loro; *voi* che cosa pensate?"

La duchessa sorrise birichina, con gli occhi castani pieni di malizia. Salutò i gemelli che chiamavano il padre, mandò un bacio a Frederick, che salutava anche lui dal suo skiff che il suo rematore stava espertamente portando ad allinearsi con gli altri concorrenti, e si voltò verso il marito, che la stava ancora fissando, anche se aveva visto la testa di lui che scattava nella direzione in cui aveva soffiato il bacio.

"Beh?" Chiese.

Lei tornò da lui e gli guardò il volto corrucciato, con una mano sul largo petto.

"A una moglie piace sapere che può ancora destare una reazione di gelosia da suo marito, che è ancora desiderabile, specialmente alla sua quinta gravidanza."

"Desiderabile? Il mio *desiderio*, streghetta ingrata, è la causa delle vostre continue gravidanze. Ora lasciatemi andare prima che i nostri figli cadano dalla barca. Virilmente attraente, davvero! Bah! Avrò il mio premio stanotte, che vinca o no."

"Se è per quello, se è così che valutate i premi, allora venite premiato tutte le notti, e osate chiamare me ingrata!"

Deb gli mandò un bacio e saltellò via, con un ultimo saluto ai figli prima di camminare in fretta verso il ponte, dove si era raccolta una gran folla per guardare l'inizio della gara.

Le ci vollero dieci minuti per percorrere la distanza tra il pontile e il ponte di pietra, girando intorno al lago e poi camminando nei prati aperti cosparsi di margherite che ondeggiavano nella brezza, prima di trovarsi sul lungo viale di ghiaietto rastrellato che saliva fino alla casa a sinistra e a destra andava verso il ponte di pietra azzurra. Fu dalla posizione avvantaggiata sull'arcata più alta del ponte che la duchessa fu salutata da Tommy Cavendish e da un gruppetto di nobili ospiti, circondati da mezzadri, servitori e bambini, tutti accorsi per urlare incoraggiamenti ai rematori mentre gli skiff passavano sotto il ponte.

Deborah aveva il peso legato in un fazzoletto di seta rossa, vide che gli skiff erano in formazione sulla linea di partenza ed era pronta a lasciar cadere il fazzoletto quando Tommy Cavendish le fermò le dita con una parola mormorata all'orecchio e una mano gentile sul braccio. Qualcosa non andava su uno degli skiff. Lo vide anche lei.

Lo skiff con Jonathon Strang come rematore e con suo figlio maggiore era uscito dalla formazione e stava tornando al pontile, a poca distanza. Frederick stava sventolando vigorosamente la mano verso il pontile. Gli altri concorrenti restarono a ballonzolare dov'erano. Che il duca non si fosse mosso e che stesse anche lui salutando con la mano, insieme ai gemelli, permise a Deborah di respirare liberamente, sicura che non ci fosse nulla che non andasse con suo figlio, il suo rematore o la barca stessa. Seguendo il loro sguardo e quello di ogni uomo, donna e bambino sul ponte, vide immediatamente il motivo per il trambusto e per l'entusiasmo senza freni del suo figlio maggiore.

"È qui! È qui, Mema è qui!"

Era Frederick. E tanto forti erano le sue grida di eccitazione che gli occupanti degli altri skiff si voltarono tutti insieme a guardare che cosa aveva fatto sì che il figlio ed erede del duca si alzasse in piedi sulla sua barca e indicasse eccitato verso terra. Guardò Jonathon speranzoso. Non ci fu bisogno che dicesse una parola. Jonathon sorrise e immediatamente remò per la breve distanza fino al pontile, con Frederick che riprendeva in fretta il suo posto al timone.

La duchessa vedova di Roxton stava arrivando dal prato verso il lago con al seguito quella che, a coloro che erano sul ponte e fuori sul lago negli skiff, sembrò metà della folla che era venuta a Treat per la regata.

Diversi bambini saltellavano davanti a lei, facendole da guida, il parroco del villaggio locale era alla sua sinistra e le parlava all'orecchio, mentre a destra la moglie di un fittavolo le stava mostrando il suo settimo e ultimo figlio, un ragazzino dalle guance rubizze di non ancora due anni. Spencer e Willis la seguivano dappresso cercando, ma fallendo miseramente, di tenere a distanza gli abitanti del villaggio. Un anziano paesano con la schiena curva, ma svelto come qualcuno che avesse dieci anni di meno, uscì dalla folla come apparendo dal nulla e togliendosi un immaginario cappello in segno di rispetto, offrì ad Antonia una manciata di margherite che, a giudicare dalla terra ancora attaccata alle radici, solo qualche momento prima erano ancora al sicuro nella terra.

A questa offerta improvvisata, Antonia smise di parlare, accettando felice il bouquet infangato, che annusò doverosamente, e offrì la mano per ringraziare. La folla si accalcò in avanti, spingendo da parte le dame di compagnia sotto assedio, ansiosa di sentire che cosa aveva da dire la duchessa vedova al vecchio Ernest nel suo inglese dall'accento pesante. E quando il vecchio Ernest le fece il suo miglior inchino e si rialzò con un sorriso a trentadue denti, la folla applaudì i suoi sforzi e la loro approvazione si trasformò in urrah quando Antonia scherzosamente gli fece una riverenza. Poi gli urrah si attenuarono in mormorii di soddisfazione e contentezza quando il piccolo Lord Alston si precipitò fuori dallo skiff e corse lungo il pontile per essere accolto in un abbraccio amorevole.

"Avevo *detto* a *Maman* che sareste venuta. Le ho detto che vi sareste vestita di verde! Questi sono smeraldi veri? Mi piacciono i vostri capelli! Guardate! Ho gli stessi nastri verdi sul mio gilet e sul cappello. Ma è sulla barca. Le vostre scarpe hanno le fibbie di smeraldo? *M'sieur* Strang si è vestito anche lui di verde. Il suo gilet è del verde più verde che abbia mai visto! Voi sembrate una principessa delle fate, Mema!"

Frederick chiacchierava ininterrottamente, con la sua manina infilata in quella di Antonia e saltellando accanto a lei mentre tornavano in fondo al pontile dove li aspettava Jonathon.

"Vedete! *M'sieur* Strang ha anche lui un gilet verde! Il suo è di gran lunga il più bello! Perfino meglio di quello di papà, che è rosso, e brilla al sole! Mema, *Maman* ha scommesso che *M'sieur* Strang batterà papà! E siamo sicuri di vincere ora che anche voi siete vestita di verde. Vero, *M'sieur* Strang?" Aggiunse speranzoso e con la mano libera prese quella di Jonathon, come se fosse la cosa più naturale al mondo, e lo tirò vicino. "Vinceremo, vero, ora che c'è Mema?"

"Non credo che *M'sieur* Strang pensi che sia il mio vestito che vi farà vincere, Frederick," rispose Antonia con una risata. "Si aspetta di dover faticare per te se vuole avere una possibilità di attraversare il traguardo prima del tuo papà."

Tese la mano a Jonathon, rendendosi conto solo in quel momento che aveva ancora in mano la manciata di margherite che le aveva dato il vecchio Ernest, e voltò leggermente la testa, cercando Willis e Spencer. Non trovandole alle sue spalle, non sapeva che cosa fare con i fiori finché una ragazza uscì nervosamente dalla folla, che si era fermata sul prato e non era salita sul pontile, e silenziosamente si offrì di prenderle, tendendo la mano e facendo una goffa riverenza.

"*Merci, chérie*," disse cortesemente Antonia. "Fanne buon uso e fai una coroncina di margherite per i tuoi bei capelli." Sorrise quando lo sguardo della ragazza lasciò le tavole e scattò sul suo volto, e il sorriso si allargò quando la ragazza si arrischiò a sorriderle al complimento, dimenticando il nervosismo. Tanto che si voltò senza essere congedata e corse indietro tra la folla per mostrare alla sorella le margherite che le aveva dato la duchessa. Antonia tornò a guardare Jonathon, offrendogli la mano e dicendo scherzosamente: "Dovrete mettercela tutta, *M'sieur*?"

"Per voi, *Madame la Duchesse*, Frederick e io remeremmo sul Tamigi per la *Doggett's coat and badge!*" Dichiarò Jonathon con un inchino e la tirò gentilmente più vicina. "Per voi farei qualunque tipo di esercizio fisico. Ma queste incantevoli sottane mi hanno fatto venire le ginocchia molli e faccio fatica a restare in piedi senza aiuto," scherzò.

Le sorrise, ammirando il fatto che fosse vestita come si conveniva al suo rango quando *Monseigneur* era in vita, con un abito a molti strati, di seta a ricami intricati, *à la française*, con i riccioli color miele intrecciati di nastri verdi, trattenuti da spille e una manciata di fermagli di diamanti. Un collier abbagliante di smeraldi e diamanti le circondava il collo sottile e mezza dozzina di braccialetti d'oro e diamanti le tintinnavano ai polsi. Si era anche scurita le ciglia, ravvivata gli zigomi e aveva colorato la bocca piena. La sua toilette mostrava tutta la cura e lo sforzo che aveva fatto, eppure Jonathon era conscio che era solo una facciata splendente che mascherava quello che lei stava veramente provando, proprio in quel giorno: il terzo anniversario della morte del suo *Monseigneur*.

"È un bene che le mie braccia funzionino ancora perfettamente, *aye*, Frederick?" Aggiunse con una risata, scompigliando i riccioli neri del ragazzo. "Sarà meglio che torniamo al nostro skiff altrimenti la corsa comincerà senza di noi e questo darebbe al tuo papà un vantaggio ingiusto."

"Ci guarderai vincere, Mema, vero?" Chiese Frederick, con una nota ansiosa che si insinuava nella voce.

Ma quando lei sorrise e annuì e gli baciò la guancia pallida, Frederick le gettò le braccia al collo prima di correre allo skiff, gridando a Jonathon di sbrigarsi!

Ma Jonathon teneva ancora stretta la mano di Antonia. La guardò negli occhi, lieto che non avesse tolto la mano dalla sua.

"So perché siete in ritardo. È una bella camminata fino in cima a quella collina. Ovviamente ha capito perché avete rinunciato al nero proprio in questa giornata, che l'avete fatto per Frederick."

Antonia sgranò gli occhi per la sorpresa che quell'uomo avesse istintivamente capito che aveva passato la mattinata a parlare con i suoi cari nel mausoleo. Annuì e abbassò le palpebre, fissando il suo panciotto senza maniche. Era come gli altri che aveva indossato, finemente ricamato con i fili di seta più luminosi, nei verdi e nei blu più intensi che avesse mai visto e i punti erano così vicini e fini che formavano una superficie liscia, quasi vitrea. Ebbe il desiderio improvviso di passare il palmo della mano sulla seta, di sentire la morbidezza setosa di un lavoro tanto bello accarezzare la sua pelle e, sotto la seta, sentire la fermezza del petto e del torace.

Trovò il coraggio di alzare lo sguardo. Jonathon non portava la cravatta, la camicia bianca era aperta al collo e metteva in mostra la pelle bronzea. Lo vide deglutire e si chiese se anche il suo polso stesse battendo in fretta come il proprio. Sapeva che se gli avesse messo la mano sopra il cuore lo avrebbe sentito battere contro il palmo, forte e sicuro e così pieno di vita. Tanto diverso dall'ultima volta che aveva messo la mano sul cuore di un uomo, l'uomo che aveva amato più di chiunque altro. Anche lei deglutì, respirò a fondo e si costrinse mentalmente a ritornare al presente. Questo non era il luogo o il momento di andare in pezzi, qualunque giorno fosse, nonostante lui sapesse cosa significava per lei quel giorno. Doveva essere forte, forte per Frederick.

"Il vostro-il vostro gilet è veramente incantevole. Frederick lo adora, un altro ricamo indiano?"

"Sì, indiano, ne ho un baule pieno. Questo è particolarmente ricco e fine, e pieno di pavoni." Rise. "E anch'io mi sento un pavone con questo indosso!"

"Non c'è niente di più triste di un pavone che fa la ruota senza un motivo per farlo. Quindi dovete vincere per rendere giustizia ai vostri abiti eleganti e poi potrete pavoneggiarvi anche voi!"

Risero entrambi e poi rimasero in silenzio.

"Dovete andare," gli disse a bassa voce. "Frederick vi sta chiamando e gli altri... Gli altri vi aspettano per cominciare la gara."

"Non andate a casa dopo la regata senza dirmi arrivederci. Promettetelo."

La frase fece alzare gli occhi verdi di Antonia fino ad incontrare i suoi.

"Arrivederci? State partendo? *Pourquoi?*"

"Devo. Per Londra."

"Londra? Quando?"

"Subito dopo la gara."

"*Subito?* Perché? Scusatemi! Non avrei dovuto..."

"No, non mi dispiace che abbiate chiesto. Affari, ho fissato l'affitto di una nuova casa e devo..."

"Ma sicuramente avrete un sovraintendente per prendersi cura di queste cose da lontano e voi siete appena arrivato e vostra figlia... Vostra figlia sarà delusa di dover partire così presto."

Jonathon sorrise tra sé e sé alla sua franca delusione. Scrollò le spalle, passandosi una mano tra i capelli.

"Se fosse solo la casa... Ma c'è un'altra questione, più pressante, che richiede la mia presenza fisica. Sarei già dovuto partire ma non potevo deludere Frederick... o perdere l'opportunità di vedervi in tutto il vostro dolce verde splendore."

Antonia arrossì al complimento e disse sommessamente: "Vostra figlia verrà con voi?"

"No, starà con Kitty e Tommy Cavendish."

"La porteranno a Londra per raggiungervi in questa nuova casa alla fine del loro soggiorno?"

"No! Ah! No! Non me ne sto andando per sempre," la rassicurò con un sorriso. "No, ho intenzione di tornare appena possibile. Anche più presto se risulterà che è un altro falso allarme."

"Oh!"

Emise un piccolo sospiro di sollievo che mascherò in fretta schiarendosi delicatamente la gola e posando gli occhi ovunque ma non su Jonathon, che stava sorridendo.

"Due giorni e già ci mancheremo a vicenda."

"Siete di nuovo assurdo!"

"Devo tornare," disse dolcemente. "Dovrete a me e a Frederick una cena quando vinceremo questa gara." Le sfiorò la guancia arrossata e poi le alzò il mento con un dito. "Ho tanta voglia di baciarvi. Qui. Ora. Non mi interessa un fico secco chi ci sta guardando e non mi interessa se mi darete giustamente una sberla," e con un gesto impetuoso le sollevò la mano, la girò e si abbassò per premere la bocca prima al centro morbido del suo palmo e poi sul polso nudo.

All'istante, un fremito di desiderio accese il sangue di Antonia, le corse su per il braccio con mille formicolii, le macchiò la gola e scese sul seno, tingendo la sua pelle di porcellana di un rosa scuro. Il corpetto la stringeva sulle costole, rendendole insopportabilmente strette e non riusciva a respirare senza sforzo. Pensò che sarebbe potuta svenire. *Mon Dieu, che cos'ho che non va?* Liberò in fretta la mano dal bacio che continuava e la mise dietro la schiena con un movimento rapido. Dove l'aveva toccata la sua bocca, la pelle, la carne bruciavano, come esposte a una fiamma nuda.

"Come osate farmi questo!" Disse senza fiato, e cercando qualcosa per mascherare il momento imbarazzante, aprì con uno scatto il ventaglio in foglia d'oro con le scene delicatamente dipinte di dee e dei greci. L'aria fresca sventolata contro il seno fece ben poco per calmarla.

"Arrossite in modo adorabile," proferì Jonathon con la voce roca e lo sguardo che non lasciava la scollatura di Antonia, con il petto che si alzava e abbassava affannosamente. "E avete un profumo divino. Ve ne chiederei il nome ma credo non ne portiate, vero?" Sbatté le palpebre. "Farvi cosa?" Le chiese, guardandola fisso. "Che cosa vi *faccio*?"

"Smettetela! Sapete perfettamente che cosa mi fate! E non voglio sentir parlare di rossori e profumi quando *moi*, io non arrossisco. Ho caldo perché sono qui al sole senza ombrellino, che va benissimo per i lunatici cotti dal sole! E con tutto quello ho dovuto ricordare di indossare oggi, perché, *moi*, mi ero abituata a non portare gioielli e a vestirmi di nero, ho dimenticato il profumo. Non che l'avrei messo se mi fossi ricordata perché è talmente tanto tempo che non lo porto che non è più il caso di usarlo. Me ne serve un flacone nuovo. Quindi adesso dovete andarvene e remare per Frederick e vincere, prima che vi spinga nel lago per farvi andar via!"

Jonathon rise a quella tirata e le fece un breve inchino.

"E poi dite che io sono logorroico! Penso che un tuffo nell'acqua fredda farebbe bene a entrambi! Dovrei chiedervi di perdonarmi ma visto che è colpa vostra, non lo farò. Con voi dimentico le buone maniere. *Au revoir*!"

Voltò sui tacchi e andò in fondo al pontile, dove scese nello skiff, tra esclamazioni di "Allora!" e "Era ora, Strang!" da parte degli altri concorrenti, che avevano quasi deciso di cominciare la gara senza di lui.

DIECI

Antonia guardò la partenza della gara dalla fine del pontile. Il duca e i gemelli la salutarono entusiasti e lei sorrise e sventolò la mano, mandando addirittura un bacio quando Gus si alzò in piedi per mostrarle la sua benda da pirata. Era ancora in piedi quando la duchessa lasciò finalmente cadere il fazzoletto rosso di seta dal ponte. Si sentì un boato d'incoraggiamento, più forte del solito perché il ritardo aveva reso impazienti sia i bambini sia gli adulti e furono tutti sollevati di poter finalmente vedere un po' di azione sul lago.

Quando l'ultimo degli skiff passò sotto il ponte e uscì dalla visuale di Antonia, mentre quelli sul ponte continuavano a gridare, il duca e i gemelli erano in testa, Dair Fitzstuart era secondo, vicinissimo, Jonathon con Frederick a prora era un plausibile terzo e Charles Fitzstuart si avvicinava rapidamente a tutti e tre. Antonia sapeva che non avrebbe rivisto le barche finché non fossero tornati dall'alzaia e avessero girato intorno all'isola del Cigno, quindi lasciò il pontile e si unì alla nuora e al gruppo di signore con i nastri di diversi colori nei capelli che proclamavano la loro fedeltà a un particolare vogatore ora in gara sul lago. Il ponte permetteva la visuale migliore ed era il posto ideale per vedere la lotta per il traguardo, il vincitore sarebbe stato il primo skiff a passare sotto l'arcata centrale del ponte di pietra.

Si sentì un altro clamore quando finalmente tre skiff apparvero dalla curva ed entrarono nell'ultimo tratto della gara e così vicini l'uno all'altro che era impossibile capire chi fosse in vantaggio mentre remavano testa a testa lungo la dirittura di arrivo verso il ponte.

Gli incoraggiamenti del pubblico divennero più forti mentre i vogatori remavano più veloci sapendo che il traguardo era in vista. I bambini e un gruppo di giovani che erano entrati con i piedi nudi nell'acqua gelida corsero lungo la riva piena di canne agitando le mani e saltando, come se i loro sforzi potessero in qualche modo aiutare i vogatori stanchi a trovare la forza di prendere velocità. Gruppi famigliari che erano stati seduti sui prati in pendenza godendosi una splendida vista del parco e del lago, ora si avvicinavano al bordo dell'acqua per osservare l'ultima parte della gara. Si cominciò a radunare una folla sulle rive del lago accanto al pontone, ornato di festoni, ancorato al lato sud del ponte dove gli skiff sarebbero stati ormeggiati alla fine della gara.

Quello che sorprese maggiormente Antonia, mentre apparivano i rematori con le loro bandierine di seta, fu che era in testa Dair Fitzstuart, il che fece scoppiare le gemelle Aubrey in un'estasi di squittii di piacere. Lo skiff spagnolo era appena davanti a quello dei fiorentini per il secondo posto ma era evidente che i vogatori spagnoli e italiani erano praticamente esausti. A qualche colpo di remo dal ponte questi skiff rallentarono e la barca degli Stuart passò velocemente sotto l'arcata centrale tagliando per prima il traguardo. Dair Fitzstuart lasciò cadere i remi e ricadde sullo skiff per crollare, a gambe e braccia allargate, con i polmoni che cercavano aria, il corpo esausto, una massa di capelli neri che gli ricadeva sull'ampia fronte e la camicia fradicia di sudore. Era completamente sfinito.

Più di una donna andò in estasi alla vista di una tale scura e potente mascolinità a riposo mentre le gemelle si precipitarono sul pontone trascinando con loro Sarah-Jane, in un fruscio di sete e di sorrisi radiosi per congratularsi con lui. Senza tener conto che il vincitore era Dair, per gli Stuart e la piccola Juliana, e non Charles Fitzstuart per le Colonie americane, il campione di Sarah-Jane; la sua slealtà fu notata da alcuni dei più ligi alle convenzioni, come una macchia sul suo comportamento normalmente impeccabile. E Sarah-Jane e il resto degli spettatori furono lasciati a chiedersi dove fossero il suo campione e suo padre.

Per quanto riguardava suo padre, Sarah-Jane non era molto preoccupata. Aveva completa fiducia della sua capacità di prendersi cura di se stesso. Dopo tutto aveva passato la maggior parte della sua vita sopravvivendo alle giungle selvagge del subcontinente, alle piogge monsoniche, ai fiumi in piena e al calore rovente dei suoi deserti, quindi una piccola gara su un lago calmo in Inghilterra, che non faceva paura a lei dopo aver vissuto a Hyderabad e aver attraversato gli oceani per arrivare su quest'isola umida, non era niente. Senza dubbio, Dair Fitzstuart avrebbe saputo dov'era, appena avesse immesso un po' d'aria nei suoi polmoni e vita nelle sue splendide membra.

Antonia e Deborah avevano lo stesso pensiero riguardo all'ubicazione dei tre restanti skiff. E mentre in molti erano presi dal fatto che la gara avesse un vincitore e stavano festeggiando al pontone mentre gli spagnoli e gli italiani ormeggiavano accanto alla barca degli Stuart, lo stupore sui volti della duchessa vedova e della duchessa, perché il duca non aveva vinto la sua stessa gara per il terzo anno consecutivo, fu sostituito da rughe di preoccupazione perché il suo skiff e gli altri due non si vedevano ancora.

Proprio mentre la duchessa alzava leggermente le sottane di satin blu e si voltava per lasciare il ponte con l'intenzione di interrogare Dair Fitzstuart, Tommy Cavendish le prese il gomito e indicò verso al largo. Due skiff avevano fatto l'ultima curva e ora stavano remando verso il ponte, ma a un passo più sedato rispetto all'attività frenetica dei primi tre skiff che avevano raggiunto il traguardo. Erano quasi alla pari, come se i vogatori stessero deliberatamente remando alla stessa frequenza, colpo su colpo.

Lo skiff di Charles Fitzstuart ora aveva dei passeggeri. Frederick non era più con Jonathon Strang ma era seduto a prora dello skiff di Charles, e rannicchiato accanto a lui c'era suo fratello Louis. Tutti e tre gli occupanti erano inzaccherati. Frederick non aveva più il cappello, Louis non aveva più la sua coccarda rossa e a Charles mancava il gilet, mentre la camicia di lino era fuori dai pantaloni, come se si fosse trovato in una zuffa. E come se questo non fosse sufficiente per allarmare Antonia e Deborah, quando gli skiff finalmente passarono sotto il ponte, fu evidente perché il sesto e ultimo skiff non si vedeva da nessuna parte.

Senza il gilet e la camicia, Jonathon Strang, a petto nudo, remava per il duca e tra le braccia del duca e avvolto nel gilet di seta verde di Jonathon c'era il figlio minore del duca e della duchessa, Lord Augustus, Gus il pirata, con il piccolo volto pallido circondato dai riccioletti rossi zuppi e i piedini nudi che sporgevano dall'improvvisata coperta.

La duchessa raccolse in fretta le sottane e corse in fretta quanto le permettevano le sue lunghe gambe, scalciando via nell'erba le pantofoline in modo che i piedi con le sole calze potessero coprire la distanza fino al pontone in metà del tempo.

Sulla riva una folla aveva circondato Dair Fitzstuart, che riceveva le congratulazioni dei vogatori fiorentini e spagnoli, applaudito di cuore da diversi dei suoi fortunati amici che avevano scommesso pesantemente sulla sua vittoria, e da un gruppetto di signore, che includeva Sarah-Jane, le gemelle Aubrey e Kitty Cavendish, che volevano sentire tutti i particolari della gara. Questa scena era in marcato contrasto con la frenetica attività sul pontone, dove stavano aiutando gli occupanti dei due skiff appena arrivati a scendere il più in fretta possibile.

Mentre la duchessa passava velocemente davanti ai festeggiamenti e saliva sul pontone, partirono ordini al gruppo di servitori che si erano affrettati da quella parte perché dessero l'allarme. Su alla casa grande si doveva scaldare l'acqua per i bagni nella nursery, altra acqua calda per i vogatori; informare il valletto di Sua Grazia, Frew, e il cameriere che serviva il signor Strang; qualcosa di caldo da bere e da mangiare per le piccole signorie. Dov'era la bambinaia della piccola Lady Juliana? Qualcuno andasse a prendere Troppe, il medico di famiglia, che era stato visto l'ultima volta in cima alla collina, nella terza tenda. No! Non servivano barella e portantini. Il duca avrebbe portato il bambino fino in casa tagliando per i prati. Far venire la carrozza *Oudry*. Poteva trasportare la duchessa e i bambini fino a casa.

"È caduto nel lago. Ha respirato un po' d'acqua. Ma starà bene", disse in fretta il duca, tenendo Gus stretto al petto quando la duchessa si precipitò da lui. "L'abbiamo spogliato e ora deve restare al caldo. Un bagno caldo e a letto con un mattone caldo e starà meglio in pochissimo tempo. Vero, Gus?"

"Caduto? *Caduto*? *Caduto nel lago*? Julian? Ha respirato *dell'acqua*? Sta veramente bene? Respira?" Chiese Deborah agitatissima, con una mano sulla piccola fronte immobile.

Spinse dolcemente indietro la massa di capelli bagnati di suo figlio e guardò i suoi occhi che fremevano e poi si aprivano. Sembrava così pallido. Sembrava così freddo. Aveva le labbra blu. Gus era sempre talmente pieno di vita e di malizia, il suo piccolo birbante. Vederlo completamente immobile fu uno shock quasi quanto sentire che era quasi annegato. Deborah cominciò a tremare e rabbrividire, e si guardò attorno come se avesse perso qualcosa, prima di tornare a guardare il duca.

"Dove sono Frederick e Louis? Stanno bene? Dove sono? Dove sono i miei *figli*, Julian?"

"Deborah..."

"Roxton, datemi il bambino e occupatevi di vostra moglie," disse Jonathon a bassa voce all'orecchio del duca. Quando il nobiluomo esitò a cedere il bambino, aggiunse: "È sotto shock."

"Tenetelo al caldo," ripeté senza necessità il duca a Jonathon mentre depositava il suo figlioletto, avvolto stretto come in un bozzolo, nelle braccia di Jonathon. "Continuate a camminare, diritto attraverso il prato, verso est. È la via più veloce per arrivare a casa. Vi raggiungerò."

Poi strinse in un abbraccio la duchessa che scoppiò prontamente a piangere, ma che fu svelta a passarsi una mano sugli occhi. "Deborah! Tesoro!" La blandì. "Gus starà bene dopo un bel bagno caldo e una notte di sonno. *Veramente*. Ed ecco che arrivano i vostri figli, incolumi nonostante l'avventura."

Frederick arrivò correndo lungo il pontone, Louis sulle spalle del cugino Charles che lo seguiva, tutti e tre salutarono con la mano. Charles aveva nella mano libera la camicia bagnata di Jonathon.

Deborah rise tra le lacrime per il sollievo di vedere i suoi figli salvi e contenti.

"Domani mattina mi odierò per essere stata una tale fontana, quando Gus e Louis passeranno correndo davanti alla mia finestra in cerca di un verme o di un coleottero, senza un pensiero al mondo!" Alzò lo sguardo sul duca. "È tutta colpa vostra, la gravidanza mi rende sempre una femminuccia."

"Siete sempre una femminuccia," le sussurrò il duca all'orecchio, ricevendo in cambio un colpetto nelle costole.

"Frederick! Sei completamente fradicio!" Esclamò quando suo figlio le corse tra le braccia. Guardò Charles, vedendo che era senza scarpe e calze, come Louis. "Siete tutti bagnati!"

"Ragione di più per portarli immediatamente a casa," disse il duca, facendo segno a Charles di seguirlo, con un braccio intorno alle spalle della duchessa che teneva la mano di Frederick. "Vi porterà la carrozza, eccola che arriva."

"Gus è affondato come un sasso!" Annunciò fiero Louis, agitando i piedi nudi davanti alla faccia del cugino Charles.

"È scomparso sott'acqua, *Maman*!" Aggiunse Frederick, saltellando accanto a sua madre. Nessuno dei due ragazzi era minimamente preoccupato che il fratello fosse stato in pericolo. "Il signor Strang si è tuffato e l'ha riportato su. Avreste dovuto vederlo, *Maman*! Nuota come un pesce! E stavamo anche vincendo! Gus ha vomitato acqua e tutto il resto per tutta la barca. C'era roba dappertutto."

"Dappertutto!" Confermò con orgoglio Louis.

"Povero Gus," disse la duchessa, con una veloce occhiata al duca, che alzò gli occhi al cielo, e poi verso Charles, che restava stoicamente impassibile, con le labbra strette. "Il signor Strang ha salvato Gus?" Chiese a suo marito.

"Strang! Aspettate!" Lo chiamò il duca quando Jonathon cominciò a camminare sul prato. Si voltò verso la duchessa e le baciò la fronte. "Sì, è così. Si è tuffato e l'ha tirato fuori, l'ha sollevato sullo skiff, l'ha voltato sul fianco per fargli uscire l'acqua dai polmoni e il povero Gus aveva tossito e sputacchiato e respirava di nuovo prima che io potessi batter ciglio! Impressionante!"

La duchessa fissò il mercante in modo diverso. "Allora abbiamo un grande debito nei suoi confronti, Julian."

"Sì, un debito enorme." Sospirò. "Che non so come potrò ripagare… Ecco l'*Oudry*. Andate con i bambini. Farò più in fretta se porto Gus attraverso i campi."

"Ma voglio venire con voi."

Il duca prese Gus dalle braccia di Jonathon.

"Non siate sciocca, il bambino…"

"Sono corsa dal pontile e sto perfettamente bene!" Replicò la duchessa, ma non aveva voglia di litigare e si chinò per dare un'altra occhiata a Gus il quale, nonostante le piccole labbra blu e il volto pallido, battè le palpebre da dentro le pieghe del panciotto di seta verde con un sorriso da diavoletto, anche se un po' smorto, che la rassicurò che suo figlio non era in pericolo. "Il mio povero piccolo pirata," gli sorrise amorevolmente. "Papà ti porterà a casa e la mamma sarà con te molto presto!"

"Ora baciate il vostro figliolo pirata e la prossima volta che lo vedrete sarà in un bagno caldo nella nursery."

La duchessa restò a guardare il duca che camminava a grandi passi sul prato mentre l'*Oudry* vuota arrivava sul sentiero di ghiaia, condotta a un passo che i giovani partecipanti della regata avevano continuamente cercato di convincere il paziente cocchiere ad affrettare.

"Louis! Sii tanto gentile da smettere di agitarti in modo che Charles ti possa rimettere a terra. Grazie, Charles."

"Per favore, Vostra Grazia, i vostri ringraziamenti dovrebbero andare al signor Strang che è un nuotatore magnifico. Se non fosse stato per la sua rapidità di reazione…" Charles Fitzstuart si fermò e si rivolse all'oggetto della loro discussione, tendendogli la camicia bagnata proprio mentre l'*Oudry* si fermava accanto a loro. "Le ho dato una bella strizzata, signore, così è bagnata ma non gocciola."

Jonathon prese la camicia con un cenno di ringraziamento e Charles, convinto che i figli dei Roxton fossero ora al sicuro e in buone mani, chiese scusa e seguì il duca verso casa, ansioso di togliersi gli abiti bagnati e immergersi in un bagno di acqua calda saponata, ma anche di togliersi dalla visione deprimente del suo vanaglorioso e ribaldamente affascinante fratello maggiore, che aveva intorno tutte le donne in età da marito, inclusa Sarah-Jane Strang, di cui lui si era, illogicamente ma irreparabilmente, innamorato. Sperava che il suo incostante fratello maggiore stesse solo giocando con i sentimenti della giovane donna.

Pregava con tutto il cuore che lei non si fosse innamorata di Dair. Dubitava che si sarebbe mai ripreso se Sarah-Jane avesse sposato suo fratello e fosse diventata sua cognata.

"Mema! Mema! Siamo tutti bagnati!" Annunciò Louis ad Antonia quando finalmente li raggiunse dove il prato incontrava il pontone, con le guance arrossate e un ricciolo sfuggito dalle forcine che ricadeva sulla spalla nuda.

"Gus ha vomitato *dappertutto*, Mema!" Le confidò Frederick, aggiungendo in fretta, quando la vide aggrottare la fronte: "*Il n'est pas mort.*"

"Gus non ha più budella!" Confermò Louis con un sogghigno. "Sono rimaste nella barca!"

"Deborah! Sta bene? Deborah? Augustus sta bene? Sì?"

"Sì. Sì, Julian dice che starà bene," rispose la duchessa, distratta.

Ora che l'*Oudry* era arrivata, tutto quello che voleva era salire a bordo con i suoi figli il più in fretta possibile e arrivare a casa prima che prendessero un raffreddore.

"Dov'è Juliana?" Chiese, guardandosi attorno come se avesse completamente dimenticato l'esistenza della bambina, nella sua preoccupazione per i maschietti. "Oh! Grazie al cielo!" Disse con un sospiro, vedendo la sua stoica dama di compagnia poco distante che aspettava pazientemente con la bambina addormentata in braccio. "In carrozza, Meg. Svelta! I ragazzi sono bagnati fradici. Frederick?! Louis?! Subito, per piacere."

Louis si affrettò a sedersi sui cuscini di velluto accanto alla madre. Frederick esitò. Teneva la mano di Antonia ed era in piedi accanto a lei, con la schiena rivolta alla carrozza.

"Mi dispiace che non abbiamo vinto per voi, Mema."

"Oh, non pensarci, *mon chou*. La gara non è importante. È tuo fratello quello che conta. E Gus è in salvo, così è questo l'importante, *hein?*"

Frederick annuì e sorrise al sorriso della nonna. Però sembrava ancora preoccupato.

"Ma voi vi siete vestita di verde per niente."

Antonia gli accarezzò la guancia. "Per niente? Assolutamente no! Ho indossato il verde per *te*, Frederick. Ricordalo. Non per la gara. Per te. Quindi adesso vai, la tua *Maman* ti ha già chiamato due volte."

Frederick le tirò le dita. "Venite con noi!" Prima che lei potesse accettare o rifiutare, il bambino si voltò e chiese alla madre: "Mema può venire con noi, vero, *Maman*?"

"Non c'è posto, Frederick!" Gli rispose impaziente la duchessa dall'interno della carrozza, con Juliana che si era svegliata e si arrampicava sul finestrino, volendo vedere la sua Mema, Louis che tirava i capelli alla sorella e gocciolava acqua di lago su tutto il pavimento della carrozza. Deborah apparve al finestrino.

"Frederick, sali! Louis sta cominciando a tremare per il freddo, lontano dal sole. Oh!" Aggiunse, accorgendosi di colpo che sua suocera era accanto ai gradini della carrozza. "Non volevo…" Sorrise imbarazzata, mordendosi il labbro inferiore. "Non c'è veramente posto e vi rovinereste il vestito. Louis sta gocciolando dappertutto e…"

"Deborah, non c'è bisogno che vi spieghiate con me," disse gentilmente Antonia, anche lei con un sorriso timido, facendo un passo indietro di modo che i camerieri potessero togliere i gradini e chiudere la porta della carrozza.

Salutò Frederick, Louis e Juliana, che si era insinuata tra i fratelli al finestrino, e aspettò finché la carrozza ebbe svoltato alla curva nel viale prima di voltarsi. Si trovò di fronte la visione affascinante di Jonathon Strang che si asciugava i capelli con un asciugamano, bagnato e senza camicia.

I festeggiamenti intorno a Dair Fitzstuart erano cessati nell'attimo in cui Jonathon Strang si era avvicinato per informarli che la loro baldoria era completamente fuori luogo, visto che il figlio del duca era quasi annegato ed era per quello che gli altri skiff avevano tagliato il traguardo in ritardo.

Ci fu un mormorio di scuse e il gruppo si diresse verso le tende dietro alla folla di spettatori che avevano guardato la gara dal ponte e dalle rive del lago e che ora risaliva il vasto prato verso i chioschi e gli intrattenimenti in cima alla collina. Le gemelle Aubrey erano a braccetto in compagnia del rappresentante dell'ambasciatore fiorentino e di Dair Fitzstuart, e avevano lasciato Jonathon a parlare quasi esclusivamente con sua figlia, con i Cavendish lì vicino. Kitty Cavendish fingeva di interessarsi ai tabulati nel registro della regata che suo marito aveva aperto e stava studiando, forse facendo calcoli mentali, a giudicare dalla ruga tra le sopracciglia.

Antonia fu sorpresa di quanto fosse vicina al gruppetto. Con l'*Oudry* arrivata e ripartita e la folla dispersa, ci fu improvvisamente silenzio, che le permise di sentire chiaramente la conversazione tra padre e figlia. Eppure non stavano conversando in inglese o francese, ma in una lingua così estranea all'eccellente orecchio linguistico di Antonia che non capì una sola parola. Poteva essere in grado di parlare e leggere fluentemente in tre lingue e capirne facilmente altre due, ma questa era una lingua che non aveva mai sentito prima. Non era tipo da origliare ma non riuscì a farne a meno perché voleva riuscire a dare un senso alle sillabe, alla cadenza e all'intonazione di questa lingua esotica e assolutamente incomprensibile.

E poi si rese conto che anche le sue dame di compagnia avevano lo sguardo fisso sul gruppetto di cui faceva parte Jonathon Strang, e non aveva niente a che fare con il decifrare acusticamente quel problema linguistico. E come a rinforzare la loro distrazione, anche lei si trovò a fissare apertamente il mercante.

La lingua che stava parlando divenne secondaria mentre valutava l'uomo, dai grandi piedi nudi ai capelli bagnati che gli arrivavano alle spalle, e il suo aspetto si impresse a fuoco nella sua mente; quando finalmente distolse lo sguardo, si voltò e si mise a camminare sul prato, borbottando tra sé e sé che il sole doveva averle toccato il cervello, già, per quale altro motivo la vista di un uomo mezzo nudo doveva sbilanciarla a quel modo?

Quale uomo sono di mente se ne andava in giro in pubblico, bagnato e senza camicia, asciugandosi i capelli? Avrebbe dovuto coprirsi subito il petto nudo, per amor di decenza, appena Charles gli aveva ridato la camicia, non importa se era bagnata, e in particolar modo con delle signore presenti, e una di loro era sua figlia! Anche se Sarah-Jane non sembrava per nulla sconcertata dal suo aspetto e stava conversando con lui come se fosse abituata a vedere suo padre andarsene in giro con i calzoni e nient'altro. Non aveva nemmeno le scarpe! Forse nel subcontinente era così che si vestivano gli uomini, oppure andavano in giro svestiti a causa del caldo? Andare in giro senza camicia avrebbe spiegato il fatto che il torace e l'ampia schiena erano abbronzati come il volto e le braccia. Antonia aveva ammirato immagini, illustrazioni splendidamente dipinte di uomini e donne indiane con la pelle color caramello, in vari stati di vestizione, a dire il vero più che altro nudi, e in una grande varietà di posizioni sessuali, in un grande *in folio* rilegato in pelle rossa che apparteneva a *Monseigneur*. Era nella loro biblioteca privata all'*Hôtel* a Parigi e lei non era nemmeno arrossita, vedendole; erano parecchio interessanti e istruttive.

Ma questo era diverso. Jonathon Strang non era una figura statica in qualche testo antico. Era carne e sangue e si stava muovendo. Era tutto nervi e muscoli. Non aveva mai notato come fossero effettivamente larghe le sue spalle, come la schiena, che si assottigliava verso i fianchi stretti... Quello era un *tatuaggio*? Certamente no. Solo i pirati e i primitivi si tatuavano il corpo. Ricordava un'acquaforte particolarmente interessante di un maori, o era un guerriero nativo di Tahiti?, con segni elaborati in inchiostro su tutto il volto e le braccia. Era in un libro, un diario di un certo Capitano Cook, anch'esso nella loro biblioteca a Parigi. I segni indelebili d'inchiostro di Jonathon Strang avevano lo stesso schema intricato, appena sotto l'osso iliaco. Antonia si disse che questo tatuaggio normalmente non era in mostra, anche senza camicia, ma la cintura dei calzoni si era abbassata. Appesantito dall'acqua, il tessuto inzuppato aderiva al sedere e alle cosce, e i calzoni e le mutande sotto si erano abbassati tanto che si vedeva chiaramente la linea di demarcazione dove la pelle abbronzata dal sole incontrava la liscia pelle bianca, non esposta alla luce del sole. Quindi non era color caramello *dappertutto*, beh, non sotto le brache, non-non... *là*."

C'ERA QUALCOSA DI INASPETTATAMENTE EROTICO E INVITANTE IN quella linea di demarcazione, che si insinuò inaspettatamente nei pensieri di Antonia dopo cena mentre era seduta nella sua poltrona preferita nella galleria a bere caffè, con la conversazione ridotta a inezie e pettegolezzi maligni cui non voleva partecipare. E poi si sentì la contessa di Strathsay declamare le lodi del figlio maggiore per la terza volta, crogiolandosi nella vuota gloria della sua vittoria nella regata. Questo penetrò nel subconscio di Antonia, che faticò a non chiudere di colpo le stecche d'avorio del suo ventaglio di foglia d'oro, giusto per farsi sanguinare le dita e avere così una scusa per andarsene all'orbita velenosa di sua zia.

"Ero seduta sulla collina, da cui si vede tutto il lago, ed era evidente che Dair era talmente in vantaggio su tutti gli altri che, se anche Lord Augustus non fosse caduto nel lago, Roxton non l'avrebbe comunque raggiunto," dichiarò Lady Strathsay con un sorriso compiaciuto. "Per non dire che, mia cara Lady Cavendish, era Charles che, a quel punto della gara, era secondo dopo Dair e sarebbe benissimo potuto arrivare in quella posizione se non ci fosse stato l'incidente. Così i *miei* figli sarebbero arrivati primo *e* secondo."

"Ma, milady," fece per dire Kitty Cavendish, ma fu interrotta.

"Questa è un'enorme stupidaggine, Charlotte," dichiarò Antonia. Porse la sua tazzina di Sèvres e il piattino alla dama di compagnia. "Non potete dire con certezza quale sarebbe stato il risultato perché in verità la gara avrebbe dovuto essere sospesa immediatamente quando Augustus è caduto nell'acqua."

Tutte le teste ben pettinate si girarono a guadare la duchessa vedova, sorprese che scegliesse di interrompere, e poi si voltarono verso la contessa, aspettando la sua risposta.

"Vorrei dissentire, *Madame la Duchesse*," rispose Lady Strathsay in tono estremamente educato. "Se foste stata seduta dov'ero io, avreste potuto solo raggiungere la stessa conclusione. L'unica mia delusione è che Charles abbia abbandonato la sua opportunità di arrivare secondo, dopo suo fratello."

Antonia spalancò gli occhi verdi. Riusciva a malapena a contenere lo stupore.

"Avreste preferito che Charles continuasse a remare e non andasse in aiuto a *M'sieur le Duc* per salvare suo figlio che stava annegando? *Incroyable.*"

La contessa scrollò le spalle, le poche signore in grado di capire il rapido scambio in francese ora sedute sull'orlo delle sedie. Quello che disse poi la contessa le lasciò a bocca aperta.

"A che serve speculare su quello che sarebbe potuto succedere, Madame *la Duchesse*, quando quel rozzo mercante si è dimostrato l'eroe del giorno, e non Charles. È una tale delusione per una mamma quando suo figlio si precipita al salvataggio e arriva *dopo* che tutto è finito ed è relegato al rango di *valletto*. Tenere la camicia di quell'uomo come se fosse un cittadino comune e non il pronipote di Re Carlo II! E poi quel tizio insolente ha avuto la sfrontatezza di non rimettersi quel capo di abbigliamento per coprire le sue nudità in mostra a tutti, come se fosse uno stallone da primo premio dopo una gara e avesse bisogno di una bella spazzolata. Oltraggioso e-e... *ordinario*."

"Mia cara Lady Strathsay, non avevo idea che foste una conoscitrice di stalloni," interruppe in inglese Henrietta Hibbert-Baker prima che Antonia potesse rispondere. Ripeté in inglese una parte di quello che la contessa aveva detto di Jonathon Strang al loro pubblico femminile, aggiungendo, con uno sventolio del ventaglio di pizzo biondo: "Devo sottolineare che non c'è niente di ordinario in uno stallone da primo premio, specialmente Strang, che non va in giro a vantare le sue considerevoli doti. Anche voi dovete ammettere, milady, che è un gran bello spettacolo con i calzoni bagnati e senza camicia."

Ci fu un mormorio di assenso ma la contessa restò adeguatamente impassibile. Non aveva idea di che cosa stesse parlando quella stupida donna e lo disse, ma era chiaro che tutti gli altri lo sapevano perché c'erano risatine infantili e risolini dietro ventagli fluttuanti. Decise di ignorarli tutti. Inoltre, la creatura aveva avuto la temerarietà di interrompere in inglese, così escludendo la duchessa vedova, ed era una maleducazione imperdonabile. Si diede la pena di spiegare penosamente in tutti i dettagli a Henrietta Hibbert-Baker il suo scivolone sociale e nel tono più condiscendente possibile, prima di rivolgersi ad Antonia come se la loro conversazione non fosse mai stata interrotta.

"Dispero che Charles riesca ad attirare una donna degna del suo lignaggio quando si mette umilmente al servizio degli altri." Sospirò la sua irritazione. "A volte mi chiedo addirittura se sia interessato alle donne *in quel senso*. Certamente non l'ha mai dimostrato, diversamente da Dair, che ha sempre tre donne appese al braccio *e* mantiene un'amante a Chelsea che gli ha già dato un marmocchio, se devo credere alle voci. Non che io sia del tutto felice che sia di dominio pubblico, ma devo dire che sono sollevata di sapere che può riprodursi. Se solo adesso si sistemasse con un'ereditiera degna del suo nome e mi desse dei nipotini adatti."

"È molto ingiusto nei confronti di Charles, Charlotte, e lo sapete," disse Antonia a bassa voce. "Avere un carattere generoso non è una cosa di cui doversi vergognare. E come fate a sapere che non ha attirato l'attenzione di nessuna ammiratrice? Sono sicura che è interessato alle donne, perché corrisponde regolarmente con una donna a Parigi. Forse è lei quella. Charles mi fa indirizzare le lettere al nostro *Hôtel* ed è da lì che la cameriera della ragazza ritira le lettere di Charles. E le sue risposte, poi arrivano alla casa vedovile e io le mando a Charles."

"*Charles?* Mio figlio Charles scrivere a una donna a-a Parigi?" La contessa era incredula. Storse la bocca disgustata. "Se lo fa non è a qualcuno che a voi o a me interesserebbe conoscere. Almeno spero che non sia qualcuno che frequenta l'*Hôtel* perché sarebbe assolutamente inadatta. Nel migliore dei casi, squallidi piccoli principi mercanti che cercano di salire qualche gradino nella scala sociale. Se si deve credere a Dair, anche peggio. L'*Hôtel* ora è abitato da *affittuari*. Un *Fermier Général* ha trasformato metà dell'*Hôtel* in appartamenti d'affitto e ha avuto la sfrontatezza di affittarne uno agli agenti dei ribelli traditori che ci combattono nelle colonie americane. Una cosa da non dire. Ma che cosa ci si può aspettare dai francesi. Il duca e sua sorella devono rivoltarsi nelle loro tombe."

Antonia sbatté gli occhi e si raddrizzò nella poltrona. Non capiva di che cosa stesse parlando Charlotte e si chiedeva se la tazza di tè della donna non fosse stata corretta con qualche liquore, nel tentativo di farla ubriacare e quindi fare un passo falso. Non che Charlotte avesse bisogno di alcool per sembrare ridicola. Aveva appena sparlato dei francesi a un'aristocratica francese, senza accorgersi della sua maleducazione.

"Vi chiedo scusa, Charlotte, ma non riesco a dare un senso a quello che dite. Che appartamenti? Che *Fermier Général*? Chi sono questi traditori? Che cosa hanno a che fare le colonie americane con Charles e l'*Hôtel*? Che cosa intendete dicendo che l'*Hôtel* è *abitato da affittuari*?"

La contessa era seduta diritta. Guardò Antonia con un misto di incredulità e abietta pietà. Era anche segretamente e deliziosamente trionfante, se non altro perché era ora di togliere alla duchessa vedova di Roxton la benda dorata che aveva sugli occhi e e farle vedere la vita com'era veramente: deludente e crudele. Antonia aveva vissuto una vita fatata, protetta dalle spiacevolezze della vita da un marito devoto, un vecchio libertino sinistro che aveva vezzeggiato la duchessa come fosse una bella e fragile farfalla, e ora suo figlio, il duca attuale, stava continuando a viziarla allo stesso modo. Era questo modo di *viziarla* che era da biasimare per il fatto che Antonia non dava peso alla sua eminente posizione come duchessa. Avrebbe almeno dovuto provare un altero disprezzo per quelli indegni del suo tocco, invece di fare la riverenza a un vecchio sporco contadino per averle dato una manciata di margherite e permettere a quel mercante dalla pelle scura di baciarle la mano davanti a tutti. Un tale comportamento non andava d'accordo con la visione ordinata del mondo di Charlotte perché se non c'era un ordine, una gerarchia, cosa restava a lei, una contessa? Senza gerarchia e ordine, se la nobiltà non riceveva il rispetto dovuto, Charlotte Strathsay era poco più di una donna che stava invecchiando, abbandonata da suo marito, con poca bellezza o fascino e senza un particolare talento per la conversazione spiritosa.

"Oh, andiamo, *Madame la Duchesse*," la schernì Charlotte. "Non fate finta di non sapere!"

"Io non lo so. Perché lo chiederei se lo sapessi, Charlotte? State comportandovi ottusamente per principio."

La contessa diede un buffetto sulla mano ad Antonia.

"Ho sempre detto che il vecchio duca vi ha protetto troppo per il vostro stesso bene," disse con un sospiro e un'occhiata che cercava approvazione dalle occupanti delle poltrone e delle chaise longue. Vide solo espressioni impietrite. Era comunque contenta di essere al centro dell'attenzione. "E ora il povero Roxton deve portare il peso di continuare l'insensato legato di suo padre. Vostro figlio…"

"Non vi ho chiesto la vostra opinione su di me," disse Antonia sommessamente. "Le vostre opinioni non sono importanti e non mi parlerete mai più di *Monseigneur* o di mio figlio. Vi ho chiesto di parlarmi dell'*Hôtel*. È quello che voglio sapere."

"Sapere? Io so solo quello che sanno tutti, *Madame la Duchesse*."

Antonia si guardò intorno, e scoprì teste che si voltavano in fretta e occhi fissi sul tappeto di Aubusson. In quel momento, le grandi porte all'estremità della galleria si aprirono per far entrare alcuni dei gentiluomini, che erano rimasti seduti in sala da pranzo con il porto, con enorme sollievo delle signore che erano a disagio per il deliberato tormento che la contessa stava infliggendo alla duchessa vedova di Roxton. Antonia vide Charles Fitzstuart e Tommy Cavendish ma suo figlio non era nel gruppo; notò sua nuora. La duchessa si era scusata dopo la cena ed era andata nella nursery per controllare Lord Augustus e augurare la buonanotte ai suoi figli.

Deborah ora era in piedi dall'altra parte della galleria e stava conversando con qualcuno in anticamera, fuori dalla visuale e Antonia si chiese se era il medico di famiglia, sperando che Gus stesse bene, come diagnosticato all'inizio. Chiuse le bacchette del ventaglio con uno scatto, decisa a lasciare il carrello del tè e la sua velenosa zia, ma la curiosità ebbe la meglio e fece la domanda.

"Allora che cosa sapete che io non so, Charlotte, e che sta per farvi esplodere dalla voglia di dirmi?"

La contessa osò sorridere trionfante. Non potè farne a meno, era stordita pregustando la reazione di Antonia alla notizia.

"Roxton ha venduto l'*Hôtel* di Parigi nove mesi fa."

UNDICI

Charlotte si aspettava una scena drammatica e fu amaramente delusa.

Antonia si alzò e scosse le sue sottane di seta ricamata con deliberata lentezza. L'unico suono, il tintinnio dei braccialetti d'oro e diamanti che si toccavano scivolando su e giù dai polsi. L'unico segno che era sconvolta fu quando le sfuggì il ventaglio, ma riuscì a riprenderlo per il fiocchetto d'oro prima che cadesse rumorosamente sul pavimento.

Alcune signore che trattenevano collettivamente il fiato mentre guardavano furtivamente la duchessa, esalarono un sospiro di sollievo quando i gentiluomini si avvicinarono al carrello del tè senza accorgersi dell'aria di tensione e richiesero tè e pasticcini, con Tommy Cavendish che alleggerì l'atmosfera con il suo annuncio:

"Bene, mie care *petit fours*, penso proprio che steste discutendo la carne di prima scelta di Jonathon mentre quelle fette di lardo dei vostri mariti non erano a portata delle loro orecchie a cavolfiore. Ho ragione? Kitty?"

Ma Kitty, come il resto delle signore, si era alzata in piedi nell'attimo in cui l'aveva fatto la duchessa vedova di Roxton e restava in piedi aspettando di vedere cosa aveva intenzione di fare. Quando Antonia si voltò per andarsene, con un cenno alle dame di compagnia perché la seguissero, il gruppo fece delle rispettose riverenze e poi tutte ripresero il loro posto, guardandola camminare nella galleria a quello che Antonia sperava fosse un passo tranquillo, adatto a una passeggiata.

Così lo sapevano tutti, pensava Antonia. O pensavano di saperlo. Si rifiutava di credere a Charlotte. Si rifiutava di credere a quello che era di dominio pubblico: che l'*Hôtel* Roxton sulla Rue Saint-Honoré, che era appartenuto alla famiglia per oltre centocinquanta anni, fosse stato venduto da suo figlio a un mercante parigino. Si rifiutava di credere che suo figlio avesse potuto vendere il retaggio famigliare, perché vendere l'*Hôtel* era come vendere un pezzo del cuore dei suoi genitori. L'*Hôtel* era carne e sangue per lei. Era parte di lei. Non riusciva a pensare di rinunciare alla casa di Parigi come non poteva pensare di smettere di respirare. Era dov'erano nati *Monseigneur*, sua sorella Estée e il figlio di Estée e Vallentine, Evelyn; il suo stesso figlio Julian era nato lì. Era il primo posto che lei aveva chiamato casa, la casa dove l'aveva portata *Monseigneur* quando l'aveva salvata da Versailles. Era dove lei e *Monseigneur* avevano fatto l'amore la prima volta. Ci doveva essere qualche altra spiegazione. Qualche altro motivo per cui Charlotte e le altre pensavano che l'*Hôtel* fosse stato venduto. L'avrebbe chiesto a suo figlio e lui le avrebbe risposto che era uno scherzo, ecco tutto.

Antonia era decisa e cercare il duca per sentirsi rassicurare e poi il suo cuore si sarebbe calmato e avrebbe potuto ritornare a Crecy Hall. Deborah doveva sapere dov'era. Forse era andato a vedere i bambini prima di unirsi ai suoi ospiti? E poi, mentre era a metà strada lungo la galleria, Deborah si voltò e scomparve nell'anticamera e nella galleria entrò un uomo robusto, i cui calzoni di seta e il panciotto fiorito lo proclamavano un gentiluomo ma le cui dita come salsicce e le guance gonfie lo smascheravano come un ghiottone.

Era Sir Titus Foley, medico, guaritore straordinario e confidente dei titolati, ricercato e coccolato dalla buona società come una sorta di creatore di miracoli tra la sua fratellanza, un medico eminente con il dono di curare le menti fragili, in particolare le fragili menti delle giovani e belle mogli recalcitranti dei nobili.

Antonia lo odiava. E aveva anche molta paura di lui.

QUELLO CHE SIR TITUS FOLEY LE AVEVA INFLITTO IN NOME DEL *trattamento medico scientifico* era da incubo e Antonia non l'aveva rivelato ad anima viva. L'umiliazione era semplicemente troppa. Era ancora incerta su cosa fosse reale e che cosa avesse solo immaginato in quelle settimane passate sotto le cure del medico dandy. Era stata sedata con il laudano, a volte tanto pesantemente da lasciarla con la testa piena di nebbia, disorientata, senza sapere se erano passate ore o minuti. E probabilmente era meglio così.

Era passato un anno da che Sir Titus l'aveva trattata per la *melancholia*, eppure la sola vista dell'uomo la faceva tremare per l'ansia e la paura. Sperava di non ricordare mai in dettaglio i trattamenti che le erano stati inflitti, definiti cura. E ora il medico era ritornato, sorridendo con le sue labbra da pesce, con i suoi occhi da furetto, brillanti, e inchinandosi ossequiosamente davanti a lei come se fosse un amico di famiglia che mancava da tempo.

Non sapeva che cosa fosse più pateticamente risibile, che questo buffone di medico ciarlatano si fosse autoconvinto di essere un guaritore erudito quando i suoi metodi perversi erano il distillato di tutto quello che era odioso e ignobile nella professione medica, o che suo figlio si fosse illuso fino a pensare che quello che stava facendo era la cosa giusta per tentare di curare il suo dolore morboso, come se il dolore potesse essere curato dalle bizzarre attenzioni di un medico depravato e dai suoi imbrogli.

Trovarsi a faccia a faccia con il suo tormentatore le diede una scossa di terrore. La rattristò anche vedere che suo figlio aveva mantenuto la sua minaccia di mandare a chiamare Sir Titus. La sua sola speranza, ora, era che vedendo che non era vestita di nero il duca decidesse che la presenza del medico non era necessaria. Ma era qui, che si inchinava e strisciava davanti a lei, e per quanto desiderasse snobbarlo non era nella sua natura essere crudele o maleducata, quindi mantenne le fattezze assolutamente composte e chinò la testa in segno di saluto e continuò a camminare. Non aveva intenzione di tendergli la mano o di conversare con lui. Si ritrasse dalla sua vicinanza; il pensiero di quelle mani gonfie su di lei, anche per un attimo, le dava la nausea. Fece un passo di lato e continuò a camminare nella galleria cercando sua nuora, lasciando Sir Titus con il sedere per aria e il naso sul pavimento.

Il medico aveva lasciato la comodità della sala da pranzo, dove il porto e la compagnia congeniale erano abbondanti e poi aveva parlato a lungo con la buona duchessa, che si era scusata dicendo che il suo nobile marito non poteva parlare con lui finché non avesse concluso la sua riunione in biblioteca. Fiducioso di avere un posto in questo mondo di titoli e privilegi, ora era stato lasciato da solo in una lunga sala piena della luce di tante candele, oggetto del ridicolo da parte di quegli avi alteri sulle pareti e dei titolati e privilegiati raccolti intorno al carrello del tè.

Tutto perché *lei* non l'aveva trattato con il rispetto che meritava come illustre uomo di medicina, diversamente da quei gentiluomini che imploravano di avere le sue opinioni bevendo porto. Aveva appena concluso un lucrativo contratto per fornire la sua esperta opera di medico nel trattamento della *melancholia* a Lord Barrow, la cui seconda e molto più giovane moglie, una brunetta carina con dei liquidi occhi azzirri, si ritraeva davanti alle inconsuete inclinazioni del marito in camera da letto e quindi si rifiutava di condividere il letto nuziale. Lord Barrow riteneva che sua moglie soffrisse di qualche tipo di disordine nervoso e, visto che non stava diventando più giovane e gli serviva un erede, suo cugino Henry non avrebbe mai messo le mani sulla baronia o sul castello, si era appellato all'esperienza di Sir Titus in queste faccende così delicate, per liberare sua moglie della sua riluttanza.

Sir Titus aveva fiduciosamente assicurato a sua signoria che, sotto le sue cure, sua moglie sarebbe guarita dalla sua disobbedienza e sarebbe tornata al talamo nuziale, desiderosa delle sue attenzioni entro un mese. Non sarebbe stato per niente sorpreso di sapere da sua signoria che Lady Barrow era rimasta incinta in breve tempo. Aveva lasciato un Lord Barrow radioso, per questo: essere snobbato e abbandonato sotto la luce ardente di un candeliere dalla duchessa vedova di Roxton. Strinse i denti, ribollendo per essere stato sommariamente congedato dall'illustre e sicuramente la più divinamente bella donna che avesse mai avuto il piacere di chiamare paziente.

Appena ricevuta la richiesta del duca, Sir Titus aveva letteralmente mollato tutto e aveva affrontato il faticoso viaggio di dodici ore dal suo sanatorio privato nel Northumberland e tutto per l'opportunità di avere la duchessa ancora sotto le sue cure.

Sotto le sue cure... Non vedeva l'ora. Il pensiero di passare del tempo da solo con lei... Lui al comando, lei che doveva fare quello che le ordinava o patirne le conseguenze... Era il solo modo... sottomissione totale. Aveva funzionato con grande successo per tante pazienti femmine allevate tra mille attenzioni che soffrivano di disordini nervosi. Ma non era ancora riuscito a sottomettere la duchessa vedova alla sua volontà. In questa visita era deciso che si sarebbe sottomessa, con l'uso della sua sedia di correzione brevettata: legata alle caviglie e ai polsi, la paziente non aveva altra scelta che sottomettersi al trattamento. E aveva aggiunto anche una nuova arma al suo arsenale medico: la terapia dell'acqua di Blair. Vederla con una chemise bagnata... Sentì montare l'eccitazione e soppresse in fretta il desiderio per correrle dietro.

"È una sorpresa stupefacente e molto gradita di scoprirvi senza gramaglie, Vostra Grazia. Quasi non vi avrei riconosciuto con un abito così grazioso, e in un colore che si intona perfettamente ai vostri occhi!"

Antonia non fece commenti, le sue dame di compagnia le stavano alle spalle e il medico che si affrettava per starle dietro fu costretto a fare una larga deviazione per starle di fianco e non alle spalle.

"Questo cambio d'abbigliamento è veramente il benvenuto, Vostra Grazia," continuò Sir Titus, guardandosi cautamente attorno con occhio diffidente, attento a non finire contro una delle sedie sistemate a intervalli contro la parete tra le portefinestre senza tende. "Sono sorpreso che Sua Grazia di Roxton non abbia menzionato una notizia così importante nel nostro più recente scambio di corrispondenza."

"*M'sieur le Duc* ha ben altro da fare che fare rapporti sul guardaroba della sua *Maman*! Ma come vedete, non indosso il nero, quindi la vostra presenza non è necessaria."

Sir Titus ebbe le vertigini sentendo l'inglese dal forte accento francese della duchessa. Fece un profondo respiro e si schiarì la gola dal groppo di lussuria per dire con una risatina:

"Oh, Vostra Grazia, siete così divertente, potrei quasi credere che siate tornata in piena salute! Ma mancherei al mio dovere verso il duca e, ancora più importante, verso di voi, se non facessi del mio meglio, esaminando Vostra Grazia a fondo in modo da poter presentare al duca la mia diagnosi e quindi tranquillizzare Sua Grazia e me stesso che siete tornata pienamente sana di mente e di corpo."

Antonia si fermò e si voltò verso il medico così bruscamente che Willis e Spencer quasi si scontrarono con lei e barcollarono all'indietro con una mano tesa l'una verso l'altra per tenersi diritte. Fissò il medico dall'alto in basso e poi si concentrò sul suo volto rigonfio, con una luce negli occhi verdi che lo fece fremere e lo allarmò in ugual misura.

"*M'sieur*, se oserete toccarmi un'altra volta vi renderò meno di un uomo." Colpì velocemente i suoi genitali con le bacchette d'avorio del ventaglio chiuso e sorrise quando lui diede un involontario guaito. "*Bon*. Ci capiamo."

⁂

Davanti alla pesante porta a due battenti della biblioteca, c'erano di guardia due camerieri in livrea.

Antonia aspettò che le aprissero le porte ma quando i camerieri non si mossero e continuarono a fissare diritto sopra la sua testa bionda, fu talmente sconcertata che per un momento non seppe che cosa fare e rimase semplicemente lì ferma ad aspettare. Che i camerieri le aprissero le porte era naturale come respirare: avveniva senza doverci pensare.

Quando fece un passo avanti i camerieri si spostarono per chiudere il varco verso le maniglie. Antonia esitò di nuovo. Non riusciva proprio a credere che le stessero impedendo l'ingresso alla sua stanza preferita. Aveva passato più ore in quella biblioteca che in qualunque altro posto della casa. Anche quando *Monseigneur* era alla sua scrivania a lavorare su documenti importanti, o in riunione, lei restava rannicchiata in una poltrona accanto al fuoco, con la visuale dei giardini profumati oltre la finestra, a leggere. Non entrava spesso in biblioteca attraverso quelle porte. Di solito usava la scala segreta che collegava gli appartamenti privati che aveva diviso con *Monseigneur* con la biblioteca di sotto. La porta segreta era dietro uno scaffale alla base della scala a chiocciola che saliva verso la passerella, che girava intorno a tre pareti della biblioteca e permetteva l'accesso agli scaffali che arrivavano fino al soffitto a cupola.

Ciò nonostante, usando l'entrata principale, non si era certamente aspettata di vedersi negato l'ingresso. Guardò i volti impassibili dei due camerieri. Nessuno dei due abbassò lo sguardo su di lei, continuarono a fissare oltre la sua testa bionda e sopra le teste delle sue dame di compagnia, verso la parete opposta con lo scuro ritratto dell'arcigno quarto duca e della sua duchessa che indossavano le loro corone ducali ingioiellate e i mantelli di ermellino.

"Lawrence. Per favore, potete aprirmi la porta?"

Il cameriere alla destra di Antonia diede un'occhiata allarmata al suo collega. Non capiva il francese ma aveva sentito bene il nome di battesimo del suo amico. Lawrence sobbalzò e fu non meno stupito nel sentirsi rivolgere la parola dalla duchessa vedova di Roxton, tanto da parlare senza riflettere.

"Sapete il mio nome! Come?" Poi ricordò con chi stava parlando e aggiunse con un inchino e un rumore in fondo alla gola e in francese: "Perdonate il mio scatto,

Madame la Duchesse."

"Sì, conosco il vostro nome, e voi conoscete il mio," rispose Antonia con un sorriso. "So anche che vostro nonno era il servitore più apprezzato di *Monseigneur*, il maggiordomo Duvalier e che vostro padre è il nostro capo giardiniere, e che finché non vi siete rotto il braccio speravate di diventare capo stalliere. Quindi ora, per favore, aprite la porta, o permettetemi di aprirla da sola in modo che possa entrare in biblioteca e parlare con *M'sieur le Duc*."

Lawrence il cameriere sembrò afflitto.

"Non posso," rispose con un sussurro, in un tono di sincera scusa. "Non posso farlo, *Madame la Duchesse*. Io-io vorrei poterlo fare, *per voi*, ma non posso."

Antonia non era arrabbiata per il rifiuto del cameriere ma rifletté sull'angoscia del giovanotto e su che cosa poteva fare per evitare che i servitori finissero nei guai con suo figlio e contemporaneamente ottenere l'accesso alla biblioteca. Doveva parlare con Julian riguardo all'*Hôtel* per riavere la sua pace mentale, e quella sera stessa.

Il rifiuto dei camerieri di acconsentire e inchinarsi alla nobiltà fu troppo per Willis.

"Fatevi immediatamente da parte!" Esplose. "Questa è Sua Grazia la duchessa di Roxton, zotici ignoranti!"

"Willis, mi conoscono," disse Antonia, girando la testa. "Questo sembra essere il loro dilemma. Oh! Deborah!" Aggiunse, vedendo sua nuora con il maggiordomo alle sue spalle. Le andò incontro a metà strada in anticamera. "Deborah, quando manderà a Parigi la prossima posta, Julian?"

"Posta per Parigi, *Maman-Duchesse*?" Ripeté Deborah.

Il maggiordomo era andato a cercarla nell'attimo in cui una cameriera dei piani alti l'aveva avvertito che la duchessa vedova era diretta in biblioteca. Si era aspettata di sentirsi interpellare in modo imperioso quindi la domanda la sbilanciò.

"Io-io… Dove a Parigi, *Maman-Duchesse*?"

"All'*Hôtel*," rispose Antonia, come se fosse lampante che stava parlando della loro casa in Rue Saint-Honoré. "Ho mandato delle lettere a *Tante* Adelaide ieri ma vorrei che mi riportassero una cosa dall'*Hôtel* con la prossima posta."

"Riportassero, *Maman-Duchesse*?"

"Sì, c'è un diario di bordo, nel nostro appartamento privato che penso piacerebbe molto ai ragazzi, specialmente a Gus che vorrebbe tanto essere un pirata."

"Un-un diario di bordo? Sui-sui *pirati*?"

La duchessa si chiese dove stesse portando la conversazione. Era pronta a discutere di pirati o di qualunque altra cosa venisse in mente a sua suocera, anche se l'accenno all'*Hôtel* Roxton come se fosse com'era sempre stato quando il vecchio duca era vivo faceva capire a Deb di che cosa stesse veramente parlando. Aveva suggerito a suo marito di parlare a sua madre della vendita del palazzo parigino mesi prima, ma lui non ne aveva voluto sentir parlare, ritenendo che non fosse emotivamente in grado o pronta per accettare quella notizia. Ora Deborah si chiese se non avesse aspettato troppo. Diede un'occhiata alle porte della biblioteca e si chiese per quanto ancora il duca sarebbe stato in riunione con i membri del *Comitato per la guerra coloniale americana*.

"Sì, sì, *Maman-Duchesse*, sono sicura che a Gus piacerebbe un libro sui pirati."

Antonia vide l'occhiata ansiosa di sua nuora alle porte e notò che teneva le mani un po' troppo strette. Si vergognava un po' per essere men che sincera con Deborah ma doveva scoprire se c'era qualcosa di vero in quello che le aveva detto Charlotte e il comportamento di

Deborah glielo avrebbe rivelato meglio di qualsiasi dichiarazione diretta. Non voleva che sua nuora si sentisse in colpa per averglielo rivelato, di sapere che era stata proprio lei a confermarle che l'*Hôtel* era effettivamente stato venduto e così spezzare il cuore della suocera: era un peso che avrebbe dovuto sopportare solo suo figlio.

Con ogni risposta esitante che le dava Deborah, Antonia si sentiva andare a pezzi.

"Oh, il libro non è sui pirati, ma sono sicura che Gus vorrebbe essere un pirata, o almeno un marinaio," disse tranquillamente Antonia, l'unico indizio della sua agitazione era il modo in cui la mano sinistra aveva afferrato il polso destro sopra i braccialetti d'oro tanto da avere le nocche bianche. "Se mi ricordo bene, è il diario di un certo Capitano Cook, che comandava la nave di sua maestà, l'*Endeavour*. *Monseigneur* ne ha ricevuto una copia firmata dal signor Banks che era il naturalista che accompagnava il capitano Cook nei mari del Pacifico."

"Il Capitano Cook e il signor Banks? Sembra affascinante."

"Sì. Ci sono delle incisioni particolarmente belle della strana flora e dei nativi sulle loro isole, con i tatuaggi e i copricapi di piume…" Antonia guardò Deborah nei caldi occhi marroni preoccupati, con un sorriso triste. "Ricordo particolarmente questo libro perché è uno degli ultimi che *Monseigneur* aveva chiesto di far portare qua, ma non c'è stato tempo…"

"*Maman-Duchesse*, io…"

"Quindi capite che è molto speciale ed è per quello che vorrei che l'avessero i ragazzi. Mi rattristerebbe veramente sapere che non è più sul tavolo ai piedi del letto nella nostra camera, insieme agli altri volumi che erano i preferiti di *Monseigneur*…"

Gli occhi di Deborah si riempirono di lacrime. "*Maman-Duchesse*…"

"… perché sono sicura che avrebbe approvato che i suoi nipoti avessero il piacere di sentire il loro padre leggere loro delle molte avventure del Capitano Cook e che mostrasse loro le incisioni."

"So che i ragazzi saranno contenti di sentire Julian leggere loro il diario e che lo apprezzeranno ancora di più perché apparteneva a loro *Grandpère*. Sono sicura che riusciremo a trovarlo, *Maman-Duchesse*," la rassicurò Deborah, con un'altra occhiata alla porta. "Ci vorrà solo un po' di tempo…"

"Tempo? Perché, se vi ho detto dov'è? Oh. Volete dire per mandare a prenderlo a Parigi. Ovvio, che sciocca sono. Ma… Non ci vorrà lo stesso tempo che ci vuole alle mie lettere per arrivare all'*Hôtel*, sì?"

"Sì, sì. Circa lo stesso tempo," mentì Deborah, mordendosi il labbro.

Ora gli occhi di Antonia si riempirono di lacrime perché aveva obbligato sua nuora a mentire e si odiava per quello. Ma a quel punto quasi non le importava più. L'immagine che aveva in mente delle stanze intime che aveva diviso con *Monseigneur* nella loro casa parigina del diciassettesimo secolo era talmente vivida, così eterna, che pensare che ora era solo quello, un'immagine nella sua testa, era impensabile.

"Ma quello che non so... Forse potete illuminarmi... Quanto tempo ci vorrà a trovare il diario del Capitano Cook se è imballato in qualche cassa senza nome con centinaia di altre casse senza nome, sotto un telone, in un qualunque magazzino di Parigi a raccogliere la polvere?"

"*Maman-Duchesse! Per favore*. Dovete capire... Lui ha fatto... lui ha fatto ciò che pensava... quello che pensava fosse per il..."

Antonia aveva voltato le spalle a Deborah appena lei aveva cominciato a cercare di giustificare le azioni del duca e con un fruscio di sottane era andata alla porta della biblioteca, con le dame di compagnia costrette a spostarsi in fretta davanti a lei. Fissò i due camerieri con il mento in alto.

"Fuori dai piedi! *Immédiatement.*"

Nessuno dei due camerieri esitò. Si divisero immediatamente e Antonia marciò in mezzo a loro e spinse le maniglie decorate così forte che le porte si spalancarono fino a sbattere contro il legno degli scaffali. Avanzò per tutta la lunghezza della biblioteca, senza guardare né a sinistra né a destra, finché non si trovò davanti alla grande scrivania di mogano del duca.

Non vide i due gentiluomini comodamente adagiati nelle poltrone dallo schienale alto né il loro anziano collega in piedi accanto a una finestra con le tende aperte, che aveva portato verso la luce un pacco di corrispondenza per vedere meglio le scritte attraverso le lenti correttive. Un silenzioso cameriere stava raccogliendo i bicchieri usati e portando altri rinfreschi mentre un altro raccoglieva le tabacchiere d'oro e smalto per riempirle.

Antonia vide solo suo figlio, con il sedere appoggiato allo spigolo arrotondato della scrivania, le lunghe gambe incrociate alle caviglie, il bel volto di profilo che si rivolgeva all'anziano gentiluomo accanto alla finestra.

Avevano sentito tutti sbattere la porta e reagirono al rumore con un'occhiata frettolosa lungo la stanza rivestita di libri. Ma quando videro la piccola maestosa figura con l'ampia gonna d'oro e verde che marciava attraverso la biblioteca, misero da parte in fretta carte e bicchieri e si affrettarono a inchinarsi come un sol uomo, con lo stupore per la sua furiosa intrusione mascherato da muta cortesia e deferenza per il rango. Cinque passi indietro e con l'espressione angosciata c'era la duchessa e tutti gli occhi si rivolsero immediatamente al duca.

"È vero?" Chiese Antonia. "Julian! È vero che avete venduto l'*Hôtel* Roxton?"

DODICI

Circa un'ora prima, quando le signore si erano ritirate nella galleria e i signori erano restati a tavola per slacciarsi i panciotti di seta ricamata dopo un lungo pasto per parlare di cavalli e politica con un bicchiere di porto in mano, tre di loro e il loro nobile ospite si erano scusati con gli altri e si erano trasferiti nella sontuosa biblioteca del duca per una riunione del *Comitato per la corrispondenza coloniale di interesse.*

L'unico argomento in agenda: quando, non se, i francesi avrebbero reso palesi le loro intenzioni e si sarebbero uniti ai ribelli delle colonie americane nella loro guerra contro sua maestà britannica Re Giorgio III.

"Vostra Grazia, sappiamo da parecchio tempo oramai che i francesi stanno segretamente finanziando la causa dei ribelli nelle colonie tramite una società portoghese fasulla, la *Roderigue Hortalez e Soci,*" disse Sir Kenneth Hibbert-Baker al duca di Roxton, con un'occhiata agli altri due nobiluomini che costituivano il comitato. "Le nostre fonti ci dicono la *Roderigue Hortalez* ha il pieno appoggio del re francese e che è attraverso l'agente di Luigi, un certo Pierre-Augustin Caron de Beaumarchais, che viene fornita ai ribelli tutta una serie di materiali per aiutarli a combatterci."

"Ad esempio?" Chiese il duca, facendo segno ai gentiluomini di sedersi e un cenno al cameriere perché appoggiasse il vassoio d'argento con il decanter del porto e i bicchieri sul tavolino basso in mezzo alla serie di chaise longue e poltrone di seta a righe.

"Polvere da sparo, palle di cannone, mortai, tende, sciabole, pistole, quel genere di cose," rispose Lord Shrewsbury, appollaiato su una poltrona, con un cenno noncurante della mano ricoperta di pizzi.

"È abbastanza articoli di abbigliamento da rivestire migliaia di furfanti traditori," interloquì Lord Carstairs con tono di disapprovazione. "Il panno francese è riuscito a far superare un inverno veramente orribile all'esercito ribelle di Washington, purtroppo per noi! Dannati francesi!" Esclamò, prendendo un bicchiere di porto dal vassoio d'argento.

"Come fanno le regalie dei francesi a raggiungere le coste americane?" Chiese Roxton con calma.

"La *Roderigue Hortalez* ha la sede sull'isola di Sint Eustatius," gli disse Sir Kenneth.

"Che è dove?"

"Se Vostra Grazia permette...?" Chiese Sir Kenneth, prendendo dal tavolino una pergamena arrotolata.

Quando il duca annuì, Shrewsbury si prestò a spostare il vassoio e a mettere sul tappeto una pila di documenti che aveva portato nella biblioteca, per far posto e poter stendere la pergamena sul tavolino.

Roxton lasciò la sua scrivania per guardare quella che si rivelò essere una cartina dettagliata.

"Questa è..." Iniziò Sir Kenneth.

"... una cartina delle Indie Occidentali," finì il duca con un cenno della testa. "Il mar delle Antille è qui a sud-ovest, l'Atlantico a est. Ci sono letteralmente migliaia di isole che sono state rivendicate da una o dall'altra potenza europea negli ultimi trecento anni o giù di lì, da quando Colombo ha rivendicato tutto per Isabella e Ferdinando. Zucchero e spezie, e il tutto edificato sulla schiavitù. Un vero calderone."

Shrewsbury sorrise a labbra tirate quando Sir Kenneth e Carstairs si scambiarono uno sguardo sorpreso, dicendo con compiaciuta soddisfazione: "Vi avevo avvisato, Roxton ha il cervello fine di suo padre e il bell'aspetto della sua divina madre."

Roxton rise imbarazzato al complimento dell'anziano e arrossì suo malgrado.

"Speravo piuttosto di aver ereditato il contegno altezzoso di mio padre e la prontezza mentale di mia madre, signore. Ma mi accontenterò del cervello dell'uno o dell'altra."

Shrewsbury chinò la testa incipriata e assaporò il porto.

"Proprio così, ragazzo mio. Anche se penso che abbiate un po' troppa della sensibilità di vostra madre, che non è una cattiva cosa, e che sia stato Henri-Antoine a ereditare in buona misura la sublime arroganza di *M'sieur le Duc*," disse, riferendosi al fratello molto più giovane di Roxton. "Mi mancano lui e la sua conversazione brillante..." E poi alzò il bicchiere e gli occhi al cielo. "*Repos en paix, mon cher ami.*"

Ci fu un momento di rispettoso silenzio per la sincera confessione di Lord Shrewsbury e il fatto che fosse il terzo anniversario della morte del vecchio duca. Shrewsbury era stato a Eton con il vecchio duca di Roxton ed era uno dei suoi più stretti confidenti; e avendo la stessa età, era portato a pensare alla sua stessa mortalità.

Il duca bevve un sorso di porto per sciogliere il nodo che aveva in gola e continuò la discussione. Voleva andare nella nursery per assicurarsi che Gus fosse uscito indenne dalla sua disavventura e che i bambini si fossero addormentati dopo tutta la confusione della regata. Era anche acutamente conscio di aver lasciato Deborah da sola a occuparsi di tutti gli ospiti e di sua madre, proprio in quella giornata, e che era previsto un recital nella galleria prima che potesse ritirarsi per la notte. E per quanto riguardava quel comitato dal nome assurdo, che pensava fosse un modo subdolo per legittimare questi tre aristocratici e il loro gruppo selezionato di funzionari governativi a leggere la corrispondenza di altri senza il loro permesso e a riferirne, francamente non capiva che cosa volessero da lui.

"Il quartier generale della nostra flotta nelle Indie Occidentali è ad Antigua, vero?" Chiese, con un lungo dito che indicava un'isola nel mezzo di una catena conosciuta come le Isole Sopravento Settentrionali.

"Sì, Vostra Grazia," confermò Sir Kenneth, meravigliato che il duca sapesse la posizione precisa con una semplice occhiata alla cartina, confermando così il giudizio di Shrewsbury che davanti a loro c'era un aristocratico del più alto rango con un cervello oltre che i muscoli.

Il duca sorrise alla faccia sorpresa di Sir Kenneth.

"Oltre a istillarmi l'amore per le lingue, mia madre è una fine cartografa. C'erano sempre una cartina e la grammatica per noi, prima di andare a letto. Ma quello che non so è la posizione di quest'isola di Sint Eustatius e il suo significato in questa conversazione, di cui, devo aggiungere, non ho ancora capito lo scopo."

"Sint Eustatius è qui, tra la nostra flotta ad Antigua e Saint Barthelemy, Saint Barts, che è parte della Guadalupa, qui, un possedimento dei nostri cari amici francesi," spiegò Sir Kenneth, puntando il dito su varie isole vicinissime l'una all'altra. "Sint Eustatius è parte dei possedimenti olandesi e..."

"... dichiara di essere neutrale! Ah!" Si inserì Carstairs. "Neutrali un corno! Gli olandesi sono sempre stati dei codardi spioni. Venderebbero la loro madre per un fiorino. Il profitto è l'unico dio per quei bastardi vigliacchi."

"Come ha così eloquentemente spiegato sua signoria, Sint Eustatius è neutrale e, come tale, è usata da ogni corsaro, pirata e ladro che naviga nell'Atlantico," dichiarò calmo Sir Kenneth. "E a causa della sua neutralità la nostra flotta è obbligata a guardare e a non fare niente mentre i francesi, usando la facciata della loro società portoghese, *Roderigue Hortalez*, caricano le navi ribelli con forniture francesi, vitali per la causa americana."

"E mentre questa società mantiene viva la lotta dei ribelli per l'indipendenza, i francesi possono continuare impunemente a negare il loro coinvolgimento nella guerra a livello diplomatico? Ingegnoso," commentò il duca. Guardò i tre nobiluomini, con un'espressione incuriosita. "È tutto molto interessante ma sono sicuro che il Ministero degli Esteri, da una parte, stia facendo tutto il possibile per svelare tutti i metodi subdoli dei nostri amici francesi, e allo stesso tempo stia agendo diplomaticamente a Versailles per assicurarsi che il re francese non dichiari apertamente il suo appoggio ai ribelli. Certamente non vogliamo una guerra con la Francia e loro stessi non possono certamente permettersi una guerra con noi... Quindi, che cos'ha a che fare tutto questo con me?"

"Ben detto, Vostra Grazia," confermò sobriamente Sir Kenneth, scambiando un'occhiata ansiosa con Lord Shrewsbury. "Come ben sapete noi tre formiamo il *Comitato per la corrispondenza coloniale di interesse* che fa parte del più grande *Comitato per la guerra coloniale americana* che si occupa di tutto quello che ha a che fare con la guerra in America. Noi, Shrewsbury, Carstairs e io, siamo stati incaricati di investigare le linee di comunicazione tra i ribelli, i francesi e le persone di interesse qui a Londra e a Parigi, e tutto quello che viene trasmesso da e per. Ci permette di avere un'idea precisa e raccogliere informazioni vitali per lo sforzo bellico."

"Voi leggete le lettere senza il permesso dell'autore," dichiarò il duca, poco convinto.

"Facciamo quello che dobbiamo, mio caro ragazzo, se significa aiutare la nostra causa e salvare vite inglesi," disse Lord Shrewsbury.

"È giunto alla nostra attenzione che i ribelli sono molto ben informati riguardo allo spiegamento delle nostre truppe e alla posizione della nostra flotta sulle coste orientali delle colonie," continuò Sir Kenneth, lasciando che la mappa si arrotolasse e appoggiandosi allo schienale della poltrona mentre il duca indietreggiava per appoggiare il sedere contro la scrivania. "Questo è allarmante in sé, ma quello che ci preoccupa per il futuro degli sforzi bellici inglesi è quando, e dico *quando* e non *se*, perché crediamo sia solo questione di tempo prima che i francesi entrino in guerra. Quindi è imperativo mettere un fermo alla fonte di ogni linea di comunicazione sovversiva. Voi capite che cosa sto dicendo Vostra Grazia."

"Sì, e capisco anche le vostre concrete preoccupazioni se, come dite, i francesi dichiareranno apertamente guerra. Ma continuo a non capire perché questo comitato abbia cercato me in particolare. Ho sempre creduto che quello che serve sia un dialogo aperto con i nostri vicini dall'altra parte della Manica. Comunque, questa è solo la mia modesta opinione e, dato che il Ministero degli Esteri preferisce spie che si muovono furtive sulle scale di servizio e agenti che fanno il doppio gioco alla diplomazia a viso aperto, mi inchino al loro giudizio, che sia o meno giusto."

Lord Carstairs raccolse un pacco di lettere che aveva messo sul tappeto e le sbatté sul tavolo basso. Non era ossequente come i suoi colleghi e sospirò di irritazione per quello che considerava, da parte di Sir Kenneth un tentativo di compiacere il duca e da parte di Shrewsbury la stima per la casa ducale dei Roxton.

"Andiamo, Kenny, dillo e basta!" Esclamò Carstairs esasperato, tirando il nastro che teneva unito il fascio di lettere. Guardò il duca e disse, senza battere ciglio: "Roxton, voi siete una persona integerrima, quindi dirò semplicemente quello che i miei colleghi non vogliono o non possono dirvi in faccia. Abbiamo ragione di credere che la duchessa vedova vostra madre stia lavorando per i francesi e vogliamo che mettiate fine a questa storia."

Ci fu un momento di completo silenzio nella biblioteca e poi il duca scoppiò a ridere incredulo. Nessun altro rise.

"Mia… *madre*? Mia madre una-una spia per-per i *francesi*? Mio Dio, siete *pazzo*?" Roxton sorrise ma guardando prima una e poi l'altra delle facce solenni tornò serio. "Siete *tutti* pazzi?"

"Questa è la calligrafia della duchessa?" Chiese Carstairs, mostrando diversi fogli di corrispondenza.

"Avete aperto e *letto* le lettere di mia madre?"

Il duca era sbalordito.

"Era necessario," si scusò Shrewsbury. "Se ci fosse stato un qualsiasi altro modo…"

Roxton guardò incredulo la pila di carte sul tavolino.

"Tutti questi fogli appartengono a mia madre? Quante lettere ci sono? A chi sono indirizzate?"

"È la sua calligrafia o no, Vostra Grazia?" Continuò Carstairs, continuando a tenere in mano la corrispondenza.

Lo sbalordimento del duca si trasformò in ira. Afferrò diversi fogli di carta, con gli occhi in fiamme.

"Va oltre la mia comprensione pensare che vi siate ritenuti in diritto di leggere la corrispondenza personale della duchessa vedova, il cui carattere è irreprensibile e che non potrebbe mai fare del male a un essere vivente, men che meno causare guai che non solo metterebbero in dubbio la sua reputazione senza macchia ma porterebbero discredito al buon nome della famiglia e disgrazia al ducato di Roxton." Sbatté i fogli di carta a faccia in giù sulla scrivania, senza guardarli, e tenne il palmo della mano aperto a coprire le lettere. "Non leggerò la sua corrispondenza personale. Né ora né mai."

Lord Shrewsbury si alzò dalla poltrona e raccolse diversi fogli di carta dalla pila sul tavolino. Diede una rapida occhiata all'elegante scrittura obliqua e poi lasciò cadere il braccio al fianco e guardò il bel nobiluomo che aveva voltato la faccia, con la furia minacciosa evidente nelle guance arrossate e nelle mascelle strette.

"Roxton... Julian... *Ragazzo mio*... Nessun altro, oltre ai quattro qui nella vostra biblioteca sa quello che sappiamo noi e preferiremmo che restasse così. Siamo venuti da voi perché non intendiamo portare avanti la questione. Abbiamo solo bisogno della vostra parola che porrete fine alla corrispondenza di vostra madre con persone che sono noti traditori, nelle colonie e in Francia. Per lo meno, assicuratevi che le lettere non vadano oltre il vassoio della corrispondenza sul tavolo dell'atrio e che non lascino mai la tenuta."

Roxton guardò gli occhi azzurro chiaro del vecchio amico di suo padre.

"Le è rimasto tanto poco già così e vi aspettate che le tolga uno degli ultimi piaceri che le sono rimasti? No, non lo farò. Può scrivere a chiunque voglia, che sia o no un traditore." Guardò Carstairs e Hibbert-Baker oltre la spalla imbottita dell'abito di velluto del vecchio. Non c'era calore nella sua voce profonda. "Avete letto le sue lettere. Ditemi voi quali dichiarazioni sovversive ha fatto e a chi."

"Corrisponde regolarmente con Benjamin Franklin," dichiarò Sir Kenneth.

"L'inventore ed editore?" Il duca non diede importanza alla cosa.

"Un traditore americano che è ora a Parigi in cerca dell'appoggio francese per la causa dei ribelli," dichiarò Lord Carstairs.

"Conosce Ben Franklin da anni! È stato qui, su invito dei miei genitori, quando ero un ragazzo. E lei gli ha fatto visita nei suoi alloggi a

Craven Street una o due volte, su suo invito. La sua corrispondenza con il signor Franklin sarà piena di discorsi accademici!" Roxton scrollò una spalla. "Scommetto che né lei né il signor Franklin hanno mai menzionato la guerra nelle colonie. Lui è troppo beneducato e lei troppo rispettosa della delicata posizione nella quale lui si trova ora." Quando i tre uomini non contestarono la sua affermazione chiese: "Chi altro?"

"C'è il Ministro degli esteri francese, il *Comte De Vergennes*," disse Sir Kenneth.

"*Cosa*? Vergennes è il secondo cugino di mia madre. La madre di suo padre, sua *nonna* era una Gravier di nascita. Per l'amor del cielo, devo dire una cosa ovvia? Mia madre è francese! È talmente francese che nonostante siano tanti anni che vive in Inghilterra riesce solo a parlare inglese con un pesante accento francese. E allora? Mio padre parlava esclusivamente francese con lei, preferiva Parigi a Londra e aveva una moglie francese, ma questo non faceva di lui un traditore del suo re e della sua patria. Era comunque completamente Inglese e leale alla casa di Hannover! Mia madre conosceva e rispettava i suoi desideri." Quando la sua dichiarazione fu accolta dal silenzio, il duca si passò le dita tra i riccioli neri e lasciò cadere pesantemente la mano lungo il fianco. "Cristo! Lei non è la sola donna francese che vive a Londra. Perché lei?"

"Lei è l'unica *nobil*donna francese con un duca inglese per figlio, che ha frequentato i circoli più altolocati della corte francese ed è in effetti imparentata con più di una famiglia aristocratica francese, come avete correttamente sottolineato, ha accesso ai politici, è amica di politici e ministri da entrambi i lati dell'Atlantico e attraverso la Manica e parla fluentemente tre, o sono forse quattro lingue? Forse non sta apertamente commettendo un tradimento. Forse Sua Grazia è la pedina inconsapevole del gioco di qualcun altro. Ma come sappiamo, e come dite voi stesso, è una donna intellettuale, quindi sarebbe un insulto alla sua intelligenza credere che stia scambiando informazioni con i suoi cugini francesi e i suoi amici americani, senza saperlo."

"State esagerando, Carstairs, e la cosa non mi piace!" Ringhiò Roxton. "Dove sono le vostre prove?"

"Le avete sulla scrivania, Vostra Grazia," disse sommessamente Sir Kenneth. Quando il duca afferrò le carte, continuò con la stessa calma: "Di primo acchito non c'è niente di strano in quello che c'è scritto su quella pagina, ma date un'occhiata più da vicino alla ricetta per la zuppa disidratata e vedrete che le quantità sono eccessive, se mai qualcuno volesse tentare di mettere gli ingredienti in un calderone, per quanto grande."

Il duca fissò Sir Kenneth come se gli fosse cresciuta un'altra testa.

"Che sciocchezze state dicendo, Kenny. Quantità di che cosa?"

"Non è per niente la ricetta per la zuppa disidratata. È un metodo piuttosto ingegnoso di riferire dei numeri. Se togliete il nome degli ingredienti restano le quantità, ma non sono quantità ma numeri che riflettono perfettamente lo spiegamento delle nostre truppe intorno al periodo in cui gli Assiani sono stati sconfitti a Trenton. E solo i membri del gabinetto di guerra conoscevano quei numeri."

Il duca era ancora perplesso.

"E dove diavolo avrebbe potuto ottenere quei numeri mia madre?"

"Questo è quanto dobbiamo scoprire, Vostra Grazia."

"A chi era indirizzata questa lettera?"

"A una certa *M.lle* Anais d'Lese."

"E chi diavolo è?"

"In realtà non è una lei, Vostra Grazia," si scusò Sir Kenneth, ma un lui. Anais d'Lese è l'anagramma di Silas Deane."

"E questo personaggio è...?"

"È un mercante americano e agente segreto, inviato a Parigi dai ribelli per negoziare direttamente con il governo francese," continuò Sir Kenneth quando i suoi colleghi restarono muti. "È un amico particolare del signor Franklin e attualmente risiede in un appartamento che era, fino allo scorso anno, la vostra casa di famiglia in Rue Saint Honoré. Le lettere sono state mandate al signor Deane sotto l'alias di *M.lle* Anais d'Lese. Vedete, se guardate sul rovescio della seconda pagina che avete in mano, c'è l'indirizzo, scritto nella calligrafia della duchessa."

Roxton voltò le pagine, diede un'occhiata alla calligrafia sul rovescio della seconda pagina e scosse la testa incredulo.

"Buon Dio," mormorò più per sé che per il suo pubblico, "che possibilità abbiamo di salvare le colonie se il ministero degli esteri spreca il tempo e le energie in imprese del genere."

Tese il foglio a Lord Shrewsbury, di colpo stanco, dopo la lunga giornata che era cominciata alle prime luci, quando aveva fatto la straziante visita al mausoleo di famiglia per rendere omaggio al padre nel terzo anniversario della morte, seguito da una giornata di attività legate alla regata, che era diventata un'esperienza ancora più traumatica con il drammatico salvataggio dall'annegamento del suo figlio minore, e ora questo *Comitato per la corrispondenza coloniale di interesse* che accusava sua madre di essere una spia per i francesi, o era per i ribelli americani? O forse per entrambi? Non ne era certo. La sua pazienza era al limite e si chiese se le poche ore che restavano in quella giornata gli avrebbero portato altro ancora, per fargli superare i limiti e fargli perdere completamente il controllo.

Spostò lo sguardo da Lord Shrewsbury, che si era avvicinato alla finestra con le tende aperte e aveva messo gli occhiali per leggere una pagina alla luce morente del pomeriggio, a Carstairs e Sir Kenneth, che si erano appollaiati sul bordo delle poltrone, come se fossero pronti a lanciarsi verso la porta nel caso il loro nobile ospite scatenasse una bordata di insulti sulle loro teste incipriate. Il duca non ne aveva né la forza né l'inclinazione. Appoggiò il palmo delle mani sul bordo della scrivania e raccolse la poca energia che gli era rimasta per dire, in tono ironico:

"Bene, signori, posso dirvi due cose con sicurezza. La mano che ha scritto quella ricetta non è quella elegante di mia madre, anche se l'indirizzo sul retro della pagina è stato scritto da lei, ma che c'entra? Quando mio padre era in vita, indirizzava e affrancava tutte le lettere di mia madre, come si usa normalmente. Invece di leggere la corrispondenza degli altri senza permesso, tutto quello che avreste dovuto fare era chiederle a chi appartenevano queste lettere e sono sicura che ve l'avrebbe detto.

"Secondo, mentre mia madre è perfettamente a suo agio tra le pagine di un testo in latino del suo storico romano preferito e potrebbe indicarvi la posizione dell'isola di Tahiti su una cartina dell'Oceano Pacifico, o anche farvi il panegirico degli esperimenti del signor Franklin con l'elettricità, è totalmente priva di quelle abilità femminili normalmente ritenute necessarie in una moglie. Non sa ricamare, dipingere, suonare uno strumento musicale, e non sa assolutamente niente di cucina. Quindi, quantità a parte, non conoscerebbe gli ingredienti di un pasticcio di cervo o di un pudding di crema e fragole nemmeno se li vedesse sul tavolo, o scritti su un pezzo di carta in qualunque lingua scegliate che sappia leggere. Farete meglio a usare le vostre energie nel dare la caccia alle vere spie e ai traditori invece di concentrare i vostri sforzi sugli scarabocchi privati di una vedova che ha un'ossessione morbosa con il defunto. Shrewsbury, pensavo che avreste mostrato un po' più di sensibilità per le condizioni di mia madre."

Il sorriso dell'anziano era triste. "Era a causa di questa sua ossessione che presumevo..."

Non riuscì a finire la frase e distolse lo sguardo, fuori dalla finestra. Non era necessario, il duca sapeva esattamente che cosa voleva dire e stava per fare un commento quando si sentì interpellare.

"Julian, ascoltatemi! È vero? È vero che avete venduto l'*Hôtel*?"

TREDICI

Il duca fece un passo avanti, guardando sua madre e poi, sopra la sua testa, sua moglie. Le parole di Antonia non erano penetrate ma vide la sua espressione e fu sufficiente perché il battito accelerasse.

"*Maman*, Deborah? Che c'è? Non-non Gus?"

Quando la duchessa scosse la testa, ma si morse il labbro inferiore, con un'occhiata d'avvertimento ad Antonia prima di spalancare gli occhi castani, il duca si rilassò sapendo che suo figlio stava bene, ma solo per un attimo perché il gesto silenzioso di sua moglie lo avvertì che qualcosa o qualcuno aveva sconvolto sua madre.

"Scusate, *Maman*?"

"È vero? Avete venduto l'*Hôtel*?"

"L'*Hôtel*? Certamente potremo parlarne più tardi. Sono in riunione e…"

"Quindi l'avete venduto."

"Ora non è il momento per discuterne. Se volete…"

"No! No, io non voglio proprio niente, Julian. Mi direte adesso se la nostra casa di Rue Saint Honoré è stata venduta."

Antonia strinse forte le mani l'una all'altra e continuò a guardare suo figlio, aspettando una risposta, sforzandosi di restare controllata perché ancora non riusciva a credere che fosse vero e non voleva credere che non avrebbe mai più potuto mettere piede all'*Hôtel* Roxton. Quando Julian esitò, si lanciò in un discorso, quasi che rivelargli i suoi sentimenti potesse in qualche modo cambiare quello che non era possibile cambiare.

"*Monseigneur* vostro padre è nato in quella casa. Come sua sorella, vostra zia e suo figlio, vostro cugino Evelyn, anche lui. E vostro nonno, il padre di *Monseigneur* ha vissuto là con la vostra nonna francese perché non poteva portarla in Inghilterra perché era una papista. E l'*hotel* è stato il suo rifugio perché aveva sposato un protestante e la sua famiglia, i Salvan e il Re francese l'avevano bandita dalla corte."

"Lo so, *Maman*," rispose gentilmente il duca, "conosco molto bene la storia della nostra famiglia in quella casa."

"Frederick, vostro figlio ed erede, è nato anche lui in quella casa. Non significa niente per voi?"

"Vuol dire moltissimo. *Maman*, ma che serve tutto questo?"

"È stata la casa in cui siete cresciuto. Dove voi ed Evelyn avete giocato a nascondino e noi fingevamo di non vedervi."

"Sì."

"E il vostro fratellino… Avete dimenticato che Henri-Antoine ha passato tanti anni felici in quella casa? Lui e Jack… Lui e Jack hanno giocato anche loro a nascondino… E poi ci sono state le tante feste che abbiamo fatto là per voi ed Evelyn e per Henri-Antoine e i vostri amici. Lucian ed Estée hanno vissuto all'*Hôtel* con noi. Eravamo una grande famiglia… E c'era il campo da bocce tra gli alberi di castagno…"

"Ricordo tutto, *Maman*, come potrei dimenticarlo?"

Antonia fissò il bel volto di suo figlio, con le mani così strette che aveva perso la sensibilità alle dita.

"La-la casa di Parigi è molto importante, molto importante per *Monseigneur*."

"Sì, sì era molto importante per *mon père*."

"È stata la mia prima casa…"

"Sì, so anche questo."

"E quindi è molto importante anche per me."

La sua voce era poco più di un sussurro e gli occhi avevano cominciato a riempirsi di lacrime. Il duca distolse lo sguardo, deglutendo a fatica, obbligandosi a ricordare il saggio avvertimento di suo padre nei suoi ultimi giorni di vita; ricordare che aveva fatto la cosa giusta vendendo il palazzo di famiglia a Parigi.

*Vendilo, Julian. Vendi l'Hôtel, per il bene suo e tuo. Tua madre non vivrà mai più laggiù senza di me. Ci sono troppi ricordi… C'è una nuvola scura sopra la Francia di questi tempi. La tempesta, quando scoppierà, significherà la fine del vecchio ordinamento, della Francia della mia generazione. Vedo sangue nelle strade di Parigi e durante la tua vita… Devi proteggere i tuoi figli. Non ci dovrà più essere un M'sieur le Duc de Roxton. Metti il tuo sigillo su questo ducato, come deve essere… Non puoi proteggere tua madre…"

Aveva cercato di convincere suo padre che avrebbe veramente potuto occuparsi di sua madre. Ma suo padre non era stato d'accordo e quasi si era scusato rispondendogli: *Julian, non sei tu l'uomo che può renderla felice e lei si merita la felicità.*

Quelle parole, le ultime che gli aveva detto suo padre, gli facevano ancora male e guardando sua madre, al dolore nei suoi occhi, si chiese se il padre non avesse avuto ragione. Nonostante tutto quello che faceva o diceva, per quanto tentasse di essere comprensivo, lei restava inconsolabile e a volte, come in quest'occasione, impenetrabile in modo esasperante.

"Avete venduto la nostra casa di Parigi, vero?" Dichiarò Antonia.

Julian non tentò di spiegarsi o giustificare le proprie azioni. A cosa serviva? Avrebbe fatto poca differenza nella reazione di sua madre.

"Sì."

Quindi Charlotte aveva detto il vero. La sua casa di Parigi, la casa che racchiudeva tanti ricordi meravigliosi per lei, le era stata tolta e non c'era più. Avrebbe voluto lasciarsi cadere sul pavimento, rannicchiarsi e singhiozzare. Invece restò risolutamente in piedi e chiese, impietrita:

"E le nostre cose? Che cosa ne avete fatto? I nostri libri, la collezione di ventagli, tabacchiere e ninnoli di *Monseigneur* negli armadietti, la nostra tavola da backgammon, dov'è? I ritratti di famiglia sulle pareti, dove sono adesso?"

"È stato fatto un inventario. I libri, i quadri e le rarità sono state imballate e saranno portati qua. Se ci sono mobili cui siete particolarmente affezionata, mi è stato assicurato che i nuovi proprietari saranno più che lieti di farveli avere."

"La nostra casa, di chi è adesso?"

"È importante?"

"Sì, sì, è importante. Certo che è importante! Charlotte, lei dice che l'avete venduta a un *Fermier Général*. È così, Julian. Per favore! È così?"

"*M'sieur* Lavoisier è un *Fermier Général*. Sì, il mio agente a Parigi ha venduto la casa a lui."

"Avete venduto il nostro nobile patrimonio francese e tutto quello che significa a un mercante francese?" Chiese con lentezza deliberata. L'intorpidimento e il dolore lasciarono il posto a una rabbia incredula. "E ovviamente per dimostrare quanto tiene ai nostri nobili antenati francesi, *M'sieur le Fermier Général* ha trasformato trecentocinquant'anni di nobiltà in appartamenti d'affitto!" Schioccò le dita. "Così è questo che vi importa del vostro lignaggio, del sangue francese di vostra madre e vostro padre? Ci insozzate permettendo a un esattore delle tasse, cui non interessa niente altro che il profitto, di deridere il nostro blasone."

"L'accusa che mi fate è ridicola. Non ho fatto niente del genere."

"L'avete detto a vostro fratello? L'avete detto a Henri-Antoine?" Chiese Antonia, cercando di fermare le lacrime. "Avete detto a Henri-Antoine della cosa perfida che avete fatto? Che avete venduto la casa della sua infanzia senza consultarlo e senza un pensiero per lui? Che la casa che suo padre e gli antenati di suo padre avevano occupato è ora in mano ad affittuari indifferenti, in debito con un avido mercante, e che hanno meno onore e grazia in tutta la loro persona di quanta ne avesse vostro padre nel suo dito mignolo? Allora, l'avete fatto, *M'sieur le Duc*?"

Il duca si ritrasse davanti a quel tono e all'uso del suo titolo e la sua voce perse il tono gentile.

"Io non devo rispondere a nessuno, signora. Io dovevo decidere e l'ho fatto. È fatto. *Fin.*"

Antonia emise un suono che era metà singhiozzo metà risata.

"È vero, *mon fils*. Non dovete rispondere a nessuno e quindi chi può dirvi che è stato perfido e criminale vendere i miei ricordi e quelli di vostro fratello in quel modo crudele?" Voltò la testa verso la nuora, che restava impietrita dietro di lei, e dietro alla duchessa le sue dame di compagnia, sempre lì, e poi guardò il figlio, con un movimento rapido della testa in direzione della duchessa. "Oso immaginare che nemmeno la vostra moglie inglese abbia appoggiato in pieno questa orribile decisione. Che..."

"Lasciate Deborah fuori da questa storia!"

"... abbiate proseguito testardamente con la vendita nonostante le sue obiezioni."

"Adesso basta!"

Roxton fece un passo avanti.

Antonia mantenne la sua posizione, con la testa alta. "Non sono uno dei vostri lacchè, Julian, da zittire con una parola severa!"

Roxton alzò una mano in segno di disperazione frustrata e la lasciò cadere pesantemente con un sospiro esasperato.

"Non ho intenzione di discutere con voi. Quello che è fatto è fatto e questo non è il momento né il luogo per dare voce alla vostra melodrammatica indignazione."

"*Melodrammatica*? *Momento e luogo*?" Chiese stupita, con la voce che veniva a mancare e le lacrime che ora bagnavano le guance arrossate. "Vostra madre deve chiedere un appuntamento al vostro segretario? *Mon Dieu*. Siete voi che mi avete ridotto a questo: fare irruzione in una riunione con i funzionari del governo per scoprire quello che tutti gli altri già sanno, quello che mio figlio non ha avuto il coraggio di dirmi in faccia!"

"Non ho intenzione di continuare a discutere questa faccenda di fronte ad altri. Questa conversazione per oggi è finita," disse a voce bassa, facendo ricorso a tutto il suo autocontrollo, senza osare guardarla di nuovo. Sentire la confusa desolazione nella sua voce era quasi troppo. E quindi le passò accanto, scambiò un'occhiata di intesa con sua moglie, il cui sguardo fisso non aveva lasciato i suoi occhi per un momento, e poi guardò i due gentiluomini che restavano fermi a disagio accanto alle poltrone, ringraziando il cielo che il loro francese fosse poco più che rudimentale. Un cenno a ciascuno di loro, che reagirono allo stesso modo e presero congedo in silenzio. Alle due dame di compagnia disse:

"Sua Grazia è stanca e tornerà immediatamente a Crecy Hall."

"No! Sua Grazia *non* tornerà immediatamente a Crecy Hall!" Antonia scimmiottò quello che aveva detto in inglese, girandosi in un turbine, con le dita che stropicciavano convulsamente la sottana di seta, poi tornò in fretta al suo francese natio. "Julian! Ne discuteremo qui e subito, com'è *mio* diritto come vostra madre! Come osate trasformare in un mucchio di cenere i miei ricordi e poi congedarmi come se dovessi vedere la perdita della nostra casa di Parigi e tutto quello che rappresenta per me esattamente come la vedete voi: una transazione finanziaria e niente più? No, mai! Come vi aspettavate che reagissi a questa notizia?"

"Con il decoro consono al vostro rango!" Esplose il duca e poi si morse la lingua per evitare di dire altro.

Antonia restò immobile. Nessuno aveva mai messo in dubbio la sua capacità di comportarsi come una duchessa, men che meno un membro della sua famiglia. Che il figlio maggiore giudicasse corretto criticare sua madre la rese di colpo tristissima. Non capiva esattamente che cosa significasse l'ultimo commento, ma capiva che cosa c'era sotto.

"Quale che sia il mio rango, qualunque cosa voi e gli altri crediate che io debba essere, io sono sempre stata solo me stessa…"

Si guardò attorno, dagli occhi bassi di sua nuora alle dame di compagnia e all'anziano gentiluomo che si era allontanato in silenzio dalla finestra per mettersi accanto a una poltrona, vicino al duca. Le sue sopracciglia arcuate si contrassero riconoscendolo.

"Edward?" Disse, disorientata.

Lord Shrewsbury si inchinò con la massima cortesia. *Madame la Duchesse.*

Antonia si distrasse per un attimo, chiedendosi che cosa ci facesse il capo dello spionaggio inglese nella biblioteca di suo figlio. Sapeva tutto delle attività sotto copertura di Shrewsbury a favore del governo inglese perché *Monseigneur* non le aveva mai nascosto nulla, nemmeno il fatto che lui era uno dei primi a essere stato reclutato nella rete personale di spie del Re Luigi di Francia, *le Secret du Roi*, indubbiamente un reato di tradimento per un duca inglese, ma *Monseigneur* non rendeva conto a nessuno, né al suo sovrano Re Giorgio, né al monarca di sua madre Luigi XV. Shrewsbury era coetaneo del padre e non del figlio, e Antonia si chiese che cosa ci facesse lì, poi vide la pila di corrispondenza aperta sul tavolo e, come sempre, capì immediatamente e fu diretta.

"Pensate che ci sia una spia a Treat, Lord Shrewsbury? *Comment ainsi?*"

"Non ho la facoltà di rispondere a questo riguardo, *Madame la Duchesse*."

"Ma avete la facoltà di confiscare e leggere la corrispondenza personale di mio cugino? *Vous me stupefiez.* Charles Fitzstuart è un giovanotto molto sincero e idealista."

"I giovanotti sinceri e idealisti sono i traditori migliori, *Madame la Duchesse*." Rispose Lord Shrewsbury con estrema cortesia.

"Traditore? Charles? Per chi fa la spia?" Guardò suo figlio e poi Shrewsbury. Entrambi tennero la bocca chiusa. "I francesi? Pensate che Charles sia una spia per Luigi? *Mon Dieu. Toupet inconcevable.*" Alzò una mano, con la mezza dozzina di braccialetti d'oro che risuonavano al polso. "*Moi*, io non riesco a crederlo. Non riesco a pensare che crediate a questa stupidaggine, Julian."

"Non importa quello che credete, signora, né ho intenzione di discuterne con voi."

"Vedo, non stiamo parlando di nostro cugino come madre e figlio. Io sono solo una vedova subordinata al signore della casata dei Roxton. Devo fare la riverenza, o posso fare a meno delle formalità, visto che siamo a metà, e non all'inizio, della discussione, *M'sieur le Duc?*"

"Non siate assurda, *Maman!*"

"Oh, allora sono di nuovo vostra madre? Come, quando va bene a voi? Decidetevi, Julian, come avete certamente deciso di staccarvi completamente dalla vostra parte francese" replicò Antonia, con uno sguardo significativo a Shrewsbury. "Forse pensate che io sia una spia per Re Luigi? Dopo tutto sono francese, avete letto anche la mia corrispondenza?"

"È un'idea ridicola e l'ho detto a Shrewsbury."

Antonia fece un passo indietro. Aveva scherzato, ma la replica di suo figlio e il rossore che gli aveva immediatamente coperto le guance l'avevano colta di sorpresa. La sua risata fu incredula.

"Se non fosse così *incroyable*, mi offenderei. Non mi meraviglia allora perché abbiate venduto l'*Hôtel*. Ma non pensiate che Henri-Antoine seguirà il vostro esempio! Anche se dove potremmo vivere a Parigi senza un tetto sulla testa, non lo so. Come vedova suppongo che dovrei essere riconoscente per un tetto qualunque, e posso sempre andare col cappello in mano da un parente francese."

Roxton sospirò esasperato. "Sono sei anni che non andate a Parigi, esattamente come Harry."

"E ora sembra che non ci andremo più perché non c'è una casa dove andare e quindi la nostra famiglia non può più tenere la testa alta nella società francese."

"Buon Dio, non capite? Non ho nessuna voglia di tenere la testa alta nella società *francese*!" Le scagliò addosso Roxton, dichiarando, in inglese: "Sono un inglese con una moglie inglese e un ducato inglese che risale a cinque secoli fa! Venderei un centinaio di case simili se potessi aumentare la distanza tra me e una società che sta precipitando velocemente nell'abisso! La nobiltà francese è ancora attaccata al feudalesimo, dove i contadini muoiono di fame nelle loro fattorie, non perché la terra sia sterile ma per l'indifferenza di padroni assenti che passano le loro giornate fornicando dietro i paraventi in palazzi dalle stanze dorate, aspettando l'opportunità di strisciare e profondersi in inchini a un buffone di re! Un re che passa più tempo a rimuginare sulle serrature e le chiavi di quanto ne dedichi a un buon governo e che è sposato con una stupida ragazzetta che sta portando il debito nazionale francese a un livello astronomico, mentre la gente muore letteralmente di fame fuori dalla sua finestra. Non c'è libertà di parola, non c'è libertà di stampa. È una monarchia *assoluta*. L'idea francese di diplomazia è di strisciare dietro le nostre spalle come scolaretti dispettosi offrendo il loro appoggio ai ribelli americani nella loro guerra contro i cugini inglesi, e l'assurdità è che i ribelli americani stanno lottando per la *libertà*, mentre i francesi non ne hanno! Vi meraviglia che desideri dissociarmi dai nostri parenti francesi?"

Antonia restò ancora immobile, perché suo figlio l'aveva di nuovo sbalordita con il suo attacco al vetriolo. Si stava chiedendo se lo conosceva almeno un po'.

"Allora deve essere veramente un gran peso avere una *maman* francese," disse sottovoce. "Ora diventa tutto chiaro. Ora non mi meraviglia più che i vostri figli non debbano parlare francese naturalmente come parlano l'inglese. Perché avete deciso di non permettere loro di farmi visita. Perché sono tenuta all'oscuro delle vostre decisioni. Io sono un imbarazzo per voi e la vostra fam…"

"Non è quello che intendevo dire e lo sapete!"

"Allora dite quello che volevate dire!"

"Se solo riusciste a vedere oltre la vostra…"

"Julian, *no.*"

L'esclamazione arrivò dalla duchessa, che stringeva il paramano di seta del duca, allarmata, ma Julian era troppo preso dal momento per fermarsi.

"… egocentrica infelicità, vi accorgereste che la cosa non riguarda assolutamente voi."

Antonia echeggiò le sue parole in un sussurro.

"Egocentrica infelicità?"

"Beh, non è così?" Dichiarò Roxton. "Perché dovrebbero essere i mattoni e la calce a importare quando non sono gli *oggetti* ma le *persone* che sono importanti in questa vita? Cristo, *Maman*, mi avete gettato in faccia Henri-Antoine quando non avete prestato al mio fratellino una briciola di attenzione da quando è morto nostro padre! E Augustus, Gus, *mio figlio* è quasi annegato questo pomeriggio e voi siete qui a disperarvi su quello che è accaduto a una vecchia tavola da backgammon, a qualche sciocchezza e a qualche gingillo, piangendo la vendita di una casa di cui non attraversate la soglia da sei anni? Che cos'è una casa, che cos'è *qualunque cosa* a paragone della vita di un bambino?"

Antonia ondeggiò sui suoi tacchi da cinque centimetri. Era come se l'avesse schiaffeggiata forte in volto, tanto fu il rossore della mortificazione sulle guance. Aveva ragione, ovviamente. Suo figlio aveva ragione. Che cos'era la vendita di una casa se messa sulla bilancia con la vita dei suoi figli e dei suoi nipoti? Era vero. Persa nel suo dolore aveva trascurato il figlio minore, Henri-Antoine. Che madre era? Avrebbe dovuto pensare al suo benessere. Avrebbe dovuto pensare al piccolo Augustus, al fatto che avesse sfiorato la morte e alle sue ripercussioni sui suoi genitori, i suoi fratelli e sua sorella. Povera Deborah, sembrava tanto stanca e tirata, e Julian, lui aveva abbastanza preoccupazioni ed ecco che lei era qui a dar fastidio su una sciocchezza. Era incredibilmente egoista. Ora lo capiva. Stava pensando solo a se stessa. Aveva dimenticato che cosa fosse veramente importante. Che cosa dovevano pensare di lei? Che cosa dovevano pensare tutti del suo egoismo? Era certamente un imbarazzo per la sua famiglia. Era stata talmente egoista, così concentrata su se stessa quando *Monseigneur* era in vita? Certamente no… Ma forse, quando alla fine lui stava morendo…

"Sareste stato meglio con due genitori anziani, *mon fils,*" disse con un sospiro triste, rabbrividendo, con le mani tremanti sulle guance bagnate per asciugarsi le lacrime. "In quel modo non avreste dovuto avere a che fare con quella che è rimasta e che si aggira come una morta. Se fossi morta con vostro padre..."

"Sì! Forse sarebbe stato meglio! Almeno avrebbe avuto una fine dignitosa!" Scattò Roxton prima di riuscire a controllarsi, perché solo lei aveva la capacità di farlo sentire completamente impotente, perché odiava vederla così angosciata e così diversa da com'era prima, e si odiava per aver pensato ciò che lei aveva appena detto a voce alta, e più di una volta, in occasioni come questa, quando non sapeva che cosa dire o che cosa fare per renderla felice.

E una volta che la diga si aprì su questi pensieri dolorosi, non ci fu modo di fermarli. Era come se avesse bisogno di dire le parole a voce alta per sentirsi meglio, per far sparire finalmente quei pensieri. Non solo fece inorridire Antonia, ma tutti gli altri nella stanza.

"È vissuto per *tre* anni più di quello che era necessario e tutto per *voi*. Sapeva che cosa vi avrebbe fatto la sua morte e quindi ha continuato a vivere, nel dolore e nell'angoscia, *per voi*. Non una volta che si sia lamentato o che abbia fatto capire com'era dolorosamente difficile per lui semplicemente respirare, quanto il cancro l'avesse invaso. E voi avete avuto l'egoismo di lasciare che continuasse a vivere perché non sopportavate di essere divisa da lui! Bene, signora, potete essere orgogliosa di aver-aver *aumentato* le-le sue *sofferenze*. Avrebbe dovuto avere il diritto di morire con dignità. Non voleva che voi o io o gli altri lo vedessero in quello stato di devastazione. Era così fiero, un principe tra i suoi pari, che non era mai stato malato in vita sua. Vederlo ridotto così, l'ombra di un uomo, devastato e incapace di girare per la sua camera senza l'aiuto di un bastone e, nelle ultime settimane di vita, incapace di lasciare il letto! Che tristezza... per colpa vostra.

"Avrebbe dovuto poter lasciare questo mondo come aveva calcato le sue scene, con sicurezza arrogante e maestosamente. Voi avete trasformato i suoi ultimi anni in un-un circo! Lui pensava solo a voi, *sempre* a voi. Si biasimava per aver sposato una donna tanto più giovane di lui, sembrava in qualche modo che fosse colpa *sua* se voi restavate più giovane dei vostri anni; se la vostra bellezza non svaniva col tempo. Vi amava alla follia e per questo ha permesso che la sua fine fosse ignobile. E come onorate il suo ricordo? Come vi comportate? Con scene istrioniche e dichiarazioni drammatiche di autocompatimento! Diceva che non sarei stato in grado di occuparmi di voi e aveva dannatamente ragione! Non posso occuparmi di voi perché non so più chi siete!"

Seguì un silenzio assordante nella biblioteca. Nessuno si muoveva o sapeva che cosa dire. Senza rendersene conto, il duca aveva urlato contro sua madre con tanta rabbia repressa che tutti erano attoniti, specialmente Antonia, che crollò. Ma il suo primo istinto fu di abbracciare il figlio e cullarlo, accarezzare i riccioli neri e dirgli con voce suadente che niente era così brutto come immaginava, perché gli occhi verdi di Julian erano pieni di lacrime e le labbra gli tremavano; quando era sconvolto dimenticava l'inglese e tornava al francese della sua infanzia: le ricordava tanto il ragazzino che era stato una volta, eppure restava lì, incapace di muoversi e incapace di parlare.

Alla fine, Roxton si asciugò gli occhi e si voltò, distratto dalla duchessa, che aveva raccolto le sue sottane ed era corsa come se la sua vita dipendesse da quello verso la scala a chiocciola di ferro battuto che portava alla stretta passerella che circondava gli scaffali alti fino al soffitto e da dove proveniva, nel silenzio generale, lo stridulo pianto spaventato di un bambino.

All'istante, tutti guardarono da quella parte e videro il duca che si affrettava a raggiungere sua moglie, che stava facendo del suo meglio per tranquillizzare il loro figlio maggiore che singhiozzava e si dimenava per liberarsi dall'abbraccio confortante di sua madre.

Frederick era entrato di nascosto nella biblioteca attraverso la porta segreta, come avevano fatto tante volte suo padre e suo zio prima di lui, da ragazzi, per sedersi sul gradino più alto della scala a chiocciola, in camicia da notte e vestaglia di seta con il berretto e le pantofole in tinta, con i gomiti sulle ginocchia, tremante di eccitazione perché stava origliando la conversazione degli adulti quando avrebbe dovuto essere a letto. Era venuto per augurare la buona notte alla sua amatissima Mema perché non la vedeva da quando era partito con la carrozza *Oudry* con sua madre e i suoi fratelli. Scoppiava dalla voglia di dirle tutto sulla gara e di come il signor Strang stesse vincendo fino al momento in cui Gus si era alzato in piedi sulla barca di papà per salutare i compagni di gioco del villaggio, che gli stavano urlando incoraggiamenti mentre correvano lungo la riva del lago, e di come Gus fosse caduto a testa in giù dalla barca con un grande tonfo e fosse sparito sott'acqua. E poi l'attimo dopo il signor Strang si era tuffato nel lago. Aveva tanto voluto raccontarlo a Mema e l'indomani sarebbe stato troppo tardi, era sicuro che non si sarebbe ricordato proprio tutto, la mattina dopo.

Ma non andava tutto bene in biblioteca e, anche se non capiva che cosa stesse succedendo tra gli adulti, sentiva la tensione e che suo padre era arrabbiato con Mema. E poi suo padre aveva cominciato a urlare alla sua amatissima Mema. Non aveva mai, mai visto suo padre così furioso. Era perfino più adirato della volta in cui Gus e Louis erano andati di nascosto in un angolo delle scuderie per ispezionare il fucile carico che un guardaboschi aveva appoggiato a una balla di fieno, mentre il loro padre e gli uomini giravano loro le spalle per controllare il nodello ferito di uno stallone, solo per essere colti sul fatto da papà due secondi dopo quando Gus aveva raccolto il fucile e aveva puntato per gioco la canna contro il suo gemello.

Mema stava piangendo e sua madre era così triste e aveva anche lei le lacrime agli occhi.

Era troppo perché Frederick lo sopportasse e finalmente gridò a suo padre di smetterla, di smetterla di urlare contro Mema! E poi sua madre l'aveva preso in braccio e aveva mormorato parole rassicuranti prima che riuscisse a correre da Mema e abbracciarla per proteggerla dalla furia di suo padre.

Antonia non vide e non udì niente di tutto questo. Nemmeno quando il ragazzino urlò di paura e di angoscia, chiedendole di tornare indietro. Tutto quello che aveva sentito erano le accuse infuocate di suo figlio che le risuonavano in testa, ancora e ancora, e tutto l'autocompatimento si trasformò in disgusto per se stessa. Certo che era colpa sua. Certo che Julian aveva il diritto di essere furioso con lei. Come aveva potuto essere così indifferente e cieca? Come aveva potuto permettere che succedesse? Come aveva potuto non *vedere*? Ma sapeva la risposta. Lei *era* egocentrica. Era *lei* quella da biasimare.

Non per la morte di *Monseigneur*, era il cancro ai polmoni che l'aveva portato via, ma per il modo in cui aveva lasciato questa vita per l'altra. Sì, quello era solo colpa sua. Lo aveva obbligato a vivere, nel dolore e in modo indegno, perché non riusciva a sopportare di vivere senza di lui. Era stata così egoista, troppo egoista per lasciarlo morire con dignità, e nella sua autocommiserazione aveva dimenticato tutto il resto, in particolare l'effetto che la lunga fine di *Monseigneur* avrebbe avuto sulla sua famiglia e i suoi amici, e più di tutti sui loro figli, Julian e Henri-Antoine. Non si sarebbe affatto sorpresa se la lunga malattia di *Monseigneur* avesse affrettato la fine di sua sorella e di suo marito, che erano morti entrambi nell'arco di dodici mesi dalla morte di *M'sieur le Duc*.

Uscì dalla biblioteca, senza vedere niente, passandosi inconsciamente le mani su e giù sulle braccia come se di colpo avesse molto freddo. Sentendo i braccialetti sotto il palmo delle mani, si tolse la dozzina di bracciali d'oro che le pendevano dai polsi, lasciandoli cadere e rimbalzare uno a uno sul tappeto e risuonare e rotolare sul pavimento in tutte le direzioni, per sparire sotto una sedia o in un angolo buio. Willis e Spencer li rincorsero mentre Antonia attraversava l'anticamera e passava nella galleria. Qui si tolse dai lobi gli orecchini di diamanti e smeraldi e li lasciò cadere senza pensarci. Le mani salirono di nuovo, questa volta verso i tre fermagli di diamanti sistemati tra i capelli raccolti. Sganciati, anche loro furono consegnati alla spessa nebbia che l'avvolgeva. La dozzina circa di forcine di perle che le tenevano a posto i capelli furono estratte una a una e seguirono il resto dei gioielli, la massa di riccioli biondi fu libera di rimbalzarle sulle spalle e scendere a cascata e in disordine sulla schiena.

Aveva attraversato metà della galleria, non che sapesse dov'era, quando i giocatori di whist seduti ai quattro tavoli si bloccarono mentre scartavano e voltarono le teste incipriate in silenzio attonito a guardarla passare. I signori che conversavano accanto al secondo camino si alzarono a metà dalle loro comode poltrone per renderle omaggio e la fissarono a bocca aperta mentre passava davanti a loro come in trance. Davanti a una portafinestra aperta, non lontano da dove un gruppetto di persone era in piedi sotto il ritratto di un antenato, Antonia si tolse con un calcio le scarpe di damasco e con le sole calze ai piedi uscì nella fredda aria notturna, con due camerieri impassibili che si inchinavano davanti a lei come se non ci fosse niente fuori posto nella distratta e scarmigliata duchessa vedova di Roxton.

Non si accorse del marmo freddo della terrazza sotto i piedi mentre esitava indecisa, fissando la luce del tramonto oltre i prati ondulati verso il ponte sopra il lago dalle acque ora ferme e tranquille, e oltre il viale di ghiaia fiancheggiato da querce e faggi che proseguiva fino alla sua casa vedovile. Una mano alla gola e si rese conto di avere il collier di smeraldi e diamanti, il primo regalo di *Monseigneur*. Chiuse un attimo gli occhi pieni di lacrime, ricordando il momento in cui le aveva gentilmente messo al collo il pesante collier il giorno del suo diciottesimo compleanno: *per intonarsi a vostri occhi, mignonne*. Senza di lui era solo un altro oggetto, come tutti gli altri gioielli, un gingillo, *senza valore*. Decisa, aprì il fermaglio con le dita tremanti, facendo scivolare il pesante collier dalla gola e lasciandolo cadere nel cespuglio di caprifoglio.

Antonia scese dalla terrazza verso il prato e si incamminò verso il lago.

QUATTORDICI

Jonathon Strang tornò a Treat dopo una settimana passata a Londra e trovò un invito che lo aspettava. Era della contessa di Strathsay che lo invitava cordialmente nella sua tenuta nel Buckinghamshire per due settimane, per aiutarla a festeggiare il ventottesimo compleanno del suo figliolo maggiore. C'era anche una lettera di Sarah-Jane piena di ansimante eccitazione (evidente dalle macchie di inchiostro sulla pagina) che gli diceva quello che lui già sapeva, avendo rotto il sigillo sull'invito della contessa, che lei era andata avanti con Lord e Lady Cavendish. Si era presa la libertà di portare con sé i *portmanteau* che lui si era lasciato indietro, quindi doveva raggiungerla *in tutta fretta* perché lei aveva delle notizie di *grande importanza* che sarebbero state annunciate durante la settimana e lui *doveva* proprio essere lì, altrimenti lei non avrebbe *mai* perdonato il suo *carissimo* papà.

Jonathon sorrise tra sé e sé: sì, lo avrebbe perdonato. Sarah-Jane lo perdonava sempre. Dopo tutto era la figlia di sua madre, e aveva il carattere dolce di Emily.

C'era anche una lettera di Tommy Cavendish, ma non ruppe il sigillo perché era un pacchetto piuttosto spesso e quindi ci sarebbe voluto parecchio tempo per leggere tutto e digerirlo. Quindi lo infilò nella tasca della redingote per aprirlo più tardi e prestò attenzione al maggiordomo, che aspettava nel vestibolo della cavernosa entrata con un cameriere in livrea che portava un vassoio d'argento, da dove Jonathon aveva preso le lettere che aveva ora in mano. Ne restava solo una, era una breve missiva del duca, che lo informava che i suoi avvocati in città lo avrebbero contattato riguardo all'affitto della casa di Hanover

Square e che lui gli avrebbe fatto visita la prossima volta che fosse stato a Londra. Era tutto. Nessuna spiegazione sul perché lo respingevano sulla porta.

Sotto il soffitto a cupola del vestibolo, dipinto con nuvole, sopra le quali sedevano vari dei e dee circondati da piccoli cherubini paffuti, il maggiordomo altezzoso si prese la soddisfazione di informare Jonathon che il duca era stato chiamato inaspettatamente a Bath e aveva lasciato istruzioni che la sua giovane famiglia, che risiedeva ancora in quel monolite di casa, non doveva essere disturbata per nessun motivo. Il signor Strang poteva avvalersi di un cavallo fresco e rinfreschi liquidi, se lo desiderava, per poi rimettersi in cammino e andarsene.

Il maggiordomo era sicuro che il signor Strang avrebbe capito.

Jonathon non capiva e non intendeva certamente girare sui tacchi e saltare su un cavallo fresco senza congedarsi dalla duchessa vedova di Roxton, non quando aveva passato ogni notte lontano da lei non pensando ad altri che a lei. Buttò giù il bicchiere di birra scura servito su un altro vassoio d'argento da un secondo cameriere dal volto impassibile, raccolse il suo piccolo *portmanteau* da viaggio di pelle marrone e fu scortato da un terzo cameriere, attraverso una serie di stanze secondarie e stretti passaggi finché fu all'esterno, in un grande cortile acciottolato a destra del quale c'erano le grandi scuderie e il cavallo fresco sellato, come promesso.

Jonathon non svoltò a destra come si aspettavano, e con un cenno agli stallieri in sua attesa, andò a sinistra. Si mise la borsa da viaggio sulla spalla e si incamminò a grandi passi sul prato, verso il sentiero di ghiaia che portava alla passeggiata panoramica attraverso i giardini ornamentali, ben curati e preparati per la fioritura estiva da una squadra di giardinieri. Fece dei cenni di saluto a tutti quelli che alzavano gli occhi ma non notò né le aiuole dissodate né le fontane scintillanti, le siepi ben potate o i viali appena rastrellati. Arrivato al muro di pietra a sud del giardino, spinse una porticina di legno inserita nella muratura e proseguì nel pascolo dove le pecore, alcune con alcuni agnellini appena nati, stavano brucando dall'altra parte di una recinzione infossata.

C'era un sentiero che portava a un gruppo di salici, accanto al quale c'era una grande rimessa per le barche, che qualunque mezzadro sarebbe stato fiero di chiamare casa, e un lungo pontile dove diversi skiff ondeggiavano piano sulla superficie increspata del lago. La brezza si era rafforzata e un'occhiata in alto al cielo azzurro pallido e verso l'orizzonte a est, dove il cielo era più scuro e si erano raccolte nuvole minacciose, disse a Jonathon che era in arrivo una tempesta. Se non avesse remato forte e in fretta c'era una buona probabilità che i cieli si aprissero e lui sarebbe stato fradicio prima di arrivare al bel padiglione dall'altra parte del lago.

Era deciso a passare un'ultima notte a Treat prima di trasferirsi nel Buckinghamshire per altri impegni sociali terribilmente noiosi e tutto per aiutare sua figlia nel suo tentativo di assicurarsi almeno un baronetto. E non conosceva un posto migliore per passare la notte del padiglione e nessuna persona migliore della duchessa vedova di Roxton.

Arrivò sotto il soffitto a cupola del padiglione prima che le prime grosse gocce di pioggia si schiacciassero sui gradini di marmo. Lasciò cadere il *portmanteau*, si infilò la redingote sopra il panciotto e la camicia bianca, e andò alla casa vedovile cercando un modo di entrare, con il mantello da viaggio su una spalla, quando i cieli si aprirono per riversare una pioggia dura, pesante.

La casa era al buio. Dalle fessure delle finestre al pianterreno, tutte coperte di tende pesanti, non filtrava né la luce di una candela né quella di un camino acceso. Tutte le porte e le finestre erano sbarrate, e così anche la dependance. Era come se la casa fosse stata chiusa e i suoi occupanti se ne fossero andati. Jonathon si chiese se la duchessa fosse effettivamente lì e se non avesse fatto un viaggio a vuoto, finché finalmente trovò dei segni di vita davanti alla casa.

Tornò all'entrata principale, con il suo viale di ghiaia circolare e il portico decorativo, poi corse indietro verso il giardino, con la sua fontana centrale, per avere una visuale migliore di tutta la facciata elisabettiana, con la sua moltitudine di finestre a colonnine. Un tuono, e il lampo illuminò l'intera casa, dando a Jonathon una visuale spettacolare dell'edificio sinistramente bello con la sua fila di comignoli di mattoni decorativamente inclinati. Qui vide del fumo, che usciva arricciandosi nell'aria da due dei camini, uno nell'ala est e un altro, molto più in fondo sulla linea del tetto, che forse arrivava dalla cucina dalla parte sud in fondo alla casa, accanto a un orto recintato che conteneva anche una ghiacciaia sferica costruita ai tempi degli Stuart.

Corse prima intorno all'ala est e lì, in un cortile interno, molto in alto, c'era il comignolo inclinato in mattoni rossi con le sue volute di fumo e, lungo la fila di finestre più in basso, battute dalla pioggia, c'era una luce che ammiccava tra le tende non completamente tirate sulla finestra.

Rimase sotto la stretta tettoia di una pesante porta che permetteva ai servitori di entrare e uscire dalla casa, con il mantello tenuto ora sopra la testa per ripararsi dalla pioggia battente, chiedendosi come fare per attirare l'attenzione degli occupanti dell'unica stanza che sembrava abitata. E, come in risposta alle sue riflessioni mentali, la porta alle sue spalle si aprì cigolando. Dal buio all'interno apparve un volto cupo, alla luce di una candela. Occhi cauti si spalancarono quando lo riconobbero. Un cenno di Jonathon in risposta e la porta di spalancò.

Era Michelle, la cameriera personale della duchessa vedova.

"*M'sieur*! Eravate voi nel padiglione, sì?" Gli chiese a voce alta, in un inglese esitante, per farsi sentire sopra la pioggia, con un'occhiata diffidente alle sue spalle. "Siete un amico di *Madame la Duchesse*, vero?"

"Sì. E parlo molto bene il francese."

La donna annuì, lo fece entrare ma non sembrava incline a dire altro, in nessuna lingua. Fece solo segno a Jonathon di seguirla nel buio corridoio di servizio e poi in un altro e alla fine attraversarono un terzo corridoio, evitando in quel modo completamente le stanze pubbliche e private normalmente non frequentate dai servitori, salvo che fossero convocati. Michelle lo aveva condotto nella cucina piena di luce e di attività, con l'enorme camino profondo pieno di un assortimento di pentole che bollivano, pollame che girava sullo spiedo e abbastanza calore irradiato da riscaldare l'intera stanza e togliere il gelo dalle mani di Jonathon.

Lo chef e due cuochi erano occupati a preparare un banchetto, il che sembrava strano visto che la casa era immersa nel buio, e interruppero le loro preparazioni quando Jonathon entrò nella stanza dietro a Michelle. Un cenno della testa di Jonathon e lo chef, con una ben scelta imprecazione gallica ai suoi cuochi, che si erano fermati e fissavano lo straniero alto e ben fatto, non disse altro e continuò il suo lavoro, lasciando che fosse Michelle ad andare a prendere un bicchiere di birra scura tiepida per Jonathon. Michelle gli prese il mantello da viaggio e lo mise sullo schienale di una sedia ad asciugare davanti al fuoco, affaccendandosi inutilmente come se fare qualcosa di banale potesse aiutarla a restare calma, o così almeno sembrò a Jonathon che la osservava attentamente. Un'occhiata incuriosita allo chef, che stava gingillandosi mentre sistemava la pasta per una quiche, un po' come Michelle stava dandosi da fare con il suo mantello, e Jonathon decise che qualcosa non andava nel verso giusto in quella casa. Prima che Jonathon potesse porre la domanda, Michelle si rivolse a lui, torcendosi le mani.

"*M'sieur*! Quel mostro è là dentro che aspetta la sua cena e ho detto a Pierre di avvelenare la quiche o il vino. Non mi interessa quale dei due, ma si deve farlo e se mi impiccheranno per quello, così sia, pur di vederlo morto!"

Lo chef grugnì. "Michelle, non essere idiota. Il medico grasso deve essere tenuto in vita. E hai dimenticato che ci sono quei due bruti con lui, sempre."

"Avvelenali tutti! A me non importa e non dovrebbe importare nemmeno a te!"

Lo chef grugnì di nuovo ma disse a Jonathon, alzando un dito della mano infarinata: "Avvelenerei volentieri quel grasso medico e i suoi assistenti, *M'sieur* ma non è il momento giusto. Prima Michelle deve scoprire dov'è finita *Madame la Duchesse*; che cosa ne ha fatto quel furfante."

"*Madame la Duchesse?*" Jonathon sobbalzò. Sentì il cuore che accelerava "Un medico, dite? Non… Non sta bene? Non capisco."

Lo chef fece per ripetere quello che aveva detto in un inglese pesantemente accentato ma Michelle si riscosse, sventolando le mani al cuoco per farlo stare zitto.

"Questo signore capisce bene quello che dici, Pierre! Non ti sta chiedendo di ripeterlo. *M'sieur*," disse a Jonathon, prendendogli di mano il bicchiere vuoto e appoggiandolo sul tavolo, "*Madame la Duchesse* effettivamente non stava bene. È stato la sera della regata… L'hanno trovata… L'hanno trovata…" Si interruppe e fece un lungo respiro tremante. "Non penso di riuscire a dirvelo…"

"Allora parlatemi di questo medico," disse Jonathon con un tono misurato, che calmò la cameriera.

"È venuto a casa dopo la regata con *Madame la Duchesse*, lui e i suoi due bruti che chiama assistenti e ora si comporta come se questa casa fosse sua!"

"Questo perché *M'sieur le Duc* lo ha autorizzato a farlo, Michelle," dichiarò Pierre, lo chef, fissando Jonathon. "Ecco perché gli do da mangiare."

"Sta ancora curando Sua Grazia?" Jonathon fu sorpreso. Quando la cameriera annuì vigorosamente, con le labbra serrate, aggiunse: "La vostra padrona sta così male?"

Michelle gli diede un'occhiata cauta. "*Madame la Duchesse* non è mai malata, nel corpo…"

"*M'sieur*," disse Pierre, riempiendo la pasta con un misto di verdure, aglio e panna prima di aggiungere una generosa grattata di noce moscata, "con tutto il dovuto rispetto per *M'sieur le Duc de Roxton*, se il grassone seduto nella sala da pranzo che aspetta la sua cena è un medico, allora io sono Re Luigi di Francia!"

"È un mostro!" Esclamò Michelle, portandosi una mano tremante alla bocca.

"Il medico, come si definisce lui," disse Pierre, con un sorriso che gli si allargava sul volto florido dalla carnagione scura mentre spruzzava un liquido scuro da una bottiglia verde sopra il ripieno della quiche: l'elisir di Daffy e la noce moscata, e le budella del medico si sarebbero sicuramente aperte da sole; ne aveva versato una buona quantità anche nella zuppa di patate e formaggio, "lui è un *canard*."

"Pierre! Come puoi ridere così quando…"

"Un ciarlatano? Come si chiama questo tizio?" Chiese Jonathon.

"Sir Titus Foley, *M'sieur*."

"Che diavolo aveva in mente Roxton?" Brontolò tra sé Jonathon e poi chiese: "Dov'è? Dov'è *Madame la Duchesse*?"

"Non lo sappiamo…"

"Non lo sapete?"

"… perché lui, il medico, non permette a me né a nessun altro di vederla. Immaginate *Madame la Duchesse* privata della sua cameriera!"

"Michelle, questa è la minore delle preoccupazioni di *Madame la Duchesse*," mormorò Pierre, ritagliando l'eccesso di pasta dalla parte superiore della quiche e stringendo il bordo tra il pollice e l'indice.

"Certamente le gargoyle, Willis e Spencer, certamente sono con lei?"

La cameriera scosse forte la testa.

"Dove sono?"

"Le dame di compagnia della duchessa sono partite con la *Comtesse de Strathsay*."

"Quindi se non sono con lei e voi non potete avvicinarla, chi si occupa di *Madame la Duchesse*?"

"Il medico ha mandato tutti i servitori alla Gatehouse," spiegò Michelle. "Solo Pierre, Guy e Philip hanno il permesso di restare qui in casa perché…"

"… gli riempiamo la pancia," interloquì Pierre.

"Quindi è stata lasciata completamente sola con Sir Titus e i suoi assistenti?" Quando la cameriera annuì tetramente, Jonathon imprecò e talmente brutalmente che perfino lo chef sobbalzò.

"Quando è stata l'ultima volta che avete visto la vostra padrona?"

Quando Michelle scambiò uno sguardo preoccupato con Pierre, che aveva interrotto i lavori in cucina con i suoi due cuochi, con le mani infarinate sospese appena sopra una seconda torta salata preparata a metà, il cuore di Jonathon perse un colpo e lui divenne impaziente.

"Ebbene? L'avete vista questa settimana o no?"

"L'abbiamo sentita, *M'sieur*… L'abbiamo sentita una volta, che gridava parolacce al medico," disse Pierre. Non riuscì a nascondere un sorriso di ammirazione. "Le sue imprecazioni erano nel più puro ed eccellente parigino delle fogne, ma sprecate per quel grasso *canard*. Il suo francese è inesistente."

Prima che Jonathon potesse chiedere, Michelle aggiunse sommessamente: "Io l'ho vista, *M'sieur*, questa mattina. Ho seguito un assistente..." La cameriera fece un rumore, a metà tra un singhiozzo e un respiro profondo e poi continuò sotto lo sguardo fisso di Jonathon: "Ho seguito l'assistente in cantina."

"In cantina?"

"Sì, *M'sieur*, è dove c'è una seconda entrata per la ghiacciaia, quella usata dai servitori ed è lì che il medico e i suoi assistenti portano *Madame la Duchesse* per i-i suoi trattamenti."

Jonathon era incredulo e questo rese brusca la sua parlata normalmente piacevolmente lenta.

"Nella *ghiacciaia*? Viene portata in una *ghiacciaia* per-per i trattamenti? Buon Dio, di che razza di trattamenti state parlando?"

Michelle fece un salto. Non fu lo stupore irato di Jonathon ma il forte rumore di un tuono proprio sopra le loro teste che le fece alzare involontariamente le spalle.

"Michelle, mostragliela. Portalo là," ordinò lo chef con uno scatto della sua testa calva verso una porta nell'oscurità dietro di loro. "*M'sieur* il medico e i suoi bruti saranno in sala da pranzo. Io servirò immediatamente la zuppa e questo li terrà occupati. *N'est-ce-pas?*"

Jonathon era inorridito. "La lascia laggiù da sola?"

Lo chef scosse la testa, scambiando un'occhiata preoccupata con la cameriera.

"No, *M'sieur*. E questa è la preoccupazione maggiore. Non sappiamo dove la tenga adesso. Dovrete scoprirlo voi e dovete affrettarvi. Uno sguardo a quella porta e vedrete perché dico che il tempo è la cosa essenziale."

LA GHIACCIAIA ERA ALLA FINE DI UN LUNGO CORRIDOIO NELLE profondità sotterranee della cantina elisabettiana, nell'angolo più freddo, buio e umido della casa vedovile: ideale per stivare e conservare il ghiaccio. Era anche la stanza più lontana dall'abitazione, con pareti spesse sessanta centimetri e quindi, una volta che la pesante porta di quercia fosse chiusa, isolata acusticamente.

Jonathon seguì Michelle attraverso un labirinto di passaggi sotterranei, lei con un mano una candela tenuta in alto per gettare luce sulle pareti umide e il pavimento di ciottoli, ma quando arrivarono alla porta della ghiacciaia, la cameriera si fece da parte per permettere a Jonathon di entrare per primo.

La porta non era chiusa.

Dentro, la stanza era nera come la pece, l'aria artica e umida, come ci si poteva aspettare, visto il suo scopo. Facendo luce intorno, Jonathon trovò altri portacandele alle pareti accanto alla porta. Li accese e a quel punto vide l'ampiezza e la profondità della stanza. Viste le dimensioni della ghiacciaia, c'erano sorprendentemente pochi blocchi di ghiaccio e quello che c'era, era stivato contro una parete, con dei teli tra i blocchi per permettere di separarli. Un blocco poteva essere spostato sulla grande incudine di pietra azzurra da un lato della stanza dove con martello e scalpello applicati in punti precisi, si potevano ricavare schegge di ghiaccio da mettere nei secchi e portare in cucina per essere usato. Se al piano di sopra era necessario un blocco intero, veniva avvolto nei teli e portato via da due uomini che indossavano dei guanti di cotone imbottito per proteggersi dalle bruciature da gelo.

In alto, lungo una delle pareti c'era una passerella, una piattaforma di ispezione, cui si accedeva dal basso attraverso una scala a chiocciola. Una porta ricavata nella muratura suggerì a Jonathon che si aprisse sul giardino e fosse usata dai nobili residenti e dai loro ospiti, per entrare e togliersi dal caldo estivo e per la novità di avere ghiaccio fresco per le loro limonate o il ratafià.

Caldo estivo! Jonathon scosse la testa ricordando il sole bruciante di Hyderabad. Gli inglesi non avevano idea di che cosa fosse il caldo. Lo sguardo tornò a livello del pavimento e il sorriso morì.

Il pavimento era di mattoni, come le pareti, e si inclinava verso una grata centrale dove l'acqua gelida rilasciata dal ghiaccio che si scioglieva colava in un pozzo aperto. Il coperchio a grata del pozzo era stato rimosso per poter accedere all'acqua con una fune, una puleggia e un secchio. Diversi secchi vuoti erano stoccati accanto al pozzo.

Ciò che spiccava, incongruo, nella ghiacciaia erano l'alta scala a pioli di legno accanto all'incudine e, davanti alla scala, una pesante sedia di quercia, con lo schienale appoggiato contro la struttura ad A della scala per tenerla ferma quando qualcuno ne saliva i gradini.

Jonathon prese la candela da Michelle per poter ispezionare meglio l'insieme della scala e sedia. Non aveva bisogno che la cameriera gli descrivesse che cosa aveva visto in quella stanza, ma lei glielo disse comunque, rendendo la scoperta delle cinghie di cuoio con le fibbie attaccate alle gambe frontali artigliate della sedia e ai braccioli con la testa di leone, ancora più orribile.

"*Madame la Duchesse* aveva le caviglie e i polsi legati alla sedia con quelle cinghie di cuoio, in modo che non potesse muoversi. Poi uno degli uomini andava in cima alla scala e l'altro gli passava i secchi d'acqua presa dal pozzo e quando il medico grasso gli faceva segno e si allontanava dalla sedia dove era legata *Madame la Duchesse*, l'uomo sulla scala versava l'intero contenuto del secchio sopra la testa di *Madame la Duchesse*. E poi gli passavano un altro secchio e un altro finché il medico alzava la mano per far smettere di versare e gli uomini si scambiavano di posto e aspettavano il segnale del medico di riprendere da capo il trattamento. E non una volta *Madame la Duchesse* ha detto una parola… Come poteva, mentre ansimava per respirare? È gelido qua dentro e l'acqua è così fredda…"

Jonathon mise un braccio sulle spalle tremanti della cameriera che singhiozzava, per confortarla, la condusse fuori dalla stanza gelida e chiuse la porta a chiave. Riuscì a parlare solo quando furono nel passaggio fuori dalla cucina.

"Quante volte… Quante volte viene somministrato questo *trattamento?*"

"Non lo so con precisione, *M'sieur*, ma Pierre dice che il medico e gli assistenti sono scesi in cantina con *Madame la Duchesse* due volte al giorno, ogni giorno."

"Due volte al giorno per una settimana? *Mon Dieu!*" Jonathon si passò una mano sulla bocca e guardò Michelle. "E nessuno l'ha vista da quando?"

"Questa mattina."

Jonathon strinse i denti e gli occhi divennero cupi.

"Giusto! È ora che io faccia una chiacchierata con il signor medico grasso."

Michelle lo fermò con una mano sull'avambraccio. Alzò gli occhi sul volto duro di Jonathon e deglutì. Parlò con voce sommessa.

"Devo dirvi qualcosa, *M'sieur*… qualcosa che Pierre e gli altri non sanno e che non voglio che sappiano, *mai*, ma che voi dovete sapere perché voglio tanto che puniate quel mostro."

"Potete stare certa che lo punirò, e duramente."

"Per favore, *M'sieur*, dovete ascoltarmi e promettermi che non direte a *Madame la Duchesse* che io so o che voi sapete quello che vi dirò adesso."

Jonathon le prestò tutta la sua attenzione.

"Vi do la mia parola, Michelle."

Michelle ne fu rassicurata, specialmente perché il bell'uomo abbronzato si era ricordato il suo nome e questo, per qualche insondabile motivo, le diede la certezza che avrebbe veramente mantenuto la sua promessa. Fece un profondo respiro e lo guardò coraggiosamente negli occhi che la fissavano.

"*M'sieur*, il medico, lui non guarda *Madame la Duchesse* come fa un medico con la sua paziente. Lui la guarda come un uomo guarda una donna. Mi capite, vero?" Quando Jonathon annuì lentamente, Michelle continuò, con le dita che si stringevano sulla manica di Jonathon. "Questa in sé è una cosa spregevole, perché lo considerano un medico rispettabile. Un uomo tenuto alle regole della sua professione. Ma non è così, *M'sieur*. È ben lontano dall'essere come dovrebbe e come dice di essere. È peggio, è molto peggio, *M'sieur*. Se fosse solo il modo in cui la guarda... Ma lui... Lui l'ha-l'ha toccata in un modo che non è giusto, nel modo in cui solo un marito ha il diritto di toccare sua moglie. È incredibile no? Sono rimasta stupita quanto voi, *M'sieur*, e non avrei mai creduto che si prendesse tali libertà oltraggiose con *Madame la Duchesse*. Ma ve lo dico, *l'ho visto con i miei occhi*. La notte in cui è stata portata qua dopo la regata e noi, i servitori, non eravamo ancora stati esiliati alla Gatehouse, sono salita in camera sua per aiutarla a svestirsi per la notte come faccio sempre e lui era là! Il medico era nella sua *stanza da letto*. E c'erano anche i suoi due assistenti! Potete credere a un'intrusione così oltraggiosa? Ed è ancora peggio, *M'sieur*. Perché i due assistenti stavano tenendo *Madame la Duchesse* per le braccia, in modo che lei non potesse muoversi. La tenevano così," spiegò, agganciando un braccio attraverso quello di Jonathon, in modo che lei guardasse a nord e lui a sud. Lo lasciò andare e fece un passo indietro. "Quindi capite che gli assistenti voltavano la schiena al medico e non potevano vedere quello che ho visto io. E io sono più che sicura che era quello che voleva il medico, in modo che fossero come ciechi riguardo alle sue vere intenzioni."

"Sì, credo che abbiate ragione," confermò Jonathon, che non voleva sentire il resto ma che era obbligato a farlo.

"*Madame la Duchesse*, lei ha tentato di liberarsi ma era impossibile," continuò Michelle, con le dita che stringevano il braccio di Jonathon. "E agli assistenti non importava che lei fosse una duchessa e non si dovesse mai toccarla! Ascoltavano solo il loro padrone. E lei si dimenava forte, *M'sieur*, perché lui-lui, il medico, lui si prendeva delle *libertà*. L'ha svestita con le sue stesse mani! Immaginatevi! Ha detto che doveva sentirle il polso per vedere se il cuore batteva come doveva. Le ha sganciato e tolto la pettorina, ma non è necessario che un medico tolga la pettorina se vuole sentire il polso, vero, *M'sieur*?"

Jonathon deglutì a vuoto. "Del tutto inutile."

Michelle alzò il polso. "È qui dove si sente il polso, vero? O qui," aggiunse, con due dita alla gola.

"Sì."

"Ma non ha fatto così. Le ha sciolto i nodi del corpetto, dicendole, mentre lo faceva, che non doveva agitarsi ma lasciargli fare il suo lavoro. Ma io vi chiedo se è compito suo svestire una gran dama. Non è compito del medico, no, *M'sieur*? È compito della sua cameriera personale. È compito mio, vero, *M'sieur*?"

"Avete assolutamente ragione, Michelle."

La cameriera annuì, con gli occhi sgranati. "Diceva che lo stava facendo per il suo bene e che era quello per cui l'aveva convocato *M'sieur le Duc*. Per prendersi cura di lei. Puah! Sono un mucchio di sciocchezze! Perché io non credo nemmeno per un attimo che l'idea di cura di *M'sieur le Duc* fosse che il medico si prendesse quelle libertà, non avrebbe permesso che quell'uomo, quel *mostro*, l'avvicinasse!"

"Sono d'accordo con voi, Michelle. Ora dovete permettermi di..."

"Ma, *M'sieur*, vi devo dire il resto!" Insistette Michelle, che non si rendeva conto del tono di voce implorante, pieno di emozione repressa di Jonathon. "Ho visto l'espressione sul suo volto, il modo in cui la fissava, ed era veramente *disgustoso*. *Madame la Duchesse* preferisce indossare i corpetti e quindi la fila di nodi è davanti..."

"Sì, sì, lo so. Non c'è bisogno di..."

"... qui," continuò Michelle come se lui non avesse parlato, disegnando una linea immaginaria tra i suoi seni, ignara dell'estremo imbarazzo dell'uomo che non solo gli aveva colorito le guance e il collo ma che aveva inaridito la sua voce. "E si è preso tutto il tempo per sciogliere ogni piccolo fiocco, ma posso dirvi, *M'sieur*, che *moi*, io volevo correre dentro e saltargli sulla schiena e picchiarlo per farlo andare via! E poi quando ha sciolto tutti i fiocchi e il corpetto si è aperto, lui..."

"Non ho bisogno di sentire il resto!"

"... ha fatto finta di tenere in mano l'orologio da taschino e di contare i battiti, a voce alta, come se fossero i battiti del suo cuore, mentre nel frattempo aveva le mani dentro il corpetto e le stava accarezzando il se..."

"*Basta!*" Ringhiò Jonathon a denti stretti e quando la cameriera si ritrasse, tornò in fretta padrone di sé, dicendo con voce controllata, che nascondeva un mare di rabbia e di angoscia:. "Grazie. È ora che vada a occuparmi di questo-questo *ciarlatano*."

La cameriera lo guardò sbattendo gli occhi. "È vero, è tutto vero, *M'sieur*, ve lo assicuro."

"Non ho dubbi."

"Grazie, *M'sieur*. Ora sapete perché penso che il medico sia un mostro. Perché bisogna fargli male per come ha trattato *Madame la Duchesse*. E Pierre, lui gli fa i pasticci di verdura! È *incredibile*."

Il pensiero del cibo, di mettere le gambe sotto a un tavolo con un uomo come Sir Titus Foley, che era un esempio disgustoso di umanità, fece sentire fisicamente male Jonathon, eppure, per rassicurare la cameriera, che sembrava nauseata quanto lui, sulle buone intenzioni dello chef, le rivolse un sorrisino, ricordando come Pierre avesse versato un liquido scuro da una bottiglietta verde sopra il ripieno della quiche.

"Non preoccupatevi dello stimabile Pierre. Sta prendendosi una sua particolare vendetta per conto della sua padrona e, se non mi sbaglio di grosso, l'arma che ha scelto è l'elisir di Daffy."

La pioggia rigava il vetro e il vento faceva sbattere i riquadri delle grandi finestre a colonnine nella sala da pranzo. Le pesanti tende di velluto erano state tirate sull'intera parete di finestre che guardavano in un grande cortile interno, per chiudere fuori il rumore della violenta tempesta che infuriava all'esterno, eccetto per i lampi che ogni tanto brillavano bianchi dove le tende si incontravano. Il vento sibilava acuto attraverso le sottili crepe del telaio delle finestre e il risuonare intermittente dei tuoni faceva involontariamente sobbalzare sulla sedia i tre uomini seduti a un capo del pesante tavolo di quercia più vicino al camino. Ma la tempesta non aveva smorzato il loro appetito.

Quando Jonathon entrò nella stanza senza farsi annunciare, Sir Titus e i suoi assistenti erano curvi su ciotole di porcellana a disegni blu e bianchi di cremosa zuppa fumante, mentre ingollavano le ultime boccate con i pesanti cucchiai d'argento, leccandosi le labbra con soddisfazione. Si passarono una croccante forma di pane, che spezzarono per inzupparla nelle ultime gocce e assaporarle. Lo chef ricevette i complimenti e alzarono i bicchieri di vino per fare un brindisi alle sue capacità culinarie.

Jonathon valutò i due uomini seduti uno davanti all'altro, gli scagnozzi del medico, chiedendosi come fare a liberarsi di loro nel caso non si fossero dimostrati disposti a uscire dalla stanza di propria volontà. Erano ragazzi grandi e grossi, con petti larghi e pugni enormi, per meglio trattenere i pazienti recalcitranti. Sapeva di essere in grado di farcela con uno di loro per volta, ma non era tanto arrogante da non essere realista. Se entrambi avessero deciso di scagliarsi contro di lui, lo avrebbero lasciato pesto e sanguinante, e lui voleva risparmiare le forze per punire il medico. Prima di tutto, doveva scoprire che cosa ne aveva fatto di Antonia.

"Prego! Restate seduti!" Disse in tono leggero Jonathon, con un gesto insolente della mano quando i due assistenti si alzarono immediatamente in piedi, mentre Sir Titus restava seduto e lo salutava con un breve cenno della testa. "Ah, ecco la quiche! Per favore, mangiatene a sazietà. Non sono venuto interrompere questa splendida cena."

Prese una sedia, appoggiò il sedere contro il tavolo, mise il piede sul sedile imbottito e tolse dalla tasca l'astuccio d'argento che conteneva i suoi sigari, con un occhio ai due cuochi che stavano mettendo la quiche di verdure, il pollame aromatizzato all'aglio e un assortimento di contorni davanti ai tre commensali.

"Sua Grazia mi ha incaricato di controllare come va la duchessa vedova." Guardò intorno al tavolo, come aspettandosi di vederla. "Sua Grazia non ci raggiunge?"

Sir Titus allargò le grasse mani, occhieggiando golosamente i piatti sul tavolo. "Non è mia abitudine permettere che i pazienti e il medico mangino insieme. Si deve tenere la distanza professionale, signor...?"

"Distanza?" Jonathon fece una smorfia e sorrise. "Sono Lord Leven. Ma è un titolo di cortesia che non ho mai usato. Sto aspettando il premio maggiore, quando il prozio Harold finalmente lascerà le spoglie mortali. Ma il caro vecchio ci sta mettendo veramente troppo." Aggrottò la fronte, riflettendo per un momento, e si mise un sigaro all'angolo della bocca, rimettendosi in tasca l'astuccio. "Non so perché ve l'ho detto. Forse sto soffrendo di un qualche tipo di shock ritardato dopo quello che ho appena visto e che mi hanno detto, quindi blaterare di stupidaggini forse è il modo in cui la mia mente cerca di accettare l'orrore." Si chinò sul candelabro sul tavolo e accese il sigaro, aspirando finché la punta non fu rosso fuoco, poi si appoggiò di nuovo. "Ditemi. Siete voi il medico. Siete voi l'esperto, no? Menti fragili. O sono solo le fragili menti *femminili* che curate? Vi prego, concedetemi la soddi-sfazione."

La bocca del medico si mosse ma in realtà non sapeva che cosa rispondere alle confidenze informali e aperte di un gigante seduto alla tavola da pranzo, che fumava un sigaro come se fosse nel suo club. Non era uno sciocco, perché nonostante lo sconosciuto fosse tracotante nel modo di parlare e di comportarsi, c'era una luce dura nei suoi occhi castani e le linee tese del suo volto gli facevano rizzare i peli sulla nuca. Prima di riuscire a mettere insieme una frase, lo sconosciuto scosse una mano.

"Mangiate, buonuomo, mangiate. La quiche diventerà fredda e non vorrete che i vostri assistenti la finiscano tutta. Sono già alla seconda porzione e voi non ne avete ancora assaggiato un boccone." Sorrise ai due uomini, esalando nell'aria uno sbuffo di fumo e aggiungendo con una risata: "Tenere fermo un piccolo turbine che pesa meno di un gatto mezzo affogato deve farvi sudare, eh, ragazzi?" Fissò duramente Sir Titus ma non c'era calore nei suoi occhi o nel sorriso che seguì. "Che cosa ne dite, guaritore?"

Gli assistenti, che avevano pulito il piatto una prima volta e si stavano buttando sul bis si bloccarono al commento criptico di Jonathon e guardarono Sir Titus per avere istruzioni, perché non avevano idea delle intenzioni o di quello che voleva dire lo sconosciuto e si chiedevano che cosa ci fosse da ridere. Sir Titus era più acuto e, anche se sorrise, segnale sufficiente per i suoi assistenti di continuare a mangiare, sentì una sensazione di disagio in fondo allo stomaco, che non aveva niente a che fare con il cibo. Eppure, tale era la sua presunzione riguardo alla sua perizia di medico, che era fiducioso che rammentare la sua importanza nel suo campo e il fatto che godeva della fiducia del duca di Roxton sarebbe stato sufficiente per spegnere sul nascere le domande insolenti dello sconosciuto.

"Mio caro signore, dovete capire che come medico esperto io so che cosa è meglio per la mia paziente. Sua Grazia ha riposto in me la sua fiducia, non una volta ma due, per curare la duchessa vedova nel modo che considero il migliore, come suo medico curante."

"È il *modo* che mi preoccupa, ma ci penseremo fra un po'. Prima, ditemi come funziona questa vostra *cura* con l'acqua."

"Non posso prendermi il merito per la sua invenzione, signore," confessò altero Sir Titus. "Quello va al mio collega e buon amico il dottor Patrick Blair che l'ha usata con successo in diverse occasioni per curare donne che soffrivano di esaurimento nervoso e che quindi erano incapaci o non volevano adempiere i loro doveri di mogli e madri. Comunque io ho..."

"Cristo, un altro sadico misogino," mormorò sottovoce Jonathon.

Sir Titus si ritrasse. "Chiedo scusa?"

Jonathon stava perdendo in fretta la poca pazienza che aveva portato nella stanza e agitò una mano verso il medico, pensando che non ci doveva volere ancora molto perché l'elisir di Daffy si vendicasse sui due bruti che si erano ingozzati con tutta la quiche, lasciandone caritatevolmente una sola fetta al loro padrone. Jonathon era felicissimo che Sir Titus dovesse ancora riempirsi il piatto, significava che il medico avrebbe potuto controllare le sue budella abbastanza a lungo da rivelargli dov'era la duchessa e ricevere la giusta punizione.

"Comunque io ho modificato la procedura per servire la mia particolare clientela, che ha un'estrazione più nobile delle pazienti curate da Blair. Io, per esempio, non insisto che siano bendate, né uso il flusso continuo di acqua da un tubo, preferendo l'uso di secchi, che vengono versati sulla paziente a intervalli e quindi in modo più delicato. Così vedete, la mia procedura," concluse Sir Titus con un sorriso soddisfatto, versando una salsa cremosa sul petto di pollo che aveva nel piatto, "non è tanto un *trattamento* quanto una *terapia*."

Jonathon saltò giù dal tavolo e andò alla finestra, alzando un angolo della tenda di velluto. Parlò al vetro; gli permetteva di restare calmo.

"Trattamento? Terapia? È voler spaccare un capello in due, no?"

Sir Titus dovette girarsi sulla sedia per parlare con Jonathon, che era quasi direttamente dietro di lui. Il movimento gli fece fare una smorfia. Anche se non aveva visto il volto contrarsi, Jonathon aveva sentito l'uomo che inspirava in fretta, come se stesse soffrendo. Gli fece voltare la testa, in tempo per vedere i due bruti che si scambiavano una silenziosa risata a spese del loro padrone.

"Il trattamento implica la cura," rispose il medico, momentaneamente distratto da qualcosa in grembo. "La terapia è un mezzo per controllare la malattia senza necessariamente curarla."

"Vedo," dichiarò Jonathon, che non vedeva per niente, afferrando con forza l'alto schienale intagliato della sedia del medico. "Il trattamento non vi dà la possibilità di tornare, mentre la terapia vi permette visite ripetute al vostro paziente, che non avete intenzione di curare: molto intelligente."

Sir Titus sobbalzò nervosamente trovandosi Jonathon così scomodamente vicino e una goccia di sudore scivolò da sotto la parrucca incipriata entrandogli nell'orecchio. Di colpo, il cibo da acquolina in bocca che aveva davanti non era più così appetitoso e il dolore pulsante tra le gambe divenne più acuto. Aveva bisogno di altro ghiaccio da applicare al gonfiore. Era certo che i suoi attributi fossero lividi e pesti ma non aveva intenzione di mandare fuori dalla stanza i suoi uomini, non con quel pericoloso sconosciuto, titolo o non titolo, che incombeva grande e grosso su di lui. Alla fine, non toccò a lui scegliere.

Senza preavviso, uno degli assistenti lasciò cadere il cucchiaio, tenendosi lo stomaco, mentre una forte fitta di dolore gli faceva spalancare e poi chiudere gli occhi. Si affrettò ad allontanare la sedia dal tavolo per piegarsi in due, colto da fortissimi crampi. La paura balenò negli occhi del collega e, qualche secondo dopo, anche lui stava soffrendo nello stesso modo acuto. Lamentandosi a voce alta e con le sedie che cadevano rumorosamente sul lucido pavimento, entrambi gli uomini si affrettarono a uscire dalla stanza, piegati in due, con le braccia avvolte intorno alle pance che si contraevano e senza controllo sulle loro viscere.

"*Pierre, je vous salue!*" Esclamò Jonathon con una risata e battendo le mani sopra la testa. "Ora, guaritore, passiamo agli affari," disse con voce completamente diversa, gettando il sigaro acceso nel fuoco.

Tirò indietro la sedia del medico, lontano dal tavolo, la voltò perché lo guardasse in faccia e con una mano salda su ciascun bracciolo, inchiodò le grasse mani del medico sotto le sue. Con il volto a pochi centimetri dalla faccia stupita di Sir Titus Foley, aveva intrappolato il medico prima che la porta si fosse chiusa dietro la schiena dei suoi doloranti assistenti.

"Dov'è? Che cosa ne avete fatto?"

"Che cosa ne ho fatto? Non so di che…"

Crac.

Il medico ebbe una convulsione e urlò.

"Che cosa ne avete fatto?"

"Io non ho fatto niente con…"

Crac.

Di nuovo, il medico ebbe una convulsione e urlò.

"Ripeto: dov'è la duchessa di Roxton, pezzo di merda?"

"*Basta, basta*," implorò il medico, ansimando per il dolore, con il volto coperto di sudore. "Per pietà, siete matto?"

"Beh, siete voi l'esperto," ringhiò Jonathon. "Avreste dovuto limitarvi a curare i veri folli. Non avreste *mai* dovuto toccarla."

"Io non…"

"*Bugiardo*."

Crac.

Il medico ululò pateticamente.

Il volto furioso di Jonathon era così vicino a Foley, sopraffatto dalla paura, che i suoi folti capelli castani ricaddero sul volto sudato e contorto del medico, andando a solleticare la punta del naso camuso. La sua voce era appena sussurrata ma nonostante il dolore terribile, Sir Titus sentì ogni parola.

"Avete preso una cosa preziosa, da riverire, la cosa più intima tra marito e moglie, e l'avete trasformata in un atto disgustoso e pervertito, tutto per appagare la vostra depravata lussuria. Nessuno ha il diritto di toccarla. Nessuno, nemmeno il suo nobile marito, un duca, che adorava ogni luminoso capello che ha in testa, ha mai messo un dito sulla sua pelle nuda senza permesso. Roxton ha riposto in voi la sua fiducia perché ve ne prendeste cura. Avete abusato di quella fiducia e avete abusato di lei e solo per questo vi vedrà appeso alla forca. L'avete imprigionata, torturata, umiliata e profanata e se vi uccidessi qui, immediatamente, a nessuno importerebbe un fico secco perché la vostra vita vale meno di *zero*."

"No! No! Non ho mai voluto… Io-io ho perso la testa!" Implorò il medico, con gli occhi spalancati per il terrore, lacrime di dolore e paura che gli scendevano sulle guance arrossate e il naso che colava per conto suo. "Non sono riuscito a fermarmi! Non è colpa mia. Lei… Lei… Io-io sono un medico ma sono anche un *uomo*. Per l'amor di Dio, siete un uomo anche voi. L'avete vista. Non potete essere immune. Ho fatto del mio meglio per resistere… ma quel seno magnifico… farebbe venire un'erezione a un eunuco cieco…"

"Chiudete quella fogna di bocca! Dov'è?"

"Dovete credermi! Non ho fatto niente di più che accarezzarle il seno. Lo giuro sulla tomba di mia madre! Per favore! Dovete cred…"

"Dov'è?"

"Come faccio a sa…"

Crac.

"Manca il pollice e poi comincerò con la sinistra," sibilò Jonathon. "Ditemi che cose ne avete fatto."

Il medico non riusciva più nemmeno a urlare. Fissava la faccia di Jonathon contorta dalla rabbia, con il volto senza espressione e gli occhi offuscati. Era come se tutta la sua mano destra fosse in fiamme. E quando Jonathon gli lasciò andare il polso e fece un passo di lato, Sir Titus osò abbassare lo sguardo sul braccio e vide il danno che gli aveva fatto. C'era qualcosa di strano nella sua mano. Non sembrava giusta. Il medico in lui ponderò la cosa. Le dita. Erano le dita. Avevano una strana angolazione, erano talmente contorte che, in effetti, non aveva mai visto niente del genere. Che strano. E poi capì, capì e un dolore incredibile gli esplose nel cervello e gli invase ogni nervo del corpo.

Svenne.

"Eh, no!" Ringhiò Jonathon e gli gettò un bicchiere di vino in faccia. Lo schiaffeggiò forte sulla guancia sinistra. "Foley! Svegliatevi, dov'è? Dov'è la duchessa?"

Il medico sobbalzò. "La mia mano. Le dita. Dio del cielo, non sento più le dita. Le avete rotte tutte! Le avete rotte tutte!"

"Era quello lo scopo, dannato bastardo! Comincerò con la sinistra e poi passerò alle parti basse. Dov'è?"

Sir Titus emise uno squittio incredulo mischiato a panico assoluto e lasciò cadere tra le gambe la mano inutilizzabile. Fu un errore. Incapace di sentire le dita, la mano cadde pesantemente e nonostante la vescica piena di ghiaccio annidata sull'inguine, il suo uccello e le palle erano così dolorosamente sensibili che emise un guaito. Jonathon gettò via la vescica e premette il ginocchio sull'inguine sensibile del medico.

Il medico urlò e poi cominciò a piangere a dirotto.

"Io non... Io non lo so... È la verità di Dio... È scomparsa questa mattina... L'ultima cosa che ricordo, mi aveva afferrato forte per le palle. Pensavo che me le avesse strappate. Sono svenuto. Dio del cielo, la mia mano..."

Jonathon ridacchiò e con lo stivale spinse via la sedia con il medico che singhiozzava, non desiderando toccarlo né restargli vicino.

"I confini della terra non saranno abbastanza lontani per correre a nascondervi. Il duca vi troverà. E se non lo fa lui, ci penserò io. *Sparite.*"

IN CUCINA TROVÒ I SERVITORI DELLA DUCHESSA CHE LO aspettavano con una luce di speranza negli occhi. Avevano visto i due assistenti precipitarsi fuori dalla stanza in cerca della latrina più vicina e avevano sentito le urla e le suppliche del medico. Erano rimasti vicini nel passaggio di servizio, godendosi ogni momento dell'agonia del pomposo medico. Fu Michelle a porre la domanda.

"È morto, sì?"

"Siete una banda assetata di sangue!" Disse Jonathon, sbuffando per l'imbarazzo, accettando il bicchiere di birra scura che gli porgeva il cuoco e buttandola giù in un sol colpo.

Con la furia che scemava, si sentì a disagio per l'intensità delle emozioni che il comportamento indegno del medico nei confronti della duchessa aveva suscitato in lui. La sua reazione violenta non era consueta ed era sorprendente per qualcuno che aveva rifiutato la violenza fin da giovane, trovando più consone al suo modo di pensare le pratiche degli indù del subcontinente rispetto alle profezie tutte fuoco e fiamme della religione in nome della quale era stato battezzato. Non aveva il tempo di ponderare su quello che gli era successo, perché aveva avuto un flash di ispirazione mentre il medico stava frignando di non sapere dove fosse andata la duchessa. Più ci pensava più si convinceva che l'intuizione era giusta.

Invece di rispondere alla domanda fece lui qualche sommessa richiesta.

"Andate a prendere qualche capo di abbigliamento per *Madame la Duchesse*, niente di ingombrante. Niente sottovesti," disse a Michelle. "Calze, camicia da notte, uno scialle di lana dovrebbero bastare. E avrò bisogno di una borsa impermeabile," aggiunse, rivolto a Pierre. "Aggiungete un paio di candele e un po' di cibo. È da stamattina che non mangia. Pane, una bottiglia di vino, formaggio e frutta se ne avete. E mi servirà un cappello."

"Volete che Guy vi selli un cavallo, *M'sieur?*"

Jonathon scosse la testa. "Per essere disarcionato al primo tuono o al primo fulmine? No, andrò a piedi. Non è tanto lontano da infradiciarmi completamente prima di arrivare al coperto."

Michelle si era precipitata verso la porta ma si voltò e, prima di salire in camera, chiese: "Voi sapete dov'è *Madame la Duchesse*, vero?"

"Sì. È con i suoi cari."

QUINDICI

La trovò rannicchiata contro i cancelli di ferro, che cercava di ripararsi dalla pioggia battente. Una catena pesante avvolta intorno al ferro battuto dipinto di nero e oro teneva chiusi i battenti. Un lucchetto assicurava che non ci fossero intrusioni. C'era una chiave decorata inserita nella serratura, inutile. Antonia non aveva avuto la forza nei polsi per girarla e aprire i cancelli.

Jonathon si tolse i guanti di pelle per azionare il lucchetto e togliere la catena. Spalancò il cancello e aprì uno dei pesanti battenti della porta di legno intarsiata di bronzo. Con la borsa di tela oleata ancora appesa alla spalla sinistra, raccolse Antonia e la portò all'interno del mausoleo, dando un calcio alla porta di quercia con il tacco dello stivale per chiudere fuori il tempo inclemente.

Oltre il vestibolo, l'interno era nero come la pece. Jonathon ebbe la sensazione di uno spazio ampio e si mosse cautamente in avanti, sperando che i sarcofagi di famiglia fossero sistemati lungo le pareti, o più in fondo all'interno del mausoleo.

Una serie di lampi direttamente sopra di loro illuminò a giorno al momento giusto il centro della vasta sala, attraverso l'oculus di vetro all'apice del tetto a cupola, per i pochi secondi che servivano a Jonathon per trovare la strada e l'orientamento. A metà strada lungo il pavimento di marmo bianco e nero c'era una panchina di pietra direttamente davanti a un sarcofago di marmo riccamente decorato, con l'imponente effigie di marmo di un gentiluomo seduto.

Jonathon portò Antonia verso la panchina e si sedette tenendola in grembo.

L'acqua che scorreva dal pastrano impermeabile si raccoglieva intorno ai suoi stivali e gocciolava dalla tesa del cappello, la borsa gli pendeva goffamente dalla spalla e anch'essa gocciolava, eppure Jonathon non si mosse. Restò seduto e in silenzio, ascoltando i suoni della pioggia costante sopra l'oculus di vetro in alto sopra le loro teste e il rombo distante dei tuoni, fissando nel buio senza vedere, sentendo solo la necessità di tenerla stretta, di sentirla tra le sue braccia, di sapere che era viva e fuori pericolo.

Non sapeva quanto tempo fosse rimasto seduto, tenendola in braccio. Erano entrambi così immobili. Non si sarebbe sorpreso se Antonia si fosse addormentata per la stanchezza. Eppure, quando lei si girò lentamente, rannicchiandosi contro di lui, come a cercare il suo calore, Jonathon tornò in vita. Antonia stava tremando e il suo scarso abbigliamento era fradicio. Non osava guardare verso il basso perché era sicuro che non avesse indosso altro che le calze e una sottoveste che aderiva come una seconda pelle a tutte le sue curve femminili.

Doveva togliersi il pastrano e il cappello bagnati per cercare nella borsa i vestiti che gli aveva dato Michelle per lei. C'erano anche candele, un piccolo acciarino e un cestino di cibo messo insieme in fretta dall'impagabile Pierre. Ma come fare a farla rivestire senza attirare la sua attenzione sul fatto che era seminuda e scarmigliata, cosa che avrebbe sicuramente sottolineato le prove orribili che aveva dovuto sopportare la settimana precedente. Essere sola con lui, un uomo, quasi un completo sconosciuto, dopo tutto per lei era un tizio qualunque, avrebbe solo aumentato la sua angoscia. Ma non c'era modo di evitare quella situazione difficile se voleva assicurarsi che non prendesse l'influenza, se non era già successo, e doveva fare in modo che Antonia fosse a suo agio.

Quindi affrontò la situazione come se in quella situazione ci fosse sua figlia Sarah-Jane, e questo lo aiutò anche a superare ogni riserva che potesse avere nel sentirsi mettere, anche se solo alla lontana, nella stessa categoria del lascivo Sir Titus, perché mentre era a Londra, circondato da avvocati, uomini di affari interessati e parenti scozzesi pretenziosi, tutti ad aspettare che un anziano parente alla lontana tirasse il suo ultimo respiro, aveva avuto tutto il tempo di rimuginare sul suo futuro. Non era il futuro che aveva previsto per sé. Quello gli era stato strappato di mano da uno scherzo del destino.

Altri, come Tommy, consideravano un'enorme fortuna che ogni altro parente in linea per il titolo e la tenuta fosse morto senza lasciare eredi; Jonathon lo considerava un peso di cui avrebbe volentieri fatto a meno. Non erano i debiti del suo lontano avo né la cattiva gestione delle tenute, avrebbe facilmente potuto pagare i primi e rimettere in sesto la tenuta, ma la responsabilità di persone e dover avere a che fare con cose come la posizione sociale e le precedenze e i salamelecchi alla *noblesse oblige*... Non si sarebbe mai abituato. Non li voleva.

Una cosa che era perfettamente sicuro di volere nel suo futuro era la donna tra le sue braccia. Desiderava Antonia, duchessa di Roxton, con ogni fibra del suo essere. Non cercava di capire il perché, sapeva solo che era un fatto e basta. Si era sentito allo stesso modo per Emily, tanti anni prima. Ma quello che lo lasciava stupito e scosso, questa volta, era che sembrava fosse tornato a essere il giovanotto imberbe e nervoso dei tempi di Oxford, com'era stato con la sua Emily. Rendersi conto che per il suo futuro non sarebbe andata bene nessuna donna, eccetto Antonia Roxton, lo spaventava a morte.

Lampi e tuoni lo distolsero dalle sue fantasticherie e districò gentilmente Antonia dalle sue braccia per metterla seduta sulla panca, dicendo teneramente:

"Forza, tesoro, è ora di togliersi quelle cose bagnate e indossare qualcosa di asciutto."

Poi si voltò immediatamente per mettere la borsa sul pavimento e gettò da parte il cappello. Si tolse il pastrano e lo mise insieme al cappello, poi cominciò a cercare nella borsa le candele e l'acciarino. Accese una candela e poi la appoggiò sul pavimento di marmo, in modo che vi fosse appena una fiammella per vedere gli immediati dintorni, dicendosi che Antonia sarebbe stata più a suo agio a vestirsi nella relativa intimità di un tenue bagliore arancio; poi avrebbe illuminato il resto di questo palazzo di marmo dedicato ai morti e preparato qualcosa da mangiare. Poi c'era il problema di preparare un giaciglio per la notte perché non poteva aspettarsi che arrivasse un cavallo fino al mattino seguente, quando fosse schiarito.

Trovò il fascio di vestiti avvolto in un asciugamano, con una spazzola dal manico d'argento e un pettine di tartaruga. *Michelle, vali tanto oro quanto pesi.* E tornò a sedersi accanto ad Antonia. Lei fissava nel buio, con le ginocchia tirate verso il mento e le braccia avvolte intorno alle gambe nude. *Gesù. Il medico l'aveva privata perfino delle calze.* I capelli biondo miele bagnati erano una massa di riccioli aggrovigliati che le ricadevano come una rete da pesca sulle spalle tremanti. Mise da parte la camicia da notte, le calze con le giarrettiere, la spazzola e il pettine e le mostrò l'asciugamano.

"Perché non asciughiamo i capelli prima e poi una volta che avrete degli abiti asciutti potrete sciogliere i nodi con la spazzola e il pettine?" Suggerì, come se stesse conversando.

Ma quando fece un movimento verso di lei, lei si ritrasse, fissandolo allarmata, con gli occhi verdi circospetti. Jonathon le offrì l'asciugamano senza fare altri movimenti.

"Bene, potete asciugarli voi. Stavo solo cercando di aiutarvi. Sarah-Jane era esattamente così. Deve essere una fissazione femminile, tutte gelose dei vostri capelli. Quando era piccola e la portavo a nuotare non mi lasciava mai toccare i capelli. Doveva legarseli da sola prima di andare a nuotare e poi asciugarli da sola. *Papà, tu fai sempre un posticcio*," disse, imitando sua figlia a sette anni circa e sorrise al ricordo. "Immagino che volesse dire un pasticcio ma non importava, era sempre: via le mani dai suoi capelli. Non so perché pensasse che non sarei stato in grado di spazzolarli adeguatamente quando io portavo i capelli in una treccia e mi arrivava a metà schiena, proprio come i suoi. Sì, potete anche sembrare sorpresa, *Madame la Duchesse*," disse ridendo, con il cuore che accelerava perché Antonia era scivolata indietro sulla panca con una smorfia sorpresa e interrogativa, "ma è la verità." Tirò una ciocca dei suoi capelli ondulati che gli arrivavano alle spalle. "questa è una lunghezza più rispettabile per la buona società, così mi dice Sarah-Jane. E se mettiamo assieme la mia pelle scura, Tommy mi assicura che se li avessi lasciati lunghi sarei stato scambiato per un capo indiano Sioux! A cosa servono i parenti se non per essere brutalmente onesti?"

Porse ancora l'asciugamano ma quando Antonia lo spinse via di nuovo gentilmente scuotendo la testa, Jonathon aspettò, senza smettere di guardarla in volto. Nel bagliore arancio la vide deglutire. Fu uno sforzo e quando lei si portò una mano alla gola, Jonathon capì. Era impossibile non notare i segni delle cinghie che le circondavano i polsi e dovette mordersi la lingua per non emettere un rantolo, sperando che la sua espressione fosse rimasta tranquilla. Quando Antonia si girò per permettergli di asciugarle i capelli, solo in quel momento Jonathon riprese a respirare liberamente. Era tutt'altro che calmo quando arrivò il momento che si togliesse la sottoveste bagnata e indossasse la camicia da notte.

"Penseremo ai nodi quando vi sarete scaldata e poi potrete dire la vostra sulla mia abilità nel fare le trecce. Mi scuso per aver portato solo una camicia da notte ma la borsa non avrebbe potuto contenere delle sottane. E dato il tempo, non avevo intenzione di arrivare fin qua con una serie di panieri sopra la testa. Avrei potuto essere colpito dal fulmine e restare carbonizzato, un grumo nero non identificato in cima a Treat Hill, una curiosità da fissare imbambolati per gli abitanti dei paesi vicini. Sarei sembrato un esperimento scientifico andato male, uno che il signor Franklin si sarebbe divertito a descrivere nella sua rivista scientifica su come *non* condurre l'elettricità. Per non parlare di essere materiale da intrattenimentoper il giornale locale, come 'Gentiluomo che portava dei panieri trovato fumante.' E non parlo dei miei sigari! Potete ridacchiare a mie spese, *Madame la Duchesse* ma pensate alla vergogna per la povera Sarah-Jane. Non solo suo padre portava i capelli lunghi sulla schiena come una donna ma al momento della sua miserabile fine scopre che sembrava fosse uscito da un bordello per soli uomini. Suppongo che quello almeno avrebbe fornito una spiegazione per i capelli lunghi..."

Ci fu un breve silenzio, punteggiato da un'altra serie di fulmini e lampi di luce bianca attraverso l'oculus di vetro che illuminarono l'interno con un effetto inquietante. Jonathon colse occhiate di sfuggita dell'opulenza ducale, pareti dipinte con scene drammatiche prese dai classici, sculture di marmo adagiate su plinti di granito lucido sotto i quali erano celati i feretri, c'era perfino una statua di marmo di due levrieri, o erano whippet? Senza dubbio i cani preferiti di un nobile padrone.

Si chiese dove fosse *Monseigneur* in mezzo all'ostentata celebrazione di secoli di sangue nobile e calcolò che il suo monumento sarebbe stato il più faraonico di tutti, lo pretendeva la sua arroganza, quando un tuono, tanto forte che sobbalzarono entrambi, interruppe le sue fantasticherie private. Il fulmine era stato molto vicino e Jonathon fu lieto di essere in un robusto edificio di pietra, anche se circondato da nobiluomini e nobildonne morti da tempo.

Nella quiete che seguì, con solo il rumore della pioggia che cadeva senza sosta sull'oculus di vetro, Antonia parlò girando la testa:

"Mi dispiace, ma non riesco ad alzare le braccia sopra la testa e ho molto freddo, adesso. Quindi, per favore, ho bisogno del vostro aiuto..."

"Certamente, *Madame la Duchesse*," rispose Jonathon in tono neutro.

Dentro di sé stava saltando dalla gioia perché Antonia aveva abbassato le difese tanto da chiedere aiuto. "Non dovete muovervi o girarvi. Innanzitutto togliamo questo indumento bagnato prima di morire dal freddo. Scusate, ho veramente scelto male le parole. Date la colpa alle vertigini. Non mangio da quando sono partito dalla città alle prime luci e poi solo un caffè, un panino e una fetta di formaggio. Se riuscite a incrociare le braccia e ad afferrare l'orlo vi aiuterò a passare la sottoveste sopra la testa. Il fatto è," continuò nello stesso tono leggero prendendo l'orlo da dietro mentre lei lo afferrava davanti, poi gentilmente lo tirò su e oltre le braccia di Antonia, "che ci sono davvero poche locande che si occupano di tonti come me che non mangiano la carne."

"*Pourquoi*? Non mangiate la carne? Tutti mangiano la carne."

Jonathon rise della sua indignazione.

"Non tutti, *Madame la Duchesse*. Non nel subcontinente e certamente non se siete vissuto là per tanti anni come me, con un padre che ha rinunciato alla sua identità inglese per vivere come un *nawāb*, con il suo *hookah* e il suo *harem*. Ho preso la camicia, *Madame la Duchesse*. Potete lasciarla andare. Ecco," disse soddisfatto mentre le toglieva in fretta la camicia fradicia e la gettava da parte nella direzione approssimativa del suo pastrano e cappello, dove la camicia atterrò con un tonfo.

"Ma siete andato a Harrow e Oxford," replicò Antonia, con le mani incrociate sul seno nudo, i capelli lunghi fino alle cosce erano la sola cosa che le copriva la schiena sottile e il sedere rotondo. "Non mangiavate carne a scuola? È per quello che i ragazzi si prendevano gioco di voi?"

"Ah, allora vi ricordare che vi ho parlato dei miei giorni di scuola, vero?" Rispose ciarliero.

Arricciò in fretta la camicia da notte bianca in modo da poterle mettere l'apertura del collo intorno alla testa senza trafficare, con una smorfia improvvisa quando sentì il tessuto sottile sotto le dita. Se era questo che indossava di solito a letto, cotone tessuto così fine da essere quasi una garza, con un bel bordo di pizzo alle maniche a tre-quarti e la scollatura profonda, avrebbe avuto bisogno di una coperta pesante o di un uomo per scaldarle il letto per tenere lontano il gelo. Distolse la mente da quei pensieri, sperando che Michelle avesse effettivamente messo nella borsa uno scialle di lana se non voleva essere obbligato a dare ad Antonia la sua redingote per coprire la camicia, abbottonandogliela fino al mento, per coprirla decentemente.

"No, non è quello il motivo per cui i ragazzi mi prendevano in giro. Quello che avrei dovuto dire per essere preciso è che non mangio manzo. Le mucche sono sacre per gli indù. Mangiavo pesce e pollame quando ero a scuola, era il minimo che potessi fare per cercare di inserirmi. Ora mangio ancora pesce ma mai la carne di un animale a sangue caldo. Alzate la testa e vi metterò intorno alla testa questa brutta copia di una camicia da notte. Dovrete solo trovare l'apertura delle maniche."

"Siete anche voi un indù?" Chiese Antonia quando la testa sbucò fuori dalle profondità della camicia da notte. Quando Jonathon non rispose immediatamente lei si girò, raccogliendo i capelli sulla spalla sinistra, e lo trovò sul pavimento accanto alla panca, che frugava nella borsa.

"Si è indù solo per nascita," rispose, rimettendosi in piedi, dopo aver trovato lo scialle di lana, "ma io cerco di seguire il loro codice etico: non far del male agli altri, essere sinceri, non prendere mai quello che non è tuo, accontentarsi della vita." Scrollò una spalla pensando al dolore che aveva inflitto al medico, e non sentì nessun rimorso.

"Sfortunatamente, non è sempre possibile essere buoni. Ecco, questo vi terrà calda," disse, dandosi da fare per sistemarle lo scialle sulle spalle. "Avvolgetelo stretto altrimenti…"

"Non sto male, *M'sieur*! Posso prendermi cura di me," scattò Antonia, ritraendosi dal suo tocco sulle spalle e incrociando in fretta lo scialle sopra il seno. Si pentì immediatamente. "No, non è vero, perdonatemi. Non sono… Non sono… *io*." Si prese il volto tra le mani e dopo un momento si sedette guardando fisso davanti a sé, asciugandosi in fretta le lacrime che minacciavano di scendere sulle guance. Rabbrividì facendo un profondo respiro. "Vi avevo detto che ero in grado di prendermi cura di me ed ecco il risultato! Julian ritiene che mi stia autocompatendo e che sia egoista. Ho trascurato Henri-Antoine in modo indicibile. Deborah… Deborah si deve chiedere se sono all'altezza di essere una *grandmère* per i suoi figli. E Frederick… Il mio caro ragazzino è completamente confuso riguardo alla sua Mema e al suo comportamento. E ora mi preoccupa che terranno lontano da me i miei bambini perché Julian mi ha messo nelle mani di un folle sadico. Renard, vi dico che è veramente un folle e voi non dovete biasimare Julian. Pensava che fosse la cosa migliore perché non mi sono comportata come dovrebbe una duchessa e sono andata in giro come una morta per tanto tempo… Ma quel pazzo, lui ha due facce, una la mostra a nostro figlio, l'altra la tiene ben nascosta e la tira fuori solo quando… quando lui… quando io… È veramente troppo orribile. Non riesco a dirvelo!"

Si voltò, dopo aver parlato all'oscurità per essere accolta dall'abbraccio confortante di Jonathon.

"Va tutto bene, tesoro, *Monseigneur* capisce fin troppo bene," mormorò, con un occhio inquieto verso il sarcofago con cui stava parlando Antonia.

Ora sapeva a chi apparteneva l'enorme monumento e il suo sguardo percorse l'intera lunghezza scolpita. Portava il marchio di James 'l'ateniese' Stuart e dei suoi maestri scultori, gli Scheemakers, con le sue colonne doriche e il basamento classico, figure scolpite di dei e dee greci in processione funeraria lungo la parte bassa del pesante plinto in marmo rosso. E lì, nel buio, riuscì appena a scorgere il suo *Monseigneur*, Sua Grazia il nobilissimo quinto duca di Roxton, scolpito a grandezza naturale, seduto, vestito del manto ducale e con la stella e la giarrettiera che attraversavano diagonalmente il panciotto, un braccio dalla mano languida appoggiato al bracciolo della sedia, un piede nella scarpa dal tacco alto con la fibbia leggermente in avanti e l'altro girato a mostrare un polpaccio ben sviluppato, il volto con il suo naso aquilino e lo sguardo penetrante che guarda il mondo dall'alto in basso, la bocca sottile, e un atteggiamento sicuro di sé, sdegnoso perfino nel freddo marmo bianco.

Un uomo del genere avrebbe ucciso Foley senza pensarci due volte, pensò Jonathon con un sorriso amaro. Com'era stato fortunato quindi il medico a essere stato affrontato da un seguace del cammino indù per lo *Swarga Loka*: il paradiso. Senza dubbio *Monseigneur* era infuriato con il nuovo amico della sua vedova, tanto più che la stava confortando proprio sotto il suo naso. *Beh, sarà meglio che vi abituiate all'idea, Vostra Grazia*, lo avvertì raddrizzando le spalle, *perché non ho intenzione di andarmene!* Sbatté gli occhi, sorpreso, stava parlando anche lui con un'effigie di marmo, anche se solo nella sua testa. E non aveva nemmeno conosciuto quell'uomo! Il suo movimento fece sedere Antonia più diritta.

"Mi dispiace. Il mio comportamento non è come dovrebbe essere," dichiarò Antonia, tirandosi lo scialle sulle spalle, con lo sguardo sulle dita che giocherellavano con le frange, in grembo. "Dev'essere perché sono molto stanca."

Secondo Jonathon, l'intera famiglia, a partire da *Monseigneur*, avrebbe dovuto rispondere della *stanchezza* di Antonia, se è così che lei preferiva chiamare il fatto che suo figlio la criticava perché non viveva all'altezza della sua eminente posizione di duchessa. Avrebbe voluto assicurarle che a lui importava solo della sua felicità e che fosse la donna spensierata che aveva intravisto per qualche momento nel padiglione. Invece, raccolse l'asciugamano e asciugò l'acqua piovana intorno alla panchina, dicendo, senza dar peso alle sue parole:

"Mangeremo e poi cercheremo di metterci comodi per la notte, ma prima dovete mettervi le calze." Si accucciò davanti a lei con l'asciugamano bagnato. "Prima però dovremo togliere tutto lo sporco che avete raccolto camminando su per la collina. Datemi il piede." Quando Antonia esitò, Jonathon alzò gli occhi. Antonia si era portata una mano alla bocca e scuoteva la testa. "Voi... Beh, forse *voi* non lo sapete, ma *io* so che non c'è niente di peggio che mettere un piede sporco in una calza perfettamente pulita. Michelle non ne sarebbe contenta," aggiunse e, quando ricevette in cambio una risata tra le lacrime, si prese la libertà di appoggiare il piede sinistro nudo sul suo ginocchio. Quando Antonia cercò di toglierlo, Jonathon lo tenne fermo, ma non prendendole la caviglia, dove si vedevano i segni delle cinghie, ma avvolgendo la grande mano intorno all'arco plantare. "I vostri piedi sono dei blocchetti di ghiaccio e voi non riuscireste a farlo da sola, quindi permettetemi di aiutarvi," disse con voce ferma.

Ingoiò amaro alla vista della carne viva lasciata dalla sua cattività. Doveva aver lottato parecchio. Perché non aveva rotto tutte le dita delle mani e dei piedi a quel bastardo? Le caviglie e i polsi di Antonia dovevano essere lavati, ci voleva una pomata e delle bende, appena fossero rientrati alla casa vedovile.

"Voi… Voi parlate la loro lingua, la lingua della gente del subcontinente?" Chiese Antonia, guardandolo mentre le puliva delicatamente i piedi. "Stavate parlando nella loro lingua con vostra figlia, alla regata?"

"Sì, Sarah-Jane parla fluentemente l'hindi. Gliel'ho fatto insegnare, pensando che fosse più pratico che imparasse la lingua della gente in mezzo a cui viveva, piuttosto del francese o del portoghese, gli altri conquistatori del subcontinente. Ed ecco che siamo tornati in Inghilterra. Qualcosa che non avevo messo in programma, né per lei né per me…" Alzò gli occhi, con un sorriso. "Volete sapere che cosa ho detto a Sarah-Jane il giorno della regata, che non volevo che gli altri capissero?" Chiese retoricamente, pulendo teneramente lo sporco dal tallone. "Le ho detto che doveva essere dannatamente sicura, nel caso avesse accettato una proposta di matrimonio da Dair Fitzstuart, di sapere che stava sposando l'uomo e non la corona nobiliare." La guardò di nuovo, questa volta con una smorfia. "Che una volta che tutto fosse fatto e finito, sarebbe andata a letto con l'uomo e non con la sua corona. Le ho detto di visualizzarlo nudo con indosso la sua corona nobiliare…"

Antonia ansimò e si chinò il avanti. "*Cela je ne crois pas*! Non le avete detto una cosa del genere! Voi siete suo *padre*."

"Ragione di più per dirlo! Dato che non ha una madre che le dica queste cose, tocca a me avvertirla." Tolse il piede sinistro dal ginocchio e mise al suo posto il piede destro. "Le ho detto di pensare bene se una simile vista fosse attraente, un uomo nudo con la sua corona, oppure completamente farsesca. Speravo che una simile immagine ridicola le avrebbe fatto tornare la ragione."

Antonia ridacchiò, tanto forte che le fece male la gola dolorante e le ci volle un momento per riprendersi.

"*Parbleu*! Uomo sciocco. La ragione? Non è la ragione che vede. Ovvio che l'*attragga*. Dair Fitzstuart è mio cugino ma non sono tanto cieca da non vedere, perfino io, che è un bel giovanotto muscoloso. Oserei dire che tutto di lui è vigoroso, quindi la corona sulla sua testa, anche se ridicola per voi, sarebbe l'ultimo posto dove lei guarderebbe."

In ogni altro momento, Jonathon avrebbe sorriso vedendola ridere, ma la sua reazione lo fece rannuvolare. Gettò da parte l'asciugamano sporco e tese la mano per avere una delle calze bianche ricamate. Antonia gliela passò senza esitazioni. Jonathon arrotolò abilmente la calza di cotone finemente lavorata a maglia, in modo che Antonia potesse facilmente inserire il piede.

"Per favore, puntate le dita e cercherò di essere il più delicato possibile... È una valida obiezione," brontolò, con le guance un po' arrossate: non gli piaceva la descrizione che lei aveva fatto di Dair Fitzstuart. La cosa lo irritava per tutte le ragioni sbagliate. "Quello che stavo cercando di far capire a mia figlia è l'importanza di vedere oltre la superficie. Quello che importa è il cuore, non la sua corona nobiliare oppure-oppure qualunque altra cosa!"

"È verissimo," rispose sommessamente Antonia e gli toccò il polso quando Jonathon fece scivolare la calza sopra il ginocchio e continuò legando il nastro azzurro che teneva a posto la calza. "Sono stata impertinente. Mi dispiace. Avete ragione ad avvertirla. Troppe ragazze si sposano e solo dopo si rendono conto che è stato per le ragioni sbagliate. Chi sposerà è fondamentale per la sua felicità futura..."

Jonathon annuì e ripeté in silenzio la procedura con la seconda calza, poi raccolse il mazzo di candele che era accanto alla borsa.

"Riflettendoci, voglio correggere la mia dichiarazione precedente," disse, sistemando e accendendo le candele a intervalli lungo un lato del plinto inferiore di marmo dell'enorme tomba del duca, "e dire che anche se per me la futura corona nobiliare di Fitzstuart non è importante, e mia figlia dovesse vederla come assolutamente superflua nella sua decisione di sposare quell'uomo, come lui sceglie di usare quello che ha tra le gambe ha un'enorme importanza per me."

Antonia cominciò a sciogliere i nodi nei capelli con il pettine di tartaruga lucidata mentre Jonathon accendeva l'ultima candela, per nulla sconcertata dalle sue parole e lo seguì con gli occhi quando andò a raccogliere il pastrano che aveva scartato e lo scosse per toglierne le ultime gocce di pioggia, poi tornò e lo stese, con la parte oleata in basso, tra la panchina e il monumento.

"A voi non piace."

Jonathon lasciò cadere la borsa accanto all'improvvisato tappeto da picnic e continuò a svuotarla. Non distolse lo sguardo. "Preferisco mille volte suo fratello."

Antonia lo guardò sistemare due bicchieri d'argento, una bottiglia di vino, una forma di pane croccante, una piccola forma di formaggio, fette di una *terrine* ai funghi, un *potage* di patate, un paio di mele e un coltello, e si rese conto di essere affamata. Non ricordava più quando aveva mangiato l'ultima volta. Saltò giù dalla panchina e si unì a lui sul pastrano rovesciato alla luce delle candele e aspettò che la servisse. Jonathon staccò un pezzo di pane dalla pagnotta, tagliò delle fettine dalla *terrine* e dal formaggio e usando il pane come piatto gliele offrì.

"Anch'io preferisco Charles, ma è Dair quello che cercano le donne."

"Possedere fibra morale e alti ideali proprio non ha successo con quelle stupide giovincelle." Rispose Jonathon, con la voce un po' aspra. "Sono il titolo e la ricchezza che le attraggono a frotte."

Le offrì un bicchiere di vino.

"Non credo che sia solo il denaro che le interessa. Vedono voi allo stesso modo di Dair."

Antonia prese il bicchiere ma Jonathon non lo lasciò andare immediatamente.

"Non mi riferivo a me stesso. Ma se pensate che io sia ben messo," aggiunse con un sorriso, lasciando andare il bicchiere e mettendosi comodo, "allora accetto il complimento."

"Non è un complimento," disse Antonia sdegnosa, "dichiarare l'ovvio. State andando a caccia di complimenti, *M'sieur*!"

"Complimenti?" Ripeté Jonathon con una risata, alzando il suo bicchiere in un brindisi. "Da voi? Sempre." Poi aggiunse, serio: "Dair Fitzstuart mantiene un'amante e un figlio a Chelsea e non ha intenzione di rinunciarvi dopo il matrimonio. Dovrebbe fare la cosa giusta e sposare quella ragazza. Oltre a tutto è di nuovo incinta."

"Voi avevate un harem nel subcontinente. C'è qualche differenza?"

"No, non un harem," disse sommessamente, chiedendosi da chi avesse potuto avere quella falsa informazione. "Un'amante, sì, molti anni dopo la morte di Emily. Poi anche lei è morta. E dopo?" Scrollò le spalle. "Il solito tipo di temporanea ma necessaria soddisfazione in cui indulgono gli uomini: niente di importante, niente che avrei voglia di ripetere; nessuna donna che abbia impegnato i miei sentimenti." La fissò negli occhi. "O che mi abbia fatto incanalare il mio desiderio verso una sola persona."

Antonia fu la prima a distogliere lo sguardo e disse, con leggerezza studiata: "Per troppe donne, questo non è importante. Quello che conta è la corona nobiliare. Quello che fanno i loro mariti con, come dite voi, quello che hanno tra le gambe, è un dettaglio ininfluente se paragonato al titolo e alla posizione sociale."

"Ma non per voi..."

"No, non per me..." Antonia sorrise, con la fossetta che riappariva sulla guancia sinistra, aggiungendo maliziosamente sopra il bordo del bicchiere: "Quello che c'era tra le gambe di *Monseigneur* per me era molto importante."

"*Il va sans dire*, ma lo dirò lo stesso," aggiunse Jonathon con un sospiro imbarazzato, mentre tagliava brutalmente in quattro una mela, "e quello che ci faceva."

"*Mais bien sûr*. Ovvio. Ora, per favore, passatemi le fette di mela e poi dovete mangiare anche voi."

"Meno male che non c'è niente che mi piaccia di più che affrontare una sfida," borbottò Jonathon mentre preparava uno spuntino per sé.

Ma non cominciò subito a mangiare, bevve solo un sorso di vino poi si tolse la redingote da viaggio di velluto scuro. Vedeva che nonostante lo scialle e le calze, Antonia stava tremando di freddo, anche se faceva del suo meglio per trattenere gli involontari brividi. Slacciò i bottoni del suo panciotto di seta blu pavone, lo tolse e rimise la redingote sopra la camicia di lino bianca.

"Le donne della tenera età di mia figlia sembrano pensare che sia romantico sposare un furfante arrogante che si emenderà magicamente dopo il matrimonio. Stupidaggini. Succede di rado. E prima che lo diciate voi," aggiunse quando Antonia si raddrizzò, "mi avete già messo in riga riguardo a *Monseigneur*, ma lui è l'eccezione che conferma la regola e voi non lo avreste sposato se non si fosse emendato *prima* del matrimonio. Ecco, permettetemi di aiutarvi a mettervelo," disse tendendole il panciotto aperto. "Starete molto più calda e potrete usare lo scialle sulle gambe. Ora giratevi in modo che possa allacciare i bottoni e arrotolare le maniche." Quando lei fece quello che le aveva chiesto senza protestare lui sorrise e le diede un buffetto sotto al mento. "Su di voi è quasi una banyan."

Riprese il suo posto davanti a lei sull'improvvisato tappeto da picnic, con la schiena appoggiata al marmo freddo e una lunga gamba stesa in avanti, l'altra piegata e con una mano sul ginocchio. Antonia notò che sembrava perfettamente a suo agio e per nulla disturbato dal fatto di passare la notte nella cripta di famiglia, con il vento che ululava, la pioggia che scrosciava e i fulmini che lampeggiavano di fuori. Il tempo era sicuramente sgradevole ma lei aveva passato talmente tanto tempo lì, circondata dai suoi cari, proprio in quel punto, che per lei era il più confortevole al mondo. Era il primo e unico posto che le era venuto in mente quando era scappata dalla casa vedovile e da quel maniaco di medico. Nessuno, nemmeno il più folle dei criminali, avrebbe dovuto subire quello che aveva subito lei nella ghiacciaia, tutto nel nome di un *trattamento medico*. E quando pensava alle volte che era stata lasciata da sola con quel maiale pervertito… Afferrò il bicchiere e bevve un lungo sorso di vino, come se in qualche modo potesse purificarla, corpo e anima.

Jonathon la guardava attentamente, vide il momento in cui il volto si accese, la gola si strinse e le mani cominciarono a tremare, e capì che la sua mente stava tornando dove non doveva andare. Ingollò il vino e si diede da fare con quello che lei non aveva mangiato.

"È così che mangiate quando siete famelica? Qualche briciola? Lasciando il formaggio a metà? Mio Dio, donna, non riusciremo mai ad andare a dormire se mangiate con questo ritmo! E i tuoni ora se ne sono andati da un'altra parte quindi potremmo perfino riuscire ad avere un paio d'ore di sonno ininterrotto, se riuscite a finire di mangiare."

Antonia tornò al presente con un sorriso e continuò a mangiare il suo spuntino freddo, a piccoli morsi.

"Mio figlio Julian pensa che Charles potrebbe essere una spia dei ribelli americani."

Jonathon alzò di colpo le sopracciglia. "Davvero? Sono sicuro che ha le sue ragioni." Cercò nella tasca della redingote e ne tolse la lettera di Tommy e il pamphlet intitolato *Buonsenso* che aveva preso in prestito da Charles Fitzstuart. Gettò il pamphlet sul tappeto e rimise in tasca la lettera dicendo:

"Questo pamphlet è una lettura interessante. Immagino che Roxton lo taccerebbe di essere polemicamente sovversivo dato che attacca tutto quello che lui ha caro al mondo: il re, la nazione, il senso inglese di giustizia verso i suoi sudditi, oppure, secondo le idee dello scrittore di questo libretto, *ingiustizia*, e non da ultima l'esaltata e incondizionata posizione del duca in società. Quello che penso io, e non credo che la cosa vi farà inorridire perché credo che abbiate una mente logica e acuta dentro quella vostra bella testolina, è che *Buonsenso* dice delle cose giuste e che gli inglesi hanno parecchio da giustificare. Voglio dire, come è possibile schierarsi contro la nozione di nessuna tassazione senza rappresentanza?" Guardò in tutta la sua lunghezza il monumento cui era appoggiato, poi si chinò verso Antonia sussurrando: "*Monseigneur* non sarebbe molto contento di sentirmi sfidare questo suo mondo ben ordinato, vero?"

"Oh, non preoccupatevi, *M'sieur*," disse dolcemente Antonia, con la fossetta che riappariva, "a *Monseigneur* non interessava un fico secco delle ragioni di una parte o dell'altra, in una discussione c'era solo il suo punto di vista. In quel modo non c'era mai disaccordo, sedizione o altro. Comodo no?"

Jonathon scoppiò a ridere e il suono riverberò nello spazio cavernoso. "Comodo? Dannatamente insopportabile più probabilmente! Accidenti! Lui e io avremmo avuto delle discussioni interessanti!"

"E voi, *M'sieur*, avreste dovuto ammettere la sconfitta!" Lo prese in giro Antonia.

Jonathon bevve il suo vino. Sorrise a quegli occhi verdi, che diventavano così luminosi e intriganti ogni volta che menzionava *Monseigneur*, e annuì lentamente. Era un filosofo.

"Sì, credo proprio di sì."

Consumarono il resto del loro spuntino in amichevole silenzio e, una volta finito, Jonathon ripose tutti i resti nella borsa, mettendola da parte, facendo spazio per loro per stendersi per la notte sotto il plinto dove la luce calda delle candele illuminava una parte del fregio di marmo con gli dei greci in lutto. Mentre lui rovistava intorno, Antonia restò seduta sulla panchina e si pettinò i capelli per liberarli dai nodi. Cominciò a farsi una treccia ma i suoi polsi erano troppo deboli e rinunciò al tentativo, proprio mentre Jonathon si sedeva accanto a lei.

La girò per dargli le spalle e, con il suo permesso, raccolse la massa dei suoi riccioli sopra le spalle e procedette velocemente e abilmente a raccogliere i folti capelli in una treccia lunga e complicata. Non avendo nastri, estrasse alcune ciocche, ne fece una treccia molto sottile e la usò per assicurare l'estremità della treccia. Antonia ispezionò il suo lavoro e fu talmente contenta del risultato che gli sorrise con affetto genuino, stringendogli la mano per ringraziarlo. Era tutto l'incoraggiamento che serviva a Jonathon per portarsi la mano alle labbra e baciarle le dita. Capì immediatamente di aver superato il segno quando Antonia arrossì fino alle orecchie e si voltò per sistemarsi lo scialle. Jonathon si diede dello stupido per aver abbassato la guardia.

Come a sottolineare pesantemente la sua impetuosità, si sentì un forte rumore di tuono, seguito da un violento scroscio di pioggia e da una raffica di vento gelido che fece sbatacchiare i cancelli di ferro e spalancare una delle porte di ingresso. Jonathon chiuse i cancelli e le porte, pensando con un mezzo sorriso che se avesse creduto ai fantasmi, si sarebbe detto che l'improvviso scoppio di maltempo, lo scuotersi dei cancelli, le porte che si aprivano non erano un evento atmosferico casuale ma *M'sieur le Duc* che esprimeva la sua furia e lo avvertiva di non prendersi libertà con la sua duchessa. Non credeva ai fantasmi ma aveva intenzione di rispettare i desideri di *M'sieur le Duc*, lì, nel posto in cui riposava per sempre. Oltre le porte del mausoleo, comunque, avrebbe trascurato i desideri del duca, soprannaturali o meno che fossero, perché credeva nel destino e il suo destino era inesplicabilmente intrecciato con questa bella e delicata creatura che ora doveva convincere a rannicchiarsi contro di lui per non prendere una polmonite.

"Qui, sotto il cappotto," dichiarò placidamente, con la schiena contro il plinto di marmo, aprendo una parte della redingote come invito. "Ci faremo un favore reciproco, assicurandoci che l'altro non passi la notte al gelo." Quando Antonia esitò, Jonathon aspettò pazientemente, con un'espressione neutra. "Sono un mattone caldo ambulante. Sarah-Jane potrebbe confermarlo."

La fece sorridere e Antonia accettò l'invito e si sedette timidamente accanto a lui. Non aveva esagerato. Il suo corpo irradiava calore e, un momento dopo, Antonia si era rannicchiata contro di lui, con la testa contro il suo petto, le sue curve premute contro il suo lungo corpo saldo, con una mano che afferrava la camicia bianca come per ancorarsi. Jonathon chiuse la redingote sopra di lei, tirò lo scialle di lana sopra entrambi e le mise le braccia attorno, come se fosse il gesto più naturale e banale del mondo. Sperava solo che il battito accelerato del suo cuore non svelasse l'ovvia verità, che era acutamente conscio della sua morbidezza, che il profumo naturale della sua pelle era travolgente, e che addormentarsi con lei nuda tra le braccia era la seconda tra le attività che più desiderava e che era assolutamente deciso a condividere con lei.

"Parlatemi dell'India," disse insonnolita. "Parlatemi della vostra vita là."

"Una favola della buonanotte?"

"Sì, una favola della buonanotte... su di voi e la vostra lunga treccia e le nuotate con Sarah-Jane sotto il sole caldo..."

"Sarà un piacere per me, *Madame la Duchesse*."

SEDICI

"Facciamo uno spuntino nel padiglione, oggi?"

Antonia non alzò gli occhi dal fascio di fogli che aveva in grembo.

Jonathon lasciò che continuasse a leggere, contento di restare a guardarla. Decise che avrebbe potuto osservarla tutto il giorno: si portava una mano alla bocca quando ridacchiava, un ricciolo dei capelli biondi sfuggito dallo chignon annodato sulla nuca ogni tanto la infastidiva e lei lo scostava dalla guancia, oppure lo attorcigliava intorno a un dito; quando qualcosa la divertiva molto, le spalle si scuotevano per la muta ilarità.

In sua compagnia lui si sentiva assolutamente tranquillo.

Alla fine, Antonia alzò gli occhi verdi pieni di allegria, come se si fosse resa conto solo in quel momento della sua voce, se non della domanda, e Jonathon distolse in fretta lo sguardo, sentendo il calore salirgli al volto, imbarazzato per averla studiata così intensamente. Ma lei era così presa dalla lettura che non notò la sua preoccupazione e, mentre lui si limitava a sorridere come un idiota e a masticare la sua mela, lei riprese a leggere.

Erano seduti ai lati opposti di una piccola barca a remi. Un parasole di seta cinese dipinta, con il manico di bambù legato a prora, schermava Antonia dal sole. Aveva alzato leggermente le ginocchia per avere una specie di leggio e facilitare la lettura, gli strati di sottogonne di leggero cotone indiano erano allargati intorno a lei e nascondevano i piedi con le sole calze appoggiati a un cuscino; si era tolta con un calcio le pantofole parecchio tempo prima. La schiena era sostenuta da un mucchio di cuscini, Jonathon era sistemato allo stesso modo a poppa, con il braccio sinistro dietro la testa, appoggiato a un cuscino dietro la schiena, le lunghe gambe a cavallo del bordo, le maniche della camicia arrotolate fino ai gomiti. Era decisamente poco vestito, senza cravatta, camicia bianca slacciata al collo, senza il panciotto, che si era tolto prima che i remi toccassero l'acqua. La redingote era rimasta nel padiglione.

Gli piaceva l'ozio. Gli piaceva ancora di più ammirare Antonia contro lo sfondo del cielo azzurro pallido punteggiato di soffici nuvole bianche, con il sole che splendeva attraverso i rami ondeggianti dei salici e luccicava sulla sommità delle piccole increspature create da una famiglia di anatre che nuotava tra la riva e la barca, con gli otto anatroccoli che nuotavano in una fila disordinata, in fretta quanto glielo permettevano le piccole zampe, per riuscire a stare al passo con i loro genitori. Era una perfetta giornata di primavera e un tale cambiamento dal tempo spaventoso della settimana prima.

Jonathon non aveva niente di più urgente da fare che restare sdraiato e ammirare il panorama. Non c'era nessuno che gli dicesse che cosa era meglio fare, o che doveva assolutamente fare, o che cosa ci si aspettava che facesse o che sarebbe stato necessario fare una volta che il suo anziano parente avesse alla fine tirato l'ultimo respiro. Lì, con lei, lui era Jonathon Strang, mercante delle Indie orientali, ritornato dal subcontinente. Un uomo che si era fatto da sé cui non importava un bel niente dei dettami della classe sociale di cui lo stavano costringendo a far parte. Era ricco da far schifo, tanto che, nonostante il padre odorasse di commercio, Sarah-Jane era accettata in tutti i salotti eleganti e la conseguenza indesiderata era che le matrone inciampavano nei loro cagnolini viziati nella fretta di presentargli le figlie nubili. Quello che era più stupefacente era che quelle giovani signorine erano più che desiderose di gettarglisi addosso, sperando che scegliesse una di loro da sposare.

Ma con lei, con Antonia, poteva essere se stesso e, purtroppo, sembrava ci fossero poche possibilità che lei gli si buttasse addosso.

Allora se tu sei te stesso, il redivivo principe mercante, che ne è della casa? Gli ricordò bruscamente il suo Cervello Pensante. *Che ne è dei tuoi piani per riprenderti la casa elisabettiana che occupa lei adesso?*

Colse una breve visione delle finestre a colonnine del secondo piano e dei civettuoli comignoli inclinati attraverso i rami ondeggianti dei salici mentre scivolavano lungo il lago e si bloccò a metà morso aggrottando la fronte.

Che ne è del tuo bisnonno Edmund Strang-Leven che è stato truffato della sua eredità da questa famiglia? Insistette il suo Cervello Pensante. *Non è per quello che sei qui e non nel Buckinghamshire? Non è questo il motivo per cui hai investito tanto tempo su di lei? Sei riuscito a recuperare parte dell'eredità rubata, il palazzo di Hanover Square. Ci sei quasi. Non perdere di vista quello che importa. Quello che tuo padre sognava di recuperare; ricorda il tuo obiettivo principale!*

Non ascoltarlo, che ne sa lui? Controbatté il suo Cuore. *Ti ha aiutato ad ammassare ricchezza, capitalizzare una moltitudine di opportunità di affari, ti ha portato in giro per tutto il subcontinente in alcuni posti affascinanti per incontrare gente interessante, ma non ti ha riportato lui qua, in questa isola fredda e umida. Non saresti tornato se gli avessi dato retta. Saresti rimasto in India, al tuo posto. Non sono gli obiettivi ma la famiglia che ti ha fatto abbandonare la tua vita là. Io ti ho portato qua, per l'obbligo di fare quello che è buono e giusto, non quello che dà un profitto, ecco perché sei in Inghilterra. E se sei veramente onesto con te stesso, non mi hai più ascoltato da quando è morta Emily. Sono stato ignorato e trascurato per tanto tempo che adesso non riconosci l'amore quando ti sta davanti. E non parlo dell'amore per tua figlia. Quello è diverso. Questo è diverso. Ma ora mi stai ascoltando, vero? Perché due minuti in compagnia di Antonia Roxton ed è stato: ciao, ciao Cervello Pensante!*

Ma sono stato io quello che l'ha vista per prima, argomentò il suo Organo Vitale. *Quei due minuti sono stati miei, e ogni notte dopo quella è stata insonne per entrambi, io che lo svegliavo, rigido come una tavola, con il desiderio di far l'amore con lei, immaginandola mentre godeva del mio corpo, e poi tu hai dovuto interferire, Cuore. Mi hai portato via la mia sicurezza, mi hai fatto dubitare di me, chiedermi se una donna del genere si sarebbe mai interessata a me come a un amante, quando era stata sposata a un tizio arrogante che poteva farselo rizzare e tenerlo duro in condizioni sub-artiche se era quello che ci voleva per soddisfare lei. E ora non posso mantenere la promessa con il Cervello Pensante di sedurla, prendermi la casa e andare avanti con la mia vita. Sono io quello che soffre di più, qui! Quando è stata l'ultima volta che ho goduto di qualche attenzione? India! Ecco quando.*

Come se tu avessi qualcosa di cui lamentarti veramente, ribatté il Cuore. *Sono stati quindici anni in un posto desolato, per me!*

Che sproloqui sentimentali, Cuore! Disse sprezzante il Cervello Pensante. *E tu, Organo Vitale, stai solo avendo un attacco di panico perché è passato un bel po' da che sei stato dentro una donna. Gli organi vitali ogni tanto hanno crisi di fiducia. È perfettamente naturale. Non ha niente a che fare con questa donna. Ci sono un mucchio di belle donne più che desiderose di riempirti di attenzioni, vogliose di cavalcarti, di invitarti dentro. Quello che ti serve è una visita in quel bordello di alta classe di cui*

Tommy ti ha parlato, fai un po' di esercizio tra un paio di cosce appetitose e ti tornerà la solita fiducia.

Proprio non capisci che cosa sta succedendo qui, vero, Cervello Pensante? Risposero all'unisono il Cuore e l'Organo Vitale. *Ascolta. Questa volta è diverso. Lei è diversa. Noi siamo diversi. Tutto è diverso. Nessuno di noi sarà più lo stesso.*

Beh, non so voi, ma io ho fame, brontolò lo Stomaco. *Grande com'è dovrebbe sapere che una mela costituisce un misero sostentamento! E se non mangiamo alla svelta, vi garantisco che soffriremo tutti.*

"Oh Dio," esclamò Jonathon, con una mano che schermava gli occhi dal sole, sentendosi improvvisamente male.

Tirò il torsolo di mela sulla superficie immobile del lago e lo guardò cadere e scomparire, irritato per aver permesso ai suoi pensieri, o erano i suoi organi, di prendere una piega inaspettatamente malinconica e introspettiva in una giornata tanto bella, e accanto alla compagna più deliziosa. Si sdraiò nella barca, pensando che un sonnellino di dieci minuti forse poteva tranquillizzare i suoi organi e ridare loro equilibrio ma, mentre lo faceva, la sua scarpa rimase impigliata nelle sottane di Antonia, disturbando la sua lettura.

"*Pardonnez-moi, Madame la Duchesse,*" mormorò e fece per sedersi ma Antonia lo fermò mettendo una mano sul piede impigliato nelle sottane.

"Voglio continuare a leggere, ma voi dovete aver fame quindi prima faremo uno spuntino. Nel padiglione, sì?" Disse, con gli occhi che ridevano ancora e Jonathon si chiese se avesse sentito il suo stomaco brontolare e anche i suoi pensieri. "Voglio veramente discutere di questa commedia con voi ma forse aspetterò finché avrò letto tutto il copione."

"Che scena avete appena finito di leggere?"

"Scena seconda, atto quarto; è dove Sir Oliver sta chiacchierando con Moses della stravaganza di Charles."

"*Ma non vuol vendere il mio quadro!*" Citò Jonathon, imitando in tono drammatico quello che supponeva sarebbe stato un buon Sir Oliver Surface. "*Il nostro giovane furfante si è liberato dei suoi avi come fossero tappezzeria vecchia, ma non vende il mio quadro!*"

Antonia rise alla sua parafrasi. "Ed è così impressionato, vero, Sir Oliver, che intende pagare tutti i debiti di Charles!" Raddrizzò le gambe, agitò le dita dei piedi e si sdraiò anche lei sui cuscini, con le braccia allargate sui bordi della barca, aggiungendo con un sorriso: "Come avete fatto a convincere *M'sieur* Sheridan a separarsi dal suo copione?"

"Non è l'originale, è una copia. L'ho fatto trascrivere mentre ero a

Londra. Dick Sheridan non ne era molto contento, e capisco la sua reticenza. La commedia deve ancora essere rappresentata e potrebbe ancora apportare dei cambiamenti. Ma quando gli ho detto per chi volevo la copia, non vedeva l'ora di dare il copione al mio scrivano!"

"Gli avete detto che era per *me*?" Antonia era sorpresa e confusa.

La sua espressione sorpresa fece scuotere la testa a Jonathon, incredulo.

"Ora, *Madame la Duchesse*, non fate finta di essere così sorpresa. Ci devono essere decine se non centinaia di aspiranti commediografi, poeti e romanzieri che cercano il patrocinio della duchessa di Roxton. Una vostra parola farebbe vendere tutte le copie del libro, tutti i posti a teatro; potreste fare la fortuna di qualcuno da un giorno all'altro."

"Sì, ma una mia parola potrebbe anche rovinare uno scribacchino speranzoso, *vous comprenez*? Non che io potrei mai fare una cosa così perfida."

Jonathon le tirò scherzosamente le dita del piede.

"Voi non potreste mai essere perfida..." Fece un mezzo sorriso. "Beh, non in modo cattivo... Sono lieto che approviate *La scuola della maldicenza* di Dick," continuò gentilmente quando lei voltò la testa, guardando l'acqua, offrendogli la visione del suo adorabile profilo, prima di guardare il copione che aveva in grembo. "Il ragazzo ha talento e questa commedia lo dimostrerà a tutti quelli che ne dubitavano, una volta per tutte. Era tanto che non ridevo così. Non ho mai visto recitare *I rivali*, ma leggere il copione e le buffonate di Sir Lucius O'Trigger e Sir Antony Absolute è stato sufficiente per farmi investire una considerevole somma per far rappresentare la *pièce* al teatro di Drury Lane. Mi sono procurato un palco per la prima..." Le agitò nuovamente l'alluce e questa volta le afferrò il piede, dicendo, quando lei lo guardò: "Dick pensa che ci sarà solo la prima e poi dovrà chiudere. Io dico che è un'assoluta scemenza, Dick è troppo modesto e per dimostrargli che si sbaglia gli ho dato la mia parola di sottoscrivere l'intero incasso della serata se dovesse ripetersi la prima disastrosa de' *I rivali*. Ma non succederà. E per due buoni motivi..."

"Sì, vedo che non vedete l'ora di dirmelo," lo stuzzicò scherzosamente Antonia quando Jonathon esitò e si fece di colpo serio. "Quali sono questi due buoni motivi?"

Ma non era vero che Jonathon non vedeva l'ora di dirglielo, era inaspettatamente nervoso perché temeva il suo rifiuto quando le avesse rivelato quello che aveva promesso al commediografo. Il quel momento era stata una vanteria, un attimo di arroganza, ma ora, seduto davanti a lei in una barchetta, con il piede di lei tra le mani e lei che gli sorrideva incuriosita, si sentì un grosso stupido. Dio, come faceva questa donna ad avere il potere di ridurlo a una polentina? Decise di lanciarsi nella spiegazione con tutto il coraggio possibile, di modo che lei non potesse dire di no.

"Prima di tutto, ovviamente, è una commedia dannatamente buona e, secondo la mia umile opinione, scritta meglio de' *I rivali*."

"Questo è un ottimo primo motivo," confermò Antonia. "E il secondo?" Lo pungolò quando Jonathon esitò.

"Secondo, ho promesso a Dick Sheridan che avrei avuto una duchessa seduta accanto a me all'apertura del sipario, la sera della prima..."

Antonia attese ulteriori spiegazioni, tutta educata curiosità, come se Jonathon dovesse dirle il nome di questa duchessa che sarebbe stata seduta accanto a lui. Non riusciva a credere che lei non avesse idea che stava parlando di lei. Era perplesso e ammutolito. I suoi organi andarono sottosopra e lo stomaco si contrasse. Accennò un debole sorriso imbarazzato. E quello la fece immediatamente sedere diritta. Il piede scivolò via dalle mani di Jonathon e Antonia lo fissò severamente, con una mano alla gola. Lui non solo si sentì un idiota, sapeva di esserlo.

"Avete promesso a *M'sieur* Sheridan che *io* avrei partecipato alla prima della sua commedia con *voi*?"

Jonathon decise di fare buon viso a cattivo gioco. Si sedette anche lui nella barca.

"Beh, *Madame la Duchesse*! Non so che cosa mi sconvolga di più, che deluderete il povero Dick Sheridan, che non vede l'ora che voi onoriate una delle sue commedie con la vostra divina presenza, dopo tutto non avete partecipato alla prima de' *I rivali*, nonostante il grazioso invito che vi aveva inviato, o che siate sbalordita alla prospettiva di andare a teatro con il sottoscritto."

"No! No! Non dovete assolutamente offendervi!" Gli assicurò Antonia. "È solo che non vado a teatro da... Noi, *Monseigneur* e io, ovviamente andavamo spesso a teatro durante la stagione. Mi piace il teatro, ma da quando mi ha lasciato, non ho mai nemmeno pensato di andarci. Ecco perché non sono andata alla prima de' *I rivali*. Non potevo andare senza *Monseigneur*. Per me andarci adesso, senza di lui..." Si scusò con un sorriso. "Non credo sia possibile... Non posso partecipare, *M'sieur*."

Jonathon annuì tristemente, come se fosse d'accordo, e sospirò. Antonia si chinò in avanti, preoccupata, tendendo una mano, come per consolarlo della sua delusione, quando all'improvviso lui si alzò in piedi, facendo ondeggiare violentemente la barca.

Antonia tese immediatamente le mani a destra e a sinistra per afferrarsi ai lati della barca e lo fissò, sconcertata.

"Bene, se è questa la vostra risposta, allora non c'è niente da fare. Dovrò annegarmi!" Annunciò, con le gambe allargate per tenersi diritto e tenere stabile la barca.

"Siete ridicolo! Sedetevi!"

Jonathon incrociò le braccia.

"Solo se direte di sì, che verrete a teatro con me."

"No!"

"Allora volete che anneghi?"

"Certo che no! Perché dovrei volere che facciate una cosa del genere? Sedetevi!"

Jonathon scalciò via le scarpe.

"Non volete venire a teatro con me. Quindi non ho altra scelta che annegarmi."

"Siete pazzo!"

"Pazzo o no, ho intenzione di annegarmi se non accetterete di vedere la commedia di Dick Sheridan con me."

"Non vi credo e non mi costringerete in questo modo vergognoso. Sedetevi!"

Con un movimento fluido, Jonathon si tolse la camicia bianca di cotone e la gettò in un angolo della barca. Si scostò i folti capelli castani arruffati dagli occhi per fissare il volto di Antonia, alzato verso di lui.

"Parteciperete alla prima della nuova commedia di Dick Sheridan con me o no?"

Antonia non sapeva dove guardare con quel Golia mezzo nudo in piedi sopra di lei, come una replica abbronzata del Colosso di Rodi. Era tutto petto ampio, stomaco piatto e fianchi stretti, fin troppo virile per il suo stesso bene. Come osava continuare a spogliarsi davanti a lei? No, non l'avrebbe guardato. Fissò la riva del lago piena di canne oltre l'acqua, e poi, oltre la sua spalla destra, il pontile, non così lontano ma così distante in quella difficile situazione; dovunque per non guardarlo. Non senza ragione si aspettava che un servitore, o almeno una delle sue dame di compagnia, apparisse di fianco a lei. Dopo tutto, aveva passato quasi tutta la sua vita con servitori silenziosi e dal passo felpato sempre a portata di voce, quando non in vista. Non aveva idea di che cosa potesse fare un servitore che non potesse fare lei... Avevano ancora meno potere di lei sulle azioni di Jonathon. Ma ovviamente non c'era nessun servitore, solo acqua tutto intorno e lei era da sola con questo uomo, in piedi in una barca a remi, senza camicia, e che si aspettava che lei accettasse la sua richiesta e l'unico pensiero che le veniva in mente in quel momento era come doveva essere completamente nudo. Rimase talmente scioccata e confusa all'idea da desiderare con tutta se stessa di saper nuotare. Allora avrebbe potuto tuffarsi nel lago e nuotare il più lontano possibile da lui.

La rabbia mascherò il desiderio.

"Non mi forzerete la mano, *M'sieur*! No! *Non* verrò a teatro con voi! Ora vi siederete e mi riporterete a riva. Per oggi ne ho abbastanza della vostra compagnia!"

Jonathon la fissò con muta ostinazione. Dentro si sé era felicissimo della sua animata intrattabilità, dopo una settimana di apatica introspezione. Da quando erano tornati dal mausoleo, si era tenuto a distanza, prendendo residenza nel padiglione da dove aveva scritto delle lettere a Sarah-Jane, a Tommy, al suo uomo d'affari a Londra e a quelli che curavano il suo anziano parente morente; passava il tempo in cucina, seduto al tavolo a chiacchierare con Pierre e gli altri servitori, che aveva liberato dal bando nella Gatehouse e che ora si rivolgevano a lui per ricevere istruzioni. Aveva anche cooptato diversi servitori che lavoravano all'esterno perché lo aiutassero in una costruzione nel boschetto di vecchie querce, qualcosa che sperava avrebbe deliziato non solo Antonia ma anche i suoi nipoti la prima volta che fossero venuti a trovarla.

Michelle era l'unica ad avere contatti con la duchessa, che restava a letto con un raffreddore, a curarsi le ferite, e che, secondo Michelle, non avrebbe dovuto restare da sola con i suoi pensieri ancora per molto, altrimenti c'era una forte probabilità che ricadesse nel pozzo di disperazione in cui era sprofondata quando il vecchio duca era morto tre anni prima.

Da lì l'idea di Jonathon per lo spuntino nel padiglione e un piacevole oziare nella barca a remi mentre preparavano il padiglione; la copia del copione di Sheridan de' *La scuola della maldicenza* era stata l'esca cui sapeva Antonia non avrebbe resistito. Che Antonia fosse sorpresa e sembrasse quasi irritata di trovarlo ancora a casa sua quando era uscita dalle sue stanze l'aveva ferito più di quanto volesse ammettere. Significava che non aveva mai pensato a lui da quella notte passata insieme nel mausoleo, mentre lui aveva passato ogni notte da allora dormendo male e non pensando ad altri che a lei.

E quindi, avere la sua completa attenzione, nonostante la sua rabbia, mentre era impossibilitata a scappare, era un'opportunità da non sprecare, anche se voleva dire sacrificare gli abiti appena lavati agli dei del lago.

"Allora siete assolutamente decisa a non venire a teatro al mio braccio?" Ripeté, fissando il volto sollevato verso di lui con un'espressione accigliata. "Non c'è niente che possa farvi cambiare idea? Che possa convincervi ad accompagnarmi a teatro per la prima della commedia di Dick Sheridan, per suggellare la reputazione del mio socio e amico commediografo? Allora, *Madame la Duchesse?*"

"State facendo una scena incredibilmente melodrammatica e non capisco perché dovete minacciare di fare una cosa così ridicola per una sciocchezza!" Ribatté, fissandolo minacciosa prima di distogliere lo sguardo. "È assurdo, è stupido. Siete puerile per principio!"

E intollerabilmente arrogante e quello che vorrei veramente è che mi abbracciaste come avete fatto nel mausoleo, così da poter sentire il forte battito regolare del vostro cuore, sentire la solidità e la forza del vostro petto e delle vostra membra, e sentire l'odore virile, muschiato e caldo della vostra pelle abbronzata, così da avere una notte di sonno ininterrotto, cosa che non ho da una settimana! È colpa vostra, e sono restata nella mia stanza sperando che ve ne andaste ma senza veramente volerlo ma temendo quello che sarebbe successo se foste rimasto qui a casa mia.

Ovviamente non espresse nessuno di quei pensieri a voce alta, invece fissò Jonathon con furia ribelle, più infuriata con se stessa che con questo uomo bello e mezzo nudo, per avergli permesso di penetrare le sue difese.

"*Non* mi lascerò forzare in questo modo! Annegate pure, per quello che mi importa."

"Molto bene, allora a me resta solo il fondo del lago!"

Successe in un attimo.

Il momento prima era in piedi davanti a lei, quello dopo lei era l'unica occupante della barca. Ci fu un solo tonfo nel lago, le increspature dell'acqua che si irradiavano dal punto di entrata, a dritta della barca e verso l'acqua ferma del lago. La barca ondeggiò. E poi l'acqua fu di nuovo ferma. Come se lui non fosse mai stato nella barca e Antonia si fosse svegliata da un sogno per trovarsi da sola. Ma la commedia di Richard Brinsley Sheridan *La scuola della maldicenza* era sulle sue ginocchia e le scarpe e la camicia di Jonathon erano ancora dove erano state gettate a poppa.

Raccolse le pagine del copione, mettendole in fretta da parte, e si arrampicò sui cuscini verso il bordo della barca per guardare nel lago. L'acqua era immobile e insondabile. Dov'era andato? Non poteva essere semplicemente scomparso. Non poteva annegarsi *di proposito*, era un nuotatore troppo bravo. I buoni nuotatori non annegavano… A meno che… Che cosa sarebbe successo se nella sua idiozia avesse picchiato la testa su qualche parte della barca mentre si gettava fuoribordo. Forse aveva perso i sensi e proprio in quel momento stava respirando acqua in qualche gelido punto in profondità sotto la barca? E se era incastrato sotto lo scafo? *Pazzo. Idiota. Uomo impossibile.* Tirò da parte le sottane e andò a prora per guardare nell'acqua, sperando di non vederlo disteso a faccia in giù nell'acqua che andava alla deriva senza vita nel lago. Forse, se si fosse sporta ancora un po' di più, sarebbe riuscita a dare un'occhiata sotto lo scafo e vedere se era intrappolato lì...

Si alzò di colpo una colonna d'acqua, come il getto di una fontana aperto al massimo, e schizzò attraverso la barca. Antonia gettò la testa all'indietro con un sussulto, il volto, il davanti del corpetto e le sottane immediatamente fradici. Colta di sorpresa dall'acqua fredda, ansimò per respirare e la forza del getto d'acqua fu tale che la barchetta ondeggiò violentemente. Le cedettero i polsi e non riuscì a tenersi stretta ai bordi della barca e con gli occhi chiusi per evitare ulteriori spruzzi perse l'orientamento, si sporse in avanti e cadde nell'acqua con un tonfo.

Terrorizzata, le braccia e le gambe si agitarono convulsamente, sbattendo selvaggiamente e le sottane si arrotolarono e si appesantirono con l'acqua e si sentì affondare nella torbida profondità. Mentre si agitava disperatamente per tenere la testa fuori dall'acqua non si rendeva conto che la fontana che era sorta improvvisamente dal lago e altrettanto in fretta era svanita era in effetti Jonathon. Aveva trattenuto il fiato sott'acqua per il tempo necessario a farle credere per un attimo che avesse potuto mettere in atto la sua minaccia e fosse annegato. Il suo stratagemma fallì miseramente quando si rese conto che Antonia aveva perso l'equilibro ed era caduta in acqua e, non sapendo nuotare, lottava per stare a galla nel modo peggiore possibile, completamente nel panico e dibattendosi.

Cercò di calmarla ma lei non lo ascoltava e quando si avvicinò per aiutarla e prenderla in braccio per calmarla, lei non lo vide. Vide solo una possibilità di sfuggire all'acqua e si arrampicò sul suo torace cercando di sedersi sulla sua testa, non diversamente da un gatto caduto in un vaso di panna e, terrorizzato, fosse meno interessato alla sostanza che a cercare in tutti i modi il mezzo per uscirne, purché il mezzo fosse resistente e portasse all'asciutto e al sicuro.

Quando il ragionamento fallì, le prese le braccia e la inchiodò a sé, continuando nel frattempo a ripeterle in tono tranquillo di guardarlo, che non l'avrebbe lasciata annegare, che non le sarebbe successo niente di male se si fosse calmata e lo avesse guardato. Continuò a ripetere le istruzioni e alla quinta volta, quando la sua voce le penetrò nel subconscio e si calmò, le disse che le avrebbe lasciato andare le braccia e che non sarebbe annegata. Alla fine, Antonia lo guardò e nell'attimo in cui i loro occhi si incontrarono Jonathon capì che si era finalmente accorta di lui. Sollevata, si afferrò a lui, ispirando grandi boccate d'aria, con le braccia strette intorno alle sue spalle e le gambe intorno alla vita. Jonathon la tenne con un forte braccio sulla schiena mentre l'altro, con l'aiuto delle gambe, remava nell'acqua per tenerli a galla.

In tutto quel trambusto si erano allontanati dalla barca, ed erano a metà strada tra la riva coperta di canne e la barca da una parte e circa alla stessa distanza dal pontile, dove erano apparsi improvvisamente i due whippet di Antonia che correvano lungo le tavole abbaiando per farsi notare. L'acqua era ancora troppo profonda perché Jonathon riuscisse a toccare il fondo del lago e rimettersi in piedi, nonostante la sua altezza, quindi continuò ad andare alla deriva nell'acqua, con Antonia aggrappata a lui, tranquillo nell'acqua, senza dire una parola, per farle riprendere fiato e aspettando che la sua paura diminuisse, sapendo che se fossero restati a galleggiare ancora un po' la sensazione di mancanza di peso che veniva dall'essere tranquilli nell'acqua avrebbe fatto smettere il suo cuore di battere così forte e l'avrebbe rassicurata che tra le sue braccia non poteva annegare: era al sicuro.

Dopo un po' sentì della terra molle e dei ciottoli sotto i piedi e fu in grado di mettersi in piedi. L'acqua gli arrivava appena sopra l'ombelico. Piegò le ginocchia per abbassare le spalle nell'acqua, permettendo ad Antonia di sederglisi in grembo e, con entrambe le braccia intorno a lei, avevano gli occhi alla stessa altezza. Antonia era ancora aggrappata strettamente a lui, come temendo che se lo avesse lasciato andare anche per un attimo sarebbe ripiombata nelle profondità del lago e sparita per sempre.

Fu solo quando Jonathon si tirò un po' indietro che Antonia finalmente allentò la morsa intorno al collo robusto, rendendosi contro che non stavano più muovendosi nell'acqua, che lui aveva smesso di nuotare e che in qualche modo ora erano ancorati. Tenne le dita intrecciate sulla sua nuca ma, sapendo che le sue braccia la tenevano al sicuro, Antonia fu in grado di respirare liberamente e smise di avere paura. Dalla loro notte insieme nel mausoleo, quando aveva dormito profondamente nelle sue braccia, non erano più stati così vicini fisicamente. Da allora avevano fatto di tutto per mantenere una distanza corretta e rispettosa e nessuno dei due aveva parlato di quella notte o degli avvenimenti che l'avevano preceduta.

Ma qui, nell'acqua ferma e fredda del lago, erano così vicini che lei poteva contare ognuna delle profonde rughe che si irradiavano dagli angoli dei suoi dolci occhi castani e lui ogni lungo ciglio scuro che le incorniciava gli occhi verdi leggermente obliqui. Lo guardò con occhi nuovi, studiando il suo volto, sperando di trovare un difetto, qualcosa, qualunque cosa, nei lineamenti belli in modo maschio, per darle un motivo per distogliere gli occhi, un motivo per smettere di avvicinarsi, di desiderare di avvicinare la bocca alla sua.

Jonathon le sorrise dolcemente guardandola negli occhi, come leggendo i suoi pensieri, e Antonia sentì le guance in fiamme nonostante il freddo dell'acqua. E quando Jonathon si tolse i capelli dagli occhi prima di scostarle delicatamente una ciocca dei lunghi capelli dalla guancia, lei non si ritrasse, ma gli sorrise.

Si fissarono per quella che sembrò un'eternità ma che in realtà non durò niente. Jonathon desiderava disperatamente baciarla e che lei lo baciasse. Ma non avrebbe dato inizio lui a quel primo bacio. Non poteva. Doveva essere lei. Jonathon era paralizzato dalla possibilità di un rifiuto; che dopo il trauma che aveva sofferto per mano di quel medico-mostro e l'onnipresente spettro di *Monseigneur* che incombeva su di loro, una qualunque mossa da parte sua sarebbe stata in qualche modo interpretata nel modo sbagliato. Sperava solo che tutti i suoi organi si comportassero al meglio e ringraziava il cielo di essere immerso nell'acqua fredda.

Antonia ne era ovviamente assolutamente inconsapevole, il che era una buona cosa, ma lui era acutamente conscio che le sottane le galleggiavano all'altezza del seno, lasciandola nuda dalla vita in giù, tanto che lei gli stava a cavalcioni con nient'altro che le calze bianche che finivano appena sopra il ginocchio. Le cosce nude erano spalancate, le caviglie incrociate dietro la sua schiena, così da essere premuta forte contro il suo inguine. Se l'acqua del lago non avesse fornito un velo di rispettabilità al mondo sarebbe apparsa una scena dalla forte carica erotica, direttamente tratta dalle pagine del Kama Sutra.

Decise che era saggio spostare i pensieri e i desideri verso il pranzo e si chiese quali meravigliosi piatti il venerabile Pierre fosse riuscito a escogitare, non solo per eccitare le sue papille gustative ma anche calmare i morsi della fame. Da quando si era liberato di Sir Titus e dei suoi brutali assistenti, Jonathon era diventato il cocco di casa. Lo chef era il suo sostenitore più accanito e nessun piatto, nessuna richiesta era troppo speciale perché Pierre non la esaudisse. Se *M'sieur* Strang per colazione voleva le brioche e il suo strano tè al latte, lasciato in infusione con chiodi di garofano, cannella, pepe e anice, che lui chiamava tè Chai, nessuno poteva cavillare o fare questioni, poteva averlo. Se *M'sieur* Strang voleva che Pierre gli servisse piatti che contenessero solo verdure o pesce e niente manzo, era quello che Pierre avrebbe inventato per *M'sieur*. Jonathon sperava che a pranzo ci sarebbero stati aglio, zenzero e pepe, e che ci fosse una ricca zuppa e uno dei dolci di Pierre, dalla pasta friabile, che si scioglieva in bocca...

E poi successe.

Lei lo baciò.

Era leggero come una piuma ed esitante e durò solo un attimo perché Jonathon aveva la bocca insensibile per il freddo e quindi fu un po' goffo nel rispondere; cosa non sorprendente visto che erano immersi fino al collo nell'acqua del lago e le loro labbra stavano diventando blu. Ma lei lo aveva baciato e Jonathon non poteva essere più felice che se Antonia gli si fosse buttata addosso nuda e ne avesse fatto quello che voleva. Lo aveva baciato. Gli girava la testa. Era il bacio più meraviglioso che avesse mai sperimentato dal suo decimo compleanno quando aveva goffamente baciato sulla bocca la sorella di Digby Spencer, Charlotte, sotto la scrivania nella biblioteca di suo zio. Era stato così fiero di sé che aveva camminato sulle nuvole per una settimana. Questo bacio, come quello, era stato tanto desiderato, tanto a lungo pensato e tanto atteso che era rimasto un attimo stordito dal fatto che il suo desiderio fosse stato esaudito, com'era successo a dieci anni.

Non esitò una seconda volta a restituire il bacio e, quando la baciò, quando accarezzò le sue labbra con le proprie, fu delicato e diffidente quanto lo era stata lei. Ma Antonia non si tirò indietro come aveva fatto lui e non fu così reticente nella sua risposta. Era tutto l'incoraggiamento di cui aveva bisogno Jonathon per premere la bocca sulla sua, per sentire la pienezza delle sue labbra che cedeva sotto la pressione e finalmente si abbandonarono a un bacio profondamente sensuale e assolutamente soddisfacente, che era tutto quello che avevano sperato e desiderato.

Erano talmente presi l'uno dall'altra e dal momento, che l'acqua che li circondava sparì. Jonathon si alzò in piedi e camminò attraverso le canne, verso la riva, con Antonia stretta a sé, le braccia intorno al collo, le grandi mani di Jonathon allargate sotto il suo sedere nudo a tenerla saldamente contro il proprio inguine, le gambe di lei avvolte intorno alla vita, le sottane gocciolanti arrotolate sopra le braccia, con l'acqua che si riversava nel lago: tutto in piena vista del mondo. E il mondo, anche in quel tranquillo angolino di Hampshire, stava guardando.

DICIASSETTE

Da qualche parte nei profondi recessi della sua mente, il cervello lo avvertì del fatto che non erano soli, che qualcuno li osservava, non una sola persona ma parecchie, e che in qualche modo c'entravano i cani. Ma il suo Organo Vitale, sopravvissuto ai rigori dell'acqua gelida e scongelatosi per bene, tante grazie, ordinò al Cervello di ritirarsi. *Era matto, il Cervello?* Aveva le braccia intorno alla donna più straordinariamente bella e affascinante che avesse mai incontrato, stavano godendosi un appassionato bacio esplorativo, aveva le mani piene del suo adorabile sedere rotondo e lei era premuta contro di lui, lo stava riscaldando, e il Cervello diceva basta, solo perché da qualche parte c'erano delle persone e dei cani? Nemmeno per la vita di Re Giorgio avrebbe rinunciato a questo momento. Le persone e i cani potevano andare a impiccarsi.

Ignorarono le grida e l'abbaiare dei cani dal pontile.

L'Organo Vitale di Jonathon lo spingeva ad andare avanti, diventando più forte e fiducioso mentre si avvicinavano alla riva. Sapere che lei era nuda, con le gambe spalancate per riceverlo lo spedì fuori controllo, tutto quello che importava era uscire dall'acqua il più in fretta possibile, per poterla montare sul terreno solido. Aveva passato troppe notti insopportabilmente rigido, pulsando senza sollievo e ora c'era finalmente la possibilità di soddisfare il suo desiderio più segreto e niente e nessuno lo avrebbe fermato. Non se lei desiderava il Nirvana quanto lui, e lei lo voleva. La dolce reattività della sua bocca sotto la sua, il modo in cui lei lo stava baciando, come la lingua giocasse con la sua, il fatto che si premesse forte contro di lui, erano un'indicazione evidente che il calore umido tra le sue gambe era suo da prendere, se solo fosse riuscito a slacciare quel dannato ultimo bottone dei calzoni e ad allentare il cordoncino delle mutande...

Le grida crebbero di intensità e l'abbaiare si fece più insistente.

I whippet di Antonia erano saltellati giù dal pontile e stavano camminando su e giù sulla riva dall'altra parte di una cortina di rami di salice, dove la loro padrona era stata portata al sicuro. Il whippet nero si precipitò tra i rami del salice, abbaiando contro Jonathon, solo per inciampare e scivolare giù dalla riva e nell'acqua. Si ritrasse con un guaito, con la coda tra le gambe, e scosse via l'acqua fredda dal mantello. Il suo compagno bianco e beige non era così intrepido e restò dal lato del pontile della cortina di salici ma abbaiò più forte e più a lungo, deciso ad attirare l'attenzione della sua padrona, o meglio ancora della cameriera della sua padrona, che si era sollevata le gonne e stava correndo sul pontile; uno dei due uomini fece per seguirla ma il suo compagno restò fermo in fondo al pontile e lo richiamò.

E poi il Cuore che batteva forte di Jonathon e la parte fredda, da uomo d'affari del suo Cervello unirono le forze e il suo Organo Vitale, nonostante le preghiere e il bisogno pressante, perse la partita.

Non è così che voglio che sia la prima volta con lei, predicò il Cuore, turbato, *bagnati fradici su una riva fangosa, impegnati in una misera copula animalesca. Lei si merita il meglio delle cure e ogni attenzione. Merita fresche lenzuola di seta e cuscini di piume e un magnifico letto a baldacchino. Voglio fare l'amore con lei, lentamente e deliberatamente. Voglio che sappia come mi sento.*

E quello che io voglio che voi due facciate è lasciarmi pensare, disse il Cervello Pensante all'Organo Vitale e al Cuore. *È una duchessa per l'amor del cielo e suo figlio è un duca e avrà le tue palle su un vassoio d'argento se solo sospetterà che hai tentato di montarla. Per non parlare di quello che penserà lei dopo questa storia! Non avrai mai una seconda chance e, Cuore, non pensare che ti crederà quando le dirai che ti sei innamorato di lei! L'Organo Vitale avrà rovinato tutto. Ora cerca di controllarti prima che sia troppo tardi per resuscitare la tua autostima, e la sua, anche, e non dimenticarti della casa e...*

Oh, smettila di parlare della dannata casa, Cervello Pensante! Ordinarono insieme, stancamente, Cuore e Organo Vitale.

Jonathon alzò la testa dalla base del collo di Antonia che stava baciando e si alzò a metà, togliendo la mano che era finita tra le sue gambe, con il volto arrossato e senza fiato. Il colore accese ancora di più le sue guance quando si rese conto di com'era stato vicino e prenderla lì, in quel momento, sotto i salici, e perché lei lo guardava senza capire e con la confusione negli adorabili occhi verdi. Districò in fretta gli strati bagnati delle sue sottane attorcigliate e le tirò alla bell'e meglio sulle cosce nude, coprendole le gambe.

Antonia sbatté gli occhi, stordita e disorientata, con il respiro affannoso. Non voleva che smettesse di baciarla e di accarezzarla, l'aveva lasciata assolutamente insoddisfatta. Non capiva perché lui si fosse improvvisamente e inesplicabilmente tirato indietro, perché avesse smesso di accarezzarla quando era così evidente che lei voleva che lui facesse l'amore con lei, tanto quanto lui sembrava intenzionato a possederla subito, sulla riva del lago. Aveva finalmente abbassato le sue difese e l'aveva baciato, segno evidente del suo desiderio, e la sua reazione era tutto quello che aveva sperato e di più, e poi lui l'aveva inesplicabilmente respinta... Perché?

E poi le si presentarono mille possibili motivi e Antonia deglutì, imbarazzata. Gli occhi verdi persero la loro aria confusa e divennero diffidenti. Si affrettò a raddrizzarsi, sistemandosi il corpetto che era tutto di traverso, e tentò di strizzare le sottane fradice. Non lo guardava negli occhi e, quando cercò di alzarsi in piedi, Jonathon la aiutò ma non la lasciò andare. Antonia cercò di voltar via la testa ma lui la fermò con un dito sotto il mento e appoggiò dolcemente la fronte alla sua, con un piccolo sorriso comprensivo e gli occhi castani che si scusavano.

"Tesoro... Non è che non vi voglia... Vi voglio *tantissimo*. È..."

"Non cercate di spiegarvi... Non è necessario che voi..."

Jonathon le prese il volto tra le mani e la fece smettere di parlare con le labbra. Fu un bacio lungo e senza fretta e quando lei cedette, quando si appoggiò a lui, con una mano intorno al suo collo, Jonathon le prese l'altra mano e se l'appoggiò tra le gambe, dicendo, mentre riemergeva per respirare: "No, non avete capito *niente*. Vi voglio da impazzire. *Lui* vi vuole. Gli ho detto di comportarsi bene, ma non è molto educato quando si tratta di voi e non vuole ascoltarmi."

Antonia lo fissò e gli occhi si spalancarono mentre esplorava la lunghezza e la circonferenza dell'erezione che cercava di uscire dalla stretta del tessuto sottile, con il cordoncino dell'indumento intimo che la teneva prigioniera. Non riuscì a farne a meno, abbassò lo sguardo tra le sue cosce prima di alzare lo sguardo scintillante sui suoi occhi castani.

"Ha tutte le ragioni di essere arrogante," rispose sottovoce, in punta di piedi, baciandogli il labbro inferiore e tirando giocosamente il cordoncino. "*Il est magnifique*... Voglio scartare adesso il mio regalo."

"*Mon Dieu, vous me torturez*," rispose Jonathon, rauco, con il Cervello completamente vuoto e il Cuore che batteva forte, il suo Organo Vitale più trionfante che mai, eppure era rimasto un barlume di ragione, anche se solo nel suo mignolo, e riuscì a fermarle la mano, aggiungendo con la voce roca: "Abbiamo compagnia… La vostra cameriera… e altri…"

Antonia si ritrasse all'istante. Tutto il freddo, il tremore e il disagio che avrebbe dovuto provare per essere caduta accidentalmente nel lago, bagnata fradicia, gocciolante dai capelli scomposti ai piedi nelle calze bagnate, ora la invasero e si strinse le braccia intorno al seno. Le ginocchia divennero molli e le mani tremarono, non solo per il freddo ma anche per la vergogna, per la sua temeraria lascivia. *Mio Dio, aveva perso la testa, era una duchessa, e alla sua età?* Rabbrividì. *Che cosa avrebbe detto Julian? Che cosa avrebbe detto M'sieur le Duc…* Si impedì di ricadere nel passato, con lo sguardo che accarezzava la larga schiena nuda di Jonathon mentre si voltava per sistemarsi i vestiti. Era così virile, in modo rude, caldo e pulsante di vita e baciava talmente bene e il modo meraviglioso in cui la sua lingua e le dita sapevano istintivamente dove andare… *Stop.*

Si voltò in tempo per vedere che anche la sua cameriera le voltava la schiena…

"Michelle! Perché te ne stai lì come una statua quando io ho bisogno almeno di uno scialle!" Ordinò, dividendo la cortina di rami di salice, con la rabbia verso se stessa che la faceva apparire inconsuetamente brusca. "Scipio! Cornelia! *Talon!*" Disse secca quando i suoi due whippet inserirono timorosi il naso bagnato attraverso la cortina di salici e poi trotterellarono ai suoi piedi cercando di essere notati.

Ricevettero una pacca frettolosa ma fu sufficiente perché attraversassero il groviglio di rami che sporgeva per trotterellare dal loro nuovo amico Jonathon, che era in piedi sul limitare della riva e guardava il lago verso il pontile.

"Sì, *Madame la Duchesse.* Subito *Madame la Duchesse,*" rispose Michelle con una riverenza, con gli occhi fissi sui propri piedi e le guance rosse come mele; segno che aveva visto più di quello che avrebbe dovuto. "Andrò immediatamente a prendere un…"

"No. No. Ho bisogno di un bagno caldo, quindi verrò con te," rispose Antonia con un tono più tranquillo. "La barca… Si è capovolta."

"Sì, *Madame la Duchesse,*" rispose passivamente Michelle, con un'occhiata al lago dove la barca a remi ondeggiava dolcemente, indisturbata. Quando trasalì, fu sufficiente perché Antonia voltasse la testa verso il lago.

Jonathon era tornato in acqua e stava nuotando verso la barca a remi.

"*Il est complètement fou* e io, io sono un'*imbécile*," borbottò e si affrettò verso casa davanti alla sua cameriera, senza voltarsi indietro.

※ ※ ※

"Sir Titus?"

Un gentiluomo vestito in modo sobrio, con una parrucca castana, era in piedi sul bordo del pontile e fissava l'acqua dove Jonathon, cui si era rivolto, era in piedi nella barca a remi e aveva tirato una cima sulle tavole di legno.

"Gettatela intorno alla bitta," chiese Jonathon. "Grazie, buon uomo."

Il gentiluomo sobriamente vestito sbatté gli occhi guardando Jonathon senza capire, quindi fu l'uomo più anziano, di fianco, due passi dietro di lui, ad aiutarlo. Era un ometto azzimato con un panciotto di seta scarlatta sotto una semplice redingote nera e un nastro dello stesso colore scarlatto che raccoglieva i capelli d'argento sulla nuca. Nonostante avesse in mano diversi libri rilegati in cuoio e con la copertina stampata a lettere dorate, corse avanti a fare quello che chiedeva Jonathon.

"Sir Titus?" Chiese nuovamente il gentiluomo sobriamente vestito, con la sua voce più paziente. "Sir Titus Foley?"

Jonathon alzò una pila di carte e le sventolò al gentiluomo. "Prendetele. Piegatevi! Piegatevi! Sono alto ma non sono un gigante!" Quando il gentiluomo obbedì, aggiunse: "Prendetele con entrambe le mani. Non posso permettermi di farle cadere nel brodo. Dick sarebbe veramente deluso e lei non mi perdonerebbe mai. Le avete prese con entrambe le mani? Bene. Ora passatele al vostro amico amante dei libri prima di rialzarvi."

Il gentiluomo sobriamente vestito fece quello che gli aveva chiesto e passò il manoscritto al suo amico con il nastro scarlatto, amante dei libri, che giostrò con il manoscritto e i libri finché furono stretti al suo panciotto scarlatto, senza pericolo che cadessero nel lago o altrove. Il gentiluomo sobriamente vestito poi si rimise in piedi e si spazzolò i calzoni per toglierne la polvere. Il suo compagno amante dei libri sorrise a quegli sforzi schizzinosi; lo considerava un pomposo bacchettone.

Jonathon scese dalla barca e salì sul pontile con l'agilità di un uomo abituato all'esercizio fisico. Diede un'occhiata diffidente ai due visitatori, sorpresi dalla sua altezza e larghezza, che non si notava mentre era in piedi nella barca, e che ora tirarono indietro le teste per guardarlo mentre si infilava le scarpe dal tacco basso e la semplice fibbia d'argento. Si rivolse al gentiluomo che stringeva al petto *La scuola della maldicenza* di Sheridan.

"Vi dispiace tenerlo ancora un momento? Sono troppo bagnato per la carta e mi dispiacerebbe rovinare un lavoro tanto bello."

Il bacchettone sobriamente vestito tossì dietro la mano e disse, educatissimo: "Sir Titus, sono qui su..."

"Chi vuole saperlo?"

"Scusate, milord?"

"Chi siete?" Chiese educatamente Jonathon, girando sui tacchi e obbligando i due uomini a seguirlo. "Le mie scuse. Ma devo cambiarmi questi vestiti bagnati prima di prendere un raffreddore e Dick Sheridan debba scrivere il mio elogio funebre."

"Signor Philip Audley e signor Gidley Ffolkes, servi vostri, Sir Titus. Siamo al servizio di Sua Grazia di Roxton. Io sono il segretario del duca e il signor Ffolkes è il bibliotecario a Treat e il curatore della *Bibliothèque* Roxton."

Jonathon girò la testa, vide che i due uomini erano rimasti indietro e li aspettò. Gli occhi azzurro vivo di Gidley Ffolkes sembravano vagamente familiari e diede un'occhiata ai libri sotto il suo braccio.

"Quelli sono per Sua Grazia?"

"Sì, milord."

"Sarà felice di vedervi allora, Ffolkes. E voi, Audley?" Chiese Jonathon mentre continuava a percorrere il prato in salita verso il padiglione. "A che cosa dobbiamo il piacere della vostra compagnia in questa giornata eccezionalmente calda di aprile?"

"Il vostro rapporto, Sir Titus." Disse a voce alta Philip Audley, parecchi passi dietro a Jonathon, incapace di tenerne il passo.

"Rapporto?"

"Il vostro rapporto a Sua Grazia."

Jonathon salì i gradini del padiglione a due per volta.

"Ditemi di più, Audley."

"Una parte delle condizioni del vostro contratto con Sua Grazia, milord, era che scriveste un rapporto..."

"Riguardo a che cosa?"

Philip Audley respirò a fondo e strinse a pugno le mani che teneva lungo i fianchi. Si chiese se il medico fosse matto come i suoi pazienti. Gidley Ffolkes sorrise; gli era piaciuto subito l'approccio diretto di Jonathon. Il segretario del duca tossì e si schiarì la voce.

"È una faccenda delicata... che non sono qualificato a discutere."

"Siete il segretario del duca, no?"

"Sì, milord, ma questo certamente non..."

"Voi leggete tutta la sua corrispondenza, preparate le bozze delle risposte, copiate tutti i documenti di vostro pugno su questo, quello e quell'altro. Mettete le faccende più importanti sotto il fine naso del duca e vi occupate voi di tutto il resto... Non è quello che fa per il suo padrone un segretario degno di questo nome?"

"Beh, sì milord, questo fa parte dei miei doveri verso Sua Grazia," disse arrogantemente Philip Audley, che non si sentiva all'altezza della situazione, "ma non vedo come..."

"Allora sapete benissimo qual è questa faccenda delicata, quindi perché non dirlo e basta?"

La bocca del segretario si mosse, ma senza riuscire a emettere un suono. Era abituato al parlar franco del suo datore di lavoro, ma lui era un nobiluomo, un duca, ma questo agile Golia era poco più di un fornitore, quindi lanciò un'occhiata al bibliotecario, aspettandosi che l'ometto fosse inorridito quanto lui, solo per scoprirlo non tanto a reggere i libri sul petto quanto ad abbracciarli mentre si mordeva le labbra nel tentativo di sopprimere una risata.

Jonathon lo vide anche lui e indicò il tavolino basso dove notò, per la prima volta, piatti coperti, posate, stoviglie e una caraffa di birra scura e diversi bicchieri. Sentì lo stomaco che brontolava, alla presenza della munificenza culinaria di Pierre.

"Scaricate il peso, Ffolkes, e siate tanto gentile da versare un bicchiere di birra per ciascuno, almeno."

Tornò a guardare il segretario del duca. C'era qualcosa in quell'uomo che trasudava ossequiosa efficienza della peggior specie, che glielo fece immediatamente prendere in antipatia.

"Allora?"

"Dato che siete il medico della duchessa vedova, milord, non è proprio necessario che dica a voce alta il motivo per cui siete stato assunto da Sua Grazia," disse alteramente Philip Audley, l'antipatia era reciproca. "Voi lo sapete, io lo so."

"Ah, ora sì che diventate interessante, Audley," disse Jonathon con un sorriso ingannevole mentre raccoglieva dal basso muretto un asciugamano che stava asciugando al sole. Lo aveva usato quella mattina, proprio all'alba, per asciugarsi dopo essersi rasato e aver fatto il bagno nel lago, accanto al gruppo di vecchie querce. Si asciugò il volto e i capelli, poi guardò il segretario con un'espressione studiatamente neutra. "Voi dite che io lo so, ma perché dovreste saperlo voi? E che cosa sapete in effetti?"

"Chiedo scusa, milord, ma avete detto voi stesso che, in quanto segretario di Sua Grazia, ho accesso alla corrispondenza, documenti e tutto il resto, quindi è perfettamente ragionevole che io sia al corrente del...mmh... deterioramento della... mmh... mente della duchessa vedova, che ci ha condotto a questo deplorevole stato di cose," dichiarò il segretario, rifiutando il bicchiere di birra scura che il bibliotecario gli aveva offerto, nonostante avesse la gola secca per la frustrazione. "Sono stato io a redigere il documento che avete firmato e che richiede che voi..." Si fermò di colpo quando si rese conto che il suo pubblico non lo stava ascoltando, quando Jonathon gettò l'asciugamano sopra la balaustra e roteò il dito indice perché si voltassero.

Jonathon si tolse in fretta le calze bagnate, i calzoni e le mutande e si asciugò, poi avvolse l'asciugamano sui fianchi e lo assicurò prima di infilarsi la sua camicia di scorta, appena lavata dalle gentilissime lavandaie della duchessa, insieme al suo secondo paio di mutande, calzoni, calze e *lavallière* di lino, che Michelle gli aveva consegnato quella mattina. Avrebbe dovuto disturbare nuovamente i domestici della duchessa perché si occupassero della sua scarsa scorta di vestiti, finché il guardaroba che aveva mandato a prendere fosse arrivato da Londra.

"Ffolkes! Qual è la vostra opinione? La duchessa vedova di Roxton, ha una ridotta capacità mentale?"

Il bibliotecario sbuffò nella sua birra, e deglutì, ma si voltò coraggiosamente, fissando Jonathon negli occhi e pulendosi la bocca.

"No, no, milord. È malinconica, naturalmente, ma chi può biasimarla?"

Il segretario si voltò anche lui a guardare Jonathon e sospirò forte, alzando le mani e abbandonando ogni pretesa di deferenza.

"Andiamo, milord, che cos'è questa storia?" Si lamentò Philip Audley. "Siete voi il medico. Ffolkes è solamente il bibliotecario di famiglia. Che cosa ne sa lui?"

"Solamente?" Jonathon fece una smorfia. "Non siete un topo di biblioteca, vero, Audley? Peggio per voi. Non esiste essere *solamente* incaricato della *Bibliothèque* Roxton. Potrei scommettere che unendo le collezioni di tomi delle varie nobili residenze si potrebbe rivaleggiare con la collezione di una qualunque università qui o sul continente. E, dato che *Madame la Duchesse* è una lettrice vorace e niente le piace di più che mettere il suo grazioso nasino tra le pagine di un buon testo, credo proprio che sia Ffolkes a vedere la duchessa più di voi, del vostro nobile datore di lavoro e certamente di me, messi tutti insieme. Non è forse vero, signore?"

"Sì, milord," confermò il bibliotecario con un sorriso. "La biblioteca è la stanza preferita di *Madame la Duchesse*, in tutte le loro case."

Aggiunse poi malinconicamente: "*Madame la Duchesse* e *M'sieur le Duc*, possa la sua anima riposare in pace, hanno passato molte ore felici nella biblioteca di Treat. A lei non c'era niente che piacesse di più di leggere nella sua poltrona preferita. Succedeva la stessa cosa a Hanover Square e, ovviamente, a Parigi, nella biblioteca che c'era là..." Gli si riempirono gli occhi di lacrime. "La perdita di quella casa... Della magnifica biblioteca... Uno shock così forte..."

"Sì, deve proprio essere stato un forte shock," simpatizzò Jonathon, rendendosi conto che l'ometto azzimato si stava riferendo anche al proprio profondo dispiacere oltre che ai sentimenti della duchessa. Offrì al bibliotecario di sedersi sul sofà accanto al tavolino basso e riempì nuovamente il bicchiere dell'uomo anziano. Poi si sedette anche lui davanti alla fila di piatti, con le lunghe gambe piegate e le ginocchia che gli arrivavano alle orecchie, cercando di mettersi comodo davanti a un tavolo progettato per i bambini Roxton. C'era un biglietto sopra uno dei coperchi che diceva che avrebbe dovuto mangiare senza la duchessa.

"Sarò lieto se vi unirete a me, signori. Io non posso più aspettare."

Passò al bibliotecario un piatto pulito poi tolse le campane d'argento. Quando il segretario tossì, un tratto fastidioso che fece venir voglia a Jonathon di tirargli un piatto in testa, alzò gli occhi dai funghi in salsa d'aglio che aveva nel piatto.

"Beh? Avete sentito l'opinione di Ffolkes. La duchessa è triste, non matta." Fece l'occhiolino a Gidley Ffolkes. "E chi potrebbe biasimarla? Assaggiate la quiche di stufato di pesce di Pierre, è eccellente," raccomandò al bibliotecario che aveva audacemente accettato l'invito di Jonathon a dividere il suo pranzo. Quando il segretario emise un suono che sembrava un grido soffocato, distolse nuovamente lo sguardo dai piatti deliziosi di Pierre per dire senza mezzi termini: "Che cos'altro volete, Audley?"

Il segretario lo guardò a bocca aperta. Era convinto che il medico fosse squilibrato come le donne morbose che aveva in cura.

"*Voglio*?" Ripeté con la voce flebile. "*Io* non *voglio* niente, signore. Il duca *richiede* dei rapporti settimanali che sono venuto a ritirare per suo conto!"

Jonathon ingoiò un boccone di quiche di pesce e leccò una briciola di pasta friabile che gli era rimasta sulla mano. "Un rapporto settimanale?"

"Sì! Sì! Un rapporto settimanale! Il rapporto che dovete fornire come parte delle condizioni del vostro impiego."

"Un po' più di pepe e un tocco di limone e la trota sarebbe perfetta.

Che ne pensate, Ffolkes?" E prima che il bibliotecario potesse rispondere allungò una mano per prendere il pasticcio di asparagi, con un'occhiata alla faccia cocciuta del segretario per dire, in tono distratto: "Per quante settimane il duca si aspetta che continui questo trattamento?"

Il segretario si morse la lingua e sorrise a labbra strette. Era sul punto di scoppiare per la rabbia.

"Se vi ricordate, Sir Titus, avete firmato un contratto per quattro settimane dei vostri servigi."

"*Quattro* settimane?" Il boccone di quiche agli asparagi ripiena di formaggio mezzo masticato divenne cenere sulla lingua di Jonathon, che lasciò cadere quello che era rimasto sul piatto vuoto, deglutendo a fatica. "Doveva passare *un mese* sotto le cure di quello scarafaggio?" Buttò giù un sorso di birra e si pulì la bocca con un tovagliolo prima di gettarlo da parte. "Cristo! Roxton si deve far visitare la testa! E perché non è stato un figlio rispettoso e non è venuto a vedere da solo? *Aye*, Audley, me lo potete spiegare?"

"Non sono proprio affari vostri mettere in dubbio…"

Il resto della frase del segretario restò inespresso perché la forchetta d'argento del bibliotecario cadde rumorosamente sul piatto di porcellana e il coltello colpì le piastrelle mentre cercava di tenere in equilibrio il piatto e il suo contenuto sulle ginocchia. Guardò Jonathon negli occhi, con un sorriso curioso che gli divise la faccia in due e quando Jonathon gli rispose ammiccando, il bibliotecario vide confermati i suoi sospetti. Non avrebbe potuto essere più felice o più sollevato di scoprire che questo gigante d'uomo non era Sir Titus Foley. Gli piacevano i modi diretti di Jonathon e sospettava che sotto quell'atteggiamento di tranquilla indifferenza ci fosse una determinazione d'acciaio a ottenere quello che voleva. Guardarlo divertirsi con l'altezzoso segretario era divertentissimo.

"Il vostro primo rapporto è in ritardo," dichiarò il signor Audley nel silenzio generale, senza accorgersi dell'occhiata d'intesa tra Jonathon e il bibliotecario dei Roxton. "Se avete il documento, signore, vi chiedo di consegnarmelo in modo che possa lasciare in pace voi e la vostra paziente." E quel momento non poteva arrivare abbastanza in fretta.

"Ecco!" Dichiarò Jonathon, chinandosi in avanti, agitando un lungo dito verso il bibliotecario.

"Se l'avete, allora, per favore, signore, consegnatemelo!" Ordinò il segretario.

"Quegli occhi azzurro vivo! Sapevo di averli già visti," continuò Jonathon, fiero di essere finalmente riuscito a fare il collegamento. "Sulla parete, nella sala da pranzo a Hanover Square!"

Philip Audley si avvicinò al tavolo spostando lo sguardo tra Jonathon, che stava apertamente sorridendo al bibliotecario, e il bibliotecario stesso, che sorrideva radioso da un orecchio all'altro annuendo. Il segretario si grattò la parrucca alla paggio, sentendosi un idiota pronto per Bedlam, e attese.

"Il rapporto è a Hanover Square? Perché mai avreste dovuto mandare il rapporto a Hanover Square?"

Lo ignorarono.

"Gli occhi sono un tratto di famiglia che non si può nascondere, per quanto si riescano a nascondere altri attributi minori," disse Gidley Ffolkes con gli occhi che gli brillavano. "Ho passato la maggior parte della mia vita rifiutando di riconoscere la mia parentela, con la testa in un libro, o meglio nei libri, nella Bodleian finché la mia cara moglie è deceduta... e poi sono venuto qua, su invito di *Madame la Duchesse*, per gestire la *Bibliothèque* Roxton... e per abitarci." Bevve un sorso di birra e aggiunse con un sorriso: "Se non fosse stato per le biblioteche Roxton... per la grande gentilezza di *Madame la Duchesse*... Qui ho trovato una seconda casa."

"Allora chi sono il parente agghindato e sua moglie sulla parete della sala da pranzo?"

"Il mio primo cugino, Lucian Ffolkes, visconte Vallentine e, negli ultimi quattro anni della sua vita, conte di Stretham-Ely. Anche se è rimasto Vallentine per la famiglia e gli amici. Sua moglie era la sorella di *M'sieur le Duc*. Il loro figlio Evelyn sarebbe l'attuale conte di Stretham-Ely se si sapesse dov'è finito, cosa che non si sa da quasi cinque anni." Il bibliotecario spinse da parte il piatto e alzò gli occhi azzurri per studiare lo sguardo attento di Jonathon. "Dobbiamo presumere che il ragazzo non sappia che entrambi i suoi genitori sono morti a poche settimane l'uno dall'altro e meno di un anno dopo la morte di *M'sieur le Duc*, lasciando *Madame la Duchesse* tragicamente sola. Erano un quartetto inseparabile: *M'sieur le Duc*, *Madame la Duchesse* e i Vallentine... E ora devo presumere di essere l'ultimo dei Ffolkes e che il titolo morirà con me se non riusciamo a trovare il ragazzo. Dico ragazzo ma Evelyn è solo di qualche anno più giovane di Roxton."

"Voi non usate il titolo."

"No, non lo considero giusto. Appartiene a Evelyn. Sono fiducioso che lo troveremo, un giorno." Il bibliotecario sorrise mestamente. "Quando vorrà farsi trovare, ovviamente."

Era una novità per il segretario che fissò Gidley Ffolkes come se fosse un orco con non una ma due orribili teste.

"Voi siete l'erede del titolo di conte di Stretham-Ely? *Voi*? Un *biblio-*

tecario? Voi siete un membro della *famiglia?*" Era offeso. "Milord, è sconcertante che mi abbiate lasciato pensare, che abbiate permesso agli altri di pensare, di essere un semplice bibliotecario senza distinzione sociale quando, in effetti, siete un pari del regno che dovrebbe, per il bene di quelli sotto di voi, rivelarsi in modo che possiamo sapere come comportarci nel modo giusto."

"Di che diavolo state parlando, Audley?" Chiese Jonathon, battendo il sigaro sull'astuccio d'argento e offrendone uno al bibliotecario, che rifiutò. Accese il sigaro. "Ffolkes, qui, potrebbe essere un accalappiacani, per quello che mi importa del colore del sangue nelle sue vene. Quindi cercate di evitare che la cosa vi disturbi, sono sicuro che alla famiglia non dà fastidio. E Ffolkes non ve ne farà una colpa. Non l'ha mai fatto."

Aspirò il fumo mentre si appoggiava ai cuscini, con una mano sullo schienale della chaise longue di seta a righe, allungando le lunghe gambe e incrociandole alle caviglie. La chaise longue era molto più comoda come letto che come posto per mangiare, come aveva scoperto dopo aver dormito per sei notti su quel pezzo di arredamento. Comunque, avendo dormito innumerevoli volte sotto le stelle nel subcontinente, una dormeuse imbottita e un assortimento di cuscini erano un lusso.

"Spero che il caffè arrivi presto, o preferireste del tè, Ffolkes?"

"Il caffè sarebbe perfetto, grazie."

Jonathon alzò gli occhi sul segretario che era in piedi come una statua e continuava a fissarli con rabbia muta. "Siete ancora qui, Audley? Preferireste del tè?"

"Tè? No! Io non preferirei il tè, signore. Quello che preferirei è il vostro rapporto, ora, se non vi dispiace."

Jonathon si rimise seduto con riluttanza al suono di passi. Apparvero due camerieri, uno che portava il servizio da tè, l'altro, a un cenno di Jonathon, tolse i resti dello spuntino.

"Ffolkes, potete servirlo voi? Audley," disse, "non dovreste tornare ad appuntire le penne di Sua Grazia o a far decantare il suo inchiostro o qualunque altra cosa vi tenga occupato? Una zolletta, Ffolkes. Oh, e prima che mi dimentichi... Ecco, date pure un'occhiata a questo, finché *Madame la Duchesse* non sarà pronta a ricevervi," gli disse, con una mano sul manoscritto de' *La scuola della maldicenza.* "Sono sicuro che lo troverete molto divertente."

Prese la sua ciotola di caffè e con un sigaro tra le dita, bevve un sorso della bevanda dolceamara, con un sorriso al segretario il quale, come sperava, era sul punto di scoppiare. Era ora di porre fine alle sofferenze di quel piccolo rospo importuno.

"Il rapporto è qui dentro, Audley," dichiarò, battendosi un dito sulla tempia. "Ora andate e a rendetevi utile. No! Non parlate, non servono ringraziamenti. Attraverserò subito il ponte e riferirò personalmente il mio rapporto, ma prima devo bere una seconda tazza di caffè con il mio collega bibliofilo."

Si voltò verso il bibliotecario senza un'altra occhiata al segretario che, dopo un attimo per calmarsi ed evitare di lanciarsi in una tirata sul fatto di far perdere tempo al segretario di Sua Grazia di Roxton, scese pesantemente i gradini e fu visto per l'ultima volta attraversare il prato verso le scuderie.

"Mi piacerebbe avere il vostro parere sulla biblioteca a Hanover Square..."

Passò una mezz'ora tranquilla in conversazione amichevole con il bibliotecario prima di seguire le orme del segretario verso la scuderia, lasciando Gidley Ffolkes a godersi il genio umoristico di Richard Sheridan.

Entrando nel padiglione, Antonia trovò l'anziano bibliotecario con il manoscritto di Sheridan in grembo, con le lacrime che gli rigavano le guance per il troppo ridere, l'unica indicazione che Jonathon fosse stato lì era un mucchio di vestiti e un asciugamano bagnati accanto al suo *portemanteau* da viaggio.

DICIOTTO

JONATHON FU FATTO ENTRARE IN UN SALOTTO SOLEGGIATO CON LE portefinestre che si aprivano sul giardino elisabettiano recintato. Una tappezzeria francese a fiori, con piccoli rami di rose bianche e rosate e uccellini in volo su uno sfondo azzurro, adornava le pareti e le tende in tinta erano raccolte con cordoni di seta oro e rosa, a mostrare il panorama. Cuscini di chintz di cotone e ricamati, bordati con lo stesso cordoncino, erano sistemati sui sofà e sulle sedie appoggiate a tre delle pareti.

C'era un bel fuoco nel camino di marmo bianco sopra il quale, in una pesante cornice dorata, era appeso un ritratto della quinta duchessa di Roxton, da ragazza, o così almeno sembrava a Jonathon perché sembrava troppo giovane per avere in grembo un ragazzino con le gonnelle corte, una testa piena di riccioletti neri e un sonaglio d'argento nel pugno paffuto. L'artista aveva situato madre e figlio in un giardino, forse lo stesso che vedeva dalle finestre aperte, con le rose bianche in fiore e due fedeli cagnolini ai suoi piedi e, accanto alla sedia in stile *cabriole*, una piccola pila di libri, uno di loro con un nastro azzurro che sporgeva, per tenere il segno.

"Qui è dove scriveva le sue lettere," disse la duchessa davanti al sorriso di Jonathon e vedendolo scuotere la testa mentre si avvicinava per leggere i titoli sul dorso dei libri: uno era Tacito. "C'è una visuale perfetta delle rose da qui e poteva osservare Julian giocare, sul tappeto, oppure lui poteva correre in giro nel giardino recintato; qualche anno dopo, Henri-Antoine, il fratello minore di Julian, ha giocato anche lui qui o in giardino. Il quadro dietro di voi è un ritratto di famiglia realizzato quando *Maman Duchesse* e il duca hanno portato Henri-Antoine a visitare Julian, che a quel tempo era a Costantinopoli, mentre faceva il suo Grand Tour."

Deborah Roxton si allontanò dall'*escritoire à toilette*, posto sotto la finestra più soleggiata dove era seduta a leggere una lettera, e raggiunse Jonathon di fronte al grande ritratto di famiglia sulla parete opposta al camino, aspettando che anche lui facesse il solito commento che tutti quelli che ammiravano il nobile gruppo di famiglia non riuscivano a evitare, per la sorpresa davanti alla differenza di età tra suo marito, che in quel ritratto era un giovanotto di non ancora vent'anni, e suo fratello, che aveva solo quattro anni. Ma quel commento non arrivò.

Jonathon fissò l'illustre gruppo famigliare, dipinto contro il prezioso sfondo di un interno ottomano rivestito a mosaico: la quinta duchessa, che sembrava ancora assurdamente giovane, era seduta, figura centrale nel quadro, e indossava quello che Jonathon presumeva essere un costume ottomano, pantaloni ampi di seta alla caviglia, una tunica a maniche lunghe di leggerissimo tessuto increspato a righe che arrivava fino alle pantofole ingioiellate aperte dietro, e sopra il tutto un cardigan a maniche lunghe di tessuto d'oro lucente, con i bordi rifiniti di ermellino. Sopra la testa aveva un piccolo turbante di seta, i capelli erano raccolti su una spalla e le ricadevano fino in vita; il figlio minore Henri-Antoine era alla sua sinistra, e le si appoggiava al grembo con una mano tesa e lo sguardo adorante verso il fratello maggiore; Julian era a destra della madre, con il braccio rivestito di velluto sull'alto schienale della sedia della madre e offriva al fratellino una palla di pelle multicolore per farlo giocare. Accanto a lui, di profilo, un uomo anziano azzimato, con i capelli d'argento, una semplice redingote di lana e in mano una cartina, forse della città di Costantinopoli. Il duca era in piedi dietro al figlio minore, una lunga mano bianca sullo schienale della sedia della moglie, a mostrare un grande anello con uno smeraldo dal taglio quadrato, e l'altra appoggiata distrattamente sull'elsa ingioiellata della spada, la testa, con la sua massa di capelli bianchi, era chinata in basso, con lo sguardo fisso sulla duchessa.

L'unica nel quadro che guardasse verso il mondo era Antonia, con un sorriso enigmatico e un luccichio negli occhi verde smeraldo. Jonathon sospettava che il desiderio segreto del pittore fosse che lei guardasse esclusivamente lui.

"Era veramente il centro del loro mondo, no?" Disse Jonathon, senza distogliere gli occhi dal quadro. "La composizione del pittore e la posizione della famiglia lo fa capire molto bene. E anche se non lo ammetterebbero, nonostante la differenza di età, i suoi figli sono simili.

Eppure," aggiunse, voltandosi a guardare Deborah Roxton per la prima volta da quando era entrato nella stanza, "è lì che potrebbe finire il paragone. Io ritengo che Lord Henri-Antoine sia un giovanotto molto più languoroso di quanto sia mai stato suo fratello, o almeno è quello che vuol far credere al mondo. Vostro nipote, d'altro canto, non riesce a star fermo per due secondi."

"Oh, allora avete incontrato Harry e Jack?"

La duchessa era chiaramente sorpresa.

Jonathon si inchinò. "Ho avuto il piacere della loro compagnia a Hanover Square durante la settimana che ho trascorso a Londra. Ma non l'avete sentito dire da me, e non sapete che sono ora miei ospiti. Ho fatto voto solenne di non riferirlo al duca, e quindi non l'ho fatto." Quando Deborah aggrottò la fronte, aggiunse: "Meglio che siano in un ambiente famigliare e sorvegliati da un occhio paterno, Vostra Grazia, che cercare la miriade di divertimenti che ha da offrire la città in qualche buco sconosciuto. E," aggiunse con un sorriso beffardo, "per essere giusti con loro, non sapevano che la casa fosse stata affittata e hanno fatto un salto fino al soffitto quando mi sono presentato."

"Se riuscite a tollerare di avere due ragazzi di quindici anni sotto il vostro tetto, signor Strang, non posso che ringraziarvi. Sono bravi ragazzi con un buon cuore, con tutte le intenzioni di fare le solite marachelle della loro età. Sono stati un po' trascurati ultimamente..."

La scena di Henri-Antoine e Jack svenuti e ubriachi sulle sedie Chippendale nella sala da pranzo di Hanover Square che puzzava di fumo di tabacco e porto, mentre due loro compagni con i calzoni abbassati, appoggiati al tavolo di mogano si godevano i talenti di due paffute prostitute, quella, Jonathon la tenne per sé.

"Ma non da voi, Vostra Grazia," disse Jonathon con un sorriso comprensivo e tornò a guardare il ritratto con un'espressione incuriosita. "Il gentiluomo vestito di nero... è dipinto nel ritratto di famiglia ma non è parte della famiglia?"

"Oh, no, signor Strang. Martin Ellicott è decisamente parte di questa famiglia. È il padrino di Roxton ed è stato il valletto di suo padre *M'sieur le Duc* per quasi trent'anni. È l'anima coraggiosa che ha accompagnato mio marito nel Grand Tour. Ma non siete venuto a parlare con me dei ritratti, vero, signor Strang?" Aggiunse, tendendo la mano per salutarlo.

"Sono stato negligente, Vostra Grazia," rispose Jonathon, chinando la testa sopra la sua mano e vedendola come per la prima volta.

Con un'occhiata colse l'abito di mussolina verde a righe, l'abbondante capigliatura lucida color tiziano acconciata semplicemente, con una massa di riccioletti che le ricadevano sulle spalle, drappeggiate con un leggero scialle di lana, nonostante il sole che inondava la stanza e illuminava i pesanti tappeti. Era notevolmente bella e maestosa, con un senso innato di sicurezza che ben si adattava alla sua posizione sociale. Eppure, era piuttosto fuori posto in questo ambiente che era la quintessenza della femminilità, più adatto a una farfalla che a una leonessa.

"No, non dei ritratti ma delle persone rappresentate, certamente." Il suono di bambini che giocavano oltre le portefinestre lo fece sorridere. "Quegli strilli di gioia non vengono dai giardinieri, presumo?"

"I gemelli sono decisi a prendere tutte le farfalle che conterranno le loro retine prima del tè e Julie si diverte agli sforzi dei suoi fratelli, da qui gli strilli."

"Come sta il nostro pirata, Vostra Grazia?" Chiese, rimproverandosi mentalmente; la sua testa doveva sempre essere piena di pensieri dell'altra duchessa?

"Si è completamente ripreso dalla traversia e sta cercando nuove avventure, signor Strang," rispose e, nonostante la presenza delle sedie, non gli offrì di sedersi, dicendo, con un'occhiata intorno alla stanza: "Sono d'accordo con voi. Quello che mi circonda è più adatto alla quinta duchessa che a me. Un giorno farò qualcosa, ma per ora... ai ragazzi piace. Facciamo una passeggiata in giardino?" Continuò tranquillamente, voltandosi verso la scrivania per giocherellare con la penna nel calamaio Standish perché alla sola menzione di sua suocera il volto del suo ospite era arrossito. Si voltò con lo stesso sorriso enigmatico, come se non fosse successo niente di strano, aggiungendo, mentre raccoglieva il cappello di paglia a larga tesa dalla sedia accanto alla portafinestra, lo metteva e legava i nastri bianchi con un nodo lento sotto il mento: "Ho passato le ultime due ore a quella scrivania cercando di completare la mia corrispondenza perché ho promesso ai bambini che li porterò oltre il muro a fare un picnic vicino ai giacinti selvatici che quest'anno sono fioriti in profusione."

"Davvero?" Chiese educatamente Jonathon, seguendola fuori al sole e lungo un sentiero bordato di cespugli di rose. In lontananza, Louis scattò fuori da dietro una fontana, con la rete tenuta in alto, solo per sparire subito dopo. Un urlo, urrah!, e Jonathon dovette presumere che avesse catturato una farfalla, o qualche altro insetto volante. "Il mio ricordo dei giacinti selvatici in fiore è quanto meno labile."

"Fa eccezionalmente caldo per essere solo la fine di aprile."

"Caldo, davvero?"

"Sì, quindi vedete che perfino le rose stanno fiorendo."

"Sì, le rose sono piuttosto belle."

"Ho intenzione di mandarne qualche mazzo a *Maman-Duchesse*. Le rose bianche sono le sue preferite."

"Le piaceranno molto…"

Una testolina di riccioli rossi con un sorriso sfacciato apparve da dietro una statua di Afrodite con Cupido, la rete che era diventata una spada, che Gus agitava minacciosamente in aria mentre la sua sorellina scappava strillando, con una bambinaia alle calcagna e Gus che le rincorreva, la spada improvvisata puntata al cielo.

Deborah Roxton sorrise indulgente ai loro giochi e si fermò all'incrocio di due sentieri dove una squadra di giardinieri stava facendo manutenzione agli ugelli di ottone di una fontana senz'acqua e pulendo una statua di Apollo in cima a un plinto. Si toccarono i cappelli per salutarla e continuarono il loro lavoro, mentre lei rivolgeva loro un sorriso prima di proseguire per non dare fastidio e poi voltandosi verso Jonathon e alzare la tesa del cappello perché lui potesse vederla chiaramente in volto.

"Signor Strang, non sono tipo da convenevoli e voi non siete venuto qua per discutere del tempo o dei fiori. Credo che anche voi preferiate parlar chiaro invece di girare intorno alle cose, quindi, per favore, non abbiate riguardi. Perché siete qui e non nel Buckinghamshire con vostra figlia?"

"Ah! Ben detto. Avevo sperato di non ferire i vostri sentimenti, Vostra Grazia. Sono venuto a cercare il duca e mi hanno invece indirizzato al vostro salottino. E avevo tutte le intenzioni di raggiungere Sarah-Jane alla piccola riunione di Lady Strathsay ma le circostanze mi hanno costretto a restare qui. Beh, non qui ma a Crecy Hall."

"Mi chiedo quali circostanze possano tenervi lontano da vostra figlia? Che, devo dire, vi rende onore. È una giovane donna sicura di sé, che sa quello che vuole ed è molto saggia per la sua età."

"Come voi, Vostra Grazia."

Deborah Roxton rise al complimento e continuò a camminare, girando a sinistra in un largo viale di ghiaietto bordato di alberelli di arancio e limone in grandi vasi decorati, con Jonathon accanto a lei, le mani incrociate dietro la schiena.

"Sì! È vero, signor Strang." Confermò Deborah. "Vorrei dire che è un tratto dei Cavendish ma ritengo che Sarah-Jane assomigli più a voi che a mia cugina Emily. Anche se, di aspetto, è la figlia di sua madre e ammetto che i suoi bei capelli biondo fragola sono una caratteristica dei Cavendish. Potrebbe fare un gran matrimonio se lo volesse, ma…" Piegò la testa per guardarlo. "Credo di capire che non sia questa la vostra ambizione per lei…?"

"Quello che desidero per Sarah-Jane, Vostra Grazia, è che sposi un uomo che la meriti. Un matrimonio di testa e di cuore, non di titolo e catene. Qual è lo scopo di essere Lady-Tutta-Boria, se è triste e miserabile? Non la voglio incatenata per sempre a un beone senza spina dorsale che diventa un bruto e la picchia perché è ubriaco, o per qualunque altra ragione, solo perché può, ma che può chiamarsi Lord Dio Onnipotente perché ha avuto degli avi che hanno fatto i salamelecchi al loro re o sono andati alle crociate per lui. Quello è il tipo di matrimonio che sua madre è stata obbligata a sopportare prima che il suo pidocchioso marito facesse un favore a lei e a me e morisse d'infarto tra le braccia di una puttana." Quando la duchessa restò in silenzio, Jonathon scrollò le spalle e sembrò imbarazzato. "Avete chiesto voi che parlassi francamente, Vostra Grazia."

"Sì, e sono d'accordo con voi. Ma... Sarah-Jane, nonostante tutto il suo buonsenso, non è immune a un titolo, specialmente quando il titolo appartiene a un uomo diabolicamente attraente, signor Strang."

"Vi riferite ad Alisdair Fitzstuart," Jonathon fissava davanti a sé, verso il viale deserto, i bambini, il personale e i giardinieri non si vedevano da nessuna parte, verso il vecchio muro di pietra e la porticina che aveva usato sette giorni prima per arrivare alla rimessa delle barche; sette giorni che sembravano una vita fa. "So da fonti sicure che è ritenuto eccezionalmente attraente. Fa fremere i cuori di tutte le donne, che siano vedove, sposate o no, carine o no. Quell'uomo, a quanto pare, è un Adone redivivo."

Deborah sentì il tono tagliente nella voce e non credette che la sua irritazione per Dair Fitzstuart fosse causata solo dall'interesse di sua figlia per il cugino di suo marito. Poteva anche essere stata occupata a fare la padrona di casa mentre avevano ospiti a Treat ma, come gli altri, non era rimasta cieca alle attenzioni speciali che Jonathon aveva dedicato a sua suocera. E c'era l'inevitabile pettegolezzo che era filtrato fino a lei della sua visita inaspettata a Crecy Hall.

Ma, diversamente dal duca, che riteneva il comportamento del mercante delle Indie Orientali verso sua madre predatorio ed egoistico, Deborah riusciva a essere più imparziale e, essendo romantica nonostante tutto il suo pragmatismo, non era avversa ad aprire la porta a un'altra possibilità per le assidue attenzioni di Jonathon; una possibilità che non aveva nemmeno osato sussurrare al duca per paura che pensasse che la gravidanza le avesse causato la meningite. Perché, in quanto figlio, era cieco a quella possibilità quando si trattava di sua madre. Nonostante la quinta duchessa fosse bella da togliere il fiato per chiunque avesse gli occhi per vedere, il duca era suo figlio e quale figlio vede sua madre in un ruolo che non sia quello di madre? Pensare che la quinta duchessa fosse una donna attraente, oggetto del desiderio di molti uomini era una cosa da scartare con ripugnanza, senza nemmeno pensarci due volte.

Deborah decise di mettere alla prova la sua intuizione.

"Non approvate Dair Fitzstuart come marito per Sarah-Jane?" Chiese in tono leggero.

"No."

"Allora, perdonate la mia presunzione, ma come padre preoccupato, non dovreste essere con Sarah-Jane nel Buckinghamshire per assicurarvi che non accetti una proposta di matrimonio da un uomo con il quale non la volete vedere, come avete detto voi, titolata ma miserevolmente incatenata per il resto della sua vita?"

Fu la volta di Jonathon di fermarsi. Guardò la duchessa, che lo guardava con il suo solito sorriso enigmatico, e la fissò apertamente negli occhi senza sorridere.

"Sarah-Jane è partita dal Buckinghamshire ieri ed è in viaggio per Londra con Kitty e Tommy. La sua lettera che mi informava del suo viaggio è stata reindirizzata qui. Sembra che mi conosca meglio di quanto pensassi. Posso solo sperare che qualunque decisione abbia preso per il suo futuro sia stata presa dopo averci pensato con attenzione e che i diciannove anni che ha passato con me abbiano avuto un qualche peso nelle sue scelte."

"Suppongo che sarebbe troppo per voi aspettarvi che scrivesse le sue intenzioni in una lettera," disse Deborah. "Vorrebbe comunicarle a voce a suo padre."

Jonathon scoppiò a ridere. "Sì, mi dice che mi aspetta una grande gioia quando tornerò a Hanover Square. Confesso che ogni miglio che mi avvicinerà a Londra metterà alla prova la mia enorme fiducia nella capacità di Sarah-Jane di avere giudizio."

Deborah si morse il labbro riflettendo. "Sono sicura che qualunque sia stata la sua decisione, l'abbia presa senza farsi troppo influenzare da Kitty e Tommy."

"Grazie per la vostra franchezza riguardo ai vostri cugini, Vostra Grazia," rispose Jonathon con un mezzo sorriso. "Voi e io sappiamo che quei due la farebbero sposare a un mascalzone con il doppio dei suoi anni e con un piede nella fossa se potesse farne una duchessa! E se questo non fosse abbastanza spaventoso, la società non avrebbe niente a che ridire. Anzi, in molti invidierebbero la sua fortuna."

"Ma se fosse innamorata... non le impedireste di sposare un uomo del genere, vero?"

"No, se si ravvedesse per lei," rispose sommessamente Jonathon. "Questo non significa che una simile unione mi renderebbe felice, non è così. Non posso concepire che un uomo della mia età possa sposare una ragazzetta appena uscita da scuola. Per essere brutalmente franco," aggiunse, "l'idea stessa mi ripugna."

"Dato che siamo brutalmente franchi l'uno con l'altra, non mi sarei aspettata niente di meno da voi, signor Strang, e applaudo ai vostri sentimenti. Ammetto che, prima di incontrare i miei suoceri, ero scettica sulla possibilità che un'unione tanto disparata per differenza di età potesse avere successo. E quando ho incontrato mio suocero…" Rabbrividì involontariamente. "Dovete credermi quando vi dico che mi ha fatto venire i brividi alla schiena con uno sguardo. Nessuno, e intendo veramente dire nessuno, gli si è mai opposto, fino alla fine. Perfino mio marito, che per gli ultimi due anni della vita di *M'sieur le Duc* è stato il duca in tutto eccetto che di nome, si preoccupava inutilmente che le decisioni che prendeva per conto di suo padre fossero quello che *M'sieur le Duc* avrebbe voluto e approvato." Impulsivamente, Deborah gli mise una mano sul braccio. "Che resti tra noi, signor Strang."

Jonathon le coprì brevemente la mano e poi le fece un inchino. "Naturalmente, Vostra Grazia."

Deborah annuì e si sarebbe voltata per continuare lungo il sentiero verso la porta nel muro del giardino, ma un ricordo improvviso la fermò e rabbrividì di nuovo. "Signor Strang, siamo tutti vissuti nell'ombra di *M'sieur le Duc* fino a che l'ultimo respiro ha lasciato il suo corpo."

"Eccetto lei."

Deborah lo guardò sorpresa.

"Sì, sì, avete ragione. Eccetto lei. *M'sieur le Duc* era assolutamente devoto a *Maman Duchesse*." Sbatté gli occhi guardando Jonathon, con la sorpresa che le faceva spalancare i liquidi occhi castani. "Sapete, credo che *Maman Duchesse* fosse inconsapevole di quell'ombra minacciosa. Non aveva idea della sua esistenza."

"Perché avrebbe dovuto, quando era lei il raggio di sole della vita di *Monseigneur*? Allora, chi abbiamo qui?" Disse a voce alta, in tono di benvenuto, passandole davanti e accucciandosi per salutare i gemelli che stavano correndo sul sentiero per salutarlo. "L'impavido pirata Gus e il suo compagno Louis, il pirata dei sette mari! Oh, e una bella damigella in pericolo?"

Deborah era talmente sbalordita dalla sua acuta osservazione che le mancarono le parole: non era solo quello che aveva detto, era il modo, come se fosse una cosa evidente e indisputabile. *Mio Dio*, pensò, voltandosi per salutare i bambini con un sorriso radioso, *la situazione è molto più problematica di quanto abbia mai immaginato. Si è innamorato di lei.*

SEGUENDO LE TRACCE DEI GEMELLI, LA LORO SORELLINA CERCAVA disperatamente di tenere il passo ma falliva miseramente perché non voleva cadere sulla ghiaia e sporcare il suo vestito di seta giallo limone e i mutandoni in tinta, e perché aveva solo tre anni e le sue gambette non ce la facevano a stare al passo con le gambe robuste dei fratelli di cinque anni. Stava per scoppiare in lacrime per la frustrazione quando Jonathon rimise a terra i ragazzi, che si stavano arrampicando su di lui per un saluto esuberante, e in due passi prese in braccio Lady Juliana e la alzò in alto per aria, e la bambina lo trovò allo stesso tempo spaventoso ed esilarante e, quando se la mise sulle spalle per guardare i suoi fratelli dall'alto, rise deliziata e li salutò trionfante.

Con Lady Juliana sulle spalle e i gemelli che gli tenevano la mano parlando senza sosta, Jonathon e la duchessa uscirono dal giardino delle rose elisabettiano attraverso la porta nella parete di pietra e sbucarono su un campo coperto di fiori selvatici. Li seguiva un piccolo contingente di bambinaie e camerieri, carichi di tutti i vari articoli necessari per un picnic come si deve. Le pecore brucavano dal lato opposto dello steccato infossato e lungo il sentiero che portava alla grande rimessa delle barche sulle rive del lago. E a sinistra una macchia, dove il tappeto di foglie morte e felci era letteralmente coperto da una nuvola viola, blu e verde di giacinti, emersi dopo che Jonathon era passato da lì la settimana prima.

I gemelli gli lasciarono andare le mani e fecero strada, correndo avanti attraverso i giacinti, con le reti che strisciavano dietro di loro, fino a una piccola radura e fu lì che il piccolo contingente di camerieri stese le coperte e depose i cestini di vimini con tutto quello che serviva per il tè del pomeriggio: torte, biscotti, frutta, succhi di frutta per i bambini, piatte e tazze di porcellana e l'urna del tè con il suo elaborato sostegno d'argento e lo scaldavivande a olio per tenerlo in caldo.

Le bambinaie si diedero da fare a sfamare i bambini, famelici dopo aver giocato, e i camerieri si occuparono della duchessa e di Jonathon che presero il tè fianco a fianco su un tronco caduto trasformato in panca provvisoria. Una spessa coperta di lana drappeggiata sul tronco risparmiava le sottane ricamate di Sua Grazia mentre rimanevano a guardare i bambini che mangiavano felici una torta all'arancia e biscotti alle mandorle.

"Dov'è il mio compagno di voga in questa bella giornata, Vostra

Grazia?" Chiese Jonathon, sorseggiando educatamente il tè, anche se trovava il modo inglese di servirlo veramente insipido dopo lo speziato Chai del subcontinente. "Certamente non lo avrete costretto a studiare il latino mentre i fratelli si godono l'aria fresca e il sole?"

"Frederick è andato con suo padre a Bath per un breve soggiorno con il padrino di Roxton."

"Sono via da molto?" Chiese Jonathon, sperando che il suo tono fosse leggero.

"Li ho mandati via la mattina dopo la regata e li aspetto a casa da un giorno all'altro."

Jonathon colse l'uso da parte di Deb della frase *Li ho mandati via* e formulò attentamente la frase dopo. Aveva letto la lettera di Tommy, lasciata per lui quando era a Londra, e gli aveva dato un resoconto vivido, anche se prevedibilmente piuttosto pieno di metafore culinarie, degli eventi traumatici della sera della regata. E anche se Tommy non era al corrente di quello che era accaduto nella biblioteca tra madre e figlio, era stato in grado di dire a Jonathon che c'era stato un acceso scambio di opinioni, testimone la duchessa e sentito per caso da Frederick.

Secondo Tommy, tutti avevano presenziato al pubblico crollo della duchessa vedova nella galleria e ci erano voluti più di dieci minuti prima che qualcuno si accorgesse che non era rientrata ma che aveva continuato a camminare nella notte. Diversi gentiluomini condotti da Charles Fitzstuart erano corsi fuori nell'oscurità più profonda, con le torce, per scoprire che stava camminando verso il lago e l'avevano fermata prima che si annegasse. Tommy aveva usato parole come *prevedibile, inevitabile* e *suicida,* tutte cose che Jonathon non accettava. Antonia aveva promesso a *Monseigneur* di consegnare a Frederick l'anello ducale di smeraldi il giorno del suo ventunesimo compleanno e avrebbe mantenuto quella promessa con ogni fibra del suo corpo, per quanto il suo morale fosse basso o fosse sconvolta, di quello era sicuro.

In qualche modo lo raddolcì sapere che il duca non era rimasto seduto nel suo palazzo mentre dall'altra parte del lago un medico folle stava molestando sua madre. Comunque, questo non annullava la negligenza del duca, né il suo comportamento e Jonathon intendeva dirglielo appena si fossero incontrati.

"È stato saggio da parte vostra mandarli via, Vostra Grazia," commentò Jonathon, rimettendo la tazza di porcellana decorata sul piattino. "Un po' di giorni da soli permetteranno al duca di recuperare la prospettiva e a Frederick di riprendersi da quello che deve essere stato un evento veramente traumatico per un ragazzino di non ancora sette anni."

"Dato che sapete quello che è successo nella biblioteca..."

"Chiedo scusa, Vostra Grazia. So che c'è stato un incidente nella biblioteca," la interruppe Jonathon, sentendo la sua disapprovazione, "ma non quello che è successo né quello che è stato detto. Quelle che conosco sono le conseguenze, non perché *Madame la Duchesse* si sia confidata con me, ma perché sono di pubblico dominio. Devo ringraziare Tommy per il resoconto del dramma che si è svolto dopo che lei ha lasciato la biblioteca. Questo è tutto."

Ci fu un silenzio prolungato. Se ci fossero stati dei grilli, Jonathon li avrebbe sentiti. E poi Deborah Roxton parlò, con la voce ferma ma Jonathon sentì il lieve tremore e comprese la lotta interiore che le costava metterlo a parte delle sue confidenze riguardo a un episodio che chiaramente la angosciava ancora.

"Io amo molto mio marito, signor Strang. Ma non sono cieca verso le sue poche fissazioni, una delle quali è l'incapacità di pensare con chiarezza e agire razionalmente quando si tratta di argomenti che riguardano sua madre. È vissuto all'ombra di suo padre, certo, ma così fa la maggior parte dei figli maggiori di uomini grandi e potenti, e l'ha accettato con equanimità. Ma sua madre..." Scrollò le spalle. "È difficile spiegarlo. Forse è perché sono vicini di età, una circostanza che potete sicuramente capire. Siete stato un padre giovane, signor Strang. Roxton è più vicino per età a sua madre di quanto lo fosse lei a suo padre..."

"Lo capisco molto bene, Vostra Grazia. Ci sono occasioni, più frequenti ora che è una giovane donna, in cui Sarah-Jane si comporta con me come se fossi il suo fratello maggiore e lei la mia sorellina, e quindi non mi prende sul serio come dovrebbe."

"Esattamente! Voi capite," rispose Deborah con un piccolo sospiro e continuò: "*Madame la Duchesse* e Roxton hanno anche lo stesso temperamento, non che lui lo ammetterebbe, perché non è considerato virile essere sentimentali e sensibili, com'è lui quando si tratta della sua famiglia e delle persone a cui tiene. A me piace. In effetti," disse un po' sulla difensiva, "la considero una delle sue qualità più care!"

"Ed è giusto che sia così, Vostra Grazia," rispose Jonathon con un sorrisino.

"Sarebbe un abuso di fiducia confidarvi i dettagli dell'episodio più doloroso accaduto durante la gioventù di mio marito che ha coinvolto sua madre e che ha causato un'enorme angoscia a entrambi i suoi genitori, ma basti dire che quello che è accaduto nella biblioteca l'altro giorno, le accuse indicibili che le ha lanciato contro sono tali che lui ritiene di aver ripetuto, anche se in un modo diverso, l'atto ingiustificabile della sua gioventù... Che Frederick abbia dovuto essere testimone di un tale fatto spiacevole... Vedere suo padre comportarsi in un modo assolutamente non caratteristico... Ha fatto pensare a Roxton di essere lui e non *Maman-Duchesse* ad avere bisogno dell'attenzione di un medico che cura le menti guaste."

Deborah rimise la tazza vuota sul piattino e la passò a un cameriere che aspettava, rimettendosi poi seduta diritta.

"Ovviamente gli ho detto che stava dicendo delle stupidaggini e che lavora troppo e che si preoccupa per ogni piccola cosa, anche di questo nuovo bambino che sto aspettando e anche del parto, quando il bambino non arriverà fino in autunno e io ho già avuto quattro bambini sani senza nessun problema."

Sorrise e salutò con la mano Juliana quando la bambina sollevò una manciata di giacinti.

"I bambini sono esserini molto resistenti e perdonano facilmente e il mio figliolo maggiore si riprenderà perché suo padre lo ama teneramente, come tutti i suoi figli." Guardò Jonathon. "Roxton è un padre eccezionale, signor Strang e un marito amorevole. Supereremo questo episodio angoscioso, come una famiglia. Io ci credo, senza alcun dubbio."

Jonathon le restituì il sorriso. "Credo che ci riuscirete, Vostra Grazia. Il duca è fortunato ad avere voi ma sono sicuro che lo sa molto bene e ve lo dice spesso."

Passò al cameriere la tazza con il piattino e rifiutò il piatto di dolci che gli offrivano, con lo sguardo che restava fisso sulla duchessa, che era arrossita al suo complimento e aveva abbassato la testa per un breve attimo, prima di guardarlo negli occhi quando lui disse seriamente:

"Apprezzo la vostra fiducia. Quello che mi avete appena detto mi ha fatto decidere che il modo migliore di agire è ricambiare la stessa fiducia confidandomi con voi, invece di aspettare il duca, è accettabile per voi?"

Deborah annuì e trattenne un momento il fiato. Il suo mezzo sorriso, quasi imbarazzato, le fece accelerare i battiti eppure riuscì a restare composta, con le mani in grembo, e chiedere con calma:

"Presumo che quello che volete dirmi riguardi *Madame la Duchesse*?" Quando Jonathon annuì, aggiunse: "Qualunque cosa mi diciate, signor Strang, resterà tra noi due, a meno che voi mi autorizziate a fare diversamente."

"Il duca non mi ringrazierà per essermi confidato con voi, specialmente nelle vostre attuali condizioni," disse Jonathon seriamente.

"Eppure ritengo che siate fatta di una pasta più resistente di quanto ammetta il duca e che sarete in grado di occuparvene nel vostro modo indomito, come avete fatto con la situazione che si è presentata in biblioteca."

"Possiamo passeggiare? Ho promesso a Gus e Louis che avrebbero potuto scorrazzare nei boschi... Ma se preferite che restiamo qui, su questo tronco..."

Jonathon diede un'occhiata ai gemelli, che si erano alzati dalla coperta e correvano tra i giacinti, e poi al cameriere immobile in piedi accanto al tronco vicino alla spalla destra della duchessa, con la faccia rivolta in avanti ma, Jonathon ne era sicuro, con le orecchie ben aperte.

"Mandate questo tizio con i ragazzi a scorrazzare nei boschi e gli altri possono tornare in casa; una bambinaia può tenere vostra figlia occupata, a distanza, finché non avrò finito."

Deborah fece quello che le ordinava, perché era un ordine, non un suggerimento, il cambiamento in lui talmente marcato che il suo cuore accelerò di nuovo pensando a che cosa mai poteva volerle dire. Quando Jonathon si alzò, cogliendo senza pensare una manciata di fiori selvatici che crescevano accanto al tronco mentre lo faceva, lei alzò gli occhi e attese e lo osservò mentre raccoglieva i pensieri, apparentemente concentrato a strappare i petali dei fiorellini. Chiaramente confidarsi con lei non sarebbe stato facile per lui, o era quello che voleva dirle che era l'intoppo?

Non dovette cercare a lungo di indovinare e, quando Jonathon parlò, quando finalmente raccolse il coraggio e le parole giuste per rivelare la vera natura della cura di Antonia nelle mani del lascivo e folle medico Sir Titus Foley, lo fece nel suo inimitabile stile semplice, senza abbellimento o ipotesi; la sua voce, naturalmente amichevole era distaccata e priva di emozione, cosa che la rese molto più efficace nel far penetrare l'enormità del trattamento inenarrabile somministrato a sua suocera che se glielo avesse raccontato in modo emotivo e verboso.

"E le... le ferite... delle cinghie... Gua-guariranno?"

"Sì, col tempo. Ma non sono le cicatrici fisiche che mi preoccupano, Vostra Grazia. Non mi ha confidato fino dove sono arrivati gli abusi e io non glielo chiederò mai," aggiunse sommessamente, affatto sorpreso che la duchessa fosse impallidita e stesse facendo del suo meglio per tenere le sue emozioni sotto controllo. Non era riuscita, però, a frenare le lacrime che le scivolavano sulle guance. Jonathon le porse il suo fazzoletto di lino pulito. "Quello che so è che, nonostante la sua apparente serenità, non dorme di notte e mangia pochissimo. La sua cameriera è naturalmente molto preoccupata per lei e, non avendo nessun altro con cui confidarsi, lo ha detto a me. Quello di cui potete stare certa è che Foley non praticherà mai più la medicina, nemmeno su un cane morto. Quello che gli ho fatto, trattenendomi dal porre fine alla sua inutile vita, lo ha lasciato permanentemente invalido. Né troverà aiuto qui in Inghilterra né sul continente. Ho mandato agenti a pedinarlo, a dargli la caccia e a rendergli la vita impossibile. Se dovesse decidere di fuggire in una colonia, state certa, Vostra Grazia, che lo troverebbero e tutti quelli che entrerebbero in contatto con lui saprebbero che razza di creatura cammina in mezzo a loro."

Deborah si tirò lo scialle di lana sulle spalle, stringendosi le braccia intorno. Non riusciva a crederci. Non che pensasse che Jonathon fosse un bugiardo, credeva che le stesse dicendo la verità, solo non riusciva a credere che Antonia fosse stata sottoposta a una prova così orribile e che Sir Titus Foley, un medico tanto rispettato nella comunità, che aveva trattato dozzine di donne della buona società e che era stato presentato loro con referenze lusinghiere, potesse essere lo stesso sadico mostro che le aveva descritto. Si sentiva nauseata, aveva la bocca secca e aveva freddo, con il fazzoletto umido stretto in mano, grata per la ciotola di tè nero dolce che Jonathon le mise in mano e che la invitò a bere. Fissò oltre il tappeto di giacinti che ondeggiavano dolcemente nella brezza pomeridiana, ascoltando la sua bambina che rideva mentre correva intorno agitando le braccia, fingendo di essere una farfalla, e ancora più in là le urla dei suoi figli che giocavano a nascondino nel bosco, sfidando William, il cameriere, a trovarli se ci riusciva e tutto ridava un senso alla vita e la rassicurava, che c'era tanto di buono al mondo. Era a questo che si doveva aggrappare ed essere forte, per il bene dei suoi figli e di suo marito e per *Maman-Duchesse*, che suo figlio Frederick chiamava la sua *Mema*.

Più di tutto, sarebbe sempre stata grata a qualunque potere celeste avesse inviato nelle loro vite questo bel gigante abbronzato, che la stava guardando preoccupato, perché non solo aveva salvato suo figlio dall'annegamento, ora aveva anche salvato la duchessa vedova da un orrore indicibile; e per essersi confidato con lei e non con suo marito, che, ne era certa, non si sarebbe mai perdonato per aver consegnato sua madre nelle mani di un sadico, non avrebbe mai saputo come sdebitarsi.

Jonathon prese la tazza dalle sue mani e Deborah si alzò. Aveva bisogno di camminare, adesso. Camminare le permetteva di pensare chiaramente. E quando Jonathon le offrì il braccio, lo prese dicendo sommessamente, mentre si dirigevano verso il bosco, con Lady Juliana svelta ad afferrare le dita tese di sua madre:

"Grazie per non essere andato dal duca, signor Strang. Ovviamente bisognerà dargli una ragione perché quel mostro è stato sommariamente congedato…"

"Una breve descrizione del trattamento con l'acqua di Foley dovrebbe bastare."

Deborah rabbrividì. "Sì."

"E posso suggerirvi di consigliare a Roxton di non affrontare mai questo argomento con *Madame la Duchesse*, mai."

"Un'idea eccellente. Anche se le deve delle scuse per quello che è stato detto in biblioteca, e gliel'ho già detto."

Le labbra di Jonathon fremettero. "Sono sicuro che l'avete fatto davvero, Vostra Grazia."

Deborah rise e si sentì meglio. Ma presto perse il sorriso, dicendo seriamente: "So che non potrò mai farmi perdonare da lei, ma se c'è qualcosa che posso fare… Per lei… E per voi…"

Fu la volta di Jonathon di ridere e si rimise sulle spalle Juliana, che stava piagnucolando per farsi prendere in braccio dalla madre.

"Ci sono diverse cose che potete fare, Vostra Grazia. Ho una lista! E ve le chiederò tutte, per il bene di *Madame la Duchesse*."

Deborah si voltò a guardarlo piegando leggermente la testa, con un sorriso complice.

"Vi chiederò il perché, signor Strang. Credo di saperlo, eppure, sentirlo dire da voi sarebbe stranamente confortante per questa incorreggibile romantica."

Jonathon sorrise e arrossì suo malgrado, eppure non distolse lo sguardo né rifiutò di darle la risposta che lei conosceva già.

"Perché sono innamorato di lei."

DICIANNOVE

"Michelle, *M'sieur* Strang è tornato dalla casa grande?"

La cameriera personale di Antonia si fermò sulla soglia tra la camera e lo spogliatoio, dove la duchessa si stava spazzolando i capelli al tavolo da toilette davanti allo specchio, e incontrò lo sguardo fermo della sua padrona nel riflesso.

"Non lo so, *Madame la Duchesse*," rispose atona Michelle e si voltò per affrettarsi a ripiegare le coperte, ma Antonia la fermò.

"Non lo sai perché è di dominio pubblico al pianterreno oppure perché *tu non lo sai*? Qual è la risposta?"

"Io, noi non lo sappiamo, *Madame la Duchesse*. Non abbiamo sentito niente dalla casa grande e nessuno di noi l'ha visto da questo pomeriggio."

"Certamente il suo valletto, lui lo saprà, *hein*?"

"*M'sieur* Strang non ha un valletto, *Madame la Duchesse*."

Antonia si fermò a metà di un colpo di spazzola, con una smorfia.

"Che cosa vuol dire *non ha un valletto*? Certo che deve avere un valletto. Tutti i gentiluomini hanno un valletto."

"Scusate, *Madame la Duchesse*, ma *M'sieur* Strang non ce l'ha."

"Vuoi dire che non ha portato con sé il suo valletto."

"No, *Madame la Duchesse*. Non ha un valletto. Ne aveva uno quando viveva in India, ma non qui, da quando è tornato in Inghilterra."

"Ma ha lasciato il subcontinente quasi due anni fa e mi dici che non ha un valletto? *Incroyable*." Si voltò sullo sgabello per guardare la sua cameriera. "Allora chi si occupa di lui?"

"Si arrangia da solo," dichiarò Michelle e spiegò, quando Antonia alzò le sopracciglia aspettando altre spiegazioni. "Quando stava nella casa grande, lui, *M'sieur* Strang, non aveva un valletto che se ne prendesse cura e non lo voleva. Così mi ha detto Oliver, e gliel'aveva raccontato Lawrence Duvalier, il cameriere, su alla casa grande, che a volte è assegnato al servizio dei gentiluomini che non portano con sé il loro valletto, per un motivo o l'altro, quando stanno con *M'sieur le Duc* e *Madame la Duchesse* per il finesettimana."

"Si arrangia da solo?" Ripeté Antonia, chiaramente esterrefatta. "Non lo vuole? Perché questa ridicola obiezione mi chiedo? Ho visto il suo *portmanteau* da viaggio nel padiglione e mi sono chiesta…" Ebbe un pensiero repentino. "Che stanza gli avete assegnato?"

"Stanza, *Madame la Duchesse*?"

Antonia gettò la spazzola tra i gingilli che coprivano la superficie del tavolino e si alzò con un sospiro. "Michelle, stai fingendo di essere tonta, oppure sei troppo stanca perché non mi ascolti mai quando ti dico di andare a letto e invece mi tieni compagnia, e io non riesco comunque a dormire! Stanotte, te ne starai sotto le coperte e non continuerai a prepararmi stupide bevande calde che non mi aiutano per niente ad addormentarmi."

"Sì, *Madame la Duchesse*," rispose Michelle in tono sottomesso, eppure entrambe sapevano che non avrebbe fatto quello che le diceva *Madame la Duchesse* e che si sarebbe alzata appena avesse sentito la sua padrona passeggiare in camera. Aiutò Antonia a infilarsi una vestaglia di seta giallo pallido sopra la sottile camicia da notte, le mise davanti delle pantofoline in tinta, poi fece una riverenza, dicendo con un sorriso appena accennato: "Se è tutto, *Madame la Duchesse*, preparerò il letto per la notte e controllerò il fuoco in camera, sperando che questa notte possiamo entrambe dormire senza svegliarci."

"*Merci*, Michelle."

Michelle si fermò ancora sulla soglia e Antonia, che aveva preso un libro dalla piccola pila che le aveva portato Gidley Ffolkes e, come era sua abitudine, stava per rannicchiarsi nella poltrona, al caldo accanto al camino per leggere, aspettò che parlasse.

"Per rispondere alla vostra domanda, *Madame la Duchesse*, *M'sieur* Strang non è in nessuna delle stanze da letto."

"Ci sono quindici camere in questa casa, che io non uso in nessun modo e mi dici che *M'sieur* Strang non ne sta usando nessuna?" Per la seconda volta in altrettanti minuti, Antonia si stupì e cominciava a chiedersi se non stesse per caso recitando una scena da una delle commedie di Sheridan. "Non ha un valletto e non dorme in una camera. Che cosa fa, allora? Dorme all'aperto, come un selvaggio?"

"Sì, *Madame la Duchesse*, è esattamente quello che ha fatto nelle ultime sei notti."

"Non riesco a credere che stia dormendo nel padiglione e che abbiate permesso che succedesse!" Sussurrò Antonia dietro al maggiordomo, che stava seguendo un cameriere che teneva in alto una lanterna per illuminare il sentiero tortuoso che portava al padiglione. Subito alle spalle di Antonia c'era Michelle e, dietro Michelle, un altro cameriere con un'altra lanterna.

"*Madame la Duchesse*, con tutto il dovuto rispetto, abbiamo offerto una stanza a *M'sieur* Strang ma non ha voluto saperne di dormire dentro casa," rispose il maggiordomo, con lo stesso sussurro ben udibile.

"Non capisco assolutamente perché non ha voluto dormire dentro casa mia."

"Ha detto che non era giusto e corretto farlo," spiegò Michelle a bassa voce.

"Ssst, lo sveglierete!" Sibilò il cameriere alle spalle di Michelle.

"È un'idea ridicola," sussurrò sbrigativa Antonia alla spiegazione di Michelle. "Non è giusto e corretto che io abbia un ospite che sta scomodo e al freddo! È ostinato per qualche ragione che sa solo lui."

Furono tutti tacitamente d'accordo con lei riguardo alla sua ostinazione, eppure credevano di capire il suo modo di ragionare, anche se la loro padrona non lo capiva.

Il gruppetto continuò sul sentiero tortuoso, camminando con attenzione e non volendo svegliarlo, come se stessero avvicinandosi silenziosamente a un animale selvatico che, dopo essere sfuggito alla trappola del guardacaccia, stesse dormendo pacificamente nella sua tana, ignaro che gli dessero ancora la caccia e gli stessero tendendo un'imboscata. Il loro cammino era aiutato dalla luna piena che brillava luminosa sulla superficie immota del lago, che trasformava l'acqua in una lastra d'argento mentre gli alberi, il pontile e le isole si stagliavano contro il grigio cielo notturno, e i raggi della luna illuminavano i gradini che portavano nel padiglione, creando un mosaico di luce nell'interno buio attraverso le aperture tra le colonne.

Quando Antonia rialzò la vestaglia e la camicia da notte per salire i gradini, il maggiordomo la fermò, dicendo con un po' di trepidazione:

"Forse sarebbe meglio che andassi avanti io, *Madame la Duchesse*?"

Antonia aveva sulla punta della lingua un commento sdegnoso per l'ansia del suo maggiordomo ma guardò i volti preoccupati del gruppetto di devoti servitori che le stava intorno nel bagliore arancio delle due lanterne e sorrise gentilmente.

"Non credo che *M'sieur* Strang apprezzerebbe una delegazione che lo svegliasse nel bel mezzo della notte. E poiché non siete riusciti a convincerlo a dormire all'interno, tocca a me ordinargli di farlo. Ed è meglio che lo faccia senza un pubblico." Tese una mano verso una delle lanterne. "Potete tornare in casa e andare a letto. Può riaccompagnarmi a casa il nostro ospite."

"*Madame la Duchesse*, io resterò con voi," dichiarò Michelle, con il piede sul primo gradino. "Non dovreste restare da sola con…"

"A quest'ora della notte, è troppo tardi perché qualcuno di noi si preoccupi della correttezza, visti gli eventi delle ultime due settimane," la interruppe Antonia a voce bassa. "*Bonne nuit.*"

"*Bonne nuit, Madame la Duchesse*," mormorarono tutti e quattro i servitori con gli occhi bassi, il volto in fiamme e lieti dell'oscurità, Michelle con una riverenza e gli uomini con un inchino.

Era la prima volta che la duchessa faceva riferimento alle sue traversie nelle mani del sadico medico e li aveva resi tutti acutamente consci di non essere riusciti a venirle in soccorso e, con loro vergogna, di come lei non avesse mai incolpato nessuno di loro. Senza altri commenti, se ne andarono anche se lentamente e con passo pesante, e alla prima curva del sentiero si fermarono, tendendo l'orecchio per sentire eventuali suoni fuori dall'ordinario nell'aria ferma della notte, come i rumori di protesta di un gigante che si svegliava. Sentendo solo il grido di una civetta, i servitori tornarono riluttanti verso la casa e i loro rispettivi letti. Ci vollero parecchie ore perché riuscissero ad addormentarsi.

JONATHON STAVA SOGNANDO. ERA TORNATO NEL SUBCONTINENTE. Eppure da qualche parte, nei profondi recessi della sua mente, sapeva che stava sognando e che sicuramente non era in India. L'India era calda e asciutta; l'Inghilterra era fredda e umida. Poco prima di scivolare nel sonno sulla dormeuse nel padiglione, con la trapunta che gli aveva dato Michelle a coprire il suo corpo nudo, c'era stato un leggero scroscio di pioggia, ma non abbastanza nuvole da nascondere la luminosità della luna piena. Era sicuramente in Inghilterra. Eppure, in qualche modo era stato trasportato attraverso i vasti oceani fino al subcontinente, alla polvere e al calore dell'estate, proprio quando il calore diventava insopportabile e poi arrivava il sollievo quando i cieli si aprivano e il monsone scaricava piogge torrenziali che gonfiavano i fiumi fino a farli straripare.

Era una notte afosa, dopo uno scroscio di pioggia particolarmente forte e faceva troppo caldo per dormire in casa. Era sull'ampia veranda in un cortile interno del suo sfarzoso palazzo di marmo bianco a Hyderabad, disteso sul letto a baldacchino con le sue lenzuola di seta a colori vivaci e un mucchio di cuscini morbidi dietro le cortine di diafana garza di seta che si agitavano leggermente nella brezza e l'aria era piena del profumo di gelsomino.

Era tornato proprio quel giorno da un'assenza prolungata nelle province del nord e mentre le ore del giorno erano state dedicate a Sarah-Jane, le sue notti appartenevano alla sua amatissima *bibi* Asmita che viveva in una casa all'interno del complesso recintato del suo palazzo, com'era costume per tutte le donne di una casa. Ma lei divideva volontariamente il suo letto.

Ma non c'era Asmita sul letto accanto a lui, era una duchessa inglese, francese fino al midollo, bella e affascinante e che sarebbe presto stata sua, e quindi sapeva di non essere a Hyderabad; era proprio un sogno ma che sogno inebriante ed eccitante. Non voleva svegliarsi.

Lei stava facendo l'amore con lui. Lentamente, deliberatamente. Il suo respiro caldo sul collo gli mandò un fremito di desiderio nelle membra pesanti e quando le sue labbra sfiorarono la linea dura della mascella, con un accenno di barba, con una mano dove il cuore batteva forte contro le costole, Jonathon voltò la testa, cercando la sua bocca. Ma i baci proseguirono giù per il collo, leggeri come piume, dei tocchi che lo sfioravano appena finché la bocca premette saldamente sulla clavicola e lei appoggiò la guancia sul suo petto, per ascoltare i tonfi del suo cuore.

Dita leggere accarezzavano i muscoli duri delle braccia, sfiorando la pelle abbronzata come se stessero lisciando un tessuto delicato, prima di scendere ad accarezzare i saldi piani ondulati dello stomaco; un dito osò tracciare la linea scura di peli che scendeva dall'ombelico all'inguine. Il respiro di Jonathon si fermò aspettando di vedere dove l'avrebbe portata la sua esplorazione ma la carezza non si avventurò dove la voleva lui, e lui riprese a respirare, con respiri corti, mentre la carezza continuava lungo la linea ferma delle natiche per scendere verso i muscoli delle cosce e poi girare verso l'interno per accarezzare la parte interna delle cosce, su, leggermente, lentamente, quasi timidamente ma inesorabilmente, prima per coprirlo con la mano e poi per esplorare, palpeggiare, stuzzicare e accarezzarlo fino a fargli perdere la ragione.

Si alzò dai cuscini, appoggiandosi a un gomito, disorientato e sveglio solo a metà, con il calore che gli percorreva le vene per infiammarsi tra le gambe. E quando la bocca di lei trovò finalmente la sua, quando lei gli permise di baciarla come l'aveva baciata nelle fredde acque del lago, Jonathon ricadde tra i cuscini, con le dita allargate tra i lunghissimi capelli di Antonia e una grande mano che le copriva il seno pesante attraverso la fine camicia da notte, mentre lei gli saliva a cavalcioni.

ALL'INIZIO, ANTONIA ERA RIMASTA SULL'ULTIMO GRADINO DELLE larghe scale del padiglione, in una pozza di luce arancio, con la lanterna tenuta in alto, cercando di vedere nell'oscurità davanti a lei. Non aveva visto subito Jonathon. Era uno scherzo della luna piena che riversava la sua luce tra le colonne e nell'interno. La dormeuse era sul percorso diretto della brillante luce lunare e i raggi di luce bagnavano la pelle bronzea di un inquietante bagliore d'argento, tanto da farla sembrare di lucido marmo. Quindi era come se Laocoonte, senza i suoi figli, stesse dormendo sulla sua chaise longue.

Aveva ammirato la monumentale scultura greca di Laocoonte e i suoi figli nei Giardini del Belvedere in Vaticano, ed era stata così presa da essa e dalla storia del prete troiano di Poseidone che, con i suoi due figli, era stato schiacciato a morte da un serpente gigante a causa del suo tentativo di esporre lo stratagemma del cavallo di Troia, che *Monseigneur* ne aveva commissionato una replica per i giardini ornamentali del loro *Hôtel* parigino. Aveva ammesso con il duca che non era tanto la sofferenza catturata sul volto di Laocoonte che l'aveva ammaliata, ma la bravura con cui l'artista aveva scolpito il fisico maschile in tutta la sua dinamica muscolosità.

Anche se, in un particolare essenziale, la statua era stata una grande delusione. Scherzando, aveva consigliato che, quando avesse commissionato la replica, *Monseigneur* offrisse il proprio membro da replicare per sostituire il misero esemplare di Laocoonte. Dopo tutto, aveva mormorato mentre lo accarezzava, un tale magnifico fisico richiedeva un organo altrettanto impressionante. Come tutta risposta, il duca le aveva afferrato la mano, dicendo con una risata mentre la portava a letto, che era un bene che le sculture non potessero muoversi, altrimenti avrebbe anche potuto sentirsi geloso del freddo marmo.

E qui nel suo padiglione c'era un Laocoonte all'altezza, in tutto.

Poteva non avere la barba folta del prete troiano o non lottare contro un serpente ma possedeva la criniera selvaggia di Laocoonte e il suo fisico muscoloso. La trapunta, che in qualche momento durante la notte doveva averlo coperto tutto, ora nascondeva a malapena le sue nudità, con il tessuto arrotolato tra le cosce e che saliva verso una spalla robusta, proprio come il serpente gigante con cui lottava Laocoonte. Il volto era girato verso il braccio, verso lo schienale di seta a righe della dormeuse, una gamba era leggermente alzata e il torace un po' girato, a mostrare un sedere piccolo, sodo e molto bianco; e in quel punto che lei aveva trovato tanto provocante, che divideva la pelle abbronzata da quella bianca che non aveva visto il sole, il tatuaggio sul fianco, un cerchio di tre elefanti, con le proboscidi intrecciate con le code.

Antonia sorrise. La posizione contorta del suo corpo era un'indicazione lampante che la sua dormeuse era un sostituto decisamente scomodo di un vero letto, quando era occupata da un uomo alto un metro e novantacinque, con le spalle larghe. Mentre appoggiava a terra la lanterna, il suo sorriso si trasformò in un'espressione preoccupata, e si chiese per l'ennesima volta perché avesse scelto di dormire lì fuori, al freddo e scomodo, quando lei aveva una casa piena di stanze da letto vuote.

Trovò un piccolo spazio nell'incavo della schiena nuda per appollaiarsi sulla dormeuse e mettergli una mano sulla spalla, con l'intenzione di scuoterlo un po' per svegliarlo il più gentilmente possibile. Ma il calore sorprendente della pelle sotto la mano la fermò. E durante quella breve esitazione, come reagendo al suo tocco, Jonathon abbassò la spalla e si voltò leggermente verso di lei che poté vederlo in volto, e quello che la sorprese, qualcosa cui non aveva mai pensato o che non aveva notato fino ad allora, era che il suo volto a riposo era bello da incantare.

Sempre sincera, ammise di aver notato la sua virilità ma era il suo eterno sorriso strafottente o la malizia, o era il senso di sfida che brillava nei suoi scuri occhi castani, che avevano nascosto come fosse veramente bello e le ricordò non poco il suo amatissimo amico e cognato, Vallentine; che fosse supremamente indifferente a quello che pensavano gli altri di lui e continuasse per la sua strada, beh, non doveva cercare lontano per trovare a chi appartenessero quelle qualità.

Quel piccolo movimento, quell'abbassare la spalla e voltare la testa, ebbero il potere di attirarla verso il basso, così vicina che colse la sua essenza, salata e speziata, completamente maschia. L'idea di svegliarlo con una piccola scossa svanì mentre si chinava a sfiorare con un bacio la mascella appena ruvida, e scoprire da sola se era possibile risvegliare una statua greca vivente.

. . .

"No. Non-non *qui*. *No*."

Antonia lo ignorò.

La sua richiesta lenta era ferma anche se pronunciata sottovoce, mentre Jonathon toglieva riluttante la bocca da quella di Antonia. Voleva tanto continuare a baciarla, per godere della sua umida dolcezza e l'eccitazione per le promesse future, per quello che poteva offrirgli la sua bocca, di quello che la sua lingua bramava di scoprire tra le gambe di lei. La mente correva verso pensieri di loro due impegnati in un *auparishtaka* e gemette forte per il disappunto provato dal suo pulsante organo vitale quando le scostò la mano. Ma era risoluto. Non era questo il posto. Aveva deciso che cosa voleva e come ottenerlo. La frustrazione per il rinvio era un piccolo prezzo da pagare se significava che lei avrebbe diviso il futuro con lui.

E quindi Jonathon si mise seduto tra i cuscini della dormeuse, ora completamente sveglio, si tirò la trapunta tra le gambe per coprire la sua erezione, si passò le dita tra i capelli scomposti, raccogliendo i pensieri per formulare una spiegazione che Antonia potesse capire. Antonia era davanti a lui sulla dormeuse, dolorosamente adorabile in una camicia da notte oltraggiosamente di traverso che le cadeva da una spalla, con i capelli biondo miele come una cascata disordinata sulle spalle, con un'espressione assolutamente sconsolata e insoddisfatta, e ne aveva tutti i diritti.

"Non capisco assolutamente perché dite *no* e *non qui* quando *lui* vuole decisamente fare l'amore. Non volete fare l'amore con me?" Gli chiese pensierosa.

"Più di quanto è umanamente possibile volere qualcosa in questa vita."

"Allora, per favore, mi spiegherete la difficoltà," continuò francamente, "perché, *moi*, io non vi capisco per niente!"

Jonathon rise al suo tono petulante.

"Sono sicurissimo che non capite," ammise con un sorriso. "Se c'è una difficoltà, è convincerlo a comportarsi bene. Il solo pensiero di voi e lui pensa di essere al comando, e non è così. Sono io al comando."

Antonia aggrottò la fronte, inconsciamente rimettendosi la camicia da notte e la vestaglia sulla spalla.

"Comportarsi bene? Che cosa sono questo *comportarsi bene* e questo *essere al comando* di cui parlate?" Ebbe un pensiero improvviso e spalancò gli occhi verdi fissandolo incredula. "*Mon Dieu*, per favore ditemi che non siete uno di quei giovanotti, come Sua Maestà e mio figlio, puritani in tutto quello che concerne la camera da letto, che non riescono a funzionare a meno che la porta sia chiusa a chiave e le tende intorno al letto siano tirate?" Alzò una mano in un gesto stizzito. "Eppure sono uomini simili che si riproducono come conigli! È incomprensibile."

Jonathon ricadde sui cuscini, ridendo.

"Non è per niente umoristico! Deve essere piuttosto stancante," rispose Antonia indignata ma poi anche lei vide l'assurdità e cercò con tutte le sue forze di reprimere una risata. "Che cosa succede se viene la voglia e la camera da letto è lontana? Essere così controllati... deve danneggiare la salute, sì?"

"Sì, ma non la capacità di riprodursi. *Mieux baiser comme des lapins que se multiplier comme eux.*" Si chinò in avanti e la guardò negli occhi, tutto il divertimento era sparito, e tese una mano. "Farò l'amore con voi, qui, su questa dormeuse o là fuori, al chiaro di luna, perché ci vedano tutte le stelle, e lo faremo... ma non la prima volta."

Antonia si mosse sulla dormeuse e si infilò sotto la trapunta, prendendo la mano che le tendeva Jonathon, incuriosita. "La prima volta?"

Lui la tirò più vicina, per baciarle il polso e poi il dorso della mano, con le labbra premute contro la cicatrice rossa lasciata dalle cinghie del medico diabolico, con le quali l'aveva tenuta saldamente legata alla sedia nella ghiacciaia. La guardò negli occhi.

"Vi ricordate la prima volta che avete fatto l'amore?"

Per qualche ragione sconosciuta, Antonia si sentì la faccia in fiamme. Come poteva dimenticare? Si meravigliava ancora della sua ingenua fiducia giovanile. Era lei che si era offerta a *Monseigneur*. Lei che si era introdotta nella sua camera e l'aveva scoperto nudo, appena uscito dal bagno. Aveva compiuto diciotto anni il giorno prima.

"Certo, tutti ricordano la loro prima volta," si sentì rispondere senza enfasi.

Jonathon le sorrise e disse dolcemente, premendole le dita mentre si appoggiava ai cuscini. "E anch'io voglio che ricordiate la nostra prima volta."

Antonia sbatté gli occhi e tornò al presente.

"Ma non è la nostra prima volta, così..."

"Io con voi; voi con me. Sarà la *nostra* prima volta."

Lo guardò negli occhi. La sua sincerità la metteva a disagio. Quello che era cominciato come un esercizio poco complicato per soddisfare un desiderio comune stava diventando tutt'altra cosa ed era tutto così inaspettato che non sapeva come procedere o se era in grado di contraccambiare. Quindi cercò di sminuire la cosa e disse, con una scrollata di spalle:

"Perché dovrebbe importare? Forse perché è la prima volta che fate l'amore con una duchessa? Antonia Roxton non è mai stata con un altro uomo oltre a suo marito e ora siete voi che avete quel privilegio." Liberò la mano e si occupò senza necessità dei capelli, tirandoli sopra una spalla e sistemando i lunghi riccioli. "Portare a letto la duchessa di Roxton non è poca cosa ed è un colpo da maestro, così mi dicono. Ho una pagina tutta per me nel libro delle scommesse al White, con sommo disgusto di mio figlio. Ha cercato perfino di far strappare la pagina. A me non interessa. Ma lui è molto serio riguardo a queste cose, com'è nella sua natura. Tommy Cavendish dice che nemmeno Julian è riuscito a far togliere la pagina. È troppo stuzzicante. Sono state scommesse troppe ghinee. Oh, di tutte le idee ridicole che gli uomini si mettono in testa su di me…"

"Basta."

"Con chi farà l'amore Antonia Roxton ora che è vedova? Quando accadrà questo *grand événement*? Il duca mio figlio mi ha proibito di prendere un amante?"

"Basta."

"Sapevate che ha tutti i diritti di farlo? Immaginate! Alla mia età essere comandata da mio figlio."

"Basta."

"Ma forse sono io che riderò per ultima. Dopo tutto, nessuno, e certamente non Julian, nemmeno nei pensieri più folli, indovinerà mai che Antonia Roxton concupisce un uomo non molto più vecchio di suo figlio…"

"*Adesso basta*!" Ringhiò Jonathon e così violentemente che Antonia ne fu immediatamente contrita. "Vi state autodenigrando per principio e non vi permetterò di ridurre in polvere e calpestare le mie intenzioni onorevoli!"

"No, *M'sieur*?"

"Non parleremo mai più di età perché è irrilevante. Era irrilevante quando vi siete innamorata di *Monseigneur* ed è irrilevante adesso. Non vi serve che soddisfi la vostra vanità. Voi, io e l'intera consorteria del White sappiamo che siete più bella e incantevole della maggior parte delle donne con metà dei vostri anni. Ed è questo il cruccio di vostro figlio, e chi può biasimarlo per la sua apprensione? Nell'attimo in cui suo padre ha esalato il suo ultimo respiro, la vostra virtù è diventata terreno di caccia per ogni uomo con un cuore pulsante! Ma io non sono come loro e non accetterò di essere paragonato a loro."

Distolse lo sguardo, guardando attraverso le colonne verso il chiaro di luna che scintillava sul lago immobile e deglutì, e Antonia capì che la sua impertinenza l'aveva ferito.

"E per quanto riguarda me e Roxton," aggiunse sommessamente, tornando a guardarla, "ci possono essere poco più di una mezza dozzina di anni che ci separano, ma tra le nostre esperienze di vita e di donne c'è un abisso, e questo mi mette più alla pari con suo padre di quanto lo sarò mai con vostro figlio. Quindi, quando vi dico che voglio che ricordiamo la nostra prima volta insieme, è il mio desiderio più sincero e sentito. *La nostra* prima volta. Due persone: Antonia e Jonathon, nessun altro. Capito?"

Ci fu un silenzio teso tra di loro. Nessuno dei due distolse lo sguardo dall'altro. Se mai ci fosse stato un momento per lei per ritrarsi da un possibile futuro con lui, era quello, pensava Jonathon mentre aspettava la sua decisione, con il volto e il corpo impassibili ma sentendo il cuore che gli rimbombava nelle orecchie. Finalmente lei si decise a parlare, e a voce così bassa che con quel tamburo nelle orecchie dovette sforzarsi per sentire ogni parola.

"Sembra che abbiate dedicato molti pensieri a questa nostra prima volta."

"È così."

Lei sostenne il suo sguardo, eppure era impossibile non notare come lui tenesse i denti stretti e la tensione nel collo. Alla fine, gli occhi verdi brillarono e apparve la fossetta insieme a un sorriso malizioso.

"Allora parlatemi di questa prima volta," lo stuzzicò, toccando il braccio che restava disteso sopra la struttura dorata della dormeuse. "Oppure deve essere una sorpresa?"

Jonathon respirò più liberamente, sorrise e la strinse in un abbraccio, poi si sistemarono sulla dormeuse, con la trapunta che copriva entrambi, lei con la testa sul suo petto.

"Una sorpresa."

Antonia si accoccolò più vicino.

"*Bon*, mi piacciono le sorprese."

Jonathon pensava che si fosse addormentata, stava zitta da tanto, e lui era felice di guardare la luna piena, fuori tra due colonne, con le dita che giocherellavano distrattamente con una lunga ciocca dei capelli di Antonia, soddisfatto che un ostacolo fosse stato superato ma rimuginando su quanti ancora ne restassero prima di essere certo che il suo futuro con lei fosse sicuro. Non da ultimo c'era l'ostacolo di come dirle chi era veramente, o, meglio, chi doveva diventare dopo l'imminente morte del suo lontano parente, e come quell'avvenimento avrebbe significato il primo giorno del resto della sua vita accanto a un lago, non molto diverso da questo ma dall'altra parte del vallo Adriano, nella remota Scozia; tanto valeva dirle che stava per tornare nel subcontinente.

"Dov'è il vostro valletto?" Chiese Antonia con voce insonnolita.

"L'ho lasciato in India. Aveva una moglie e dei figli e non poteva lasciarli."

"Allora chi si occupa di voi?"

"Faccio da solo."

"Un gentiluomo non fa da solo. Deve avere un valletto."

"Se lo dite voi."

"Sì, ve ne troverò uno domani."

"Lo farete davvero? Sembro così trasandato?"

"Sì. E mi piace. Ma avete sofferto abbastanza a lungo. Dovete avere un valletto."

Jonathon ridacchiò e la abbracciò.

Antonia lasciò vagare delicatamente la mano sul suo petto, sopra i muscoli dello stomaco piatto e giù verso l'inguine. Jonathon le afferrò il polso prima che la sua esplorazione andasse oltre e le riportò la mano sul petto tenendovela con la sua grande mano calda.

"Comportatevi bene."

Si sentì un risolino.

"Non credo di riuscirci, con voi. Mi tentate troppo."

"C'è quel proverbio sulle cose belle che capitano a quelli che aspettano."

"È una completa stupidaggine! Le cose belle capitano a quelli che colgono l'opportunità."

Jonathon scoppiò a ridere e le baciò in fretta la mano.

"Ora state pensando come un mercante."

"E voi siete quello che è cocciutamente nobile."

Jonathon chiuse gli occhi sorridendo.

"Dormite, donna perfida."

Ci fu un altro lungo silenzio tra di loro.

"È *lui* il motivo per cui vi prendevano in giro a scuola?"

"Sì."

"Perché lui è circonciso. Perché?"

"Perché mi prendevano in giro o perché lui è circonciso?"

"Stupidone. È ragionevole pensare che vi prendessero in giro perché solo gli ebrei sono circoncisi e loro non possono frequentare Harrow."

"Ebrei e musulmani."

"Ma voi non siete né l'uno né l'altro."

"No, io non sono né l'uno né l'altro ma non ho potuto scegliere. Mio padre si è convertito all'Islam e questo richiede che i figli maschi siano circoncisi. Quindi lui, nella sua saggezza, ha fatto circoncidere mio fratello James e me, poiché sembrava ci fossero poche possibilità che tornassimo in Inghilterra. Voleva che vivessimo, ci sposassimo nel subcontinente, avessimo una famiglia e morissimo in India."

"Che cos'è successo per cambiare i programmi?"

"Mio fratello è morto; poi anche un cugino qui in Inghilterra. Sono diventato l'erede di mio zio, e mio padre, il fratello minore di mio zio, che aveva rinunciato a tutti i diritti sulla sua eredità quando si era convertito all'Islam, è stato persuaso a mandarmi in Inghilterra per essere allevato come un vero gentiluomo inglese, come consono alle nuove circostanze. Non ero molto più grande del vostro Frederick quando sono stato strappato dal calore del subcontinente indiano e gettato nelle profondità di un inverno inglese e nello squallore di Harrow." Sentì Antonia che rabbrividiva e la abbracciò. "Vostra nuora è una donna saggia a tenere Frederick lontano da Eton finché sarà abbastanza grande da sopportare le brutalità di un collegio inglese; essere l'erede di un ducato non è una protezione sufficiente quando si è a scuola. Serve solo a esacerbare la crudeltà di ragazzi che non avranno mai un'altra possibilità di incontrarlo alla pari su un campo da gioco." Fece una risata sprezzante. "Il tatuaggio non mi ha aiutato."

"Ve lo siete fatto fare da ragazzo?"

"Proprio prima di salire sulla nave per l'Inghilterra. Otto anni e pieno di idee personali già allora. Tre elefanti in un ciclo eterno: James, mio padre e io. Mi ha fatto un male cane."

Ci fu una lunga pausa di silenzio tra di loro, così lunga, in effetti, che Jonathon pensò che Antonia si fosse addormentata tra le sue braccia, ma poi lei parlò di nuovo, lottando contro il sonno eppure cedendo alla sonnolenza con ogni frase pronunciata.

"Perché dormite qua fuori?" Chiese insonnolita.

"Non mi avete invitato dentro."

"Non invitato dentro?"

"Un gentiluomo aspetta di essere invitato."

Antonia era incredula, anche mentre scivolava nel sonno. "Voi... Voi siete l'uomo più *frustrante* e forse il più *romantico* che io abbia avuto la sfortuna di incontrare..."

Jonathon sorrise nel buio e cadde in un sonno beato.

VENTI

Antonia si svegliò al suono di martelli e seghe e di bambini che ridevano. Se il rumore fastidioso di gente al lavoro la portò a chiedersi se stava soffrendo della sua prima emicrania, il suono di bambini che giocavano le fece gettare da parte la trapunta e chiamare Michelle. E poi si ricordò che era nel padiglione... o no? Metà del contenuto della sua camera era finito nel suo nel salottino all'aperto. Un paravento cinese, un portacatino di noce, diversi articoli di abbigliamento e i pettini, le spazzole e lo specchio dal dorso d'argento che normalmente si trovavano sul suo tavolino da toilette erano disposti su varie sedie dietro alla dormeuse, dove aveva passato una felice notte di sonno tra le braccia del suo ospite mercante.

Ospite? Fece una smorfia a quella parola mentre indossava in fretta la vestaglia di seta sopra la sua diafana camicia da notte e legava i nastri. Era suo ospite, ma era diventato più di quello, eppure non erano amanti, non in senso stretto, beh, non *ancora*. Trovò un paio di pantofole di seta ricamata accanto alla dormeuse, si lavò la faccia con l'acqua profumata alla lavanda, usò la polvere dentifricia e il collutorio alla menta e poi restituì in silenzio l'asciugamano a Michelle, ferma come una statua accanto al paravento cinese, con lo sguardo incollato alle piastrelle di marmo.

Antonia avrebbe voluto spiattellarle che non era successo niente la notte precedente e che quindi non c'era bisogno che Michelle si comportasse come se fosse per caso capitata in un bordello. Ma, visto che era sicurissima che qualcosa sarebbe successo nel prossimo futuro, a che serviva negare ora qualcosa che era sicuramente inevitabile? Sorrise tra sé e sé mentre infilava un nastro rosa chiaro tra gli abbondanti riccioli disordinati e stava per chiedere perché per tutta la settimana precedente si era svegliata al suono discordante dei carpentieri quando un oggetto tra i suoi articoli da toilette attirò la sua attenzione.

Raccolse la semplice bottiglietta con il suo tappo di vetro, che aveva intorno al collo un nastro di velluto e un biglietto. Sapeva che cos'era e da dove veniva. Il profumiere, *M'sieur* Floris o, come lo aveva scherzosamente soprannominato lei *Le Grand Nez*, preparava i suoi profumi unici nel suo laboratorio di Jermyn Street e aveva chiamato questa particolare fragranza *Antonia* in suo onore. Non portava il suo profumo da quando *Monseigneur* era stato deposto nel mausoleo di famiglia. Non c'era bisogno di indovinare chi gliel'avesse lasciata ma il biglietto la incuriosiva.

M'sieur Floris mi assicura che il profumo è delicato, gioioso, unico & divino. In verità, un distillato di tutto quello che siete voi. Quindi portarlo è sicuramente superfluo?

"Desiderate che rompa il sigillo, *Madame la Duchesse*?" Chiese Michelle, osservando attentamente la sua padrona che continuava a fissare la nota e sapendo perfettamente chi aveva lasciato la bottiglia di profumo.

Antonia scosse la testa e deglutendo a fatica tese la bottiglia alla sua cameriera. "Stavo-stavo sognando o ho sentito i bambini?"

"Non era un sogno, *Madame la Duchesse*. Sono giù accanto alla grande quercia con *M'sieur* Strang. Sono arrivati un'ora fa ma mi è stato detto di non disturbarvi," spiegò Michelle.

Raccolse un paio di vaporosi pantaloni di seta, una sopravveste con le maniche lunghe e un corpetto, e si diresse verso il paravento, aspettandosi che la sua padrona la seguisse ma, quando Antonia non si mosse, tornò a mettersi davanti a lei e la duchessa alzò una gamba dei pantaloni ottomani con una smorfia interrogativa, che indusse Michelle a spiegare:

"*M'sieur* Strang dice che è assolutamente necessario che indossiate questo abito stravagante…"

"Questi sono gli abiti della moglie di un sultano e non li ho più indossati dal ballo in maschera tenuto per festeggiare la nascita di Frederick. Non capisco assolutamente come facesse a sapere che avevo degli abiti simili," mormorò tra sé e sé, andando dietro il paravento con Michelle alle calcagna. "Oppure perché pensi che il corpetto faccia parte dell'*ensemble*. Le donne turche non indossano roba del genere."

"Il corpetto è stata una mia idea!" Esclamò Michelle, affrettandosi a continuare quando la duchessa la guardò di traverso. "È-è scandaloso che vi faccia indossare queste coperture sulle gambe davanti ai bambini." Aggiunse poi con una riverenza: "Mi dispiace, *Madame la Duchesse*, ma è la verità."

Antonia tenne la bocca chiusa per non reagire, poi disse sommessamente: "Lo scandalo deve ancora arrivare. Ma ora non ne parleremo. Voglio vedere i bambini."

La vestizione fu completata in silenzio e Michelle uscì da dietro il paravento per chiedere a un cameriere che era di sentinella sui gradini dove fosse la colazione della duchessa e poi si voltò scoprendo che Antonia stava correndo lungo il prato umido con uno sventolare di ampi pantaloni di seta e capelli spettinati.

"Mema! Mema! Quassù, Mema! Guardate in alto! In alto. Quassù!"

Antonia aveva portato una mano sopra gli occhi per schermarli dal sole del mattino che filtrava attraverso l'intreccio dei rami dell'antica quercia, mentre arrivava accanto a un piccolo contingente di bambinaie e servitori raccolti intorno al massiccio tronco. Tutti si voltarono a farle la riverenza o l'inchino ma dato che lei continuava a guardare in alto, in mezzo ai rami, tutte le facce si rivolsero nuovamente verso l'alto, verso i grossi rami con un'esplosione di foglie verdi brillanti che si contorcevano verso l'alto e l'esterno, abbracciando terra, acqua e cielo. Era un esemplare maestoso e l'antica quercia era rimasta indisturbata per trecento anni, silenziosa testimone dei re Plantageneti, Tudor, Stuart e Hannover, ed ora i suoi rami erano pieni di gente e di costruzioni, o almeno così sembrava ad Antonia, che cercava di dare un senso all'attività e al rumore.

Dalle radici contorte che sporgevano alla base dell'enorme tronco, una scala a pioli permetteva di arrivare al primo ramo robusto che ora reggeva una piattaforma sopra la quale c'era il cassero di poppa di un veliero, come se fosse stato trasportato lì da un'inondazione e, ora che le acque si erano ritirate, la nave fosse andata in pezzi e fosse rimasta incastrata solo quella parte, intrappolata per sempre, tenuta prigioniera dai rami della vecchia quercia; e dal cassero un'altra scala a pioli, inchiodata al tronco centrale, portava più su tra i rami più alti verso una coffa. Due operai erano occupati a pitturare questa coffa mentre altri due erano seduti cavalcioni su un ramo più basso, con le gambe penzoloni, e stavano passando una cima dalla coffa al cassero, dove un altro operaio la infilava nelle olivette di bronzo.

E così la vecchia quercia, che si era fatta gli affari suoi per tre secoli, si era vista obbligata a trasformarsi nella più fantastica casa sull'albero-nave dei pirati per i bambini.

I gemelli, che continuarono a chiamarla finché Antonia agitò una mano avvertendoli che li aveva visti, le sorridevano dal cassero. Indossavano i cappelli a tricorno d'ordinanza, pezze su un occhio e brandivano spade giocattolo di legno. Con loro c'era l'architetto della loro felicità che la salutava con la mano, tenendo in braccio Juliana.

Salutò anche lei sorridendo e mandò loro un bacio, sentendosi di colpo la testa leggera per la felicità. E, prima che potesse proferire una parola di saluti, ci fu un gran trambusto mentre i gemelli scendevano di corsa dalla scaletta, con le spade infilate nella cintura dei calzoni, e i servitori alla base della scala pronti ad afferrarli nel caso uno dei signorini iper impazienti dovesse mettere un piede in fallo. Ma arrivarono a terra con facilità e caddero tra le braccia aperte di Antonia, che li abbracciò e li baciò mentre loro le raccontavano tutti eccitati della loro nave pirata nel cielo e che Mema doveva andare a fare un viaggio con loro quando fossero andati a caccia dei dannati spagnoli. Antonia riuscì a malapena a dire due parole a Louis e Gus prima che Juliana le afferrasse una manciata dei vaporosi pantaloni turchi, pretendendo la sua attenzione e che Mema dicesse ai fratelli che anche le ragazze potevano fare i pirati se volevano, anche se lei, in effetti, avrebbe preferito essere una sirena.

"Allora è così che siete di prima mattina," disse Jonathon, sorridendole e ammiccando. "Molto seducente."

Con somma incredulità e irritazione, Antonia arrossì e non riuscì a sostenere il suo sguardo fisso. Si guardò attorno, guardò il gruppetto di servitori e poi gli operai che continuavano con i loro mille compiti per preparare all'occupazione la casa sull'albero-nave dei pirati: vernice, tessuti d'arredamento, tela e funi andavano su e giù per le varie scale.

"Ora so qual era la fonte del rumore nell'ultima settimana," disse con un sorriso ai suoi nipoti. "Ma non mi sarei mai aspettata di trovare una nave dei pirati su un albero! Che sorpresa meravigliosa per voi, vero?" Alzò gli occhi su Jonathon. "*M'sieur* Strang è pieno di sorprese, vero?"

I bambini annuirono e ridacchiarono, con i gemelli che si davano degli spintoni con un'occhiata d'intesa a Jonathon, ma Antonia non ebbe l'opportunità di interrogarli perché a un cenno di Jonathon si voltarono e tornarono in fretta sulla scala e nella casa sull'albero, con Juliana che cercava di rincorrerli, fermata dalla bambinaia mentre cercava di salire la scaletta. La bambina chiamò immediatamente Jonathon, che in due passi la prese tra le braccia.

"Vedo che Julie vi rigira come vuole," lo prese in giro Antonia con una risata.

"Solo perché voglio essere rigirato," rispose Jonathon. "Ora forza, andate e noi vi seguiremo."

"Su? Sulla scaletta?"

"E dove altro?" Quando Antonia esitò, aggiunse. "Non avete scuse, ho pensato alle... mmh, necessità, come vedete. Indossate dei pantaloni turchi, no? E c'è una sorpresa che vi aspetta a bordo della nave."

"Siete bravo con le parole, *M'sieur*," brontolò Antonia, sentendo il calore salirle alle guance quando il suo sorriso si allargò. "Forse non avrei dovuto dirvi che mi piacciono le sorprese," aggiunse, arrampicandosi sulla scaletta con facilità e senza lamentarsi, Jonathon con la bambina aggrappata alla schiena, come una scimmietta sulla schiena di sua madre, che la seguiva da vicino. "Specialmente se la vostra sorpresa ha qualcosa a che fare con dover indossare i pantaloni turchi."

"Mema!"

Al suono dell'amatissima voce familiare, Antonia si arrampicò in fretta sul cassero e si rimise in piedi trovando tutti e tre i nipoti maschi in piedi davanti a lei, in fila, che la salutavano con le loro spade.

"*Mon Dieu*! Frederick! Oh, mio caro ragazzo!"

"Sorpresa! Sorpresa, Mema! Sorpresa!" Gridarono all'unisono i gemelli e Juliana mentre il fratello maggiore correva tra le braccia aperte di Antonia per essere stretto in un abbraccio.

"Mema ha avuto la sua sorpresa; possiamo mangiare adesso?" Chiese Gus senza rivolgersi a nessuno in particolare. "La mia pancia è arrabbiata con me!"

Risero tutti.

Una volta tornati a terra e seduti su una serie di tappeti orientali che erano stati srotolati sopra il prato tra la quercia e il lago e coperti di cuscini, Jonathon fece segno ai camerieri in attesa che cominciarono a servire lo spuntino dai cestini di vimini pieni di tutti i tipi di dolci; il maggiordomo arrivò con il servizio da caffè d'argento e una missiva sigillata dalla casa grande.

Era del duca per la duchessa vedova. Antonia prese il biglietto, lo mise in una tasca dei pantaloni turchi e lo ignorò fino a circa un'ora dopo che il cibo era stato demolito. Si stava godendo una tranquilla tazza di caffè mentre osservava i ragazzi che si arrampicavano su e giù dalla scala di accesso alla casa sull'albero-nave dei pirati, attentamente sorvegliati, dove facevano pratica di combattimento con le loro spade e Juliana che raccoglieva i fiori selvatici da mettere nei capelli, con l'aiuto della bambinaia.

Estrasse il biglietto dalla tasca ma non ruppe immediatamente il sigillo, guardando prima Jonathon che era comodamente sdraiato su un tappeto, appoggiato a un gomito, e guardava anche lui i bambini, ma le cui mani erano occupate a intrecciare agilmente molteplici fili di cotone rosso in quello che appariva essere un piccolo cerchio.

"È stata una giornata veramente meravigliosa. Grazie."

"È stato un piacere per me," le rispose gentilmente, restituendole il sorriso.

Antonia si chiese se il proprio sorriso avesse il potere di far accelerare il polso di Jonathon come faceva il suo con lei e guardò le ultime gocce di caffè nella tazza di porcellana, per timore che leggesse i suoi pensieri e vedesse il rossore sulle sue guance. Inspiegabilmente, aveva la capacità di renderla insicura e confusa eppure supremamente felice. La lasciava perplessa. C'era una parola… Scombussolata? Agitata? Sì, ecco. Lui la *scombussolava*. In tutti i suoi anni con *Monseigneur* non si era mai sentita scombussolata e anche questo la sconcertava.

Rigirò nelle mani la lettera del figlio e con un piccolo sospiro ruppe il sigillo.

Jonathon continuò a fare la sua treccia ma con un occhio sulla testa china di Antonia e, quando lei ripiegò in fretta l'unico foglio di pergamena e lo ficcò nuovamente in tasca, disse, con tutta l'indifferenza che riuscì a fingere:, "Buone notizie, spero?"

"Mi dice di andare a cena stasera. Me lo *dice*."

"Andrete?"

Antonia scosse la testa. "No. No, non credo di poterlo affrontare… ancora."

Jonathon si mise seduto. "Allora non andate. Roxton può aspettare. Venite a Londra con me."

"Londra?"

"Sì."

"Andate a Londra? Quando?"

Jonathon represse un sorriso all'ansia nella sua voce e disse solennemente: "Domani. Devo proprio."

Antonia non riusciva a sostenere lo sguardo dei suoi occhi castani. Annuì.

"Certo che dovete. Sarah-Jane vi starà aspettando e non potete attardarvi qui. Potrebbe avere delle notizie importanti per il suo papà e dovreste…"

"Venite con me."

Antonia accennò un sorrisino.

"Per vedere la commedia di *M'sieur* Sheridan con voi?"

Jonathon scrollò le spalle.

"Se volete. Ma per vedere vostro figlio Henri-Antoine."

Questo la convinse a guardarlo.

"Henri-Antoine? È a Londra? Non è a Oxford?"

"È a Londra. Nella casa di Hanover Square."

Antonia deglutì e guardò verso il lago.

"Ho tanta voglia di vedere mio figlio ma io-io…"

"Lo avete evitato perché assomiglia tantissimo a *Monseigneur* e questo vi fa star male."

Antonia non lo negò. Sbatté gli occhi per allontanare le lacrime improvvise.

"Voi l'avete visto."

"Sì, assomiglia moltissimo al padre, più di Roxton. E, da quello che mi dice vostra nuora, ha anche l'atteggiamento arrogante del padre, anche se non ha tentato di usarlo con me, ma questo rende tutto più difficile per voi. Ma voi non potete evitarlo per sempre e più crescerà più diventerà il figlio di suo padre."

"Non voglio ascoltarvi perché so che avete perfettamente ragione!" Brontolò, facendolo ridere.

"Qualcuno doveva dirvelo, tesoro. Non è colpa del ragazzo se è il ritratto di suo padre."

Antonia lo guardò attraverso le ciglia. "No. Non è colpa sua. *Moi*, io sono stata una madre negligente."

"È Roxton che deve rendere conto più di voi per averlo trascurato. È il tutore di suo fratello. Non che il ragazzo sia stato dimenticato," aggiunse in fretta quando Antonia si mise seduta di colpo. "Roxton ha avuto un sacco di cose da fare in questi ultimi tre anni. Ma per essere perfettamente franco, dopo anni in cui è stato inutilmente coccolato, penso che il ragazzo si sia goduto la tregua."

"*Coccolato*? Ve l'ha detto Henri?"

"Ovviamente no, perché avrebbe dovuto?"

Ci fu un momento di silenzio tra di loro e poi Antonia emise un sospiro tremante e scrollò le spalle.

"Non so come fate a sapere queste cose ma le sapete e avete ragione. E ho tanta voglia di vedere il mio ragazzino."

Jonathon sbuffò. "Ragazzino? Se è quello che pensate, vi aspetta una bella sorpresa." Mise da parte il piccolo cerchio intrecciato, si mise in piedi e tese una mano. "E la vostra visita sarà una sorpresa e una gioia per lui. Venite a Londra."

Antonia sorrise e annuì e gli permise gli aiutarla a rimettersi in piedi. Jonathon non le lasciò andare la mano. Lo guardò sfacciatamente, appoggiandogli una mano sul petto.

"Ma questo non significa che ho deciso di venire a teatro con voi!"

"Non verrete?" La minacciò e con un movimento rapido la sollevò e se la mise su una spalla, con sorpresa e orrore dei camerieri, del maggiordomo e dei servitori della nursery. "È ora di fare buon uso di questi pantaloni alla turca!"

"*Mon Dieu*! Siete pazzo. Rimettetemi giù subito!"

Il maggiordomo e un cameriere fecero un passo avanti. Un'occhiata dura di Jonathon e si ritirarono di mezzo passo.

"State ferma, donna, e ci arriveremo in un attimo. Ho un'altra sorpresa per voi."

Marciò a passo lesto verso la quercia con Antonia che si dimenava offesa e faceva del suo meglio per liberarsi dalla sua presa. Jonathon rise dei suoi deboli tentativi e la lasciò scherzosamente scivolare ancora un po' giù dalla schiena. Le fece involontariamente emettere uno strillo e afferrare spaventata le falde della sua redingote. E poi, per aumentare la sua mortificazione, ordinò a Frederick di radunare i suoi fratelli e la sorellina e di venire alla quercia.

"*Aliéné mental*! Mettetemi giù all'istante!"

"Sono un pazzo? Se è vero, siete stata voi che mi avete reso pazzo!"

"*M'sieur*, mettetemi giù! Spaventerete i bambini."

"Chiamatemi Jonathon!"

"No."

"Dai sorrisi sui loro volti, direi che i vostri piccoli tesori pensano che sia un gran divertimento. Cinquanta ghinee che prima di mezzanotte mi chiamerete Jonathon."

"Vi *darò* cinquanta ghinee se mi metterete giù immediatamente."

"Ah, Frederick. Bravo ragazzo. Ora voi quattro restate indietro perché quando metterò giù la vostra Mema probabilmente sarà un po' stordita."

Era vero e cadde contro il petto di Jonathon, a occhi chiusi e con la testa che girava. Jonathon le tolse gentilmente i capelli dal volto e la tenne, con una strizzatina d'occhi e un sorriso a Frederick, che, diversamente dai suoi fratelli e sorella che stavano ridendo della corsa di Mema sulla spalla di Jonathon, non era del tutto sicuro che Antonia non si fosse fatta male.

"Volete vedere la vostra sorpresa?" Mormorò, alzandole il mento. "Il motivo per cui vi ho fatto mettere il vostro affascinante abbigliamento ottomano?"

Antonia aprì gli occhi e lui la girò nel cerchio delle sue braccia per guardare la vecchia quercia.

Erano dall'altra parte del tronco massiccio rispetto alla scaletta d'accesso alla nave pirata. Qui, in alto, un ramo molto grosso si allungava verso la riva del lago e sul terreno direttamente sotto il ramo era stato rastrellato un gran mucchio di foglie, compattate per formare un bel cuscino, perché appesa al ramo c'era un'altalena. Un sedile imbottito di damasco azzurro sistemato in una struttura di legno dorato, che sembrava sospettosamente uguale al sedile di una delle sedie che si trovavano nella galleria nella casa grande, meno le gambe e lo schienale imbottito, era sospeso e fissato tra due funi; ogni fune era avvolta in nastri di velluto dove chi la usava avrebbe messo le mani.

Antonia non riuscì a contenere la sua eccitazione e ansimò, con le mani sulle guance, poi corse verso l'altalena per toccare il sedile di damasco come per assicurarsi che fosse vero.

"Oh, questa è la più meravigliosa delle sorprese!" Esclamò, voltandosi verso Jonathon con un sorriso radioso. "Vero, *mes petits enfants*? A chi tocca per primo?" Chiese ai bambini.

"Julie!" Esclamò Juliana e corse dalla nonna, aspettandosi di essere sollevata immediatamente sul sedile che sembrava fluttuare magicamente.

Tutti e tre i ragazzi guadarono Jonathon e fu Frederick che disse quello che i ragazzi avevano concordato prima con lui.

"Mema sarà la prima a salire sull'altalena, Julie, ti ricordi?"

La bambina guardò pensierosamente la nonna, con un dito in bocca e poi scosse i riccioletti biondi. "No. Tocca a Julie per prima."

"Prima Mema, Julie, oppure ti scateneremo addosso il lupo!" La prese in giro Louis.

"Sì! Il lupo! Vuoi che il lupo ti mangi?" Aggiunse di gusto Gus, anche se sembrava un po' spaventato dal fatto che il fratello avesse menzionato un animale così feroce.

"Il lupo! Il lupo! Ti faremo mangiare in un sol boccone!" Esclamò Louis con voce cantilenante, ballandole intorno.

Julie scoppiò in lacrime e Antonia la prese in braccio e fece del suo meglio per farle passare la paura, assicurandole che non c'era nessun lupo; i suoi fratelli la stavano solo prendendo in giro; ovviamente poteva essere lei la prima a salire su quella bella altalena. La bambinaia della bambina si avvicinò per prendere la sua protetta dalle mani della duchessa, ma Antonia scosse la testa con un sorriso e la bambinaia tornò indietro, verso il gruppetto di servitori che avevano seguito Jonathon sotto l'ombra delle quercia.

Jonathon sbuffò contro il destino perché la sua sorpresa per Antonia, che avrebbe dovuto vederla felice e senza pensieri, era stata stravolta dalle paure di una ragazzina che ci fosse un lupo che si aggirava da qualche parte nella tenuta. Non biasimava i gemelli, i ragazzi erano sempre ragazzi, ma si chiedeva da dove fosse venuta una minaccia così senza senso. Non ci fu bisogno che guardasse lontano, e nemmeno che chiedesse. Gus rivelò volontariamente l'informazione, con gli occhi sgranati che dicevano a Jonathon che lui credeva veramente che ci fosse un lupo.

"Gus e Louis, ora per favore dite a vostra sorella che non c'è nessun lupo," disse fermamente Antonia. Con la bambina che voltava il viso rigato di lacrime verso la spalla della nonna a guardare i fratelli con le sopracciglia bionde aggrottate.

I gemelli si guardarono l'un l'altro e poi Frederick, che dapprima finse ignoranza, alzando le spalle sottili, sporgendo il labbro inferiore. Questo fece infuriare Gus, che puntò un dito paffuto contro il fratello maggiore.

"Hai detto tu che c'era un lupo. L'hai detto tu!"

Tutti gli occhi erano puntati su Frederick.

"L'ha detto lui, Mema! È vero!" Aggiunse Louis confermando l'accusa del gemello e guardando anche lui Jonathon, che rimase con le mani nelle tasche della redingote, aspettando pazientemente che Frederick confermasse o respingesse l'accusa.

Il silenzio si protrasse. Alla fine fu troppo per Frederick che capitolò, con il labbro inferiore che ora tremava. "Non è vero!" Ribatté. "Non è vero!"

"Frederick?" Disse gentilmente Antonia. "Perché Gus e Louis dovrebbero dire che gliel'hai detto tu, *mon chou?*"

La sua voce gentile lo faceva sentire peggio che se si fosse arrabbiata con lui e gli occhi di Frederick si riempirono in fretta di lacrime, ma si passò in fretta la manica sugli occhi, dicendo con un tremito nella voce: "Non l'ho detto io, Mema. Papà... Ho sentito papà dirlo a *Grand-père* Martin. Papà ha detto che c'è un lupo alla vostra porta e che lui non sa che cosa fare."

"C'è un lupo! C'è un lupo!" Esclamò trionfante Louis.

"Zitto, Louis," disse sommessamente Antonia, senza uno sguardo a Jonathon perché l'insinuazione del duca era evidente per entrambi ed era furiosa, furiosa che suo figlio dovesse parlare di Jonathon in quei termini e scaricare inutilmente sul suo anziano padrino una stupidaggine così oscena; aver poi permesso al figlioletto di sentire le sue preoccupazioni ingiustificate, era imperdonabile.

Stava ancora riflettendo sull'audacia del duca mentre si rilassava nel suo semicupio, tra le bollicine, più tardi quella sera, i bambini tornati a casa felici ed esausti, il dilemma dell'altalena risolto quando Jonathon suggerì che Juliana si sedesse in braccio alla nonna e che le spingessero insieme; le risatine divertite di entrambe per essere spinte in alto per aria, i piedi senza scarpe che puntavano verso le nuvolette bianche a bioccoli che punteggiavano il cielo furono una distrazione sufficiente perché Juliana dimenticasse del tutto il lupo; i ragazzi, una volta avuto il loro turno sull'altalena, decisero che era più divertente fare baccano sulla loro nave dei pirati fingendo di essere in alto mare che preoccuparsi di un lupo che Jonathon aveva assicurato loro essere feroce quanto un gattino e altrettanto coccolone.

Nemmeno il rumore di Michelle e delle tre cameriere del piano superiore che si davano da fare nel guardaroba e parlavano sottovoce, aprendo cassetti, raccogliendo i vari articoli di abbigliamento e preparando i bauli per il viaggio riuscivano a disturbare la serenità del suo bagno. Dopo tutto, non poteva biasimarle per essere in agitazione. Aveva scatenato un'attività frenetica in tutta la casa, per non parlare della completa meraviglia che aveva lasciato tutti a bocca aperta quando aveva annunciato prima di cena la sua intenzione di andare a Londra il giorno seguente e che parecchi dei suoi servitori avrebbero dovuto viaggiare con lei nella seconda carrozza; la casa di Hanover Square era terribilmente a corto di personale.

E le avrebbe fatto piacere se i suoi programmi di viaggio fossero restati a Crecy Hall. Il duca sarebbe stato informato, non dai suoi servitori, ma da lei stessa, quando lo avesse ritenuto opportuno. Sorrise tra le bollicine. Suo figlio lo avrebbe saputo esattamente due ore dopo la sua partenza da Crecy Hall e non prima, quando avesse ricevuto la sua lettera che lo informava del fatto.

"*Madame la Duchesse*, mi dispiace, ma c'è una difficoltà," si scusò Michelle con una piccola riverenza, tenendo in alto l'asciugamano mentre la duchessa usciva dal bagno. "In effetti, due difficoltà," ammise mentre avvolgeva in fretta l'asciugamano intorno alla sua padrona e poi si voltava per prendere la camicia da notte di Antonia.

"Due difficoltà? Con i preparativi del viaggio?"

Antonia gettò da parte l'asciugamano e lasciò che Michelle le infilasse la camicia da notte trasparente.

"No, *Madame la Duchesse*," spiegò Michelle, offrendo alla duchessa una calza e poi la gemella e le necessarie giarrettiere. "Un servitore è arrivato dalla casa grande con il suo baule e dichiara di essere il valletto di *M'sieur* Strang, ma io so per certo che è…"

"Sì! Sì! È Lawrence Duvalier," disse Antonia, mettendosi la vestaglia di seta ricamata che Michelle le teneva aperta. Si sedette al tavolino da toilette per togliersi le numerose forcine che le tenevano i capelli. "È qui adesso? Doveva arrivare questa mattina... Non importa. L'avete mandato nelle stanze di *M'sieur* Strang?"

"Sì."

"E si sono conosciuti e sono contenti l'uno dell'altro?"

Michelle strinse le labbra, una sottile linea di disapprovazione. "Molto."

Antonia scrutò il riflesso della sua cameriera nello specchio mentre si spazzolava i capelli.

"Bene, ma questa è una difficoltà? *Pourquoi?* O il valletto corrisponde a due difficoltà? Me lo vuoi spiegare, Michelle?"

Michelle prese la spazzola dalla duchessa e cominciò a spazzolarle i capelli.

"Se Lawrence Duvalier è veramente il valletto di *M'sieur* Strang, perché appena si sono conosciuti *M'sieur* Strang l'ha mandato via di nuovo?"

"Mandato via? Ma non mi avevi detto che era contento di Lawrence?"

"Sì, *Madame la Duchesse*. Ma lui, *M'sieur* Strang, ha mandato Lawrence Duvalier a passare la notte di sopra, con i camerieri, e non l'ha lasciato restare nella stanzetta accanto alla camera blu riservata al valletto di un gentiluomo."

L'aveva sulla punta della lingua, voleva dirle che c'erano montagne di ragioni per cui Jonathon poteva volere che il suo nuovo valletto passasse la notte negli alloggi riservati ai camerieri, per esempio le abitudini del subcontinente, ma tenne per sé i suoi pensieri e chiese indifferente:

"E l'altra difficoltà?"

"Due dei camerieri hanno aiutato *M'sieur* Strang a risistemare i mobili nella sua stanza."

"E questa è una difficoltà?"

Fu la volta di Michelle di guardare il riflesso di Antonia nello specchio.

"Matthews, lui dice che i mobili della stanzetta riservata al valletto di *M'sieur* Strang sono stati tutti spostati nella stanza blu e che il materasso e le coperte del letto sono stati tolti dal letto a baldacchino nella stanza blu e spostati nella stanzetta."

Antonia sbatté sorpresa le palpebre. Era incredula.

"Non capisco, ha svuotato la stanza del suo valletto e dorme lì, su un materasso sul pavimento, invece di dormire nella stanza blu?"

"Sì, *Madame la Duchesse*."

"*Incroyable*."

"Sì, *Madame la Duchesse*, è vero e Matthews è fuori di sé e non sa che cosa fare. È molto irregolare che un ospite dorma nella stanza di un servitore e sul pavimento! Lui, *M'sieur* Strang, ha anche chiesto molte più candele del necessario per quella stanza."

"Candele?" Antonia prese la spazzola d'argento da Michelle e la gettò tra le cianfrusaglie sul tavolino da toilette. "Quante oltre il necessario?"

"Ne ha chieste venti…"

"*Venti* candele?"

"… ma ha detto che dieci potevano bastare perché poteva tagliarle lui."

"*Mon Dieu*. Che cosa ha in testa quell'uomo impossibile? Di usare le candele per scaldarsi?" Brontolò Antonia, alzandosi dallo sgabello.

Mettendo i piedi nelle pantofole di damasco ricamato, raccolse una candela nel suo sostegno e uscì dalle sue stanze, con Michelle che la seguiva e in cima alla scalinata di quercia trovò il maggiordomo in animata conversazione con due camerieri, in una pozza di luce; tutti e tre si zittirono quando si avvicinò Antonia.

"Non avete dei preparativi da fare prima del viaggio di domani?" Chiese la duchessa e aspettò mentre Matthews mandava via i due camerieri, dicendo loro di tornare a caricare i bauli sul carro che avrebbe seguito le due carrozze fino a Londra. "Michelle mi ha informato delle candele e… degli altri problemi."

"*Madame la Duchesse*, sono molto preoccupato che *M'sieur* Strang possa mandare a fuoco la casa," rispose il maggiordomo, seguendo la duchessa mentre attraversava il pianerottolo e proseguiva nel corridoio che portava all'ala degli ospiti; un nome poco adatto, rifletté Matthews, dato che la casa non aveva visto un solo ospite nei tre anni in cui era stata occupata dalla duchessa e probabilmente non ne avrebbe mai visti, se l'unico e solo ospite avesse mandato a fuoco tutto usando tante candele in una stanza. Quando la sua padrona si fermò alla porta della stanza blu, chiese diffidente: "*Madame la Duchesse* vuole che svegli *M'sieur* Strang?"

"No, ci penserò io. Ecco," disse Antonia mettendogli in mano il candelabro. "Se ha tante candele accese lì dentro, questa non mi servirà. Potete andare. E anche tu, Michelle."

"Vi aspetterò qui, *Madame la Duchesse*," disse fermamente la sua cameriera, scambiando un'occhiata con il maggiordomo.

Antonia vide l'occhiata e preferì ignorarla.

"Tutti e due, andate a finire quello che serve, in modo che io possa partire presto domani mattina. *Bonne nuit.*"

Scivolò nella stanza blu prima che l'uno o l'altro dei servitori potesse protestare e si trovò immersa nel buio. Filtrava della luce, comunque, da sotto la porta dall'altra parte della stanza, che Antonia pensò dovesse essere la stanza del valletto dove Jonathon, per qualche motivo che conosceva solo lui, aveva deciso di passare la notte.

Quello che scoprì quando aprì la porta era sorprendente e capì che una volta attraversata quella soglia non c'era modo di tornare indietro.

VENTUNO

ERA COME SE LE STELLE FOSSERO CADUTE DAL CIELO E ORA fossero sparse sul pavimento. Punti di luce scintillanti definivano i bordi del piccolo spazio rettangolare e due lati di un materasso che era stato completato con lenzuola, trapunta e cuscini di piuma, con la testa spinta contro la tappezzeria e i piedi che guardavano la porta. Piccole candele erano allineate anche sulla mensola intagliata del camino, dove un unico ciocco che bruciava irradiava calore. Un catino e una brocca su un portacatino di legno occupavano un angolo, unico mobile della stanza, e proprio di fronte le candele punteggiavano il davanzale di una finestra a colonnine, con le fiammelle che tremolavano nella leggerissima brezza.

Questa stanza di servizio era unica perché non solo aveva una finestra, ma anche una panca sotto la finestra e il privilegio dato al servitore proclamava l'alta stima di cui l'occupante della stanza blu godeva da parte del suo ospite. E l'occupante della stanza blu era appollaiato sulla panca sotto la finestra, con le gambe nude incrociate alle caviglie e le mani in fondo alle tasche di una banyan di seta gialla, legata molle in vita e aperta al collo.

Antonia ebbe un attimo di *déjà vu*. Ma lei non era la vergine diciottenne piena di ingenuo ottimismo e di impudente sicurezza. In qualche modo essere giovane e ignorante aveva reso molto più facile finire a letto con *Monseigneur*. Si sentiva tutt'altro che sicura, andando a letto con Jonathon Strang. Tanti motivi per cui non avrebbe dovuto farlo le riempivano la mente eppure si chiese che male c'era a far l'amore con questo bell'uomo virile che voleva fare l'amore con lei? A lei piaceva molto fare l'amore. Ma questo non era suo marito e lei non aveva mai fatto l'amore senza che ci fossero coinvolti anche i sentimenti. Eppure, erano quasi sei anni che non faceva l'amore: una vita. Rammentò a se stessa che non aveva più un marito, che era una vedova e che questo significava che poteva fare quello che voleva, senza far del male a nessuno. Allora perché non godersi semplicemente quest'esperienza per quello che era: una breve, torrida gratificazione per il corpo? Gli uomini si soddisfacevano in questo modo, anche molte donne. Ma non era nella sua natura; i sentimenti erano importantissimi per lei, e questo la spaventava più di tutto.

Jonathon restò seduto, osservando e aspettando. Quando alla fine lei chiuse la porta si rilassò visibilmente ma non si mosse, dicendosi che sarebbe venuta lei da lui, a tempo debito. La seguì con gli occhi mentre si muoveva nel piccolo spazio nella luce arancio di una miriade di piccole candele che aveva attentamente posizionato per rendere la stanza più intima e accogliente. E quando alla fine lei si avvicinò, lui non si alzò, né tolse le mani dalle tasche della banyan; si limitò a sorridere e continuò ad aspettare. Aspettò che lei facesse la prima mossa, dicendosi di nuovo che se si fosse mosso avrebbe potuto rovinare l'esperienza per entrambi perché quello che desiderava più di ogni cosa era toglierle la camicia diafana e cadere con lei sul materasso, dare via libera alle mani, alla lingua e al suo organo vitale e desiderava, soprattutto, che lei ne godesse.

Antonia sorrise guardandolo negli occhi castani. Vedeva i suoi pensieri nei suoi occhi e quello che non aveva bisogno di dire. Tolse le pantofole e lasciò che la vestaglia cadesse dalle spalle per raccogliersi intorno ai piedi. E quando lui si spostò leggermente e si chinò per baciarla, lei lo lasciò fare. Erano entrambi incerti e delicati l'uno con l'altra, poi più insistenti mentre si godevano il lungo bacio che non finiva. Jonathon l'avrebbe presa tra le braccia ma lei lo teneva fermo con una mano sul petto e lui lasciò cadere le mani, con le lunghe dita che strinsero forte il bordo della panca sotto la finestra quando lei tirò la cintura di seta della sua banyan. Disfatto il nodo, la banyan si aprì a mostrare che era nudo ed eccitato.

Lo guardò dritto negli occhi con un sorriso complice e lui sorrise, disinvolto. Cercò di baciarla di nuovo ma ancora una volta lei lo fermò con la mano sul suo petto nudo. Ma questa volta si avvicinò e le lunghe gambe di Jonathon incrociate alle caviglie si divisero per permetterle di avvicinarsi e poi si chiusero intorno a lei per tenerla ferma. Antonia premette le labbra sulla mascella ruvida, beandosi del suo profumo maschio, di pelle pulita con il sentore di lime e sandalo della sua colonia. Gli baciò il collo, baci leggeri come piume mentre scendevano verso il petto e i piani duri dello stomaco, mentre le mani facevano scivolare la banyan di seta dalle spalle squadrate e proseguivano lungo il contorno dei muscoli delle braccia, con la seta che si raccoglieva intorno ai polsi forti di Jonathon, dove le dita di Antonia la tennero ferma, imprigionandogli le mani nelle pieghe della seta.

Quando Jonathon alzò il sedere dalla panca, per liberarsi le mani dal groviglio di seta e permettere alla banyan di cadere sul pavimento, lei non gli lasciò andare i polsi coperti e lui si sedette di nuovo, aspettando, con il fiato caldo di Antonia sulla pelle nuda che gli faceva battere forte il cuore, il fiato corto e l'eccitazione insopportabile.

Antonia lo guardò con un sorriso malizioso. "Dovete aspettare. Ho aperto il mio regalo e ora voglio godermelo."

Scivolò sulle ginocchia e lui fu perduto.

TRE GIORNI DOPO, LA DUCHESSA VEDOVA DI ROXTON ARRIVÒ AL palazzo Roxton in Hanover Square, scatenando un ulteriore parossismo di attività tra i servitori. Sua Grazia era attesa per il giorno prima e quindi erano state tolte le coperture dai mobili, battuti i tappeti, i materassi rivoltati e rifatti i letti; gli spazzacamini avevano ripulito canne fumarie in disuso ed erano stati accesi i fuochi nei grandi camini; cristalli, legno e argenti eranto stati puliti fino a brillare e la dispensa rifornita con abbastanza provviste da nutrire un piccolo esercito.

Tutta questa attività eppure la governante non aveva un'idea precisa di quello che stava succedendo perché la casa era rimasta vuota per anni e poi il sovraintendente del duca in città era arrivato con un gigante abbronzato per ispezionare la casa, informando la governante che lo straniero era il nuovo affittuario. La visita si era appena conclusa che il fratello minore del duca, Lord Henri-Antoine Hesham e il suo compagno d'avventure, Sir John (Jack) Cavendish erano venuti per restare. E, come se il comportamento di questi due nobiluomini non fosse stato sufficiente per mettere alla prova la pazienza del più leale dei servitori, era arrivato un carro di casse appartenenti al nuovo affittuario, che avevano dovuto essere scaricate e sistemate. E poi il biglietto della duchessa vedova, che annunciava il suo imminente arrivo.

Michelle e tutti i servitori di Crecy Hall sapevano che cosa, o meglio chi, aveva causato il ritardo. Due volte erano stati attaccati carrozza e carro, sellati i cavalli della scorta in livrea e pronti per partire, e due volte i cavalli erano rientrati nella scuderia, le carrozze erano rimaste vuote e il carro con la sua montagna di bauli e scatole assicurati sotto un telone e legati era rimasto ad aspettare, tolte le selle dai cavalli della scorta.

Alla fine la duchessa e il suo amante, perché Jonathon Strang non era altro che quello, adesso che lui e la duchessa avevano passato due notti e due giorni insieme nella stanzetta accanto alla camera blu, erano usciti solo perché era arrivato un altro biglietto dal duca. Il servitore che l'aveva portato aveva detto che la questione richiedeva una risposta immediata. Michelle aveva coraggiosamente fatto scivolare il biglietto sotto la porta della camera e un'ora dopo la duchessa aveva letto e poi stracciato il biglietto mentre si faceva il bagno. Due ore dopo il convoglio di carrozze e carro era per strada verso Londra e Michelle non aveva bisogno di speculare sul contenuto del biglietto del duca a sua madre, quando Antonia disse a Jonathon, in carrozza:

"Non vedo perché debbano essere affari suoi, chi ospito a casa mia!"

Jonathon strinse il piedino con la calza bianca che era appoggiato al suo ginocchio, mentre Antonia era allungata sui cuscini di una delle panche imbottite, in una nuvola di sottane di cotone indiano a righe, senza scarpe e con Jonathon allungato in un angolo; Michelle sonnecchiava a tratti con il movimento della carrozza, seduta diagonalmente di fronte, con i due whippet accoccolati accanto a lei. Consapevole della presenza della cameriera, Jonathon disse in italiano:

"È un figlio che si preoccupa. I figli preoccupati pensano di sapere che cosa è meglio per le loro madri." Sorrise e le pizzicò il piede. "Quando saremo sposati non potrà più chiedere la mia rimozione, da Crecy Hall o da qualunque altro posto dove vorremo risiedere."

Antonia ridacchiò, pensando che scherzasse e, seguendo il suo esempio, rispose in italiano, sapendo che Michelle non sarebbe stata in grado di seguire la loro conversazione privata, che dormisse o no.

"Facciamo l'amore cinque..."

"... sei."

"... sei volte in due giorni e pensate che vi sposerò? Avete proprio delle idee romantiche!"

"È una cosa tanto brutta?"

"Che cosa? Sposarmi con voi o avere idee romantiche?" Lo stuzzicò Antonia.

Jonathon scrollò le spalle: "L'uno e l'altra o entrambe."

Antonia rifletté prima di rispondere con una fossetta sulla guancia.

"Penso che dovremo fare l'amore ancora molte volte prima di potervi dare una risposta."

"Come? È la mia resistenza o la mia tecnica che considerate inadeguate?"

Antonia scrollò le spalle e finse di essere sconsolata. "Come faccio a dirlo se abbiamo fatto l'amore solo sei volte?"

Jonathon scoppiò a ridere davanti al suo broncio e quando le strinse il piede un po' troppo forte, lei si affrettò a sedersi per picchiettargli scherzosamente il braccio con le bacchette del ventaglio chiuso. Jonathon le afferrò il polso e la tirò a sé.

"Se non ci fosse la cameriera vi dimostrerei che né la mia resistenza né la mia tecnica sono aberrazioni, divina creatura."

Antonia sostenne il suo sguardo, con un fremito di desiderio che la fece rabbrividire, con la testa curiosamente vuota e interrogandosi su questa nuova sensazione. Ma non era nuova, era solo che non si sentiva in quel modo da tanto di quel tempo che aveva dimenticato com'era essere felice.

"E io ve lo lascerei fare perché mi piace moltissimo fare l'amore con voi", disse sommessamente, chinandosi per baciarlo.

Ma Jonathon si tirò indietro, con gli occhi castani che studiavano il bel volto di Antonia, un sorriso meno sicuro ma la voce ferma e sincera. "Allora sposatemi e potremo fare l'amore finché saremo vecchi rimbambiti."

Antonia esitò, poi si rese conto che parlava seriamente e si sedette diritta, con gli occhi fissi sul suo bel volto. Sbatté gli occhi. "Ma io sono sposata a *Monseigneur*..."

Jonathon fece un sorrisino. "Eravate sposata..."

Antonia distolse lo sguardo. "Io... Io non ho mai nemmeno pensato a sposare qualcun altro, mai."

"Tesoro, non avevate nemmeno mai pensato a fare l'amore con altri che *Monseigneur* eppure eccoci qui, voi e io, amanti."

"È diverso."

"In che senso?"

Antonia alzò le spalle e arrossì di colpo, aprì il ventaglio di foglia d'oro dipinta per rinfrescarsi il collo e il seno e disse a voce bassa: "Il matrimonio è una cosa complicata, questo no."

Jonathon sorrise a labbra strette. "Sì, il matrimonio è complicato ed è la ragione per cui voglio sposarvi." Quando Antonia alzò gli occhi su di lui, con la testa piegata da un lato, lui continuò a spiegare. "Dire che sono felice che i nostri appetiti fisici sono in sintonia non farebbe giustizia al nostro rapporto ma, e mi direte che sono egoista, voglio di più da voi di una pura gratificazione fisica. Io vi amo. Voglio venire a letto con voi apertamente, dalla porta della stanza da letto, come vostro marito, senza dovermi nascondere nella scala di servizio. Voglio fare l'amore con voi come vostro marito, svegliarmi con mia moglie tra le braccia, ogni mattina. È chiedere troppo?"

Con sua sorpresa e gioia Antonia scosse la testa ma le sue parole lo gelarono.

"Quello che chiedete è quello che chiederebbe ogni uomo innamorato ma… Io, io non so come mi sento, che cosa sente il mio cuore. So come si sente il mio corpo: vi desidera molto." Tese il piede, desiderando il suo tocco, e quando la sua grande mano gli si chiuse intorno, sorrise timidamente. "Non ho mai desiderato un altro uomo eccetto *Monseigneur*, fino a voi…"

"E avete sposato *M'sieur le Duc de Roxton*."

Antonia sostenne il suo sguardo. "Il nostro matrimonio era destino."

Jonathon non batté ciglio. "E se vi dicessi che io credo che anche il nostro matrimonio è destino?"

"Io sarò sempre sposata a *Monseigneur*."

"Tesoro, sono perfettamente conscio che in un matrimonio con voi saremo sempre in tre e che dovrò dividervi per sempre con *Monseigneur*, ma sono d'accordo di accettare una situazione simile perché vi amo e vi voglio nella mia vita."

Fu la volta di Antonia di deglutire con le lacrime che sgorgavano. La sua voce fu poco più di un sussurro. Dimenticò l'italiano e disse nel suo francese natio:

"Non vi merito."

Jonathon rise nel sentirla e si piegò per darle un rapido bacio sul piede. "E io non merito voi! Quindi siamo ben appaiati."

Antonia ne fu stranamente confortata e, mentre la carrozza si fermava alla *Bull and Feather Inn* ad Alston per cambiare i cavalli e permettere agli occupanti di sgranchirsi le gambe e fare uno spuntino, si riprese, si sedette e disse irriverentemente in italiano, perché Michelle si era svegliata con uno sbadiglio:

"Non vedo perché non possiamo semplicemente fare l'amore e divertirci senza preoccuparci di nient'altro. Che cosa c'è che non va in voi? Ogni altro uomo sarebbe più che soddisfatto di fare l'amore con me senza bisogno di dichiarare il suo amore e la sua devozione! Penso che il sole vi abbia toccato la testa più di quanto pensiate!"

"Forse avete ragione," rispose benevolmente Jonathon, allungando la mano per prendere i guinzagli dei whippet. Aspettò che aprissero la porta della carrozza e consegnò i cani a un servitore in attesa perché li portassero a spasso, facessero i loro bisogni e bevessero, poi scese e si voltò a prendere la mano guantata di Antonia, dicendo, mentre la aiutava a scendere: "Non dirò altro. Ma ve lo chiederò ancora, e presto, perché gli eventi hanno cospirato contro di me e quando arriveremo a Londra dovrò fare il mio dovere e rispettare i miei obblighi."

"Dovere e obblighi?" Lo guardò sorpresa. "Che cosa sono questo dovere e questi obblighi?"

"Ve lo dirò quando arriveremo ad Hanover Square," rispose, leggermente distratto, battendosi le tasche della redingote come se avesse perso o messo fuori posto qualcosa di valore. "Avete del denaro con voi, *Madame la Duchesse?*"

"Denaro? Perché dovrei avere bisogno di denaro?" Disse Antonia con un momento di arroganza. "Il nome Roxton è sufficiente per avere credito in questa locanda."

"Ne sono certo. È solo che… No, non importa adesso. Potrete sistemare più tardi il nostro conto."

"Il nostro conto?" Antonia era sconcertata e si fermò nel bel mezzo del cortile acciottolato e senza sole, tirandosi il mantello di velluto bordato di pelliccia intorno alle spalle, con la cameriera dietro di lei. "Che conto?"

Non si accorgeva del rumore e dell'attività che continuavano intorno a lei mentre cercava di ricordare una volta in cui avesse preso in prestito anche solo un penny da Jonathon Strang, mentre gli stallieri correvano verso la testa dei cavalli esausti e il suo contingente di servitori, scesi dalla seconda carrozza, la scorta e i cocchieri sia delle carrozze sia del carro erano assistiti dagli aiutanti dell'ansioso locandiere che erano usciti nel cortile: una carrozza con lo stemma ducale dei Roxton imponeva attenzione immediata.

Jonathon, che aveva continuato a camminare e ora era chino sotto l'architrave dell'ingresso della locanda del diciassettesimo secolo, aspettò che lo raggiungesse. La perplessità negli occhi verdi di Antonia mentre lo guardava con aria francamente interrogativa gli fece reprimere un sorriso al suo stratagemma.

"Sono veramente deluso che non ricordiate, *Madame la Duchesse,*" disse con tutta la solennità che riuscì a fingere, "e pensare che non abbiate alcun ricordo delle circostanze in cui avete perso la scommessa mi mortifica."

Appena disse la parola *scommessa* Antonia capì immediatamente a che cosa alludeva e il volto le divenne di fiamma. "Siete un-un *demonio,*" sussurrò furiosa.

"Allora vi ricordate?"

"Ne parleremo più tardi. Ho sete e fame e la vostra grossa carcassa sta bloccando l'entrata!"

Jonathon non si mosse.

"Allora non vi ricordate di aver..."

Antonia si voltò in fretta verso la sua cameriera, sorprendendo Michelle, e disse, prima che Jonathon potesse finire la frase: "Ricordami di consegnare cinquanta ghinee a *M'sieur* Strang appena arriveremo ad Hanover Square."

"Cinquanta ghinee? Sì, *Madame la Duchesse*."

"Forse vi piacerebbe aumentare la posta a cento ghinee?" Le sussurrò Jonathon all'orecchio, con un sorriso. "Il doppio o niente che mi chiamerete Jonathon anche fuori dalle coperte prima che la settimana... ahi."

Antonia aveva calato forte il tacco di cinque centimetri della scarpa di seta ricamata sul piede sinistro di Jonathon, muta di rabbia, ma la sua esclamazione era stata più scherzosa che in reazione a una sensazione di dolore, e questo la fece infuriare ancora di più. Lui la guardò palesemente divertito mentre gli passava davanti entrando nella locanda, duchessa in tutto il suo metro e mezzo di altezza, e la sua duchessa prima dell'estate, se le cose andavano come diceva lui.

Ma anche i piani meglio studiati, per quanto abilmente costruiti e ben pensati, possono disfarsi per l'interferenza degli altri, come scoprì Jonathon al loro arrivo a Londra.

𓃰 𓃰 𓃰

"Sua signoria e Sir John sono in biblioteca, signore," lo informò la signora Phelps, la governante, e, distratta dal trambusto all'ingresso, si voltò verso il vestibolo dell'entrata.

Alla vista della duchessa vedova di Roxton la donna rimase a bocca aperta. Non era la presenza fisica di Antonia ma il suo atteggiamento che sorprese e rallegrò la vecchia dipendente. La duchessa era come la ricordava quando era vivo il vecchio duca, così piena di vitalità che la governante sbatté gli occhi e si chiese se il tempo fosse in qualche modo tornato indietro. Tanto che quasi si aspettava che il vecchio duca arrivasse a grandi passi dietro sua moglie.

Antonia entrò nel vestibolo di marmo a riquadri bianchi e neri in una nuvola di sottane di cotone sottile sopra le quali portava un mantello bordato di pelliccia, con il cappuccio a soffietto tirato indietro a mostrare i suoi riccioli color miele raccolti, un po' in disordine dopo il viaggio. Permise a Phelps, il maggiordomo, di toglierle il mantello da viaggio, gli consegnò il manicotto, si tolse i guanti di capretto color lavanda, si voltò verso un cameriere in livrea e consegnò i due whippet alle cure del servitore stupito, diede un colpetto ai riccioli con la punta delle dita e poi tornò a rivolgersi al maggiordomo, chiedendogli del ginocchio artritico e se aveva provato il decotto di partenio che aveva prescritto il farmacista per alleviare il dolore come gli aveva suggerito nella sua lettera a Natale? No? Voltò la testa verso Michelle e le ordinò di far chiamare il farmacista. Poi tornò a rivolgersi a Phelps e lo sgridò perché non si prendeva abbastanza cura di sé.

L'attimo dopo si stava scusando con la signora Phelps, che si era avvicinata al marito e aveva fatto una piccola riverenza, per essere arrivata con poco preavviso, e sperava di non aver dato troppo fastidio, e che se non era di troppo disturbo poteva per favore far avvertire il suo sarto, il calzolaio e la modista del suo arrivo e che li avrebbe ricevuti il giorno dopo.

"E mio figlio, signora Phelps?" Chiese Antonia, con il suo accento francese, mentre attraversava il vestibolo verso il salone centrale per andare in biblioteca, dove vide che Jonathon l'aveva preceduta. "Lord Henri-Antoine e Sir John si stanno comportando bene? Spero che non siano stati un peso per i servitori?"

"Per niente, Vostra Grazia," la rassicurò la governante. "Si sono comportati da veri gentiluomini, specialmente da quando il signor Strang si è trasferito qui. Posso dire come siamo felici di vedere che state così bene, Vostra Grazia!" Esclamò la signora Phelps davanti alla porta a due battenti della biblioteca, facendo un'altra riverenza, e facendosi da parte per permettere a suo marito di fare il suo dovere. "Tanto, tanto felici, Vostra Grazia. Farò mandare subito dei rinfreschi e farò preparare il vostro bagno."

"Grazie, signora Phelps," rispose Antonia con un sorriso gentile e seguì il maggiordomo nella biblioteca, chiedendosi che cosa c'era dietro il commento della governante che Jonathon era venuto a stare lì, ma rinviando qualunque pensiero a più tardi, all'idea di vedere il suo figliolo minore per la prima volta dopo Natale.

JONATHON ERA ANDATO AVANTI IN BIBLIOTECA DICENDOSI CHE SE aveva imparato qualcosa delle abitudini di Henri-Antoine e Jack Cavendish nella settimana che aveva passato andando e venendo dal palazzo di Hanover Square alla casa del suo parente morente in Upper Brook Street, era che passavano la maggior parte del loro tempo spaparanzati in biblioteca a fumare sigari e a svuotare la cantina del vecchio duca del suo buon brandy; due vizi che qualunque madre di un ragazzo quindicenne non avrebbe accettato facilmente, specialmente quando il suddetto giovincello veniva considerato da sua madre incapace di vivere senza un medico costantemente nella sua ombra. Quello che Jonathon pensava personalmente della salute di Henri-Antoine, buona o cattiva che fosse, non era importante, non sconvolgere Antonia era invece importantissimo.

Quindi era calato sui due giovani, che in effetti erano spaparanzati sui rispettivi sofà, con libri e cartine sparsi su ogni superficie e sul tappeto persiano in vari stadi di lettura, il decanter del brandy e i bicchieri usati su un vassoio d'argento sul tavolino basso in mezzo a loro e un sottile filo di fumo che si alzava sopra i volumi rilegati in cui ciascuno dei ragazzi aveva seppellito il naso, chiara evidenza che avevano ceduto all'attrazione delle foglie di tabacco arrotolate.

Da fumatore che cercava però di evitare la tentazione della foglia di tabacco, Jonathon non ebbe esitazioni a rimuovere a forza il sigaro dall'angolo della bocca di Jack Cavendish e consegnarlo velocemente alle fiamme del caminetto. Quello di Henri-Antoine avrebbe fatto la stessa fine ma Antonia era quasi arrivata in fondo alla stanza e dato che non c'era tempo di liberarsi del cigarillo, Jonathon se lo infilò tra i denti come se fosse suo e inalò a fondo con piacere, tenendo il sigaro tra due lunghe dita come se fosse stato lì per tutto il tempo.

Protestando per essere stati privati di quel piccolo piacere, i due giovani si sedettero entrambi, inveendo contro il dispotismo del loro ospite finché videro il motivo delle sue azioni e furono in piedi all'istante; Henri-Antoine che respingeva un ciuffo di capelli neri dalla fronte e che guardava sua madre sbattendo gli occhi, come se fosse un'apparizione. Poi gettò da parte il libro che aveva in mano e le corse incontro per farla volteggiare tre la sue braccia.

"*Maman*?! Vi siete tolta gli abiti neri!" Esclamò rimettendola a terra senza lasciarla andare. "Che cosa ci fate qui?"

"Devo avere un motivo per vedere mio figlio?" Chiese Antonia, fingendo di essere offesa e tese una mano a Jack Cavendish che si era arrampicato su una pila di libri, mandando alcuni tomi a ruzzolare sul tappeto, con un sorriso e i riccioli color rame che gli ricadevano sugli occhi. "State entrambi bene, anche se un po' in disordine." Rise quando Jack cercò di lisciare le profonde pieghe sul suo panciotto di seta che era allacciato irregolarmente e tirò il ragazzo verso di sé per baciargli entrambe le guance arrossate e scostargli un ricciolo dagli occhi. "Mi siete mancati entrambi così tanto," disse a voce bassa, appoggiandosi al figlio e cercando con tutta se stessa di non piangere. "E dallo stato di questa stanza e dei vostri abiti, è un bene che sia venuta a Londra," aggiunse, un'occhiata allo stato di disordine della biblioteca, al decanter vuoto del brandy e ai bicchieri e ai due piattini di porcellana ai lati opposti del tavolino tra i due sofà che erano pieni di mozziconi di sigaro e cenere e che lei scelse di ignorare, pur alzando le sopracciglia rivolta a Jonathon, che si era appoggiato alla mensola del camino e fumava un sigaro che lei non ricordava lui avesse quando erano entrati in casa.

Si allontanò di un passo dal figlio, sempre tenendogli la mano, per guardarlo da capo a piedi, dalle scarpe di pelle lucide con le fibbie di diamanti all'eleganza dei calzoni di seta neri e al panciotto con le falde corte e i paramani rigidi con il pizzo d'argento e le semplici calze bianche di lino e finalmente il volto bello ed elegante. I suoi occhi scuri e il naso forte ricordavano tanto il padre che le venne un groppo in gola e dovette deglutire e sforzarsi di sorridere.

"Sei cresciuto, Henri-Antoine," gli disse con voce pacata. "E stai molto bene. Ma dov'è Bailey?"

Henri-Antoine le baciò la mano e guardò gli occhi verdi umidi con un sorriso comprensivo. "Bailey è stato congedato più di un anno fa, *Maman*."

"*Pourquoi?*"

"Sono giunto a un accordo con Roxton. Un anno senza attacchi e Bailey non sarebbe più stato la mia ombra. Un secondo anno senza attacchi e il mio paziente medico si sarebbe liberato di me e io di lui."

"Non avete un attacco di mal caduco da *tre* anni?"

Antonia ne fu meravigliata e guardò Jack, che stava sorridendo, e poi Jonathon, prima di riportare lo sguardo suo figlio. Per nascondere una miriade di emozioni a una notizia così gradita, non da ultimo il rimorso per aver trascurato il figlio minore, e per impedire alle lacrime di caderle sulle guance, disse bruscamente:

"Sono molto contenta che il mal caduco vi abbia lasciato in pace e che Bailey non sia più la vostra ombra, Henri-Antoine, ma questo non dà il permesso a voi e a Jack di bere il brandy di *Monseigneur* come fosse acqua e di prendere questa stupida abitudine di fumare le foglie di tabacco; anche se lo fanno altri giovani idioti, non è roba per voi. Ora che sono qui," aggiunse con uno sguardo significativo non solo a suo figlio ma anche a Jack e a Jonathon, "tutti si comporteranno come si deve oppure io mi arrabbierò moltissimo e nessuno di voi vuole farmi arrabbiare, *n'est-ce-pas*? Mi capite?"

"Perfettamente," risposero Henri-Antoine e Jack, sottomessi, ma

Jack non riuscì a trattenere una risata quando Jonathon alzò gli occhi al cielo e buttò il sigaro nel camino. Prima che Antonia potesse girarsi per vedere che cosa aveva divertito Jack, Henri-Antoine la abbracciò di nuovo, dicendo con un'emozione repressa, mentre guardava Jonathon da sopra la spalla della madre:

"*Maman*, siete tornata da noi e questo ci fa piacere, tanto piacere."

ERANO SEDUTI A CENA QUANDO ARRIVÒ IL MESSAGGERO. PHELPS era riluttante a interromperli. Non vedeva la duchessa così animata e piena di vita da molti anni e questo era il primo pasto in famiglia che divideva con suo figlio nella casa di Hanover Square dalla morte del vecchio duca. La conversazione fluiva ininterrotta, punteggiata dagli scoppi di risa dei commensali.

Il signor Strang era comodamente seduto in fondo al tavolo con un panciotto di seta ricamata giallo vivo, e risplendeva quasi quanto la duchessa, seduta di fronte a lui con un abito aperto e sottogonne di seta rosa ricamate con boccioli di rosa sui tralci di vite e un corpetto in tinta dalla scollatura profonda, i capelli raccolti, con i pesanti riccioli che ricadevano in avanti sulla spalla sinistra; i due giovani gentiluomini erano vestiti con tutto lo splendore sartoriale che erano riusciti a mettere insieme per l'occasione, come il piccolo azzimato bibliotecario nel suo panciotto scarlatto, con un lungo nastro di seta dello stesso colore che tratteneva sulla nuca i capelli grigi lunghi fino alle spalle.

L'arrivo del signor Gidley Ffolkes per cena fu una sorpresa solo per Antonia, che diede il benvenuto al bibliotecario con tanto entusiasmo da farlo arrossire e quando lei rimproverò gli altri per non averla informata che era un ospite in casa, balbettò cercando una risposta appropriata e toccò a Jonathon spiegare che era lui che aveva chiesto l'assistenza del signor Ffolkes per fare un inventario della collezione in biblioteca, un compito che era cominciato tre giorni prima. Jonathon omise opportunamente di menzionare che era in trattative con il bibliotecario per farlo viaggiare al nord, oltre la frontiera, per prendersi cura della biblioteca del Castello Leven; l'incentivo era che l'anziano parente di Jonathon non solo aveva una vasta biblioteca che era in totale stato di abbandono e che quindi richiedeva assolutamente i servigi di un bibliotecario ma che aveva una delle migliori, e forse la più estesa, collezione di manoscritti miniati in Europa.

Alla fine, con la tavola sparecchiata e la duchessa che dichiarava che il caffè sarebbe stato servito in biblioteca, il maggiordomo consegnò la missiva sigillata, dicendo sottovoce in tono di scusa che il messaggero era in salotto in attesa di un'immediata risposta. Jonathon lesse la breve nota e disse a Phelps che avrebbe avuto bisogno del cappotto e dei guanti, e a quel punto il maggiordomo informò il signor Strang che il messaggero era arrivato con una carrozza a nolo che li aspettava entrambi nella piazza.

Antonia non l'aveva mai visto col volto così cupo e mandò avanti i ragazzi e Gidley Ffolkes in biblioteca, il suo primo pensiero fu per la figlia di Jonathon ma lui scosse la testa, infilandosi il biglietto nella tasca del panciotto e dicendo con un sospiro:

"Sarah-Jane resta con Kitty e Tommy nella loro residenza in città. Avrei dovuto mandarla a prendere per stare con noi domani, ma con questa notizia..." Si massaggiò la fronte come se fosse improvvisamente stanco e cercò di essere frivolo, dandole un affezionato buffetto sotto il mento. "Non aspettatemi. Potrei star via due ore o dieci."

Antonia andò con lui nel foyer e lo guardò mettersi il cappotto, con una ruga tra le sopracciglia.

"Non voglio caricarvi di altri pensieri, ma c'è parecchio che mi state nascondendo," disse. "E quindi aspetterò, due ore o dieci. Il tempo non è importante. Quello che è importante è che me ne parliate."

Jonathon alzò gli occhi mentre si metteva i guanti e annuì. "Sì, è ora." E sparì nella notte. Quando tornò tre ore dopo, trovò Antonia nella biblioteca, rannicchiata in una poltrona vicino al fuoco, che leggeva, e nella poltrona davanti a lei, che faceva vorticare il brandy nel bicchiere fissando pensieroso il fuoco, Charles Fitzstuart.

Vedendo Jonathon, il giovanotto balzò in piedi e disse senza preamboli: "Signore, sono venuto a chiedere la mano di vostra figlia e ho bisogno che mi rispondiate stasera!"

VENTIDUE

LA DICHIARAZIONE SORPRENDENTE DI CHARLES FITZSTUART bloccò Jonathon che stava andando verso il camino. Per cinque secondi buoni fissò il giovanotto, chiedendosi se lo aveva sentito bene e poi guardò il pesante vassoio d'argento con il decanter di brandy e i bicchieri e se ne versò un dito, bevendolo senza sentirne il sapore. Assaporò il secondo bicchiere e finalmente si voltò a guardare in faccia Charles, dopo aver scambiato una rapida occhiata con Antonia che, spalancando gli occhi verdi, gli disse che la dichiarazione di Charles era una sorpresa per lei quanto per lui.

"Devo lodare il vostro approccio molto diretto, Charles. La maggior parte dei giovanotti avrebbero fornito almeno qualche minuto di conversazione futile su argomenti vari, per portare il padre della ragazza a ritenerli una testa completamente vuota prima di colpirli con una dichiarazione simile. Non voi." Jonathon fissò attentamente il giovanotto dal volto in fiamme. "Oserei dire che siete incapace di conversazione futile." Guardò Antonia, facendo un cenno con la testa in direzione di Charles. "Vostro cugino è troppo serio per dire sciocchezze, vero *Madame la Duchesse?*"

Antonia mise da parte il libro *Du contrat social* di Rousseau e suonò il campanellino accanto al suo gomito. "Siete voi che state dicendo un mucchio di sciocchezze, *M'sieur.* Charles ha fatto una domanda perfettamente ragionevole che merita una risposta seria."

Jonathon si mise a ridere e appoggiò le spalle alla mensola del camino. "Avete ragione, sto parlando a vanvera. Ho avuto una serata molto stancante; deve essere per quello."

Ma voltandosi a squadrare Charles da capo a piedi sopra il bordo del bicchiere di brandy, perse il sorriso, gli occhi castani divennero freddi e il modo di stringere i denti e di atteggiarsi diedero un aspetto rude al suo volto tanto da apparire spietato e inflessibile, un essere completamente diverso da quello che Antonia conosceva. Si chiese se fosse così che conduceva gli affari per la Compagnia nel subcontinente.

"Allora volete sposare mia figlia, giovanotto. Perché?"

"La amo, signore."

"La amate? È facile dirlo; non è facile metterlo in atto." Jonathon scrollò le spalle. "Quindi voi l'amate. Vi serve più di quello per mantenere una moglie. Che cosa potete offrirle?"

"Offrirle?"

"La domanda è semplice. Che cosa potete offrirle voi, secondo figlio di un conte, che non ha nessuna prospettiva di ereditare titolo, terre o denaro, che ha solo una laurea, e nemmeno molto utile, in lingue, e che non ha intenzione di entrare nell'esercito, nella Chiesa o di fare l'avvocato, che sono le professioni preferite dai figli minori, e forniscono un qualche tipo di introito per mantenere una moglie e dei figli, e certamente non avete né le abilità né esperienza di qualunque tipo nel mondo degli affari. Quindi vi chiedo di nuovo: che cosa potete offrire a mia figlia?"

"S-signore, io-io..."

"Sarah-Jane è stata allevata con tutte le comodità, ha delle aspettative particolari, uno stile di vita da mantenere. È abituata al meglio di tutto e il meglio di tutto costa denaro, un mucchio di denaro."

"A Sarah-Jane non interessa il denaro..."

"Palle! Solo i ricchi possono permettersi di non interessarsi al denaro," disse Jonathon in tono di scherno. "Se vi ha detto una cosa del genere, mi chiedo perché vogliate sposare una tale sempliciotta."

"Lei non è..."

"Ora mi direte che non le interessa nemmeno il titolo! Che è un'altra scempiaggine perché tutto quello che le ho sentito dire negli ultimi dodici mesi è il suo grande desiderio di sposare un baronetto, *come minimo*." Jonathon depose il bicchiere vuoto e guardò intensamente il giovanotto. "Gliel'avete chiesto? Avete messo in chiaro come stanno le cose prima di venire qua, deciso a chiedere il permesso di suo padre? Non stiamo avendo una discussione inutile, vero?"

"Ho parlato con la signorina Strang, signore," dichiarò Charles, alzando il mento rotondo, e sostenendo lo sguardo duro di Jonathon senza battere ciglio, "e lei ha acconsentito a essere mia moglie se voi ci darete la vostra benedizione e il vostro consenso."

"Non ha funzionato con vostro fratello?"

"Scusate?"

"Vostro fratello non l'ha voluta…"

"Non l'ha voluta? È stata lei che…"

"… e quindi ha deciso che accontentarsi di un ripiego era meglio di niente? Che mucchio di stronzate! Sarah-Jane non si è mai accontentata della seconda scelta in tutta la sua vita! Allora, che cosa le avete promesso che non riuscirete a mantenere? Non avete un titolo, quindi deve essere qualcosa di veramente sostanziale per incantare una ragazza come Sarah-Jane. O avete deliberatamente messo mia figlia in una posizione comprommettente da cui ora non può uscire? *Aye?* Parlate!"

"*Strang.* Adesso *basta*," ordinò Antonia con un sussurro furioso, alzandosi a metà dalla poltrona.

Eppure, quando Jonathon la guardò scuotendo la testa in modo quasi impercettibile e ammiccò, capì immediatamente che stava crudelmente stuzzicando il giovanotto e lo fissò minacciosa per avvertirlo che le sue tattiche non le piacevano per niente, e quasi riuscì a mandare in pezzi la sua dura facciata. Si sedette di nuovo e si rivolse al cameriere che era apparso alle sue spalle, per ordinare il caffè. Stava per chiedere agli uomini se desideravano qualcos'altro ma non gliene diedero l'opportunità.

Charles Fitzstuart, che non si era accorto dello scambio tra la duchessa e Jonathon perché la presenza del cameriere l'aveva distratto, era livido per le accuse di Jonathon e il suo atteggiamento sprezzante riguardo ai suoi sentimenti per Sarah-Jane e il suo sincero desiderio di sposarla e si rivolse a Jonathon con una rabbia di cui non si era mai creduto capace.

"Siete molto fortunato, veramente molto fortunato, che mi sia scomodato a venire qua!" Esplose. "Sarah-Jane avrebbe voluto fuggire con il primo traghetto per la Francia! Conoscete proprio bene vostra figlia, *signore*. Avrebbe accettato di vivere con me nel peccato, come amante, in Francia, finché potessimo sposarci il giorno del suo ventunesimo compleanno, piuttosto che restare un momento di più in questo paese, perché sa che ogni giorno in più che passo sul suolo inglese il cappio del boia si stringe intorno al mio collo! Ma ho detto di no. Non avrei mai acconsentito che fosse la mia amante. Se si fosse arrivati a tanto, le ho proposto di restare con voi e di aspettare due anni. Questa soluzione non le andava bene e quindi ha accettato di fare quello che avevo suggerito dall'inizio.

"E quindi mi vedete qui, davanti a voi, a fare la cosa giusta e onorevole con lei vostra figlia e con voi, suo padre, chiedendovi il permesso di sposarci. Desidero che lei, *che noi*, abbiamo la vostra benedizione. Voglio che lei resti sempre in buoni rapporti con voi, qualunque cosa voi pensiate di me e di quello che ho fatto! Vi consideravo un uomo decente e onorevole. Un uomo con la mente aperta, pronto ad ascoltarmi senza pregiudizi; che si sarebbe reso conto che sua figlia starà molto meglio sposata con me, che la amerò e mi occuperò di lei e sarò un marito fedele e un buon padre per i nostri figli, che sia o meno un traditore agli occhi vostri e degli altri, piuttosto che sposata con mio fratello, che sposerebbe vostra figlia per la sua dote, senza nessuna intenzione di rinunciare alla sua amante. È quello il tipo di uomo che volete per vostra figlia? Beh, è così, signore?"

"No, Charles, non è così," rispose sommessamente Jonathon. "Era Sarah-Jane che era decisa a sposare un titolato, non io. Io ho sempre e solo voluto che mia figlia fosse felice."

Charles Fitzstuart smise di camminare su e giù davanti al camino. Non che si fosse accorto di farlo, o di avere una mano tra i capelli e di avere poi stretto entrambi i pugni, o di aver urlato contro il suo possibile suocero. Guardò l'uomo alto sbattendo gli occhi e fece un profondo respiro, di colpo assetato e imbarazzato per lo scoppio inconsueto. Si avvicinò ad Antonia, che restava in silenzio, con le mani in grembo e un sorrisino che aleggiava sulla bella bocca, e si inchinò solennemente.

"Perdonatemi, *Madame la Duchesse*. Non avrei mai dovuto alzare la voce. I miei sentimenti, quello che provo nei confronti della signorina Strang... Perdonatemi."

Antonia tese la mano e, quando Charles la prese con un sorriso nervoso, gli disse dolcemente: "Non scusatevi mai per i vostri sentimenti, Charles." Lanciò un'occhiata a Jonathon, che si era appoggiato alla mensola, e strinse le dita del cugino. Quando Charles la guardò negli occhi, lei sostenne il suo sguardo e disse, con un sorriso triste: "Ma forse c'è una faccenda, una faccenda molto più seria, per la quale dovete scusarvi...?"

Charles annuì. Se il volto si era arrossato per la rabbia verso Jonathon, ora era color porpora per l'imbarazzo e la mortificazione nei confronti della duchessa, e deglutì, chiedendosi come meglio riordinare le sue emozioni caotiche e spiegarsi. Ebbe un attimo di respiro quando il maggiordomo e due camerieri entrarono senza far rumore nella biblioteca con il servizio da caffè. Anche se avrebbe preferito qualcosa di più forte, una tazza di caffè era gradita e lo aiutò a rinsaldare i nervi e raccogliere i pensieri per la confessione che giustamente doveva non solo ad Antonia ma anche a Jonathon, se sperava di avere il consenso del mercante a sposare Sarah-Jane.

Decise nuovamente per l'approccio diretto ma era più calmo e trovò sorprendentemente più facile spiegare le sue azioni di traditore della corona inglese di quanto fosse stato spiegare il suo amore per Sarah-Jane.

"Forse quando sentirete quello che devo confessare, signore, rifiuterete il vostro consenso all'unione tra vostra figlia e me," disse pacatamente Charles, appoggiando la tazza e il piattino di porcellana. "Non perché sono un secondo figlio con poche prospettive in Inghilterra, ma perché, agli occhi dei miei connazionali, io sono un traditore nei confronti di sua maestà Re Giorgio e del mio paese. Sono, e sono sempre stato fin dalla dichiarazione di guerra contro i nostri fratelli e sorelle nelle colonie americane, un sostenitore di quei coloni che hanno preso le armi contro di noi. Trovo insopportabile l'imposizione di tasse senza il diritto di essere rappresentati. Le ingiustizie che sono state perpetrate da questo governo verso i nostri cugini americani sono troppo numerose da menzionare, salvo dire che ritengo che i coloni americani abbiano ogni diritto di governarsi da soli. È assurdo che questo governo pensi di poter governare una colonia da questa distanza, che si aspetti che uomini così lontani facciano una petizione al Parlamento e aspettino un anno per ricevere una risposta alla loro richiesta!

"Ho sempre avuto dei dubbi sul modo in cui è strutturata la nostra società, il fatto che sia governata da una minoranza di titolati che non hanno fatto niente altro per guadagnare la loro importante posizione che nascere da nobili lombi; e che l'ordine di nascita determini chi deve governare e chi deve farsi strada da solo nel mondo, senza tener conto delle capacità individuali. In verità, signore, trovo senza senso l'idea del diritto divino dei re e assurdi i privilegi degli aristocratici.

"Chiedo scusa, *Madame la Duchesse*," aggiunse Charles con sincerità, "non per quello che credo, ma non desidero offendere intenzionalmente voi o *M'sieur le Duc de Roxton*, vostro figlio. Voi siete il meglio che possa offrire la nostra classe. Siete onesti e giusti e credete che il valore di un uomo stia nelle sue azioni, non solo nel suo lignaggio e io credo, signore, che le vostre opinioni non siano dissimili da quelle di *Madame la Duchesse*?" Disse a Jonathon, che continuava a guardarlo con un'espressione che trovava difficile da leggere; un'espressione molto più inquietante del suo freddo atteggiamento di prima. "Non siete d'accordo con me che tutti gli uomini sono creati uguali agli occhi di Dio e che quindi tutti debbano avere accesso alle stesse opportunità senza la paura o i privilegi dovuti alla loro nascita? È quello che crede appassionatamente la nuova nazione americana ed è quella la società di cui voglio far parte, quella in cui voglio crescere una famiglia, con vostra figlia, con il vostro permesso e la vostra benedizione, come entrambi desideriamo vivamente."

Jonathon rimase in silenzio quasi troppo a lungo perché Charles riuscisse a trattenersi e poi staccò le spalle dalla mensola scolpita, si mise diritto e tirò le punte del panciotto giallo vivo, respirando a fondo.

"Non dissento dalla maggior parte di quello che dite, Charles," rispose Jonathon con calma. "I vostri sentimenti sono sinceri ed è difficile parlare contro una società fondata sulle buone azioni degli uomini piuttosto che unicamente sull'importanza della loro nascita. Ma che cosa vi proponete di fare in questa nuova nazione, nel caso in cui le colonie americane abbiano successo nella loro guerra contro il nostro re e il nostro paese?"

"Ho un impiego che mi aspetta a Parigi, con il signor Franklin, signore. Intendo essere il suo segretario e sarò il suo interprete presso la corte francese. Dopo di quello?" Charles scrollò le spalle e disse, imbarazzato: "Il mio più vivo desiderio è entrare nell'arena politica nella nuova nazione degli stati americani. Spero che i coloni mi accolgano come uno di loro e che un giorno io possa rappresentarli, se riterranno giusto eleggermi nel loro parlamento."

"*Ha più valore un uomo onesto per la società e agli occhi di Dio, di tutti i ruffiani coronati che siano mai vissuti,*" citò Antonia. Sorrise. "Credo che avrete successo, Charles."

Charles annuì e sorrise all'idea che la duchessa avesse scelto di citare il pamphlet *Buonsenso*, ma la risposta di Jonathon gli cancellò il sorriso dalla faccia.

"È molto nobile e meritevole da parte vostra, Charles, e mi fa un enorme piacere che abbiate intenzione di fare qualcosa della vostra vita, perché gli uomini devono avere un'occupazione e uno scopo nella vita, altrimenti finiscono nei guai. Non sopporto la pigrizia o lo spreco. E, come *Madame la Duchesse*, anch'io ritengo che abbiate il cervello e la determinazione per avere successo in quell'impresa. Ma dovete ancora spiegarmi perché pensate che ogni giorno in più che restate sul suolo inglese il cappio del boia si stringa sul vostro nobile collo? Non siamo in guerra con i francesi, quindi potete attraversare impunemente la Manica."

Charles diede un colpetto di tosse e si schiarì la gola, poi guardò non Jonathon, ma Antonia. Il suo rimorso era palpabile.

"Vi ho mentito e per quello non mi perdonerò mai, *Madame la*

Duchesse. Vi ho fatto credere che le lettere che scrivevo e vi facevo mandare a Parigi erano per una certa giovane donna."

"Silas Deane, *hein*?"

"Ah, allora lo sapete. A questo punto lo immaginavo." A beneficio di Jonathon spiegò. "Ho mandato dei messaggi in codice a un rappresentante dei coloni americani a Parigi con informazioni che ritenevo utili per loro, fingendo di scrivere a una giovane donna. *Madame la Duchesse* metteva l'indirizzo sulle lettere e le mandava alla casa di famiglia dei Roxton a Parigi. Non ho mai rivelato la verità a *Madame la Duchesse*, né l'ho informata, anche se lo sapevo bene, che l'*Hôtel* era stato venduto e trasformato in appartamenti. Non mi scuso per i miei atti sovversivi ma sono veramente dispiaciuto di avervi ingannato, *Madame la Duchesse*," aggiunse, inchinandosi solennemente alla duchessa.

Antonia alzò gli occhi. "Mio figlio lo sa e anche Lord Shrewsbury e il *Comitato per la corrispondenza coloniale di interesse*."

Charles annuì. "Sua Grazia è stato molto generoso. Roxton mi ha scritto informandomi che il comitato aveva delle domande da farmi e mi sono reso conto di essere stato scoperto. Sua Grazia non doveva prendersi il disturbo, specialmente perché deve ritenermi un cane traditore."

"Fate ancora parte della famiglia, Charles," lo interruppe Antonia. "E mio figlio, nonostante la sua testarda convinzione di dover sempre fare la cosa giusta, ha un profondo senso della famiglia."

Charles annuì e si schiarì la gola.

"Sì, *Madame la Duchesse*. Gli sarò eternamente debitore per il suo avvertimento. Mi ha dato il tempo di mettere in ordine i miei affari e di fare i preparativi per la nostra partenza domani… Se, signore, acconsentirete al matrimonio di vostra figlia con me."

"L'urgenza?"

Suo malgrado, Charles fece un mezzo sorriso. "Il duca mi ha fatto guadagnare un po' di tempo, ma sono ancora ricercato. Lord Shrewsbury ha chiesto che mi presenti nei suoi uffici per un colloquio. Domani. Sono sicuro che è solo la stima che prova per Sua Grazia di Roxton che lo ha portato a trattarmi come un gentiluomo e non come un criminale comune. Se Shrewsbury potesse fare a modo suo, a quest'ora mi avrebbero già dato la caccia, messo ai ferri e sarei ospite nella Torre. L'idea di colloquio del capo delle spie coinvolge l'uso della tortura. So da fonti sicure che il suo metodo preferito di cercare una risposta adeguata a una domanda è quello usato spesso dai medici nel trattamento di persone recalcitranti, specialmente donne, nel quale la vittima è denudata, posta su una sedia dallo schienale diritto attrezzata allo scopo con delle imbracature di cuoio, legata alle caviglie e ai polsi e poi..."

"Per favore, Charles, basta," sussurrò la duchessa, sul punto di svenire.

"... sopra la loro testa viene versata in continuazione acqua gelata finché si ottiene una confessione o la vittima..."

"Basta!" Ringhiò Jonathon e in due passi fu in ginocchio accanto alla poltrona di Antonia. "Tesoro, va tutto bene," mormorò rassicurante, premendole le labbra sulla mano. Le appoggiò la fronte ai capelli, dicendo gentilmente: "Non permetterò che succeda di nuovo, mai. Non a voi, non a Charles, anche se dovrò spezzare un'altra dozzina di dita e storpiare dieci persone. Ma non si arriverà a tanto."

Antonia annuì, fece un respiro profondo e alzò la testa per sorridere nei suoi occhi castani, occhi che frugavano preoccupati il suo volto pallido. Appoggiò una mano sulla guancia ruvida. "So che lo fareste. Sono stata un po' sciocca ma passerà. *Merci.*"

Jonathon sorrise, ammiccò e si alzò in tutta la sua statura, dicendo, con tutta la calma che riuscì a raccogliere avendo appena dato pubblica dimostrazione dei suoi sentimenti per Antonia e davanti al giovanotto che sarebbe presto stato suo genero:

"Non posso semplicemente lasciarvi fuggire con mia figlia senza che lei mi rassicuri che siete voi che vuole per marito e che è ben conscia che la vita che le proponete per entrambi significa l'esilio, non che non ci sia abituata avendo vissuto tutta la sua vita nel subcontinente indiano, ma che significa anche separarsi da me, forse per sempre."

"Sì, sì, me ne rendo conto," disse Charles esitante, ancora un po' stordito per quello che aveva capito, dopo essere stato testimone della scena intima tra la coppia, e riscuotendosi mentalmente, aggiunse: "Sarah-Jane e io intendevamo venire a trovarvi in mattinata, signore."

"Con i bauli pronti, senza dubbio."

Charles rise. "Sì, signore. Se vogliamo arrivare a Dover in tempo, dobbiamo partire il più presto possibile dopo l'alba."

"Deve amarvi veramente molto se è pronta a fuggire verso una nazione di cui non conosce la lingua con una nota spia cui danno la caccia come traditore!" Jonathon tese la mano e Charles la prese con gratitudine. "Che Dio vi aiuti."

Charles sorrise. "Grazie, signore. Non lo rimpiangerete. Grazie, *Madame la Duchesse,*" disse quando Antonia lo abbracciò e lo baciò su entrambe le guance. "Vi scriverò da Parigi e porterò i vostri saluti al signor Franklin."

"Non importa un fico secco se lo rimpiangerò io," disse arguto Jonathon, accompagnando Charles verso la porta. "Ma assicuratevi che non lo rimpianga mai mia figlia! E ve lo dico ora: la sua dote è…"

"No, signore, non voglio il vostro denaro."

A quella frase Jonathon rise così forte che il cameriere che stava ritirando il servizio da caffè quasi rovesciò il vassoio d'argento che portava in bilico sulla mano guantata.

"Voi potete anche non volerlo, ragazzo, ma certamente Sarah-Jane sì. E queste sono le condizioni alle quali consegnerò le venticinquemila sterline: non un penny della sua dote deve essere speso per la causa americana, nemmeno uno. Non permetterò che la fortuna che ho guadagnato con tanta fatica sia usata per promuovere una guerra, quali che siano i combattenti. Usate il vostro cervello ma non i miei soldi. Serviranno per le sue comodità. Se le colonie vinceranno veramente questa guerra e diventeranno una nazione libera, con libere elezioni, allora potrete usare la sua eredità con la mia benedizione e la sua come meglio vorrete per migliorare questa nuova società della quale siete tanto innamorato, ma Sarah-Jane viene prima di tutto, sempre."

"Avete avuto una serata piena di sorprese, *n'est-ce-pas*?" Disse Antonia con una risatina quando Jonathon ritornò nella biblioteca e si distese sulla poltrona davanti a lei mettendosi una mano sugli occhi.

"Nello spazio di una sera sono passato dal programmare un funerale al consentire a mia figlia di fuggire con un traditore ricercato. Non ho bisogno di altre sorprese."

Quando non tolse la mano dagli occhi, Antonia si avvicinò e, in piedi davanti alla sua poltrona, si chinò verso di lui, con le mani sui braccioli imbottiti della poltrona. "Allora vi augurerò buona notte," disse dolcemente. "È tardi e vostra figlia sarà alla porta molto presto."

Jonathon allargò le dita e gli si presentò davanti il magnifico spettacolo della sua profonda scollatura, visibile attraverso il fichu trasparente, e si raddrizzò di colpo, più sveglio di quanto lo fosse stato dal suo ritorno da Upper Brook Street. La tirò gentilmente a sé e lei cortesemente lo aiutò, raccogliendo le sottane di seta per sedersi a cavalcioni sul suo grembo.

"Siete un padre buono e generoso. Sarah-Jane vi mancherà moltissimo."

"Ogni giorno," ammise, appoggiandole una mano nell'incavo della vita. "Ma devo accontentarmi del fatto che sarà molto amata e che abbia scelto la sua strada. Le sue lettere saranno una misera consolazione ma forse non tutto è perduto. Predico che ci vorranno degli anni perché questa guerra faccia il suo corso, come tutte le guerre, e anche di più se saranno coinvolti i francesi. Quindi Sarah-Jane e Charles staranno a Parigi per un po'. Se non possono venire loro, potremo andare noi da loro."

"Noi?"

"Porteremo Harry e Jack. Vi piacerebbe visitare di nuovo Parigi, no?"

"Sì, ma non ho più una casa là. Roxton l'ha venduta."

"Ne prenderemo un'altra."

Antonia gli pizzicò il mento, ridendo. "Un'altra? Credete che queste case crescano sugli alberi e si possano cogliere come l'uva?"

Jonathon aggrottò la fronte, giocherellando con il primo fiocchetto di seta rosa del suo décolleté, il primo di una dozzina sul davanti del suo corpetto. "Purtroppo non saremo in grado di andarci per un po'. Ho dato la mia parola di andare al nord per sei mesi ma sospetto che dovremo restarci per nove, c'è tanto da fare."

"Dato la vostra parola? A chi? Quanto al nord?" Antonia era curiosa ma anche un po' diffidente per l'uso costante di Jonathon della prima persona plurale, come se fosse una conclusione scontata che lei avrebbe seguito i suoi piani. "Che cos'è questo *da fare* di cui parlate?"

Jonathon smise di giocherellare con il nastro e la guardò negli occhi verdi.

"Stasera, il mio anziano parente è finalmente morto. Dico finalmente perché è stato in punto di morte per anni. Il vecchio pazzo era a caccia, ha cercato di saltare una siepe, è caduto da cavallo e ha perso l'uso di entrambe le gambe. Mi hanno mandato a chiamare dalla mia veranda piena di sole nel subcontinente, dopo l'incidente, perché non si aspettavano che sopravvivesse. È sopravvissuto. Era in carrozzina, poi allettato e poi morente. Io sono il solo parente in vita. Suo figlio è morto quando avevo cinque anni e poi è morto anche mio fratello e sono rimasto solo io. Ecco il motivo per cui sono stato mandato a Harrow e poi Oxford. L'avevo visto solo in quattro occasioni in tutta la mia vita, prima di essere chiamato al suo letto di morte, quindi non è necessario provare compassione per me, specialmente perché mi ha lasciato solo una montagna di debiti, una tenuta fatiscente e un titolo che non mi interessa minimamente e che avevo tutte le intenzioni di rifiutare."

"Quanto al nord?"

"Sono stato nella tenuta. C'è un castello in pietra azzurra, in stile francese, con torrette circolari e tetti a mansarda di ardesia grigia e un ponte levatoio molto stravagante alla fine di un ponte di pietra a quattro arcate perché il castello è su un'isola nel mezzo di un lago, che in Scozia chiamato *loch*; Loch Leven per essere precisi."

"*Écosse? Scozia?*"

"Il panorama è incantevole e il castello sembra più uno *château*, ma servono dei lavori," disse, in tono leggero, ignorando la sua espressione inorridita. Avrebbe potuto dirle che la tenuta era in Batavia, tale era l'espressione da fine del mondo sul volto di Antonia. "A dire il vero serviranno bisognerà investirci un mucchio di tempo e di soldi. E anche nella tenuta. I mezzadri vivono in stamberghe e sono mezzi morti di fame. Io cambierò tutto." Le diede un colpetto sulla guancia con un sorriso. "C'è anche un magnifico palazzo a Edimburgo, che avrebbe bisogno di tappezzeria nuova, tende nuove, mobili nuovi, nuovo tutto. Il resto sono debiti, di cui posso occuparmi in fretta, ora che Kinross è morto e sarà presto sepolto. Ma vedo che ve ne ho fatto un quadro talmente brillante che probabilmente vi causerà gli incubi, quindi lasciamo da parte fino a colazione il resto della mia sgradita eredità."

"Non avete mai pensato di dire di no a questa eredità indesiderata e restare in India?"

"Oh, ci ho pensato per cinque minuti interi. Poi ho ricordato la prima volta che ho incontrato Kinross. Avevo l'età di Henri-Antoine ed ero stato mandato al nord per passare il Natale con lui. Voleva instillarmi quanto fossi fortunato ad essere il suo erede e che cosa potevo aspettarmi un giorno." Jonathon gonfiò le guance e scosse la testa. "Lo stato di degrado in cui vivono i suoi mezzadri è incredibile. Il peso della responsabilità sulle mie giovani spalle era quasi eccessivo da sopportare. Sono tornato nel subcontinente sapendo che non avevo scelta; che avevo il dovere di ritornare quando fosse arrivato il momento." Le sorrise. "E quel momento è arrivato. Penso che nove mesi daranno a Sarah-Jane tutto il tempo di crearsi il suo nido a Parigi, no? Chi lo sa, potrei essere nonno per l'anno nuovo."

"Nonno?" Antonia fece una risatina e si distrasse, ed era lo scopo di Jonathon. "Lei e Charles devono ancora sposarsi e voi vi vedete istantaneamente nonno? Uomo assurdo! Spero che riescano a passare un po' di tempo insieme senza bambini."

"Voi non l'avete fatto."

"No, io sono rimasta istantaneamente incinta, cosa che non mi è piaciuta neanche un po'."

"Scommetto che è piaciuta a *Monseigneur*, a me farebbe piacere."

Antonia non sapeva dove guardare. "Io non... Io non so... Io non so perché stiamo avendo questa conversazione senza senso!" Disse nervosamente quando lui sorrise al suo imbarazzo. "Se la gente ci sentisse parlare di bambini penserebbe che siamo pronti per Bedlam. Ho un figlio che ha quattro bambini e un altro per strada e voi parlate a me di bambini, di *noi* che abbiamo bambini? Perché state sorridendomi in quel modo idiota?"

"Ma non siete sterile, no? Quindi la conversazione non è senza senso, no?"

Antonia si raddrizzò. Era inorridita. "Come-come fate a saperlo?"

"La vostra dignità offesa è adorabile," sorrise, tirando scherzosamente il piccolo nastro rosa. "Non ho interrogato la vostra cameriera o i vostri servitori, se è quello che temete, e non ho un desiderio irrefrenabile di avere bambini, di avere un erede. Non l'ho mai avuto. È solo che se succedesse, se dovessimo avere un figlio…" Sorrise. "Beh, almeno possiamo passare il resto della nostra vita provandoci!"

Antonia fece il broncio. "È molto scomodo per una donna della mia età essere ancora maledetta in questo modo! Non è divertente per nulla, quindi, per favore, farete sparire quel sorriso ridicolo."

"Una maledizione per voi, forse, ma…" Mormorò e si interruppe, distratto, quando il nodo si sciolse tra le sue dita; non era una pura decorazione, dopo tutto, i fiocchi avevano lo scopo di tenere chiuso il corpetto, che ora si era aperto, mostrando il piccolo bordo di pizzo della sua sottoveste trasparente di cotone e un altro po' del solco tra i seni. Tirò la sottoveste con il mento e respirò a fondo, apprezzando il profumo della sua pelle calda mischiato al profumo che le aveva regalato, meravigliandosi per il glorioso peso del suo seno pieno e ringraziando silenziosamente *Monseigneur* per aver preferito sua moglie con i corpetti al posto dei corsetti allacciati di dietro. Con le mani di lei intorno al collo, usò la mano libera per tirare e sciogliere un secondo nodo. "*Mon Dieu* ma siete così dannatamente *succulenta*."

"E voi, accidenti a voi," mormorò Antonia, togliendosi il fichu trasparente dalle spalle, con il seno che fuoriusciva dal corpetto aperto mentre Jonathon scioglieva abilmente i restanti fiocchetti rosa e poi le spingeva il corpetto giù dalle spalle sulle braccia snelle, "siete troppo virile per il vostro stesso bene."

Jonathon rise. "Vogliamo andare a letto?"

Fu il suo turno di sorridere.

"Sì," rispose, lasciando cadere il corpetto sul pavimento. "Più tardi. Molto, molto più tardi…"

VENTITRE

Charles Fitzstuart mantenne la parola e lui e Sarah-Jane arrivarono al palazzo di Hanover Square appena le prime luci dell'alba striarono il freddo cielo mattutino.

I servitori si erano appena alzati e un cameriere torpido condusse la coppia in un salotto al pianterreno dove un fuoco appena acceso stava facendo del suo meglio per scaldare la stanza, mentre un altro andò a svegliare il valletto di Jonathon Strang con la notizia che il suo padrone aveva visite. Con somma sorpresa di Lawrence, il suo nuovo padrone si era già fatto il bagno e si era vestito da solo, il fatto che il suo letto fosse intatto non era sorprendente.

Il colloquio nel salotto prese più tempo del previsto, con lacrime da tutte le parti, domande e risposte e rassicurazioni date sopra infinite tazze di tè, una confessione sorprendente della figlia al padre e un'ammissione non così sorprendente del padre alla figlia, mentre Charles assisteva felice. La testimone più sorprendente di questo congedo pieno di emozione fu la signora Spencer e quando Sarah-Jane chiese di vedere la duchessa da sola per qualche minuto prima di partire per il loro viaggio verso la Francia, fu alla signora Spencer che chiese di accompagnarla nel boudoir della duchessa, non a Charles, e certamente non a suo padre.

Antonia era seduta al tavolo da toilette in *déshabillé* ed ebbe appena il tempo di buttarsi un po' d'acqua in faccia e passare un nastro tra i riccioli quando Michelle fece entrare le due donne. Non aveva idea di cosa aspettarsi da questo incontro con la figlia di Jonathon ma certamente non si aspettava di vedere una delle sue dame di compagnia e la sua trepidazione fu talmente evidente che Sally Spencer sorrise rassicurante e fu la prima a farsi avanti e a fare la riverenza, dicendo con un sorriso:

"Non sono qui per ordine di Sua Grazia, *Madame la Duchesse*. E mia sorella non è con me. Ora sono la dama di compagnia di *Mademoiselle* Strang e accompagnerò lei e il signor Fitzstuart a Parigi."

Antonia guardò Sarah-Jane sorpresa ma disse pacatamente:

"E vostra sorella?"

"Susannah ha deciso di restare con Lady Strathsay," la informò Sally Spencer. "Specialmente," aggiunse in inglese con un'occhiata a Sarah-Jane, "perché questo è un momento molto difficile per la contessa. Susannah è stata un tale conforto."

"Non ne dubito," confermò Antonia, negli occhi l'immagine di sua zia prostrata sulla chaise longue, con Willis che agitava il ventaglio ed emetteva il numero appropriato di suoni chioccianti di simpatia perché il figlio minore della contessa era fuggito con la figlia di un mercante, cosa che sarebbe stata molto più devastante per l'autostima della contessa del fatto che suo figlio era stato marchiato come traditore e fosse un fuggitivo.

"Papà è molto più rassegnato al fatto che Charles e io fuggiamo a Parigi prima di sposarci sapendo che la signora Spencer è con noi," confessò Sarah-Jane in inglese e, quando Antonia glielo chiese, si sedette sul sofà davanti allo sgabello di Antonia, con Sally Spencer accanto a lei. "Non che papà avrebbe potuto impedirmi di andare con Charles se la signora Spencer non avesse accettato il mio invito."

A questa battuta Antonia rise e si rilassò.

"Avete la determinazione di vostro padre, che non è una brutta cosa, *chérie*," si complimentò Antonia. "Dovete continuare a mantenerla perché Charles, lui è proprio un giovanotto determinato. Quindi prevedo che voi due avrete un futuro molto interessante davanti a voi. E naturalmente auguro a entrambi di essere molto felici."

"Grazie, *Madame la Duchesse*," rispose Sarah-Jane, torcendosi le mani, unico segno esteriore del suo stato di nervosismo alla presenza della duchessa vedova di Roxton. "Mi scuso per non essere in grado di conversare con voi nella vostra lingua, ma papà mi ha assicurato che il vostro inglese è molto buono e spero di imparare il francese. Beh, sono decisa a farlo, visto che Parigi sarà la nostra casa per il prossimo futuro. Ma non voglio parlare del mio futuro, ma di quello di mio padre." Fissò coraggiosamente Antonia negli occhi e segretamente desiderò che la duchessa fosse vecchia, grigia e bruttina e non così adorabile, e allora suo padre non l'avrebbe guardata due volte e questa conversazione non sarebbe stata necessaria. "Non so se papà ve l'ha confidato, direi di no, perché non l'aveva confidato nemmeno a me. Me l'ha detto zia Kitty. Io non sono sua figlia."

Antonia sobbalzò, sorpresa, e guardò Sally Spencer che rivolse un sorriso di incoraggiamento a Sarah-Jane, e che quindi conosceva la storia che la giovane donna stava per raccontarle.

"Non sua figlia? Perché Lady Cavendish avrebbe dovuto dirvi una cosa del genere, anche se fosse vera?"

"Nella speranza che prendessi nuovamente in considerazione l'offerta di Alisdair Fitzstuart e la accettassi, invece di seguire il mio cuore."

"Mi dispiace, *ma petite*, ma non capisco perché questa sorprendente rivelazione avrebbe dovuto indurvi ad accettare un fratello se amavate l'altro? È incomprensibile."

Sarah-Jane sorrise, prendendo in simpatia la duchessa.

"È così, vero? Ma dato che avevo sempre dichiarato di voler sposare almeno un baronetto, la zia Kitty presumeva che sapendo che sono la figlia naturale di mio padre e non legalmente e che quindi non posso chiamarmi Lady Sarah-Jane, come di diritto per la figlia di un pari, avrei afferrato l'occasione di essere la moglie di un nobile; che il mio desiderio di nascondere le circostanze vili della mia nascita avrebbe superato il mio desiderio di sposarmi per amore."

La duchessa si indignò.

"Kitty Cavendish deve avere la segatura al posto del cervello per pensare una cosa del genere! È assurdo." Guardò Sarah-Jane con un sorriso tenero. "Siete la figlia di vostro padre ed è questo tutto quello che conta, no? E ora che me lo dite non è poi tanto una sorpresa perché vostro padre mi ha detto una volta che siete nata in Sudafrica eppure i vostri genitori non si sono sposati finché non sono arrivati a Hyderabad?"

"È giusto, Vostra Grazia. Quando mia madre fuggì con mio padre era ancora la moglie del suo primo marito. Il signor Spencer morì solo qualche settimana dopo la mia nascita eppure, per la legge, io sono sua figlia. Legalmente, io sono una Spencer, non una Strang-Leven."

Antonia fece un gesto sprezzante.

"Non ha nessuna importanza. Vostro padre resta vostro padre, e a Charles, conoscendolo come lo conosco io, non importerà un bel niente del piccolo particolare della vostra nascita, non è importante. E, ovviamente, tutto quello che conta è che vostro padre sappia che gli volete bene e sia felice."

"Sì, Vostra Grazia," rispose Sarah-Jane e sapendo che quello era il momento di dare voce alle sue preoccupazioni, fece un respiro profondo e disse, con tutto il coraggio che riuscì a raccogliere: "È della felicità di mio padre che vorrei parlare con voi."

Quando le guance pallide della duchessa si arrossarono mentre il sorriso restava fisso, Sarah-Jane ebbe il desiderio fortissimo di afferrare la mano di Sally Spencer per sostenersi. Invece strinse forte le mani e continuò, un po' meno fiduciosa di prima.

"Io amo tantissimo mio padre e mi rattrista separarmi da lui, nonostante le sue rassicurazioni che verrà a trovarci a Parigi e che se io sono felice lo è anche lui." Abbassò gli occhi e poi li alzò guardando direttamente la duchessa. "Per essere franca, Vostra Grazia, ero molto contraria al fatto che papà si affezionasse a voi. Voi non siete giovane. Eravate sposata a un uomo molto più vecchio che era infatuato di voi e ne portate ancora il lutto. Papà ha dieci anni meno di voi e anche lui, ora, è infatuato di voi. Sembra materiale per un melodramma di bassa lega.

"E per essere perfettamente sincera, è stato umiliante osservare papà che vi cercava durante la festa in casa Roxton. L'ho pregato di lasciarvi stare. Non ha accettato. Gli ho detto che stava facendo diventare se stesso e me oggetto di pettegolezzi e di ridicolo e abbiamo litigato. Gli ho detto che se non avesse desistito non gli avrei mai più parlato. Non ha dato retta alla mia minaccia e ci siamo lasciati in pessimi termini. Sono andata nella tenuta di Lady Strathsay sconvolta e *odiandovi*."

"*Chérie*, non mi metterei mai intenzionalmente tra un padre e sua figlia," le disse gentilmente Antonia, "tra voi e vostro padre, e mi addolora di essere stata la causa del vostro turbamento."

"Lo-lo so adesso, Vostra Grazia," confessò Sarah-Jane, e tirò su col naso, prendendo il fazzoletto che Sally Spencer le aveva messo in mano e asciugandosi in fretta gli occhi umidi.

Quando Sally Spencer le offrì la mano guantata, Sarah-Jane la strinse e le sorrise prima di rivolgersi nuovamente ad Antonia e dire:

"Vostra Grazia, credevo sinceramente di comportarmi nell'interesse di papà. La zia Kitty e lo zio Tommy sono stati molto insistenti nel dire che mio padre ha bisogno di una moglie giovane che possa dargli molti figli, un erede. Credono ancora, e non sono gli unici, che il suo attaccamento per voi non sia nel suo interesse e possa addirittura mettere in pericolo le sue possibilità di contrarre un buon matrimonio. Ma da allora ho saputo, dalla signora Spencer e anche dal mio caro Charles, che non siete il tipo di donna che si prederebbe gioco dei sentimenti di mio padre..."

"Signorina Strang, io..."

"E quindi vi chiedo, no, vi prego, se non provate dei sentimenti per mio padre, dovete prendere in considerazione il cambiamento nel suo status e fargli capire che ha un dovere, verso il suo prozio e quelli che avevano il titolo prima di lui, di contrarre un matrimonio consono con una donna che possa dargli un figlio ed erede. Io temo che siate l'unica che può fargli capire la ragione. Come duchessa e come madre di un duca, capite che se un uomo eredita un titolo ha l'obbligo di avere un figlio."

Sorrise nervosamente, aggiungendo con un profondo respiro: "E se papà dovesse contrarre un matrimonio combinato non ci sarebbe bisogno, non me lo aspetterei da lui, di rinunciare alla sua amante..."

Antonia balzò in piedi di colpo dallo sgabello e le due donne davanti a lei si rimisero in piedi all'istante. Per pura coincidenza, in quel momento si sentirono delle grida nel corridoio oltre la porta del boudoir, e tutte e tre le donne si voltarono, dando così ad Antonia un attimo per raccogliere le idee. Era d'accordo con i sentimenti della giovane donna e, nonostante il ramoscello di ulivo che le aveva porto Sarah-Jane, dicendo che era pronta ad accettare Antonia come amante di suo padre, era mortificata. Eppure, che cos'altro era adesso se non l'amante di Jonathon Strang? E che cosa mai sarebbe potuta essere? Se, come aveva detto Sarah-Jane, suo padre aveva ereditato un titolo di una qualche importanza, allora sì, effettivamente doveva sposarsi e produrre un erede, per quanto lui la rassicurasse che mettere al mondo dei figli non era importante.

Monseigneur aveva avuto l'età di Jonathon Strang quando si era finalmente sposato ed entro un anno lei gli aveva fornito un erede. Lei aveva diciotto anni allora e quindi ci si potevano aspettare dei figli. Due figli, una mezza dozzina di aborti strazianti e mestruazioni regolari non le davano il diritto di credere di poter dare un bebè a Jonathon Strang, tanto meno un erede. Che potesse perfino contemplare una simile eventualità la sconcertava. Conoscere l'esatta natura del titolo che aveva ereditato Jonathon Strang non era importante, il solo sapere che era un pari del regno, di qualunque grado, era sufficiente per essere d'accordo con la valutazione di sua figlia. Quello che aumentava la sua mortificazione era che la giovane donna si era sentita obbligata a chiedere l'aiuto dell'amante di suo padre per assicurarsi che lui rispettasse le sue responsabilità dinastiche.

Le furono risparmiate ulteriori umiliazioni quando la porta del boudoir si spalancò violentemente e Henri-Antoine, Jack Cavendish, Charles Fitzstuart e Jonathon Strang si precipitarono nella stanza e, dall'espressione dei loro volti, sembrava che fossero inseguiti da un leone scappato dallo zoo della torre e che si stessero godendo ogni minuto dell'esperienza spaventosa.

"C'è la milizia alla porta, *Maman*," annunciò irritato Henri-Antoine.

"Chiedono di avere Charles altrimenti butteranno giù la porta!" Si inserì Jack, eccitato alla prospettiva che la casa fosse invasa dalle giubbe rosse.

"Ma Strang ha un piano," disse Henri-Antoine, con la sua parlata languida.

"Potrebbe essere il solo modo per fuggire da questa casa ed evitare la cattura," si scusò Charles con la fidanzata, respirando in fretta e affannosamente per aver salito di corsa il grande scalone.

Tutti fissarono Jonathon.

"Due dei mantelli della duchessa, Michelle, svelta!" Ordinò Jonathon e si avvicinò ad Antonia, prendendole le mani. "Vi voglio al massimo della vostra imperiosità, tesoro, perché affronterete la milizia e chiederete che diritto hanno di entrare in casa, mentre Charles, Sarah-Jane e la signora Spencer aspetteranno qui." Si voltò per includere gli altri nel suo piano. "Nel frattempo, Henri-Antoine e Jack, con i mantelli della duchessa, si faranno passare per mia figlia e la signora Spencer, mentre io sarò Charles..."

"Ma, papà, Charles è molto più basso di voi," gli ricordò Sarah-Jane.

"Grazie, amor mio," disse Charles.

"La milizia non ha mai visto Charles, quindi l'altezza non ha nessuna importanza," le spiegò pazientemente Jonathon. "Noi tre usciremo dalla casa dall'ingresso principale..."

"La milizia vi vedrà!"

"No, se Phelps li avrà radunati tutti nel salotto azzurro," aggiunse Jonathon, irritato per essere stato nuovamente interrotto dalla figlia. "Sono solo in sei, dopo tutto."

"Charles? *Sei* soldati per portarvi via? Devono pensare che siate veramente pericoloso," disse scherzosamente Antonia e rise quando Charles si raddrizzò in tutto il suo robusto metro e settanta e osò sorridere compiaciuto alla sua fidanzata.

Michelle tornò con i mantelli sul braccio e Phelps apparve sulla soglia dicendo con grande flemma:

"Chiedo scusa, *Madame la Duchesse*, ma c'è un gruppo di *individui* in uniforme nel salotto azzurro che pretende di avere il diritto di perquisire la casa. Ho detto loro che per nessun motivo posso permettere loro di accedere alla casa senza il vostro permesso."

"Bravo!" Esclamò Jonathon. "Dite loro che la duchessa sta arrivando!" E sorrise ad Antonia. "È ora del vostro spettacolo, tesoro." Si rivolse a Charles. "Aspettate qui cinque minuti e poi prendete il corridoio di servizio verso la cucina, dove troverete i vostri bauli. Ho mandato a chiamare una carrozza a nolo e Ffolkes vi accompagnerà fino al George, dove vi aspetterà una carrozza che vi porterà fino alla costa. Ffolkes tornerà facendo un percorso diverso, nel caso che seguano i suoi movimenti."

"Avete cooptato Gidley nel vostro schema scriteriato?" Antonia era impressionata.

"Lui e il mio valletto stanno sparpagliando libri su tutta la scalinata per rallentare i nostri ospiti della milizia nel caso cercassero di salire di sopra di corsa. Quindi attenzione a dove mettete i piedi quando scendete."

"E ovviamente avete detto a Gidley e a Lawrence che con le loro azioni stanno aiutando un traditore e un fuggitivo e che ora sono implicati anche loro?"

"Non sarei riuscito a fermarli nemmeno se avessi tentato!" Replicò Jonathon. "Se non fosse stato per mancanza di spazio, Lawrence sarebbe andato con Ffolkes. Gli ho detto di restare qui nel caso in cui la milizia vi dia delle seccature. Ma ritengo che riuscirete a metter su uno spettacolo degno di nota come duchessa indignata. Il fatto che siete francese aumenterà il loro disagio. Ora andate, donna, altrimenti i miei piani così ben studiati andranno in fumo!"

"Vi state divertendo tutti come matti!" Li accusò Antonia, senza accalorarsi, poi, a parte, a Jonathon: "Specialmente voi!"

"Non ditemi che non vi state divertendo anche voi, *Maman*?" Chiese Henri-Antoine, prendendo la mano di sua madre e tirandola verso la porta. "Ora andate altrimenti i piani di Strang andranno in fumo!"

Antonia rise, mandò un bacio a tutti, poi si fermò sulla porta, aggrottando la fronte e si rivolse a Jonathon.

"State attento. Sono soldati, dopo tutto, e si aspetteranno che ci sia Charles nella carrozza. Voglio che i ragazzi, e voi, torniate illesi. Promettetelo."

Jonathon le sorrise fissandola. "Saremo a casa per pranzo. Promesso. Ma nell'improbabile evento che ci tengano in custodia, usate le cento ghinee che mi dovete per pagare la cauzione e..."

"Siete un *diavolo* e un *bruto*!" Sibilò Antonia e andò a fare la sua battaglia verbale con la milizia, maledicendo il giorno in cui un mercante aveva osato invadere il suo bel padiglione sul lago.

"Non posso restare qui seduta ad aspettare tutto il giorno!" Dichiarò Antonia, alzandosi dalla panca sotto la finestra nel salottino pieno di sole.

Mise da parte la copia de' *La scuola della maldicenza*. Non l'aveva distratta come sperava dal pensiero dei ragazzi e di Jonathon, e dalla loro bravata per ingannare la milizia. E c'era un'altra questione che la preoccupava. La preoccupava sin da quando era partita da Crecy Hall per venire a Londra e sapeva che non si sarebbe risolta finché non avesse raccontato le sue paure all'unica persona che la conosceva bene quasi come l'aveva conosciuta suo marito.

Quindi fece chiamare la carrozza, cambiò le pantofole di seta ricamata per indossare un paio di scarpine di broccato a tacco alto e prese non uno ma cinque ventagli dipinti a gouache dalla dozzina e più che c'erano in un cassetto del tavolino da toilette. Ne mise quattro, oltre a parecchi fermagli per capelli ingioiellati, dentro una reticella che spinse in mano a Michelle, che la seguì doverosamente con la reticella, uno scialle e un mantello bordato di pelliccia, nel caso servissero, e salì in carrozza accanto alla duchessa, senza sapere minimamente quale fosse la loro destinazione.

Perché la duchessa avesse bisogno di altri quattro ventagli e di un tesoretto in ornamenti per capelli, questo proprio Michelle non lo capiva. E se questo non fosse stato sufficiente a riempirle la mente di preoccupazione, la sua padrona era talmente presa dai suoi pensieri che non guardò nemmeno una volta fuori dal finestrino per vedere il panorama nemmeno quando la carrozza rallentò fino ad andare a passo di lumaca. Michelle invece guardò e la sua preoccupazione aumentò scoprendo che la carrozza stava incanalandosi nel traffico che si dirigeva a est verso Tower Hill, con le strade strette e la congestione di cavalli, carrozze e carri che non si trovava certo nei dintorni più rispettabili delle piazze del West End e nelle vie che circondavano gli eleganti palazzi e le case di città di Westminster.

Quando i cavalli finalmente si fermarono davanti a un edificio con le finestre a entrambi i lati dell'ingresso a Fournier Street, un po' della trepidazione di Michelle passò, ma continuò a essere perplessa, non capiva perché erano venute in questa parte di Londra e trovava quasi impensabile che una duchessa potesse avere a che fare con qualcuno in questa zona della città, tanto da visitarlo personalmente.

Si era raccolta una folla crescente mentre la gente seguiva la carrozza che avanzava lentamente attraverso le strade strette e ora si avvicinava, volendo dare un'occhiata agli occupanti che viaggiavano in una carrozza elegante con tiro a quattro, servitori in livrea e uno stemma nobiliare sulle porte laccate di nero. Un servitore in livrea saltò giù da cassetta e abbassò i gradini mentre un altro saliva i due gradini bassi di pietra davanti alla casa per bussare alla porta con il batacchio di ottone.

Ci fu una breve attesa prima che la porta si aprisse appena a sufficienza perché una cameriera con una frivola cuffietta mettesse fuori la testa. Vide il servitore in livrea e poi, oltre la parrucca incipriata del servitore, la magnifica carrozza nera e quattro cavalli bianchi, e il secondo servitore che aspettava in silenzio accanto alla porta aperta della carrozza. La ragazza sgranò gli occhi e chiuse la porta in faccia al servitore. L'uomo stava per bussare di nuovo quando la porta si aprì una seconda volta, abbastanza da permettere di vedere tutto il corridoio dove sembrava che tutti gli adulti e i bambini, i servitori e gli occupanti stessero rovesciandosi fuori dalle stanze in una frenesia di attività.

Mentre tre degli occupanti della casa si affrettavano a uscire per strada, il cameriere ebbe appena il tempo di arretrare verso la carrozza, dove il suo collega stava aiutando la duchessa a scendere. La folla si avvicinò, ma solo fino a dove lo permettevano gli altri due servitori, e non fu delusa quando una bella signora dall'aspetto delicato in una abito alla moda *à la polonaise* di broccato di seta, con le scarpine abbinate, scese dalla carrozza, i capelli raccolti punteggiati di piccoli fiocchi e fermargli di diamanti, tenendo in mano un ventaglio dipinto.

Ci fu un mormorio di approvazione, perché la bella signora eguagliava in magnificenza la carrozza nella quale viaggiava e si aprì una discussione su quale fosse il blasone sulle portiere. Una donna si avventurò a dire che era lo stemma della famiglia Salt Hendon, ma un vecchio gentiluomo erudito, che portava sotto il braccio dei tomi rilegati in cuoio e che tornava dall'aver fatto lezione al foruncoloso figlio di un birraio, disse con sicurezza che avrebbe riconosciuto ovunque il blasone del duca di Roxton: una volta aveva passato un po' di tempo in campagna dove un suo terzo cugino era il curato della chiesa del villaggio locale vicino alla città di Alston, nella contea dell'Hampshire che faceva parte del ducato. Impressionati dalla sua frequentazione seppure molto alla lontana, dei ranghi più alti dell'aristocrazia, diversi membri della folla si rivolsero al vecchio gentiluomo per scoprire cos'altro poteva dire loro della famiglia ducale, mentre un gruppetto di donne, che era uscito in strada sentendo il trambusto, allungava il collo per dare un'occhiata più da vicino all'abito della donna e ai suoi costosi accessori.

Mentre Michelle dava velocemente un'occhiata in giro, colpita dall'attenzione che la carrozza e i suoi occupanti stavano attirando in questa parte della città e sbalordita non solo dalla folla che si era raccolta ma anche dal trambusto che veniva dalla casa stessa, Antonia sembrava non accorgersi di nulla e di nessuno, eccetto della famiglia de Crespigny che era venuta a trovare. Le due ragazze e la loro madre, che erano corse fuori in strada per salutarla, si fermarono di colpo alla vista della duchessa e fecero una profonda riverenza, come ricordandosi proprio all'ultimo momento delle buone maniere e chi era la persona che era venuta a trovarle, la madre ruppe in lacrime nel vedere la duchessa senza gli abiti a lutto e vestita così graziosamente, come la ricordava prima della morte del vecchio duca.

Antonia fece rialzare la donna robusta e non volle lasciarle andare il braccio quando cercò di allontanarsi, e con un sorriso tremulo la tirò vicino per baciarle entrambe le guance. Questo scatenò un mormorio di approvazione dalla folla, come il saluto della duchessa alle due figlie maggiori della donna, che fecero la riverenza e presero un istante la mano guantata che era stata tesa verso di loro, entrambe ammutolite e troppo timide per dire qualcos'altro oltre al loro nome e sorridere in segno di benvenuto.

Il gruppetto si spostò all'interno, con Michelle che le seguiva, la duchessa accompagnata di sopra al caldo di un salotto dove bruciava un bel fuoco nel camino. In cucina arrivò l'ordine di portare caffè e dolci e la cuoca e le sue due aiutanti andarono nel panico strillando in gallico, sapendo che era venuta in visita una duchessa e si affrettarono in giro cercando farina, uova e zucchero, e pentole per bollire l'acqua mentre la governante faceva tintinnare le chiavi, con le dita nervose che cercavano la chiave giusta per aprire la piattaia di mogano che conteneva la migliore caffettiera d'argento e le migliori tazze e piattini di porcellana.

Michelle si accorse che in casa tutti, sia la famiglia sia i servitori, parlavano esclusivamente francese solo quando i vari membri della famiglia furono presentati alla loro illustre ospite. Era talmente abituata a parlare in francese con la sua padrona che a volte dimenticava che ora viveva in Inghilterra. Seppe che il nome di famiglia era de Crespigny e che *M'sieur* de Crespigny era un ricco mercante di seta con magazzini e tessitori nelle strade intorno a Spitalfields; che aveva tre figli adulti, avuti dal primo matrimonio: Daniel, Gerrard e Armand che erano tutti sposati, avevano dei bambini a loro voltae lavoravano tutti nell'impresa di famiglia. La sua seconda moglie, la donna che la duchessa aveva abbracciato per strada e che ora era seduta accanto a lei sul sofà, aveva quattro figlie: Minette, che aveva quasi quattordici anni, Henriette, di dodici, Louise aveva dieci anni e poi c'era la piccolina della famiglia, Toinette, che aveva compiuto tre anni proprio un mese prima.

Michelle fu sorpresa di sapere che le figlie di *Madame* de Crespigny fossero così giovani, perché lei sembrava molto più vecchia della duchessa, ma si disse che *Madame* doveva essersi sposata tardi e che non poteva essere così vecchia perché aveva una bambina di tre anni. Fu la piccola Toinette, con la sua testa di ricciolini d'oro, che attrasse maggiormente l'interesse della duchessa, dicendosi sorpresa che *Madame* de Crespigny non l'avesse informata di quest'ultima aggiunta alla sua famiglia, e *Madame* rispose cortesemente che lei in effetti aveva scritto a *Madame la Duchesse* della sua enorme sorpresa di aspettare un bambino all'età di cinquant'anni e che le aveva scritto di nuovo per informarla dell'arrivo di Toinette ma che non si era aspettata una risposta, dopo tutto la nuora della duchessa aveva partorito intorno a quel periodo il suo quarto figlio, la bambina tanto desiderata. *Madame* de Crespigny non ebbe bisogno di dire che *M'sieur le Duc de Roxton* era morto una settimana dopo questa gioiosa notizia.

Seguì un momento di silenzio imbarazzato e poi Antonia chiese la sua reticella. Michelle fu lenta a reagire alla richiesta perché si stava chiedendo come mai tutte e quattro le figlie indossassero abiti semplici quando sicuramente, se il loro padre era un ricco mercante di sete, avrebbero potuto vestirsi con ogni tipo di tessuto prezioso. Ma forse questo era quello che indossavano in casa e le belle sete erano tenute per la domenica e per le passeggiate al parco, se c'erano i parchi in cui passeggiare in questa parte della città.

"Dite una sola parola, *Madame la Duchesse*, e chiederò a Bridgette di mandarvi una delle sue ragazze," dichiarò severamente *Madame* de Crespigny, con lo sguardo fisso su Michelle, che si era finalmente svegliata dai suoi sogni a occhi aperti. "Spero che non passiate le vostre ore in ozio, Michelle Bonnard?"

Michelle arrossì e scosse la testa, stupita che *Madame* conoscesse non solo il suo nome di battesimo ma anche il suo cognome. Non dovette chiederselo a lungo perché *Madame* de Crespigny era fin troppo ansiosa di darle l'informazione e con un avvertimento.

"Vostra madre è una mia seconda cugina, Michelle Bonnard, come lo era la cameriera che vi ha preceduto. Fareste bene a ricordare l'onore fatto a voi e alla vostra famiglia per la posizione che occupate nella casa dei Roxton perché ho molte cugine, tutte desiderose di prendere il vostro posto. Mi sono state riferite buone cose di voi, Michelle Bonnard, ma basta un solo cattivo rapporto perché vi troviate rispedita a St. Germain. Mi capite, ragazza mia?"

Michelle annuì e fece una riverenza, rabbonendo *Madame* de Crespigny, e fu sorpresa quando la duchessa strinse affezionatamente il braccio della donna.

"Gabrielle, smetterete mai di occuparvi di me?" Chiese Antonia con un caldo sorriso che poi diresse alle quattro ragazzine sedute tranquille sul sofà davanti a loro, a occhi sgranati per l'emozione di essere alla presenza di una duchessa vera, che era vestita come loro immaginavano si vestisse una principessa per un ballo, tale era la ricchezza dei ricami sul suo vestito e il luccichio degli ornamenti sui capelli. Antonia mise il contenuto della reticella sul tavolino e disse a Gabrielle: "Mi dispiace, non avevo contato Toinette, quindi ho solo quattro ventagli e altrettanti fermagli e forcine." Si rivolse alle ragazzine: "Potete scegliere un ventaglio e un ornamento ciascuna, *mes filles chéries* e, per la vostra *Maman*, manderò qualcosa di speciale domani."

"Non ce n'è bisogno, *Madame la Duchesse*," le assicurò in fretta Gabrielle de Crespigny e, con un cenno alla figlia maggiore, il segnale che Minette aveva il permesso di scegliere per prima, disse ad Antonia: "Siete troppo generosa, come sempre, *Madame la Duchesse*. Non dimenticate mai un compleanno o Natale e quando penso a quello che voi e *M'sieur le Duc* avete fatto per me quando ho sposato Bernard, io-io..."

Si fermò e respirò profondamente per trattenere le lacrime, rivolgendo la sua attenzione alle figlie, che contennero la loro immensa eccitazione nel ricevere dei regali del genere, ancora più speciali per la loro provenienza, per ricordare le loro buone maniere, fare una graziosa riverenza e dire dolcemente grazie alla duchessa prima di riprendere il loro posto e ispezionare i regali nei particolari.

Fu allora che arrivò il caffè e, ritenendo che Antonia non avesse fatto il viaggio a Spitalfields solamente per una tazza di caffè e il piacere di vedere i membri della famiglia de Crespigny, *Madame* de Crespigny mandò fuori le figlie con Michelle, perché prendessero il tè nel salotto di sotto, assicurando loro che avrebbero potuto accompagnare la duchessa alla carrozza quando fosse stata pronta ad andare via.

Sole, le donne bevvero il caffè in silenzio, poi Gabrielle chiese ad Antonia, mentre appoggiava la tazza di porcellana sul piattino: "Come-come stanno *M'sieur le Duc et Madame la Duchesse* e i loro..."

"Gabrielle, ricordate quando vi dissi che era destino che *Monseigneur* e io passassimo il resto della nostra vita insieme?" Chiese Antonia in fretta.

"Sì, *Madame la Duchesse*, avete detto..."

"No. Ricordate quando... *quando* ve l'ho detto?"

"Ma sì, certo." Gabrielle sorrise al ricordo. "È successo all'*Hôtel*. Stavo spazzolandovi i capelli, preparandovi per andare a letto e mi avete detto, così, come se fosse la cosa più naturale al mondo, che eravate innamorata di *M'sieur le Duc* e che non vi importava assolutamente niente di chi lo sapeva. Era quello che sentivate ecco tutto. Eravate molto determinata."

Antonia scrollò una spalla. "Ovvio. Ne ero sicura, quindi perché avrei dovuto esitare?"

"Diciamo la verità: non sono mai stata più sorpresa di niente in vita mia di quando me l'avete detto!"

Antonia rise e picchiettò scherzosamente *Madame* de Crespigny sul ginocchio con il ventaglio chiuso. "Questa è una grossa bugia, Gabrielle, perché quella stessa notte sono andata nelle stanze di *Monseigneur* e mi sono offerta a lui e non mi avete vista per sei giorni!"

Questo ricordo aveva ancora il potere di far arrossire la donna più anziana, ma riuscì a sorridere e ad annuire.

"Beh, sì, ammetto di essere rimasta stupita da *quello* ma a quell'epoca la mia preoccupazione per voi era molto più grande di qualsiasi sorpresa per le vostre azioni."

Antonia annuì, dicendo con un sospiro nostalgico: "Solo diciotto anni e così sicura di avere ragione. Non ho mai avuto dubbi e non ho mai smesso di crederlo. Sapevo di amarlo. Era tutto quello che importava."

"*È* tutto quello che importa, *Madame la Duchesse*," le assicurò Gabrielle de Crespigny.

"Non ho mai avuto dubbi e non mi sono mai preoccupata che potesse non esserci un lieto fine, anche quando ero incinta di Julian prima che ci sposassimo. Sapevo, nel profondo del mio cuore, che tutto sarebbe andato a posto e che *Monseigneur* e io saremmo stati insieme per sempre."

"Non c'era bisogno di chiederselo, *Madame la Duchesse*."

"Ricordo che ogni volta che entrava in una stanza il mio cuore cominciava a battere più forte." Antonia sorrise alla sua vecchia cameriera personale. "È sempre successo, fino alla fine."

Gabrielle annuì con un groppo in gola, ma non riuscì a rispondere.

"Avevo dimenticato che succedeva fino a poco tempo fa..." Antonia aggrottò la fronte. "Ma non ricordo di essermi sentita così a disagio, come se fossi seduta davanti al camino senza il parafuoco, tanto che arrossisco quando è l'ultima cosa al mondo che vorrei fare! Non posso farci niente, Gabrielle. E quando mi sorride dall'altra parte della stanza, o mi strizza l'occhio… provo le sensazioni più strane. È quasi come se stessi per svenire, ma io non svengo mai. Non ricordo di avere mai avuto queste sensazioni con *Monseigneur*. Forse c'è qualcosa che non va in me?"

"Non vi sentite bene?" Chiese esitante Gabrielle, mentre Antonia posava la tazza, si alzava e scuoteva le sottane, senza capire a cosa mirasse la conversazione.

"Non mi sono mai sentita insicura o preoccupata e adesso mi preoccupo continuamente!" Rispose Antonia, come se Gabrielle non avesse parlato. "Non può essere giusto, no? Voglio dire, mi ripete a ogni occasione che mi ama, quindi perché mi preoccupo?"

Gabrielle osservò Antonia che camminava su e giù tra i due sofà sventolandosi senza accorgersi. Cercò, senza riuscirci, di tenere la voce atona. "Lui *ve lo dice, Madame la Duchesse?*"

"Continuamente. È troppo! Chi sta cercando di convincere, me o se stesso? No! Questo non è giusto. Io gli credo. Ma perché mi fa sentire a disagio, mentre dovrebbe farmi molto felice?"

"Quando-quando ve l'ha detto, *Madame la Duchesse?*" Chiese Gabrielle, dicendosi che era meglio assecondare l'illusione di Antonia che non solo lei poteva parlare con il morto, ma che il morto le rispondeva. Vedere Antonia senza gli abiti neri aveva dato a Gabrielle la speranza che stesse finalmente mettendo da parte il lutto, ma dalla sua conversazione sembrava che la mente della duchessa fosse peggiorata. Gabrielle era veramente spaventata e si chiese se il duca attuale fosse informato del declino mentale di sua madre. Per ora era meglio far finta di niente, se non altro per placare qualunque paura si fosse insinuata nella mente della duchessa.

"Quando me l'ha detto?" Ripeté Antonia con una smorfia e sentì il volto che si accendeva. "Ve l'ho detto. Me lo ripete continuamente. Dentro e fuori dalla stanza da letto, il che significa che non posso accantonare le sue dichiarazioni come semplici vaneggiamenti dovuti al desiderio." Antonia smise di camminare e si chinò verso Gabrielle per dire a bassa voce, come se temesse che qualcuno la sentisse: "Almeno non mi devo più preoccupare riguardo alla stanza da letto. Mi aveva preoccupato un po' ma, dopo quel primo bacio, ho capito, e poi la nostra prima notte insieme…" Si raddrizzò e ricominciò a sventolarsi. "Non riesco a descriverlo ma dovete credermi quando vi assicuro che siamo ben appaiati…" Chiuse gli occhi ed ebbe un piccolo brivido. "*Il baise magnifiquement. È* così virile…" Si riscosse dalla sua fantasticheria e fece un risolino, nascondendo in fretta l'allegria dietro il ventaglio, ma aggiungendo con un sorriso malizioso: "Con i vestiti addosso l'avevo considerato molto attraente ma, Gabrielle, senza è veramente magnifico."

Gabrielle si alzò di colpo dal sofà, con il volto bianco come il pizzo che aveva ai gomiti.

"*Madame la Duchesse*! Non capisco assolutamente che cosa mi state dicendo!"

"Non so perché siate così sorpresa dalle mie confidenze," brontolò Antonia. "Quasi vent'anni al mio servizio avrebbero dovuto prepararvi per ogni eventualità. Anche se," concesse magnanima, "forse non a questa eventualità."

Si sedette di nuovo e allargò le sottane prima di alzare la tazza vuota sul suo piattino. "Penso di aver sbalordito perfino me stessa questa volta. Un'altra tazza, se non vi dispiace."

Gabrielle prese la tazza con il suo piattino e rimase in piedi, sbattendo gli occhi verso la duchessa. "Non state parlando di *M'sieur le Duc*, vero, *Madame la Duchesse*?"

"Non siate assurda! Perché dovrei parlare di *Monseigneur* quando mi è stato portato via tre anni fa? Dove avete la testa, Gabrielle? Quattro figlie e una vita oziosa come moglie di un uomo ricco e il vostro cervello si è messo a contare le pecore!"

"Forse stavo contando le pecore e mi sono addormentata, *Madame la Duchesse*, perché mi sembra di sognare."

"Non siete la sola!" Disse aspramente Antonia e prese la tazza che le aveva riempito, mescolando con il cucchiaino d'argento per sciogliere la zolletta di zucchero.

"Mi scuserete se sono un po' tonta, *Madame la Duchesse*, ma state cercando di dirmi che c'è qualcuno… che voi e questo qualcuno…"

"Ho un amante, Gabrielle. Ecco, l'ho detto a voce alta. Non mi fa sentire meglio. A dirla tutta, mi sento triste. Lui mi fa *sentire* miserevole!"

"Miserevole? Ma non mi avete detto che vi dice che vi ama? Che basta che sorrida o ammicchi perché proviate le sensazioni più strane? Che il vostro cuore batte più forte quando lo vedete?"

"Allora non avete perso completamente la testa! Sì, è quello che ho detto, quindi potete meravigliarvi se mi sento così giù?"

"E nonostante vi sentiate depressa voi… vi piace fare l'amore con lui… e lui vuole sposarvi?" Quando Antonia annuì, tetra, Gabrielle de Crespigny sorrise e strinse la mano della duchessa. "Oh, *Madame la Duchesse*, avete idea di che cosa significhi?"

"Se lo sapessi perché sarei qui a darvi fastidio?"

Gabrielle de Crespigny si mise a ridere ed era una risata talmente spensierata che Antonia si sedette eretta, con il volto in fiamme.

"Non è il caso di riderci sopra, Gabrielle! Lui è seccante ed esasperante e io vi dico che mi ha fatto sentire miserevole perché ha osato dirmi che non pensa che sarebbe una brutta cosa se dovessimo avere un bambino. Immaginatevi! Alla mia età! E che cosa faccio io? Comincio a pensare non a quanto sia ridicola quest'idea, ma che forse mi piacerebbe molto, quando è qualcosa che non può succedere. Così, vedete che cosa mi ha fatto, facendomi venire questi pensieri assurdi!"

"Avete detto che è virile."

"Sì."

"E voi siete ancora fertile?"

"Sì, ma…"

"Bernard aveva sessantacinque anni e io avevo già compiuto cinquant'anni quando abbiamo avuto Toinette. Quindi è ancora possibile, no?"

"Ma il mio figlio minore ha quindici anni!"

"*Pardon, Madame la Duchesse*," disse sommessamente Gabrielle. "L'ultima volta che siete rimasta incinta era solo sei anni fa; ed è stato lo stress per la malattia di *Monseigneur* che ha causato l'aborto, vero?"

"Sì, è stata una cosa molto triste. Ma la nascita di Frederick… lui significa tanto di più per me perché è nato quando sarebbe dovuto nascere il nostro bambino…"

"Quindi non è solo una fantasia pensare che un bambino sia possibile, no?"

"Gabrielle, è una sciocchezza! Stiamo dicendo stupidaggini bevendo caffè e tutto perché c'è un uomo che mi fa sentire strana, un uomo che un giorno è un mercante e il giorno dopo mi dice che ha ereditato un titolo scozzese e un castello e che deve andare a viverci perché ha delle responsabilità verso i suoi mezzadri. Questo va benissimo per lui ma non può aspettarsi che io vada in Scozia e viva in questo castello con lui. Questa è pura fantasia!"

"Ma se lo amaste è esattamente quello che fareste."

"Amarlo? Non capisco perché dite *se* lo amo?"

"Ma voi lo amate."

"Questa è un'assoluta stupidaggine! Io amo *Monseigneur*. Ho sempre amato *Monseigneur* e lo amerò sempre. Nessuno lo rimpiazzerà mai."

"Questo non vi impedisce di amare quest'uomo."

"Si chiama Jonathon, Jonathon Strang."

"Dite che questo Jonathon Strang vi rende infelice perché provate le sensazioni più strane per lui. Queste strane sensazioni sono amore, mia carissima. Non vedete, siete *innamorata* di lui."

Antonia fece il broncio. "No, non lo vedo per niente!" Eppure, appena l'ebbe detto capì che era una bugia e quando Gabrielle de Crespigny le sorrise comprensiva sentì le lacrime bollenti che sgorgavano dagli occhi. Mise da parte la tazza di caffè e fu più che lieta di farsi stringere tra le braccia confortanti della donna più anziana. "Gabrielle. Oh, Gabrielle, sono così tanto, tanto infelice…"

"Certo che lo siete. È naturale," rispose dolcemente Gabrielle. "Vi dirò qualcosa sul mio carissimo Bernard. La sua prima moglie, Elisabeth, era l'amore della sua vita. Hanno avuto tre figli e quando lei è morta, lui era inconsolabile e si era rassegnato a essere un buon padre e nonno e a non sposarsi più. Diceva che nessuno avrebbe mai potuto sostituire Elisabeth, ed è vero. Nessuno rimpiazzerà mai *Monseigneur*, ma non è quello che volete. E io non potrò mai rimpiazzare l'Elisabeth di Bernard. Ricordo il giorno in cui ci siamo conosciuti. Voi stavate passeggiando a St. James Park con Lord e Lady Vallentine e il vostro cappellino di paglia volò via e io lo rincorsi e Bernard, lui lo afferrò e me lo restituì. Era accanto al laghetto con i suoi figli che facevano navigare le loro barchette… Allora non sapeva di amarmi ma non mi ha più dimenticato da quel giorno. Ma io lo sapevo. Cinque minuti di conversazione con lui e io sapevo, *Madame la Duchesse*, che lo amavo e che l'avrei sposato."

Sorrise ad Antonia, che le aveva appoggiato la testa sulla spalla, e disse, con un sorriso ancora più ampio: "Sono certissima che Bernard non si aspettasse di diventare padre di nuovo e di quattro ragazze! Ha sette nipoti dai suoi figli e a sessantotto anni è il padre di una bambina di tre. *Incroyable*. Quindi a meno che Jonathon Strang non possa avere figli…?"

"Ha una figlia di diciannove anni."

"Allora! Anche lui può avere figli. Ecco fatto! Mi dite che è più che abile in camera da letto, allora chi può dire che alla sua età non possa avere un altro figlio?"

Antonia si mise dritta sentendola e si asciugò gli occhi con un fazzoletto di pizzo. "Gabrielle, c'è qualcosa che ho trascurato di dirvi di *M'sieur* Strang…"

L'espressione affranta di Antonia fece impallidire Gabrielle.

"Sì, *Madame la Duchesse*?" Disse piano, sperando silenziosamente che l'amante della duchessa fosse molto più giovane di *Monseigneur*, che era stato abbastanza vecchio da essere suo padre; la sua Antonia, meritava almeno quello da un secondo marito.

"Dovete promettermi di non lasciavi sconvolgere."

Gabrielle annuì. *Mon Dieu,* pensò, *anche questo Jonathon è anziano come M'sieur le Duc.*

Antonia cercò di tenere la voce atona, ma non riuscì a nascondere la fossetta o lo scintillio negli occhi verdi. "Lui… Jonathon… ha solo otto anni più di Julian."

Gabrielle sbatté gli occhi. Sicuramente aveva capito male. Ma la duchessa restava lì seduta e la guardava con una strana espressione, un misto di imbarazzo e compiacimento che le aleggiava sulla bocca adorabile. E poi Gabrielle sgranò gli occhi ed esclamò:

"*Mon Dieu! Oh la la. Je suis si étonnée, je suis sans mots!*"

"Sì, è quello che pensavo. Spero che anche il mio pedante figliolo resti senza parole, perché mi risparmierebbe le sue narici frementi durante la predica sulla moralità della famiglia. Gabrielle, ve lo dico, meno male che Julian non sa nemmeno la metà dell'immoralità di sua madre. Le sue narici non smetterebbero mai di fremere!"

Non riuscendo più a reprimere il suo divertimento, Antonia cominciò a ridere e anche Gabrielle, e quando la porta si aprì, qualche minuto dopo, per far entrare *M'sieur* de Crespigny, che era arrivato a casa per il pranzo, lui trovò sua moglie e *Madame la Duchesse de Roxton* appese l'una all'altra con lacrime di gioia sulle guance arrossate. Chiuse nuovamente la porta in silenzio e le lasciò al loro momento.

VENTIQUATTRO

QUANDO ANTONIA ARRIVÒ A CASA, LA ACCOLSE LA NOTIZIA CHE I ragazzi erano tornati sani e salvi e in ottime condizioni nonostante le loro avventure nello schivare la milizia, e che Lady Cavendish la aspettava nel salotto azzurro. Antonia andò in biblioteca e fece portare da lei Kitty Cavendish.

Lady Cavendish si guardò attorno, vide la duchessa che si scaldava le mani accanto al camino e si avvicinò in fretta, con l'ansia che le faceva scordare le buone maniere, per dire senza preamboli, mentre si rialzava dalla riverenza:

"Tommy e Strang sono stati presi in custodia. I bruti di Shrewsbury sono tornati a prendere Tommy appena hanno catturato Strang. Stanno interrogando anche Dair Fitzstuart, su invito di Shrewsbury. Dobbiamo fare qualcosa."

Antonia nascose la sua apprensione, cogliendo il lapsus della donna. Non le erano mai piaciuti Kitty Cavendish o suo marito. Non aveva niente a che fare con il fatto che facessero parte del circolo di sua nuora, Tommy Cavendish era in effetti cugino di Deborah e questo rendeva la loro natura rapace ancora più inaccettabile. La coppia passava il suo tempo, a volte per intere settimane, allo stesso indirizzo, saltando dalla generosa ospitalità di una casa di campagna all'altra, eppure non ricambiava mai. E come ospiti della loro vasta rete sociale di amici e parenti, mangiavano, bevevano, giocavano a carte e si approfittavano in ogni modo possibile dei loro nobili ospiti come se essere mantenuti fosse un loro diritto.

Antonia non aveva mai espresso la sua disapprovazione a suo figlio e alla nuora ma aveva gli occhi per vedere e, in troppe occasioni per menzionarle tutte, aveva osservato Tommy Cavendish ingozzarsi fino a scoppiare e Kitty Cavendish ingraziarsi i suoi ospiti, come se il prossimo pasto del marito e un letto pulito dipendessero da quello. Il fatto che la coppia sostenesse la candidatura delle due nipoti di Kitty Cavendish, le gemelle Aubrey, come possibili mogli di Jonathon era segno evidente del loro desiderio di vedersi sistemati a un indirizzo permanente per la stagione, qualora una delle due fosse diventata la signora Strang. Antonia era sicura che i Cavendish sapessero che Jonathon aveva ereditato il titolo scozzese dell'anziano parente e che un remoto castello in Scozia non sarebbe stato abbastanza lontano perché lui potesse sfuggire all'avidità di Lord e Lady Cavendish.

Kitty Cavendish guardò le poltrone e i sofà vuoti raggruppati di fronte al camino, aspettandosi che le venisse offerto di sedersi ma quando Antonia restò in piedi, fu obbligata a fare altrettanto, conscia che la mancanza di convenevoli voleva dire che la duchessa si aspettava che la sua visita durasse poco.

"Dite che gli uomini di Lord Shrewsbury sono tornati a prendere Lord Cavendish. Che cosa vuol dire, milady?"

"Vostra Grazia? Tornati? Oh! La milizia è arrivata alla nostra porta all'alba, chiedendo di sapere dove fosse Charles Strathsay. Ovviamente abbiamo detto che non lo sapevamo."

"Eppure vostro marito li ha indirizzati qua, altrimenti per quale altro motivo la milizia avrebbe voluto perquisire la mia casa?"

Lady Cavendish fece un debole sorriso e Antonia ebbe la sua risposta.

"Tommy ha pensato che fosse meglio che fosse Strang a trattare con loro. Dopo tutto Charles Strathsay ha intenzione di sposare Sarah-Jane e quindi…"

"Che delusione per voi."

"Sì, sì, è una delusione. Avevamo tante speranze che Sarah-Jane facesse un buon matrimonio. Avrebbe potuto essere la contessa di Strathsay un giorno, invece lei…"

"… ha seguito il suo cuore? Lasciando una casa in meno dove voi e vostro marito potete imporre la vostra presenza. Sarah-Jane, come vostra nipote, difficilmente avrebbe potuto rifiutarvi un invito a restare come suoi ospiti per l'intera stagione, se l'aveste voluto, vero? Ma dato che lei e Charles risiederanno a Parigi e un giorno nelle Americhe, questo mette la sua casa, la sua fortuna e le sue buone grazie fuori dalla vostra portata."

Kitty Cavendish sbatté gli occhi e sbiancò e stava quasi per offrire la solita risposta ingenua, debole, quasi esitante e tante volte ripetuta, ma la luce dura negli occhi verdi che la guardavano senza simpatia o amicizia fu sufficiente a farle capire che la duchessa la conosceva per quello che era e che non si sarebbe lasciata ingannare. Non le piaceva essere superata in astuzia e certamente non da qualcuno che aveva sempre ritenuto di scarso valore, un semplice bell'ornamento e che per questo non la sopportava. Aveva sempre creduto che la duchessa vedova di Roxton fosse quello che era proprio perché era un bell'ornamento. Non avrebbe mai pensato che sotto quella bella facciata ci fosse una mente acuta.

"Volete sapere perché Strang ha deciso di darvi la caccia, Vostra Grazia?" Quando Antonia continuò a fissarla, imperturbabile, Kitty Cavendish disse stizzita: "Perché voi occupate la casa che una volta apparteneva al suo antenato Edmund Strang-Leven e che è stata rubata dal quarto duca di Roxton quando ha sposato la sorella di Edmund. Non solo la proprietà di Crecy Hall è stata sempre in discussione, ma anche il terreno sul quale sorge questa casa. Sapevate che Roxton ha permesso a Strang di prenderla in affitto? Strang è anche deciso a farsi restituire Crecy Hall, con qualunque mezzo."

"E io sono quel mezzo?" Antonia scrollò le spalle. "Avrebbe dovuto documentasi meglio. Io posso vivere in quella casa, ma non posso disporne. E nemmeno di questa. Come tutto il resto, sono state lasciate al mio figlio maggiore. Io sono semplicemente una sua ospite. E, se dite il vero, ora sono un'ospite di *M'sieur* Strang in questa casa. Voi, meglio di chiunque altro, capirete in che difficile posizione questo mi metta."

"Tommy ha fatto di tutto per avvertire Strang che il suo stratagemma non avrebbe funzionato, Vostra Grazia. Non che voi non ci sareste cascata, ma che il duca vostro figlio avrebbe ostacolato il piano."

Antonia sorrise a fior di labbra. "Come sono fortunata allora ad avere un figlio che è sempre lì a guardare le spalle di sua madre." Suonò un campanellino che fece venire un cameriere. "E mentre *M'sieur* Strang stava facendo di tutto per persuadermi, le vostre nipoti venivano tristemente trascurate? Sembra che il vostro piano non abbia avuto maggior successo, milady." Raccolse il suo Rousseau e si sedette sulla sua poltrona preferita, senza offrire a Lady Cavendish di sedersi, a indicare che il colloquio era finito. Ma quando la donna non si mosse, nonostante il cameriere accanto a lei, Antonia alzò gli occhi e disse con sincera preoccupazione: "Non agitatevi, Lady Cavendish. Sono sicura che Lord Shrewsbury rilascerà presto Lord Cavendish. La sua partecipazione alle attività sovversive di Charles deve sicuramente essere minima, no?"

Kitty Cavendish fece una riverenza. "Vorrei che fosse vero, Vostra Grazia."

E sarebbe uscita, ma dalla porta della biblioteca entrò Jonathon Strang e con lui c'era Tommy Cavendish.

"Mio carissimo fagottino alle fragole! Eccomi qui, intero e intatto!" Dichiarò Tommy Cavendish, abbracciando sua moglie. Sussurrò qualche parola nel suo orecchio e poi la lasciò andare per fare un inchino profondo alla duchessa. "*Madame la Duchesse*, accettate i miei più umili ringraziamenti per aver ospitato Lady Cavendish mentre il povero Strang e io venivamo arrostiti a fuoco lento da Lord Shrewsbury. Non approfitteremo oltre della vostra ospitalità. Strang mi dice che andrete a teatro a vedere una nuova commedia di quel tizio... Sheridan? Che meraviglia. Lady Cavendish e io siamo già in ritardo per una serata di carte con i Connelly."

"Ma, Tommy, pensavo che stessimo per andare a Dub..."

"Sì, mia cara," disse Tommy Cavendish sorridendo a denti stretti, "non solo per tagliare il mazzo, ma anche le nostre perdite. I Connelly sono effettivamente a Dublino. Fai una bella riverenza, ora, e andiamo prima che il mio robusto cognato cambi idea e mi riduca a carne trita per il ripieno."

Kitty Cavendish fece quello che le chiedeva, con uno sguardo sospettoso a Jonathon prima di essere accompagnata in fretta fuori dalla biblioteca da suo marito e due servitori in livrea chiudessero le porte alle loro spalle. Nel silenzio che seguì, Antonia osservò Jonathon che fissava la porta chiusa con una smorfia.

"Charles e Sarah-Jane sono arrivati sani e salvi alla loro barca?" Chiese sottovoce.

"Sì, sì," rispose, tornando attento e sorridendole. "Oramai dovrebbero essere partiti. I ragazzi sono qui?" Quando Antonia annuì, senza guardarlo negli occhi, l'espressione preoccupata tornò. "Che cosa vi ha detto Kitty per turbarvi?"

"E Dair?" Chiese, ignorando la sua domanda. "Shrewsbury ha rilasciato anche lui?"

"No. Il fratello di Charles ha confessato la sua parte nella corrispondenza segreta con l'americano Silas Deane."

"È una stupidaggine!" Disse Antonia sdegnosa. "Dair è un ufficiale. Non avrebbe mai tradito il suo reggimento e tanto meno il suo paese! Non ci credo e se Shrewsbury ci crede non è la grande spia che pensa di essere. Charles ha tradito il suo paese per ragioni filosofiche, perché è un idealista; quello lo posso digerire. Per Dair fare la stessa cosa avrebbe significato tradire i suoi stessi soldati, e per che cosa? Non crede nella causa americana. Non condivide gli ideali del fratello." Si precipitò per suonare di nuovo il campanellino. "Manderò un messaggio a Julian e lui farà capire la ragione a Shrewsbury."

Jonathon arrivò per primo al campanello e lo mise fuori dalla sua portata sulla mensola scolpita, prima di prenderle la mano e farla sedere con lui sul sofà.

"Tesoro, Roxton era lì. Era lì mentre Shrewsbury ci interrogava. Scomodo e alquanto imbarazzante ricevere una ramanzina di fronte a vostro figlio ma è stato meglio che ci fosse. Specialmente per Dair, che ha bisogno di tutto l'appoggio che la famiglia può dargli. Vedete..." Jonathon smise di parlare e le baciò velocemente il dorso della mano, "io scommetto che Tommy voleva la sua fetta della torta coloniale. Che era coinvolto in qualche modo nel fornire ai patrioti americani il numero di truppe e le vie di rifornimento inglesi, perché Tommy farebbe qualunque cosa per una ghinea, se significasse avere la pancia piena, un letto morbido e poltroncine dorate sulle quali posare il suo grasso sedere. Ma le attività sovversive di Tommy si sono limitate a ricattare Charles e, a quanto pare, anche suo fratello."

"Ma non capisco perché Dair farebbe una cosa del genere. Tommy, sì. E Kitty. Quei due deprederebbero una tomba piuttosto di darsi da fare per guadagnarsi da vivere. Ma Dair? È incomprensibile."

"Debiti, un gran mucchio di pagherò, qualcosa come quindicimila sterline."

"È un giocatore? No! Non riesco a crederci! Un donnaiolo, qualcuno a cui piace rischiare. Ma uno scioperato?" Quando Jonathon non fece commenti, gli chiese, tirando su col naso: "Che cosa gli succederà?"

"Toccherà a Shrewsbury e Roxton deciderlo con il *Comitato per la guerra coloniale americana*. Dubito che faranno molto chiasso perché Dair è uno di loro."

"E i Cavendish?"

"Irlanda ed esilio. Non saranno più i benvenuti qui. Ci penserà Roxton."

Antonia guardò le loro dita intrecciate e poi i suoi occhi castani. "E mio figlio ha anche provveduto a darvi questa casa dove siamo adesso e Crecy Hall? È questo il motivo di tutto?"

Jonathon scosse la testa, continuando a guardarla negli occhi. "No, voglio dire *sì*. Sì, ho preso in affitto questa casa e sì, avevo tutte le intenzioni di portare avanti le rivendicazioni dei miei avi su Crecy Hall ma..."

"... ma perché tentare di convincere mio figlio quando potreste semplicemente sposare sua madre e come mio marito rivendicare la casa come vostra per diritto di matrimonio?" Quando Jonathon esitò a rispondere, con il rossore che gli copriva le guance abbronzate, Antonia liberò la mano e si alzò, scuotendo bruscamente le sottane. "Se vi aspettate che io creda a qualcosa di diverso, anche voi avete enormemente sottovalutato il mio intelletto!"

"No! Sì! Sarebbe stato più facile, ma no, non è il motivo per cui voglio sposarvi!" Replicò Jonathon, alzandosi dal sofà e seguendola lungo la stanza rivestita di libri fino a una scala a chiocciola di ferro battuto che rispecchiava quella nella biblioteca dei Roxton a Treat. "Dio, avete tutti i diritti di pensare che io sia un completo figlio di puttana, ma vi dico in tutta onestà, ho rinunciato all'idea di portare avanti le mie rivendicazioni sulla casa vedovile il giorno della regata, quando siete venuta sul pontile a salutare me e Frederick. Avevate in mano il mazzetto di margherite selvatiche che vi aveva dato il vecchio Ernest ed era la prima volta che vi vedevo non vestita di nero... Mio Dio! Avrei voluto afferrarvi e farvi volteggiare intorno e coprirvi di baci e dirvi quanto vi amavo già allora."

La guardò salire i gradini di ferro battuto, arrivare fino alla prima balconata e percorrere metà della sua lunghezza, ispezionando gli scaffali per trovare quello che cercava. Dovette fare qualche passo indietro nella stanza per guardarla frugare tra i tomi rilegati in pelle di un particolare scaffale, tirando fuori un libro qui, un altro lì, rimettendoli a posto fino a trovare quello giusto. Aprì un sottile diario, rivestito di pelle rossa, sfogliò parecchie pagine e, trovato quello che cercava, chiuse il diario e tenendolo stretto al petto, scese i gradini. Si fermò sul terzo gradino dal fondo, in modo da essere allo stesso livello di Jonathon, che ora aveva una mano sulla balaustra lavorata e un piede sul gradino in basso.

Lo guardò negli occhi castani, così preoccupati e inquisitori, e strinse un momento le labbra, con gli occhi verdi altrettanto indagatori.

"Non so se credervi o no. Il mio cuore è un organo molto determinato e batte troppo forte quando mi siete vicino, e vuole veramente credere a quello che mi dite. E poi c'è la mia testa, che ricorda la promessa che mi avete fatto nel padiglione."

"Vi ho dato la mia parola che non avrei mai fatto o detto nulla per ingannarvi o-o *ferirvi* intenzionalmente," disse piano, con una mano sulla guancia di Antonia. "E continuo a sostenerlo, tesoro. Vi-vi ho ferito?"

"Forse... un po'. Avreste dovuto dirmi la verità fin dall'inizio, invece di lasciare che la scoprissi da Kitty Cavendish. Non so perché neanche Julian me l'abbia detto!" Aprì il diario a una particolare pagina, ne tolse un foglio piegato di carta ingiallita e glielo porse. "Questo è il diario della quarta duchessa di Roxton, dell'anno 1681. Se leggete quello che ha scritto il giorno di capodanno, vedrete che ha registrato la morte di suo fratello Edmund. È molto triste perché Edmund era andato a pattinare sul Tamigi e il ghiaccio si ruppe e lui annegò. L'inchiostro è sbavato per le lacrime di sua sorella. Quello che è importante che voi leggiate è quello che dice sotto."

Jonathon scorse la pagina di minuscola scrittura femminile e trovò quello che la quarta duchessa aveva scritto il 25 marzo 1681, capodanno, saltò quello che gli aveva appena detto Antonia e poi lesse lentamente le due frasi che seguivano.

"Edmund ha lasciato Crecy Hall a sua sorella nel suo testamento perché doveva al duca un mucchio di soldi?" Disse Jonathon, sorpreso, mentre chiudeva il diario.

"E qui c'è la lettera di Edmund, infilata nelle pagine del suo diario."

Jonathon prese il vecchio foglio ingiallito ma non lo aprì perché Antonia gli aveva messo le braccia al collo.

"Ho avuto anni per leggere i libri su questi scaffali. Alcuni sono più interessanti di altri. I diari della quarta duchessa appartengono alla prima categoria. Dato che è anche una vostra antenata posso indicarvi i punti dove parla dei suoi cugini Strang-Leven." Piegò la testa da un lato, guardandolo pensierosa. "Strano che non abbia fatto prima il collegamento. Colpa del subcontinente e della vostra pelle abbronzata, molto più affascinante, no?"

Si chinò per baciarlo e Jonathon lasciò cadere il diario e la lettera sui gradini per prenderla tra le braccia. Dopo un po' disse dolcemente:

"Venite a teatro con me."

"Sì."

La guardò fisso negli occhi. "Sapete quello che significa, vero?"

"Certamente! Essere vista in pubblico con voi... Dividere un palco a teatro... è praticamente una dichiarazione. Non mi importa. È la verità. Siamo amanti."

"Ci sarà anche Roxton. È la prima."

"Riuscite a pensare a un modo migliore di aprirgli gli occhi?"

"Penso che i suoi occhi siano spalancati, tesoro," disse Jonathon con una risata e dalla tasca profonda della sua redingote tolse una scatola piatta di velluto nero consumato. "Ha detto che forse avreste voluto indossare questa al Drury Lane."

Ad Antonia non serviva aprire la scatola per sapere che cosa conteneva, ma lo fece, un gesto automatico. Dentro, annidato in un letto di velluto c'era il collier di diamanti e smeraldi che *Monseigneur* le aveva regalato il giorno del suo diciottesimo compleanno. Jonathon le consegnò anche un sacchettino di velluto.

"Braccialetti, orecchini e fermargli per capelli intonati."

Antonia si limitò ad annuire, troppo sopraffatta per parlare, perché certamente il gesto del figlio nel restituirle i gioielli che aveva scartato la notte in cui avevano litigato per la vendita dell'*Hôtel* era un tentativo di riconciliazione. Gli rese la scatola di velluto e il sacchettino, dicendo sommessamente:

"Per favore mettetemi giù. Voglio mostrarvi qualcosa... Questo è il ritratto di mia nonna Augusta, contessa di Strathsay," disse Antonia a Jonathon quando furono all'entrata del foyer a un lato della grande scalinata, davanti a un ritratto a tutta altezza del pittore Allan Ramsay. "Era una grande bellezza e quando aveva quindici anni sposò mio nonno che era un generale scozzese e un figlio bastardo di Re Carlo. Non era un matrimonio felice e lei si innamorò del marito di sua sorella, Lord Ely, che fu il grande amore della sua vita."

"Voi avete ereditato i suoi occhi e il seno e Charles i suoi colori. È proprio una bellezza," confermò Jonathon e sorrise ad Antonia, "ma voi siete molto più bella."

Antonia fissò sua nonna, con la sua criniera di capelli rosso fiamma, gli obliqui occhi verdi, drappeggiata in un provocante *déshabillé* di seta color ostrica che mostrava al meglio il seno prorompente. Annuì con un sospiro.

"Sì. Io non le piacevo per niente," e quando Jonathon scoppiò a ridere gli strinse il braccio, dicendo: "Non sto esagerando. Non le piacevo assolutamente. Ero sconvolta dalla sua immoralità. Ma, ora che sono più vecchia, capisco meglio com'era la sua vita. Essere innamorata di qualcuno che non avrebbe mai potuto sposare; non poter vivere apertamente con quella persona perché avrebbe causato un grande scandalo. Aveva una fila di amanti quando Lord Ely era via, nella sua tenuta. Lui avrebbe voluto che lei vivesse con lui ma lei non voleva lasciare la città. Erano entrambi molto testardi. Ma io non avrò altri amanti mentre sarete in Scozia," aggiunse. "Non le assomiglio in quel senso. E quando ritornerete a Londra per le sedute del parlamento, potremo stare insieme in questa casa." Voltò le spalle al ritratto per mettersi davanti a lui, con il mento alzato, una mano sul davanti liscio e setoso del suo panciotto ricamato e disse risolutamente: "Non mi interessa quello che diranno e non vi chiederò della vostra vita in Scozia se non vorrete parlarmene. Ma se vorrete parlarmi di vostra moglie e dei vostri figli, allora sarò contenta di ascoltarvi..."

"Basta! Basta così!" Le ordinò. "Non mi avete ascoltato? Non mi credete quando vi dico che vi amo? Siete pazza, donna?" La trascinò vicino alla scalinata, poi la fece sedere accanto a lui e le prese il volto tra le sue grandi mani. "Ascoltatemi, Antonia. Se non mi sposerete voi, io non sposerò nessun'altra. Se volete vivere nel peccato con me, così sia. Ma vivremo nel peccato insieme." La baciò dolcemente e poi la lasciò andare per prenderle le mani. "Il mio titolo di pari scozzese richiede che io viva nella mia tenuta sei mesi all'anno. E per rendere giustizia al mio titolo e ai miei mezzadri non potrei fare niente di meno. Voglio che veniate al nord con me. Non riesco a concepire di vivere là senza di voi. Per gli altri sei mesi vivremo qui, in questa casa, e sì, farò parte del parlamento. Ma in che veste, quello dipende da voi. Se non mi sposerete, rinuncerò al titolo di pari ed entrerò in parlamento come rappresentate di Leven. Se mi sposerete, manterrò il titolo e tutta la pompa e la *grandeur* associate, per voi. "

"Ma io non voglio che siate nient'altro che Jonathon Strang!" Ribatté Antonia. "Perché dovete tenere questo titolo a causa mia? Se manterrete il titolo allora dovrete sposarvi e avere bambini, un erede, perché continui dopo di voi. È questo l'ordine naturale delle cose. È quello che ci si aspetta da voi."

"Tesoro, le mie azioni non sono mai state dettate da quello che gli altri si aspettavano da me. Finché non mi sono innamorato di voi, mi aspettavo di rinunciare al titolo. Tenere la tenuta, rispettare i miei obblighi, sedere in parlamento, ma portare una corona ducale? Non riesco a pensare a un cappello più imbarazzante per la mia testa da mercante. E certamente non avevo intenzione di risposarmi per quello. Ma non riesco a immaginare di passare la mia vita con nessun altro che voi, e non riesco a pensare a voi come a qualcosa meno di una duchessa, la *mia* duchessa, e quindi, con riluttanza, indosserò l'ermellino e accetterò il titolo del mio vecchio parente."

Antonia lo guardò sbattendo gli occhi e prima che potesse fare la domanda, Jonathon prese dalla tasca del panciotto un sottile braccialetto rosso di fili di cotone finemente intrecciati, aperto da entrambi i lati. Antonia lo riconobbe come il piccolo cerchio che stava intrecciando il giorno in cui le aveva mostrato la casa sull'albero-nave pirata e l'altalena e, istintivamente, tese il polso sinistro. Lui intrecciò abilmente insieme i fili aperti in modo da chiudere il braccialetto intorno al suo polso e poi lo baciò, dicendo con un sorriso:

"Non sono diamanti e smeraldi, ma se vorrete anche quelli, potrò facilmente procurarveli. Ma questo ha molto più valore per me e spero anche per voi. Questo braccialetto è un *kalava*, un filo sacro indù che una volta completato non si può rompere. Né si può togliere. Il cotone deve deteriorarsi naturalmente. Ora siete mia e io sono vostro." Le sorrise guardandola negli occhi. "Mi sposerete?"

Lei toccò il braccialetto. Era molto più prezioso per lei che se le avesse regalato dei gioielli e alzò le dita per baciargli il dorso della mano.

"Vi amo."

"E io amo voi. Quindi sposatemi. Domani."

"Domani? Perché domani?"

"Domani devo partire per il nord."

"Mi lascerete *domani*?"

L'incredulità nella sua voce e l'espressione desolata, stupita, erano stranamente confortanti.

"Devo accompagnare il feretro del mio vecchio parente al nord. Sarà sepolto nella cappella di famiglia nel castello di Leven, con tutta la pompa e l'importanza che richiede il suo titolo, anche se dubito che mancherà a qualcuno, certamente non ai suoi trascurati servitori e mezzadri. E inoltre succede che io sia stato esiliato nel mio mucchio di pietre ancestrale in Scozia per ordine di Shrewsbury: è la condizione del mio rilascio per aver aiutato Charles a evitare la cattura." Le diede un buffetto sulla guancia e cercò di sembrare allegro. "Tutto considerato, è finita piuttosto bene."

"Bene? Ma io non voglio assolutamente che partiate. È troppo presto!"

"Io devo farlo, ma fatemi partire felice. Sposatemi, domani."

"Ma ci sono cose come le pubblicazioni e i preparativi e… Oh! Un centinaio di altre formalità ridicole su cui mio figlio insisterà, tutto nel nome dell'onore della famiglia! Cioè, se dovesse dare il suo consenso e non…"

Jonathon alzò un documento con il sigillo dell'Arcivescovo di Canterbury. "Un regalo di vostro figlio."

Gli occhi verdi di Antonia si spalancarono. "*Parbleu*! No? Una licenza speciale, da *Julian*?"

Il volto magro di Jonathon arrossì. "Posso solo presumere che sia più confacente alla sua sensibilità avere sua madre sposata con un nobiluomo scozzese piuttosto che saperla l'amante di un mercante. Allora, mi sposerete domani?"

"Ma… anche se dovessi sposarvi domani, non potrei lasciare i miei figli, Frederick, i miei bambini… È troppo presto! E devo… Devo dirlo a *Monseigneur*…"

La aiutò ad alzarsi con un sospiro di comprensione. "Sì, è vero. Non ci avevo pensato. Sì, dovete dirlo a *Monseigneur*… allora io partirò per il nord domani, dopo che ci saremo sposati, e vi lascerò qui, aspettando di tornare in autunno a reclamarvi, per reclamare la mia duchessa d'autunno."

Antonia fece il broncio. "Mi mancherete terribilmente."

"E a me mancherete voi, tesoro."

"*Maman*! Strang! Se non partiamo entro un'ora, mancheremo all'apertura del sipario!" Esclamò Henri-Antoine dal pianerottolo del primo piano e poi scese per andare loro incontro. "Roxton ha un palco e lui e Deb hanno fatto venire *Grandpère* Martin da Bath." Guardò Jonathon. "Non vedo l'ora che lo conosciate. Vi piacerà Martin. È un vecchietto in gamba, vero, *Maman*?"

"Non è bello che chiamiate il padrino di vostro fratello un vecchietto, Henri-Antoine," lo ammonì Antonia, ma senza scaldarsi, con un sorriso.

"Ma io piacerò a Martin, Harry?" Chiese Jonathon alzando un sopracciglio verso Antonia.

Lord Henri-Antoine fece sporgere pensieroso il labbro inferiore. "Difficile da dire. È stato il valletto di mio padre per trent'anni, e questo fa di lui praticamente un duca."

Jonathon sbuffò. "Proprio quello che mi serve," mormorò tra sé e sé mentre andava a mettersi degli abiti adatti a una prima, "l'incarnazione vivente di *Monseigneur* per rovinarmi la serata." Ma fu piacevolmente sorpreso quando Martin Ellicott si presentò al teatro di Drury Lane.

🐘 🐘 🐘

"Non è quello che vi aspettavate, Julian?" Chiese Deb Roxton al marito mentre agitava il ventaglio nel palco ducale al teatro di Drury Lane, con un sorriso fisso diretto alla folla di spettatori in platea e nei palchi privati inseriti a semicerchio intorno alle pareti, dove le teste imparruccate e incipriate si erano voltate in direzione di un palco in particolare, più vicino al palcoscenico, e i cui occupanti si stavano sistemando in quel momento per lo spettacolo.

"Uno spettacolo pubblico? Sì, non possiamo farne a meno," rispose il duca, facendo scivolare la tabacchiera nella tasca della redingote di damasco blu ornata d'argento, fingendo di interessarsi a un granello di polvere sul ginocchio dei suoi calzoni di seta nera. "Possiamo pregare perché il sipario si alzi prima che si rendano tutti conto che lei è qui."

"Troppo tardi," disse Martin Ellicott. "Non solo l'hanno notata, ma lei ha fatto loro la cortesia di avvicinarsi alla balaustra." Il vecchio sorrise e sospirò. "Com'è bello vederla finalmente senza quegli abiti neri."

Roxton alzò gli occhi e fissò il palco vicino al palcoscenico e là c'era sua madre, risplendente in un abito di seta ricamata color oro, il collier di smeraldi e diamanti intorno al collo sottile, i capelli senza cipria e quindi dello stesso colore luminoso dell'abito. Aveva una lunga mano guantata sulla balaustra di lucido ottone, stava languidamente facendosi aria e parlava con la testa voltata verso un colosso abbronzato con una redingote verde smeraldo splendidamente ricamata, con calzoni in tinta e un panciotto di seta color ostrica con le tasche e i bottoni ricamati in verde smeraldo e rosso. Si era chinato per sentire le sue parole sopra il baccano delle conversazioni a voce alta e le risate che rimbombavano dalle pareti.

Alle spalle di Jonathon Strang c'era il signor Gidley Ffolkes, che sembrava avesse le spalle più strette del solito, paragonato a chi gli era accanto, nella sua abituale redingote rossa e nastro in tinta. E alla sinistra della duchessa vedova, Henri-Antoine, elegante in velluto nero, che scrutava la folla con l'occhialino, una versione assurdamente giovane del padre: con la pratica e con il tempo anche lui avrebbe acquisito in egual misura la sua eleganza e la sua arroganza; e accanto a lui il nipote di sua moglie, Jack, che sorrideva da un orecchio all'altro e non riusciva a tenere la testa ferma in mezzo a tutto quel colore e quella luce. Vederli portò un sorriso sulla bocca del duca che si voltò per afferrare la mano guantata della moglie.

"Supereremo tutto questo, Deb, sono deciso."

"Dovete, Julian, per il suo bene." La Duchessa gli restituì il sorriso, stringendogli le dita.

"Per il bene di tutti," fu la reazione di Martin Ellicott e, quando il duca lo guardò, piuttosto sorpreso, aggiunse: "Lui non se ne andrà, no, ragazzo mio? Sembra un tipo decente. Ha qualcosa di Lucian Vallentine in lui, così mi dice Deborah."

"Zio Lucian?" Roxton era inorridito al pensiero che l'uomo che sua madre intendeva sposare potesse essere paragonato al suo eccentrico e confusionario zio. Fissò la duchessa. "Certamente non zio Lucian?"

"Oh, ne sono sicura, Julian, tutte le parti migliori. È anche bello da svenire."

"Bello *da svenire?*"

La duchessa e il vecchio risero al tono della voce del duca.

"Frederick lo considera il suo migliore amico e i gemelli lo adorano."

"E anche *Madame la Duchesse*," disse Martin Ellicott e fu sorpreso quando il duca fece una smorfia. "Beh, deve essere così, altrimenti non sarebbe là in quel palco, seduta accanto a lui, davanti a tutti. All'intervallo andrò da loro e se volete rattoppare i rapporti tra voi due, mi accompagnerete."

"Ho fatto del mio meglio per dare inizio al processo di guarigione, *mon parrain*. Si sposeranno domani con una licenza speciale prima che lui parta per il nord per seppellire il duca di Kinross. Ma quando penso che l'ho messa tra le mani di quel mostro di Foley... Mio padre deve sicuramente maledirmi dal cielo."

"Mi avete detto che Strang gli ha inflitto una giusta punizione."

"Vero. Ma non potevo fermarmi lì. Mia madre non è stata l'unica donna di buona famiglia oggetto dei metodi terrificanti di quel bastardo. Potrà anche essere storpio, ma dovevo essere sicuro che non avrebbe mai più potuto riprovarci."

"Su quale remoto ciuffo d'erba l'avete spedito, Julian?" Chiese il suo padrino.

Il duca sospirò soddisfatto. "Ricordo *Maman* che leggeva a papà dal diario del Capitano Cook: contiene delle incisioni e cartine magnifiche. Ho trovato una cartina dell'Oceano Pacifico, ho puntato il dito su una catena di isole ed è là che marcirà Foley. C'è da sperare che i nativi preferiscano i loro inglesi belli grassi."

"*Monseigneur* approverebbe."

"Sì, è quello che ho pensato anch'io." Il duca diede un'occhiata alla sua duchessa e poi si rivolse al suo padrino, dicendo con qualche difficoltà: "Ma non posso fare a meno di chiedermi se approverebbe questo risultato per lei... Martin. Le ultime parole che mi ha detto riguardavano lei... Che non avrei mai potuto rendere felice mia madre come meritava."

"È così."

Il vecchio avrebbe potuto dare un pugno sul naso al duca, tanto fu il suo stupore. Sorrise comprensivo al suo figlioccio, con gli occhi pallidi pieni di umorismo, anche se il volto restava notevolmente rilassato.

"Voi non potevate notarlo, siete suo figlio. Ma io sono sicuro che Deborah ne è perfettamente conscia. *Madame la Duchesse* non è solo una donna straordinariamente bella, è una creatura molto sensuale; merita di essere amata come una donna. Nel suo modo inimitabile, *Monseigneur* vi informava che lei aveva la sua benedizione, e quindi il vostro permesso, per trovare qualcuno degno di soddisfarla in tutti i sensi e con il quale lei potesse passare il resto della sua lunga vita."

Roxton si risedette, con le parole del vecchio che lo imbarazzavano e lo mettevano a disagio; ciò nonostante, accettava la verità che contenevano. Prese la tabacchiera fissando dall'altra parte del teatro tra la luce e il colore, senza vedere nulla.

"Lui ha chiesto il permesso di far spedire al castello di Leven i suoi effetti personali rimasti a Parigi."

"Naturalmente avrete dato il vostro permesso."

Ci fu una pausa prima che il duca rispondesse all'affermazione del suo padrino, in parte a causa del rombo che si alzò tra gli spettatori nei palchi. Roxton pensò che fosse in risposta all'alzata del sipario ma una gran parte del pubblico si era alzata in piedi e stava facendo grandi gesti di saluto, inchinandosi e sventolando il cappello verso la fila di palchi pieni delle prime famiglie d'Inghilterra e dei loro parenti, un palco in particolare.

"Uno sfacciato ha tirato un mazzo di fiori a vostra madre!" Esclamò Deb Roxton ridendo e chinandosi in avanti come tutti gli altri. "E Strang l'ha afferrato. Ben fatto!" Ridacchiò dietro il ventaglio. "È proprio da lei mandare dei baci al tizio per ringraziarlo!"

Il duca grugnì e si passò una mano sul volto.

"Ma lei vorrà i ricordi di papà in giro dappertutto?" Chiese in risposta all'affermazione del suo padrino. "Sono sorpreso che li voglia lui."

"Per lui non saranno ricordi, no? Vuole solo che lei sia felice. E la renderà felice avere dei ricordi di vostro padre e della loro vita insieme. È un gesto molto generoso ed encomiabile da parte sua, dovete ammetterlo."

"Sì, sì… Martin, le ho detto che erano solo oggetti… Ho detto che non importavano. Mi sbagliavo. Ho sbagliato su tante cose che la riguardano."

"Sì, vi sbagliavate, ma non significa che non vi perdonerà. È vostra madre. Gli oggetti rappresentano ricordi, di solito ricordi lieti, e sono un conforto." Martin Ellicott si frugò nella tasca profonda della redingote di velluto e ne tolse una pallina di seta, molto lucida per l'uso. "La porto dappertutto e lo faccio da trent'anni. Negli ultimi dieci anni è stata utile per alleviare i dolori dell'artrosi nei miei pollici. Ma non la porto per quel motivo. L'ho presa quando vostra madre è venuta a stare all'*Hôtel* la prima volta, prima che sposasse vostro padre. Mi ha chiesto di giocare a riporto con lei e i cani di *M'sieur le Duc*. A dire il vero ero inorridito all'idea. Ma chi può negare qualcosa a vostra madre quando sorride? Ho giocato a riporto con lei ed è stata un'esperienza completamente liberatoria per qualcuno come me, così legato ai rituali e alle formalità. Quindi la pallina mi ricorda che quando la vita offre una sorpresa è meglio vederla come un'opportunità e non come un ostacolo.

È qui anche a ricordarmi che vita piena e meravigliosa ho avuto come parte della vostra famiglia. Prima con vostro padre, specialmente per via di vostra madre, e indiscutibilmente come vostro padrino."

"*Mon parrain*, se non fosse stato per voi..." La voce del duca si abbassò, la lavallière dal nodo elaborato intorno al collo gli sembrava di colpo scomodamente stretta.

"All'intervallo avrò bisogno di appoggiarmi al vostro braccio per andare a fare una visita," disse Martin Ellicott, rimettendo in tasca la pallina.

"Io resterò qui e terrò il forte," disse allegramente la duchessa, mettendosi comoda sulla sedia, con un sorriso al vecchio oltre le spalle larghe del duca. "Indicherò la mia approvazione con un gesto del ventaglio che metterà in moto tutte le lingue nella fila e sarà divertentissimo guardarle. Inoltre prevedo che subito dopo cominceranno i visitatori, ma li manderò via tutti prima che torniate."

"Deb! Non c'è da ridere!" Brontolò Roxton. "Sapete che cosa vuol dire se andremo là."

Dietro lo schermo del ventaglio, la duchessa baciò la guancia di Roxton. "Certo, mio caro. Non c'è niente di meglio, la vostra approvazione significherà che tutti approveranno. Ma a me non interessa nulla degli altri. Mi interessa solo quello che significa per vostra madre e per voi, perché siate entrambi felici. E io per prima non potrei essere più felice per loro. Saranno un duca e una duchessa di Kinross meravigliosi." Piegò all'indietro la testa per guardare suo marito. "Almeno questo dovrebbe farvi piacere?"

"Sì, molto, non merita niente di meno."

Deb Roxton e Martin Ellicott rivolsero la loro attenzione al palcoscenico perché il sipario si stava alzando e le parole del duca si persero in un crescendo di applausi scroscianti.

Nessuno godette della bravura scenica di John Palmer nella parte di Joseph Surface e dell'incomparabile performance di William Smith come Charles Surface più della duchessa vedova di Roxton, le cui labbra, come poterono vedere esterrefatti quelli nei palchi più vicini a lei, si muovevano in silenziosa sincronia con quelle degli attori, come se stesse recitando le battute insieme agli attori. *La scuola della maldicenza* di Sheridan era una straordinaria commedia satirica e fu accolta talmente bene che alla fine del terzo atto c'erano pochi occhi asciutti nel teatro, per il continuo ridere e lo stupore e l'attesa per quello che i personaggi avrebbero detto e fatto dopo.

Antonia restò sull'orlo della sedia per tutto lo spettacolo e in più di un'occasione si voltò per condividere un sorriso con Jonathon su un particolare punto della commedia di cui avevano discusso, nella barca sul lago o nella biblioteca di Hanover Square, quando Henri-Antoine, Jack e perfino Gidley Ffolkes erano stati obbligati a recitare una scena o due dopo cena. Il pubblico non ebbe dubbi riguardo ai rapporti tra i due quando lo scialle indiano drappeggiato sulle spalle di Antonia scivolò e Jonathon fu lesto a rimetterlo a posto, con la mano di Antonia sopra la sua che le poggiava sulla spalla, un sorriso di ringraziamento del volto alzato e il commento di lui vicino all'orecchio di lei che sembrava tanto un bacio rubato: i colli si allungarono e le lingue che si scatenarono nella direzione del palco del duca di Roxton; i pettegoli delusi che il duca e il suo padrino fossero assenti e avessero lasciato la duchessa in conversazione con Lady Hibbert-Baker, che era venuta portando del vino e un surplus di pettegolezzi.

"Ho sentito la notizia più strabiliante," stava snocciolando Lady Hibbert-Baker, con il ventaglio di piume di struzzo che sventolava troppo velocemente contro il décolleté. "Morirete dal ridere quando ve lo dirò. Riguarda la duchessa vedova vostra suocera e Jonathon Strang…"

"Allora con ogni probabilità è tutto vero," rispose Deb Roxton con un sorriso dolce e guardò oltre la spalla di Hettie Hibbert-Baker, giù lungo i palchi, fino a un palco in particolare. Agitò il ventaglio rispondendo all'inchino di suo marito verso di lei e poi inclinò anche la testa.

Sbalordita, Lady Hibbert-Baker si fermò a metà di uno sventolio, con la bocca semiaperta e poi, rendendosi conto che l'attenzione di Deb Roxton era rivolta altrove e a causa di qualcos'altro, un silenzio, sì, c'era un silenzio generale che in un teatro era decisamente inconsueto, si voltò sulla sedia e seguì lo sguardo della duchessa verso il punto dove erano voltate tutte le teste incipriate.

La *mouche* all'angolo della bocca di sua signoria cominciò a tremare per conto suo.

Il duca di Roxton si stava chinando sulla mano tesa di sua madre. Il vecchio padrino del duca venne avanti e chinò la testa grigia davanti alla duchessa che, senza sorpresa per nessuno, lo tirò verso di sé e gli baciò entrambe le guance. Voltò la testa per presentarlo a Jonathon Strang, che venne a mettersi accanto a lei. Lord Henri-Antoine e Jack Cavendish si precipitarono in avanti per unirsi alla conversazione, con il duca che chinava la testa per sentire una richiesta del giovane fratello, oscurando la visuale a Lady Hibbert-Baker proprio nel momento in cui Martin Ellicott e Jonathon Strang si stringevano la mano. I due giovani poi si spostarono in fondo al palco, in tempo perché sua signoria e tutti gli altri a teatro fossero testimoni della visione più straordinaria. Il duca

strinse la mano a Jonathon Strang e poi gli afferrò il braccio, prima di
baciare la madre sulle guance e poi lei, il ventaglio di Lady Hibbert-
Baker si fermò a metà sventolio, la duchessa vedova di Roxton, alzò la
testa verso Jonathon Strang che fece la cosa più naturale al mondo: la
baciò sulla bocca.

"BACIATEMI DI NUOVO, JONATHON," mormorò ANTONIA, SULLA
punta dei piedi. "Voglio che vedano tutti."

Jonathon sorrise, con le piccole rughe intorno agli occhi che si irradiavano piene di malizia. "E adesso sono duecento le ghinee che mi
dovete, Antonia," e prima che lei potesse protestare, la prese tra le
braccia e le schiacciò la bocca sotto la sua.

Tre fragorosi scoppi di urla di congratulazioni e un hip-hip-urrah!
scossero il teatro.

NOTE DELL'AUTRICE

LA FIGURA DI SIR TITUS FOLEY è in parte basata su un vero medico del Diciottesimo Secolo, Patrick Blair. Blair si era specializzato nel trattamento di donne sposate che soffrivano di leggera isteria e avevano deciso di non compiere il loro "dovere coniugale". Usava il "trattamento con l'acqua" con effetti sadici (Vedi Porter, D. & Porter, R. *Patient's Progress, Doctors and Doctoring in Eighteenth Century England*, 1989, Standard University Press, California).

RODERIGUE HORTALEZ & COMPANY era effettivamente una società di diritto portoghese, con la sede nell'isola Olandese di St. Eustatius che contrabbandava rifornimenti francesi, quali armamenti, abbigliamento e altri beni, all'Esercito Coloniale Americano per aiutare la causa rivoluzionaria. Pierre-Augustin Caron de Beaumarchais, Silas Deane, Ben Franklin e il Comte de Vergennes ebbero tutti un ruolo nell'aiutare gli Americani Coloniali nel vincere la guerra di indipendenza, mentre la Francia entrò apertamente in guerra all'inizio del 1778.

Andate dietro le quinte di Duchessa d'Autunno—*esplorate i posti, gli oggetti e la storia del periodo su Pinterest.*
www.pinterest.com/lucindabrant

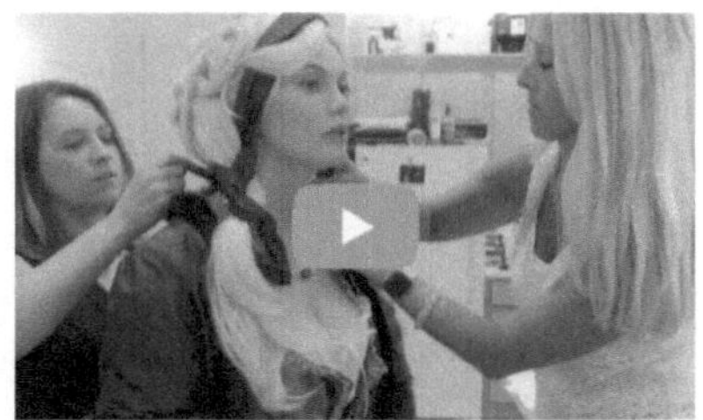

Dall'idea alla copertina: i costumi, i gioielli e il servizio fotografico.
La realizzazione dall'inizio alla fine:
www.youtube.com/lucindabrantauthor
www.lucindabrant.com/blog/autumn-duchess-cover-reveal